批判
CRITICAL THINKING

Twelve Lessons on Contemporary Literary Theory

當代文學理論十二講

思考

賴俊雄 著

目錄

推薦序

人文宇宙，理論星子

《批判思考：當代文學理論十二講》是賴俊雄教授為華語文學界所撰寫的專著。這本書縱論當代文學研究主要的理論現象、大師巨作，以及最重要的，文學理論與其他人文學科的互動方向。賴教授是臺灣英美文學領軍者之一，致力理論研究多年，在新作裡他不僅介紹晚近西方學界眾聲喧譁的流派，同時思考立足臺灣的我們與世界理論對話的可能。全書分為十二章，每章包括「批判思考」單元、「問題與思辨」單元、並搭配雲端十二周MOOCs課程的QR Code動畫影片。賴教授的敘述深入淺出，論證面面俱到，所設計的問題與動畫創意十足。此書可稱多年來僅見的大型文學理論範本。

理論作為當代文學研究的項目，可以溯及上個世紀六十年代。理論的興起，一方面代表文學研究對思想、方法的重視，一方面也與歐美學院日趨專業的取向息息相關。相對於此前文學研究以審美、歷史、或品味的追求，理論強調將文學納入廣義人文語境、社群、甚至自然生態，思考種種破與立的可能。這一訴求隨著六十年代末西方學院與政治的互動不斷產生火花。我們今天所熟悉的後現代、後殖民研究、性別研究及新馬克思主義研究，無不發源於此。

但理論與學院體制的關係也不無弔詭之處：理論的興起其實有批判與實踐的訴求，曾幾何時，成為學院之內的學術項目，甚至重複操作學術資本；理論的發展原本基於跨科際的憧憬，但在術業有專攻的學院體制內，每每遭遇知易行難的考驗。而理論與文學科系掛鉤，似乎暗示修辭、言說是其最後的歸宿。

針對這些弔詭，賴教授反覆說明理論如何擺動在思想與實踐之間，辯證其間的張力，爭取最大的爆發點。理論的越界行動也許不能為每一領域帶來立竿見影的效應，但在傳播過程中，改變已經發生。而文學不應被視為理論僅有的棲居之處；恰恰相反，正因為文學包羅萬象，才成就理論「思接千載，視通萬里」（《文心雕龍》）的無限可能。今天社會許多朗朗上口的話題，從「眾聲喧譁」到後殖民批判、性別平權，從離散、創傷、記憶到生態、唯物，無不來自文學與理論的交相為用。這些話題早已滲入我們日常生活的肌理。

而文學理論必須與當代接軌，才能產生最大的辯證性。「當代」不只意味當下此刻，你我感同身受的時間現場。用阿岡本（Giorgio Agamben）的話來說，當代更指向我們尚未及親臨、卻已經一閃而過的時刻，或多重時間軸線錯位的交集。真正具有當代意識者拒絕視眼前的現實為當然，並不斷在其中看出裂縫與皺褶。她直視時代，穿透光明，反而看見「黑暗的光束」（beam of darkness）撲面而來。[1]當代永遠是反當代。

《批判思考：當代文學理論十二講》全書始自形式主義、新批評及結構主義，探討四、五十年代後文學研究由批評轉換成為理論的契機。那是西方啟蒙運動、人文主義思潮最後的轉折點。之後「人」與「人文」的定義與實踐不斷受到挑戰。據此，賴教授介紹精神分析、後結構主義、解構學說、後殖民、後馬克思、後現代主義、女性主義、性別理論，以及二十一世紀以來的後人類研究、生態批評，以及新唯物論。賴教授出入各家學說，旁徵博引，如數家珍。不僅做出縱向考掘，也力求各章之間相互呼應。如精神分析一章介紹佛洛伊德和拉岡（Jacques Lacan）學說之間的傳承與背離，繼以紀傑克（Slavoj Žižek）的左翼拉岡式心理分析；而紀傑克的論述又和解構學者德希達（Jacques Derrida）的「馬克思的幽靈」論、後馬克思主義諸家如詹明信（Fredric Jameson）的晚期資本主義論產生既聯合又鬥爭的關聯。又如賴教授注意當代「他者」的討論崛起，而且見仁見智、精彩紛呈，包括收編性他者（如各種身分認同）、邊緣性他者（如動物研究）、心理學他者（如拉岡的大小他者）、內在性他者（如德勒茲，Giles Deleuze）、與先驗性他者（如列維納斯 Emmanuel Lévinas）等。凡此都說明當代理論不是鐵板一塊，而是彼此之間相互串聯或逆反，形成龐大的思辨網絡。

本書的附錄收錄賴教授與蕭立君教授的對談，就「何謂理論」以及「理論何為」有精彩的抒發。賴教授指出理論之為用，包括說理、批判、實踐三個方向，並分別以路徑，鞭子，與鋤頭作為隱喻。的確，對不同學科的讀者而言，理論乍看似乎無關緊要，但如果我們關心人間情境，對什麼是正義真理、什麼是飲食男女有所好奇，我們就必得提出一個問題，尋覓一個說法，解決一項困惑——在此理論雛形已然出現。但理論不僅對事物提出問題或看法，更不斷「化簡為繁」、「橫生枝節」：這正是其批判力道所在。而在理論實踐過程中，賴教授借用德勒茲的論式，說明理論不只回應眼前現實，更探索「潛在的真實」（virtual real），甚至「潛在的可能」（virtual possible）。在這

1 Giorgio Agamben, *What is Apparatus and Other Essays*, David Kishik and Stefan Pedatella, trans. (Stanford: Stanford University Press, 2009), 44, 45.

一方面，理論與文學結合，共同強調想象力作為思維基礎。

賴教授的卓見可以在當下得到印證。二〇二〇年新冠肺炎疫情肆虐全球，在我們忙於應付種種醫療、政治挑戰同時，理論家可有用武之地？以批判「例外狀態」及「裸命」知名的阿岡本抨擊各種封城、隔離措施，視之為國家用以擴張權力的藉口；對阿岡本而言，生命誠然可貴，自主人權同樣不得侵犯。馬克思心理學者紀傑克則從中看出資本、國家主義工作／工具倫理的短路，暫時解放「人」虛而不實的存在，朝向不可知的「真實」翻轉。另一左翼地理學者哈維（David Harvey）未必如此樂觀，認為疫情無非凸顯階級、身體、資本霸權，所謂翻轉或革命，談何容易。後人類學者黑爾斯（Katherine Hales）另闢蹊徑，提醒我們病毒是由DNA或RNA與蛋白質構成的非細胞形態，寄生於生命體及非生命體之間；病毒從來就是生態的一部分，無需泛道德化，何況有促進人體免疫的病毒。

這些學者的見解各有立場，在在引起爭辯。輿論視為大言夸夸者有之，視為不無洞見者亦有之。的確，理論也許無從完滿解釋甚至解決病毒問題，但卻能從各種角度將其納入我們生存境況，以不同「說法」延續對話或交鋒的活力。歸根究柢，這些學者呼應古希臘哲人亞里斯多德的信念，以言說作為遭遇生命、創造意義的基礎。沒有言說，何來人文？不僅如此，賴教授引用列維納斯的「臨近性」觀念，認為理論接觸不斷變化的生存現象，理論有將其合理化的渴望，但同時蘊含將其異質化的衝動。折衝其間，理論不是「一種相同化後的靜止樣態，而是一種不斷接近卻又永遠不夠靠近的『運動』與『事件』」。

回顧近世西方人文主義一脈，從康德的無上命令、黑格爾的絕對精神、尼采的永恆回歸、胡賽爾的超驗自我、拉岡的真實層、克莉斯蒂娃的陰性空間、德希達的幽靈、列維納斯的絕對他者、德勒茲的純粹內在性等，無不精彩紛呈。時至二十一世紀，理論或許不如上個世紀末那樣眾口交談，但仍然返照出我們這個時代的感覺結構。賴教授指出三大方向：對「他者」的持續叩問，跨科際、分門別類的「研究」，以及「新物質論」轉向。比起傅柯、德希達等的論述，當代理論似乎更關注「後學」之後，我們如何從萬物流轉、本我與他者此消彼長的過程中，重新找尋人的安頓之道。

如賴教授所言，「因為各領域傑出大師的思考，人類文明黑暗的夜空，因而有了各式各樣永遠閃爍的美麗理論星子。」宇宙何其廣袤幽暗，我們的存在或終末剎那而過。即便如此，我們創造意義，讓言說生發，從而認識物與人，也理解它與己。批判與思考：賴教授的專著不只是理論之書，也是倫理之書。

王德威（美國哈佛大學東亞系暨比較文學系 Edward C. Henderson 講座教授、美國藝術與科學學院院士、中央研究院院士）

開講前

批判思考與愛

批判思考與愛，在思想瘟疫蔓延時……。

「未經檢驗的生命是不值得活的」，蘇格拉底如是說。「未經檢驗的想法、理論或信念是不值得相信的」，批判思考如是接龍。倘若細細檢驗當前ＡＩ時代的新體質，「３Ｃ」的人格特質與能力正紅。一是Curiosity（好奇心），其次為Creativity（創造力），最後是Critical Thinking（批判思考）。何謂批判思考？批判思考的「批判」兩字，常被誤解為反對、挑錯、找碴與責罵等行為。見於違反「溫、良、恭、儉、讓」以及「和諧」的美德框架，有些人因而怯於發表批判性「異見」。事實上，英文critical（批判性）意指著對某一事物進行「縝密檢視與評斷」（careful examination and evaluation）。批判思考乃藉由積極謙遜的態度以及審慎的思辨與提問，對「已知」的不懈質疑，對「未知」的執著追問。在中文語境中，批判思考即是「慎思明辨」的實踐。

因此，有別於強調資訊吸收力與學習力的先天智力（ＩＱ），批判性思考注重的是後天訓練，幫助我們面對每天的眾多資訊，甚至是衝突的不同價值觀或邏輯，作有條理地論證分析與決策判斷。更重要的是，批判性思考不只是為了思辨或解決「外在」的特定問題，更是思考自身的思考，進而對自我「思考內涵」作整體的改善。簡言之，藉由掌握思考本身的理性結構與論證方式，批判思考可以辨別一般人「習以為常」的錯誤推理或「不合時宜」的價值假設，並成為有效提升思考品質與能力的一種思考模式。[1]

從當代文學理論來看，批判性思考模式有三種具體優質特性。一、批判思考是「創新的」。批判思考者須保持強烈的好奇心，勇敢地質疑既定的觀念、意識型態或價值觀，以開創符合時代性的新思維。例如，精神分析、解構、後現代主義、後殖民理論、酷兒理論以及後人類主義等理論，均不斷挑戰既有價值信仰與規範，為當代思潮注入開創性的思維模式與內涵。二、批判思考是「成熟的」。批判思考者必須具有反身性的自省心胸，除了盡力了解不同面向的立場、想法及論述外，更須誠實反思自身論點背後的思考脈絡與動機，方能提升自我批判的勇氣，淬煉出更成熟的思維。例如，女性主義與生態批評都有三波的思潮運動，每一波理論的推動都是接納不同優質「異見」後，對前一波自身論點侷限的反省與熟化。三、批判思考是「高階的」。批判思考者須作系統性、本質性與後設性思考，方能超越人類初階的「本能性思考」（如開車）及中階的「預設性思考」（如意識型態）。例如，面對二十一世紀物質科技的急速發展，以及隨之生成的嶄新生命連結樣態，新唯物論、思辨現實論與客體導向本體論在傳統心物二元對立模式間，藉由重新思索與定義「物質性」（materiality），形塑出系統性、本質性與後設性的「物質轉向」進階思維，正引領本世紀的新思潮。

在日常生活中，批判思考可幫助我們培養嚴謹理性的生活態度。事實上，現代公民的「媒體素養」（media literacy）與「數位素養」（digital literacy）即須具備「含金量」（批判思考）高的大腦，帶領我們慎思與明辨一個報導、觀念、數據是否合理，進而做出正確的判斷與決定。我們方能在全球變動環境中，以適合自己目的與需求的方式搜尋、取用、分析、理解、判斷或製造媒體資訊。若想將日常生活中唾手可得的海量「知識」，轉為具高度競爭力與關懷力的獨特「見識」，批判性思考是必備的時代性能力。

以二〇二〇年爆發新冠肺炎為例，其規模與衝擊可稱是人類的世紀性大瘟疫。有別於先前歷史的大瘟疫，此次瘟疫發生在高度「全球化」的二十一世紀。全球「人」、「物」與「經濟鏈」的緊密連結，讓疫情與防疫措施彷彿炎夏的森林大火，一發不可收拾—確診、死亡、封城、鎖國、戒嚴、隔離、懲罰……。此外，全球海量疫情資訊的即時傳遞，讓「恐懼」超前「疫情」部署。此現象不但助長「假新聞」的快速滋生與蔓延，更生成許多非經慎思明辨的言論與行為—道聽塗說、以訛傳訛、搶購、邪惡化病毒與病患、歧視亞洲人、貿易戰爭、陰謀論、末世論……。一株極度微小的病毒，竟逼現出全球人類欠缺批判思考「體質」的眾多政策缺失、社會亂象與教育問題。

此外，病毒可以是一株微生物，也可以是一個想法。自古以來，思想的瘟疫（如自私、仇恨與歧視）對世界的衝擊與改變並不亞於病毒的瘟疫。此次全球防疫過程中，不少世界各地的網民（與酸民）不自主地跟著媒體風向或網路訊息作情緒性的發言，以為自己也有「批判」的想法，導致「專業防疫」變成「敵意防疫」。我們可以觀察到，生活在資訊排山倒海而來的網路時代，欠缺批判思考能力的人們較會有三項人格特質。一是人云亦云，拿香就拜；二為思緒碎裂，情感用事；三則是主觀偏激，自以為是。有別於情緒性的批評、謾罵或攻擊，批判思考背後是理性檢驗、倫理反思

1 本書的「批判思考」動畫影片參見QR Code：

與建設性意見的共加乘。作為一個當代的國際公民，在「思想瘟疫」蔓延時，我們應時時提醒自己，強化自己理性思考的紀律與自我反省的勇氣，避免輕易被植入某種「懶人包」意識或「仇恨」情緒。

我們可以說，理論即是批判思考成熟的果實。在無常的動態世界中，理論可以給予人類能夠進行深刻（批判）思考的框架與路徑。作為一種「去蕪存菁」的洞見，理論能幫我們在複雜糾結的巨型思想線團中，把被埋藏的線頭找出來，把龐大繁複的問題有條理地說清楚，並作合理的推論與評斷。再者，優質的理論是一個「活的論述」（living discourse），而不是一個「死的知識」（dead knowledge）。若借用尼采的概念，理論應跟歷史一樣，必須「服務當前的生命」，而非效忠千年冰冷的「邏輯真理」。理論成為活論述的跳動心臟，就是人性中一種渴望「臨近再臨近」真、善、美與正義的潛在動能。此動能一方面迫使理論不斷「啟程」進入（與挑戰）任何理論自身整體的封閉性；另一方面還可以進入新的現實實踐場域，開展嶄新的批判與詮釋視野。在當前「巨變」的世界中，學習研磨合適自己觀看世界的各式（文學）理論鏡片，可以協助我們將個人的偏頗「觀點」，化為有系統論述支持的客觀「論點」。

誠如王德威教授在推薦序中所言，當代理論（批判思考）並非硬梆梆「鐵板一塊」。其實，生命中一些浪漫的想法是很理性的；或者說，批判理性的背後是很浪漫的。此次世紀瘟疫中，許多往生者在毫無親友家人陪伴下，往生於醫院的隔離病房。為防止病毒傳播，義大利甚至被迫頒布一項緊急的國家法律，禁止舉行葬禮。醫院須立即移走遺體，家屬因而無法替親人哀悼送行。亡者一個人孤獨地入土，永離人間。列維納斯說：死亡是生命的第一「他者」（the Other）。一個人活著的意義與責任，就是不斷回應他者的召喚。一場讓人措手不及的新冠病毒肆虐，不僅打亂我們全球化下的日常生活，也剝奪了我們回應他者召喚的機會與能力。一株極度微小的病毒警醒我們，生命如此脆弱無常，務必重新認真思考與檢驗，什麼才是我們活著最重要的事？如是，珍惜身邊所愛的人，這種浪漫的想法，更是回應生命最深層的批判理性。

若逆向思考，批判理性的底蘊是很浪漫的。本書十二講中，當代理論家們的批判論述特色均是咄咄逼人的言說、基進喧譁的邏輯以及刀光劍影的正義。極簡言之，結構主義是形式批判內容、女性主義是女人批判男人、馬克思主義是工人批判商人、後現代主義是邊緣批判中心、文化研究是通俗批判高雅、後殖民主義是被殖民者批判殖民者、生態批評是環境批判文明、同志理論是同志批判異性，新唯物論是物質批判符號（以及人類中心的關聯性思想）……。這些批判性理論看似一支支理性的巨鎚，不斷挑戰權威，強調差異，但其嚴謹理性論述背後都有不同形式倫理的「愛」。左派知識分子如德希達、史畢娃克、阿岡本、紀傑克、巴迪烏以及反威權的理論家如傅柯、德勒茲、薩伊德、巴特勒、布萊多蒂等，其批判哲思展示的不只是對「智慧」的熱愛（love of wisdom），更是對「愛」的智慧（wisdom of love）。在愛的智慧中，批判思考才會有生命，才有人性，才有想像，才有關懷的溫度與正義的色彩。

換言之，當資本主義主導的全球霸權、尊卑優劣與排他歧視成為冷漠事實，倫理關懷即成為批判思考的責任。以基進之姿，當代許多「火力全開」的批判論述與文學理論，真正想追求的是一個更「友善」的生存環境與更多「愛」的人我關係。藉由研究當代理論，我們得以從當代性別、種族、環境、階級、科技、文學、政治、經濟與文化等具體面向，去深刻反思如何開展對「愛」的當代智慧，如何進一步開展人類存在的價值和人性的高度？當然，本書的十二講當代文學理論均是大師們「批判思考」與「愛」的產物。因為他們的投入與付出，讓我們在「亂世」、「亂事」與「亂是」

中，有值得堅持的信念與努力；在嘗試回應內心對愛、善、正義與死亡等召喚時，有自我卓越的雀躍、有倫理關懷的開展。面對AI新世紀，積極培養時代性的各式批判性思考與愛，正是時候。

「可是理論很難呀！」研習者常如此感慨。其實，「難」不是問題，因為人一生，要面對「難」的事數不盡。「值不值得」投入學習與研究，才是須慎思明辨的重點。我們要問的是，當代理論家們是否真能使我們變得更好，變得更有能力認識、改善與生活在這全球化的扁平世界？若答案是肯定的，二十一世紀已是「終生學習」的時代，因此面對任何值得學習的事物或知識，我們一定會找出合適自己克服「難」的方式。須注意的是，學習與研究當代文學理論時，應避免陷入語言複雜曲徑的「難」，或耽溺於真理艱深邏輯的「難」，模糊了批判思考最重要的生命議題與企圖。此外，如果理性的思辨與正義的爭論是批判思考的言說手段，而愛的關懷才是其意圖，那麼批判論述在公共場域（如社群媒體）中有如一把火，批判思考者須搭配（同時也提升）成熟的性格、堅定的勇氣與國際的視野，來駕馭運用這把火，照亮真實與關懷。避免把手段當目的的「自以為是」、「為批判而批判」或「得理不饒人」等。換言之，若要強化當代理論的學習動能與成效，我們應多感受當代多元批判思考不斷對話與思辨的終極目的，是為開創更友善與更正義的跨國共群社會。

至此，我想強調的是，批判思考與賞析能力並無外在標準答案，也非一蹴而成。身處在當前全球價值系統激烈碰撞與拉扯的時代，唯有持續地關注與介入不同價值認同議題的對話與思辨，方能培養出屬於自己風格的批判思考與賞析能力，進而開展出掩蓋在內心皺褶的答案。是以，堅持伏案完成此書的雀躍心流，來自真摯期盼藉由當代多元的視野、各家的思辨、批判的意識以及賞析的案例，能幫助「有志者」減低不必要的「難」，並鼓勵更多人一同思考與訓練屬於自己風格的當代批判思考能力，為未來更友善與成熟的社會盡一份心力。為此，本書系統性地評介整體西方當代文學理論的主要流變和論點，共規劃十二講深入淺出的四十八單元，逐步引導讀者打通「見林」和「見樹」的任督二脈。此外，在理論單元中，設計「批判思考」和「問題與思辨」的提問區塊，讓讀者藉由思辨特定問題進一步檢驗和反思所學習的理論內涵，培養回應當前時代性生命議題的具體能力與素養。

《批判思考：當代文學理論十二講》一書得以順利出版，內心滿滿的感謝！首先，感謝我在成功大學執教這整整二十年間的所有大學部與研究所的學生們。是那一張張對理論思想渴望的臉龐，使得此書的嫩芽獲得持續性的灌溉與滋養。其次，感謝科技部近二十年的專題計畫補助，讓當代理論成為我學術生涯的研究火爐。同時，謝謝五年前教育部「磨課師」教學影片製作計畫的支持，以及成大磨課師團隊的協助，促使我將纏繞心中良久的寫書耆念落地。當然，一定要感謝過去五年間凱淞、素芳、閔荏、祐瑋、奕卉、蓓心、宜臻等超級助理們的大力襄助，才能有《批判思考：當代文學理論》雲端課程的開啟與此書的出版。尤其是凱淞、閔荏與祐瑋，多年來用心協助，功不可沒。本書收錄《中外文學》前主編蕭立君教授與我的訪談原文〈研磨自己的鏡片看世界：與賴俊雄談理論〉，謝謝《中外文學》期刊授權刊載。感念在心的，還有王德威教授為本書撥冗寫序「點睛」。最後，感恩家人與我所愛的人，謝謝你們無止盡的愛。

壹、理論、文學理論及當代文學理論

先以宏觀的角度談談，我們為何需要（且不斷生產）「理論」？人類所有知識領域都會發展其自身的理論，作為此學科領域的理解視野與思考路徑。我深信，所有理論均源自兩種相同的深層人性：安全感與卓越感。簡言之，生命的「被絕對給予」（absolute giveness）賦予了生命「任何意義」的基石。自古以來，人類有三個「被絕對給予」的神秘框架。首先，我們在未被徵詢的情況下，來到一個被絕對給予的出生世界（時空框架）。然後，被固定在一個無從選擇的被絕對給予DNA肉體中（形體框架）。最後，還注定要面對與接受一個此生被絕對給予的屬我死亡（生命框架）。面對這三個絕對框架還不夠，我們被給予的神秘內在生命與動態外在世界之間，永遠都充滿一定程度的無明、無常與無盡的驚異（如二〇二〇年新冠狀肺炎帶給全人類的全面性衝擊）。

與此同時，這世界巨大豐富的多樣生成性，卻又提供生命不斷理解、思考、超越或逃離此三項「絕對被給予」框架的無限想像與希望；人類文明與各種理論於焉形成，並且不斷開展、生產與體制化。換言之，在漫長黑暗的演化過程中，人類對「安全感」與「卓越感」的渴望，已成為文明人類根深蒂固的「人性」。是以，理論乃特定時空下，各領域傑出人士在黑暗中摸索後，用思考「點光」的人性產物。如果理論是一種藉由實踐批判思考，以回應上述兩種人性渴望的發光產物，那麼在人類數千年文明的夜空（傳統）中，儼然佈滿了各學科領域永遠閃爍的美麗理論星子。在此巨變的焦慮時代，抬頭仰望與凝視當代夜空上各種理論星子，可以真真切切地協助我們有效思索，如何在三個被絕對給予的無常生命框架中，為此生「安身」（安全感）與「立命」（卓越感）。

繼「為何理論」後，讓我們理解「何謂理論」，再進一步說明什麼是「文學理論」以及「當代文學理論」。首先，任何（學科）理論的目的均為提供我們理解事物的「範圍」（框架）與「邏輯」（路徑）。因此，在定義上，「理論」是運用一套具有系統性的「觀點」或「方法」來作為認知分析和評論的框架。換言之，理論提供不同角度觀看的窗戶。每扇窗戶都有其目的性和整體性的論述，用以支持該觀點對某種現象、文本或者事件的理解。不同的視窗就會開啟不同的視野，不同的視野就會建構對文本或者事件不同的意義。例如，看來愚蠢卻很有趣的百年問題：「雞為什麼要過馬路？」答案可以是柏拉圖形上窗戶的靈魂視野：「雞，過馬路是為了在茫茫雞海中，追尋牠此生的靈魂伴侶。」或者，可以是尼采超人窗戶的生命視野：「因為這隻雞想成為Super-chicken，來展現牠生命的權力意志（will to power）。」抑或是佛洛伊德透過精神分析窗戶的心理視野：「端看這隻雞在童年發展的五個階段經歷了什麼性欲壓抑。」當然，你也可將此問題置放在後現代「諧仿」窗戶的「酸民」視野：「因為肯德基爺爺正拿著熱油鍋在後面追牠。」[1]

如是，「文學理論」即是針對文學作品進行詮釋的各種視窗（思考的框架與路徑）。文學理論不僅是文學閱讀經驗的淬鍊與論述化，更是開展文本意義與藝術品鑑的思考徑路；它不僅是文學創作的延伸，更是促使文學創作不斷向前邁進的動力之一。在早期的傳統文學訓練中，人們經常倚靠著「人文」中心的常識、經驗、修辭學、風格學、人性與作者意圖等，來解讀文學作品裡的各種意

1 此書「雞為什麼過馬路？」的動畫影片參見QR Code：

象、象徵、隱喻、人物、情節、敘事等創作技巧。此一時期的文學理論尚未形成一套自成體系的思想論述，這種未向任何理論流派靠攏的詮釋方式被概括稱作「自由人文主義」（liberal humanism）。自由人文主義的文學理論歌頌創作的才華智慧，讚美人性的完美與崇高，宣揚平等自由等理念，進而肯定「人」對真、善、美的不懈追求。例如，古典希臘時期的詩學與修辭學、十五與十六世紀文藝復興時期的文藝人文主義，以及十八及十九世紀的美學與詮釋學。傳統自由人文主義的文學理論，在其文學、美術、戲劇、歌舞等文藝內容與形式中，其核心大抵是以「人」為窗戶的唯真、唯善與唯美視野。

直至一九六〇年代，以「去個人化」（de-personalization）為準則、以語言「結構」（structure）為基底的「當代理論思潮」快速崛起。千年來以「人」為詮釋基底的自由人文主義在基進哲思蓬勃發展的時代中，受到前所未有的質疑。當代理論家開始發現，傳統自由人文主義已不再適用於現今的生命情境與視野。儘管二十世紀中仍有部分學者對於當代文學理論的興起抱持著質疑的態度，但是文學批評與哲學思想的結合已勢在必行、銳不可當。在緊接著的思潮高峰期裡，各種流派的哲學思想更是百家爭鳴。各個理論家紛紛在文學的場域中找到共鳴與啟發，甚至將文學轉換成自身理論所需的養分。從此，文學不再只是人們怡情養性的閱讀小品，也不再只是專為「再現」而生的敘事。文學被賦予更基進的批判使命，成為哲學在探討當代生命意義的重大使命中，那亦步亦趨的「戰友」。

我們可以進一步追問：文學理論到底有什麼功能？在回應這個問題前，我們也不妨先思考一下：文學作品對於當代人們，又有什麼功能？除了自古標榜的「文以載道」外，藝文審美的「娛樂消遣」趣味也是文學的日常效益。簡言之，「再現」、「娛樂」與「教育」是文學千百年來的三種重要價值。這三者常是互相聯繫，卻也有各自獨立的特性。然而，對於傳統讀者來說，文學僅能藉由「被閱讀」、「被理解」、「被賞析」才能開展其作用。讀者似乎永遠只能扮演被動的文本意義的「接受者」，習以為常地接受一部文學作品所要傳達的訊息與價值。因此，沒有辦法被讀懂、被賞析或是與現實和人性較不相符的文學作品，便較難獲得高評價。尤其在資本主義崛起後，看似與「文學獎」、「利潤」、「認同」或「權力關係」無關的文學敘事，時常被束諸高閣，甚至進不了市場。

值得深入思考的是，是否所有的文學作品都必須以「現實」為導向？是不是除了「被讀」之外，文學已經沒有其他功用？閱讀文學真的只能被視為逃脫現實的美學享受嗎？當代文學評論家當然拒絕接受這類單向度的論點，他們紛紛轉往哲學面向的思考，並在其中找到許多開創性的答案。當代文學理論家們認為，一旦我們開始評析一部文學作品的價值，我們就已經跳脫「閱讀」的範疇。當代理論家開始透過各種文學作品裡所呈現的觀點，反過來檢視我們生存的社會與世界。當人們在現實生活中不得不孜孜矻矻地為主流價值努力時，文學則透過理論質疑與反思社會「行為」與「生成」背後的意義與問題，並藉此提升思考的高度，挑戰各個時代意識型態所「形塑」的生存目的。從此，文學不再只是作者意圖的「傳遞」或對於世界現實的「再現」，而是在當代文學理論視窗的視野中，文學成為一種具有高度「反思性」與「批判性」的時代產物。

因為當代文學理論的興起，人們開始反思與批判「文學經典」（literary canon）的標準與內容。所謂的文學經典，即是那些公認經得起時間與空間的嚴峻考驗，且具有高度文學價值的偉大作品。然而，什麼樣的作品才算有「高度的文學價值」？若以批判的態度認真檢視這個問題的答案，我們會發現，所謂的「經典」其實只是特定時期人們約定俗成的特定結果。隨著時間流轉、情境變遷、新社會的集體新價值觀和新思維模式，又會更動人們對於文學價值的審視標準。誠然，一部偉大的文學作品不會因為其誕生的年代久遠便失去價值；然而，在一部文學正典被賦予「正典」身分的當下，其頭銜必然會受到時代的重新檢視。

傳統上，西方文學「正典」都免不了與白人、異性戀、男性、中產階級等標籤掛鉤在一起，這不僅清楚反映西方歷史長久以來一直存在的主流價值觀，同時也導致許多「非正典」或「非主流」的文學作品被次化的命運。例如，女性文學作品在過去通常不被列於正典之列，只能被視為拙劣的「隨筆」。然而，隨著女權運動興起以及女性意識的抬頭，女性文學展開自身的尋根之旅。曾經許許多多被埋沒的女性文學創作，陸續獲得認可，加入文學正典的行列。隨著理論的發展，文學正典的基準也會隨之改變，讓更多過往被意識型態貶抑的文學作品得以破繭而出、重見天日。

了解當代文學理論的定義與功能後，我們最後來說明當代文學理論的五大特點：系統性、分析性、跨領域、批判性，以及自我反思性。女性主義的詮釋視窗恰好足以解釋這五大特色。作為一種「批判性」理論，女性主義的目標在於瓦解父權體制對整個社會的壓迫。然而，父權壓迫是千百年來結構性的問題，因此女性主義必須開創一套具有「系統性」的論述用以支持自身的觀點，進而在社會結構中具體「分析」各種父權的壓迫形式和成因。

此外，當代理論強調，任何的歷史事件或文化現象都是由千絲萬縷的成因交錯而成，任何文學作品也具強烈的「文本互涉性」（inter-textuality）。因此，單是靠著一種女性主義、思想或理論難以達到深層與多元分析的目的。理論必須致力「跨領域」的思考激盪，才能提出更精準的分析以及批判父權的議題。例如，著名的後殖民女性主義理論家史畢娃克（Gayatri Spivak），她的知識體系橫跨女性主義、馬克思主義、解構主義以及後殖民主義。在四大理論的跨域思辨下，史畢娃克才得以提出她獨特的「批判性」女性主義論述。最後，女性主義也具備「反思」的特性。要言之，當代理論不主張「宏偉敘事」的獨霸性與絕對性，不應強硬地將自身的論述套用在所有現象和文本的詮釋，反而是需要深刻檢視自身視野的侷限與盲點。因此，繼第一波、第二波及第三波女性主義後，婦女與性別論述進入更具反思特色的跨國性與多元性的發展。總而言之，上述五大特點讓當代文學理論具有源源不絕的動能，開展出更契合當前世界情勢的詮釋與分析，為我們當代生命課題提供更多層面的思考視窗與風景。

批判思考

文學理論的運用與實踐是一種詮釋。因此，相同事物或文學作品會有不同的詮釋。那麼詮釋是否有優劣之分？該如何確定？

一個人的詮釋觀點會受到許多層面影響。即便是同一人，在不同的生命階段，也可能對相同作品有不一樣的感想。然而，以多樣「詮釋」來取代標準「答案」，並不表示所有的「詮釋」都同等重要或一樣有理。那麼，我們要如何判斷詮釋的好壞呢？首先，「詮釋」是對事物的「理解」與「說明」。詮釋者的使命即是通過「理解」與「說明」，將一個另類世界的意義轉化到大家所熟悉的世界。所以，「好」的詮釋我們一看就懂，能獲得啟發。如是，賞析或評判詮釋的「好」與「壞」端賴讀者以主觀的「理解」與相對客觀的「理性」做出綜合性判斷。此外，在詮釋時是否能提出「有道理」或「創意」的例子，對論述就格外重要。最後，**詮釋的「理解」不能被誤解為在「立場」中的一種意義被動接收；相反地，它是我們生命交織能量主動的投射。因為，進行詮釋時，詮釋者並非單向接受文字的固定意義，而是將其當下的生命能量投射在此文字上，熔煉**

後再轉化成個人理解的意義。因此，會被公認為精彩的詮釋即是「優質生命能量」的主動轉化成果。例如，在數百篇對張愛玲的評論文章中，僅少數評論所提供的「洞見」（說明）視窗中的景色特別「原創」、特別「清楚」、「銳利」或「美麗」，令人讚賞，值得一讀再讀。因此，「批判思考」作為一種慎思明辨的思考模式即是要提升我們「優質生命能量」的詮釋能力，避免成為人云亦云、拿香就拜的從眾模式，因而看不見一道道作品潛在的好風景。

【問題與思辨】

一、「雞為什麼要過馬路？」你有何不同的答案？答案背後有何理性或創意的理由？

二、再現、娛樂與教育是文學千百年來的三種重要價值，哪一種對你最重要，為什麼？

三、何謂文學理論？東方的文學或哲學史中是否也有自己的文學理論？請舉例說明。

四、為何「理解」一本小說、一部電影或一首詩是讀者「優質生命能量」的主動轉化，而非被動地接受此小說、電影或詩的文學意義或作者意圖？請舉例說明。

五、你最喜歡何種類型的文學作品？你通常以何種模式閱讀此類文學？你是否認為所有的文學作品都有對應的詮釋模式或理論？為什麼？

六、你較認同以「人」為窗的視野來詮釋文學作品，還是以「去個人化」為基底的當代理論來詮釋文學作品？為什麼？

【書目建議】

泰瑞．伊格頓（Terry Eagleton）。《文學理論導讀》。吳新發（譯）。臺北：書林，一九九三年。

強納森．卡勒（Jonathan Culler）。《當代學術入門文學理論》。李平（譯）。香港：牛津大學，一九九八年。

雷蒙．賽爾登（Raman Selden）、彼得．維德生（Peter Widdowson）、彼得．布魯克（Peter Brooker）。《當代文學理論導讀》。臺北：巨流，二〇〇五年。

蔡源煌。《從浪漫主義到後現代主義》。臺北：書林，二〇〇九年。

Barry, Peter. *Beginning Theory: An Introduction to Literary and Cultural Theory 4th ed.* Manchester: Manchester UP, 2017.

貳、作品、文本與論述

文學理論與其傳統可說與文學歷史同等深遠。公元前四世紀，柏拉圖在《理想國》中提出文學「擬仿」（mimesis）的理論，為西方美學和藝術理論奠定千年的基石。他的學生亞里斯多德在《詩學》中，除了進一步發展「擬仿」理論外，也開展出不少文學的分類學與藝術賞析的理論（如「感情淨化」（catharsis）理論）。《理想國》與《詩學》算是早期西方文學理論歷史中兩部最具影響性的藝文理論著作。直至二十一世紀，「擬仿」理論還是文學理論研究首要的入門與途徑，我們將在本講第三節中介評此重要文學概念。

如果要深入認識西方文學理論的發展史，就不能不提顏元叔翻譯衛姆賽特（William K. Wimsatt Jr.）和布魯克斯（Cleanth Brooks）合寫的《西洋文學批評史》。一般而言，此一文學理論發展史均以斷代史的時期分類呈現。例如，從古希臘羅馬時期（如蘇格拉底、柏拉圖及亞里斯多德）、中世紀時期（如普洛丁、奧古斯丁及阿奎那）、文藝復興時期（如但丁、薄伽丘及莎士比亞）、新古典時期（如山姆強生、布瓦洛與伯克）、浪漫主義時期（如康德、華茲渥斯、柯勒律治及雪萊）、十九世紀時期（如馬修．阿諾德）、現代時期（如艾略特、索緒爾及李維史陀）到後現代時期（如李歐塔、德希達、德勒茲及傅柯）。然而，如同任何嚴謹的歷史著作均需「鉅細靡遺」，另加上理論本身艱澀的特色，《西洋文學批評史》這類巨著很難讓讀者以較快的方式理解與消化。因此，此講的目的即是：複雜的東西簡單講。

簡言之，所有文學理論都是理論家在其時空下企圖論述「文字」（word）跟「世界」（world）間哲思內涵的開展模式。因此，文學理論永遠緊扣其當代世界具體的生命經驗與需求。綜觀與分析整個西方文學理論的漫長傳統，有三個典範級元素緊扣其時代生命特性，並主宰著文學理論發展史的典範轉移。理解了此三個文學理論典範元素的轉移，就可以快速理解每一個時代文學自身獨特的「當代性」，以及此元素對當時世界樣態的具體回應與影響。此三個文學理論歷史的典範元素是：「作品」（work）、「文本」（text）與「論述」（discourse）。此三大典範元素分別緊緊扣著文學理論歷史的三大演進階段：「傳統」、「現代」與「後現代」。此外，此三大演進階段又各自緊緊扣著其時代「文字」跟「世界」間哲思內涵與形式開展出的三大典範特色為：「作家」、「語言」與「權力」（參見圖1-1）。

在前一單元中我們曾介紹，文學理論的發展與西方哲學的流變密不可分，而每一個時期的哲學思想都是為了回應當時生活空間下所面臨的時代性問題。既然如此，不同時期的文學批評「方法」就會隨著該時期盛行的哲學思想所演進，也會因為人們生活環境演變而變化。易言之，每個時代的人

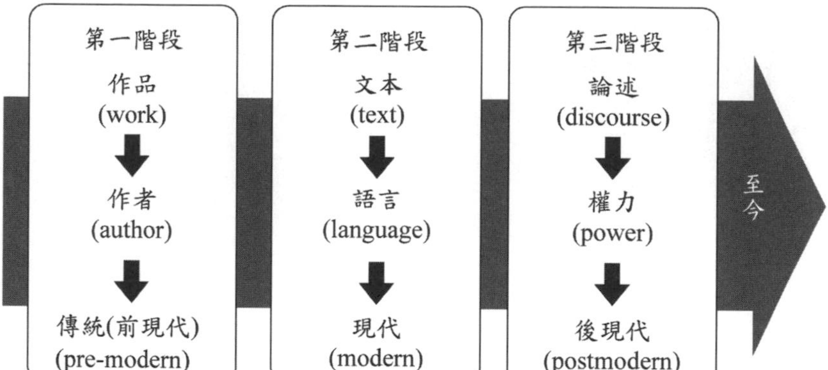

圖1-1 西方文學理論發展的三階段

們都有屬於該時代獨有的評析文學的方法與觀點。例如，在不同的時期，人們對於「肉」的定義與認知亦有所不同：原初，「肉」就只是對所有肉的統稱。爾後，我們將肉分門別類，有了「牛肉」、「豬肉」、「雞肉」等差別；而隨著科技進步，肉又被進一步以其「營養成分」、「價格」或「DNA序列」等加以區分。由此可見，同樣的一塊肉，隨著時代觀點的不同，定義與認知也出現轉變。相同地，隨著理論家們理解「文學」的方式更迭，文學著作的定義與本質也出現變化，「作品」、「文本」與「論述」的視窗則是要清晰地區隔出三種不同時代性的文學理論典範。我們可以進一步將文學理論史切割為三大時期：傳統時期、現代時期以及後現代時期，而此三大時期則分別對應了作品、文本與論述三種詮釋文學著作的觀點。

首先，文學在傳統文學理論時期被視為一種「作品」（work），因為作家藝術展現是該時期評論的核心焦點。我們從字典裡面可看到英文work的定義有三大類：第一類意指運用身體或心智能力完成某種目標的「勞動」（labor）。第二類意指一種獲得收入的責任性「工作」（job）。第三類則意指一種關於繪畫、雕刻、文學與音樂等文藝的「創作」（creation）。因此，當文學被視為一個work的時候，我們看到的文學意涵是注重「作者導向」的個人「勞動」、專業「工作」與藝術「創作」。請記得，理論永遠貼近當代具體的生命經驗與社會情境。因傳統自由人文主義時期的人類生命樣態主要是農業生命樣態，所以文學評論家較重視文學作品中個人生命的體驗內涵與創意。研究或賞析文學須先從作家的個人才華、時代情境、宗教情懷、政治立場等著手，以理解作者於其作品中企圖呈現何種情感、概念或靈魂意涵。評論家不會只憑藉作品內容便評價作品的美學與哲思，而是先透過理解「作者」的一切，方有機會理解一個偉大作品是「被」何種才華洋溢的偉大靈魂所書寫。因此，此一時期的文學可被視為「作者」專屬的「創作」。此外，只有作者的意圖方能夠決定此作品真正想表達的意義。

例如，對一個「傳統時期」的評論家而言，研究英國文藝復興時期天才劇作家馬婁（Christopher Marlowe）的劇本、生平、情境是為了探討馬婁有何種獨特才華與創作意圖。如是，研究馬婁《愛德華二世》中的同性情感時，不會從語言自身的多元意涵或當代的同性戀權力觀來詮釋，而是從馬婁及其室友基德（Thomas Kyd）的相處與互動作為解讀的出發點。以此詮釋框架來討論馬婁本人在當時情境下是否具有特殊情感的傾向，再進一步解釋馬婁在該戲劇中呈現此特殊情感的創作技巧與方式。同樣地，在中國傳統文學詮釋中，一般讀者或評論家閱讀李白、陶淵明或蘇東坡的作品時，也習慣以「作者」的相關資料作為一種閱讀視窗，來欣賞或評析他們的「創作」。此時期文學理論提供讀者一種很基本與傳統的閱讀框架，按照「作品」的框架理解、詮釋或賞析作者的才華、創意、洞見、努力與靈魂的品質等。

接著，文學於現代文學理論時期被當作一種「文本」（text），因為語言符號系統是此時期評論的重心。一般我們談text的時候也常意指textbook，也就是所謂的課本，但是英文text的定義是書寫或印刷文字的書籍或正文。文學作為一個「文本」的時候，有別於文學作為一個「作品」，此時拋開所有「作者導向」的文學論點，回到文學以「語言」介質作為核心論述元素：評論者格外注重「語言導向」的多元符號網絡意涵。評論者藉由針對正文的「細讀」（close reading），理解與詮釋作品語言自身中蘊含豐富的流動意義以及龐大的想像世界。此詮釋方式的出現源自於現代時期「機器取代人力」的工業化生命樣態：「複印」機器快速複製文本，也快速地傳播人類的文字知識。對作者相對陌生的廣大讀者們因而開始重視文學作品自身以及其語言結構與符號意義。

此外，隨著現代主義思潮的崛起，文學理論亦產生巨大的改變。此時期的評論家試圖以更客觀與理性的方式來詮釋文學著作。人們不再強調作者個人的主觀情感或才華的重要性，而是將文學著作視為「文本」，並將其中的「語言」看作是研究文本意涵的最重要依據。簡單地說，現代時期的文學理論試圖利用一套重視結構性、科學性、系統性的「語言」觀點，來解讀各時期文學作品的意涵。此種以「文本」為本的語言理論思潮快速崛起，嚴厲挑戰自由人文主義「作者導向」的傳統。人們開始相信，傳統的自由人文主義似乎不再適用於都會化的生命樣態。儘管當時仍有些傳統學者對於「語言轉向」的文學理論抱持著抗拒的態度，但此新階段的文學哲思已勢不可當。

例如，新批評的代表學者艾略特（T. S. Eliot）於〈傳統以及個人天賦〉（Tradition and the Individual Talent）一文中，提出文學評論家須著重於文學作品中的傳統與語言，而非作者的個人才華或情感。艾略特以其傳統與才華辯證觀的創作，使其代表作《荒原》不僅攀上英美「現代主義」詩學的巔峰，更為他贏得諾貝爾獎的桂冠。平實而言，有別於傳統人文主義「自我」型創作觀，他強調文學傳統和語言結構乃一切偉大創作之基石。好的詩人不是攬鏡自照，在詩裡描述任何「小我」的情感與意念，而是能積極地將豐富多元的傳統置放在當代情境下，以當代視野的創意方式將它錘鍊、轉化與昇華。

因此，艾略特深信文學的創作與鑑賞應分為三個層次。第一個初階層次是「基本層次」，強調直接感動讀者的各式各樣「真摯情感」（sincere emotion），如愛恨、生死或喜怒，賞識的內涵是作品中有關「什麼」（what）的「創作情感」。第二個中階層次則是屬於較高的「專家層次」，以創作的「技術精闢」（technical excellence）為目標，賞析的內涵是作品中有關「如何」（how）的「創作技術」。最高一個層級則是「去個人化」的創作理念，藉由對生命的內在觀照，尋找藝術作品裡代表整個大時代的共同情感或當代性情感，作為一種「首要情感」（significant emotion），賞評的內涵是作品中有關「為何」（why）的「創作時代性」。對艾略特而言，偉大作品的文本可以「文學傳統」為經，「語言結構」為緯，再以其當代具體的時代性生命作局部肌理，不斷活化文學創作的「傳統」。美國的「新批評」（New Criticism）、蘇俄的「形式主義」（Formalism）以及法國的「結構主義」（Structuralism）均是此「語言導向」文學理論時期，挑戰傳統人文主義「作者導向」文學觀的重要產物。

最後，文學在後現代理論時期則被視為一種「論述」（discourse），因為「權力」機制與運作是此時期評論的主要關注。英文discourse意指書面文字或口述表達的論述。文學作為文字跟世界的藝術連結，其背後也有一種非常龐大的論述權力面向。「論述」這個概念同時也探討各種真理與社會規範的內容，以及這些真理與社會規範背後的生成機制。當文學作為一種「論述」的時候，我們談的不僅是「權力」，更嚴謹地說是一種「權力關係」（power relation）。因此，此種角度關注的文學意涵是「權力導向」的各式各樣「認同」（identities）（如性別、階級、族裔與文化）形塑的權力網絡意涵，彰顯的是後現代文學理論的時代特色。

二十世紀中期興起的後現代主義，隨著資訊爆炸性倍增，格外看重「差異」、「認同」與「去中心」，逐漸取代了現代主義所堅持的「本質」、「真理」與「宏偉性」。換言之，無論是真、善、美、正義或是愛情，都不再是永恆不變的形而上概念。相反地，後現代主義學者更投入於探討這些概念是「如何」與「為何」在特定的時空中被「建構」而成。因此，後現代的評論方法喜歡檢視與批判文本中錯綜複雜的權力關係，因為幾乎所有文學主題，皆與權力網絡密切相關。在後殖民作品中，評論家勢必探討殖民者與被殖民者的權力關係。馬克思主義相關作品中，評論家則不能避開探討上流階級、中產階級與無產階級的權力衝突。女性主義作品中，評論家更無法不談女性與男性之權力糾葛。如是，探討權力關係的「論述」蔚為後現代主義各式理論的共同典範架構。

例如，莎士比亞劇本直到二十一世紀依然是許多文學評論家的研究素材，但我們重讀莎士比亞時，讀的不再只是莎士比亞這個人的才華或者是語言的豐富意涵，而是莎士比亞故事裡面所有人物之間各式認同的權力關係，以及在此權力關係下各式各樣的人性面向。因此，後現代理論探討的莎士比亞文學議題轉向包羅萬象的當代權力論述研究，如莎士比亞的酷兒研究、同性戀研究、階級研究、後殖民研究等。

以莎士比亞之《暴風雨》（*The Tempest*）為例，我們可以運用後殖民論述分析《暴風雨》，以討論劇中黑人角色卡利班（Caliban）與白人們的權力關係。島上原住民卡利班於劇中被遭遇船難的米蘭船員鄙視為「魚」、「怪物」等非人生物，宛若白人殖民者對第三世界居民的詆稱及睥睨。此外，卡利班更為前米蘭公爵普洛斯彼羅（Prospero）所奴役，宛若白人殖民者對第三世界居民的剝削與迫害。整體上，我們不難觀察到所有書寫「野蠻人」卡利班的敘述，實際上亦揭露殖民時期歐洲人和「土著」之間的種種衝突樣態。新歷史主義者葛林布萊（Stephen Greenblatt）的《美好所有物》（*Marvelous Possessions*）一書，即以殖民的權力關係重讀《暴風雨》。全書主要研究的議題即是自哥倫布以降的歐洲人，是如何透過旅行寫作來言述他們對於美洲大陸的地位與主奴的殖民權力關係。

歸而言之，從作者導向的「作品」（傳統時期）、語言導向的「文本」（現代時期）到權力導向的「論述」（後現代時期），我們探討了整個西方文學理論發展史中三個典範的轉移。簡要而言，每一種文學理論典範底層連結的是其具體且獨特生活樣態的時代性。傳統時期的文學理論之所以重視作者導向的「作品」，是因為此時期的人們是以「人」的日常生命經驗，建構對其身處世界的認知。因此，重視文學作品背後的作者才華、靈魂、美學與洞見如何感染或啟發人心。進入工業化的現代時期後，系統化的大量印刷模式讓人類的知識快速地膨脹。在這樣的新時代，人們是以「語言」的符號系統重新且快速地建構對其身處世界的認知。因此，人們轉向重視以語言為導向的「文本」來欣賞文學作品，開始探討豐富的語言符號網絡如何建構結構性或系統性的文學意涵。最後，進入全球化的後現代時期後，我們生活在一個資訊網絡的全新時代，各式各樣傳統權威與現代性的宏偉大敘事受到全面性的質疑。所以，當文學作品作為一個「論述」時，文學理論具備強烈「去中心」的批判性，以期慎思明辨權力的內容與形塑機制，並進一步強調「差異性」的重要。此時期理論具體探討的是各種文學論述中各種性別、階級、種族、宗教、文化的認同問題，以及這些認同問題形塑出來的文本內涵充滿了何種複雜、矛盾、盤根交錯的權力關係。因此，學習當代文學理論除了可以培養各式詮釋當代電影、文化、文學與藝術作品的素養外，更可具體提升我們在全球化時代的批判思考視野與能力。

【問題與思辨】

一、文學理論是理論家在其時空下企圖論述「文字」（word）跟「世界」（world）間藝術內涵的開展模式。因此，文學理論永遠緊扣其當代世界的具體生命經驗與模式。請說明本單元三種不同文學理論典範各自的時代性內容，以及典範轉移的時代性原因為何？請舉自己的例子說明。

二、文學作品如何能被動反映社會現實？文學作品能主動改變社會的現實嗎？為什麼？請舉例。

三、莎士比亞的作品（或其他著名文學作品）較適合以「作品」、「文本」或「論述」的觀點來閱讀？為什麼？

四、艾略特認為文學的創作與鑑賞應分為哪三個層次？作為一個讀者，我們「如何」能達到閱讀鑑賞的最高境界，尋獲藝術作品裡代表整個大時代的共同情感或「首要情感」？請舉例。

五、西方文學理論發展分為「作品」、「文本」、「論述」三個階段，其各有相對應詮釋文學著作的觀點。請問何者的觀點對你來說較重要或較有說服力？為什麼？請舉例說明。

【書目建議】

亞里斯多德（Aristotle）。《詩學》，第四版。劉效鵬（譯）。臺灣：五南，二〇一九年。

理查．哈蘭德（Richard Harland）。《從柏拉圖到巴特的文學理論》。北京：外語教學與研究出版社，二〇〇五年。

董學文編。《西方文學理論史》。北京：北京大學出版社，二〇〇五年。

廖炳惠。《關鍵詞200：文學與批評研究的通用詞彙編》。臺北：麥田，二〇〇三年。

衛姆賽特（William K. Wimsatt Jr.）、布魯克斯（Cleanth Brooks）。《西洋文學批評史》。顏元叔（譯）。臺灣：志文，一九七五年。

Eliot, Thomas Stearns. "Tradition and the Individual Talent." *Perspecta 19* (1982): 36-42.

Greenblatt, Stephen. *Marvelous Possessions: The Wonder of the New World*. Chicago: University of Chicago Press, 1991.

Leitch, Vincent B., et al., eds. *The Norton Anthology of Theory and Criticism*. New York: WW Norton & Company, 2018.

Ryan, Michael. *Literary Theory: A Practical Introduction*. Malden, MA: Wiley-Blackwell, 2017.

參、柏拉圖的形上學與擬仿理論

談到西方哲學的起源，我們不得不提到著名的希臘三哲：蘇格拉底、柏拉圖與亞里斯多德。亞里斯多德是柏拉圖的學生，而柏拉圖則是蘇格拉底的學生。要了解對西方思想影響淵遠的蘇格拉底，可以將他與中國的孔老夫子做比較。首先，這兩位思想家皆出生於大約兩千五百年前，也分別成為東方與西方的「至聖先師」。再者，兩人還有三項相同的特色：第一，生於戰亂；第二，其貌不揚；第三，述而不作。簡單地說，所有我們熟知的蘇格拉底都出自於柏拉圖《對話錄》中的記載。蘇格拉底一生並沒有親自寫過任何一本書，就像我們孔老夫子一樣，所有著作都是由他們的子弟記錄撰寫而成。所以，在柏拉圖的對話錄作品中，我們時常看到柏拉圖用蘇格拉底的角色構成對話，並在字裡行間中表達他們的思想。

柏拉圖
Plato

然而，這種著作體例亦產生了一個困境——到底對話錄作品中的思想是屬於蘇格拉底，還是柏拉圖的呢？目前，對於此思想歸屬的爭論，學者們達到的勉強共識是：前期對話錄出現的蘇格拉底基本上是屬於蘇格拉底本人的思想，後期對話錄的蘇格拉底則多屬柏拉圖構想出來，希望藉由其師父的形象來表達他的個人思想。簡要了解希臘三哲的基礎背景之後，接著要談談希臘三哲奠定整個西方的「擬仿」

（mimesis）理論。有學者宣稱，整個西方哲學的發展，不過是對柏拉圖哲學的註腳。從這一個觀點就可以看出柏拉圖對西方哲學的重要性。

大致上，我們可以歸納出兩個原因：第一，柏拉圖是哲學史上最早以系統性的方法來解釋許多哲學基礎問題的人。這些問題包含了：什麼是真理？什麼是知識？什麼是正義？什麼是現實？什麼是愛？什麼是美？我們的靈魂又如何與城邦相關聯？而真理又是如何被呈現與認識？第二，有許多問題仍是西方哲學發展過程中，哲學家們以其時代性的新視野依舊不停思索、探討與檢驗的議題。當然，不管贊成或反對柏拉圖所給的答案，後代的哲學發展均難以跳脫柏拉圖所提出的「大哉問」議題與答案。

如是，儘管具批判思考性的柏拉圖哲思在當代文學理論中已經較少被直接引用，但柏拉圖的思想依舊是哲學課程與文學理論入門的首要理論之一。柏拉圖的洞穴寓言、城邦治理及文學影響將在下一單元說明。此單元先分述兩項重要概念：一、理型（Form）理論；二、擬仿理論。

一、柏拉圖的「理型」理論

柏拉圖相信哲學的目的，是帶領人們從官能認知的物質（形下）世界，昇華到永恆不變的精神（形上）世界。在政治的實踐上，唯有當哲學家成為統治者時，理想的社會才有可能產生。作為統治者的哲學家熱愛的是（形上）真理。真理是什麼？柏拉圖以「理型理論」回答此問題。因此，在進入柏拉圖的哲學思想殿堂前，我們需要先討論「真理」的定義。對柏拉圖而言，所謂的「真理」必須嚴格地符合「理型理論」的條件。理型有三個不變的條件：一、獨特唯一性：形而上世界中任何事物的理型概念（Idea）只有一個（如，真理只有一個）。二、共同歸屬性：形而下世界中任何多樣性質的事物皆源自一個相同概念，它即是形而上世界的理型（形下世間各式各樣的真理知識，均源自對形上真理的追求）。三、不可等同性：形而下世界中個別事物源自共同理型，但沒有一個形下個體事物等同於其理型（如，真理的形下再現不能等於真理自身）。

因此，作為真理的知識，必須具有獨特性和客觀性，並且是永恆不變的。柏拉圖批判相對主義，因為他認為真正的真理知識無法透過感官經驗直接獲得。由感官經驗所得來的資訊會因不同情境而有所變化，不同的感知者也會相對地產生不同的經驗內容。換言之，真理與信念（belief）應該要被有所區分。一個人的信念不一定總是導向真理；相反地，人們「習以為常」的信念，有可能因為諸多因素影響，反而成為被誤導的認知。柏拉圖指出，人們若要獲得真理的知識必須透過理性的思辨，繼而提出「理型」的真理知識形式。理型的概念近似於純然理性的形上觀念。「理型」作為一切形而下感官知識的基礎，讓形而下的個別事物間得以享有真理的普遍性與形而上性。

例如，鳶尾花、玫瑰花、繡球花、牡丹花彼此爭奇鬥豔，雖是不同品種，但都僅是形上「花」的「理型」概念在形下世界的多樣再現。花的本質性概念（Idea）在形上世界只有一種理型。當我們了解此種真理概念獨特唯一性、共同歸屬性與不可等同性，我們便能夠去認知、區別在形下世界不同的個別事物的共同本質。除此之外，在不同的篇章中，柏拉圖亦指出，真正的知識其實是「與生俱來的」（innate）。人們透過回憶（recollection）的方式去回溯那些銘刻在靈魂上的「理型」知識。也就是說，理型概念獨立於甚至是先於物理世界，而我們卻因為感官執著於物理世界中的流動變化而遺忘了。因此，人們生活在感官世界，需要不斷地透過思辨性的「回憶」，去發現、探究那些知識，即窮理致知。簡而言之，柏拉圖認為既然知識與理型的關係密不可分，那麼事物的理型作為客觀的存在，不僅獨立於感官世界，更是其根源所在；這兩種世界的區分更影響了「擬仿理論」。

二、柏拉圖的「擬仿」理論

柏拉圖是西方先驗性哲學的先驅，尤其是他的「擬仿」理論更是日後影響西方哲學發展的重要論點。所謂的擬仿是藉由象徵或模擬等方式來呈現一個不在場的人、事、物或概念，所以它也可以被理解成「再現」（representation）。誠如先前所提，在柏拉圖的理論中，世界可被分割為兩個部分：形下（物理）世界與形上（精神）世界。物理世界指的是我們感官所能夠經驗的現實世界。在這個物理世界中，我們藉由眼、耳、鼻、舌、身等感官建構自己對世界的認知。換言之，所有能夠被我們所感知、經驗的事物都屬於這個部分。很重要的一點是，對柏拉圖來說，物理世界的「原型」（即其「理型」）根本上源自於「形上世界」。這個形上世界是由「真理」的理型概念所組成，並不存在所謂的物質樣態。形上世界裡的「概念」不只存於現實，更是構成物理世界所有事物的重要元素，也就是事物的「本質」（essence）。換言之，我們每天所經驗的物理世界只不過是形上世界的一種「擬仿」或「再現」，只是「真理」在經驗世界裡被呈現的一種方式，而非真理本身。

然而，並不是物理世界中的所有事物皆是對形上概念的直接擬仿，形上世界也不光是只有概念。柏拉圖將感官世界與理智世界分別分為兩個區塊（參見圖1-2）。感官世界中還有一個「影子現實」。所謂「影子現實」指的是對於物理世界的擬仿，像是音樂、繪畫、文學、電影等皆是藝術家擬仿自然的產品。因此，柏拉圖認為這些影子現實離真理最遠，只會使人們偏離正道、沉迷於主觀的情感與幻覺之中。同樣地，形上世界也分為兩個區塊。儘管形上世界僅有理型的「概念」存在，我們依然可以依照「是否可被理解」來將概念做區分。柏拉圖解釋，形上世界區分為「數理現實」與「理念現實」兩個部分。「數理現實」指的是「1+1=2」等不變的邏輯理智。這種理智的「概念」可以經由人類的理性而被理解。

不過，除了數理之外，世間還有許許多多雖然無法被人類數學理智所理解的事物，卻又真實存在著的理型概念。比如說「真」、「善」、「美」、「正義」、「愛情」等概念都不能夠在物理世界中找到實際對應物，也沒有數理理智的衡量尺規去嚴格定義。也就是說，這些概念都不從我們對現實的感官經驗而來。它們雖然經常都是超乎常人理智所能理解的範圍，但我們卻又無法否認這些概念的存在。因此，這種無法直接掌握和定義的客觀「概念」才應該是人類知識的源頭。這也是為什麼柏拉圖在《理想國》中一再強調，我們雖生存在形而下的感官世界裡，但不該忘記要追尋更高、更真、更善、更美的形上世界的概念。因為唯有對真理的不懈追尋，我們才能臻於一個更真實、更豐富的內涵世界。

柏拉圖的形上與形下二元論賦予「擬仿」理論一個合理的知識正當性。我們可用柏拉圖在《理想國》裡的一個簡單例子，來釐清他的整個擬仿理論：當首位工匠在物質世界裡打造出第一張

	知的模式 Mode of Knowing	現實的模式 Mode of Reality	
世界的組成	理性模式	理念現實	理智世界 （形上層次）
	理解模式	數理現實	
	信念模式	自然現實	感官世界 （形下層次）
	幻覺模式	影子現實	

圖1-2 柏拉圖的「線諭」分割的世界（divided line）

床時，他並沒有任何先例能夠參考或複製。他所做的其實只是「再現」或「擬仿」那形上的床的理型概念，因為當這世界上還沒有「床」存在時，「床」的「本質」或者「概念」早就已先存於形上世界。然而，進一步地思考，工匠腦海裡那第一張床的「形象」，是否就等同於床的「真理」呢？柏拉圖對此則強調，任何先驗性的真理都是永遠無法被企及和言說的。因此，工匠腦海裡的第一張床，也只是它形上「概念」的第一個影子罷了。對於往後的千萬種床，不論是彈簧床、吊床、嬰兒床或沙發床，也皆是「床」此「概念」的不同體現而已。換言之，物質世界的產物都是其完美概念的諸多倒影。另一方面，對於畫家所繪製的床的畫作，柏拉圖又有不一樣的觀點。關於柏拉圖是如何看待藝術及藝術家的問題，將在下一單元做更詳盡的討論。

【問題與思辨】

一、對柏拉圖而言，我們以感官認知形而下世界中的一切事物，皆源於形而上世界的「原型」（即其「理型」）。因此，床只有一種「理型」概念，形下世界卻可以有千萬種不同的床。你同意此觀點嗎？為什麼？

二、你相信世間存在著永恆不變的靈魂、愛或善嗎？為什麼？

三、你相信鬼魂嗎？依照柏拉圖的線諭，鬼魂應該屬於世界組成的哪一層次？為什麼？

四、如果「真」存在，人類該以何種方式追尋甚至把握到「真理」？為什麼？

五、人類的語言如何以柏拉圖的擬仿理論解釋？語言具有形而上、形而下或兩者兼具的性質？

【書目建議】

柏拉圖（Plato）。《柏拉圖文藝對話集》。朱光潛（譯）。臺北：五南，二〇一八年。

——。《泰鄂提得斯》。何畫瑰（譯）。臺北：聯經，二〇一六年。

——。《理想國》。葉海煙（譯）。臺北：五南，二〇一八年。

——。《會飲篇》。孫平華、儲春艷（譯）。香港：商務，二〇一七年。

肆、柏拉圖的洞穴、城邦與文學影響

人作為一個渴望「真理」的視覺性動物，永遠活在符號的世界。想想，不管是隨興漫遊大樓林立的街頭，或半夜打開百餘頻道的電視，或順手翻翻圖像化的報章雜誌，或任意遨遊無邊的網路世界，我們均必須承認一個事實：後現代是一個視覺符號的時代。事實上，「視覺」一直是西方知識架構中開展真理最快、最客觀，也是最合法的途徑。例如，在英文中「洞察」（in-sight）是「內部」（in）及「視覺」（sight）兩字的組合，指的是能探見事物真正本質的能力，因此愈內部的視野代表著愈深層的真理。此外，在法律中，「證詞」（testimony）包含人證（eye-witness）（亦即「以眼見證」）及物證（evidence），此字是從拉丁文videre演變而來，原意為「看見」（to see）。最後，縱觀人類文明中，各學科領域客觀的「理論」（theory）一字源於希臘文theoria，指的卻是欣賞戲劇演出的主觀視覺經驗。亞里斯多德說，視覺感受即是被觀看的物體在一定距離處引發觀看者的內在感受，藉由此種視覺感受的適當運用，觀看者一方面滿足自身視覺的感受，另一方面也同時揭櫫了視覺與知識、歡娛及真理的連結。

或許我們要問：為何視覺是人類建構真理最重要的手段？具有理智的觀看主體又如何轉化自身成為一個客觀真理的合法言說者？想是，人類眼、耳、鼻、舌、身五種符號接受器官，所產生的色、聲、香、味、觸五種經驗感覺中，以視覺最具信度與效度。因為它接受訊息的範圍最遠也最廣，因此也最客觀。所以人們常說「眼見為憑」（Seeing is believing），就是在凸顯視覺是建構真理的重要手段。例如，我們可以看到如梵谷〈星夜〉（Starry Night）中，幾千萬光年外無數旋轉、綻放光芒、輝照人間的星子，但我們卻無法聽到它們的聲音，聞不著也嚐不到它們的味道，更不可能伸手撫月摘星。除此之外，視覺意象也是建構人類意識與記憶最重要的元素。在白天，人類對過去的不斷追憶、對未來的無盡想像、以及對當下窗戶外的一切遐思，或在夜晚，跨越時空，超乎想像，千奇百怪，紛紛出籠的夢境，無不依賴自身視覺的圖庫與功能。視覺成為人類在形而下的唯物感官世界中，追尋形而上真理最快捷的管道。

也因為視覺與光的關係，西方歷史中的「啟蒙運動」才會被稱作為En-lighten-ment，給予光明之意。有了光，人方能從黑暗的世界邁向光明的世界。啟蒙之於理性的世界，就是點光給蒙蔽黑暗的世界。當然，光不只是真理的本源，它也是建構善的一個本源，柏拉圖的哲學思想就體現了此觀點。此單元的重點分述如下：一、柏拉圖的洞穴寓言；二、城邦與靈魂；三、擬仿理論與西方文學發展史。

一、柏拉圖的洞穴寓言

在《理想國》一書的第七卷開篇中，有一個著名的洞穴寓言（allegory of the cave）即以陽光為真理、善與生命的形而上的源頭，闡明柏拉圖式存在論和認識論的中心思想。柏拉圖說，在一個無法接觸外面世界的地底洞穴裡，住了一群被腳鐐手銬囚禁的群眾。這群群眾從來沒有見過外面的世界，而他們對世上萬物的了解，全都來自他們面前一幅石壁上投射的隻光片影。這些投射的影子，其實是一場木偶秀，透過洞穴裡的一盞火光，這場木偶秀以影子的形式投影在群眾面前。某天，一個人掙脫束縛，他逃到洞穴外，才驚覺原來世界的真理不是一直在他面前晃動的壁上影，也不是那些影子原來的木偶，更不是木偶背後那一盞火光，而是外面世界那真實耀眼的陽光。這個人知悉世界的真理後，便重回洞穴向其他人訴說一切，卻遭到其他人指控為騙子，被圍毆致死。

於是，世上唯一見證陽光下真實世界的人被一群只能看見洞穴影子的盲目群眾唾棄，真理也永遠只能存在那彼端。比喻中的群眾其實暗指柏拉圖時期的一般大眾，木偶則是現實的物質世界。透過政治和思想家，亦即火光，藝術和創作不過是隻光片影般呈現出「再現的再現」，是比木偶更加拙劣的幻象。然而，一般大眾卻認為那虛幻的影子才是世界的一切。形上的真理如同洞外的陽光，無法被直接觸及、也無法被完全言說。然而，哲學家知道透過理性的思考，理解到真理的存在。柏拉圖似乎暗示，他的老師蘇格拉底即是那逃脫洞穴的人，他體悟了真理，並向大眾傳達此真理，卻因動搖執政者的統治權威，以毒害眾人思想的罪名將他處死。

這個洞穴寓言不僅可以對應到上一單元所提的「線論」，同時兩種不同的「光」也扮演了重要的含義：一個是火光，一個是陽光。火光建構了洞穴中的各種影子，成為一個虛假知識的源頭。但在洞穴外的世界，陽光成就一個形而上更真、更善、更美的世界。緣此，我們不難看出柏拉圖強調的是人們必須追尋在更高層次的真理，不要被形而下的感官主宰思考，才能靠近那個洞穴外更真、善、美的世界。正因如此，柏拉圖鄙視任何形式的藝術創作。例如，在文學傳統上，「再現」常被認為是文學的一項重要功能。就柏拉圖個人而言，他認為藝術（其中當然也包含文學）是一種拙劣次等的再現，因為藝術創作的來源就是模仿現實世界，且常依賴不可靠的主觀情緒或情感。再者，依照柏拉圖的擬仿理論，現實世界本身已是形上理型觀念的再現；因此，藝術作品僅能夠被當作是「再現的再現」，是一種比經驗世界還要虛假的再現幻象，只會讓人離真理越來越遠。所以，柏拉圖才會在《理想國》中說道，為了城邦的興盛，「詩人」必須從理想國驅逐。[2]

二、城邦與靈魂

在論述人性與道德時，柏拉圖列出三項重要的美德，依次分別為：智慧（wisdom）、勇氣（courage）與節制（temperance）。此三項個人的道德高低又緊密對應到城邦的三項位階：國王、士兵與勞動者。亦即，個人即是城邦的縮影。具體而言，在《理想國》中，柏拉圖依據靈魂的清澈度發展他的政治理論，將城邦裡的人分為上述三種類別，靈魂清澈度越高的人就越能夠擔任高階的職務。第一種是位於最底層的勞動者，一群以工作為人生重心，強調「節制」來滿足自己「欲望」的人們。這些勞動者因為無盡的欲望而被困於形下世界，也沒有機會窺見屬於形上世界的真理，但他們也是維繫社會和經濟之基礎運作的重要來源，例如農夫、工匠和從商者。第二種則是士兵。柏拉圖認為士兵的位階高過於勞動者，因為他們具有保護城邦、抵禦外侮的「勇氣」與「熱忱」，擁有高貴的情操，也因此對城邦有較多的貢獻。最後，最高的位階則是國王。對柏拉圖而言，一個想要蓬勃發展的城邦必須要由「哲學家」來治理，原因就在於哲學家是所有人民當中，靈魂清澈度最高的，也最有智慧的。他的判斷與行為不受個人的感官與欲望所控制，因此能夠理性地辨識出「真理」，從而有能力制定法規、治理國家（參見圖1-3）。

2 此書的「柏拉圖的洞穴寓言」動畫影片參見QR Code：

我們可以發現，處於第一階的基礎勞動者對應到一個人的欲望（appetites），如生理需求、性欲等；第二階的士兵與保衛者則對應到一個人的意志（will），亦同各種情感、榮譽和驕傲等；擁有最高地位與智慧的哲學家國王則對應到一個人追求正義與真理的理性（reason）。柏拉圖亦運用另一個比喻來描繪這三者之間的關係——「理性」就好比一位馬車的駕駛，透過其明辨慎思的能力去駕馭、引導「欲望」和「意志」這兩匹馬。不難看出，理性之於欲望和意志，是更加被擁護和推崇的。換言之，理性不僅僅是朝向真理（知識）的路徑，也是政治治理上的合理依據。人們與城邦無庸置疑地都要透過理性思辨才能臻於真、善、美。

三、擬仿理論與西方文學發展史

如前所言，柏拉圖的擬仿理論亦影響了西方文學與理論的演變過程。事實上，整個西方文學

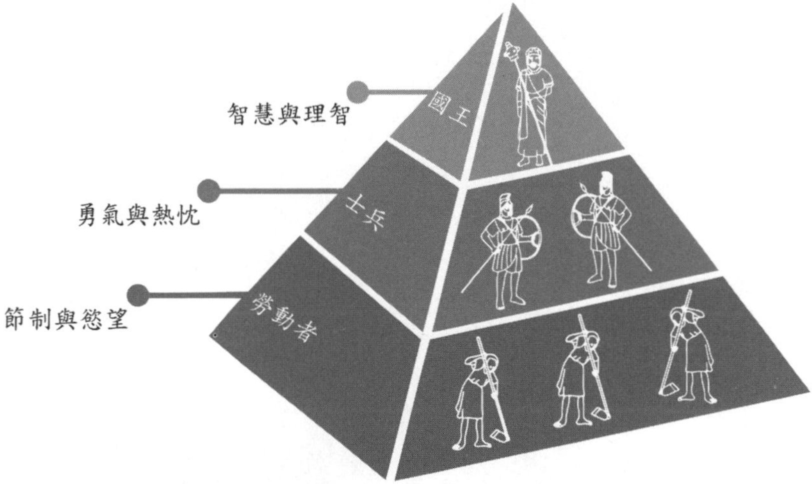

圖1-3 柏拉圖的城邦與靈魂分階

運動的發展，可被視為擬仿與反擬仿之間的鐘擺效應。例如，在十九世紀盛行的「寫實主義」（Realism），這些作家們，比如哈代（Thomas Hardy）、狄更斯（Charles Dickens）、或者馬克吐溫（Mark Twain），皆試圖把文學當作一面鏡子，藉以映現真實生活的千百樣態，尤以中下階層的生活多所著墨。在寫實主義的浪潮下，文學作家們當然支持擬仿理論。接著，到了「自然主義」（Naturalism）時期。向自然主義靠攏的作家，比如傑克・倫敦（Jack London），就反對文學以人類與社會建構為世界中心的現實。他認為文學應把「人」的因素去除後再現回歸到一個更客觀的現實，也就是自然界更廣袤浩瀚的現實。倫敦的小說因此不以人為主角，而是以狗或狼來呈現敘事視角，或是人如何在達爾文的適者生存法則下延續生命。因此，自然主義的文學運動將寫實主義支持擬仿的理論鐘擺推至更高的位置。

然而，二十世紀的現代主義（modernism）則將此鐘擺推向反擬仿的一端。此時期的作家認為所有的寫實再現都是虛假、碎裂與表層的。要捕捉並描述更貼近人們的真實，作家應當從人們的心靈層面著手。於焉，現代主義作家發展了「意識流」（stream of consciousness）寫作技巧。例如，吳爾芙（Virginia Woolf）、福克納（William Faulkner）、喬伊斯（James Joyce）、艾略特（T. S. Eliot）等，這些現代主義作家試圖將文學作為一種追求更深遠真理的工具。嚴謹來說，現代主義創作運動在創作技巧上是反寫實再現，然而它在創作目的上仍有擬仿的精神。

最後，進入二十世紀中期，後現代主義又把此一反再現的鐘擺推得更高。此時期以降的作家包括品欽（Thomas Pynchon）、魯西迪（Salman Rushdie）、德里羅（Don DeLillo）等。他們不但認為寫實主義的寫作技巧是錯的，也強調即便是意識流碎裂的書寫技巧也不足以呈現真理。對他們而言，文學必須不斷地挑戰真理的合法性與權威性，甚至否定真理的存在。換言之，對照到柏拉圖的洞穴寓言，我們發現，在後現代主義時期，洞穴外根本沒有太陽，也不應只有單一的火光，而是無盡獨特與差異的小火光。每一簇火光都建構自己的小現實，這樣的小現實把鐘擺推到更極限——真理瓦解了，不存在那永恆不變的客觀真理，所有的真理都變成小小的現實。在後現代的時代裡，文學創作就不再追求真善美的擬仿與再現，而是一個反再現的極致境界。

然而，如果不做決定，也是一種決定，如果反理性本身也是一種理性的行為，那麼反再現是不是也是一種另類的再現？知識或創作能否真正擺脫再現的框架？如果能，那又會是什麼樣的知識或創作？

【問題與思辨】

一、為何視覺是人類建構真理最重要的方式？你同意嗎？有沒有例外的狀況？請舉例。

二、你同意柏拉圖洞穴寓言的寓意嗎？你認為自己屬於柏拉圖洞穴寓言中的哪個角色？為什麼？

三、你同意柏拉圖的理想政治架構嗎？為什麼？柏拉圖的理想政治架構與當代民主體系有何差異？

四、請舉例說明為何整個西方文學發展過程可被視為擬仿與反擬仿間的鐘擺效應。你個人支持擬仿或反擬仿的文學觀？為什麼？

五、文學創作可否脫離「擬仿」的框架？為什麼？請舉例。

六、後現代主義的作家認為永恆不變的真理並不存在，此真理已瓦解。這樣的論述是否又建構另一種真理？

【書目建議】

艾布拉姆斯（M. H. Abrams）。《鏡與燈：浪漫主義文論及批評傳統》。北京：北京大學出版社，二〇一五年。

柏拉圖（Plato）。《理想國》。葉海煙（譯）。臺北：五南，二〇一八年。

賴俊雄。〈洞見另類真理：在柏拉圖的洞穴裡閱讀後現代小說〉。《中國時報》，〈時報科學與人文專欄〉，二〇〇六年七月三十日。

Hunter, Richard. *Plato and the Traditions of Ancient Literature: The Silent Stream*. Cambridge: Cambridge UP, 2012.

形式與內容，究竟孰輕孰重？當中秋節來臨，你要送月餅禮盒給關係不錯的長輩時，如果你只有兩個選項，那麼你會送「不好吃的月餅裝在七星級飯店的豪華禮盒」？還是「好吃的月餅裝在便利商店的塑膠袋」？可想而知，答案會因人及具體情境條件不同而異。但傳統「自由人文主義者」應該會選後者（實質內容好吃比較重要），而當代「結構主義者」則應該會選前者（整體形式連接文化結構比較重要）。同理，人活著，身體與靈魂，孰輕孰重？傳統「自由人文主義者」應該會選後者（內在心靈素質比較重要），而當代「結構主義者」則應該會選前者（外在物質系統比較重要）。想想，當前資本主義社會中，貧瘠的「靈魂」相關產業已無法跟巨大的「身體」相關產業（如健康、瘦身、增肌、美白、造型、穿著等）相比。雖然，此種現象的成因是須被檢驗與批判的，但當代人們開始重視與牽掛作為生命載體的「身體」，已是不爭的事實。

揮別傳統「自由人文主義」，西方文學理論的「當代性」運動起始於二十世紀文學形式與文本結構理論的全新開展，以俄國形式主義、英美新批評以及法國結構主義為此運動的主要改革動能。三者皆為強調形式、整體與結構性的文學理論，強調「語言」的重要性。

俄國形式主義盛行於一〇年代至三〇年代蘇聯時期，是一個相對多樣化的文學理論運動，其中聖彼得堡的詩歌語言研究學會和莫斯科的語言學派為兩大主要學派。受到俄羅斯歷史上極為重要的「十月革命」（一九一七年）影響，俄國形式主義學者主張，文學不應該被視為政治的工具或文化的附庸，文學的價值存在於藝術自身的形式。因此，此派學者的研究聚焦在文學的藝術性以及語言的結構性議題，例如詩歌語言獨特的創意性和自主性。「陌生化」（“de-familiarizatio” 或 “making it strange”）是俄國形式主義提出的核心概念，也是該主義最具有啟發性與運用性的文學理論。如果文學語言的目的（或其藝術的創意）是對「日常語言進行有組織的暴力」，那麼「陌生化」可運用具新鮮感的創意，強化讀者理解的難度與挑戰，營造一種新奇的語言形式與感覺，迫使讀者從「熟悉化」或「自動化」的認知框架中解脫出來。藉此喚醒讀者對生命與事物的豐富感受力，並延長其反覆玩味咀嚼的審美時間。如果「陌生化」所喚醒的審美內容越豐富、過程越綿延，文學作品的藝術感染力和啟發性就越強。因此，對俄國形式主義而言，世界級文學作品的偉大性與價值來自其文學語言形式的藝術性創新。

不只俄國形式主義對文學理論的當代發展有其獨特的貢獻，英美新批評以及法國結構主義對當代文學理論整體與晚期發展，亦具深遠的影響力。因此，本講除了集中在俄羅斯裔美國語言學家賈克慎（Roman Jakobson）的「轉喻」和「隱喻」概念，以緊扣俄國形式主義的（陌生化）理論，其他單元的更多篇幅將聚焦在新批評以及結構主義的介評。

壹、新批評的有機整體

新批評（New Criticism）的概念源自二十世紀二〇年代的英國，隨後在五〇年代廣為風行於美國，主張文學的一種本體論：文學文本自身是一個內在充滿多層結構與多樣張力的有機生命整體。其初期概念由英國的學者休姆（T. E. Hulme）、艾略特（T. S. Eliot, 1888-1965）和利維斯（F. R. Leavis）等所提出，但是「新批評」這一詞直到四〇年代美國評論家蘭色姆（John Crowe Ransom）的《新批評》（*The New Criticism*）一書問世後，才廣為人使用。其實，新批評盛行於五〇年代的美國有其獨特的地緣性。當時，美國是一個新興的移民社會，被比喻為各種文化、種族、宗教的大熔爐。當傳統的文學研究單以「作者」為主要的探討對象時，詮釋過程勢必面對不同背景（如各種宗教、歷史、種族或文化）讀者群價值觀上的衝突。新批評學者恰好對此類問題的癥結找到溝通討論的管道——即所有美國讀者們的最大公約數：英文。換言之，以美國國民共通的語言作為理解文本的唯一方法，能避免各種背景與價值觀混入文學批評之中。如此將外部因素全部排除，只著重語言文本內部意涵的批評方式亦稱為「內在性批評」。

艾略特、理察斯（I. A. Richards）以及布魯克斯（Cleanth Brooks），三人皆是新批評理論的主要代表人物。艾略特強調作品貼近文學傳統之重要性，並表明作者若欲繼承文學傳統則必須拋棄自我的迷戀。理察斯則提倡文學批評需具備「科學般的精準度」，清楚分割了作者情感與作品文字。布魯克斯提出文學脈絡比現實世界之歷史發展更為重要。儘管三人論述或有差異，他們皆強調詩歌文字與文學批評對社會教化之重要性。

新批評學者們強調文本語言及整體結構是文本意義的主要源處，作者的個人才華與意圖並非詮釋的重點。對新批評而言，文本的意義與作者不再具有任何密切的關聯，作者只不過是作品之外在性因素之一而已。讀者應當藉由文本中的文字來決定其意義，而非依照作者的生平與意圖來定位作品。緣此，新批評學者普遍認為，評價文學著作時，我們應該針對文本自身的文字及敘事結構做評論，並以「細讀」（close reading）來檢視各種文本。換言之，仔細審視文學作品中的主題、結構、文字、語調、意象等，該是讀者閱讀過程的首要任務。本單元將評介的「內在性批評」主要閱讀策略如下：一、傳統與個人才華；二、意圖性謬誤與情感性謬誤；三、有機整體＝邏輯結構＋局部肌理。

一、傳統與個人才華

英國維多利亞時期著名詩人及評論家馬修・阿諾德（Matthew Arnold）提出「文化」乃「世界上所知、所思」之最佳重現。阿諾德藉此彰顯文學在人類文明發展中肩負著教化社會的重大使命，此概念爾後被艾略特所承襲。歷經過世界大戰並且目睹社會如何在戰爭的摧毀下萎靡的艾略特格外重視文學與文化作為涵養提升人類精神價值的媒介，維繫社會文明與理性。身兼詩人與文學批評學者的艾略特指出，文學批評界定並催化經典作品的生成，此一概念奠定了文本分析在文學範疇中的重要地位。

艾略特進一步闡明文本內在價值與文學傳統的關聯。艾略特於一九一九年在《個人主義者》

艾略特
T. S. Eliot

（*The Egoist*）雜誌中發表〈傳統與個人才華〉（Tradition and the Individual Talent）一文，並在文中提出「去個人化」（depersonalization）的論點，為新批評有機整體性的文學創作觀打下理論基礎。他認為：「沒有詩人或任何藝術類別的藝術家可單獨擁有自身完整的意義，他的重要性及他的評價來自所有與他相關已逝詩人與藝術家們的評價」。無庸置疑，這段話凸顯文學傳統對於形塑文學經典之重要性。易言之，一部經典需吸取前期眾多經典文學作品之精髓，才得以成為新時代的經典作品。艾略特援引十九世紀批評家阿諾德之概念，提出文本是客觀的，作家與文本的歷史背景不應與文本的評析有絕對關聯。換言之，艾略特指出文學作品應以「客體投影」（objective correlative）為自身發聲，而非直接描述或再現作家之情感表達（如寫實主義的作品）。

第一講第二單元介紹過作品、文本與論述作為三種理解文學著作的方式。在傳統時期，評論家以作者為導向進行作品的詮釋，因此，傳統式閱讀重視的是作者的才華、寫作技巧、敘述方法，以及創作意圖等層面；然而，艾略特認為個人的才華事實上並不重要，重要的是作者們對於傳統的繼承，因為傳統才是個人才華得以表現的場域。所以，對艾略特而言，詩人的心靈應該擔任傳統與文本間「催化劑」（catalyst）的角色。在化學術語裡，催化劑指的是一種能夠加速化學反應進行的物質。換句話說，詩人藉由個人的心智思維，將整個文學傳統催化成一部具備「當代性」的文學著作，因此詩人的個人才華在作品內容中相對是次要的。

好比艾略特的《荒原》（*The Waste Land*）所寫的並不是他攬鏡自照的個人情緒或生命樣態，而是他長年浸淫於西方（甚至世界）的文學經典與傳統後，淬鍊所有的文學精華到他的當代性創作裡，才開展出《荒原》這部經典鉅作。在艾略特的觀點中，個人才華不過是這條名為傳統的河流裡頭的一滴水，而這滴水之所以關鍵，是因為它繼承整條河流的傳統，將所有水滴的精華都精煉於其身。因此，對艾略特而言，好的文學著作必須能夠繼承整個文學傳統的精華，並且去除所有個人的主觀情感因素，讓作品在它的時代裡，以它的時代性的特色，開展出文學傳統的新面貌。

二十世紀初葉亦為現代主義蓬勃發展之時期。艾略特所強調「去我」的創作方式，全然著重於客體之自發性，與美國現代主義詩人龐德（Ezra Pound）所提倡的「意象主義」（Imagism）多有相關，皆專注於客體意象之呈現。簡言之，一部好的文學作品應該客觀呈現文字及敘事所建構的張力，不該摻雜作者主觀的論述或意見。新批評為文學批評帶來前所未有的突破，顛覆以往藉由作者認識作品之概念，強化作品本身之獨特性與重要性。再者，新批評亦矮化外在歷史元素之重要性，強調文學不該只是歷史事件的再現。因此，讀者不應將作品與作者及現實社會畫上等號，而應懂得賞析作品內部語言世界的有機整體性與豐富性。

二、意圖性謬誤與情感性謬誤

艾略特的「去個人化」理論被新批評視為圭臬之一。為了貫徹此理念，美國新批評學者進一步地提出詮釋性謬誤與內在性批評的主張。他們認為，在文本詮釋的過程中有兩個因素需要被排除：一個是作者，一個是讀者。首先，詮釋過程若是涉及作者，就會引發「意圖性謬誤」（intentional fallacy）。舉例來說，人們在捧讀一本詩集或小說時，總懸念著一個問題：「作者到底想說什麼？」

於是，人們在閱讀時便會自然而然地在詩文或故事情節裡追尋這個問題的答案。但對新批評而言，作者的創作意圖是無關緊要的。一者，作者的意圖並不是任何人能夠真實呈現的，即使是作者本人，對自己的作品在不同時空或階段有時也會提出不同的詮釋。再者，許多經典著作的作者（如莎士比亞）已不在人世，無從追溯作者最真確的寫作意圖狀況下，再多的努力也都只是徒勞，倒不如回歸那確知及不變的文本內容，找尋文本自身的意涵。對於意圖性謬誤的案例，可以設想一評論者在撰寫書評時，若直接採信作者對其作品的講解，而未經細讀檢驗和反思該文本自身的豐富意涵，結果就是犯下被作者主導的意圖性謬誤。

第二個謬誤是「情感性謬誤」（affective fallacy），則是針對讀者。每一個讀者都有主觀的情感，且此情感也都會因為其性別、種族、宗教、文化等身分差異，在閱讀過程中產生不同的情感變化。易言之，讀者以自身觀點逕行閱讀與評價絕對是不客觀的。所以，由讀者為導向的詮釋，只能算是很低階的解讀方法。因此讀者和作者一樣，在新批評的論述中必須被屏除在外。例如，閱讀《安妮日記》（*Anne Frank: The Diary of a Young Girl*），對於書中納粹占領荷蘭的故事，單就不同讀者對於書中歷史的了解程度不一，進而被文本喚起的情感就不盡相同。因此，不論是悲傷、同情、憤怒或是無感，若僅依憑主觀情感的流動來評斷一本書，便會落入情感性謬誤的窠臼，失去文本應當被客觀詮釋及分析的關鍵條件。

三、有機整體＝邏輯結構＋局部肌理

對新批評而言，最客觀與科學的詮釋方法就是回到文本自身進行「細讀」與「內在性批評」。

對此，新批評提出了「有機整體」（organic unity）的概念。所謂有機整體也就是「邏輯結構」（logical structure）加上「局部肌理」（local texture）的組合結構。以下便以莎士比亞的《羅密歐與茱麗葉》（*Romeo and Juliet*）推演此概念。當莎士比亞要寫這一篇動人的故事時，他必須先有一個「主題」（theme），在此例子中就是愛情。這個「愛情」主題，必須置放在「主情節」（plot）的鋪陳中，而所有的情節都必須要有「次情節」（subplots）來支持與發展。因此，不管是電影、電視劇、甚至是戲劇，總有次情節的不斷交錯。接著，每一個次情節都會有三個基本元素，來建構故事次情節中的所有事件（event）：場景（scene）、角色（character）與動作（action）（參見圖2-1）。

我們可以將上面的有機整體圖看作一棵大榕樹：主題是種子（深埋在作者的心中）；主情節是主樹幹；次情節是次樹幹；事件是大樹枝；場景、人物與動作是小樹枝；最後，故事中的每一

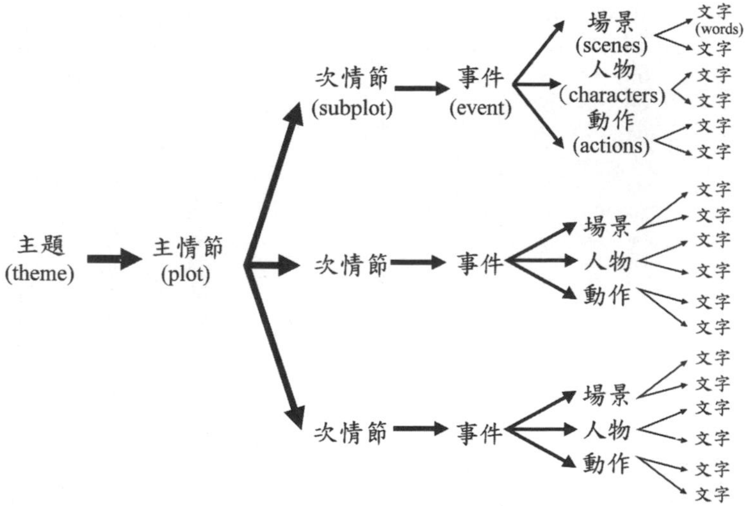

圖2-1 有機整體＝邏輯結構+局部肌理

個文字即是此大樹的每一片翠綠的葉片。緣此，有機整體的文學理論可以幫助我們具體賞析一本小說、一部電影、一首詩，甚至一幅畫的四項特色：一、有機性：作品的主題為何？此主題又是如何有機開展？二、整體性：作品的整體樣貌為何？此整體樣貌跟主題及內容有何關係？三、獨特性：作品語言文字的精準性、流暢性與風格為何？四、組織性：整個作品在其有機整體架構下如何將所有獨特文字組織串聯成一部原創的好作品？換言之，讀者藉由細讀作品，除了讀懂文字內容（有形樹葉），更需讀懂邏輯結構（無形枝幹，即圖中箭頭部分），方能真正理解與賞析此作品完整的豐富性。

例如，《羅密歐與茱麗葉》文本中，蒙太古與凱普萊特兩個家族之間的世仇關係，導致兩位戀人無法如願相愛。為了描述這兩人在愛情中遭遇的困難，莎士比亞必須藉由描寫場景、角色、與動作的事件來凸顯故事內容。這些描述在劇本故事中皆由一個個有形「文字」鋪陳堆砌而來，文字與文字相互交織便構築了一個悲劇愛情故事的有機整體，而當中每一個元素則是獨特的局部肌理。新批評重視作品中無形創意的邏輯結構與有形獨特的局部肌理所產生的有機性成長作品。由此可知，文學創作的潛在生命就像是顆種子般在此有機整體文本中不斷成長、茁壯。事實上，莎士比亞在創作戲劇時，並不可能從一開始便已經打定主意，決定所有細節的呈現；相反地，莎士比亞的想法在書寫過程中與主題皆會像有機種子般不斷地成長，他亦會不停地改寫，最後方能完成一部偉大的戲劇。因此，新批評學者閱讀文本著作時，著重端詳有機整體的開展，並細讀當中的文字，挖掘其中的價值，而非揣測作者不可考的心思或意圖。

批判思考

形式（邏輯結構）與內容（局部肌理）之間，何者更為重要？何者在文本詮釋的過程中，有較高的地位？

形式與內容之間究竟孰輕孰重？事實上，形式與內容在藝術人文領域的爭辯自古有之。首先，「輕外型，重內涵」乃傳統中西自由人文的基底及信念，因此大部分的傳統文學理論均贊成此論點。此處不再贅言。反之，形式重於內容的代表人物應是艾略特。在〈傳統與個人才華〉中，艾略特主張文學傳統（形式）如一條河流，而個人才華（內容）僅是此河流的一滴水珠。因此，偉大的藝文作品並不等於個人思想或才華（內容），而是以個人才華催化文學傳統的當代性（形式）。最後，形式與內容並重的代表人物應是黑格爾（Hegel）。黑格爾認為，理性形式與感性內容的關係是相互依賴、相互辯證、相互轉化成一個自由有機的統一整體。換言之，沒有毫無內容的形式藝術，亦無毫無形式的內容藝術。二者均隸屬於一種動態辯證的統一整體。

總之，**形式與內容並非二元對立的結構**。倘若我們將藝術人文的創作「形式」界定為「如何表達」，而「內容」則是「表達什麼」，並將兩者區分開來。那麼，表面上，形式與內容在不同時空、不同情境與不同作品中都各有其重要性及相互轉化的功能。實質上，形式先決定了相當程度的詮釋意義，因為作品的表達方式（在文學稱為「文類」，如詩、詞、小說、戲劇、散文等）本身即具有相當重要的規範與獨特的意義，而非僅是內容意義的承載者。換言之，倘若我們將一首徐志摩的長詩在電腦螢幕上直接刪除所有詩行與文字間的空白空間，那麼此內容相同的長詩將會重組成為一小段散文。原先長詩形式所賦予此作品的音樂性、感受性與理解性的意義將被嚴重破壞。

例如，艾略特詩作〈阿爾弗瑞德・普魯弗洛克的情歌〉（The Love Song of J. Alfred Prufrock），以精簡的詩作篇幅堆疊著看似無關的多種意象，考驗詮釋者賦予形式無形意義的能力。詩中的敘述者在樓梯間反覆上下走動，如一隻有著大鉗子的蟹在寂靜的海床竄跑，又懷有哈姆雷特的遲疑，這些意象都影射著敘述者內心孤寂幻滅、舉棋不定的倉皇失措。此外，喬伊斯（James Joyce）的短篇小說〈伊芙琳〉（Eveline）同樣描述幻滅的主題。故事中女主角伊芙琳計畫與愛人私奔，脫逃家庭桎梏的興奮與對未來不確定性的恐懼反覆摻雜，情緒的張力眩暈讓她失語，致使她最後一刻緊握碼頭欄杆躊躇不前，望著她生命唯一的希望船舶遠去。儘管小說有明顯的故事情節，但故事結尾戛然而止，並未交代原因，同樣也考驗著詮釋者串聯局部肌理意義的形式理解能力。這就是為何形式主義學者堅信形式的意義高於內容的意義，因此在作品的詮釋過程中，具有較高的地位。當然，形式或結構主義學者過度重視形式也會產生內容在詮釋過程中被約化的問題。

【問題與思辨】

一、何謂「意圖性謬誤」與「情感性謬誤」？你同意此兩項論點嗎？為什麼？

二、新批評是以客觀的角度進行文本結構的分析。請試用「有機整體＝邏輯結構＋局部肌理」的方式分析一個童話故事或著名故事。

三、艾略特主張文學創作中，傳統的繼承比個人才華的揮灑更加重要。你認同嗎？為什麼？

四、音樂、動漫、電玩、繪畫、雕刻是否也可以用新批評的方式進行文本分析？請舉例。

五、你認為形式與內容孰輕孰重？為什麼？

六、「內在性批評」將外部因素（如作者生平、歷史背景）全部排除，只著重語言文本內部意涵，這種批評方式有何優點？又有何侷限？你認同此種詮釋方法嗎？

【書目建議】

約翰．克羅．蘭色姆（John Crowe Ransom）。《新批評》。王臘寶、張哲（譯）。南京：江蘇教育出版，二〇〇六年。

葉維廉。《《荒原》．艾略特詩的藝術》。臺北：國立臺灣大學出版中心，二〇一八年。

Arnold, Matthew. *Culture and Anarchy*. Ed. by John Dover Wilson. Cambridge: Cambridge University, 1990.

Eliot, Thomas Stearns. *Selected Essays*. London: Faber and Faber, 1932.

Empson, William. *Seven Types of Ambiguity*. New York: New Directions, 1966.

Ransom, John Crowe. *The New Criticism*. Westport, CT: Praeger, 1979.

Richards, Ivor Armstrong. *Principles of Literary Criticism*. London: Routledge, 2001.

Wimsatt, William K. Jr. *The Verbal Icon: Studies in the Meaning of Poetry*. Lexington: UP of Kentucky, 1954.

貳、結構主義的語言符號學

結構主義思想的雛型最初出現於瑞士語言學家斐迪南・德・索緒爾（Ferdinand de Saussure, 1857-1913）一九一六年所出版《普通語言學教程》（*Course in General Linguistics*）中的語言符號理論。二十世紀初期歐陸哲學由存在主義與現象學主導的形勢下，結構主義一直未有成熟的發展。直至一九六〇年代，結構主義才逐漸受到重視，並且在李維史陀（Claude Lévi-Strauss）、賈克慎（Roman Jakobson）、庫勒（Jonathan Culler）與巴特（Roland Barthes）等諸多理論家的推波助瀾下，結構主義思想達到了它的巔峰。李維史陀算是結構主義思潮的主要代表理論家，羅蘭・巴特則是一名從結構主義跨越到後結構主義的重要學者。

索敘爾
Ferdinand de Saussure

結構主義為西方文學理論「語言轉向」（linguistic turn）的火車頭。此時期，哲學家關注「語言」在人類生活中所扮演的角色，並藉由思考語言的「本質」來理解人類生存的世界。結構主義者主張「語言」是人類思想的澄澈載體，建構人類文明世界的認知基礎，亦是構成認知系統的最小單位。語言表達了人類對世界的認知，同時「語言」建構了人類所理解的世界。按索緒爾的說法，語言是一種人類共享的符號結構系統。看似繁雜毫無共同點的人類世界也應該如語言一般，可以被理解為一個整體結構，而在這個大結構下，又細分出人類生活各種面向的小結構。例如，當結構主義文學理論家將「結構分析」的概念引入文學研究之中，文學作品不再被視為作者意圖主導的意涵，而是與其他文學創作一樣歸屬於世界的基礎結構。易言之，作者在文學詮釋的過程中已經失去了主導地位，其所有創作都服膺於世界的整體結構，而其作品不過是這整體結構的某一切面的呈現而已。結構主義理論家所要做的，便是挖掘在各種文本語言表象之下的深層結構。此整體底層大結構的開挖與結構主義的重要理論息息相關。本單元將評介結構主義的語言符號學重要理論如下：一、語言、語系與話語；二、符號、符徵與符旨；三、符號的三個種類。

一、語言、語系與話語

索緒爾在《普通語言學教程》一書裡指出，人們所熟知的「語言」（language）被分成了兩個部分：「語系」（langue）與「話語」（parole）。語系是先於日常語言而存在的系統，它並不是一種實際的語言，而是一種人類語言所共同遵守與共享的普遍結構；話語則是人類生活中個人的實際言說（utterance），是語言行為的具體實踐，舉凡日常中的各種具體言說方式及內容都屬於話語的層面。換言之，在一個大的語系下，有許多種不同的語言，再之下則是無限多的人們實際展演被言說的「話語」。語系與語言，以及話語與語言之間的無形組織關係，也就是我們所謂的「文法」（grammar）。舉例來說，中文的基本句式有「主詞＋動詞＋受詞」（「S、V、O」）的語言架構。其他較為複雜的句子則在「主詞＋動詞＋受詞」基本的句構中依照某些特定的規則進行變化，像是加上時間副詞、形容詞……等，這些都屬於語言中支撐與聯繫的文法。人們平常所展演及使用

（performance）的「話語」皆需符合此文法規則，方得以產生溝通作用。另一個例子以南島語系為例，臺灣、菲律賓、越南等不同地區都屬於南島語系，但是底下又分支出大約一千兩百多種不同的語言，且個別語言之內又有各自實際的話語。換言之，人們所說的每一句話，必然在語言架構之內，而每個語言背後勢必有語系支持。一旦脫離此結構或是此語言文法規則的運作，被言說或使用的「話語」即不具有任何意義，進而失去溝通效力。

二、符號、符徵與符旨

除了語系與話語的分別外，索緒爾也提出了符號理論。有別於以往認定語言能夠直接指涉實體的觀念，索緒爾認為符號與實體之間的關係其實是「武斷的」（arbitrary）。也就是說，符號與實體間本來並不存在任何先天的關聯性。索緒爾依此將符號更細分為兩個部分：「符徵」（signifier）與「符旨」（signified）。符徵指的是符號的表意系統，例如書寫的文字、言說的單字等；而符旨指的就是符徵在表意系統所指涉的概念或實體。兩者間並未存在絕對的意指關係，而是在某種早已存在的結構系統及約定俗成的脈絡下建構出的相對關係。在表意過程當中，符徵與符旨兩者缺一不可。沒有了符徵，符旨只是空洞的概念；拿掉了符旨，符徵就只是隨意的塗鴉，並不能建構一個有意義的符號（參見圖2-2）。

整體而言，索緒爾的語言符號學具備三項主要特色：首先，符號必然是符徵與符旨的組合體，兩者無法分離而且在象徵性的符號裡，符徵與符旨間的關係是「武斷的」。例如，中文裡「象」這個字（符徵）指的是一種大型的哺乳類動物。但是，「象」這個符徵與現實中的「大型哺乳類動物」

這個符旨，兩者間的關係卻不是必然，而是武斷的。儘管「象」作為一個象形文字，文字本身即是一個對現實實體的模仿，但這種「模仿」與被模仿實體間的關聯性，依然是人類約定俗成下的產物，有自然形成的，也有武斷建構的。

其次，「差異」的關係建構任何符號的獨特意義。例如，「狗」的意義並非來自本身的符徵，而是來自其語言表意符號中「非狗」的其他動物，如「貓」、「狼」或「馬」等。換言之，「狗」的意義（或符旨）是建基於其他在此語言符號結構中的眾多非「狗」的符號。若沒有其他「差異」符號的先前存在，「狗」便無法建立自身的獨特意義。試想日常生活中充斥著各式差異的色彩，如果有一天所有的顏色都消失了，只剩下白色，那麼「白色」這個詞原有的獨特意義也會隨著其他顏色的消失而失去其「白色」的意義。所以，任何符號的意義在符號學裡都建基在差異性之上：沒有差異，便沒有意義。

最後，二元結構決定符號所擁有的特定意義。二元結構通常是一對彼此意義上相對或相反的概念，且多半會形成階級。例如，光與暗形成一組二元對立，光的位階又高於暗；同理，善與惡、對與錯、文明與野蠻、理性與感性等都是二元結構的例子。結構主義者認為，二元結構反映的是人們最基本的思想模式，因此許多論述都是藉由不同符號所承載的意義及其在二元結構中扮演的角色來加以分析其獨特的意義。

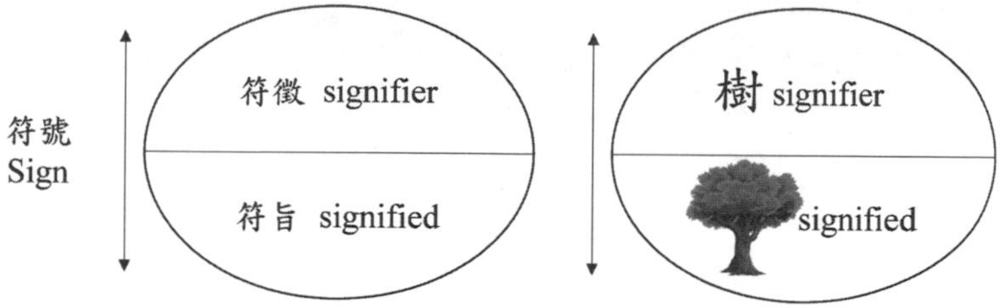

圖2-2 索敘爾的符號理論

三、符號的三個種類

二十一世紀作為一個影像的世紀，更是一個符號的世紀。街道巷弄裡、雜誌、網路與電視節目，處處無不充斥各種不同的符號。不同種類的符號，運作方式也大相逕庭。美國哲學家皮爾斯（C. S. Peirce）針對符號提出三個不同的種類：圖像符號、索引符號及象徵符號。

在「圖像符號」（iconic sign）的符號系統裡，符徵與符旨的關係是以「相似」（resemble）作為連結。圖像式的符徵跟符旨本身是相像的，所以看到圖像就能直接想到真實物件。例如，我們看到艾菲爾鐵塔的相片或圖畫時，就立即知道此符徵是連接到巴黎的艾菲爾鐵塔（符旨）。第二種「索引符號」（indexical sign）系統主要則以「聯想」（associate）的方式與指涉的實體建立關係，譬如看到煙的圖示就會讓人想到火。兩者雖然並不相似，但透過推演或經驗便可以理解之間的「因果關係」。另一種聯想則是「以部分代替全體」。例如，李白詩中的「舉頭望明月，低頭思故鄉」，明月就代表著故鄉，雖然兩者間依然沒有直接相似，但詩中的「明月」卻讓人想起作者在家鄉看著月亮的全部情景，可視為以部分代表全體之用法。最後一種則是「象徵符號」（symbolic sign）的符號系統，於此，符徵與符旨的關係是「武斷」的、約定俗成的。最直接的例子就是語言。不管是中文、英文、法文、德文都屬於象徵性的符號。另一個我們較為熟知的象徵性符號例子則是交通號誌。例如，駕駛看到紅燈時，便知道該停下來，然而，「紅燈」與「停止」並沒有絕對或必然的關係，亦無任何象形的指涉或類比的推斷，而是完全建構在約定俗成且武斷的語言系統。例如，在國際航海法中，夜間航行船舶的「紅燈」代表左舷，「綠燈」代表右舷。因此，「紅燈」作為一種象徵符號，其符徵與符旨的關係永遠隨著情境而改變。

實際上，日常生活中經常可見的廁所標示，充分體現此三種符號的運作模式：第一種的圖像符號便是一個真人版的男人或女人的圖示。男人的圖像代表男廁；而女人的圖像就代表女廁。因此，人們一看到圖像時，隨即便能理解圖像的意義。第二種索引符號，則不直接使用男女的圖示，反而使用尋常與男女相關的圖示來表達。菸斗圖像，令人馬上聯想到抽菸的紳士，便知此處是男廁；而高跟鞋圖示，便誘導人們聯想穿著高跟鞋步態搖曳生姿的淑女，則可意會這是女廁。最後，象徵性的符號系統相較下是最容易理解的符號。任何直接使用語言表述的，不管是中文、英文、法文、德文，所有以文字方式直接表示的男女廁所，皆是屬於象徵符號。

整體來說，語言符號學為結構主義奠定理論的基石，致使結構主義在西方哲學與文學理論的發展過程中占有極為重要的地位。雖然許多結構主義的論點有其侷限，但在當時的語言轉向風潮中，的確為文學理論注入一股全新的動力、一種結構的思維模式。

【問題與思辨】

一、結構主義者主張「語言」是人類思想的載體，建構了人類所理解的世界。因此，我們認知的世界即是語言建構的世界，並不等於真實的世界。你完全同意此說法嗎？為什麼？

二、現代人大量運用網路符號及用語表達想法、情感或意見時會遇到什麼問題？為什麼？

三、在符徵與符旨快速流動的網路時代，符徵的功能是否已大過符旨？為什麼？請舉例。

四、你認為是文化影響語言的使用，還是語言影響文化的發展？請舉例解釋。

五、請運用皮爾斯的三種符號系統（圖像符號、索引符號及象徵符號）分析一張海報、廣告或有設計感的書本封面。

【書目建議】

特倫斯・霍克斯（Terence Hawkes）。《結構主義與符號學》。陳永寬（譯）。臺北：南方叢書，一九八八年。

高宣揚。《結構主義》。臺北：遠流，一九九二年。

喬納森・卡勒（Jonathan Culler）。《索緒爾》。張景智（譯）。臺北：桂冠，一九九二年。

斐迪南・德・索緒爾（Ferdinand de Saussure）。《普通語言學教程》。臺北：弘文館，一九八五年。

趙毅衡。《符號學》。臺北：新銳文創，二〇一二年。

羅伯特・休斯（Robert Scholes）。《文學結構主義》。劉豫（譯）。臺北：桂冠，一九九二年。

Culler, Jonathan. *The Pursuit of Signs: Semiotics, Literature, Deconstruction*. Ithaca: Cornell UP, 1981.

Peirce, Charles Sanders. *Peirce on Signs: Writings on Semiotic*. Ed. James Hoopes. Chapel Hill: UNC Press Books, 1991.

參、隱喻、轉喻與結構詩學

本單元延續本講最初俄國形式主義的（陌生化）理論觀點，說明俄羅斯裔美國語言學家賈克慎（Roman Jakobson）的隱喻（metaphor）與轉喻（metonymy），最終以庫勒的結構詩學作為結尾。眾所周知，隱喻與轉喻是文學創作裡常用的譬喻修辭法。所謂的譬喻是並置兩種不同的客體，憑藉兩者間的相似處，達到修辭的效果。在《修辭的哲學》（*The Philosophy of Rhetoric*）一書中，理察斯定義了譬喻修辭的三大要素：喻體（tenor）、喻依（vehicle）以及喻詞（simile marker）。喻體指的是此修辭所要描述的主要對象；喻依是譬喻的憑依，亦即用來描述的方法或依據；喻詞則為喻體與喻依間的連接詞。以「文字就像橋梁」這句話為例，「文字」是喻體，「橋梁」是喻依，而「像」則是喻詞。

一般來說，譬喻又可分為明喻（simile）及隱喻。以明喻而言，喻體和喻依間的關係是互為對照或相互比較的，連結作用的喻詞則常用「像」、「如」、「彷彿」這類字眼。例如，著名的蘇格蘭詩人伯恩斯（Robert Burns）所寫的〈一朵紅紅的玫瑰〉（A Red, Red Rose），此詩首句便以「噢，我的愛像一朵紅紅的玫瑰」（O my Luve's like a red, red rose）這樣的明喻作為開場，將他的愛慕之情對照比擬為一朵朵六月初開的美麗玫瑰。隱喻的手法與明喻略有不同，不將喻體和喻依做比較，而是直接將喻體與喻依畫上等號。因此，隱喻的喻詞常用「是」、「為」、「乃」等。例如，莎士比亞在《馬克白》（*Macbeth*）一劇中所寫，「人生不過是個飄盪的影子」（Life's but a walking shadow）。

此句的「人生」和「飄盪的影子」被直接畫上了等號，喻詞為「是」。

除明喻與隱喻之外，同為譬喻修辭法的「轉喻」卻與上述兩者截然不同。轉喻不依靠相似性作為譬喻的連結管道，反而以「關聯性」以及「聯想」作為喻體和喻依間的關係。比如說，「汗水」常常被視為「辛勞」的轉喻詞，但事實上，汗水與辛勞兩者之間並不存在「相似性」，兩者甚至不屬於同一個物質單位；而轉喻中的喻體也經常被省略。本單元將探討隱喻及轉喻的語言結構關聯性；其次，討論隱喻及轉喻如何影響西方的文學發展；最終，介紹潛藏在日常語言底層的結構詩學。本單元將評介隱喻、轉喻與結構詩學的重要理論如下：一、隱喻與轉喻；二、結構主義詩學。

一、隱喻與轉喻

對俄國形式主義而言，運用語言技巧產生的「陌生化」效果，方是任何文學創作核心的「文學性」，而語言隱喻和轉喻的使用，更是生產「陌生化」語言的重要技巧。隱喻、轉喻與結構主義間的關係最早是由俄羅斯裔的美國語言學家賈克慎所提出。賈克慎利用結構主義的研究方法分析「失語症」（aphasia）在文學中的應用。他在〈隱喻和換喻的兩極〉（The Metaphoric and Metonymic Poles）一文中，提出語言的雙軸理論：縱向的聯想軸（Associative Axis）以及橫向句段軸（Syntagmatic Axis）。首先，賈克慎在其失語症測驗與研究當中，先給受試者一個單字的測試。他觀察到患有失語症的孩童經常展現兩種截然不同的語言缺陷。第一種症狀屬於語言的「鄰近性失序」（contiguity disorder），意即無法將給予的單字及其他各類詞彙以合乎文法的順序組合成為一個完整的句子；但這一組患者卻可以清楚地說出給定單字的同義詞或反義詞。例如，這類的失語症患者可以用「小貓」、「貓咪」、「喵喵」等字詞來替換「貓」，他們也能夠順利將「椅子上」替換成「地板上」或者是「桌子上」，卻無法組成「貓在桌子上」這個句子。第二種缺陷則屬於語言的「相似性失序」（similarity disorder），指的是無法用相同文法類型的詞彙替換原先題目設定之單字。有趣的是，第二組患者能夠說出與給定單字相關的元素，並利用給定單字組成片語或句子。若繼續以剛剛的例子為例，第二組的失語症患者雖然可以說出「貓在桌子上」的句子，卻無法使用其他相似的字詞來替換「貓」或「桌子」等字詞，如「狗在桌子上」或「貓在地板上」等。

賈克慎認為，此兩種失語症症狀證明大腦神經元有兩種不同的語言連結模式，剛好分別對應到隱喻與轉喻中喻體與喻依的關係。「相似性連結模式」就如同隱喻，因為透過給定單字替換成其他同義詞，受測者實際上是以兩個詞彙間的相似性作為取代的方式。「鄰近性連結模式」則與轉喻相似，因為受試者能夠以相關，但卻不同文法種類的詞彙來串聯給予的單字，實際上便是透過「關聯性」來連接兩個詞彙。進一步來說，隱喻與轉喻有以下三點之結構性差別：一、以比喻的主體與比喻的客體關係來看，隱喻是一種「相似取代」的效果；而轉喻則是「相關置換」的效果。二、就語言的向度層面來看，隱喻是縱向的，從單詞的同義、反義或同性質語意縱向延展字詞中，選擇替代用的字詞；而轉喻則是水平的，運用關聯性的字詞達到譬喻效果。三、以喻體與喻依的位置來看，隱喻憑藉相似性，而轉喻則仰賴鄰近性。

以下幾個簡單的例子能更加凸顯兩者的差異。常言道：「時間就是金錢」。此句明顯運用隱喻手法。其中「時間」與「金錢」兩個詞彙對忙碌的現代人而言都是非常寶貴、值得珍惜的，相似的語意特質再加上兩者間的關係是縱向的抽象字彙，因此「時間」一詞足以取代「金錢」。相反地，轉喻強調的是相關性與水平的鄰近性。換句話說，轉喻注重的是現象的脈絡，此種比喻必須是「現實」

的一部分。如同「孤帆遠影碧山盡」詩句中，「孤帆」作為船隻實際形體鄰近的一部分代表整體的「船」，以及「孤帆」在背景烘托下漸行漸遠，流露出詩中船隻遠行的離愁。總括來說，就語言的結構面來看，隱喻屬於縱向的，作為一個相似概念的取代；而轉喻是水平的，是鄰近概念的置換（參見圖2-3）。

各時期的文學創作皆有其運用隱喻或是轉喻的風格與傾向。在浪漫主義時期詩作當道的年代，詩人偏向採用隱喻進行創作。例如：克莉絲汀娜・羅賽蒂（Christina Rossetti）的“A Birthday”中，第一個詩節的第一句“My heart is like a singing bird / Whose nest is in a water'd shoot”描述詩中主人翁戀愛的心情。滿是愛意的心就如同唱歌的小鳥一般，愛情與小鳥的相似處即是快樂。因此，隱喻的盛行創造了浪漫主義的盛世。進入寫實主義時期，作家們不再頻繁使用隱喻，逐漸改用轉喻。寫實主義作家的首要任務便是真實地呈現現實。例如狄更斯或哈代的小說著作，遣詞用字大量運用轉喻的技巧。小說人物內外在形貌、場景情境構築與刻畫，皆以與現實鄰近相關的轉喻，來詳實

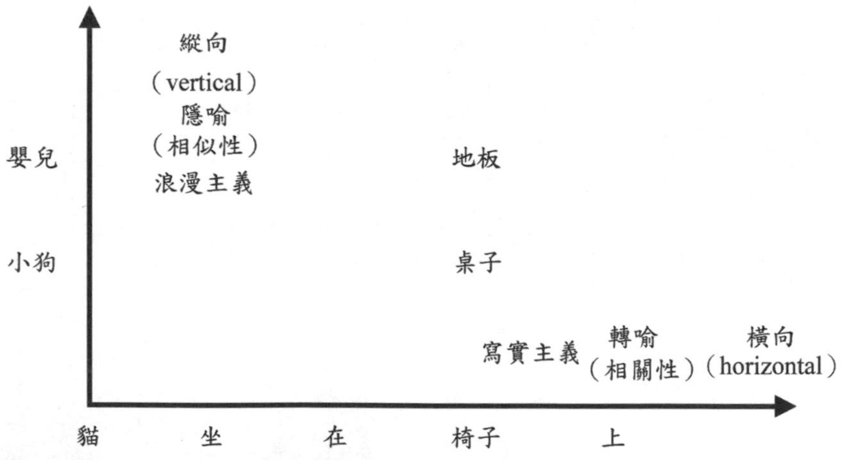

圖2-3 隱喻與轉喻的語言向度關係

平穩地細密描繪故事發展，進而形塑文學史上的寫實主義運動。

進入現代主義時期，寫作技巧的鐘擺則擺回傾向隱喻的使用。此時期的有些創作強調象徵主義中運用隱喻作為書寫的技巧。例如龐德（Ezra Pound）的〈在一地鐵站中〉（In a Station of the Metro）便呈現完美的隱喻。此詩僅有十四個英文字：“The apparition of these faces in the crowd; / Petals on a wet, black bough.”（人群中，這些面容的魅影；濕漉黑樹枝上的花瓣。）龐德將地鐵站所見的景緻濃縮於短小而精簡的兩行篇幅，卻更顯現人的沉默疲憊面孔與無言樹枝上花瓣之間，完美的相互映照，而讓這首詩成為早期意象詩派的代表作。

二、結構主義詩學

英美學者當中，庫勒是將法國結構主義引入英美研究的先驅之一。在《結構主義詩學：結構主義、語言學與文學研究》（*Structuralist Poetics: Structuralism, Linguistics and the Study of Literature*）一書中，庫勒肯定語言學是理解人類社會最適當的工具。但是，相較於索緒爾的語系（langue）、話語（parole）分類，庫勒更偏好當代語言學家瓊斯基（Avram Noam Chomsky）的「內在能力」（competence）與「外在表現」（performance）之區分。根據瓊斯基的觀點，所有人的心智當中都有一套先天的普世文法（universal grammar）以及一個語料庫。存放在資料庫的單字、詞彙或文法規則，就是人們所能夠看懂、聽懂，能夠理解的語段。但是，在「產出」語言之時，並不是語料庫中的所有資料都能夠被人們所利用。事實上，大部分能夠理解的單字、詞彙甚至是文法，一輩子也不會在常人的語言產出之中。庫勒依照瓊斯基的理論主張，結構主義在文學研究裡的著眼點，並非個別文學作品的創作形式或結構，因為個體間的語言表現皆有一定程度上的差異。因此，他提議結構主義者應該把研究重心放在詮釋文本的方式上，因為所有人類都共享一套普世文法，一套足以理解全世界的深層結構；而文學的詮釋方法，儘管會依每個人的觀點與角度有所不同，仍必須遵守具有普世文法系統的文學規則。

在《結構主義詩學》[1]的最後一章總結，庫勒具體反思語言學究竟是否能夠直接或間接地應用於文學，以及語言學是否真的能找出一準確結構的問題。他指出結構主義詩學並不是詮釋學，而是一種傾向於閱讀實踐的理論。然而，倘若以結構主義詩學的方法作為閱讀文學的直接或間接方法，可能會導致文學作品變為一連串的形式，而無法藉此挖掘或生產潛藏於文本中更深的意義。這表示語言學難以處理到全面的語義層次，即使分析文本的局部小單元，也未必能因此理解到大範圍或整體的文學意涵。因此，語言學不該作為單一手段，還要分析語言學結構所理出的文學效果，並反身討論結構本身。換言之，文學批評（criticism）的核心意旨是在形式與內容間來回穿梭，活絡表層與內涵間的相互作用，讓文本得以愈顯生趣。庫勒在此書結尾表示，結構主義的閱讀能夠揭露文本中各種符號（sign）的深層結構，但仍得要看這些符號是如何具體運作。因此，語言學的模組雖能夠給予某些方法學，但卻沒辦法藉此更進一步地整合文學研究：「它（語言學）幫助我們提供一個觀點，但對於我們所閱讀的還是所知甚少」（頁二六五）。

概括來看，結構主義認為語言是人類理解世界的唯一工具，而結構主義詩學所希冀探索的便是這一套潛藏在人類生活的深層語言結構。在此立論基礎下，引發了後世對於結構主義的探討與追問，以下摘要幾個重要提問，作為理解與反詰之根基。首先，若瓊斯基的普世文法理論為真，則人類理解世界的方法究竟能夠有多「普世」？再者，當語言被認為是研究人類生活結構的唯一途徑，則必然面對一個事實：語言是一種不斷變換的溝通工具；但語言學家卻聲稱他們的研究方法是去歷史的。換言之，他們並不在乎語言歷史性或歷時性的意義轉換，只關心共時性的意義結構。最後，結構主義者認為，在文本的解讀過程中，人們必須將作品與作者徹底分隔，因為作者的意圖也必須服從於普世結構。然而，作品的意義是否真能與作者全然無關？又或者說，作者的創作方式與風格，是否算是結構的一環？這些問題都是結構主義蓬勃發展過程中所面對的困境，而後結構主義的崛起則提供部分的解決之道。

【問題與思辨】

一、你比較喜歡運用隱喻還是轉喻？哪一種修辭技巧比較能達到語言「陌生化」的效果？為什麼？

二、嘗試以隱喻和轉喻的概念分析一般網路酸民的語言，哪一種較被普遍使用？為什麼？

三、文學作品中是否有隱喻和轉喻兩項特色同時兼備的例子？請舉例說明。

四、電影或其他影像創作中，是否也有慣用的轉喻或隱喻手法？請舉例。

五、結構主義認為世上的語言具有一種「普世結構」，並嘗試找出一套潛藏在人類生活的深層語言結構，能夠用來閱讀所有的文學作品。你認為有可能嗎？為什麼？

1 請參閱 *Structuralist Poetics: Structuralism, Linguistics, and the Study of Literature*. New York: Cornell UP, 1975.

【書目建議】

溫科學。《當代西方修辭學理論導讀》。臺北：書林，二〇一〇年。

Culler, Jonathan. *Structuralist Poetics: Structuralism, Linguistics, and the Study of Literature*. New York: Cornell UP, 1975.

Jakobson, Roman. *Child Language, Aphasia and Phonological Universals*. Trans. Allan R. Keller. The Hague: Mouton, 1968.

Richards, Ivor Armstrong. *The Philosophy of Rhetoric*. London: Oxford UP, 1965.

肆、李維史陀的結構人類學

克勞德·李維史陀（Claude Lévi-Strauss, 1908-2009）的主要著作推動了結構主義的思潮，因此被譽為「結構主義之父」。他生於比利時布魯塞爾，成長於法國巴黎，畢業於法國索邦大學，研讀法律與哲學。畢業後，一趟巴西的研究探勘，奠定其對人類學之興趣。最後，由於二次大戰爆發及法國陷入戰爭，他選擇遷居美國紐約。李維史陀一生致力於人類學研究，著作等身，如：《憂鬱的熱帶》（*A World on the Wane*）、《野性的思維》（*The Savage Mind*）與《生食與熟食》（*The Raw and the Cooked*）等。李維史陀更設立諸多機構，以供人類學相關期刊論文發表，甚至在法國將人類學塑造為一門個別學科，推廣其結構主義的理論來研究人類學。李維史陀於二〇〇九年因心臟病逝世於法國巴黎。

李維史陀
Claude Lévi-Strauss

李維史陀的結構理論創見與思想有其特色。首先，李維史陀不僅以民族誌之方式論述人類學，更採用各地神話、圖騰、面具等，加以歸納與統整，並進一步梳理符號變化的脈絡與隱喻的模式。李維史陀深信，既然神話與傳說是各種文明的基石，這些原始的「文本」必然隱藏著人類思維的共通結構。神話歸類而出之內在紋理，是否得以反映人類大腦中的深層架構——這便是李維史陀畢生研究所期望解答的終極問題。其次，他認為人類之行為表現乃是再現自然界的各式關係。因此，李維史陀強調人與人的關係及人與自然界的關係是了解人類的重要課題，如此關係便形塑出所謂的「深層結構」，也就是整個結構主義的研究重心。本單元將評介李維史陀的結構觀以及其著名的結構人類學如下：一、李維史陀的二元結構觀；二、結構人類學的文化詮釋；三、結構人類學的文學詮釋。

一、李維史陀的二元結構觀

所謂「二元對立」（binary opposition）是指事物被認知時所建構的二元對立性架構。承接索緒爾的語言學論點，李維史陀認為結構中的一切符號元素皆必須以「二元對立關係」來呈現。無法被納入關係中的元素，便會失去其意義。再者，此結構觀實際上奠基於元素間一種二元對立的不對等關係：前者被褒揚，而後者遭貶抑。換言之，在一個二元對立的關係中，先被提及的要素位階必然遠高於後被提及的要素。例如，光與影、善與惡、美與醜。這三組二元關係裡，都是前者的地位高於後者。李維史陀依據此觀點在人類文明的結構裡發現許多的二元對立：理性與野性、熟食與生食、科學與神話等。對李維史陀而言，正是這些二元對立結構鞏固人類文明的所有架構與秩序。

誠如前述，所有文本的最小單位就是「文字」。文字是構成文學故事中所有場景、角色、事件等敘事的最小單位。但根據索緒爾的語言學理論，「文字」實際上也是一種二元對立的關係：一種符徵與符旨間的對立結構。既然文學屬於人類文明的一部分，則所有的文學理應也符合人類文明的結構。李維史陀便以此為信念對一系列的神話進行分析，得出了神話的最小單位，稱之為「神素」（mytheme）。他指出神話必須是一連串「神素」之間的對立與排列，不同的排列組合形成不同的神話結構，便也反應了人類現實生活的文化結構底蘊。

二、結構人類學的文化詮釋

就文化觀察而言，李維史陀關心的不是個別或具體的社會現象，而是人類文化內在、深層和穩定的心靈結構所構成跨種族的普遍文化現象。他在看似無關聯的不同人類學神話故事中，搜尋整理出基本主題和內部結構，並找出建構神話結構固定的二元秩序性。例如，《生食與熟食》一書中，李維史陀的核心研究問題意識是：倘若人吃生食就會飽，為何還要吃熟食？他以此問題進行深入研究分析，解釋人類為了對此身處世界意義建構之需求，以神話敘事提供人類自身能夠理解的二元論詮釋。書中，李維史陀把二元對立應用在三種不同的理解層次。首先，第一層：感覺性質的對立。例如，生食與熟食的對立、新鮮與腐爛的對立以及物品乾與濕的對立。其次，第二層：形式邏輯的對立。例如，自然與文明的對立、容器與容物的對立以及草食動物與肉食動物的對立。最後，第三層：意象中介物如何用於解釋神話。例如，在神話故事中，兔脣者與雙胞胎兩者之關聯（故事中兔脣指涉善與惡二元對立的雙胞胎）。各式不同神話皆以二元對立結構思考如何從一種狀態過渡到另一種狀態，並將身處世界所需的意義建構統攝於一個文化之中。

李維史陀於一九六二年出版其最深刻的代表作品《野性的思維》。在此書中，他探討人類意識的結構，指出所有的人類其實都具備相同的心智發展；並利用神話傳頌自然世界與超自然信仰之內容，作為研究人們如何組織概念的方法與模式。在李維史陀的人類學研究中發現，原始人類花費許多心思觀察環境中對他們直接有用或者無用的事物，並以他們的知識來分類、排列或連結成一認知系統。同時，他們並不僅僅只是為了眼前短暫的需要才思考；而是發揮其智識上的好奇心，不斷探究世界的秩序及平衡，這也促使人類文明的推動。

為此，李維史陀一反人類學當中普遍對於「原始」的野性思維邏輯（如圖騰、巫術、神話）和「現代」的理性思維邏輯（如科學、法律與文明）之區別，堅稱人類的大腦其實並非真的以此對立劃分。有別於宗教的神祕魔法，原始部落信仰系統屬於文化層面的延伸，能夠透過語言符號被學習和溝通。原始心靈的邏輯就建立在一系列二元對立的符號，不論是在自然、宗教、社會制度和習俗等，彼此間的層級都以推論方式和相關性環環相扣，因而所有的思考和行動都能被歸類到一個涵蓋所有的單一結構中。這些事物間的關聯性雖是武斷的，但並非不具有一致性；換言之，結構中的內容是異質的，但結構的形式是嚴謹與普遍的。對李維史陀而言，此種本質上的特質與現代人的科學思維其實並無差別。兩者皆來自經驗與實證觀察，都具有高度的好奇心且著重運用分類及排序方法。唯一的差別是，原始思維的應用以感知為主，想像為輔，搭配跳躍式的因果推論來解讀自然。科學思維則致力以理性詞彙與客觀的證據，探求這世界更抽象與複雜的規則。

李維史陀表示，《野性的思維》[2]並非指涉任何特定的人類，而是意指「未經馴化」（untamed）的人類思想：「這本書既不是針對野蠻人的心智，也不是原始或古老的人性，而是未經馴化的狀態，且區別以回報為目的導向而受到培養和訓練的心智」（頁二一九）。李維史陀說明，野性的思想總是持續地聚集並應用其二元結構。倘若科學思維得透過科學家設計出最佳解答的方式來展現，那麼原始人就像修補匠一般，就地取材地理解眼前的世界，並自己建構此無常世界的恆常理解框架。因此，研究原始社會的神話故事須從流傳的敘事殘跡和各種可運用的故事斷簡殘篇中，拼貼這塊二元結構大拼布上的各式各樣的碎裂材料。

三、結構人類學的文學詮釋

以下便以三個著名的希臘悲劇神話《伊底帕斯》（*Oedipus*）、《厄勒克特拉》（*Electra*）、《安蒂岡妮》（*Antigone*）來解釋李維史陀的結構式神話閱讀。此論述的前提是，不同種族甚至不同部落，雖然擁有各自的神話，卻依然共享一個恆常不變的內在結構。例如，在李維史陀對希臘悲劇的詮釋中，他提出了「親屬關係價值的逾越」（overvaluation of kinship）與「親屬關係價值的不足」（undervaluation of kinship）兩種概念。易言之，李維史陀認為，無論在哪一個種族，所有的神話故事都在處理部落成員中「親屬關係」的變化與衝擊。當親屬關係的價值標準被超越，或親屬關係的價值不足、匱乏時，悲劇就會產生。

在《伊底帕斯》中，伊底帕斯的弒父娶母過程就是整個故事最大戲劇張力之所在。一開始，伊底帕斯為了躲避命運而意外地殺死了他的親生父親。「殺父」的行為就屬於「親屬關係價值的不足」。古希臘人可以抵抗父親、討厭父親，甚至是恨父親，但絕對不能殺父親。一旦伊底帕斯與生父間的親屬關係不足，便產生了第一個悲劇。在另一個面向，伊底帕斯娶了他的生母，還生下了小孩。此部分則顯示，在古希臘文化裡，一個人可以擁抱母親、喜歡母親，也可以愛母親，但和母親發生性關係則是被禁止的。當伊底帕斯與母親間的關係超越其社會約定價值標準時，就產生了第二個悲劇。因此在《伊底帕斯》這齣悲劇中，二元對立裡面最強大的故事張力就在於人物體現了親屬

2 請參閱 *The Savage Mind*. Chicago: U of Chicago P, 1966.

關係所產生的不足與逾越行為。

《厄勒克特拉》一劇講述希臘聯軍的統帥阿伽門農（Agamemnon）多年征戰特洛伊後凱旋歸國，不料卻被妻子克呂泰涅斯特拉（Clytemnestra）與情夫埃癸斯托斯（Aegisthus）刺殺而身亡。原來，阿伽門農早年將長女伊菲革涅亞（Iphigenia）作為獻祭，以求得軍隊順利開拔；其妻為此事多年懷恨在心，決定痛下殺手。正當她想與情夫聯手順道殺死他的兒子俄瑞斯忒斯（Orestes）以絕後患時，厄勒克特拉便帶著弟弟出逃避難，八年之後，俄瑞斯忒斯成年便與厄勒克特拉返家殺死了母親克呂泰涅斯特拉為父親報仇。此神話突顯的是女兒可以愛父親，也可以恨母親，但不能因此將母親殺害。親屬關係的不足與超越，兩者的二元對立產生了極強的故事張力，導致悲劇的產生。

最後，《安蒂岡妮》則描寫伊底帕斯的女兒兼妹妹——安蒂岡妮的悲劇。伊底帕斯最終發現自己在命運捉弄下依然殺了父親並與母親結婚生子，他愧疚地將自己放逐異鄉並挖除雙眼。伊底帕斯的兩個兒子波呂尼斯（Polynice）與厄忒俄克勒（Etéocle）為了底比斯王位的繼承發生衝突，波呂尼斯被厄忒俄克勒趕走後，便帶著六位英雄攻打底比斯。兩位兄弟在一次單獨對決中同歸於盡，安蒂岡妮的舅父克瑞翁（Créon）順勢繼承王位。克瑞翁以英雄的禮儀厚葬厄忒俄克勒，卻把波呂尼斯當作叛徒，將他的屍體棄置在野外。安蒂岡妮不認同舅父的做法，認為這是不道德且違反神意，於是她不顧克瑞翁的命令，妥善埋葬哥哥的屍體。此舉激怒了她的舅父。克瑞翁下令將安蒂岡妮困在波呂尼斯的墳墓中，而她選擇自殺明志來表達自己理念的堅持。波呂尼斯與厄忒俄克勒的自相殘殺象徵著親屬關係的不足。安蒂岡妮違反現任君王舅父的命令埋葬哥哥的屍體，那樣踰矩的愛則象徵著親屬關係的超越。二元對立的結構再度形塑悲劇的故事張力。

李維史陀深入尋找、分析希臘神話中反覆出現的主題，上述三個神話故事發展皆圍繞著「親屬關係」的「過」與「不及」所產生的結構性悲劇。李維史陀更進一步地將神話中的親屬關係分為兩種類型：一是殺掉摯親代表著親屬關係不足，如伊底帕斯弒父、厄勒克特拉弒母、波呂尼斯與厄忒俄克勒相殘；二是對摯親過分且踰矩的愛，如伊底帕斯娶母、厄勒克特拉為父報仇、安蒂岡妮違反禁令埋葬其兄長波呂尼斯。神話中親屬關係的不足與超越所形成的強烈二元對立，可說是這三個希臘悲劇神話的共同二元結構。李維史陀不將神話單純當作是殺戮、亂倫的故事，而是將神話視同為人類自古以來便存在的各種二元對立結構的展現。李維史陀研究神話的用意也不在於解決人類殺戮事件或亂倫問題，而是藉由結構主義式的分析發掘這些問題的源頭：親屬關係價值的不足與逾越，正是造成悲劇的主因。

除了希臘悲劇神話，李維史陀更藉由他所發掘的神話元素結構，分析美國原住民的傳說，發現這些神話與傳說具備高度的相似性，經常以親屬關係之間的戲劇張力發展故事。簡言之，結構主義式的分析為不同種族、文化的神話故事提供普世的分析工具，更點出李維史陀結構人類學對於文學理論發展的貢獻。

綜而言之，結構主義的特色有三：一、所有的元素都必須放在更大的結構體系之中才能產生意義。若缺少了框架，意義便會進入凌亂碎裂的樣態。因此，在詮釋一個文本、探討一個文化現象時，勢必要挖掘其中的結構，找到讓它構成意義的框架，在此框架內便能有不同的意義詮釋。二、經常藉由前尊後卑的二元對立作為分析方法來處理意義的流動。三、人類的所有神話都是由一連串的神話元素以符合邏輯的架構所組成。截然不同的神話因為其內在結構相似的特性，能貫穿不同的文化。李維史陀之二元對立結構觀的確為當代之文學理論詮釋打下重要基底。

批判思考

結構主義的論點有何問題或侷限？

結構主義引領當代文學理論的思潮，試圖從複雜甚至混亂的文化與文本表象中，找出隱藏其中的底層結構以及系統性詮釋的可能，值得肯定。然而，結構主義也有其侷限與問題。首先，結構主義過度依賴「二元結構」。結構主義者深信，所有事物都必須被置放於某種更廣大的結構中，才能產生全面性的意義。因此，二元結構決定一切現象的意義框架，進而過度約化文化或文本自身流動的多樣性、複雜性還有不確定性。如此一來，將造成文化現象或文學創作成為某種封閉的、簡單的以及絕對孤立的意義系統，亦有牽強附會地連結形式系統間的關係與功能。再者，結構主義過度強調「去人化」的主張。作者意圖、讀者詮釋以及文本或文化人物的不同性格與特性，均被漠視，所以忽略「人」在文化與文學敘事中所扮演的重要角色和功能。最後，結構主義過度重視科學性的計量方法。當代文學或文化理論不是一門嚴格定義下的科學，因此，當結構主義試圖以科學方法建立一套完全涵蓋文學文化作品的普世公式時，注定要失敗。這種科學的理論，反而無法嚴謹地分析語言結構中內在「差異」的演化與生成；用更精準的話來說，只量化「差異」的結構與元素，卻不在乎各式「差異」間有關「質」的特色與「強度」的不同。總而言之，**結構主義將文學與文化分析的「精簡化」可說是其方法的兩面刀刃：一方面，它幫助我們快速歸納複雜混亂的文化與文本，提供較容易理解的整體性視野；另一方面，它也制約了其互文性意義的流動性、多樣性、複雜性與不確定性。**

【問題與思辨】

一、二元結構分析的優缺點為何？李維史陀支持二元對立結構鞏固人類文明的所有架構與秩序。你同意嗎？

二、倘若人吃生食就會飽，為何還要吃熟食？李維史陀的答案為何？你同意嗎？為什麼？

三、如果有兩個選擇：好吃的月餅裝在塑膠袋；難吃的月餅裝在七星級餅店的豪華禮盒，你會選擇哪一個送給親友？

四、形式（結構）與內容（肌理）之間，孰輕孰重？為什麼？請舉例說明。

五、請運用「親屬關係價值的逾越」與「親屬關係價值的不足」兩種概念，分析一部八點檔連續劇、電影或小說故事中的劇情張力結構。

【書目建議】

克勞德・李維史陀（Claude Lévi-Strauss）。《我們都是食人族》。廖惠瑛（譯）。臺北：行人文化實驗室出版，二〇一四年。

———。《神話與意義》。楊德睿（譯）。臺北：麥田，二〇一〇年。

———。《憂鬱的熱帶》。王志明（譯）。臺北：聯經，二〇一五年。

埃德蒙・利奇（Edmund Leach）。《結構主義之父：李維史陀》。黃道琳（譯）。臺北：桂冠，一九八七年。

Lévi-Strauss, Claude. *Anthropology and Myth: Lectures, 1951-1982*. Oxford: Blackwell, 1987.

———. *Structural Anthropology*. Trans. by Claire Jacobson and Brooke Grundfest Schoepf. New York: Basic Books, 1963.

———. *The Raw and the Cooked*. Trans. by John Weightman and Doreen Weightman. Chicago: U of Chicago P, 1990.

———. *The Savage Mind*. Chicago: U of Chicago P, 1966.

壹、佛洛伊德的精神分析概論

「我是誰？」是從古典希臘羅馬一直到當前後現代的哲學家們，都要面對的千年問題，相信這個「大哉問」未來千年間也將以不同的模式持續纏繞人類。從哲思的角度來看，佛洛伊德的精神分析理論，也嘗試處理與回答「我是誰？」的世紀大哉問。換言之，「我」作為一個「主體」、一個「存有」、一個「自我」、一個「思考的個體」，「我」到底是誰？「誰」又是我？對此，佛洛伊德心理學視野的探討是以巨大「無意識」為基底，提出創新的一系列世紀洞見。時至二十一世紀，佛洛伊德關於「我是誰？」的理論，對我們日常的自我了解與探索，尤其內心或精神層面，仍有很大的影響性與實用性。

佛洛伊德
Sigmund Freud

西格蒙德．佛洛伊德（Sigmund Freud, 1856-1939）出生於奧地利弗萊堡的一個猶太家庭，日後為了躲避納粹德國對猶太人的迫害，遷居至英國倫敦。身為一名醫生，佛洛伊德發現許多臨床上的精神病症超過當時神經學的論述範疇，因此著手研究人類的精神與心理結構，進而創立「精神分析理論」（psychoanalytic theory）。此全新理論是以「無意識」為基底的心理學理論，認為人類不應被視為全然理性的生物體，以往無從解釋的言詞（如口誤或筆誤）、夢境以及日常生活中的反常行為（如強迫性行為），在該理論的詮釋下讓人們有更深一層的了解。

佛洛伊德的觀點與方法在二十世紀以來不斷發展，形成眾多派別。例如榮格（Carl Jung）、拉岡（Jacques Lacan）、阿德勒（Alfred Adler）等人，都深受他的影響。佛洛伊德的精神分析理論不僅在西方心理學占有重要的地位，更是深刻影響西方當代文化的重要社會思潮。儘管在現代醫學裡，佛洛伊德提出的精神分析方法不再被視為有效的臨床治療方式，但他仍然激發後續各式各樣的精神病理學理論。無庸置疑，佛洛伊德的精神分析論述在心理學發展史上是一個重大的里程碑。

概括來看，佛洛伊德一生著作等身，其作品大概可以分為三個面向。第一個是「精神分析作為治療方法」的研究。這部分的著作包含了早期的《歇斯底里症研究》（*Studies on Hysteria*）、《論失語症》（*On Aphasia*）、《夢的解析》（*The Interpretation of Dreams*），以及《日常生活之精神病學》（*Psychopathology of Everyday Life*）。第二個面向是以各種角度探討人格發展理論的著作。其中有《論自戀》（*On Narcissism*）、《自我與本我》（*The Ego and the Id*）、《性學三論》（*Three Essays on the Theory of Sexuality*）、《超越快樂原則》（*Beyond the Pleasure Principle*）等。最後一個面向的著作，也是最常受到不同領域引用的面向，就是佛洛伊德的社會哲學理論。這部分就有佛洛伊德晚期的作品，像是《文明與其不滿》（*Civilization and Its Discontents*）、《圖騰與禁忌》（*Totem and Taboo*）、《摩西與一神論》（*Moses and Monotheism*）等。從以上三個面向，就可以簡單看出佛洛伊德的心理分析不侷限於個人心靈結構的分析，更試圖探討整個社會的集體心理形塑。本單元將評介佛洛伊德的重要精神分析理論如下：一、「我」的人格組成；二、意識、前意識與無意識；三、力必多（libido）、愛欲與死欲；四、伊底帕斯情結；五、人格發展之五大階段；六、心理防衛機制。

一、「我」的人格組成——本我、自我、超我

在傳統上，當西方哲學在處理「我」的概念時，都會以「思考的我」作為論述基底。比如說，笛卡兒（René Descartes）的名言：「我思故我在」（I think therefore I am）。換言之，我可以懷疑世間任何的事物，但我絕不能懷疑「我在存疑」或「我在思考」的行為。因為，如果我連「我在思考」也無法確定，那們我便無法確認我的存有。於是「思考」就成為了主體構成的最基本要件。簡單來說，我的思考必須先於我的「存在」（being）。但這樣的思考模式在處理「我是誰」的問題時，便無可避免地將「我」視為一個主體，而其他周遭「非我」的一切就成為了被我思考的「客體」（object）。主客體就此陷入了二元對立的結構，也就無法清楚地被辨識、討論。相較之下，佛洛伊德在面對「我」的問題時，則避免將人類思考行為視為論述的基礎。對他而言，「我」既不是主體，也不是客體，而是由三種不同面向的我所構成的。

根據佛洛伊德，「本我」（id）、「自我」（ego）以及「超我」（superego）是組成「精神」（psyche）模組結構的三個部分。大多數的人類精神生活，都可以用三者之間的活動與交流來描述。首先，「本我」以滿足生來便有的本能衝動為目標，如飢餓、憤怒、性欲等。它是我們作為生物的一種原始基本欲望，也是「力必多」（libido）的來源，亦即生物最為原始的生存本能、驅動延續的原始生命力。除了滿足欲望之外，「本我」並不在乎任何的道德要求，它只遵循「享樂原則」（pleasure principle），是生命最赤裸的樣態。

第二種「我」則是「超我」，作為人格結構中的管制者，屬於人格結構中與外界連結的道德部

分。「超我」反映了心理結構中被內化的文化與社會規範，但最根本的體現見於父母對小孩價值判斷的養成。在運作上，「超我」經常與「本我」對立，並要求「本我」的「力必多」投射標的必須符合社會期望。「超我」以建立理想的人格為其目標，並由「完美原則」（ideal principle）支配（如西方的「紳士」文化規範與東方的「君子」文化規範）。在「超我」的監督下，「本我」的驅動不至於無節制地無限擴展。

最後一個「我」的面向便是「自我」。「自我」扮演著「本我」及「超我」之間的調節者，並在自身和其所處環境中進行調適。當「超我」的要求與「本我」發生衝突時，「自我」就必須依照現實環境，在兩者之間做出抉擇或者是調停。換言之，「自我」的工作就是要讓「本我」的需求在不違背社會規範的前提之下被滿足。佛洛伊德認為，「自我」是人格的執行者，遵循著「現實原則」（reality principle）。

二、意識、前意識與無意識

除了人格組成之外，佛洛伊德斷言，心靈結構能解釋人類的所有行為。然而，日常清楚意識到的心靈結構其實只占了整體心靈的一小部分，其餘的部分多屬於不可知的領域。於是，他提出了「意識」（Conscious）、「前意識」（Preconscious）與「無意識」（Unconscious）三個階層概念，分別代表人類心靈中可被意識捕捉與不可被意識捕捉的部分（參見圖3-1）。

第一個階層的「意識」是心智活動的一種狀態，指的是對於外部世界的存有以及對內部自我的認知。也就是自我對於自身心智認知能力的控管。然而，依照佛洛伊德的說法，意識其實只掌控了整個心智的冰山一角，大部分的心智結構並不為意識所察覺。第二階層屬於「前意識」。前意識介於無意識和意識之間的中介環節。雖然與無意識一樣，前意識不能夠被意識直接察覺，但卻能藉由一定的方法喚回（如催眠術）。簡言之，前意識代表著無意識中可以被召回的部分，或能夠被回憶起來的經驗。最後一個階層則是「無意識」。無意識是心智結構深處蘊藏的內容與能量，既龐大又神祕且無法被直接知曉，通常難以進入意識。這部分的心智活動通常自主發生，並不受自我或者意識所控制。隱藏在無意識的心智活動內容大多超過自我的知覺範疇，因為被壓抑而不可知，只能夠以內心深處無從被認識的欲望存在（像是夢境、口誤等）。儘管無意識無法被全然察覺，但對於整體心靈結構有強大的影響力。一旦一個人意識混亂、陷入憂鬱、行為偏差或知覺失調時，常常就是無意識中的某部分出現了問題。

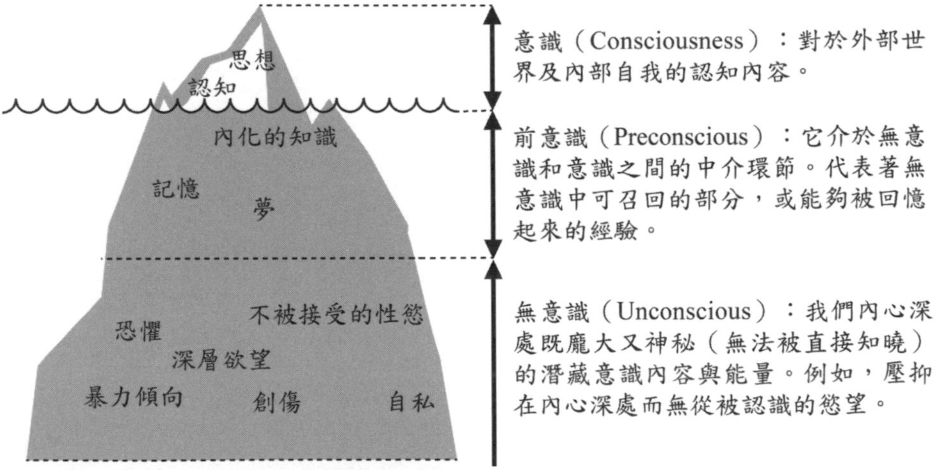
思想
認知
內化的知識
記憶
夢
不被接受的性慾
恐懼
深層欲望
暴力傾向
創傷
自私
意識（Consciousness）：對於外部世界及內部自我的認知內容。
前意識（Preconscious）：它介於無意識和意識之間的中介環節。代表著無意識中可召回的部分，或能夠被回憶起來的經驗。
無意識（Unconscious）：我們內心深處既龐大又神秘（無法被直接知曉）的潛藏意識內容與能量。例如，壓抑在內心深處而無從被認識的慾望。

圖3-1 意識、前意識與無意識

三、力必多、愛欲與死欲

精神分析建基於人們心理能量的內容與運作機制。因此，究竟是什麼東西在驅使人們做出特定行為與反應呢？佛洛伊德認為，人類心靈結構當中存有稱為「力必多」（libido）的生命能量，運作著人們的行為。儘管在當代心理學的術語中，「力必多」經常可用「性驅力」（sex drive）來解釋；然而，在佛洛伊德的理論裡（尤其是晚期的作品當中），力必多並不一定得和「性」有關。相反地，佛洛伊德的力必多可以被定義為一種心智能量，是影響人類行為與意志的「驅力」（drive），或者是與愛（或者恨）相關的所有「本能」（instinct）元素。此「本能」元素可分成三大類：與自我相關的、自衛式的、與性本能的。他指出，性本能在初始階段緊密依附著自我相關本能，而後部分的性本能才會逐漸脫離自我。性本能是較不穩定的，會隨著所面對的壓力、目標與來源而改變。因此，一開始能讓自我產生愉悅感的即是那能滿足原初本能的需求。事實上，「需求」（need）幾乎是「本能」的同義詞，因為「本能」作為一股驅力能量，是需要不斷被滿足其需求，而且個體無法迴避這股需求，因為它就根植在肉身當中（人的「需求」、「要求」與「欲望」的區別將在此講的拉岡單元中說明）。

爾後，佛洛伊德將影響人類的三種本能力必多修改為兩種生命本能：「愛欲」（Eros，又稱「生之驅力」）與「死欲」（Thanatos，或稱「死之驅力」）。「Eros」一詞源自希臘的愛神之名，也就是神話中眾所周知的「邱比特」。簡單來說，愛欲代表著人類的生存本能，能夠使人類維持生命、延續生命、滿足個人生理需求或維護個人安全之驅力。「Thanatos」一詞則來自「塔納托斯」，也就是希臘神話中的死神。死欲的主要作用就在於驅使人們邁向自我毀滅的衝動行為（如賭博、冒險活動或不理性的衝動等），並藉此讓心靈回歸平靜狀態。然而，愛欲與死欲兩種趨力並非相互對立的兩種存在。根據佛洛伊德的看法，愛欲與死欲在多數狀態下是共存的。以性高潮為例子來解釋的話，性行為的發生就是為了追求在高潮時所獲得的快感，因此這種驅使人們發生性行為的力量即是愛欲。但是，高潮所帶來的快感其強度經常是超越人們日常所能接受的範圍，讓人產生幾乎要死亡的錯覺。換言之，人類對於性高潮的追求即是在愛欲與死欲交織之下而發生的行為。

四、伊底帕斯情結（Oedipus Complex，或稱「戀母情結」）

《伊底帕斯》（*Oedipus*）為古希臘時期的代表悲劇。劇中的主角，伊底帕斯本為底比斯城國王拉伊俄斯（Laius）的兒子。後來因拉伊俄斯得知阿波羅神諭，相信他的兒子長大後會將他殺死，並娶走他的皇后伊俄卡斯忒（Jocasta）。於是乎，拉伊俄斯將尚在襁褓中的伊底帕斯強行送走。然而，被拋棄的伊底帕斯輾轉被另一位國王波呂波斯（Polybus）收養。又因為伊底帕斯得知他弒父娶母的神諭後，陰錯陽差地離開波呂波斯前往底比斯城，並用智慧打敗了斯芬克斯（Sphinx，一種獅身人面的怪獸），拯救了底比斯的居民，因此被擁護為國王。最後，伊底帕斯就如同神諭所說，殺死了自己的生父拉伊俄斯，也娶了他的親生母親。

依據這個故事，佛洛伊德堅稱，他在許多個案裡也都觀察到小孩有「親母仇父」的現象（也就是想要「取代父親」的欲望），所以他認為這是一種普遍的欲望，而且這個欲望在孩童的心智發展過程中具有相當大的影響。佛洛伊德進一步說明，雖然小男孩與小女孩的經驗不同，但兩者都必然經歷過伊底帕斯情結。其中最大的差別就在於「陰莖」（penis）的有無。在佛洛伊德的理論中，陰莖就是權力的象徵。擁有陰莖的人優於沒有陰莖的人，而陰莖大的人又優於陰莖小的人。因此，當小男孩發現自己的陰莖比父親的陰莖小時，可能會害怕被父親閹割，成為像母親一樣沒有權力的人，於是便經歷了「閹割焦慮」（castration anxiety）；小女孩則是發現自己與母親都沒有陰莖，而認同了母親的身分，相信自己跟母親一樣需接受父親的權威。因此便會經歷「陰莖羨妒」（penis envy）的階段。然而，此種以男性生殖器作為主軸的性別分析日後受到女性主義者的大肆批判。

五、人格發展之五大階段

佛洛伊德認為，性發展及性滿足對兒童及青少年發展有相當的影響力。他將兒童及青少年人格發展區分為五大階段：口腔期、肛門期、性器期、潛伏期、生殖期。

一、口腔期（oral stage）意指初生至一歲之幼兒，須憑藉吸吮、咀嚼、吞嚥等動作以滿足原欲。若無法滿足原欲，孩童將來可能面臨暴食症、過度自戀、悲觀、依賴等狀況。

二、肛門期（anal stage）指的是一至三歲之孩童，須藉由排泄所帶來之快感以滿足原欲。然而，在這個階段的孩童通常也被父母要求學習使用小便桶並養成良好的衛生習慣。藉由自主控制肛門肌肉的動作，孩童可以獲得一定程度的快感。但若是因為過度的訓練與控制而導致孩童無法滿足原欲，孩童未來可能會有潔癖、吝嗇等人格特質。相反地，若讓孩童過度放縱肛門期的欲望，則可能導致孩童產生邋遢、情緒化等傾向。

三、性器期（phallic stage）意指三至六歲之孩童，須憑藉撫摸自身之性器官以滿足原欲。倘若原欲無法被充分滿足，孩童將可能產生對陽具的高度崇尚，甚至成年之後依然無法擺脫戀父或戀母情結。

四、潛伏期（latency stage）指的是七歲至青春期前期之孩童（國小階段），逐漸轉移對父母之愛戀，並將注意力轉移至其身邊的對象與事物。在這期間，為能充分學習社交、文化相關知識，孩童通常會壓抑自身的性欲使其進入休眠狀態。

五、生殖期（genital stage）意指青春期中後期之青少年，隨著心理與生理發展的成熟，孩童逐漸對異性產生興趣甚至是性需求，並渴望與異性成家、生子。根據佛洛伊德提出的心理學核心信條：「被壓抑物的回歸」（the return of the repressed），上述每階段欲望的過度壓抑或滿足都會在個體成人後不斷回歸，形塑特定的人格特性（參見圖3-2）。

口腔期（Oral Stage）	0~1歲	性欲集中在口腔部位，喜歡吸吮、啃咬及咀嚼。 欲望未獲滿足時的性格：好辯、尖酸。 欲望過度滿足時的性格：暴飲暴食、嗜煙酗酒、依賴。 （「本我」遵循享樂原則）
肛門期（Anal Stage）	1~3歲	性欲集中在肛門部位。父母開始實施如廁訓練（如坐小便桶，管控幼兒的肛門欲望）。 肛門保留型（anal retentive）：潔癖、墨守成規。 肛門外發型（anal expulsive）：頑固、冷酷。
性器期（Phallic Stage）	3～6歲	性欲集中在性器官。幼兒開始注意男女性器官之差別。 男：閹割焦慮、戀母情結。 女：陽具崇拜、戀父情結。 （發展「超我」的理想原則）
潛伏期（Latency Stage）	6歲～12歲	進入國小階段，經歷社會化而分散對性器官的注意力，性欲因而進入潛伏狀態。
生殖期（Genital Stage）	12歲～成年	進入國中及高中階段，性欲回歸至性器官部位。隨著心理與生理發展逐漸成熟，產生對異性的性需求及對理想關係的想像。

圖3-2 成人前「性心理」（psychosexual）發展的五個階段

六、心理防衛機制

佛洛伊德指出，人類為了避免精神上的痛苦、緊張、焦慮、尷尬、罪惡感等，有意無意間使用各種心理「防衛機制」（defense mechanism）來面對與降低這些層面的情緒。換言之，「自我」需使用心理防衛機制來協調「超我」與「本我」之間產生的衝突，而使用這個機制需要愛欲（生存本能）。若適當使用，防禦機制可減緩超我與本我間之衝突，但過度使用則會造成焦慮或產生罪疚，最終將導致如抑鬱沮喪的精神失衡。在佛洛伊德的理論中，心理防衛機制大概可以被歸納為四大類：一、逃避性防衛機制：一種維持社會可以接受的自我形象或者自我行為模式，如壓抑（repression）、理想化（idealization）、退化情感（regression）。二、自欺性防衛機制：用一種消極性的行為反應來達到自欺的目的，如否定（denial）、合理化（rationalization）、歪曲（distortion）。三、代替性防衛機制：以轉移或交換的方式將當下負面情緒暫時移轉出意識，如轉移（displacement）、投射（projection）、幻想（fantasy）、補償（compensation）。四、建設性防衛機制：運用愛欲為方向，且被社會鼓勵的方式處理負面情緒，如認同（identification）、昇華（sublimation）跟利他（altruism）。其中，壓抑是任何人活在人世間必要（也是從小就最常被使用）的心理防衛機制。

事實上，心理防衛機制可以用在日常生活的各種狀況。每個人採用的機制都可能決定個人內心與人格的形塑。相同地，特定的人格也可能偏好使用特定的心理防衛機制。當然，心理防衛機制的使用與選擇較不屬於意識的產物，而多屬於潛意識的。換言之，心理防衛機制經常是在無意識的情況下被使用，因此我們可以藉由認真檢視自己（或文學人物）運用心理防衛機制的種類、頻率與時機，來了解與分析自己（或文學人物）的性格與心理狀態。

【問題與思辨】

一、每個人都有本我（id）、自我（ego）、超我（superego）。如何有效協調三個「我」的衝突？能否舉你的例子說明？

二、我們是否可由「超我」推導出整體社會及文化的樣貌？

三、你最常用哪三種心理防衛機制？為什麼？電影、文學或社會上有什麼例子？

四、你認為佛洛伊德以「性」為人格心理發展的理論是否具有說服力？為什麼？

五、如果每一個人的生命旅程即是一部《西遊記》，唐三藏是「超我」、豬八戒是「本我」、沙悟淨是消極的「自我」、孫悟空則是積極的「自我」。請運用唐三藏師徒四人的角色，談談你的《西遊記》在目前的生命階段是如何進行。為什麼？

六、佛洛伊德將人類成長過程中的「性」心理提出五個發展階段，其各階段內容為何？你認為哪個階段影響最大？為什麼？

【書目建議】

西格蒙德・佛洛伊德（Sigmund Freud）。《重讀佛洛伊德》。宋文里（譯）。臺北：心靈工坊，二〇一八年。

——。《精神分析引論》。彭舜（譯）。臺北：左岸文化，二〇一八年。

彼得・克拉瑪（Peter D. Kramer）。《佛洛伊德：幽微的心靈世界》。連芯（譯）。臺北：左岸文化，二〇一〇年。

喬治・馬庫斯（George Markus）。《佛洛伊德》。顧牧（譯）。臺北：五南，二〇一三年。

Freud, Sigmund. *Introductory Lectures on Psycho-analysis*. Trans. James Strachey. New York: Norton, 1989.

貳、佛洛伊德的精神分析運用

上個單元提到了佛洛伊德以精神分析的角度探討人類性格的形成，以及人類行為的原因。本單元則進一步討論佛洛伊德精神分析在社會、生活與文學上的具體運用與詮釋。佛洛伊德的精神分析運用分述如下：一、人類文明與性壓抑；二、羞恥與罪疚；三、哀悼與憂鬱；四、《哈姆雷特》的精神分析詮釋。

一、人類文明與性壓抑

以佛洛伊德的理論看來，愛欲與死欲交織的最佳例證即是人類的「文明」。在《文明及其不滿》（*Civilization and Its Discontents*）一書中，佛洛伊德即以心理學的觀點檢視文明之中的種種悖論。首先，佛洛伊德的《文明及其不滿》呈現了一種反對線性史觀（linear history）的論證，並聲稱文明的進步實則建立在個體欲望與本能的種種「壓抑」（repression）或「昇華」（sublimation）。他指出，文明最基礎的功能原是用於保障社會群體的福祉；然而，為了確保社會群體的延續，人們就必須和諧地生活在一起。詳而論之，為了穩定社會，掌權者制定了各種律法以限制個體的行為，並嚴格懲處違反規定之人。此外，掌權者亦透過心理層面的理念灌輸，使個體不得不為了公眾利益而壓抑自我。例如，道德、習俗、傳統等非律法性之社會規範，經年累月於個體的心靈結構中內化成為具有潛在攻擊性的「超我」，使「本我」從一開始便不斷地遭到壓抑。因此，個體必然得捨棄部分對社會群體無益甚至是有害的原初欲望或本能（如對他人施加暴力、奪取他人財物等可能影響他人的欲望），並以「愛」、「和睦」、「互助」等理念代之。

但如此一來，文明便引發了個人「本能自由」（freedom of instincts）與「社會統整性」（social conformity）間的衝突，也進一步導致個體及社會兩者皆在愛欲與死欲間無止境掙扎。個體以犧牲部分的自我為代價，換取自身在群體中的延續；而社會則同樣以集體的壓抑規範為手段，保障群體的幸福。簡言之，佛洛伊德深信，只要社會的延續依然以高道德標準要求個體為群體存亡犧牲自我，文明永遠都無法使人類獲得真正的、純粹的快樂。又或者說，文明所帶來的快樂，必然伴隨著個體的「不滿」（discontents），而這種不斷被壓抑又無處發洩的不滿，最終將導致越來越多的「神經症」（neurosis）患者出現。

在較早期的作品〈「文明的」性道德與現代神經症〉（"Civilized" Sexual Morality and Modern Nervous Illness）一文裡，佛洛伊德便已將性本能受到的壓抑與現代文明的神經症做出連結。此篇文章除了具備《文明及其不滿》的論述雛型外，更重要的是佛洛伊德在此將文化分為三階段：第一階段，性本能完全自由；第二階段，性本能以「生育」為唯一的導向，無關生育之性本能則被壓抑；第三階段，性本能以「合法的」生育為最終目標，而我們所處的時代就屬於第三階段的文明。佛洛伊德先是將其分析著重在第二階段的文明性壓抑，並指出即使不以婚姻為性本能的目標，社會上也已出現兩種無法適應文明要求的族群：各種的「性變態」（sexual perversion，嬰孩時期發生的異常性欲固著）及「性倒錯」（sexual inversion，早期心理學用以稱呼對同性產生性欲之現象）的出現。此兩族群面臨文明的各種性道德要求，必須比常人更強烈地壓抑性本能，但此舉卻注定要失敗

（佛洛伊德相信被壓抑的欲望將以不同的樣貌重新回歸出現，且絕不可能因壓抑即消失），最終引發性變態與性倒錯個體的神經症。

到了第三階段的文明，婚姻成為了性本能唯一的合法性出口，但在婚姻之前，性本能必須被壓抑：亦即，性滿足只能在婚姻之後被實現。於是，佛洛伊德追問，如果性滿足必須不停地被延後，那麼婚姻之後的性行為是否真能滿足個體的性本能？他自答，性壓抑的後果導致男人必須透過非典型的性行為（如同性戀或自慰）來暫時宣洩性欲，但長期下來，卻使男性對性滿足的標準提升到了不合現實的程度。在女性部分，則因為父母對其性道德的教育更為嚴格，除了禁欲之外，女性還必須維持「貞潔」（chastity），於是女性即使在結婚後，感情依然會依附父母，而不是其丈夫。如此一來，女性便因與父母的依戀尚未結束而對丈夫產生性冷感，男性也就無法從妻子身上獲得性滿足。最終，兩人還是只能在婚姻之中壓抑自身的性本能，進而導致了現代特有的神經症。

佛洛伊德在《文明及其不滿》中指出，文明的進程，是為了愛欲而生。其目的是將各別的人類個體聚合，進而形成家庭、國族與種族，最終合一，成為一人類大家庭。具體而言，一個文明、國家或任何團體要能順利運作，端賴愛欲所發揮的功用以及其防衛機制。畢竟，在一個團體當中，總是存在多元歧異的聲音。這股具有凝聚力的愛欲力量，能夠將衝突能量移轉至一個想像的、更廣的共同對象之上；例如，為了每個人賴以生存的群體福祉。

二、羞恥與罪疚

「罪疚」（guilt）對佛洛伊德而言，是一種自我與超我間道德感的拉扯。例如，傷害他人或損傷社會（國家、種族、宗教或家庭等）集體的認同感。通常發生在自我發現自己觸碰或逾越了超我所訂定的道德規範後，感到懊悔的心理狀態。其焦慮的根源，多半來自深植於伊底帕斯情結的象徵層律法所帶來的懲罰，例如閹割情緒等。「羞恥」（shame）指的是一種自覺自我有缺失或無能時，所引發的痛苦情緒。佛洛伊德認為人類最原初的羞恥感是由於人類開始直立而行，使原來隱藏的陽具暴露，害怕他人的凝視而產生。因此，羞恥又可以理解為自我達不到自身期許的形象時所產生的情緒反應。簡言之，「罪疚」出自於「自我」（ego）與「理想自我」（ideal ego）間的對立，而「羞恥」源於「自我」（ego）與「自我理想」（ego ideal）間的差距（參見圖3-3）。

以下分別說明這兩種情感反應之前，必須先釐清「自我理想」與「理想自我」間的差別。「自我理想」也就是個體期待自己所能展現的最好形象，亦即，個體希望在別人眼中的樣貌（如，小時候作文題目「我的志願」中，自己想成為的人物——老師、醫生、藝術家或商人）。「理想自我」則主要是來自於父母與社會的期待，也就是他人希望個體呈現出來的樣子（如，好學生、好公民、好兒子或成功人士）；前者來自「本我」，而後者來自「超我」。請記得，超我是父母權威的產物，在個人成長的過程中逐漸被內化。在《精神分析新論》（*New Introductory Lectures on Psycho-Analysis*）中，佛洛

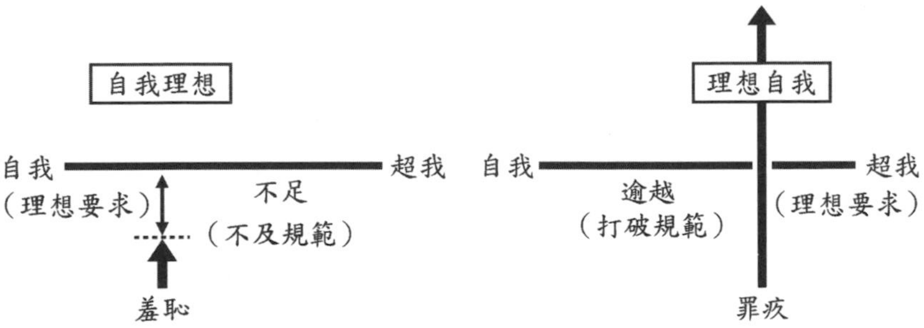

圖3-3 羞恥與罪疚

伊德指出超我也是自我用來評量自己的理想自我；自我會模仿理想自我，並不斷要求自己極力達到更好的目標。在此可以明確看出，理想自我是父母所遺留下的痕跡，是兒童昔日對父母完美性的景仰之產物。然而，由於父母的人格形塑是受到上一代的影響（父母的理想自我），所以更精確來說，兒童超我的形成不是來自父母在日常活動中的言行舉止，而是來自父母的超我。當兒童離開家庭結構後，在社會中亦有許多扮演著超我的角色與系統，繼續監督個體，例如學校老師（或任何具威權性的角色）與宗教信仰。換言之，相較於「自我理想」，「理想自我」的態度更能決定精神官能症的嚴重程度。個體甚至可能根本沒有覺察到習以為常的罪疚感，就直接顯現出病症。所以，自我為了讓一切盡可能在常軌之上，會選擇盡量服從超我的規矩，以縮小自我與理想自我的距離。

簡言之，個體無法企及「本我」的理想規範（如自我形象）時，羞恥感會油然而生；相對地，個體破壞「超我」的理想規範（如不可殺人）時，便會產生罪疚感。前者屬於「不足」的失敗（不及規範），後者則是「逾越」的衝撞（打破規範）。兩者雖然都是一種理想狀態「自我」的破壞，但「理想」形象的來源則不相同。舉例來說，我們希望能夠在他人面前展現出一個具有修養的市民，卻因故自己的全裸影像被社群媒體轉載。此時，因為我們無法完成「本我」理想規範的自我形象，便會產生「羞恥」感，而不是「罪疚」感。但如果我們今天意外開車撞死了人，深知「殺人」是一件社會規範不允許的事情，則我們會因為逾越了社會規範、破壞了超我設下的界限，產生了長期的「罪疚」感。

三、哀悼與憂鬱

在〈哀悼與憂鬱〉（Mourning and Melancholia）一文中，佛洛伊德指出，哀悼是人類面對失去

「愛的客體」（the loss of loved object）時正常的傷心反應。透過常規性的哀悼，自我（ego）能夠清楚地體認到愛的客體的逝去，並且做出切割，以使力必多能量轉移至其他愛的客體。例如，臺灣喪葬習俗中的「頭七」，便是為了讓世間的親人在七天內能夠哀悼亡者，接受他們的逝去，並使痛苦慢慢淡化。在其早期的理論中，佛洛伊德則認為憂鬱是一種病理性的「哀悼」（pathological mourning）。佛洛伊德說道，憂鬱之人通常無法承認愛的客體的逝去，或無法知悉失去之客體為何，因而使自我無法成功地哀悼，導致過度的「力必多灌注投入」（cathexis）滯留於已不復存在的客體上。為了避免過度將精神耗費在無止境的憂鬱之中，自我會將失去之物內化保存到記憶裡，使其成為自我的一部分。實際上，這樣的過程即是自我在身處環境中必要的「認同化」（identification）過程。不過，因「失去」而被內化的「傷心」，事實上卻是空洞的。「失去」即表明了所愛客體的「不在場」，因此自我對於失去之物的認同，反而加深了自身的缺憾與空虛感。面對失落的「愛的客體」時，自我最好能藉由哀悼的儀式與行為，抒發內化的傷悲；然後，再將力必多能量轉移或投射至生命中其他或新的「愛的客體」。

四、《哈姆雷特》的精神分析詮釋

世界文學名著《哈姆雷特》（*Hamlet*）主要講述丹麥王子哈姆雷特為父報仇的悲壯故事。不僅是莎士比亞的四大悲劇之首，更是史上戲劇作品中被引述與討論次數最多的戲劇之一。《哈姆雷特》劇中最富戲劇性張力之處便是哈姆雷特的「生存，抑或毀滅？」（To be, or not to be?）那無法決斷的兩難困境。在此劇中，哈姆雷特的躊躇不決以及精神折磨來自於父親鬼魂本質的不確定性（是

「遇救的陰魂」或是「被懲的魔鬼」?)。身為其父鬼魂要求報仇的唯一目擊者，哈姆雷特無法證明事實是否真如同這位自稱為父親的鬼魂所指控：他是被欲篡位的弟弟(哈姆雷特的叔父)所弒。因此，哈姆雷特承受著證言缺乏見證者的焦慮與無助，陷入了一個令其幾近瘋癲的時間斷裂狀態。面對當今父親鬼魂後，思考如何積極回應父親鬼魂的復仇要求，已是一種「超我」的重責大任。

但是，哈姆雷特回應父親亡魂必須面對一種棘手的困境：沒有一個決斷的正義行動不與其他正義的可能性斷裂，也沒有任何具體法律的實踐可以跨越此形而上的斷裂，這個解構的斷裂空白區域存在於執行正義的當下，正如同我們面對生命中任何重大及兩難的「決定」時，必然陷入一種焦慮的「昏眩」甚至「瘋狂」的狀態：一種理智突然斷裂而產生空白的焦慮與瘋狂。誠如德希達(Jacques Derrida)引用齊克果(Soren Kierkegaard)的話：決定的剎那是一個瘋狂狀態，然而此瘋狂的狀態也提供我們一個「救贖」的可能性[1]。因此，為了面對與回應內心父親幽靈的不斷纏繞，最後哈姆雷特決定搬演一齣「劇中劇」來證明他的推測。至此，哈姆雷特方能從原來的瘋癲狀態回到現實情境。換言之，劇中美學層次的藝術展演「劇中劇」提供了哈姆雷特一個果決行動的可能，藉此將自己從原先憂鬱、失憶和瘋癲的深淵中解救出來，獲得一個瘋狂後「救贖」的可能。

佛洛伊德的精神分析能為此文學巨著打開何種詮釋的新視野與風景?在《夢的解析》一書中，佛洛伊德分析此劇建立在哈姆雷特對復仇行動猶豫不決的基礎上，但它未說明這些猶豫的動機或理由。按照他的精神分析理論，佛洛伊德相信哈姆雷特根深蒂固無意識的「戀母情結」阻止了哈姆雷特對叔父克勞迪(Claudius)下手，復仇行動因而不斷地延宕。誠如之前「戀母情結」理論所述，佛洛伊德主張世上每一個男孩都有「仇父」與「戀母」的祕密情結，但卻被超我壓抑與監控。哈姆雷特的復仇欲望與內心獨白的確反映佛洛伊德的「戀母情結」觀點。首先，在「戀母」部分，哈姆雷特與母后葛簇特（Gertrude）之間常有曖昧、依戀與惱羞成怒的情節。我們可以在第一幕第二景哈姆雷特與母親的對峙後，出現最令人震撼的內心獨白中察覺他「戀母」的內心戲：

> 弱者啊，你的名字就叫女人！——短短一個月，那雙鞋子還沒有穿舊呢——她曾穿這雙鞋為我可憐的父親送葬，當時她哭成個淚人兒，哎呀她——；上帝啊！一個沒有理性的畜生都會悼念久一點吧——嫁給我叔父，我父親的弟弟——但跟我父親的差別，好比我跟超人。不滿一個月，最虛偽淚水裡的鹽分還在使她的眼睛繼續紅腫，她就嫁了人了——啊，最罪惡的速度！如此迫不及待地鑽進亂倫的被窩裡！這不是好事，也不可能有好結果。我的心哪，破碎吧，因為我必須沉默！

比起失去父親，哈姆雷特對愛母改嫁他人這件事更加憤慨，更難以接受。此內心獨白橋段具體表露出哈姆雷特寧願母親耽溺在喪夫之痛的悲切中，也不願她改嫁給自己的叔父。他對母親不能言說愛戀的失落，轉化為不理性的責備，甚至是憤怒的詛咒。

此外，在「仇父」部分，依據佛洛伊德提出的「父／母／我」（daddy-mommy-me）三角家庭關係結構，哈姆雷特的叔父殺死其父親後，哈姆雷特「弒父」的潛藏欲望本應獲得滿足，但叔父卻也同時滿足了他「娶母」的私欲。一方面，叔父成為他心中長久想成為的自己，也成為內心崇拜的英雄（完成了他極為渴望卻不可能做到的事）；然而，另一方面，因為叔父同時成為他法定的繼

1 請參閱 *Writing and Difference*. Trans. Alan Bass. Chicago: Chicago UP, 1978.

父，他不得不再次壓抑自己的戀母情結，仇恨叔父。從精神分析的超我角度來看，哈姆雷特必須肩負起殺父不義的復仇重責；但在他的內心本我卻掙扎著。若他殺死叔父，等同於埋葬了內心巨大真實的自己；殺死叔父，則等於殺死他自己的英雄！他深陷無法言說的兩難困境。此困境帶來的焦慮與瘋狂造就了哈姆雷特躊躇不決的經典名句：「生存，抑或毀滅？」因此束縛了他為父報仇的行動力，導致多次錯失了殺死叔父的機會。例如，有一次哈姆雷特發現克勞迪一個人正在閉眼禱告，正準備持刀殺他時，卻又猶豫不決地收手作罷。如是，哈姆雷特為父報仇一事一直無法有果斷的行動力。直至最後與叔父同歸於盡，故事悲壯收尾。無庸置疑，佛洛伊德的精神分析為此文學巨著打開了一道精彩的內心視野與詮釋風景。

批判思考

佛洛伊德的精神分析理論有何侷限與問題？

佛洛伊德是無意識心理分析與心理治療體系的開創者，被世人譽為「精神分析之父」。本講正文已介紹了佛洛伊德的重要理論與貢獻，此處歸納他飽受批評的四項缺失。第一項缺失是佛洛伊德雖然提出性欲為人格的主要驅動力，但是他卻過度以性壓抑解釋人格形成與一切的精神失常。此「泛性決定論」（pan-sexual determinism）缺失可從佛洛伊德後期著作中用詞的轉換，看出他試圖彌補理論的瑕疵。例如，「性趨力」一詞修正為「愛欲」（參考第三講第一單元）。第二項缺失是論證過於主觀。哲學家卡爾．波普爾（Karl Popper）曾批評佛洛伊德的精神分析是「偽科學」（pseudo science），並且指出其多數假設都經不起實際的科學驗證。第三項缺失是佛洛伊德以「父／母／我」的家庭為分析核心，明顯忽略了社會動能。例如，德勒茲與瓜達希抨擊佛洛伊德的核心家庭論述明顯與資本主義掛鉤，致使個人欲望陷入資本社會消費壓抑的循環，無法激發個人改造社會現實的基進欲望（參考第四講第四單元）。第四項缺失是佛洛伊德以男性心理為模板檢視女性心理，有性別歧視之虞。伊瑞葛萊對此缺失有具體描述（參考第九講第四單元）。總之，回顧佛洛伊德一生書寫的精神分析理論，許多論述細節或心理治療技術已不合時宜，甚至有主觀偏頗的問題，因此已被當代心理學界淘汰或改進。然而，我們必須承認他開創的心理學理論框架、分析議題與研究方式仍深深影響著心理學的發展。此外，佛洛伊德對當代哲學、社會學、文學、文化研究的影響實有過之而無不及。

【問題與思辨】

一、根據佛洛伊德的理論，人失去「愛的客體」後會產生哀悼或憂鬱的情緒。你同意嗎？為了避免陷入憂鬱，你有何哀悼的儀式可以快速走出悲傷？

二、你若是學生，並代表學校參加某項國際比賽，結果輸得很慘，你會覺得羞恥、罪咎、還是兩者都有？為什麼？

三、你認為佛洛伊德哪一個心理分析理論最有道理？哪一個又最不合理？為什麼？請舉例說明。

四、你認為《哈姆雷特》的精神分析詮釋有說服性嗎？為什麼？

五、請用佛洛伊德的精神理論，分析、詮釋一部電影、文學或社會上的故事。

六、若你發現你的「自我理想」與「理想自我」的定義不同時，你會以何者為重？或是你會如何協調兩者？

【書目建議】

史帝芬・米契爾（Stephen A. Mitchell）、瑪格麗特・布萊克（Margaret J. Black）。《超越佛洛伊德：精神分析的歷史》。白美正（譯）。臺北：心靈工坊，二〇一一年。

西格蒙德・佛洛伊德（Sigmund Freud）。《性學三論》。孫中文編譯。臺北：華滋，二〇一七年。

———。《圖騰與禁忌》。李至宜、謝靜怡（譯）。臺北：好讀，二〇一三年。

———。《夢的解析》。孫明之（譯）。臺北：左岸文化，二〇〇六年。

———。《精神分析新論》。臺北：Portico，二〇〇六年。

威廉・莎士比亞（William Shakespeare）。《哈姆雷》。彭鏡禧（譯）。臺北：聯經，二〇〇一年。

Derrida, Jacques. *Writing and Difference*. Trans. Alan Bass. Chicago: Chicago UP, 1978.

Freud, Sigmund. *Civilization and Its Discontents*. Trans. James Strachey. New York: Norton, 1961.

———. *"Civilized" Sexual Morality and Modern Nervous Illness*. Read Books, 2014.

———. "Mourning and Melancholia." *The Standard Edition of the Complete Psychological Works of Sigmund Freud. Vol. 14*. London: Hogarth Press, 1955. 237-58.

———. *The Ego and the Id*. Trans. Joan Rivière. New York: Norton, 1989.

參、拉岡的主體三層論

心理學具有人文社會與科學的雙重基因，是一門有趣且極具挑戰性的跨域學科。就其學科實際發展歷史來看，其父親是哲學，而母親則是科學。佛洛伊德的精神分析即是此跨域性的時代產物催生者。以「回歸佛洛伊德」為研究意圖的拉岡，其精神分析論述內涵深化了心理學的「父性」。所以，拉岡論述的「哲思性格」很強，對人文社會學科的影響遠多於自然學科或臨床醫學。然而，在人類基因組完成定序後，腦神經科學的強勢崛起，大腦被視為人類生命尚未徹底掌握的最後知識疆域。換言之，二十一世紀心理學（如認知心理學）開始藉由功能性磁振造影（fMRI）、正電子發射電腦斷層掃描（PET）、單光子電腦斷層掃描（SPECT）等新科技，對其「母性」作進一步的探索，研究兩耳之間一．四公斤大腦的運作。如何對人類心理、記憶與認知等產生控制與影響，成為全球熱門的研究領域。有鑑於此，當代心理學「父性」與「母性」論述之間，必將生成全新「心與腦」的革命性對話潛能，非常值得期待！

拉岡
Jacques Lacan

倘若佛洛伊德對「我是誰？」此千年哲思大哉問的具體貢獻，是建立「意識、前意識、無意識」的三層拓樸理論；讓我們了解，人類意識永遠受制於其強大而神祕的「無意識」。那麼，拉岡的具體貢獻則是進一步建立「象徵層、想像層、真實層」的三層拓樸理論；讓我們了解，主體意識源自語言的效應，因此永遠受語言場所「大他者」的宰制。

雅各・拉岡（Jacques Lacan, 1901-1981）為二十世紀極具盛名與影響力的法國思想家與精神分析學家。他的許多精神分析論點皆來自於對佛洛伊德理論的重新閱讀與詮釋，因此拉岡也被稱為「法國的佛洛伊德」。拉岡於一九〇一年出生在法國巴黎，他的父親從事肥皂與油脂製品的買賣工作，母親則是個虔誠的天主教徒。受到母親的影響，拉岡的弟弟長大後也隨母親的宗教熱忱，進入了修道院，為上帝奉獻一生。然而，拉岡自小時候便對哲學抱持莫大的興趣，因此長大後的他，一反家族濃厚的宗教背景，決心成為無神論者。一九二〇年，拉岡進入醫學院就讀，並專攻精神病學。在此時期，拉岡開始與當時思想前衛的藝術家及文學家有了密集的接觸，奠定了拉岡日後的「反教條」思想。

一九三〇年代，拉岡的哲學思想開始蓬勃發展。這時期的拉岡主要與當時的超現實主義（surrealism）藝術家有著密切的接觸，更協助推動許多相關的藝文運動。一九三二年，拉岡出版了個人在精神病學上最早的代表作：《論偏執狂病態心理及其與人格的關係》（*On Paranoiac Psychosis in its Relations to the Personality*，為拉岡的博士論文），並以此論文呼應超現實主義運動的諸多訴求。同一年間，拉岡也在盧恩斯坦（Rudolph Loewenstein）的指導下接受精神分析訓練，並在一九三四年被提名為巴黎精神分析學會（Paris Psychoanalytical Society）的會員候選人。一九三六年後，拉岡私下開始將精神分析運用在他的精神病診療專業。在同一年稍晚，拉岡便在國際精神分析學會（International Psychoanalytical Association）的大會上發表了他的第一份精神分析報告，主題正是他一生最著名的「鏡像階段」（Mirror Stage）理論。與此同時，除了專研精神分析理論外，拉岡亦在歐陸哲學上投入不少學習的時間與精力。例如，一九三三年至一九三九年間，拉岡定期前往科耶夫（Alexandre Kojève）的課堂，聽他講授黑格爾的「現象學」（phenomenology）以及「主奴辯證」（master-slave dialectic）概念，這些哲學訓練對於拉岡後來提出的自我形塑理論顯然有很大的影響。

然而，拉岡的學術生涯並非就此一帆風順。一九四〇年代的二戰時期，納粹德國攻占了法國大部分區域，拉岡所參加的巴黎精神分析學會也因而被解散。儘管拉岡並未因此停止他的精神分析研究，但他的學術事業不免受到影響。直至一九四五年戰爭結束後，巴黎精神分析學會才恢復定期聚會。拉岡則是在戰後前往英國遊學，除了與當地的精神分析學者結識外，他們的「小組研究」方式更促成了拉岡日後一系列的「專題」（seminar）討論。一九五三年，拉岡與巴黎精神分析學會其他成員因意見不合，而決定自立門戶，與友人成立了精神分析法國學會（Société Française de Psychanalyse）。

在思想發展上，拉岡也受到同時期的結構主義思潮影響，試圖將「結構」的概念引入精神分析之中，並指出精神分析自詡為「深層心理學」的想法是個謬誤：精神分析的研究客體——「無意識」——也只是單純的結構，並沒有什麼深度可言。由此，拉岡便與傳統精神分析分道揚鑣。甚至在一九六〇年代，精神分析法國學會為了進入國際精神分析學會，還不惜將拉岡剔除在分析師的名單之外。拉岡不得已只得再次脫離所屬學會，並成立由他個人主持的巴黎佛洛伊德學派（École Freudienne de Paris）。往後的日子裡，拉岡便靠著他最著名的「專題」（Seminar）系列在學術界中發展。日後又因身體無法負荷而解散了巴黎佛洛伊德學派，結束了他一場又一場的精彩專題討論會，最終於一九八一年辭世。本單元將評介拉岡的重要理論如下：一、語言結構與無意識；二、鏡像階段與自我的形成；三、主體三層論。

一、語言結構與無意識

如前所述，拉岡的精神分析論述深受法國結構主義的影響，加上當時的精神分析學說逐漸向「自我」與「意識」等可觀測、易分析之心理面向靠攏，被認為不可知又不可控制的「無意識」於是逐漸被忽略。為了使無意識重新成為精神分析的主題，拉岡遂藉此將「結構分析」的概念引進其分析理論。第二講曾提到結構主義語言學家認為，語言是人類認知與思考外部世界的唯一媒介，因此，他們堅信語言決定人類的思想架構。拉岡論述的創新之處，即在於他使用了結構主義的基礎論述重新詮釋佛洛伊德的精神分析，並提出了「無意識具有語言般之結構」的論點，藉以達到其所提倡的「回歸佛洛伊德」（return to Freud），並賦予精神分析「科學」的名號。在更深入討論拉岡的「無意識之語言結構」前，在此先解釋拉岡如何將佛洛伊德的無意識概念做出進一步的歸納與釐清，然後分析拉岡對需求（need）、要求（demand）與欲望（desire）的區別。

本講的前兩單元用了不少篇幅解釋佛洛伊德的無意識及其應用。簡單歸納，佛氏無意識相關著作的關注重點，至少呈現出三個階段與面向：無意識從個人「被壓抑的欲望」，到驅使人類行為的「本能」來源，最後建立人類文明與社會的基礎。拉岡對佛洛伊德無意識概念之應用最主要落在第一與第二個面向。就第一階段而言，佛洛伊德在《夢的解析》中解釋，個人被壓抑的欲望將以夢境的方式回歸至意識。一個夢境又可細分為「顯夢」（manifest dream-content）及「隱夢」（latent dream-content）兩個層次，前者指涉的為夢境的表層，即為意識可立刻辨識的部分；隱夢則為夢境的深層意涵，為無意識的呈現。簡言之，隱夢經過一系列「濃縮」（condensation）與「置換」（displacement）的心理機制運作後，以「顯夢」的樣貌被意識所覺察。

對佛洛伊德與拉岡而言，無意識裡的欲望不但無法被意識的文法理解，甚至會被刻意排除，因此改以濃縮與置換的「加工」機制與運作，通向意識的國度。如是，無意識與意識並非二元對立，而是動態的多層相關。然而，佛洛伊德認為夢是欲望的滿足，拉岡則主張夢並非滿足欲望的幻想，而是對內心永遠失落客體的不懈呈現。拉岡的「無意識之語言結構」即是利用了文學創作上的「隱喻」與「轉喻」（參見第二講第三單元）分別解釋「濃縮」與「置換」的心理運作機制。夢境的「濃縮」對應文學上相似性的「隱喻」，而「置換」則對應相關性的「轉喻」。濃縮與置換兩者皆是將各種不同的「符徵」聚集或融合為一體，再與所欲傳達的符旨相連。假設「我在夢中看見自己在為一大片玫瑰花園澆水」，玫瑰花園自身所包含的意涵可能就有愛情、危險、繁衍等，而「澆水」的行為可能又指涉了另一系列的符旨。簡言之，夢中的訊息並不一定會以個別的符徵出現，而是可能以無法直接辨識的濃縮與置換方式聚合之後，以單一的夢境符徵同時將多種符旨表達出來。

另一方面，置換的運作方法則與轉喻相似，皆是以鄰近的符徵代替原先所欲使用的符徵。比方說，「過盡千帆皆不是」即是以「帆」代替了「船」，因此可以是一種符徵之間的置換。拉岡認為，夢境或是無意識之所以難解，是因為夢境的編碼過程同時涵蓋了濃縮與置換，導致我們無法辨別符徵究竟與什麼符旨相連。然而，夢境難以拆解並不表示無意識就雜亂無章，毫無道理可言。相反地，透過將夢的編碼機制與文學上的隱喻、轉喻手法對照解釋，拉岡證實了無意識事實上也就如同語言一般，具有一龐大且複雜的文法架構與規則，而精神分析的功能即在於分析這些架構下無意識所欲傳達的真正訊息。

拉岡除了以「隱喻」與「轉喻」分析語言意符如何主導無意識結構的法則外，他進一步運用此「無意識之語言結構」精彩地詮釋「需要」（need）、「要求」（demand）與「欲望」（desire）的區別。首先，「需要」是屬於生物學的事實，針對生理上須被滿足的客體。例如，小孩渴了，需要水；餓了，需要食物；冷了，需要衣服。因此，「需要」可以被具體滿足。「要求」則是屬於「無意識之語言結構」中對他人的無意識要求，是表面「需要」透過表意語言向他者提出要求時必然異化後的「匱乏」（lack），造成所要求的客體不再僅是「需要」的客體（如食物），更是永遠失落的客體，永遠無法被滿足的內心匱乏（如母愛、正義、美或善）。例如，小孩的哭鬧行為，是心理對母愛的「要求」遠大過身體對食物的「需要」。易言之，「需要」來自身體的欲望，而「要求」則來自與他人在無盡語言關係的欲望。此「要求」因而是人們心中「匱乏」的衍生物。因為有了永遠填不滿的內心匱乏，才有無盡的「要求」。

此外，我們常說：衣櫃裡永遠缺一件衣服（或，銀行存簿裡的數字永遠少一個零）。人們對「那件」衣櫃裡缺少的衣服源自於欲望永遠不在場的無意識「匱乏」，而不是特定時空下需要的某件特定衣服。拉岡在《文集》（*Écrits*）[2]中指出：「要求自身承載了某種超乎它所渴望的滿足。這是一種對在場或不在場的要求——此種要求展露在其與母親的原始關係中」（頁二八六）。因此，要求的欲望並非尋求滿足的動機，亦非僅是對母愛的現實需求，而是在母愛的原始關係中，所遺留下來無法完全滿足的匱乏空洞。如是，「衣櫃裡永遠缺一件衣服」或「銀行存簿裡的數字永遠少一個零」的心理空洞皆是拉岡所說如「母愛」的空洞，而此無意識欲望所尋求的是如「不在場」母愛要求，無法被在場的任何母愛具體行為填補而滿足。不管如何填補此匱乏，匱乏是無法被填滿。只要人還活著的一天，不斷要求成為內心欲望的特徵。我們可以說，欲望作為一種內心永遠的匱乏，是「要求」中無法約化於「需求」的東西，因此從「要求」中減去「需求」就得到了無意識語言結構中無盡的欲望。如何了解、面對與回應自己生命永遠匱乏的心理空洞，成為人一生非常重要的生命課題。

二、鏡像階段與自我的形成

「鏡像階段」為拉岡最早提出的核心理論，在日後的「自我」及「主體」理論中也都是關鍵的概念。具體來說，鏡像階段在嬰兒主體形構過程占有一個關鍵的時期與重要的轉折。此階段是「自我」認同初步形成的時期，它揭示了每個人都必須先依賴一個想像的、期望的、扭曲的、異化的與被誤認了的對象來認識與形塑「自我」（參見圖3-5）。例如，一方面，我們從小到大都需要依賴周遭人們眼光（鏡子）裡的自己，來認識、建構與修改「我是誰」的內容。然而，另一方面，他人眼中的「鏡像」自己永遠是想像的、期望的、扭曲的、異化的與被誤認了的自己。「鏡像階段」的概念源自於拉岡的精神病學研究，並運用於他對「艾米亞」（Aimee）事件的分析（「艾米亞」是拉岡案例分析中一名女精神病患者的代稱）。

艾米亞是一名沒沒無名的女作家。某夜，艾米亞到了巴黎的一家劇院中，用利刃刺傷了一名知名的女演員。警方逮捕了艾米亞後，她堅稱該名女演員惡意散播謠言以抹黑她，害她的作品始終無法順利出版。然而，艾米亞在警方的盤問下，卻也承認她與女演員其實並不認識。拉岡對這個案件進行分析，指出艾米亞對女演員的刺殺並非是針對女演員個人，而是艾米亞在他者身上所看見的

2 請參閱 *Ecrits: A Selection.* Trans. Alan Sheridan. London: Routledge, 1977.

「鏡像」（reflection）。亦即，艾米亞試圖攻擊的是女演員所代表的理想形象：一個擁有權力、地位，又事業有成的女人。此種理想也是艾米亞自身所欲實現的「理想自我」（ideal ego）。然而，現實生活中一次又一次的挫敗打擊著她所著迷的自戀形象。「鏡像」的虛幻性便暴露了出來：艾米亞在鏡像之中看見的再也不是理想的自我形象，而是「匱乏」（lack）與「不在場」（absence）的自我。也因為此種反挫使艾米亞架起自我懲罰機制，讓她飽受被迫害妄想的「偏執症」（paranoia）之擾。透過此案例分析，拉岡將艾米亞的病因歸咎於自我與他者間想像的扭曲混亂。換言之，他透過艾米亞的案例去驗證外界認同與自我想像的心理交涉過程，以及「自我」在形塑中所產生的妄想症特質。

拉岡認為，艾米亞的情況可以追溯到嬰孩時期與母親分離的經驗，亦即自我誕生的時刻。藉由佛洛伊德的催眠治療理論與瓦隆（Henri Wallon，法國心理學家）的鏡像研究，拉岡認為嬰兒在剛出生時處於一種無法掌控自己身體的虛弱狀態，只能被外在的他人支配著。直到嬰兒從鏡子之中看見自己的樣子，逐漸發現鏡中的嬰兒影像是自己的倒影後，嬰兒才體認到自身與他人的邊界（包含嬰兒與自己鏡像間的邊界，以及嬰兒與周遭之人的邊界），並開始幻想自己是一個完整且具有自決力的個體。簡言之，嬰兒透過鏡像不只經歷了一次認同經驗，同時也樹立了一個外於自己的「小他者」（即鏡子中的自己）。只不過，正因為鏡像只是嬰兒的倒影，無論它與嬰兒多麼相似，鏡像終究無法替代嬰兒的真實存在。於是，當嬰兒藉由鏡像來認識自身時，便已經產生了「錯認」（misrecognition）的情形（例如，嬰兒誤以為自己已經能夠獨立於母親而存在，但實際上，嬰兒的各種需求仍需要依靠母親來滿足）。

拉岡總結道，此種透過自身的鏡像倒影而形成之虛幻的、錯誤的認識，在嬰兒長大後，即形成了心理學中那個誤以為自己能夠掌控整個心靈結構的「理想化」自我，必須與實際存在的「主體」區分開來，兩者不可混為一談。

三、主體三層論

有別於西方傳統哲學建立在笛卡爾論述的「我思主體」（Cogito），拉岡認為，既然無意識以語言的樣貌主宰了主體的思維模式，那麼「主體」的概念本身就不可能清晰可見，反而是由多種元素所組成的複雜結構。同樣受結構主義思想啟發，拉岡將主體的結構大致分為三個向度，分別為「想像層」（the Imaginary）、「象徵層」（the Symbolic）與「真實層」（the Real）。此三個向度的秩序彼此交錯、影響、依存，才建構了一完整的主體（參見圖3-4）。以下將對三個向度秩序做更進一步的說明。

上述的鏡像階段說明嬰兒如何在成長過程中，因看見了自身的鏡像而想像出一虛幻的自我形象。拉岡把這種意識或自我的形塑歸納於「想像層」的

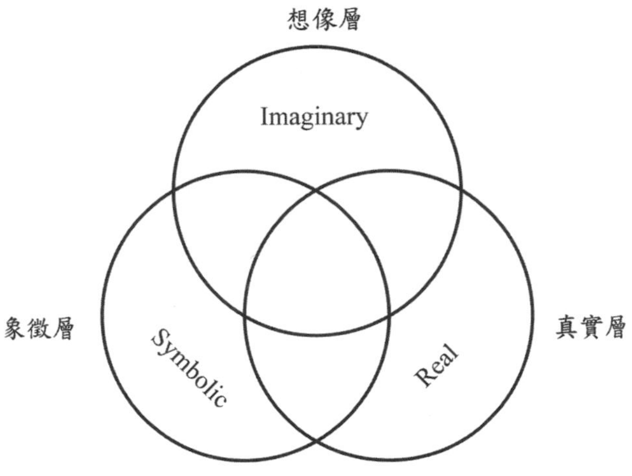

圖3-4 拉岡的主體三層論

秩序。主體需要透過想像層的秩序才能夠理解自身與他人之間的關係（就如嬰兒需要先辨認出母親及其鏡像，接著才認出自己以及自己鏡中的倒影）。因此，這種想像的錯認不僅是主體內部的（intrasubjective），也同時是主體間的（intersubjective）關係。更重要的是，這種想像層的秩序並不會因為脫離了嬰兒時期就消失，而是在主體發展的過程中，繼續影響主體的無意識。

當個體習得語言後，即進入由語言掌控的「象徵層」，同時也逐漸在「象徵層」的規範網絡中認識與建構自己的「主體」意義。拉岡這裡所說的「語言」並不是我們日常所說的「自然語言」（natural language，像是中文、日文、德文等實際「被言說」的語言），而是一種在個體誕生之前就存在的社會條件，其具體表現就如歷史、傳統、神話、傳說等（詳見第二講）。如此龐大繁雜的結構，使得所有主體化的個體在其面前都只能選擇屈從。換言之，個體在誕生之前，即被指派了社會結構中的一個特定「位置」（position）：掌握語言便是透過社會化規範，認清「我」的位置。拉岡強調，「我」的位置受制於我與他人間的言說辯證活動。因此，如果沒有「你」、「我」、「他／她」等代名詞，言說者便不可能獲得「我」的象徵符號，也就無法獲得主體的身分。

在拉岡的三層論中，想像層與象徵層共同組成了「真實」（the reality）。然而，「真實」終究是主體藉由語言及幻想所建構而成的部分區塊，並不能代表心靈結構的整體。而另外一部分逃離語言掌控，永遠無法被主體以語言或符號呈現的區塊，即是拉岡所稱的「真實層」。真實層在拉岡的精神分析中始終缺乏詳盡的論述，即使在拉岡的精神分析的過程中也不容易被察覺。只不過，不可見、不可察覺並不代表真實層的消失。相反地，真實層不停地為想像層與象徵層提供動力，是人心無盡欲望的來源。易言之，真實層是永恆無形的「在場」（at presence），支持著主體與自我的形塑（參見圖3-5）。

以下以耳熟能詳的哈利波特作為例子，檢視拉岡的主體三層論及主體形構的Z圖式。電影中的哈利波特，一開始並不知道自己的巫師身分，並寄居在他的「麻瓜」親戚德斯禮家。透過德斯禮一家人來理解自己的哈利，此時只是一個怯弱、平凡、沒有自信的男孩，對於「魔法」完全不知情，更不用說他在魔法世界享有的高名氣。因此，哈利將自身在麻瓜世界（想像界的「小他者（他人）」）的鏡像誤認為真實的自己，此即為哈利藉由想像層秩序所構成的自我。直到哈利收到了第一封來自霍格華茲的入學通知後，哈利便開始體認到自己幻想的自我與他真實的身分有所不同。接著，來自魔法世界的海格出現，將哈利帶往霍格華茲學習魔法，這時的哈利才認識了自己的巫師身分。隨著他掌握了魔法世界的「語言」（例如魔法世界的咒語、習慣、歷史等，為象徵層的「大他者」）（Other，又譯為「大對體」），哈利漸漸地在巫師界獲得有勇氣、有智慧、有自信的英雄主體性。

只不過，即便在巫師世界獲得了眾人的認同，哈利依然無法理解自己頭上傷疤的真實意義，而這也正是他已逝的父母唯一留給他的訊息。在電影第一集中，哈利在意若

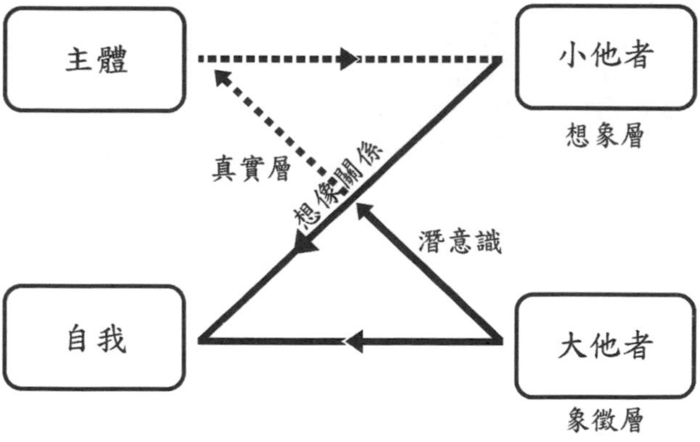

圖3-5 拉岡主體形構的Z圖式

思鏡（Mirror of Erised）中看見了自己與父母團聚的畫面，鄧不利多向哈利解釋，這面鏡子能夠反射出每個人心中最深層的渴望。因此，對哈利來說，潛藏在他無意識當中，推動他在麻瓜世界與巫師世界活下去的動力，就是他希望能夠再次見到父母。然而，正如鄧不利多解釋的，意若思鏡無法帶給人們任何新知識與真實。更何況，魔法也不能讓人死而復生。換言之，即使哈利能夠理解自身最深層的欲望，但他所渴望的客體——父母以及他們的關愛——是他永遠失落，且永遠都無法獲得的客體（真實層中的「匱乏」）。他們只能是哈利心中永遠的匱乏、缺席。此即為哈利真實層中，即使依靠巫師的魔法語言也無法實現的願望，卻才是形塑與主導哈利主體性的最重要原因，也成為此故事緊張、感人及具啟發性情節背後的真正動能。

【問題與思辨】

一、拉岡對「需求」、「要求」與「欲望」的區別為何？你同意嗎？為什麼？

二、「鏡像階段」是「自我」認同的初步形成的時期。建立主體的過程中，我們該如何對待「鏡像」中無盡的「誤解」效應？

三、有人隨時隨地都愛照鏡子，是什麼原因？又會造成何種後果？如何改善？

四、請用拉岡的理論解釋偏執症（或妄想症），並舉例說明。

五、請以拉岡Z圖式詳細說明主體認識與形構自身的過程。你同意哈利波特的詮釋嗎？請嘗試以愛情為例來說明Z圖式。

六、佛洛伊德認為夢是欲望的滿足，而拉岡則主張夢是對內心永遠失落客體的呈現。你較同意誰的論點？為什麼？請舉例說明。

【書目建議】

沈志中。《永夜微光：拉岡與未竟之精神分析革命》。臺北：國立臺灣大學出版中心，二〇二〇年。

王國芳、郭本禹。《拉岡》。臺北：生智，一九九七年。

狄倫・伊凡斯（Dylan Evans）。《拉岡精神分析辭彙》。劉紀蕙、廖朝陽、黃宗慧、龔卓軍（譯）。臺北：巨流圖書，二〇〇九年。

張一兵。《不可能的存在之真：拉岡哲學映射》。臺北：秀威資訊，二〇一五年。

斯拉維・紀傑克（Slavoj Žižek）。《傾斜觀看：在大眾文化中遇見拉岡》。蔡淑惠（譯）。苗栗：桂冠，二〇〇八年。

德里安・李德爾（Darian Leader）、朱蒂・格羅夫斯（Judy Groves）。《拉岡》。龔卓軍（譯）。臺北：立緒文化，一九九八年。

Evans, Dylan. *An Introductory Dictionary of Lacanian Psychoanalysis*. London and New York: Routledge, 1996.

Lacan, Jacques. *Ecrits: A Selection*. Trans. Alan Sheridan. London: Routledge, 1977.

肆、紀傑克的幻見與神經質主體

斯拉維・紀傑克（Slavoj Žižek, 1949-）為當代極具影響力的左派精神分析家、文化評論家與哲學家，被譽為「斯洛維尼亞的拉岡」。擅長以拉岡精神分析理論、馬克思主義與黑格爾哲學解析通俗文化以及當下社會與政治議題。

紀傑克
Slavoj Žižek

紀傑克出生在斯洛維尼亞的盧比安納。當時，斯洛維尼亞尚屬南斯拉夫社會主義聯邦共和國的成員之一，此成長背景對紀傑克後來的哲學思想發展造成很大的影響。紀傑克的父親是一名經濟學家，母親則是會計師，兩人皆在政府機關服務。紀傑克孩童時期的大部分時間都在波爾托羅（Portorož，位於斯洛維尼亞南部的海岸城市）度過，並在那裡接觸了大量的當代西方文化（如電影、流行文化及批判理論）。一九六七年起，十八歲的紀傑克進入了盧比安納大學修習哲學與社會學，並且在同一年間將德希達（Jacques Derrida）的文章翻譯成斯洛維尼亞語。在大學期間，紀傑克在戴爾貝亞克（Božidar Debenjak）的帶領下，接觸了德國唯心主義以及法蘭克福學派（Frankfurt School）相關理論，其中也不可避免地涉及馬克思（Karl Marx）與黑格爾（Georg Wilhelm Hegel）的經典論述：辯證法（dialectics）的實踐。同一時期，紀傑克經常與不滿社會現況的知識分子來往，也在雜誌上刊登了不少文章。只不過，如此反叛的思想傾向卻導致他的論文因「不符合馬克思主義」而被退件。直到一九八一年，紀傑克才以一篇關於法國結構主義的論文獲得了博士學位。

一九七〇至八〇年代是紀傑克在學術界嶄露頭角的時期。他首先與米勒（Jacques-Alain Miller，拉岡的女婿）在盧比安納成立了精神分析協會，並以「斯洛維尼亞拉岡學派」（Slovene Lacanian School）在學術界聞名。日後，紀傑克更翻譯了佛洛伊德、拉岡、阿圖塞的著作，接著又運用拉岡的精神分析理論重新詮釋了馬克思主義與黑格爾的辯證思想。除了在精神分析學界的貢獻外，紀傑克也積極投入政治領域的活動與評論，自稱是「基進左翼分子」與「一定意義上的共產主義者」。例如，一九八〇年代的斯洛維尼亞正處於反對運動的發展期，為了抵制當時國內聲勢漸漲的民族主義思想，由紀傑克為首的斯洛維尼亞拉岡學派，決定以左派馬克思主義者的身分與中間派的自由民主黨結盟，並投入大選，進而打擊右派的民族主義與保守主義擁護者；而在一九九〇年的大選中，紀傑克即是當年的總統候選人之一。

紀傑克的所有著作幾乎都離不開政治與文化的議題。如前所述，紀傑克的斯洛維尼亞背景提供他豐富的研究題材。見證了南斯拉夫大大小小的族群衝突，紀傑克對種族主義、民族主義與反猶太主義尤為關心。例如，早期的紀傑克支持馬克思主義者拉克勞（Ernesto Laclau）及墨菲（Chantal Mouffe）的反霸權論點。此二人在《文化霸權與社會主義戰略》（*Hegemony and Socialist Strategy*）中提出「基進式民主」（radical democracy）概念，其內在的不可能性與敵對性與紀傑克的意識型態批評論點相似。然而，之後紀傑克進一步反思與深化自身的理論，也提出對拉克勞及墨菲的批評（認為他們的「基進式民主」還不夠基進，也還不夠民主）。整體而言，紀傑克於一九九〇年代初期逐漸對西方世界所提倡的「民主—自由」體制產生懷疑，並對後現代主義的政治立場表達其不滿。他認為後現代主義根本無法提出能夠有效抵抗晚期資本主義的辦法，只能在不停追求差異的過程中沾沾自喜。於是，晚期的紀傑克試圖挽回被後現代主義徹底棄絕的笛卡爾「我思主體」（Cogito），再以拉岡及黑格爾等人之思想，修正當代的「現代性」（modernity）。此單元介紹紀傑克重要的兩項有關精神分析理論分述如下：一、幻見與意識型態批評；二、神經質主體與拉岡式的「否定之否定」。

一、幻見與意識型態批評

在《幻見的瘟疫》（*The Plague of Fantasies*）一書中，紀傑克針對精神分析理論中的「幻見」（fantasy）概念進行了詳盡的爬梳，並以此為立論基礎，對當代意識型態的理論提出批評。他認為，提到「無意識」的概念，人們總是立刻聯想到無意識的隱密性與不可見性。但在紀傑克看來，無意識並未受到遮蔽；相反地，藉由將無意識與生活的物質面向串聯起來，他提出了無意識就在「外部」（out there）的論點。以廁所為例，紀傑克觀察到，務實的德國人將馬桶孔洞設計在前方，這能夠讓使用者在排泄之後，觀察自己的排泄物，藉此了解自身的健康狀況。浪漫激情的法國人則恰好相反，他們的馬桶孔洞在後方，因為他們無法忍受如此不堪的事物在自己面前多停留一秒鐘。實用派的英國人則採取中庸路線，讓排泄物可在水中漂浮，但又不讓使用者觀測自身的排泄物太久。

紀傑克進而質問，當前人們認為意識型態並不能滲透我們生活每一個角落的假設。但若真是如此，以盛裝排泄物為主要「功用」（utility）的馬桶又怎麼會有三種不同的設計？而這三種設計又恰好對應著三個國家最主要的意識型態（德國的保守主義、法國的浪漫基進主義與英國的自由主義）。藉此，紀傑克聲稱，在我們當前這個講究「政治正確」（political correctness）與「多元文化主義」（multiculturalism）的世界裡，人們常會誤以為自己已處在「後意識型態」（post-ideological）的時代；亦即，誤以為自身已不再受控於任何意識型態。然而，紀傑克卻指出，當個體刻意使自身與特定的意識型態保持距離，或者提出反制的措施，其實個體便已經受控於意識型態，而支撐此意識型態系統的正是此種普遍的「幻見」。

幻見在意識型態之中的運作所隱藏的並不是意識型態，而是伴隨意識型態出現的「對立關係」（antagonism），並使人們相信社會是一有機整體（organic whole），由參與其中的各種要素團結與合作所組成。以拉岡的精神分析語彙來說，幻見以想像層建構的整體性遮蔽了人們對於真實層固有之對立與衝突的恐懼。然而，紀傑克卻強調，此種對於恐懼的壓抑涉及了一種弔詭的關係：一方面，真實層的恐懼被想像層幻想的整體性壓抑；但另一方面，正是此些幻想在想像層的層次上創造了本該被壓抑的事物。例如，安全演習中詳細的人員指示、順暢的動線、冷靜的群眾等，無不暗示著我們對於各種天災人禍及其慘狀的幻見：「災難沒有發生，但是災難總會發生」即是此幻見所支持的意識型態。

接著，紀傑克解釋，幻見在意識型態的運作上並不僅僅是暫時性的「幻覺」。幻見是以一種「先驗圖式」（transcendental schema）的姿態引導著我們的欲望，並填補了符號結構與經驗實存間的壕溝。換言之，幻見告訴人們，哪些經驗實存能夠填補符號結構中「欲望客體」（an object of desire）的位置。但主體的欲望幻見到底又從何而來？上一單元裡提到拉岡的「主體」誕生於個體進入由符號結構所掌控的象徵層，而相對於主體概念的即為象徵層的「大他者」。亦即，主體欲望形塑的過程中，最初遭遇的問題並不是「我想要什麼」，而是「大他者在我身上看到什麼」或「大他者想要從我這裡得到什麼」。簡言之，欲望的幻見在象徵層中是個「主體間性」（intersubjectivity，或譯為「相互主體性」）的問題。在此，幻見的功用便是提供主體一條通向大他者的管道，確立「我」在他人眼中的形象：「我」在象徵層的形象是連繫主體與大對體之欲望的媒介，掩飾著主體與「欲望物」（the Thing，或是拉岡的「das Ding」）之間超越主體間性的不可能關係。

紀傑克「幻見」的另一項特質則是敘事的封閉性。如前所述，幻見在意識型態中隱匿了其內在固有的對立關係。為了解決這些內在衝突並使意識型態能夠順利運行，幻見提供了一套封閉的敘事系統。在這其中，意識型態內的矛盾與衝突被標上了時間次序，組成了「時間迴圈」（time loop），而幻見對時間迴圈的作用則在於顛倒因果間的次序：幻見將未被實證過的假設看作是定論。簡言之，幻見將其所渴望產生的結果預設為「給定」（already given）的條件。舉例來說，資本主義下的「歷史」概念就體現了此種悖論。一方面，資本主義學說相信在資本主義誕生前，歷史並不存在，當時的人們只是在傳統的循環迴圈中重複自身，直到資本主義時期，人們開始脫離傳統的迴圈。但另一方面，資本主義又是「失根的」，必須依附於前一時期的歷史並緩慢地侵蝕它，直到資本主義吞噬了所有的傳統，並迎向福山（Francis Fukuyama）所謂的「歷史之終結」（the end of history）。上述兩種內於資本主義的歷史觀點顯然呈現兩個互不相容的觀點。紀傑克認為，透過分析如此悖論，我們正好揭露了資本主義的時序幻見——歷史隨著資本主義而出現，但也隨其失落，兩者必須同時發生，而這正是幻見所亟欲隱藏的事實。

最後，紀傑克又再一次將批評對象轉向「後意識型態」的擁護者。他解釋，為了從意識型態之中抽離出來，人們假定了一個外於意識型態的位置，並以一種「不可能的凝視」觀看著事件的發生。然而，這樣的做法卻使人忽略自身採取的「中立位置」實際上也必然對真實世界產生影響。換言之，我們常聽到的「政治中立」，根本就只是個幻見，藉此幻見將人們真實的意識型態隱藏起來。因此，真正的「穿越幻見」（traversing the fantasy）就是接受意識型態的封閉性，接受人們從一開始就沒有自由選擇的權利（正如拉岡提出的「認同病徵」），也接受意識型態之外其實並無他物。如此一來，人們才能夠逃離欲望的惡性循環，在律法（Law，特別指傳統、習俗、風氣等位於象徵層的非成文規定）與其僭越（transgression）之間找到出路。

二、神經質主體與拉岡式的「否定之否定」

許多學者認為，紀傑克作為一名來自斯洛維尼亞的思想家，常能深入西方哲學世界，卻又同時具有跳脫其思想框架的能力。正因如此，紀傑克對西方當代哲學的詮釋與開展才特別有價值。紀傑克對當代西方思想的另一貢獻，即是他對「笛卡爾我思主體」（the Cartesian Cogito）的重新詮釋。在《神經質主體》（*Ticklish Subject: The Absent Centre of Political Ontology*）一書的開場，紀傑克仿造了馬克思與恩格斯的《共產黨宣言》（*Communist Manifesto*），聲稱由後現代主義掌權的當代西方學界正被笛卡爾式主體的「幽靈」（spectre）纏繞著。如前所言，紀傑克批評後現代主義哲學對差異的追求，根本不能在政治上帶來任何有效的「基進性」（radical）行動，而摧毀「我思主體」更不可能使人類脫離傳統西方整體論哲學的暴力，因為拒絕「我思主體」就等於與過往的西方思想（例如笛卡爾所批評的迷信、傳統、常識、宗教教條等）斷絕關係。紀傑克言道，此一問題的根本是由於後結構與後現代主義對我思主體產生了極大的誤解：主體的整體性是人類的幻見，因主體自身就是碎裂、匱乏、不完整的，此即為紀傑克所謂的「神經質主體」（ticklish subject）。

紀傑克的「神經質主體」概念是由黑格爾的「辯證現象學」（dialectical phenomenology）與拉岡的精神分析論述發展得來。黑格爾的辯證邏輯是由「正」（thesis）、「反」（antithesis）、「合」（synthesis）三個步驟反覆進行，在無數的重複辯證過程後，最終通往具有神性的「絕對精神」（absolute Spirit）。在黑格爾的構想中，正、反、合三者之間處於一種相互否定的關係：「正」作為思想的原貌經主體反思後發現其不足，於是即出現了「反」；但再次經過主體反思後，又見「反」之不足，接著便出現了「合」。當然，「合」也會成為另一個「正」，並且重新進入辯證的循環過程中。如此一來，推動辯證法運行的動力即是「否定」（negation）。但紀傑克援引拉岡的論點，認為辯證法並非僅是單純的「否定」，而是「否定之否定」（negation of negation）。正如拉岡所言，「非話語」（non-discourse）的否定並不是「話語」（discourse），而是「不是非話語」（not non-discourse）。依據此邏輯，辯證法中的「否定」邏輯實際上就隱含了「雙重否定」（double negation）的特性。

舉個例子來說，「不死」（undead）的概念並不是「活」（alive）；然而，「不死」顯然已經表明自身與「死」（dead）之否定差異。簡言之，不死所指涉的其實是介於「活」與「死」兩種狀態之間的中介關係：一種「活死人」（living dead）的概念，不死，但也不活。紀傑克觀察此種以「否定」為運行原則的辯證邏輯，認為「笛卡爾我思主體」也是以「否定」為基礎（笛卡爾認為，主體必須藉由不斷「懷疑」來獲得知識，但唯獨不能懷疑「我正在思考」的事實性）。換言之，我思主體即是一種由「死欲」（death drive，或稱為「死亡驅力」。在拉岡的語彙裡，所有的「驅力」都是指「死亡驅力」，因為所有的驅力都必然是重複性，而且對主體有威脅性的）主導的「絕對否定」

（absolute negation）主體，也是一種拒絕所有事物的「神經質主體」。對紀傑克而言，神經質主體永遠不可能成為「整體」，也就因此不會衍生出後結構與後現代主義所憂慮的整體性暴力。

紀傑克進一步解釋，德希達與傅柯等後結構思想家對世界進行全面的「文本化」，使其成為由話語建構的網絡。但依據拉岡的觀點，「話語」永遠屬於象徵層大他者的範疇，而主體也只能在進入象徵層時才誕生。若德希達與傅柯所言為真，那麼主體在象徵層的大他者面前只會顯得疲弱、無力，根本無法對不公不義的社會現實進行抵抗。所以，紀傑克認為神經質主體反覆的拒絕與否定恰好為人們提供了突破象徵層限制與阻礙的「欲望」（desire，在拉岡的思想中，欲望是「需求」被滿足後的「剩餘物」，它不可能被任何事物所滿足，只會不停自行再製。因此，欲望是無意識中推動主體持續運行的原動力，但是欲望究竟被導向何處卻不為人們所知），使人們朝向不可表述的真實層前進。在政治的範疇上，神經質主體則能夠誘發並彰顯社會整體中的「固有僭越」（inherent transgression）。易言之，紀傑克認為神經質主體提供人們的是一種能夠「穿越幻見」的潛在基進性政治。

【問題與思辨】

一、在《幻見的瘟疫》（*The Plague of Fantasies*）一書中的「幻見」為何？有何特色？請舉現實生活中的例子說明。

二、你同意紀傑克「幻見」的概念嗎？當代生活中的各種「幻見」是好還是不好？為什麼？

三、「穿越幻見」可能嗎？如何確認「穿越幻見」本身不是一個幻見？

四、何謂神經質主體？它跟「穿越幻見」有何關係？請舉例說明。

五、請以神經質主體跟「欲望」的關係分析一個文化現象、一部小說或電影。

六、紀傑克批評後現代主義哲學對差異的追求無法在政治上帶來任何效益。你認同此論點嗎？紀傑克又是如何修正當代的「現代性」？

【書目建議】

徐鋼主編。《跨文化齊澤克讀本》。上海：上海人民，二〇一一年。

斯拉維・紀傑克（Slavoj Žižek）、格林・戴里（Glyn Daly）。《與紀傑克對話》。孫曉坤（譯）。臺北：巨流圖書，二〇〇八年。

斯拉維・紀傑克（Slavoj Žižek）。《幻見的瘟疫》。朱立群（譯）。臺北：桂冠，二〇〇四年。

——。《神經質主體》。萬毓澤（譯）。臺北：桂冠，二〇〇四年。

在後結構主義的國度中，「中心」讓位，「差異」當道。回顧前兩講討論的理論中，從新批評的有機整體、結構主義的符號學、形式主義的隱喻與轉喻結構、李維史陀的人類學一直到佛洛伊德的精神分析，均是強調「結構」的實踐論述，賦予文本系統性的穩定視野與意義。作為一種基進派的結構主義，「後」結構主義對結構主義的強烈批判，並非來自強調「無」結構的論述。事實上，後結構主義真正的論述意圖並非「否定」符號所需的結構，而是讓結構中心，不停地置換與取代，並將符號結構的「邊界」，無限向外推延與交織，讓文本的意義能無限的多元流動與生成差異。

後結構主義為一九六〇年代晚期於法國萌發的一系列哲思運動，其主要代表人物有羅蘭・巴特（Roland Barthes）、吉爾・德勒茲（Gilles Deleuze）、皮耶爾・菲利克斯・瓜達希（Pierre-Félix Guattari）、米歇爾・傅柯（Michel Foucault）與德希達（Jacques Derrida）等。正如結構主義取經於二十世紀初期的語言哲學，後結構主義也是西方語言轉向（linguistic turn）哲學思潮中的重要派別之一。兩者對於「語言」的基礎假設雖有多處相似，但他們面對「語言」本身，態度卻大有不同。這也使得「後」結構主義的「後」字同時具有「延續」（continuation）與「斷裂」（break）的意涵。首先，後結構主義繼承了結構主義的語言觀，相信語言符號可以幫我們理解、詮釋這個世界的運作與意義。然而，因受到語言學的啟發，結構主義始終無法捨棄對科學客觀性（scientific objectivity）的堅持，並相信透過理性的語言分析，我們便能夠了解支撐現實世界的深層結構（見第二講結構主義單元）。相對而言，後結構主義受到二十世紀歐陸批判哲學的深遠影響，因此對當代所堅稱的客觀、理性、絕對真理與整體結構等概念，抱有高度的懷疑與批判。

我們首要注意的是，後結構基進的語言哲學觀，無疑會將現實世界化作一長串的表意系統，並以符徵與符旨間的「不確定性」（uncertainty）取代我們習以為常的穩固意義連結。再者，後結構主義更指出符號意義間的相互沾黏，一旦所謂的「中心」（center，即穩固的意義基準點）失落了，那麼所有符號都不可能再產出任何的意義，只能以「去中心」（decentered）的空泛型態在符號鏈中漂流著。簡言之，對後結構主義而言，語言已不再是人類認知世界的可靠媒介，再加上結構主義聲稱的「語言形塑意識」論點，後結構主義宣稱現實世界可以被徹底地「文本化」（textualization），而文本世界所需要的並非客觀理性的結構分析，而是生動有活力的詮釋與「遊戲」（play）。

壹、作者之死與文本歡愉

在後結構主義的第一單元裡，我們將探討巴特的語言哲學如何從結構主義轉變為後結構主義，以及他後結構的理論對文學詮釋提出何種深具啟發性的論點。巴特（1915-1980）是知名的法國文學理論家、評論家、以及哲學家。他的理論及思想跨越諸多領域，對結構主義與後結構主義都有相當大的影響。

讓我們先以巴特文學味濃郁的《戀人絮語》作為開場。如果，當代文學理論像一杯拿鐵，文學如新鮮香醇的牛奶，而哲思理論恰似醒腦興奮的咖啡，那麼巴特晚期的著作《戀人絮語》即是一杯牛奶味特別濃郁的絕品拿鐵（其他文學理論家的拿鐵則偏重哲思的咖啡味）。簡言之，此書是一本以「作者已死」之姿，實踐「解構愛情」的經典創作，可說是巴特一生最著名的代表著作，共有近三十種語言的翻譯，並且被搬上舞臺演出。書中，巴特無意書寫傳統有頭有尾的愛情故事，甚至不直接去探討何謂愛，或將愛視為一個分析的客體。相反地，他以才子之姿揮灑後結構妙筆，鋪陳出由愛驅動而生的五顏六色「語言展演」。如同唇邊絮語呢喃，不斷地低聲獨自嘮叨的話語。在此書中，巴特透過他的發散性「零度寫作」，以自我獨白的敘述去模擬、展演和不斷創

羅蘭 · 巴特
Roland Barthes

造愛和語言的表現關係。他的寫作不服膺於任何既定的故事情節或文學類別，而是鑄造了許多愛的碎片式絮語。巴特筆下，「無數片段的話語，一有風吹草動就紛至沓來。」愛戀體驗的多彩碎片，溫柔、動人、趣味、激情、沉醉、瘋狂、妒嫉、癡迷、思念、恍惚、惆悵、欣喜、陶醉、誘惑等化作書中八十個片段，其中又各自包含四個素材或層次。藉此，他試圖捕捉愛戀既單純又複雜的去中心本質。

有別於傳統作者的創作意圖，巴特邀請「讀者」作為文本的主人，體驗詮釋的閱讀極樂（文本歡愉），即所謂的「書寫性文本」（參見此單元內容）。因此，文本的設計不再是關注結構主義中，語言符號的指涉功能（愛的符徵和符旨），而是語言表現自身的意義（愛體現於語言中）。書中的片段因而都具有錯縱相連的關係，因為那都衍生自愛在不同語境中的創造力——在知心摯友的無稽交談中；在文學作品的淒美故事中；在思想家的無邊闊論中……。《戀人絮語》涵蓋了巴特對愛的獨特洞見，他用發散和片段式的結構去書寫，如此紛亂甚至讓讀者更加困惑何謂愛，然而愛本應是如此純粹又令人意亂神迷，如同書中一段絮語：「我一生中相遇過幾百萬個身體；其中，我慾求的可能有幾百個；再其中，我愛的只有一個。那個我所愛上的對象為我指派了我對他獨一無二的慾望。」由於絮語文本是在無從考據的文間引語流動，「我」成為無性別的、無身分的、多聲音的。因而，戀人絮語不再是特定主體「我」的意義表達，而是揭示出「戀人狀態」自身透過語言在「我」唇邊的即興展演。如是，讀者可以依自身的感受與解讀，自由地參與「書寫」此書多彩絮語的諸般流動意涵。一杯後結構風格的絕品拿鐵，值得捧在手心上，用心細細品嚐。

巴特於一九一五年出生在法國的瑟堡（Cherbourg），其父親在他還不到一歲時就逝世。之後，巴特便一直同母親、姑姑，還有祖母生活。一九三五年，巴特進入巴黎大學就讀，並在一九三九年獲得古典文學學位。一九六〇年代初期，巴特開始以結構主義的論調對文學以及各種文化現象提出分析，卻也在當時招致許多法國評論家以及思想家的批評。一九六〇年代後期，巴特開始轉往發展後結構主義論述，並在一九六七年發表了他最著名的論文〈作者之死〉（The Death of the Author）。此論文一經發表，便在文學理論的場域裡獲得巨大的迴響。可惜的是，思想前衛的巴特在一九八〇年發生了一場車禍，最後不幸離世。本單元將評介巴特的重要理論如下：一、巴特的語言哲學轉變；二、作者之死與詮釋的開放性；三、「愉悅」與「極樂」。

一、巴特的語言哲學轉變

在其代表作之一的《寫作的零度》（*Writing Degree Zero*）一書中，巴特對當時結構主義的語言提出批評與反思。《寫作的零度》乃緣起於巴特為法國左派報紙所寫的評論，後來巴特將文中的論點發展成書。第二講曾提到，對結構主義語言學家索緒爾而言，符號可切割為符徵與符旨兩個部分。其中符徵指的是表意系統，而符旨則是符徵所指涉的真實事物。在此理論中，索緒爾清楚地點出，符徵與符旨之間的關係是「武斷的」，意即兩者缺乏必然的關聯性。然而弔詭的是，索緒爾接著又聲明，符旨在表意的過程中，會自行與符徵連結，形成一個「穩定」的關係。此看法受到其他後結構主義者質疑：既然符徵與符旨之間的關係是「武斷的」，便無法產生任何自然穩定的關係。符號之所以能產生意義，是因為彼此之間的差異所造成的不確定性，並非不證自明的結構關聯性。

巴特秉持著後結構主義的立場，聲稱文學既然是語言的一種使用模式，也應該屬於一種符號系統。他進一步說明，文字是一種符徵，並不與真實的事物相互呼應，而是一種「事物表意過程的訊息」。換言之，文學是事物產生意義的過程，人為傳遞的一連串訊息，而並非事物或意義本身。傳統上，作家以及哲學家經常佯稱語言為「透明」、「清晰」的媒介，彷彿只要透過語言，人們便可以掌握到純粹且一致的「現實世界」，甚至能夠清楚並完整地表述事物的本質。然而，對巴特來說，語言並非完美的溝通媒介，在語言與真實事物之間，也存在著絕對的斷層。因此，當時社會主義所主張的寫實主義文學自然就成為巴特所攻擊的標的。巴特言明，既然社會主義的政治主張是前衛的，那麼他們所提倡的文學理想就不應僅僅採用定型化的隱喻或轉喻，反而是該積極地讓語言的潛意識浮上水面，提升文本的可詮釋性，才能與社會主義的左派「革命精神」相稱。

二、作者之死與詮釋的開放性

在後現代與後結構主義的潮流中，許多過往不曾受到懷疑的概念都被判了「死刑」。自尼采宣告「上帝已死」後，真理也死了，歷史也死了，最後主體也死了。在後現代與後結構主義主導的世代裡，各種傳統人文概念之「死亡」可說是再平凡不過。然而，所謂的死亡，並非指涉一切事物的終結，而是一種嶄新樣貌的思考樣態正要萌生。作為一名前衛的文學評論家，巴特對於傳統的文學詮釋方法顯然有所不滿。其中，〈作者之死〉便是最能展現巴特於後結構主義時期思想的文章，也是他從結構主義邁向後結構主義的轉捩點。在這篇文章中，巴特聲稱以往的文學批評都過於重視作者的身分及其寫作的意圖，使得作者在文學詮釋的領域上持有絕對的權威，任何忽視作者或是在作者意圖以外延伸其他詮釋的研究企圖都必須被壓抑甚或是排除。

巴特的〈作者之死〉便是抨擊該種以作者為第一考量的詮釋方法。他主張，當一部文學文本完成時，其「作者」也會隨之逝去。簡言之，作者的主體性在文本完成時即刻被剝除，作者本人自己的創作詮釋不過是文本解讀的方式之一，並沒有真正的決定性力量。也因此，在文學創作的過程中，作者只是一個「場域」（space），場內各式各樣的話語不斷交織，而作者的功能充其量只是把這些交會的話語記錄下來，但這些話語的意義還是得交付讀者來決定。如此一來，作者彷彿在文本完成後便等同於死去一般，不再具備影響或操弄文本的力量。此即為巴特〈作者之死〉的核心概念。

用一個比喻來解釋：作者就像是母親，而文學創作則是剛出生的嬰兒。雖然母親懷胎十月才將嬰兒產下，但當醫生剪斷臍帶後，嬰兒便與母體徹底分離，成為一個完全獨立的個體，而嬰兒未來的發展則端看養育者的意念與努力。亦即，生母在產下嬰兒後，就失去了掌控嬰兒的權力。同理，作者是其作品的生產者，但在出版商正式出版其創作之後，此作品便立即脫離了作者的意義控制，真正決定作品文本意義的，是各時代的讀者們。以莎士比亞為例，他的劇作之所以偉大並不是因為作者是莎士比亞，而是歷史中所有閱讀過莎士比亞作品的各時代讀者、觀眾、甚至是學者們，以其自身的文化、認知、生命經驗等，賦予莎士比亞作品豐富且多元的意義。各時代的讀者詮釋不但「餵養」了莎士比亞的作品生命，更揭示莎士比亞自己在其時代都無法知道或開展的作品意義（如後現代的詮釋）。反之，若莎士比亞的戲劇無法與各時代、文化的讀者們之生命產生連結，這些戲劇作品也不可能成為流傳不朽的偉大著作。

如果作者已死，那我們該以何種方式尋求或開展文學的意義？巴特認為意義不能來自作者意圖或文字自身，它必須被讀者在主動文本閱讀與分析的過程中創造出來。巴特的《S/Z》標誌了他反思自己先前提出的結構主義論點，並邁向下一個理論階段的轉捩點，追求對文本詮釋的開放性。《S/Z》切入巴爾札克（Honoré de Balzac）的短篇小說《薩拉辛》（*Sarrasine*），將小說中雕塑家薩拉辛與跨性別歌手贊比內拉（Zambinella）的情欲糾纏故事，分析拆解成五百六十一個片段（基本語言閱讀單位）和九十三節（側旁描寫及細部闡釋），從而挖掘小說中的潛藏意義。巴特藉此提出五種類型的符碼以參照和解讀被拆解的結構：一、闡釋（hermeneutic）符碼處理問題、謎團、懸疑以及解答；二、情節（proairetic）符碼用於引導讀者理解人物的動作行為和事件發展邏輯；三、意素（seme）符碼指的是各種用於建立角色和營造氛圍的資訊；四、象徵（symbolic）符碼與文本的整體結構有關，安排或替換不同形式以構成文本的基礎型態；五、文化（cultural）符碼則能指涉或對應到外於文本的人類經驗和知識。

巴特透過此五種符碼的理論建立，宣稱古典文本其實都是以此方式給予讀者一種虛假幻覺，另一方面他宣稱此種陳舊的書寫策略是一種可被打破的桎梏，讀者總是可以藉由主動地創造來顛覆作者的權威與束縛，讓自由的詮釋流動於文本空間。《S/Z》的S代表薩拉辛、巴特自己和敘事者，Z則代表贊比內拉、巴爾札克和小說中的特定角色。此二元分類透過「／」符號連結、分別和對映。巴特先藉由結構主義式的方法深入分析、拆解並建立一個新的文本，再打破符徵與符旨間專制的鏈結，指出文本其實並沒有固定的結構和必然的意義。因而在作者之死後，原先看似封閉的文本成為開放的空間，透過解構中的延異和修繕概念，解放文本意義的創造可能（解構的介紹詳見第五講）。如是，巴特做出結論：對詮釋的開放性是文學的最終追求。

批判思考

「意圖性謬誤」即是「作者之死」？

「作者之死」這樣的「去個人化」概念，不是早在新批評時期就已經出現了？巴特的論點究竟與新批評的想法有何不同？其實，答案很簡單。在新批評的論述中，作者是次要，其才華的功能是「催化」出巨大文學傳統的當代樣貌，因此作者並未完全地被排除或「死去」。新批評理論最重要的目標，就是要避免「意圖性謬誤」以及「情感性謬誤」，並將詮釋中心移往文本的統一性。簡而言之，文本依然是作者的才華產物，它的語言也依然是作者呈現真實的手法。然而，巴特的後結構論點愈顯基進，因為他要求作者從文本中徹底退位，並將詮釋空間完全交還給讀者而非僅是文本的語言及整體結構；文本所呈現的，甚至不能被稱為作者所體驗的真實，而是一連串訊息組合的詮釋場域。

三、「愉悅」與「極樂」

依據上述文本詮釋的開放性，巴特在《文本的快感》（*The Pleasure of the Text*）一書中，將各種文學文本分為「閱讀性文本」（readerly text）與「書寫性文本」（writerly text）。他解釋，「閱讀性文本」指的是那些作者已經預先安排好固定意義的作品，因此拒絕將詮釋的可能性留給讀者。例如官方歷史、偉人傳記、寫實小說與教材課本的意義就屬於一種「閱讀性文本」。「書寫性文本」

則剛好相反，它邀請讀者一同進入詮釋的開放性場域，提供每個讀者產出詮釋路線的機會。當讀者在努力閱讀、「理解」時，可以感受到一種「快樂的感覺」。例如，偵探推理小說、後設小說、意識流小說與現代詩。隨著文本種類的不同，讀者感受到的「快樂」也會有所差別。

巴特將「閱讀性文本」對應到「愉悅」（pleasure，法語：plaisir），而「書寫性文本」則對應到如性愛般的「極樂」（bliss，法語：jouissance）。巴特聲稱，面對「閱讀性文本」時，儘管文本的意義是封閉的，但讀者依然可採用不同的方式來進行閱讀。例如，忽略某部分的細節或加強分析某些人物個性等等。即使意義不變，讀者依舊可以從閱讀行為中感受到快樂。然而閱讀「書寫性文本」時，讀者可能會先感受到焦慮甚至是迷失，因為文本的意義失去了合理性與充足性支撐，各種詮釋的可能性也因此予以開放。在這般分崩離析的狀態中閱讀，反而能使讀者產出屬於個人的詮釋方式，更會因此感受到難得的「極樂」。

福克納（William Faulkner）的《我彌留之際》（*As I Lay Dying*）就是一個很好的書寫性文本例子。《我彌留之際》是一本意識流小說，描述美國南方的一個母親（也就是書名中的「我」）在死亡之後，家人完成其遺願之故事。整個故事總共有五十九個碎裂、不連貫的章節，並且有十五個敘事者分別在這五十九個章節中穿梭、述說。比起寫實主義小說，《我彌留之際》就具有高度的意義開放性，讀者必須不停地反覆思考、閱讀、想像，才能將不同敘事者的觀點與描述連結起來，建構一個完整的故事樣貌。儘管在閱讀過程中，讀者可能因為無法立即了解文本的意涵而面臨許多困惑，但在建構了一套自己的文本意義後，便能夠獲得理解時的「極樂」。對巴特來說，這樣的閱讀快感正是後結構主義所追求更高層次詮釋的目標。

【問題與思辨】

一、你同意羅蘭・巴特「作者已死」的概念嗎？為什麼？

二、閱讀性文本與書寫性文本間的差別是絕對的嗎？閱讀性文本是否也能作為書寫性文本來閱讀？請舉例解釋。

三、中文經典文學作品是否也有閱讀性文本及書寫性文本之分呢？請舉例。

四、是否能用「作者之死」的概念來理解自傳性作品？如此閱讀策略有什麼問題？

五、回想你個人的閱讀經驗，哪一本書曾給你「極樂」的感受？為什麼？

六、你比較認同後結構主義的「後」字是「延續」結構主義的觀點，還是與結構主義產生「斷裂」，還是同時具備兩者？請舉例說明。

【書目建議】

汪民安。《誰是羅蘭・巴特》。江蘇：江蘇人民出版社，二〇一五年。

楊大春。《後結構主義》。臺北：揚智，一九九六年。

羅蘭・巴特（Roland Barthes）。《S/Z》。屠友祥（譯）。臺北：桂冠，二〇〇四年。

——。《神話學》。許薔薔、許綺玲（譯）。臺北：桂冠，一九九八年。

——。《符號的想像：巴特評論集（二）》。陳志敏（譯）。苗栗：桂冠，二〇〇八年。

——。《羅蘭巴特論羅蘭巴特》。劉森堯（譯）。臺北：麥田，二〇一二年。

———。《寫作的零度：結構主義理論文選》。李幼蒸（譯）。臺北：久大，一九九一年。

———。《戀人絮語》。汪耀進、武佩榮（譯）。臺北：商周，二〇一〇年。

Barthes, Roland. "The Death of the Author." *Image-Music-Text*. Trans. Stephen Heath. New York: Hill and Wang, 1977. 142-48.

———. *The Pleasure of the Text*. Trans. Richard Miller. New York: Hill and Wang, 1975.

貳、讀者導向理論

在後結構詮釋的新世界，作者已死，讀者重生。

讀者導向理論（reader-oriented theory），或稱讀者反應理論（Reader Reponse Theory），強調讀者在文本詮釋中的重要性，盛行於六〇年代後的德國、美國與法國，主要是由費雪（Stanley Fish）、伊瑟爾（Wolfgang Iser）、姚斯（Hans-Robert Jauss）、巴特（Roland Barthes）等學者的著作與思想發展而成。十九世紀時的科學盛世引領一系列對「客觀確定性」（objective certainty）的追求與理論化，但二十世紀的思潮發展卻朝向相反的方向前進：過去被視為客觀、真實、肯定的一切皆必須接受質疑。比如說，美國的科學家暨哲學家孔恩（Thomas Samuel Kuhn）便曾認為科學中所謂的客觀「事實」取決於觀測者所使用的「參照架構」（frame of reference）或稱為「典範」（paradigm），並非被觀測之客體的內在特徵。

由此可知，二十世紀的哲學發展中，觀測者的身分被賦予了前所未有的重要地位。在文學研究裡，對應科學觀測者身分的讀者也隨之崛起。一九六〇以後的幾十年間，一系列以讀者為中心的批判理論紛紛成型，最終促成了讀者導向理論的出現。不同於傳統的文學批評方法，讀者導向理論不再把作者的寫作意圖、歷史背景或文本結構作為研究的重點，而是將文本的意義產生歸因於讀者的實際閱讀經驗。換言之，讀者導向理論學者認為，文本的意義產自於閱讀的過程，而不是作者預先安排在文本內的意涵。就發展背景而言，讀者導向理論受到一九六〇年代德國「接受美學」（Aesthetics of Reception）的影響，而接受美學的論述奠基於一九二〇年代的歐陸「現象學」（Phenomenology）研究。因此，本文將先說明現象學研究的基礎概念，接著再進入接受美學與讀者導向理論的論述核心。

簡單來說，所有知識的形成都必然包含三個要素：「認知主體」（knowing subject）、「被知客體」（known object），以及「認知行為」（act of knowing）。現象學之父胡賽爾（Edmund Husserl）認為，外在被知客體的意義建構是出自於認知主體藉由「意向性」（intentionality）（內在心智與外部世界相關聯的一種動力），將自身意識投射在客體之上而產生。但最後，主體還需要將投射在客體之上的意識重新取回，知識的形成才算是完整。易言之，認知主體所感知的外部世界，事實上只是一部分自身意識與外部客體互動後的結果。如此一來，唯有受到認知主體「意向性」理解的外在客體，其知識才可能被建構。因此，現象學經常將感知者或是認知主體置放於意義產生過程中的首要位置，這也就是讀者導向理論形成的基礎哲學論點。

胡賽爾的學生海德格（Martin Heidegger）於《存有與時間》（*Being and Time*）中進一步解釋道，傳統的哲學思想視「閱讀」為讀者試圖發掘作者意圖與文字意義的行為。然而，就本體現象學觀點而言，這是種錯誤的理解：因為「意義」並非內於文字之中，而是讀者在進行閱讀行為時，將自身存有的各種經驗、知識、興趣，以及對文本的意圖投射在認知文本之上，並主動建構了此客體文本的意義。易言之，無論是小說、詩詞、戲劇、散文等各類文體，都不是作者藉由文字單純地再現現實，而是讀者如何透過自身的本體存有內涵，為文本建構的知識意義。

海德格的指導學生嘉德美（Hans-Georg Gadamer）更進一步提出了一種歷史詮釋學的觀點：「歷史意識」（historical consciousness）。在《真實與方法》（*Truth and Method*）一書中，嘉德美指出，所有的閱讀行為都屬於詮釋行為，而「詮釋」（interpretation）就必須考量到讀者自身的「歷史」。但所謂的歷史意識，並不在於強迫讀者遵從傳統、延續傳統，甚或是融入傳統；也不在於要求讀者使用自身的價值標準直接對文本下定論。取而代之的是，歷史意識希冀所有讀者在閱讀過程中，謹慎思考自身在歷史與傳統上扮演的角色，以便做出最適當的詮釋。歷史意識的閱讀視角的確大大開拓德國接受美學理論家的論述空間（如姚斯），但仍受到其他學者質疑挑戰（如伊瑟爾與費雪），進而開展出當代讀者導向理論（參見圖4-1）。本單元將評介讀者導向的重要理論如下：一、姚斯的「期望視界」；二、伊瑟爾的文本意義生產；三、費雪的「感受風格學」。

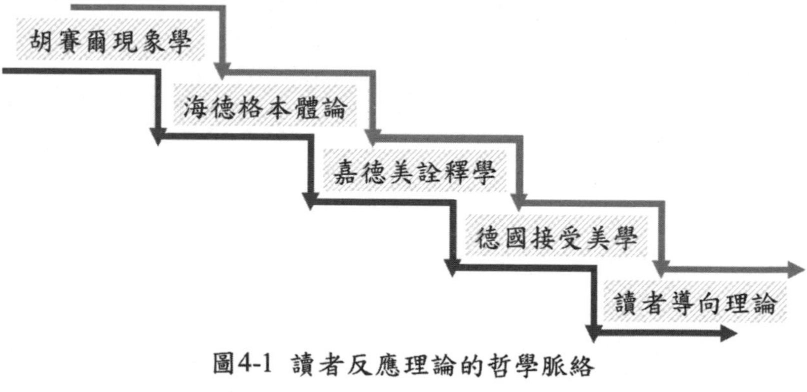

圖4-1 讀者反應理論的哲學脈絡

批判思考

傳統文學詮釋金三角有何問題？

在正式進入接受美學與讀者導向理論前，我們需要先依據傳統的文學詮釋方法歸納出一個詮釋金三角，其中包含了作者（author）、情境（context）還有文本（text）。舉例解釋，傳統上在詮釋馬克·吐溫（Mark Twain）的《頑童歷險記》（*Adventures of Huckleberry Finn*）時，必然留意到吐溫的生平（作者）及其故事的思想（文本）風格如何受寫實主義的影響（情境）。但在讀者導向理論盛行後，讀者的位置也必然要被引進詮釋金三角內。但讀者在此金三角中又應該被置於何處？根據讀者導向理論的觀點，讀者的位置應該在金三角的正中央，並且以自身的意識與經驗將作者、情境、文本三者連結起來（例如，讀者對吐溫的了解程度為何？對寫實主義有多少認識？閱讀文本時產生了何種感覺？）。換言之，在讀者導向理論的詮釋方法裡，一旦沒有了讀者，詮釋金三角便會立刻分崩離析，失去生產詮釋意義的廣大執行者。

一、姚斯的「期望視界」

姚斯（1921-1997）是嘉德美的學生，也是一九六〇年代德國接受美學理論的重要學者，企圖在完全忽略歷史的俄國形式主義與完全無視文本的社會批評理論之間，找到新的哲學發展路線：亦即，為文本詮釋提供歷史的向度。姚斯首先質疑了德國的文學正典，並指出過往的「先見」如今已成了陳腐的教條，根本無法解釋社會上的各種新興現象。受到當時盛行的科學論述影響，姚斯挪用了孔恩提出的「典範」（paradigm）一詞，並依此提出讀者「期望視界」（horizon of expectations）的概念。

根據孔恩的解釋，每個時期的科學研究都有其「典範」，也就是當代最為人接受的科學概念或假說，而一個「典範」的效力會不斷持續，直到它被新的典範取代為止。姚斯的「期望視界」即是相似的觀念。他指出，「期望視界」是一個特定時期的讀者用來閱讀或是評論文本的特定觀點，而此種觀點應是可以被共同「期待」的。舉例來說，特定時代的讀者對於什麼是「文學」或者什麼是「非文學」皆有一套相似的標準，讀者們甚至能夠仰賴這些標準辨別文本的「文類」（genre）與「文風」（style）。然而，一部文學著作的價值並非僅由單一時代的讀者下定論，而是歷經不同時代的讀者憑藉自身獨特的歷史情境，進一步提出該時代的詮釋見解。偉大文學的深層價值便在歷代不同視野的衝擊之下，愈發彰顯出來。因此任何思索文學作品價值的閱讀，必須將各時代的「期望視界」都納入考量，否則便有狹隘偏頗之嫌。

以英國小說家霍桑（Nathaniel Hawthorne）的小說《紅字》（*The Scarlet Letter*）為例，任何一名二十一世紀讀者的詮釋，必然會遭遇到三種不同的期望視界。《紅字》的故事主要探討十七世紀女性所受到的宗教與獵巫文化迫害。霍桑作為一名十九世紀的作家，以他的時代性視野將十七世紀的歷史事件書寫成為小說，並藉此反省自身家族在獵巫行動中所犯下的罪過（霍桑的祖先曾擔任獵巫活動的審判人）。簡言之，此本小說是一個在十九世紀試圖悔罪、尋求救贖的作者所創作的十七世紀故事；而我們當代讀者的詮釋意識自然是停留在講求人權、民主、自由的二十一世紀時代性視野中。因此，根據姚斯的理論來看，現代人閱讀霍桑的《紅字》時，不應僅從單一的觀點來閱讀，反而是要保留各時代的歷史意識，並透過二十一世紀（讀者）視野、十九世紀（作者）視野及十七世紀

（故事人物）視野，三種不同的視界動態交疊融合所產出的觀點，進行理解與詮釋。因此，如果我們僅用自己熟悉的二十一世紀觀點或視野來閱讀《紅字》，就無法開展出具有歷史深度的「期待視野」。

二、伊瑟爾的文本意義生產

伊瑟爾
Wolfgang Iser

同為德國接受美學大師的伊瑟爾（1926-2007）對姚斯的看法持不同的意見。伊瑟爾堅稱文本以及讀者皆應該被「去歷史化」（de-historicized）、「去脈絡化」（de-contextualized）。更確切地說，伊瑟爾著重於讀者依據自身的實際經驗填滿文本中的「空白」（blank）或「缺口」（gap），以及閱讀意識修正過程中的對話。伊瑟爾談到「凡讀者填補缺口時，便是溝通的開始」（Whenever the reader bridges the gaps, communications begins）。此閱讀過程中，每個個體填補空白的方式都可能因自身經驗的差距而有所不同。再者，讀者自身的經驗在閱讀的過程中也會進行修正，甚至對文本所呈現的觀點做出妥協與讓步。實際上，讀者並非僅憑個人主觀感受，天馬行空地胡亂詮釋，進而完全顛覆文本的架構；相反地，讀者賦予文本的意義最終仍不免受到文本框架的影響。此時，文學評論家的職責就在於解釋文學文本對其預設各種潛在「讀者」所造成的影響。

以下的例子能更加闡釋伊瑟爾賦予讀者價值的「空白」理論：當一本小說中提到「一個男人提著箱子走進房間」，讀者便會用自己的想像來填滿詮釋過程中的不足。讀者可能會幻想這個男人的身形、走路的姿勢、行為的目的、房間的風格、箱子的大小等。當然，這些幻想也都與讀者的實際經驗相關（不同文化背景的讀者，可能會產出不同的畫面）。不過，隨著閱讀該小說的進展，某些填補就變得不適用。比如說，讀者原先可能假設此男子是個高瘦的中年男性，但當小說直述這名男子是個二十歲左右的男學生時，原先的假設便不合適，新的填補也會因資訊的出現而產生。這些類似的空白可能隨著讀者的閱讀行為的發展反覆出現，但是這些空白的填補都是由讀者的經驗決定，並非全然由文本或作者原先所賦予。這些填補與意識的修正，便是讀者為文本創造意義的方式。

三、費雪的「感受風格學」

美國的讀者導向理論家費雪（1938-）依循伊瑟爾的論點，支持文本的意義建立於讀者意識在閱讀過程中所做出的調整；不同的是，他格外強調讀者在閱讀單一句子時所產生的情感反應。費雪認為，並無所謂文學文本以及非文學文本的閱讀方法，因為無論是何者，讀者的詮釋都同樣會受到字串的排列影響（字與字之間的連貫性、時序性、韻律性等）。比方說，後現代小說中常有的複雜長句，就可能使讀者在短暫的閱讀過程中做出好幾次的觀點調整，甚至可能讓讀者陷入「懸而不決」（suspended）的無法完全理解狀態。因此，費雪得出了文本的意義即為閱讀的整體活動。

然而，我們談論「讀者導向理論」時，不得不追問：讀者指的究竟是誰？對費雪而言，並不是每一個進行閱讀之人都有資格被稱為「讀者」。更清楚地說，費雪所定義的「讀者」是具有「語言能力」（linguistic competence）以及「文學能力」（literary competence）的人。費雪的讀者不僅要有

費雪
Stanley Fish

相當程度的語言能力，還必須具備一定的文學知識。簡言之，文本的意義僅能由那些擁有特定知識的閱讀者才能夠決定。不可避免地，將論點建立在如此狹隘的讀者定義上，費雪難免遭受到其他學者的批評。更有些學者認為，費雪只是將自身的閱讀經驗與習慣當作規範，因此才忽略了「實際之閱讀經驗」與「被分析之閱讀經驗」間的差別。

費雪晚期試圖彌補早期理論的缺失，提出了「感受風格學」（affective stylistics）的概念，並指出個人閱讀經驗受到「詮釋社群」（interpretive community）的左右。費雪深信讀者在閱讀時會依據自身所屬的「社群」（如學者、學生或網民）而採用特定的規範與假設。亦即是，每個特定族群都有自己獨特的閱讀方式，他們的閱讀方式實際上就是集體的閱讀經驗。搭配其早期思想，可想而知的是同樣的文本在不同的閱讀社群間必然會產生截然不同的意義。

【問題與思辨】

一、讀者導向理論試圖歸納出集體的讀者反應，這是可能的嗎？為什麼？

二、你是否認同費雪將「讀者」定義為具備相當程度之「語言能力」以及「文學能力」的人？資格不符的人們是否就不能被稱為讀者？為什麼？

三、在閱讀《哈利波特》或《魔戒》等奇幻文學時，你是否也能帶入歷史意識進行閱讀與詮釋？請舉例解釋。

四、三個讀者導向理論中，哪一個對你而言最具說服性？為什麼？

五、網路鄉民的「詮釋社群」有何特色或風格？請舉例說明。

【書目建議】

羅伯特・赫魯伯（Robert C. Holub）。《接受美學理論》。董之林（譯）。臺北：駱駝，一九九四年。

Fish, Stanley. *Is There a Text in This Class?: The Authority of Interpretive Communities*. Cambridge: Harvard UP, 1980.

———. *Surprised by Sin: The Reader in Paradise Lost*. Berkely: U of California P, 1971.

———. *The Trouble with Principle*. London: Harvard UP, 1999.

Gadamer, Hans Georg. *Truth and Method*. New York: Continuum, 1975.

Iser, Wolfgang. *Prospecting: From Reader Response to Literary Anthropology*. Baltimore: Johns Hopkins UP, 1989.

———. *The Act of Reading: A Theory of Aesthetic Response*. Baltimore: Johns Hopkins UP, 1978.

———. *The Fictive and the Imaginary: Charting Literary Anthropology*. Baltimore: Johns Hopkins UP, 1993.

Jauss, Hans Robert. *Aesthetic Experience and Literary Hermeneutics*. Trans. Michael Shaw. Minneapolis: U of Minnesota P, 1982.

———. *Toward an Aesthetic of Reception*. Trans. Timothy Bahti. Minneapolis: U of Minnesota P, 1982.

參、德勒茲與瓜達希的反伊底帕斯

瓜達希
Pierre-Félix Guattari

德勒茲
Gilles Deleuze

吉爾・德勒茲（Gilles Deleuze, 1925-1995）出生於巴黎，是法國後現代主義及後結構主義的哲學家。德勒茲在一九四四年進入巴黎大學哲學系就讀，開始致力於哲學學術研究。一九四八年，他獲得了高中教師資格，並陸續在多所高中擔任教職，直到一九五七年才又回到巴黎大學進行哲學研究。德勒茲許多理論在二十一世紀仍受到極高的歡迎與讚賞。然而，德勒茲一生卻飽受呼吸道疾病的困擾。一九六八年，德勒茲染上了肺結核，甚至經歷一次肺葉切除手術。德勒茲之後的健康狀況每況愈下，一九九五年他從自家的公寓跳樓，自殺身亡。

菲利克斯・瓜達希（Félix Guattari, 1930-1992）生在維勒納夫萊薩布隆（Villeneuve-les-Sablons）。一九五〇年代，瓜達希曾在拉岡的指導下接受訓練，並且曾到拉博德療養院服務。一九六八年五月風暴之後，瓜達希與德勒茲結識，開始了兩人長年哲學研究的合作並合力完成膾炙人口的一系列哲學研究書籍。直到一九九二年，瓜達希突然心臟病發身亡，兩人的著作才畫下了句點。本單元將評介德勒茲與瓜達希的重要理論如下：一、精神分裂分析；二、欲望機器與無器官身體；三、內在性平原。

一、精神分裂分析

在《反伊底帕斯》（*Anti-Oedipus*）中，德勒茲與瓜達希二人對於精神分析理論（包含佛洛伊德、拉岡等精神分析理論家）提出了嚴厲的批評。認為當前精神分析對「欲望」（desire）的理解完全與資本主義掛鉤。在精神分析的理解下，欲望始終是一種原始病態的存在，為了形塑一個「正常」的人格，欲望必須受到壓抑甚至消除。易言之，傳統的精神分析使人失去獨特性，而人們也因此被教導成只能服從規範與壓抑欲望的生物。接著，德勒茲與瓜達希指控佛洛伊德將所有的心智活動都歸因於「被壓抑的欲望」，佛洛伊德還試圖以「伊底帕斯情結」來解釋所有的壓抑。但事實上，佛洛伊德的精神分析論述欠缺客觀性，因為「伊底帕斯情結」理論強化了資本主義欲望管控機制。

德勒茲與瓜達希主張，佛洛伊德的「伊底帕斯情結」有兩個問題。第一，「伊底帕斯」的故事本來只是個神話，而神話就是一種人類原始欲望的「再現」；因此，運用「伊底帕斯」的神話來解釋欲望的運作，無疑是在將欲望轉化為「具象徵意義的再現」（the symbolic representation），使欲望無法逃離拉岡所提出的「象徵界」（the Symbolic）。第二，德勒茲與瓜達希指出，「伊底帕斯情結」始終都圍繞在「父／母／我」（daddy-mommy-me）的三角關係裡，而這種關係形式正好對應了資本主義管控機制下的主流家庭型態：「核心家庭」（nuclear family）。

對德勒茲與瓜達希而言，「核心家庭」正是資本主義的縮影。舉例來說，當一個嬰兒出生之後，他便必須開始為了未來的工作而準備（如上學讀書與學技術等），等到事業穩定後，他可能就會結婚、成家，並生下自己的下一代；然後，為新家庭及退休生活，一直努力工作到沒有生產力為止。新生的嬰兒則又會重新投入「出生—工作—結婚—生小孩—更努力工作」的資本主義機制循環之中。簡言之，該種模式將人類生命樣態侷限在家庭與工作之間，方便資本主義的欲望機制能順利運作，而其他無益於資本主義的欲望就需要被不斷壓抑。於是，伊底帕斯情結的論述會限制人類的欲望樣態：一方面讓壓抑的欲望順理成章解釋人們失序行為的肇因，另一方面又確保這股欲望在資本主義「以父之名」的規範下被壓抑，不會有顛覆資本體制的可能性。循此，人們不斷地渴望、不停地消費，在工作之餘盡情地滿足那永遠填不滿的欲望，但同時，又對資本主義這部雄偉的機器俯首稱臣，不敢有半點違抗之心，只能處處壓抑自己非資本主義的欲望，導致人們無止境地在過度消費與壓抑中循環至死。

為了將人類從上述伊底帕斯壓抑之中解放出來，德勒茲與瓜達希提議用「精神分裂分析」（schizoanalysis）取代佛洛伊德建立的精神分析。德勒茲與瓜達希認為我們的心智是由無數的「欲望機器」（desiring machine，見下一節概念）所組成，它們各自都有自己的欲望在流動著。精神分析的工作，就是使這些欲望往同一個方向流動，使它們在伊底帕斯情結下被壓抑，只能在消費之中才短暫地得到解放。「精神分裂分析」則剛好相反，它重視每個欲望機器下獨特的欲望流動，將心智結構視為無數的片段與分裂體，而不是從一個已經被賦予意義的「自我」（ego）來解釋為什麼特定的欲望會被壓抑。簡言之，精神分裂分析的目的就是要破壞精神分析論述所設下的「整體」（whole）概念（亦即「父／母／我」的金三角整體），從而將資本主義結構性壓抑的欲望釋放出來。

提出精神分裂分析的概念後，德勒茲與瓜達希以「樹」（arborescence）和「球莖」（rhizome）的比喻來解釋整體與分裂的概念。兩人認為傳統的整體主體就像是一棵大樹，有其主要的枝幹，接著樹的枝芽與根才從枝幹向外延伸、擴展。這種樹狀的發展模式雖然有系統、有複雜的結構，但卻屬於一種封閉式的縱向組織；相較之下，球莖則沒有主控枝葉發展的大樹幹。換言之，在球莖的橫向系統中，所有的枝芽與根都同等重要，並沒有主次之分。儘管此種主體模式顯得有些雜亂，卻保持著較高的開放性與連結性。對德勒茲與瓜達希而言，球莖狀的主體模式優於樹狀的主體模式，因為無論樹如何開枝散葉，它的所有發展依然會回溯到統一的枝幹。易言之，在樹狀的主體模式下，一切的差異都是被控制的。反觀來看，球莖主體模式因其不具備主要枝幹的特點，所以可以橫向因時因地不斷地向外發展，與外部的世界相互連結，產出更多的可能性，而不被侷限在單一的縱向領域中。因此，在強調差異與去中心的後現代主義社會中，德勒茲與瓜達希認為球莖式的主體遠優於樹狀的主體。

二、欲望機器與無器官身體

對立於精神分析的論述，德勒茲與瓜達希進一步演繹，欲望並不如拉岡所說的是一種「匱乏」（lack）；相反地，他們認為欲望本身是生命有機物質的存在，是生產性的「流動」（flow）。它以動能的姿態穿梭在各種不同的機械性「裝配」（assemblage）之間，將現實中的人、事、物連接在一起。德勒茲與瓜達希解釋道，世界是由各式各樣大大小小的「裝配」與「機器」（machine）所組成，而這部世界機器的動力來源就是「欲望」。因此，他們兩人將這樣由欲望所驅動的生命機器稱為「欲望機器」。更重要的是，德勒茲與瓜達希的「欲望」概念不同於精神分析將欲望當成是永遠填不滿的虛空，而是肯定欲望作為生命機器運作的動力。對他們而言，欲望本身即是具有「生產力」的物質。

德勒茲與瓜達希接著說明，「欲望機器」的功能取決於它所能連接的其他機器或裝配。例如，當「嘴」與食物連接的時候，「吃」就成為了嘴的功能，「提供能量」就變成食物的功能；但是，「說話」時，「嘴」則成為負責「發出聲音」的機器。當然，每一部機器都會有自己的侷限，因為人們不可能毫不在乎地就將自己任意接上其他機器，即使有意願，能力可能也無法負荷。這樣的現實條件或是已經建立的連結，被德勒茲與瓜達希稱為「現實」（the actual）。然而，一部欲望機器永遠具有開發新連結與斷開舊連結的可能性，只是當下的人們尚未察覺，這種連接的未來性，便是德勒茲與瓜達希所說的「潛在」（the virtual）。一旦人們體認到「欲望機器」的「潛在性」時，便能夠將「欲望機器」轉變為「無器官身體」（body without organs）。有別於其他功能以及運作模式已經固定的「身體」（例如資本主義就是一種已經僵化的「身體」），「無器官身體」是一個尚未被「疆域化」（territorialized）的身體。「無器官」指的並不是它沒有內在身體器官，而是說它的內部機器還沒有固定的「組織」（organization），因而仍然有無限的連結可能性。德勒茲與瓜達希因此將無器官身體的概念視為是顛覆資本主義壓抑的重要依據。

三、內在性平原

相對於過往的先驗性哲學，後現代主義的思想家們普遍更願意相信生命的「內在性」。然而，什麼是生命的「內在性」？德勒茲認為，生命的內涵就是內在性的平原（plain of immanence）。所謂的「內在性」，並不是指生命內在性的平原是「內於」某物，而是指人類所有的「概念」（concept）都必須奠基於我們的內在或潛在「生命」。甚至連傳統上被認為屬於「先驗性」（the transcendental）範疇的一切，也都必須被內在性所吸收，否則就不可能被思考。德勒茲認為哲學必定以人類的生命與經驗為底蘊。既然人的生命經驗並非一成不變，而是隨著時間推移不停地在改變、演進與「生成」（becoming），那麼哲學思想也當開展出多樣的面貌。簡言之，德勒茲的內在性平原就是一種在非特定指涉的人類「生命」（a life）中所展現出的哲學。

德勒茲的內在性平原大致上可分為四個象限：現實的可能（the actual possible）、潛在的可能（the virtual possible）、潛在的真實（the virtual real）、現實的真實（the actual real）。其中，「現實的真實」指的是所有客觀可見的事物；「潛在的真實」是指真實當中雖然不可見，但卻真實存在的力量；「現實的可能」則為當下的客觀條件下，可能預見開展出的未來；「潛在的可能」則是生命中完全無法看見或是言說的部分，是個渾亂且神祕的領域。在這四個象限之內，生命的動能不停地流竄，使我們從單一的特定生命（the Life）找到自己的「逃逸路線」（line of flight），並開展出各式各樣的生命樣態（參見圖4-2）。

德勒茲進一步說明，「內在性平原」蘊含人們生命當中所有可能：藉由事件的撞擊，包裹在平原「皺褶」（fold）當中的「單子」（monad）也就被釋放，成為人們經驗的一環。就好比是地殼中所蘊含的礦藏，在人們的挖掘與地表的風化下裸露出來；又或者是在地殼變動時被再次掩埋一樣。德勒茲在《皺褶》（*The Fold*）中引用了巴洛克式建築來闡述內在性平原的開展。巴洛克式的樓房通常由兩層建築所構成，下層建築多是有窗戶裝飾的開放空間，而上層建築則是分隔成一個個的小房間，房間彼此互不相通。德勒茲解釋，內在性平原皺褶的開展就如同進入一幢巴洛克建築一樣。任何的事件皆需要經由我們的物質身體（開放式的下層建築）進入到平原中，才得以打開平原上的皺褶、釋放單子，進而發掘某事物的「概念」。舉例來說，人們談戀愛之前，並無法理解「愛情」為何物。直到有了第一次的戀愛經驗，才能夠在知識上體會到「愛情」的意涵（愛情的單子從內在性平原中被釋放）。然而，每個人的戀愛經驗並不一定相同（可能是青澀的、幸福的，也可能是苦痛的），對於「愛情」的概念也就產生不同的理解，但這些不同的真實「愛情」均來自生命內在性平原的潛在皺褶中。

【問題與思辨】

一、你是否認同德勒茲與瓜達希批判傳統的精神分析，及欲望與資本主義之掛鉤的論述？為什麼？我們該如何調整自己生命的欲望模式？

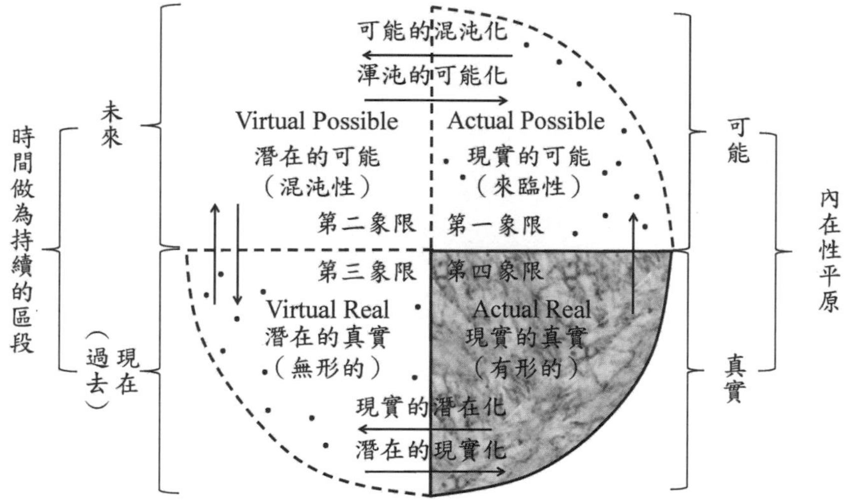

圖4-2 德勒茲的內在性平原

二、請試著運用德勒茲「內在性平原」的概念檢視自身的生涯規畫。

三、德勒茲與瓜達希要我們不斷肯定內心流動的欲望，你認同嗎？婚外情與情感劈腿現象能否看成是「欲望機器」的積極實踐？為什麼？

四、如何協調流動的欲望與社會規範間的衝突？

五、請運用德勒茲與瓜達希「樹」和「球莖」之概念分析任何音樂、語言或其他藝術創作。

【書目建議】

伊恩．布凱能（Ian Buchanan）。《解讀革命《反伊底帕斯》》。蔡淑惠（譯）。臺北：黑眼睛文化，二〇一六年。

吉爾．德勒茲（Gilles Deleuze）、菲利克斯．瓜達希（Félix Guattari）。《何謂哲學？》。林長杰（譯）。臺北：商務，二〇〇四年。

吉爾．德勒茲（Gilles Deleuze）。《哲學的客體：德勒茲讀本》。陳永國、尹晶編。北京：北京大學出版社，二〇一〇年。

羅貴祥。《德勒茲》。臺北：東大，二〇〇八年。

Deleuze, Gilles, and Félix Guattari. *Anti-Oedipus: Capitalism and Schizophrenia*. Trans. Robert Hurley, Mark Seem and Helen R. Lane. London: Continuum, 2004.

———. *What is Philosophy?*. Trans. Hugh Tomlinson and Graham Burchell. New York: Columbia UP, 1994.

———. *The Fold: Leibniz and the Baroque*. Trans. Tom Conley. Minneapolis: U of Minnesota P, 1993.

肆、德勒茲與瓜達希的少數文學

德勒茲與瓜達希的理論中與文學最相關的，應屬「少數文學」（minor literature）這個概念。首先，德勒茲與瓜達希所說的「少數」（minor）並不是指數量上的「少」，也並非是用「少數」族群的語言來寫作的文學。在《卡夫卡：朝向少數文學》[1]（*Kafka: Toward a Minor Literature*）一書裡，德勒茲與瓜達希定義少數文學：「少數文學並非來自少數族裔的民族語言，而是少數族群在多數語言中所建構之物」（A minor literature doesn't come from a minor language; it is rather that which a minority constructs within a major language）（頁一六）。若以簡單的語言解釋，世界上任何一個國族語言（如中文、英文、德文或日文）都是一種多數人使用的「活」語言。語言體系能長久「活」下來，是因為此語言的使用人群及其承載的國族文化不斷地流變與生長。少數語言，即是能夠刺激、甚至抵抗國族語言架構與法則（如文法規則）的少數異質元素。因此，「少數文學」指的是運用「少數語言」來書寫的文學作品，亦即利用多數語言內含的各種「非正統用法」（少數語言）進行的文學創作。其最大的目的就在於抵抗多數語言的「疆域化」（territorialization），並從中衍生「來臨人民」（people-to-come）的政治可能。例如，詩仙李白，生於西域，長於四川，身上留著母親胡人的血液。以當代的語言來說，李白是一個混血兒，而他的偉大創作即是德勒茲與瓜達希所謂的「少

1 請參閱 *Kafka: Toward a Minor Literature*. Trans. Dana Polan. Minneapolis: U of Minnesota P, 1986.

數文學」。李白當然是用中文書寫創作，但他的中文富含異域語言的抵抗元素，讓他的詩作在「疆域化」的文法規則、詩詞格律與意象營造上，有令人耳目一新的開創與獨特性。

批判思考

如果使用「少數語言」來創作的文學作品是「少數文學」，那麼世上是否存在著「多數文學」呢？

根據德勒茲與瓜達希的想法，世上並不存在著所謂的「多數文學」。換言之，舉凡所有文學作品都應當屬於少數文學的範疇。從文學的本質上來考量，其功能之一即是讓生活中已然疆域化的語言重新獲得流變的可能性。例如，小說中的語言文字絕對與電子產品使用說明書上的語言文字有莫大的差異：前者以藝術創作為導向，後者則以意義傳達為導向。文學作為一種藝術的創作，事實上就強調了語言內涵的多樣性與流變性，更不用說在實驗性的創作中，語言的傳統表意功能更常受到挑戰。因此，就德勒茲與瓜達希的理論來看，世上並不存在多數文學，頂多只有「優勢文學」。誠如他們兩人所寫：「除卻少數，已無多數或革命。」

德勒茲與瓜達希將卡夫卡（Franz Kafka）視為少數文學作家的西方代表人物。卡夫卡誕生於奧匈帝國布拉格的一個猶太家庭。儘管他的雙親皆會說德語，但因其阿什肯納茲猶太人（Ashkenazi Jews）的背景，他們所說的德語受到「意第緒語」（Yiddish，主要混合德語、希伯來語和斯拉夫語系的語言，多為猶太人使用。在卡夫卡的時代，德語的使用已經超越意第緒語）的影響，已經與一般德國人所使用的正統德語有了不小的差距。在當時的社會環境下，正統德語被視為是上流社會人士的象徵，因此比起意第緒語，卡夫卡的雙親更希望他們的孩子使用正統德語。然而，卡夫卡在二十八歲時觀賞了一次意第緒語的戲劇演出後，便對意第緒語深深著迷，這也使卡夫卡往後醉心於其家族的猶太文化背景，甚至在文學創作中保留了許多意第緒語的語言特色。

德勒茲與瓜達希聲稱，卡夫卡的著作彰顯了少數文學的三項特點：「去疆域化」（deterritorialized）的語言、高度的政治性以及集體的價值。就去疆域化的語言而論，卡夫卡著作的背後有三種「不可能」。第一，卡夫卡不可能不寫作；第二、卡夫卡不可能以德語寫作；第三、卡夫卡不可能以德語之外的語言寫作。兩人解釋，卡夫卡之所以不可能不寫作，是由於卡夫卡對猶太背景的鍾情，對自身國族文化的堅持。不可否認的是，幾乎所有的國族與族群意識皆來自於文學，卡夫卡也因而不得不進行文學創作；但少數文學的第二與第三項特點顯然相互矛盾，這又該如何解釋？誠如上一單元裡所言，德勒茲與瓜達希的哲學思想強調事物的「流動性」與「生成性」，即使是文學也不例外。由此看來，他們倆人在卡夫卡的少數文學中觀察到的也是去疆域化語言的流動：卡夫卡的德語是（意第緒）德語，但卻又不是正統德語，於是在兩個端點之間擺盪不定。因此，卡夫卡的語言背景確實符合少數文學的要點之一，亦即，多數語言的非正規用法。

第二項特點，高度政治性則是指卡夫卡的少數文學能夠超脫以往的「伊底帕斯」詮釋（參見上一單元）。兩相比較下，多數文學通常將個體所關注的事件以社會情境包裝。換言之，社會情境只是敘事進行的背景或環境，仍屬於伊底帕斯情結的一部分，因此個人的敘事終將與它融為一體，並逐漸失去其獨特性。然而，少數文學則完全不同，它試圖將個人與社會的各種「裝配」相連結，以往被認為是個人的議題也可能與經濟、法律、商業活動等社會條件而有不同程度的關聯性。於是，當卡夫卡說出自己嘗試在著作中化解父子之間的對立時，他並非再次落入了伊底帕斯情結的幻影，而是提出了一項政治性計畫：讓所有在偉大文學裡看似枝微末節的個人事件，在少數文學中成為具抵抗性的政治議題。

最後的特點，集體價值則是出自於少數文學中對「天賦」的不在意。正是因為少數文學不要求偉大性的天賦，才能夠避免特定作家成為獨占鰲頭的文學「大師」（master）。緣此，作家的個人「發言」（enunciation）實則屬於語言內部少數族群共同的「發言」，無法與少數群體做出切割。再者，如同前述兩點提及，少數文學標榜了集體流變的國族意識與高度的政治化性質，於是少數文學同時也具備革命性發言的能力；即便少數文學的作家已被自身的族群排除在外，他們的文學著作依然可以藉由意識與感受性的冶煉，進而開創一個潛在的未來族群。「文學即是人民關懷之事物」，德勒茲與瓜達希如此寫道。在少數文學中，發言的主體消滅了，取而代之的是人民的集體發言。易言之，發言是由誰發出的已不再是重點，重要的是群體中的所有個體都是進行發言的行為者。

少數文學在德勒茲與瓜達希眼中是文學的革命性力量，是讓人們在語言中成為「游牧者」（nomad）的途徑。事實上，語言和文學本身是「無器官身體」（亦即，無「組織性的身體系統」）的一種展現。無論是嘴、舌頭或是牙齒，最基礎的功能就是進食。一旦人類將這些器官用來「發聲」（articulate），便「去疆域化」了這些器官的原先功能。然而，語言的弔詭之處即在於它將這些被去疆域化的聲音「再疆域化」（reterritorialize）成為「意義」（sense），也就是使用聲音來再現指涉之事物。於是，少數文學的進行手法之一便是將意義再次去疆域化，成為不斷持續的聲響。

換言之，這些聲響雖然屬於某種語言，但卻已經失去了語言規範下的意義，只是純粹的異質聲音。比方說語言學家塞皮亞（Vidal Sephiha）按照詞性將意第緒德語中的各類文字分類為有意義的文字（如名詞、動詞等）與純粹只有強度的文字（如介系詞、感嘆詞等）。又或者像瓦根巴赫（Klaus Wagenbach）所指出的，卡夫卡作品中的「語言貧乏」（language impoverishment）現象，無論是代名詞的濫用、複數且連續的動詞組合、多重意義的詞語結構等，皆導致語言面臨表意系統的崩潰。因此，卡夫卡作品裡這些各式各樣的少數語言「聲音」，便能使我們在多數語言的規範性裡找出一條逃逸路線，並從疆域化的語言意義中跳脫出來。

最後，德勒茲與瓜達希舉了卡夫卡著名的《變形記》（*The Metamorphosis*）為例子，從內容部分進行少數文學的分析。一反傳統文學研究的精神分析與象徵主義取向，德勒茲與瓜達希認為過往對卡夫卡作品的理解與詮釋，受限於前述兩種分析方法而把卡夫卡監禁在「伊底帕斯情結」與「神學—形上學」的範疇之中，因而導致卡夫卡的政治與倫理基進面向被徹底忽視。因此，德勒茲與瓜達希從書名著手，點出了「隱喻」（metaphor）與「變形」（metamorphosis）的不同。他們認為，隱喻實際上就是一種疆域化的語言用法，因為隱喻所暗指的事物通常都是經過長時間累積而成型的慣例用法，但是「變形」則像是「無器官身體」，仍具有分化、連接新意義的可能。如果「隱喻」的述語是「是」（is），那麼「變形」的述語就是新的「生成」（become）：前者代表了一種穩定的結構關係，而後者則是一種不斷「生成流變」（becoming）的過程。《變形記》的故事內容正好體現此種無止境的變化。故事中主角葛雷果（Gregor Samsa）發現自己的手逐漸變成昆蟲的觸腳；原先喜好新鮮的牛奶，後來卻反而更愛吃剩的魚骨；直到最後，他連人類的聲音都失去了，只能發出昆蟲般的鳴叫聲。藉由這些將葛雷果變成一隻巨蟲，卻又同時保有其人類意識的手法，卡夫卡將人類機器裝配與昆蟲機器裝配串聯起來，使葛雷果在人類與昆蟲的兩個端點間不斷來回穿梭；最後不只模糊了人類與昆蟲間生命樣態的界線，也形成了「少數文學」創新與解放的意義，期待著「來臨人民」的革命於未來出現。

【問題與思辨】

一、在後現代多元小敘事共存的情境下，少數文學是否還有其批判性？為什麼？

二、翻譯是否會讓少數文學失去其革命性的力量？為什麼？

三、若讀者無法理解或辨別少數語言，少數文學是否還能夠為讀者去疆域化？來臨人民是否還存在？

四、華語世界中是否也有少數文學？請舉例說明。

【書目建議】

雷諾．博格（Ronald Bogue）。《德勒茲論文學》。李育霖（譯）。臺北：麥田，二〇〇六年。

Bogue, Ronald. *Deleuze on Literature*. New York: Routledge, 2003.

Buchanan, Ian, and John Marks, eds. *Deleuze and Literature*. Edinburgh: Edinburgh UP, 2000.

Deleuze, Gilles, and Félix Guattari. *Kafka: Toward a Minor Literature*. Trans. Dana Polan. Minneapolis: U of Minnesota P, 1986.

———. *A Thousand Plateaus: Capitalism and Schizophrenia*. Trans. Brian Massumi. New York: Continuum, 2004.

德希達
Jacques Derrida

對雅克・德希達（Jacques Derrida, 1930-2004）而言，解構精神的實踐即是對「不可能」（the impossible）的不懈追尋。解構永遠以批判與創新的眼光看問題，方能不斷跳出現有給予的各種思維框架（think outside the box）。我們可以說，解構是一種絕對純然的批判思考，藉由審慎的基進思辨與提問，對「已知」的不懈質疑以及對「未知」的執著追問。

德希達出生於法屬阿爾及利亞的猶太裔家庭。他在十九歲前往法國巴黎研讀哲學，自巴黎高等師範學院畢業後，任教於巴黎大學哲學系。一九六五年德希達返回母校任職。翌年，獲邀參與約翰・霍普金斯大學舉辦之結構主義研討會。德希達在該次會議中發表的〈人文科學論述中的結構、符號與遊戲〉（Structure, Sign, and Play in the Discourse of the Human Sciences）一文，挑戰結構主義者們深信的結構論調。德希達自此開啟「後結構主義」的新時代，其後又因其持續開展具原創性的解構哲學，被譽為解構之父。

德希達一生創作不輟，出版超過四十部作品。他的影響跨足諸多領域，包含哲學、文學、音樂、建築、教育、政治和視覺藝術等領域。就思想與論述風格而言，德希達並非屬於康德式中規中矩地鋪陳論點、提出新解與歸納推論的哲學家。事實上，德希達善於運用閃爍不定的解構詞彙、迂迴側進的言說策略以及晦澀艱深的書寫風格，加上其強調「延異」（*différance*）的文本性及不確定性，早期的解構論述常被批評為相對主義與虛無主義。

就解構發展的過程來看，或可粗略地區分為早期「文本遊戲導向」的解構以及晚期「政治倫理導向」的解構。值得注意的是，德希達並不因為晚期解構的開展而有重新鑄造哲思軸心的目的或企圖。因為，就本質而論，解構並無前後之分，兩者身上脈動著相同的血液。誠如德希達在回覆日本友人的信中一再強調：解構並不是一整套理論或是一個方法學。解構的視域將不斷開放、不斷延伸。事實上，它曾是柏拉圖的「藥」，是漂泊的「明信片」，是雙重性的「處女膜」，是「蹤跡」，是「替補」，是「延異」，是「播散」，是「嫁接」，是「禮物」，是「銘刻」，是「正義」，是「邏輯困境」，是「救世主主義」，是「親切招待」，是「原諒」，是「死亡」，是「哀悼」，是「自動免疫系統」，是「再會」，也可能是「幽靈」及「朋友」……。解構是上述任何一個解構名詞，然而任何一個解構名詞均無法全然代表或呈現「解構」的動態無盡性。簡而言之，解構是對不可能事物的不懈追尋。

在不斷以各種差異「去中心」的後現代，德希達的解構幾乎成為邊緣族群發聲的大型哲思平臺，以及批判宏偉大敘事權威的理論基礎。矛盾的是，這些後現代咄咄逼人的「去中心」聲音，逐漸在學術市場建制化及全球化趨勢下，順理成章（抑或無可奈何地）一步步向「中心」挺進，甚至有取代它所質疑笑謔的「中心」之虞。更出乎意料的是，後現代晉身主流才驀然發現，原先假想攻堅的主流其實不過是某種移動中的支流，所謂的中心也僅是欲望投射的假象、另類的邊緣，由「替補」（supplement）建構的「遊戲」（play）。或許可以說，這就是後現代最獨特的現象。這種雙重弔詭的現象，更印證德希達的真知灼見：「中心」僅只是（也必須是）永遠的「延異」，以避免陷入「在場」的權力欲望及二元對立的邏各斯主義窠臼（logocentrism）。

解構在過去半世紀以來，掀起不少爭論。對於解構強調文本遊戲性、欠缺現實政治的批評，德希達在一九九〇年代以前仍不願對解構的政治意涵提出「直接」的說明。直到一九九三年德希達出版《馬克思的幽靈》（*Specters of Marx*，英文譯版一九九四年）才顯露出最直接且具體的政治轉向。不出所料，此書問世又掀起一陣「擁解構」及「反解構」的激戰。評論家對德希達的「世紀末」政治轉向抱持兩種極端的看法：一邊是高呼叫好、針對其論述加以闡述說明，另一邊則是嚴詞譴責或提出質疑。就在《馬克思的幽靈》掀起的掌聲與噓聲仍然交錯不絕於耳之際，一九九四年德希達再以《友誼的政治》（*Politics of Friendship*, 英文譯版一九九七年）展現他晚期解構在政治論壇上不容小覷的魅力。

德希達在臨終前最後一次接受訪談的文章〈我正和我自己作戰〉[1]中指出「倖存一如生與死的複雜對立，在我這裡，始於無條件地肯定生命。倖存，這是超越生命的生命，比生命更多的生命」，因為「任何時候，『解構』都是站在oui（法語的『是』，意指肯定的表達）、肯定生命的這一邊」（頁六七）。解構永遠站在肯定生命這一邊的「政治山崖」，呼應對面虛無縹緲處，某座遙遠的「倫理山崖」不斷傳來的吶喊，一道道絕對「他者」對正義的呼喚與吶喊。因此，晚期德希達強調解構的生命肯定、投入與承諾，他企圖回應與連接的是世間政治與倫理底蘊裡的無盡動能。

一個具體的例子是，緣於德希達對其祖國阿爾及利亞的具體政治貢獻。他在二〇〇一年獲支持阿爾及利亞的知識分子國際委員會及人權聯盟頒發「阿多尼獎」（Adorni Prize）。德希達在頒獎會上發表〈支持阿爾及利亞〉一文。文中他以真摯的語調，充分展現被法國暴力殖民的祖國在獨立過程中所承受的憤怒、苦難及創傷，除了呼籲國際大眾重視阿爾及利亞的歷史悲劇，也強調政府與國際財政機構除了應承擔重責之外，更應繼續支持阿爾及利亞（獨立後）的民主需求。另一個例子是一九九四年德希達與他的友人共同建立「國際作家會議」組織，目的在於援助因公開發表言論而遭到政府或非政府的民族力量迫害的作家、教授或記者。他指出，當代部分思想家、作家與記者們因為毫無忌憚地「大鳴大放」，猛烈撻伐政府的暴政與濫權，經常遭到迫害、監禁甚至殺害。德希達希望能透過此國際組織的運作，積極承擔當代知識分子的政治責任。

德希達在二〇〇四年十月八日因胰臟癌病逝於法國巴黎。在百家爭鳴、立論日新月異的後現代思潮中，德希達的解構從一九六〇年代於法國的哲學土壤中萌芽，至一九七〇及八〇年代在美國的文學理論穹蒼中茁壯，並快速地張開向全球四方舒展的巨臂，蔭翳成幕，占據一片後現代青煒的思想穹蒼。直至今日，解構的思想仍在二十一世紀思潮裡持續延異，持續批判世界上不公不義的現象，更持續對不可能事物做不懈的追尋。

1　請參閱〈德里達最後的談話：「我正和我自己作戰」〉。《世界報》，二〇〇四年九月十八日。

壹、早期解構的文本延異

早期解構大力揮舞「文本之外無物」（There is nothing outside the text）的大纛，揭示一種顛覆西方傳統語音中心主義（phonocentrism）及邏各斯中心主義（logocentrism）為基礎的形上學。德希達指出，語音中心主義與邏各斯中心主義是一體的兩面。語音中心主義是指語言擁有能夠呈現真實意義的功能，語音是「符徵」，而真理或意義是其「符旨」。邏各斯則意味著理性、邏輯、語言和根源的意思，因此邏各斯中心主義意即以邏各斯（語言理性）為基礎的思想。換言之，邏各斯中心主義也是一種語音中心主義，因為語音的本質是邏各斯的思想內部，進而與「意義」相連。語音和邏各斯藉此相互依存的緊密關係，來建立一種絕對真理，並形塑一個普同的理性主體。從蘇格拉底以降，整個西方哲學與文化都受到兩者的控制。

德希達以此語言批判的角度切入，解構柏拉圖後以二元對立為基礎的西方哲學論調。他堅信文本是一種互文式的開放性語言，藉由重新檢視多本重要的哲學作品，揭示作品文本內部自我解構的語言基因。具體而言，傳統閱讀強調作者的意圖與文本意義之關聯，解構文本則是尋找文本中得以破除此邏輯連結之矛盾，亦即尋找當中之文字對作者意圖的背叛。然而，這並不代表讀者得以恣意對文本提出質疑，或不假思索地直接反轉文本之意涵。解構希冀讀者於文本中謹慎尋找足以顛覆之概念，並具體而細膩地提出證據佐證。因此，解構文本並未等同對該文本之全然掌控，更不是隨意性之破壞或攻擊。

解構不是一種方法或一套理論。解構文本旨在瓦解既定之閱讀模式，並從被僵化的既有詮釋中找到反轉與瓦解結構的可能。因此，由於多數文本皆涵蓋不盡相容或相互矛盾之意涵，進行解構閱讀時須先搜索其看似一致之邏輯與穩定的結構和意涵。如此一來，當讀者接續指出文本內部之矛盾，並證實文本仍缺乏邏輯一致性與結構完整性時，方得跳脫死板的系統化結構。因此，解構閱讀之模式宛若尋找替代中心之無盡過程。本單元將評介早期解構可以被傳授的重要理論如下：一、結構、符號與遊戲；二、言說與書寫；三、語言的替補；四、語言的延異。

批判思考

解構既然不是一種方法或一套理論，那麼它可以學習與傳授嗎？有沒有什麼具體操作步驟的閱讀範例？

解構雖不是一種方法或一套理論，但卻可以學習與傳授。德希達在《書寫與差異》[2]（*Writing and Difference*）中文版的〈訪談代序〉中解釋：「我想要保持我所解構的一切的那種鮮活性。所以那不是一種方法，不過我們的確可以從中找到一定的規則，至少是臨時性的規則。這就是為什麼解構雖然不是一種方法，但卻可以被傳授。」（頁二二）此外，德希達提出，因語言本身具有豐富的潛在流動性，讀者試圖解構文本的同時即意味著文本在解構自身既定的二元結構。我研究解構二十餘年，在此可以傳授一招入門卻也很核心的「解構三步驟」（臨時性）規則，供大家練

2 請參閱《書寫與差異》。臺北：城邦，二〇〇四年。

習與學習：步驟一，找出主要的二元對立結構。步驟二，翻轉此二元對立的結構。步驟三，解構此二元對立的結構。

首先，以珍．奧斯汀（Jane Austen）的小說《傲慢與偏見》（*Pride and Prejudice*）為例。我們可先觀察出小說中主要的二元對立結構（也就是父權社會中男尊女卑的現象）。接著，再找尋能翻轉此結構位階關係的契機與文本例證。最後，再進一步「解構」這故事的二元對立結構。事實上，這本著名的經典小說描繪了十八世紀末與十九世紀初，父權社會體制下貴族和地主的感情跟婚姻關係。此書的第一句就點出了這本小說的歷史情境：「凡是有錢的單身漢，總想娶位太太，這已經成了一條舉世公認的真理。」表面上，小說中的女主角伊莉莎白（Elizabeth Bennet）因為家庭經濟較拮据，媽媽心急如焚地想把女兒趕緊嫁給富有的達西先生（Mr. Darcy）。但實質上，故事中這五個女兒都沒有法律上的權利能繼承爸爸的財產，反而是得將爸爸的財產讓渡給表哥。而故事一開始媽媽的焦慮即凸顯了當時社會的父權結構及整個男尊女卑的律法與風氣。

然而，在小說中，男主角的能力和性格並不比女主角出色。由於伊莉莎白是個正直、機智又善良的女性，她的各種特質和性格都不遜色，甚至更勝於其他男性。例如，在故事結尾的一段場

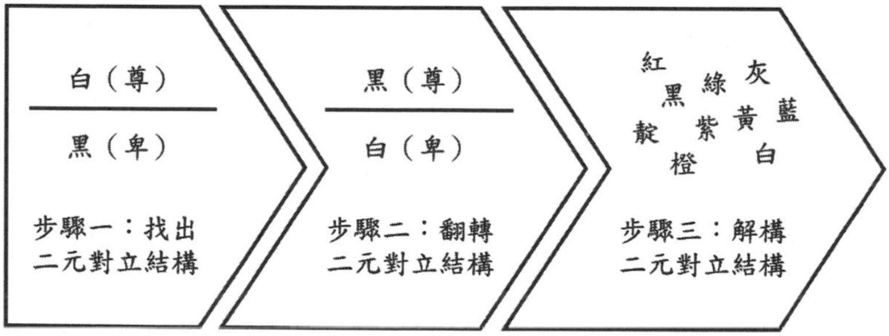

圖5-1 解構三步驟（臨時性）規則

景中，當達西先生的姨媽極力想把自己的女兒嫁給達西，並抨擊伊莉莎白的階級配不上這段婚姻時，伊莉莎白仍勇敢地挺身而出捍衛自己的尊嚴。如是，《傲慢與偏見》中的伊莉莎白成功表現各項出色的人格特質並勇敢爭取自己的愛情，進而成功翻轉傳統父權結構男尊女卑的思維與結構，成為女尊男卑的新二元結構。最後在故事結尾，我們發現真正關乎婚姻的內涵本質應當是兩人對彼此真誠的愛，而不該被雙方的性別與階級所限制。故事結束時達西與伊莉莎白之間經得起考驗的感人真愛才是有效「解構」男女尊卑僵化二元對立婚姻結構的動能。

最後，再以德希達自己的著作《友誼的政治》為例。解讀此書的最佳途徑是依循其內隱式呼告所組成的「解構」三步驟。一、亞里斯多德的美德式友誼政治：「啊！吾友，世間並無朋友。」（O my friends, there is no friend）德希達以亞里斯多德的一句矛盾又怪異的呼告「啊！吾友，世間並無朋友」掀開《友誼的政治》的序幕。此階段呼告的策略旨在揭示兄弟之愛與友誼的關聯，以及亞里斯多德式的典範友誼對政治實踐的影響。此時，在敵友二元對立的傳統中，朋友是總優於敵人的。二、尼采的敵人式友誼政治：「敵人！世間並無敵人。」（Foes, there is no foes!）此呼告表面上是依循第一階段呼告中衝突及矛盾的模式發展，德希達暗地裡卻是在建立與第一句呼告的二元對立架構以逆向倒置此友／敵的傳統階層與優劣性。此時，尼采翻轉敵友二元對立的傳統，使敵人的重要性優於朋友。三、德希達的解構式友誼政治：「啊！吾解構民主政治之友……。」（O my democratic friends…）在逆轉友誼政治中朋友／敵人的上下二元對立層次後，最後一個呼告階段是所謂的解構階段。此一階段的工程即在徹底剷除介於敵友對立之間的疆界藩籬，以問題化朋友／敵人二元黑白的定義。何謂敵？何謂友？敵友難分是本應如此？還是我們認識不清？「啊！吾民主政治之友……。」（O my democratic friends…）簡言之，德希達在《友誼的政治》

中，巧妙地運用解構三階段對「朋友」的呼告回顧檢討過去友誼政治的文本霸權及陽具邏各斯中心主義，並建構後現代的「來臨式」民主政治理論（參見第五講第四單元的「友誼的政治」）。

一、結構、符號與遊戲

在〈人文科學論述中的結構、符號與遊戲〉中，德希達明確地指出結構主義的論述實際上有很大的盲點。此論文的開場白便聲稱，「結構」在西方哲學史上正遭遇一場「事件」，此事件致使人們開始思考「結構的結構性」（the structurality of structure）為何，並體悟結構依存的「中心」並非是從未改變的。德希達認為，西方的知識生產一直依靠著「中心」的替換，而所有的知識則圍繞著「中心」架起一個又一個的結構。「中心」掌控著結構內各種元素的排列，賦予結構一致性。若是沒有中心，結構也就不可能誕生。簡言之，世上並不存在沒有中心的結構。中心的另一項功用是決定結構中元素的流動，又或者說是元素的「遊戲」（play）。一方面，必須要先有中心，結構中的元素才能夠「流動」；但另一方面，中心卻也對「流動」設下限制。易言之，在結構主義的思想中，元素的流動必須遵守特定的規則，而那自由自在的遊戲則近乎難以實現。

接著，德希達又指出結構主義論述中另一項弔詭之處——「中心非中心」；亦即，中心永遠外於結構，不受中心自身所設下的規律而活動。簡言之，雖然中心給予結構組成的法則，中心自身卻從來不受法則控制，因為一旦中心受制於結構的結構性，那麼中心自然也會有流動的可能。此種「非固定中心」的想法也就間接承認所謂「結構」其實是不穩定的。最後，既然結構不穩定，那麼無論人類耗費多少心力，都不可能藉由分析世界的結構來通往真理。因此，為了維持真理是「可被獲取」的假象，結構主義與傳統的西方哲學都拒絕面對中心可能會被取代的事實。

以李維史陀的人類學著作為例子，德希達說明結構主義的研究方法雖然能夠有效地分析人類文明的「結構」，卻無法解釋為什麼結構會產生變動（以歷史的觀點看來，人文社會的結構絕不只發生一次改變）。在李維史陀的論述中，每當結構產生變動，其原因經常被歸咎於外在的不可知力量。換言之，與其承認中心會被取代或結構會被更改，李維史陀更相信結構是被徹底瓦解後重新再建立。至於中心為什麼會被取代，甚至中心被取代之事實皆無法說明。因此，德希達認為結構主義（以及傳統西方哲學）的論述事實上是建立在一個悖論之上：中心既屬於結構，卻也同時必須外於結構。

德希達解釋，如果想要在結構中自由自在地遊戲，我們一定得涉入結構之中。倘若我們純然地反對現有的結構，最後就只會落入類似李維史陀面臨的結構主義悖論：我們只是將中心替換，然後建立起新的結構，中心可以被替換的事實依然無法被討論。因此，為了避免結構主義的困境，德希達提出一種名為「修繕」（bricolage）的思考模式，而進行臨時性「修繕」的人們就成「修繕工」（bricoleur）。既然是「修繕」，我們便無法將結構徹底瓦解，而必須在現有的結構之中找到導致元素流動的工具。同時，「修繕工」的工作與「工程師」（engineer）大有不同。在德希達眼中，他的哲學家前輩們（例如柏拉圖、康德、馬克思、尼采、海格德等）都企圖扮演工程師的角色，希望建立屬於自己的完整理論結構。然而，德希達則想當一名結構的修繕工；比起建立一套新的理論架構，他更希望點出他人結構的各種盲點，以便找出不同的思考模式。

修繕的思考方式即是德希達所稱「解構」的運作模式。對德希達而言，最好的修繕模式是在現有的結構之中找尋符徵的「歧義」（ambiguity），而非像結構主義一樣，只在乎符徵背後的最終與最大「符旨」究竟是什麼。將重點移轉至符徵後，閱讀結構便不再只是對真理或純粹意義的追求，而是成為一種愉悅的另類經驗。讀者能在結構之中反覆穿梭，找出結構中的不一致處，並活化當中元素，使元素開始在結構中流動。此種使結構不再固定，並將元素意義不停解放的自由過程，被德希達稱之為人文科學論述中的符號「遊戲」。

二、言說與書寫

在其早期著作《論文字學》（*Of Grammatology*）中，德希達提出自柏拉圖以降至結構主義的所有西方哲學思想，皆仰賴二元對立以及「在場的形上學」（metaphysics of presence）。對於「在場」的強調可以從過往哲學家們尊「言說」（speech），而貶「書寫」（writing）的現象觀察而出。傳統的西方哲學向來強調以對話的形式傳遞思想，因為當兩人（或以上）面對面交談時，便能夠針對各自無法理解之處提出問題，被提問者也能夠立刻回應或做出澄清。如此一來，言說便成為最能夠準確傳達意義的媒介；至於書寫，則屬不在場的言說，是過往言說的紀錄或再現。既然書寫是已經被寫下的符號，即便閱讀者對文字內容有所疑慮，也無法得到書寫者即刻的回答。因此，德希達認為傳統西方哲學過度強調言說的重要性，導致書寫被言說壓制的局面。

此外，在〈文字暴力：從李維史陀到盧梭〉（The Violence of the Letter: From Levi-Strauss to Rousseau）的章節中，德希達試著以「元書寫」（arche-writing）的概念檢視何謂語言的「暴力系譜學」。他認為李維史陀以二元方式所探討與分析的書寫形式中的暴力和盧梭一樣，還是脫離不了結構主義框架。他指出在「分類」及「定義」事物範圍內的書寫都是一種暴力的呈現，也都是一種反「延異」結構的書寫經濟，一種「有限經濟」（limited economy）的整體架構。因此，德希達認為李維史陀的人類學並無法呈現書寫結構底蘊中最原始的暴力。為了彰顯出書寫本質中多元暴力結構，他指出書寫暴力現象應是一種三層結構（tertiary structure）。

第一層稱為「元暴力」（arche-violence）：一種語言（不管是書寫或語音）系統內符號差異所產生最原始的暴力。德希達說：「語言形塑成一種體系時所依存的原始暴力永遠銘刻於差異（difference）、分類（classifying）及稱呼（vocative）中。」（頁一一二）第二層暴力稱之為「整體暴力」（totalizing violence），是語言系統中一種試圖組織及同化第一種先驗性差異暴力的暴力。簡單地說，就是語法結構的規則制定（例如，英語有八大詞類、五大句型及各式時態等語法規則）。第三層則為「抗拒暴力」（resisting violence），一種被排除與被壓抑者回歸的力量，存在於語言的規範系統內（例如，文學修辭中的矛盾、隱喻、雙關語及意識流的書寫等）不斷干擾及抗拒語言的「整體暴力」。事實上，任何語言系統的形塑與呈現過程均是這三種暴力交互組成的無止境暴力，此種暴力循環現象即是德希達所謂的「暴力的經濟」（economy of violence）。

為了將書寫從劣勢中解放出來，德希達提出「元書寫」（arche-writing）的概念。他相信早在人類學會說話之前，就已經有了最原始的書寫模式。此種原初形式的書寫並不指涉任何一種特定的文字。更精確地說，德希達的元書寫是符徵間產生差異的過程。如此定義之下，無論言說或書寫（此處指的是狹義的「文字書寫」）皆是「元書寫」的直接產物，沒有所謂的先後或高低之分，而「文字是言說的再現」的說法也就因此被否決。接著，如果我們真要以「差異」來作為判斷高下的標準，那麼書寫應當高於言說。因為傳統的西方哲學家們始終認為語言是澄清透明的媒介，言說能夠在符徵毫無折損的情況下，將意義完整傳達給他人。但書寫的傳遞方式則大有不同。如先前所說，書寫代表書寫者的不在場，閱讀者在解讀符徵時只能夠依賴自己，因此意義在傳遞的過程中就有更多變質的可能（詳見第四講第一單元，巴特的「作者之死」）。易言之，言說存在的目的是消除差異，使兩者同化；書寫則讓差異不斷繁殖，使符徵的意義活化，從固定的符號結構當中逃脫而出。

然而，需要特別注意的是，德希達並非是要將「言說—書寫」的二元對立徹底翻轉，使書寫凌駕在言說之上。若是單純地翻轉對立，那麼言說必定也將受到壓抑的命運，而這並非他所樂見的結果。正確地來說，德希達將言說與書寫置放在「打叉」（under erasure）的符號下做出上述討論，其目的是解構言說與書寫的傳統尊卑結構關係。換言之，對德希達而言，言說與書寫都是「元書寫」的衍生物，只不過兩者所在乎的是語言的不同層面（言說處理聲音，書寫則處理文字），並在現實生活中交互影響與牽制。

三、語言的替補

顛覆言說與書寫的二元對立後，德希達在《論文字學》中進一步發展「替補」（supplement）的解構概念。從英語語言學的角度而言，在主詞之後的動詞具有謂語（predicate）的功能，對主詞的動作或狀態做陳述或說明，指出主詞「是什麼」、「做什麼」或「怎麼樣」。換言之，謂語動詞能決定句中主詞的樣態或意義。例如，「張三是文學家。」此句中，「張三」是主詞，「是」是動詞，而「文學家」是主詞補語。然而，即使有動詞謂語「是」的連結，主詞補語也並不能完全代表主詞的內涵。主詞的內涵須被之後無數的主詞補語所「替補」。因為張三也可以是駕駛、父親、兒子、同事、情人、幸福的、生氣的、焦慮的……等無盡主詞補語的「替補」內容。此處，「文學家」是「張三」在此句子中的「在場」意義，然而「張三」較完整的意義還須仰賴無數「不在場」的「替補」。

德希達認為在傳統西方哲學上，書寫被視為言說的替補。在此一傳統邏輯之中，言說被視為是在上位，是「在場」的原初物，而書寫就只能屈居其下，成為言說次等的「不在場」補充物。德希達發現，這種「原初物—替補物」的二元對立也存在於李維史陀的結構主義思想。李維史陀在其著作中，經常透露出他對自然的崇敬以及對文明的譴責。對他而言，自然才是人類良善的一面，象徵著人類最原始的樣貌。相較之下，文明的誕生使人類開始一連串悲慘的命運，其中一項就是文字書寫如何被上位者用來操控群眾（例如被殖民者必須使用殖民者的語言）。在文字書寫前的口說時期，人們的階級制度也尚未誕生，因此每個人都一樣平等，是最公平的時代。簡言之，從李維史陀的觀點看來，文明對自然的傷害只會使人類轉向墮落與毀滅之途。由此可見，「原初物—補充物」、「自然—文化」與「言說—書寫」三種二元對立便不謀而合。

接著，德希達對盧梭的《懺悔錄》（*Confessions*）進行解構式的閱讀，企圖顛覆替補的辯證邏輯。德希達指出，替補的運行邏輯事實上有兩種層面。第一種，是對於原初物的存在做出補充。因此，此種補充是可有可無的。第二種補充則發生在原初之物失落時，是一種必要的手段。德希達解釋，補充也可以是一種替代。例如，盧梭的一生都在追尋母親的形象。因此，當他的母親過世後，盧梭便以他的情人取代母親的位置。在失去情人後，便以妻子取代情人。最後更以手淫的方式，徹底取代他與所有女性的性關係。如果根據李維史陀的論點，盧梭的母親應該是象徵著人性良善的一面（原初物），手淫則是邪惡與墮落（補充物）。

然而，當盧梭不停地以補充物來替代母親時，他不僅僅是墮落，同時也在追尋良善——成了一種「危險的替補」（dangerous supplement），作為一種雙重運動。我們並不能因為盧梭以手淫來替代母親就認為盧梭已經墮落，畢竟他依然在追求象徵良善意象的母親；與此同時，盧梭從一開始便已經注定要墮落，因為已然失落的「母親」是無法被尋回的。相似地，李維史陀所推崇的「自然」實際上就有如盧梭已死去的母親，是人類無論如何努力都找不回的。因此，在哲學上，當我們試圖以補充物來替代根本不存在的「形上學的在場」（或者真理、意義、目的等）時，我們便陷入無盡的幻夢之中，在危險的替補過程裡不斷追逐，卻反而離原初物越來越遠。

四、語言的延異

在《書寫與差異》一書中，德希達首次提到「延異」一詞，並在《言說與現象》（*Speech and Phenomena*）中發展此一概念。*Différance*（延異）是德希達自創的詞彙，是蓄意將 *différence*（在法文裡是「差異」的意思）拼錯。德希達刻意將這個單字裡最後一個音節的母音替換。然而，此項舉動卻未改變單字的讀音。藉此，德希達再一次證明言說並不能夠完整地傳遞意義，甚至會將符徵間細微的差異消除，以達到溝通的目的。然而，德希達認為差異是無法被徹底消除的，因為符徵自身便是「延異」發生的場合——任何符號的使用都涉及「延異」的過程。法文的 *différence* 是動詞 *différer* 的衍生字，雖然 *différence* 僅有差異的意思，但 *différer* 一字卻同時擁有「產生差異」與「延遲」之意。因此，*différer* 本身就是帶有歧義的符徵，其意義會隨著自身所處的脈絡而有所不同。

為了與純粹代表「差異」的 *différence* 區隔，德希達刻意創造 *différance* 一詞以結合「產生差異」與「延遲」兩種意涵，中文即譯為「延異」。德希達指出，所有符號的表意過程都勢必經過延異。

因為即使語言符號的使用受制於人們的意念，語言符號自身卻無法準確地呈現出人類心中真實的想法。易言之，當人類試圖將意念以語言符號呈現時，意念便會受到符號扭曲而產生失真的現象。德希達將語言比喻為沙灘上之足跡，意念便是人們的雙足。因此，語言總是較意念遲緩。當語言的使用者開始使用語言的那一刻起，他的意念便已經與他所使用的語言符號產生脫節。隨著意念的行進，意念的足跡也將於語言的沙灘上逐漸消逝。我們不可能光是依靠他人所說的話或寫下的文字，就徹底了解他們該時該刻的想法。更何況，在特定的情況下，意念是無法被人類自身所掌握的（見第三講第一單元，佛洛伊德的「無意識」），更遑論人類可以使用語言來完全表達這些意念。

另一方面，德希達也回歸到結構主義的基本思想：意義源自於符號間的差異。換言之，符徵之間必須要有差異，人們才能夠辨別其意義。因此，單獨存在的文字並不具有完整意義的符號，須藉由與其他符徵共存，並展現其差異之所在，意義才能夠產生。此外，德希達更提出，「差異」也會隨歷史演進而改變。當代認為相似的符號特徵，在未來可能是兩種對立的特性。因此，符號間的差異並非絕對，而是隨著歷史發展偶然產生出的差異。如此一來，差異與延遲就相互結合——在時間推延的過程中，差異的意義像網絡般不斷增生。

批判思考

如果解構的目標是使符號的意義不再穩固，那麼解構與虛無主義有何不同？或者說，解構算不算是一種相對主義？

解構並非是「否定」的虛無與破壞，亦非「無定」的相對主義。德希達的解構消除了語言中掌控規則的可能性，保留那些不能夠被決定的和純粹關聯的遊戲性。由於此基本的語言不確定性，解構一個文本僅意味著展示文本如何解構自身。解構式的閱讀變成在文本意義和作者意圖間，破壞邏輯關係的一種探求。然而，解構主義並非為了顛覆文本而顛覆，也不是一種讀者詮釋以外的全然自由。相反地，解構式閱讀策略奠基於新批評式文本細讀時對於意義盲點、多義、懸置、滑動和反義的掌握。換言之，文本的解構不是對文本意義的任意破壞，而是解構人們習以為常的某種既定詮釋方式或某種主控此文本意義的權威閱讀模式。

【問題與思辨】

一、什麼是「解構」？請為它下一個你個人的定義，並舉例說明此定義。

二、若意義是不斷地流動，那世界上是否仍有真理或正義？我們如何判斷真假或善惡？

三、對你而言，言說比書寫重要，還是書寫比言說重要，或兩者同等重要？為什麼？

四、你是否同意德希達「文本之外無物」（There is nothing outside the text）的說法？此說法意味著任何世間事物都可以被語言「文本化」，所以「文本之外無他物」？或是意味著有一種神祕的「無物」（nothing）永遠無法被語言所企及，所以「文本之外有一種無物」？還是兩者兼具？為什麼？

五、你認為「解構」的概念有沒有自身的侷限或問題？

六、德希達提出所有符號的表意過程都勢必經過延異，意即當語言的使用者使用語言的那一刻起，他的意念便已與他使用的語言符號產生脫節。你同意此論點嗎？是否有何特定的文學類別能更凸顯出延異的特點？

【書目建議】

楊大春。《解構理論》。臺北：揚智，一九九六年。

———。《德希達》。臺北：生智，一九九五年。

雅克・德希達（Jacques Derrida）。《他者的單語主義：起源的異肢》。張正平（譯）。臺北：桂冠，二〇〇〇年。

———。《書寫與差異》。張寧（譯）。臺北：城邦，二〇〇四年。

———。《語言與現象》。劉北成、陳銀科、方海波（譯）。臺北：桂冠，一九九八年。

———。《論文字學》。汪堂家（譯）。上海：上海譯文，二〇〇五年。

———。〈德里達最後的談話：「我正和我自己作戰」〉。杜小珍（譯）。《世界報》，二〇〇四年九月十八日。

Derrida, Jacques. *Dissemination*. London: A&C Black, 2004.

———. *Of Grammatology*. Trans. Gayatri Chakeavoty Spivak. Baltmore: John Hopkins UP, 1976.

———. *Specters of Marx: The State of the Debt, the Work of Mourning & the New International*. London: Routledge, 2012.

———. "Structure, Sign, and Play in the Discourse of the Human Sciences." *Writing and Difference*.

Trans. Alan Bass. London: Routledge, 1978. 278-93.

———. "The Violence of the Letter: From Levi-Strauss to Rousseau." *Of Grammatology*. Trans. Gayatri Chakraorty Spivak. Baltimore: John Hokins UP, 1976. 101-40.

———. *Writing and Difference*. Trans. Alan Bass. Chicago: Chicago UP, 1978.

貳、禮物的交換經濟

當代人文社會領域形成的「禮物經濟」（economy of gift）論述，已逐漸呈現眾聲喧譁的現象，其犖犖大端者如：尼采「超人式」的生命贈予德性、海德格的「存有式」的禮物（存有作為一種禮物在時間中不斷地向未來給予而非接受）、馬賽爾・牟斯（Marcel Mauss）「普遍義務性」或「競爭性」的慷慨倫理（an ethic of generosity）、李維史陀的「結構式」贈予關係、齊克果「基督教式」的贈予責任、巴代伊（Georges Bataille）「整體經濟式」（general economy）過剩禮物的耗費、泰斯塔（Alain Testart）「非義務性」的贈予與回報、列維納斯（Emmanuel Lévinas）「絕對他者式」的贈予倫理或德希達「解構式」的禮物（禮物超脫「贈」與「受」的二元思維）等。

德希達在晚期解構論述中，常間接探討「禮物」的議題，例如在《馬克思的幽靈》、《論世界都市主義及寬恕》（*On Cosmopolitanism and Forgiveness*）及〈熱忱：一項間接的祭獻〉（Passions: “An Oblique Offering”），但以《給予的時間：I偽幣》（*Given Time: I. Counterfeit Money*）以及《死亡的禮物》（*The Gift of Death*）兩書真正直接建構其解構式「禮物經濟」的論述。前者主要探討贈予的不可能性，藉由牟斯的《禮物》、海德格的《存有與時間》以及李維史陀、波得萊爾（Charles Pierre Baudelaire）與班分尼思特（Emile Benveniste）的論文，檢視贈予與時間的深層關係；後者則關心在西方宗教與哲學中道德責任的意義，以及禮物經濟中贈予、禮物與犧牲的矛盾性。本單元將評介德希達禮物交換經濟的重要理論如下：一、禮物交換經濟概論；二、解構式禮物經濟；三、禮物經濟的解構美學。

一、禮物交換經濟概論

首先，什麼是社會學角度的禮物經濟？簡言之，禮物經濟是指人類社會中，一種「循環式」的贈予，一種人與人之間禮物的交換經濟。此種交換經濟的運作相當程度上反映一個既定社會或族群的生產模式、文化結構與道德規則。讓我們先了解「交換經濟」（the economy of exchange）及其「唯物」的歷史性。一般而言，「經濟」一詞泛指人類對財貨及資源的生產、分配及使用的社會現象，而交換經濟的基本精神即是在等值交換的前提下進行物品的重新分配及使用——人類將自己多餘的東西給予他人，而從他人手中接受自己必需及缺少的東西。在《資本論》[3]第一卷第二章〈交換過程〉中，馬克思詳細地探討資本主義自由市場交換過程的形塑，及「使用價值」（use-value）與「交換價值」（exchange-value）在商品「所有者」與「承購者」交換過程中所扮演的功能：

> 商品（commodity）對其所有者並沒有直接的使用價值，否則，他就不會把它拿到市場上去交換。但他的商品對別人可能有使用價值，而對他而言，他直接擁有的價值僅是交換價值的保管（a depository of exchange value），及進而成為價值交換的手段。所以，他願意讓渡他的商品，來換取那些對他而言具有使用價值的所需商品。一切商品對它們的所有者僅是交換價值，但對它們的承購者卻有直接的使用價值。因此，商品必須全面轉手，而這種轉手就形成商品的交換經濟。（頁三八）

「交換」不單是各個時代市場的表現形式（form），更是市場實際運作的內容（content）。市場透過各時代交換成規所進行的各種交換活動，使社會資源得到交流與分配，使群體經濟得以運行。我們可以說，交換是人類歷史上各種社會經濟運行與發展的原動力。

交換經濟除了有其歷史的唯物屬性，也具有強烈的文化與道德屬性。甚至，縱然在同一時代中，不同意識型態的文化與道德機制，皆會形塑不同的交換經濟，而「禮物」的交換經濟即屬於一種具有很濃厚的文化與道德屬性的交換經濟。法國社會學家牟斯在《禮物：舊社會中交換的形式與功能》[4]（*The Gift: Forms and Functions of Exchange in Archaic Societies*）中有系統地探究普遍存於傳統部落中，禮物經濟底層的意涵。牟斯認為世上沒有所謂的「自然」經濟性存在（頁一三—一四）。在早期西方的法律和經濟系統中，貨物的交換發生於群體間而非個體間。這些交換不單是物品、財富的交換，大多數是族氏宴筵、宗教儀式和習俗慶典等集會。在這系統中經濟交易不是主要角色，而是一個規模更大、更持久的契約向度。

最重要的是，這些贈予（收到的禮物）是義務性的。牟斯稱這系統為「整體服務」的系統——每一個禮物均是交換系統的一部分，而在這系統中建立贈者與受者的名望與權威。「誇富宴」（potlatch）即是牟斯所稱「禮物經濟」整體性現象的例證，它具有宗教性、神話性、法律性和經濟性，是社會結構展現的現象（它把部落、宗族和家庭連結在一起）。牟斯指出，有三種義務構成此「禮物經濟」儀式的本質：「贈予」、「接受」和「回贈」的義務（頁五五—五九）。不遵循贈予經濟

3 請參閱 *Capital.* Ed. Friedrich Engels. Chicago: Britannica, 1990.

4 請參閱《禮物：舊社會中交換的形式與功能》。臺北：遠流，一九八九年。

的規則會造成很嚴重的後果。例如，一位族長沒有贈予禮物給他人就會失去他的名譽和他領袖的精神地位。同理可運用到邀請他人的義務，沒有人有權利去拒絕一份禮物或不應邀參加此交換的節慶宴會。牟斯提到以上的原則也發生在一些古老的社會，例如羅馬、印度、德國和中國等國家（頁六五—八六）。

牟斯強調禮物「報稱（饋贈）」和「回報」的經濟是一種「全面性的報稱（饋贈）」（total prestations），一種「強制性」義務：

> 在共襄盛舉的市集中，經濟性的市場不過是雙方交流的項目之一，財富的流通只是局部表達彼此間廣泛深遠的盟約關係。還有一點，儘管這些報稱（prestation）和回報（counter-prestation）表面上看似自動自發、出於自願，其實卻是非常具有義務性的；違反這義務可能在私下招致懲罰也可能公開引起大戰。我們打算稱這種交換體系為全面性的報稱（total prestations）。（頁一四）

從牟斯的解釋與分析中，我們可以得知「全面性的報稱（饋贈）」即是貴族之間尼采式「主人道德」所建構的贈予經濟。牟斯以澳洲及北美洲部落間「禮尚往來」的義務性道德為例，試圖解釋舊社會中交換經濟形成原因及功能。其中以北美洲（溫哥華到阿拉斯加一帶的白人及印地安人）及美拉尼西亞（Melanesia）和玻里尼西亞（Polynesia）等地方中「誇富宴」習俗的分析最能支持他「全面性報稱（饋贈）」的論點。在此些傳統中，貴族中的「男人」須有膽量向他所對峙的酋長或貴族挑戰，即使是傾家蕩產（全族的家產）也要能舉辦一場全面性的回報宴。然而「在這交換過程中儘管極其重利又奢華，最顯著的那種強烈對峙性，說穿了也不過是貴族之間的一場鬥爭，藉此決定各人的階層地位。如果獲勝的話，也就是為自己的宗族獲得了至高的利益。這種對峙式的全面性報稱交換，我們姑且稱之為『誇富宴』」（頁一五—一六）。

因此，我們可以說「誇富宴」禮物經濟的形成來自父權社會中，貴族間的主人道德把「高尚」回報行為視為善（即刻、確定及較大的回報）而把「卑鄙」回報行為視為惡（拒絕、拖延或較小的回報）。「送禮」、「收禮」及「回禮」的風俗最後成為一種「互相炫耀」的社會行為，一種「高尚的花費」（noble expenditure），一種「巴洛克式」的華麗禮儀，一種「適者生存式」強者文化的遊戲規則，來肯定自身的階級及高貴的人格。換言之，在以主人道德為主的父系社會結構中，男人必須藉由更昂貴的禮物回報贈予者（他者）方可建立起其社會的聲望與權力，此種「主人」性、強迫性、義務性及全面性的禮物經濟成為父系貴族社會中「權力」的生產、流動與競爭現象。

簡言之，牟斯的《禮物》有兩項重要的貢獻。首先，他注意到禮物經濟有一內在結構與邏輯組成的溝通系統，並提出社會學及人類學之具體案例的驗證與討論。再者，他探討人類社會中禮物經濟文化所呈現多面向的結構現象。換言之，「這些現象既與法律、經濟有關，又屬於宗教、美學、形態學範疇」（頁一〇三）。牟斯試著揭示在所有社會中，自動獻上禮物有其義務性。他認為所有社會現象是彼此互相連結為整體的，而所有的機構都以整體社會的觀念表達其宗旨，禮物不過是整體社會交換經濟中的一部分。在早期部落社會中，收到禮物必須要回禮，否則這整體部落社會的運作會瓦解。牟斯在他的書中，一開始提出以下問題，並嘗試在書中推敲出解答：什麼原則使原始社會或舊社會的人有禮必報？禮物裡面究竟有什麼力量讓接受者非還報不可（頁一二）？

事實上，禮物經濟架構底層交織著控制經濟（command economy）、市場經濟（market economy）

及以物易物經濟（barter economy）多元的交換意義與功能。禮物經濟所形成的文化，始於生存物質沒有顯著匱乏的社會或族群。因此禮物文化不僅具有馬克思所謂交換經濟的基本物質屬性，更象徵著富饒生活所延伸的一種文明現象，一種人情世故，一種互惠原則，更是一種權力與聲望的建立。我們除了在各種節日（情人節、母親節、父親節、教師節、春節及聖誕節等）贈送或接受各種禮物外，也在各種聚會中（生日、結婚、升官、畢業、演出成功、獲獎、生子及喬遷等）贈送或接受各種禮物，更不用說相互拜訪、表達謝意或者是婚喪喜慶時「紅」「白」包贈予及接受的傳統，總是「禮」多人不怪。這俯拾皆是的饋贈現象，都突顯禮物經濟在社會機制中具有濃厚的文化及道德性。

二、解構式禮物經濟

倘若細心留意德希達早期的作品，如《書寫與差異》、《論文字學》、《論哲學的邊緣性》（*Margins of Philosophy*），可以發現「經濟」的概念早已像種子般播散。然而，德希達是從對巴代伊「整體經濟」（general economy）的研究中，勾勒出解構「經濟」的主要模式：《書寫與差異》中〈從限制到整體經濟：一個沒有保留的黑格爾主義〉一文即是例證。巴代伊在〈整體經濟的意義〉[5]一文中，區分出局部性「限制經濟」和全面性「整體經濟」概念的不同。「限制經濟」（limited economy）限囿於商業價值，「整體經濟」（general economy）則延伸到政治及大自然層面。巴代伊試圖顛覆一般經濟學者所建構的「限制經濟」（一種以不斷的生產與成長來維持封閉式經濟系統的穩定），他認為「整體經濟」的能量（如陽光）流動會幫助萬物成長，但大自然中個體或群體的成長均有其限制（如空間）。

受限後過剩的能量，必須以非獲利的方式消費掉（戰爭成為人類歷史中對過剩能量的災難性消費），消耗則最終會帶動地球能量的流動，否則整體經濟體系中的個體或群體都將受害。因此，巴代伊強調我們必須以反理性及不求回報式的消費來維持經濟系統永續的穩定與平衡。他說：「當習慣於活動的目的就是要發展生產能力時，我們會承認製造財富的能量最終是要被浪費（不求回報），而且獲取利益的最終目的是要揮霍利益。強調大量揮霍能量的必要性是違反理性經濟（rational economy）的基本原則。」（頁二〇）

德希達指出，巴代伊要質疑的是黑格爾式理智中鏈狀的意義或概念，但這項質疑卻是藉由將意義鏈置入整體中來思考，以避免忽視意義鏈自身內部的嚴謹性。他把巴代伊對「經濟」的區別應用於語言和書寫的理論上，認為語言的「限制經濟」嘗試去確定所有意義，亦即所有符號均可以被解釋，也均服從自身的結構，進而產生語言的結構暴力。語言的「整體經濟」則涉及意義的遺失、消費和剝奪與意義的過剩，進而產生語言的去結構或抵制暴力，這過剩的部分語義將由「延異」所涵蓋。換言之，「延異」成為德希達嘗試勾勒巴代伊式語言意義的遺失和過剩的方式之一。德希達進一步感興趣的是語言在「經濟系統」中如貨幣般的交換能力，所以他在《論文字學》[6]中談到：「金錢藉由自身的符號替代物品。此現象不單存在於單一社會中，更存於文化之間或是經濟組織之間。這可以解釋為何字母系統（alphabet）具有商業性質，並且是一種貿易家（trader）。此種概念

5　請參閱〈整體經濟的意義〉。《中外文學》33.6 (2004): 17-32。

6　請參閱 *Of Grammatology*. Trans. Gayatri Chakeavoty Spivak. Baltmore: John Hopkins UP, 1976.

必須藉由經濟理性的貨幣交換中被理解。對金錢的評論敘述是對書寫論述的忠實呈現。在金錢和書寫兩例中，無記名的符號成為取代物品的替補物。」（頁三〇〇）因此，德希達試圖指出金錢與書寫兩者在「整體經濟」中共同擁有過剩式消費與意義性替補（supplement）的符號特性。

德希達在近四十年間帶動許多議題的熱烈討論，牟斯的禮物經濟即是其中之一。他在《給予的時間》花眾多篇幅討論牟斯的《禮物》（*The Gift*）。德希達試著解釋牟斯所提的禮物觀念，呈現出禮物未曾是「純然」（pure）或「真實」（true）的禮品，並且總附帶一份希望禮物回饋的期望。所以，德希達描述絕對禮物的構思：「若禮物有其存在處，此處必須是沒有互惠回報、交換、抵銷禮物或欠債的存在。」（頁一二）相較於社會學家或人類學家所討論的禮物經濟，德希達的禮物經濟則是一種「超越」式的禮物經濟，也是一種反（或干擾）禮物經濟式的禮物經濟。

嚴格來說，德希達是試圖以超越性、純潔性及絕對性的「贈予」道德，來解構牟斯所探究的社會性禮物經濟，以「存有」與「絕對他者」（上帝）的贈予經濟關係，來揭示傳統禮物經濟中所蘊含的兩難及矛盾。對德希達而言，純潔無染的「禮物」（the pure gift）永遠不可能「存在」，因為純潔無染的「禮物」是一種「絕對的」贈予，而不求回報；是「純粹的」贈予而沒有交換；是「無責任的」贈予而互不相欠；是「遺忘的」贈予，而「三輪體空」（三輪，即布施者、布施的財物、所布施的對象）。然而，此種「上帝的禮物」於社會性交換經濟形成後，即成為永恆的失落、無法言說的神祕，如永恆，如正義，如真理，如美，如希望，如死亡，永遠與「贈與受」的二元流動循環脫鉤，成為一種交換經濟外的「基進外在體」（radical exteriority）。隨之，此基進外在體將永遠「反」（或干擾）形而下禮物經濟的封閉性與整體性。

具體而言，在交換循環的成規邊界上所滿溢出來的禮物（如真、善、美與正義），它一方面永遠不會被交換經濟的成規所化約或框限；另一方面，它也不會成為一個完全不可知的外在體，進而與運作中的禮物經濟完全脫離連結及關係。因為，世間的禮物經濟還須依賴此基進外在體方能持續運作。猶如正義永遠不可被化約為條文法律，史實永遠不可被化約為冊載歷史，真理永遠不可被化約為哲學，信仰永遠不可被化約為宗教，絕對的倫理永遠不可被化約為政治。然而，前者卻是後者在特定時空下的再現。

易言之，失去對正義的追尋，法律即無須再修正、補充或制定；失去對史實的追尋，冊載歷史即可以從此封存；失去對真理的追尋，哲學就成為言不及義的夢囈；失去對信仰的追尋，宗教將淪為怪力亂神的權力場域；而失去對倫理的追尋，政治就不再具有解決當下問題的規範與指引。所有形而下任何經濟體系運作所須的「在場性」引擎，均須仰賴某種形上或絕對外在的「不在場」燃料（基進外在體），方能「啟動」及「運轉」。德希達的禮物經濟系統也不例外。此種由贈與受交換體系外絕對禮物所運作的經濟，是依循德希達所稱的「理性原則」（the principle of reason）而非「互惠原則」，即使此原則發現自身源頭與極限並存的矛盾現象。

此外，德希達指出牟斯強調對於收到的禮物要「回贈」的重要，因為「回贈」是推動社會間交換經濟運作與流動的要素。德希達同意對於收到的禮物、承恩的事物以及應回敬禮物的內心召喚，均須抱持負責的態度，也的確須對收到禮物的「回應」負責。然而，德希達指出在禮物經濟的邏輯中，「回贈」並不代表向後的退化，而是依據「理性原則」，向前推進的運動及革命，像日月星辰般不斷重複地向前交替與遞嬗。

三、禮物經濟的解構美學

了解德希達的禮物交換經濟概論後，最後一節將進一步以解構的精神具體實作gift（禮物）的解構藝術。倘若我們將牟斯社會學框架內的gift概念，置入解構「延異」的後現代延異時空，我們會發現，gift將憑藉著其符號本身高度的適應性、旺盛的繁殖力和敏捷的飛翔力，不斷飛出語言「在場」的界限。

首先，在德文中gift具有「毒藥」的含意，像童話中老婆婆送給白雪公主的蘋果禮物竟是「毒藥」。此「毒藥」意涵使原本人人喜愛的gift展現一種非特定或單一的屬性——同時是良藥和毒藥，兩種藥性的衝突卻又互相依存，一種無法確定的雙重藥性（良／毒），gift因而得以穿過意義的裂縫，飛出禮物經濟中好／壞的二元框架。其次，在中文中gift一字演化成道德「禮」節之「物」品，被稱為「禮物」。禮物一詞充分突顯出gift是「倫理」與「物質」外，以另一種不同邏輯的矛盾並存。因此，gift得以在「禮」與「物」之間不斷交配、混血與繁殖，成為人類「倫理」關係中無法被具體化及簡單化約的「物品」，因此「贈與」與「接受」彷彿是gift符號的雙翼，載著gift在交換經濟中不斷延異與翱翔，飛出精神／物質的二元框架。

最後，英文中gift一字最具「解構」的繁殖性與飛舞性。因為gift可以被交互取代的近親符號是present（禮物），而present的意義又可同時延異成「現在」（now-ness）（時間的在場性）及「在此」（here-ness）（空間的在場性）。然而，gift的真諦卻又是世間「交換經濟」時空中永遠無法完全「在場」的基進外在體。因此，gift並非僅是被動地浮載於「交換經濟」螺旋形旋轉河流表面上的物

（商）品，它更是這河流自身內在的矛盾結構。gift因而在自身內在時空錯置的魔幻情境中，現出隱藏的邏輯困境、矛盾、蹤跡、不可能的可能等。

德希達認為在禮物經濟中gift藉由自身無盡的消解（gift annuls gift），構成禮物經濟的流動。那麼，應是後現代多元及去中心論述充分催化gift的符旨，迫使每一個時空傳統「在場」gift的符旨在「不在場」基進外在體gift的意義強烈擠壓及衝擊下，將gift自身符號的潛能發揮極致，從而釋放出其蘊含最豐富、最多樣、最陌生及最鮮明的符旨。gift在後現代「眾聲喧譁」不斷開展的視野中，繁殖為一個充滿張力性的新符號族群，稱為「禮物經濟」論述。

如是，唯美、唯善及唯真的上帝禮物，僅在人間以詩、歌、畫、音樂，以哲學、科學、宗教等不斷再現。因此，德希達的禮物經濟中「解構」式的禮物，不但是一項倫理（道德）的問題，更是一項「美學」（藝術）的問題。我們如何適時地建立超越式合乎時宜的現代人「禮物經濟」，永遠也是「再現美學」的問題。亦即，如何在形而下無止境開展的視域中，以及無限循環的禮物經濟中，回報「形而下」（世間）他人們（親朋好友或家人）以及「形而上」絕對他者（上帝）的禮物，永遠不是一種等值「交換價值」的饋贈契約與法則，而是在禮物經濟中再現的「藝術」問題。例如，當你（妳）接受禮物後，要回送什麼禮物？怎麼包裝禮物？什麼時間回送？什麼地點回送？回送時要講什麼話？怎麼送？這些問題永遠是種「形而下」禮物經濟中「回報」的藝術，並非僅是如同交易行為般機械性地回贈同值的物品。

至於，對「絕對他者」（上帝）禮物的回贈，則更是一種德希達在〈熱忱：一項間接的祭獻〉中一直強調的「熱忱」（passion），一種不斷追尋「祕密」（有關失落禮物）的熱忱。他指出，在絕對祕密中必將包藏著一種熱忱。沒有熱忱就沒有祕密，沒有祕密也就沒有藝術的可能，因為藝術

（例如，對上帝失落禮物的再現藝術）是一種對未知祕密追尋的熱忱所產生的創造力。追尋失落的熱忱永遠潛藏在人性的底層，產生人類文明中禮物再現的藝術。（上帝）禮物之所以是禮物即是它贈予我們不可能給予的東西。

由於人世間「真善美」或「正義」永遠是「尚未來臨」或「即將來臨」的（上帝）禮物，且人性追尋二者的責任又是一種無盡熱忱或內心呼喚所支撐的絕對性。如是，禮物交換的藝術就不再僅是「交換」的重複，而是迎接「禮物」的來臨。我們可以說德希達作為尼采式的「例外者」，其「創造」出來的解構論述，即是他贈予當代思潮的禮物。然而，如果解構具備一套經濟體系，那它應然是一套「超越性」及「解構式」的禮物經濟，以永遠來臨式的視域不斷地贈予。事實上，德希達對一種絕對禮物的追尋，使他與在他之前的哲人（如尼采）佇立在相似的人類思想山峰上，不斷超越山下價值評估的成規及禮物交換的經濟。

誠如德希達曾一再強調：解構並不是一整套理論或是一個方法學，而是尼采式對既有價值的標準超越，更是不斷回應絕對他者道德呼喚的政治藝術。德希達的絕對禮物／解構的精神將在世間不斷地向更真、更美、更善的視域播散。哲人已故，「禮物」猶在，德希達留給我們的禮物，也將成為我們永遠無法清償的債，同時也是一種繼承的責任，須不斷在界限與極限之間回應絕對「他者」的責任，讓我們的「存有」可以在自身的不輟進展中，有機會望見上帝的禮物於瞬間乍現：真、美、善的可能性。

【問題與思辨】

一、社會學的禮物經濟如何運作？在我們文化中的禮物經濟原則為何？請舉例說明。

二、「限制經濟」與「整體經濟」有何差別？為何戰爭會成為災難性的消費？請舉具體的戰後現象為例說明。

三、愛情是不是一種人世間的禮物交換經濟？如果現實的愛情架構於社會經濟交換的邏輯下，那麼還有無私的真愛嗎？為什麼？

四、德希達認為對布施者、布施物、布施對象的遺忘（三輪體空）是禮物經濟的最高境界。你若是小說家，此境界可以在什麼故事情節下發生？請說明。

五、生命本身可說是上帝給我們的一個神祕present（禮物）。換言之，此時此地的每一個present（當下）都有豐富潛在的禮物可能性。請舉現實生活、小說或電影中的一個例子，說明你認為最令人敬佩或喜歡的生命禮物經濟樣態（某人接收與回報此生命禮物的優質開展模式）。為什麼？

六、「誇富宴」的禮物經濟為一種「互相炫耀」的社會行為、一種「高尚的花費」。你認為現今社會上有此禮物經濟的行為或習俗嗎？

【書目建議】

阿蘭．泰斯塔（Alain Testart）。〈不確定的「回報的義務」：論牟斯〉。黃惠瑜（譯）。《中外文學》

33.6（2004）: 33-50。

馬賽爾・牟斯（Marcel Mauss）。《禮物：舊社會中交換的形式與功能》。汪珍宜、何翠萍（譯）。臺北：遠流，一九八九年。

喬治・巴代伊（Georges Bataille）。〈整體經濟的意義〉。許智偉（譯）。《中外文學》33.6（2004）:17-32。

Beardsworth, Richard. *Derrida and the Political.* London: Routledge, 1996.

Caputo, John D., ed. *Deconstruction in a Nutshell: A Conversation with Jacques Derrida*. John D. Caputo. New York: Fordham UP, 1997.

Derrida, Jacques. *Given Time: I. Counterfeit Money*. Trans. Peggy Kamuf. Chicago: Chicago UP, 1992.

———. *On Cosmopolitanism and Forgiveness* (*Thinking in Action*). Trans. Mark Dooley and Michael Hughes. London: Routledge, 2001.

———. "Passions: 'An Oblique Offering.'" *Derrida: A Critical Reader*. Ed. David Wood. Oxford: Blackwell, 1992. 5-35.

———. *The Gift of Death*. Trans. David Wills. Chicago: Chicago UP, 1995.

Marx, Karl. *Capital*. Ed. Friedrich Engels. Chicago: Britannica, 1990.

———. *The Economic and Philosophic Manuscripts of 1844 Karl Marx and the Communist Manifesto*. Trans. Martin Milligan. New York: Prometheus Books, 1988.

參、馬克思的幽靈

> 一個幽靈——共產主義的幽靈——正纏繞在歐洲。所有舊歐洲權力系統已聚集成一個神聖聯盟以驅逐此一幽靈。[7]

後現代情境中，受壓迫的「他者」急迫地控訴各種不正義及不公平，生成一種幽靈纏繞的「全球化」現象，凸顯出「幽靈性」（spectrality）潛伏於當代文化、政治、歷史、種族、性別、文學的危機中，要求對被消音的弱勢「他者」負責。因此，在後現代批判性評論中，幽靈和纏繞相關修辭與論述逐漸受到文化理論家及作家的歡迎，此現象不外乎是一種企圖與亡魂溝通的政治與倫理欲望，同時亦是嘗試質疑某些已被生存者視為理所當然的不義現象。當今在政治與文化論述中，引領此股政治幽靈批評潮流的，可以說是德希達晚期解構的代表作：《馬克思的幽靈：債務國、哀悼活動及新國際》（*Specters of Marx: The State of the Debt, the Work of Mourning, and the New International*）。

一九九〇年初期，當建構複雜多元後現代理論的學者（如李歐塔、傅柯、德勒茲、瓜達希、布

---

7 請參閱"The Communist Manifesto." *The Collected Works of Karl Marx and Frederick Engels. London: Lawrence and Wishart,* 1975. 221-47.

希亞）均已辭世或引退，德希達卻再度以《馬克思的幽靈》一書勾勒飄忽纏繞於後現代文化和文學研究邊界中的幽靈性，並向馬克思借「魂」，以政治轉向的解構，向當今資本主義導向的右派民主政治挑起戰火，再度引起當代各派理論的側目與爭論。為何我們在當代需要重新思索及書寫關於（馬克思）幽靈？因為幽靈既非「存有」，亦不是非「存有」；既非「在場」，亦非非「在場」；既非「真實」，亦非非「真實」。幽靈弔詭的存在及其魂兮歸來不斷干擾主體，迫使我們面對與思考介於真實與不真實、存有與非存有、文本與現實、過去與未來、自我與他者之間的解構性，以便能在傳統知識論與主體論之外另闢一新視野。

本單元將介紹德希達晚期有關幽靈批評的論述，並解析德希達為何能「繼承」馬克思龐大的政治遺產，又幽靈纏繞邏輯何以詮釋當今的反全球化現象。本單元將評介晚期德希達有關馬克思幽靈的重要理論如下：一、馬克思幽靈的繼承；二、幽靈纏繞與反全球化。

一、馬克思幽靈的繼承

《馬克思的幽靈》掀起「擁解構」及「反解構」的激戰，尤以後馬克思主義學派學者們，不敢輕視德希達對馬克思魂魄的「挪用」。一時之間，掌聲與噓聲同時響起。可想而之，第一個拍案叫好的即是鑽研解構與馬克思主義的後殖民女性主義者史畢娃克。史畢娃克許多年來，試圖結合解構與馬克思主義，以期對後殖民、後資本及女性被壓迫等現象提出深度的解析與批判。因此，在對德希達《馬克思的幽靈》一書評論的文章〈鬼魂書寫〉[8]文中，即歡欣鼓舞地寫道：「德希達撰寫《馬克思的幽靈》是一件令人欣喜的事。長久以來，解構被不讀原文的評論家誤以為是政治的虛無

主義。因此，由解構創立者提出他對馬克思的詮釋是具有特殊意義的。」（頁六六）

然而，對解構而言，歡迎的掌聲雖然並不孤獨，噓聲卻也從未曾缺席。噓聲中最為尖銳的，應該是英國馬克思主義學者伊格頓（Terry Eagleton）。他以〈無馬克思之馬克思主義〉[9]一文正面應戰，毫不留情地譴責德希達以反後資本主義之名，行「狸貓換太子」之實。他認為德希達繼承馬克思幽靈的企圖是彩繪其解構式或烏托邦式的「新國際世界」：一個沒有馬克思的馬克思主義，一個沒有政黨、國家形式及機構的理想國，一個徒具哲學形式的救世主主義。他指控：

> 德希達對馬克思主義中「真實」歷史或理論證明的冷漠是一種先驗性的虛空，一種典型解構式的手段，用以引導一個自身的情況進入無懈可擊的內在空無。他這樣好奇的空無也可稱之為形式救世主主義（formalistic messianism）。此種虛無主義掏空本身豐富的神學傳統，只留下有如卡夫卡般鬼魂似的悸動……。（頁八七）

在一次訪談中，當德希達被問及為何現在開始談論馬克思時，他表示深信解構與馬克思主義的部分精神有相當密切的關聯，因此他嘗試解譯馬克思作品中幽靈邏輯的符碼。在此之前，我們要先了解德希達以何種解構策略向馬克思「借魂」，並「繼承」其龐大的政治遺產。欲討論德希達繼承

8　請參閱"Ghostwriting." *Diacritic* 25.2 (summer 1995): 65-84.

9　請參閱"Marxism without Marxism." *Ghostly Demarcations: A Symposium on Jacques Derrida's Specter of Marx*. Ed. Michael Sprinker. London: Verso, 1990. 87-87.

馬克思魂魄遺產的實際謀略，必須先從他對「哀悼」的雙重運用著手——雖自佛洛伊德哀悼分析之延伸，卻與佛洛伊德的心理分析相異。德希達是依其解構慣用的「延異」策略展現對馬克思倫理式與策略式的「雙重哀悼」。在法文中「哀悼」的主要意義僅是痛苦與悲傷（grief），但哀悼仍有其分延意義——抱怨、控訴與要求正義。讓我們「嫁接」（graft）德希達在《友誼的政治》[10]中所指出「悲傷」（grief）的雙重意義到「哀悼」的意義中來，以解讀其《馬克思的幽靈》中「哀悼」的雙重企圖。他說「悲傷」：

> 這個字在法文中可以被了解為損害、指責、偏見、不公或者傷害，但它也可以當作控訴、憤慨、抱怨或對懲罰或復仇的要求。在英文中同樣的字雖然只主要包含痛苦與哀悼（mourning）的意義，但在委屈（grievance）一字中同樣表達抱怨、不公、衝突、必須糾正的錯誤及必須被制裁的暴力等的主旨。（頁ix）

由此，我們可了解德希達的哀悼策略：藉由他對馬克思的「傷心」，提出他對民主政治的「抱怨」；藉由他對馬克思的「難過」，提出他對後資本主義的「控訴」；藉由他對馬克思的「悲情」，提出他對當今國際社會的錯誤現象的「糾正」。德希達批評當前全球民主勝利與安逸幸福的氣氛只是一種自得其樂的假象，因現今自由民主政治與自由市場經濟亦面臨非常棘手的問題。隨即，他以馬克思幽靈繼承者之姿，明確地指出其中十項當前後資本主義難解的窘境：一、新科技造成新失業人口與「新貧窮」；二、無家街民比率的增加；三、國際間冷酷的經濟戰爭；四、對自由市場導致的衝突束手無策；五、外債（尤其是第三世界國家）情形的惡化；六、由西方民主國家主控的軍武市場；七、核子武器「播散」的趨勢；八、種族間不斷的內戰；九、如黑手黨般壟斷國際市場的國際財團；十、歐洲的文化與哲學及軍事與經濟強權國家對國際法律的主宰。德希達宣稱這十項當前民主政治與自由經濟的窘境為「新世界秩序」的十大瘟疫。換言之，這些瘟疫般的困境使目前國際的民主政治與市場經濟制度與他所謂的「新國際世界」「脫離連接」（out-of-joint）。

因此，德希達在雙重哀悼後，順理成章地「繼承」馬克思的政治遺產，使後期解構得以合法地、不斷地纏繞後現代罹患瘟疫的民主政治與自由經濟。不過我們可以扣問：如果德希達強調魅影在法理與實質上均是懸置未決而無可掌握，那幽靈之間究竟有何差別，我們又如何知道繼承的是「好幽靈」而非「壞幽靈」？的確，德希達一再重複強調幽靈是忽隱忽現，是一種非感覺式的感覺（non-sensuous sensuous），這意味著我們無法區別及繼承幽靈。因為，德希達的幽靈並非人的（personal）幽靈，而是話語的（discursive）幽靈。在語言定義中，幽靈（specter）可以是一種精神（spirit）；同樣地，精神也可以是一種幽靈。我們是以聽聞、閱讀、理解、篩選、詮釋、評價及辯論的活動來區別與繼承一種特定幽靈（精神），而非僅靠生理的感官活動。如是，我們可以藉由當代情境中對馬克思多項遺留幽靈（精神）的聽聞、閱讀、理解、篩選、詮釋、評價及辯論的活動，來區別馬克思的「好幽靈」或「活幽靈」（living specter）而非「壞幽靈」或「死幽靈」（dead specter）。前者如馬克思主義對資本主義的批判，後者則如馬克思主義建構的宏偉敘事決定論。換句話說，德希達對馬克思幽靈的繼承就如同我們對孔孟及老莊幽靈（精神）的繼承或西方人對莎士比亞、聖經及希臘羅馬神話幽靈（精神）的繼承。

10 請參閱 *Politics of Friendship*. Trans. George Collins. London: Verso, 1997.

然而，「沒有任何繼承無須肩負責任。繼承總是對債務的再確認，但卻是一項批評性、選擇性及過濾性的再確認，這就是我們如何區別許多不同的幽靈」（頁九一—九二）。德希達堅稱，無論你是販夫走卒或是王公貴族；是老或是少；是男或是女；是黃皮膚或白皮膚；是馬克思主義者或反馬克思主義者都是在當代資本社會情境中，作為馬克思幽靈的繼承人，因為繼承不是一項給予，是一項使命。它一直都站在我們的前方，因為我們是不容置疑的馬克思繼承人。如同所有繼承者，我們都在哀悼，尤其對被稱為馬克思主義的哀悼。

明顯地，德希達運用其「哀悼」分延意義的雙重運動，主動且合理化地完成「繼承」馬克思幽靈的「使命」。德希達了解馬克思主義是一項資本主義社會的「活」傳統。因此，他一方面非難馬克思主義的唯物史觀，並棄絕其社會革命，以埋葬「死」的馬克思；同時，另一方面卻召喚「活」的馬克思的幽靈，以纏繞最僵化的資本主義意識型態。「繼承」馬克思「活」的幽靈及其未完成的政治「使命」之後，德希達成功地將解構推向一種後馬克思的政治時代。

二、幽靈纏繞與反全球化

當今全球化新帝國的治理術已進入幾乎無形的大數據化、網絡化、論述化及合法化：一方面不斷建構並擴大其強勢商品及論述的跨國「行銷」網路，並利用此遍布全球的網路取得經濟、文化及意識型態的支配權；另一方面，再利用不平等的國際分工及不義的自然資源開發，對全球化經濟網路中下游國家（尤其是第三世界國家）進行長期合法的剝削，以確保「新自由主義」領導國家在全球的「盟主」地位與利益。我們必須承認，全球化運動在宣揚自由市場經濟過程中枉顧社會正義和環境生態的需求，現在正面臨最艱難的危機與考驗。凡有主體的霸權與壓抑，就有幽靈的纏繞，壓抑越強，纏繞越甚——反全球化運動也因此發展成跨國的全球化幽靈纏繞現象。

反全球化運動的真正目標是「解構」全球化以單一象徵化霸權模式發展的「新自由主義」，並不是要取代或破壞全球化主體。具體而言，反全球化運動是要抵抗全球化三種主要的壓迫現象：一、「跨國財團」（big business）：晚期資本時期獨占市場的跨國財團勢力；二、「強勢資金」（big money）：在全球化經濟成長中，新自由主義派為自身利益達成的共識；三、「重大破壞」（big damage）：資本利潤先於生態環境保育的後果。全球化主政的決策者為了自己國家的利益，剝削他國經濟、勞工與環境資源，反而使反全球化運動像一場森林大火般快速蔓延至世界各地，掀起一股巴赫汀式（Bakhtinian）節慶般的反抗文化。

繼《馬克思的幽靈》之後，德希達在911事件後接受他的好友柏娜多瑞（Giovanna Borradori）的專訪[11]中，運用動物學、生物學及基因學中所探討的「自動反免疫」（auto-immunity）現象，來建構一個檢視恐怖主義本質的解構政治概念：「自動反免疫化邏輯」（logic of auto-immunization）。自有生命開始，所有植物和動物的生存就不斷受到細菌、病毒、寄生蟲等的挑戰。人類從出生到老年，在醫學技術尚未發達之際，並沒有疫苗和抗生素等藥物的幫助，人類只能仰賴自身的免疫系統機能來保護人體內各類器官。此系統就好比一支陣容龐大的作戰部隊，而免疫學探討的就是身體內這支作戰部隊對抗疾病的原理與問題。原則上，免疫系統的運作可以抵禦疾病、保護人體及確保各

---

11 請參閱"Autoimmunity: Real and Symbolic Suicides." *Philosophy in a Time of Terror: Dialogues with Jürgen Habermas and Jacques Derrida*. Ed. Giovanna Borradori. Chicago: U of Chicago P, 2003. 85-136.

種複雜的功能維持正常（如自體抗體的產生、病原微生物的感染、腫瘤的發生、過敏的反應、疫苗的接種等背後均有錯綜複雜的免疫運作），而「免疫」戰鬥系統則必須在體內時時刻刻執行辨識、反應、和復原的三段式使命。

德希達指出，免疫系統會發展出自己運作的權威，並產生抗體夜以繼日為人體抵抗「入侵者」。然而，讓他特別感興趣的是免疫系統中的「自動反免疫」現象，是一種生命有機體對自身免疫系統進行的反防禦現象。換言之，某些為保護生命有機體的狀況下，人體將會自動撲殺原先用於防禦外來入侵的免疫系統，是一種自主防禦系統，一如佛洛伊德所謂死亡驅力的自毀性防禦。德希達說：「此種自殺式抗體的現象可以延伸至更廣泛的病理學領域，如同生命體會加強自身訴諸更積極的免疫鎮靜功能來降低免疫系統對外的排斥性，並增加一些器官移植時免疫系統的容忍性。此種更廣泛的自殺型抗體運用現象，讓我們覺得可以探討一種『自動反免疫化一般邏輯』。」（頁一八八）

德希達相信今日思考信仰與知識、宗教與科學等之間的關係似乎均無法避開「自動反免疫化邏輯」的思辨之需。他進一步提出，此種系統的恐怖性來自於它並非是「外來」的攻擊，而是來自免疫系統自身——「內在」無法被管理的隱形系統。因此，「最糟及最有效率的恐怖主義（即使它看起來似乎來自外在或『國際』的）是安置或召喚起一種內在的威脅，亦即此種恐怖的威脅就在『家中』（at home）」（頁一八八）。

對德希達而言，以恐怖主義作為「自動反免疫邏輯」分析之例，屬於「自我」體內一種「自動性」、「內在性」、「幽靈性」、「反抗性」及「創傷性」的反免疫邏輯之症狀，由當下國際媒體與論述協助構建及不斷再現的事件。例如，美國政府在事件發生後祭出「新保守主義」的猛藥，如今川普執政更推出「美國優先」的強化版保守主義，雖解除身體表面病徵的一時困擾與痛苦，但實質上卻更是破壞身體內部的體質，並增添免疫系統更多的負擔，讓「暴力經濟」病症日益惡化，此創傷性病症的惡化恐將危害下一單元要介紹的「來臨式民主」。當柏娜多瑞問道：「911是否為一個重要事件？哲學該扮演何種角色？哲學可以幫助我們了解真正發生的事嗎？」德希達回答：「此『事件』的確需要有一個哲學角度的回應，甚或是一個回應引起我們對哲學論述中最底層及對根深蒂固成見的質疑。911事件就是在此種成見的概念下被描述、命名及分類。只有一種全新的哲學反思，方能將我們從沉睡在哲學教條概念睡眠（dogmatic slumber）中喚醒，一種哲學積極的反躬自省，尤其是對政治哲學及其遺產的自省。」（頁一〇〇）

德希達認為恐怖主義以「正義」的目的正當化其「不正義」的手段，關心的是對過去不義的仇恨與報復，因此欠缺的是對未來救世主的期待性，以及對當下的完美性（the perfectibility of present）的關注，而此兩者的欠缺正好呼應他一直強調解構的政治信念——對正義永不枯竭的要求。從此角度而言，恐怖主義是「欠缺」正義。然而，他對美國及歐洲為首的「國際反恐」聯盟的政治動機與行為，同樣抱持強烈保留的態度。對德希達而言，任何暴力行為（恐怖或反恐怖行為）均是「暴力經濟」循環中的一種反動力：暴力永遠是多元且複雜交錯的破壞性能量流動。恐怖主義攻擊的並非表面的目標（雙子星大廈、五角大廈、各地美國大使館或者是協助西方的國家），而是「自我」宰制「他者」的霸權關係。德希達強調，介於非正義的恐怖主義與正義的革命戰爭之間的界線是相當模糊的。

總結，德希達指出，在自我與被壓迫他者關係中，當自我本體接觸他者的鬼魂時，絕無任何驅魔的捷徑或簡易儀式可行。新自由主義主導的全球化，必須先釋出善意、願意和弱勢他者保持一個良好的倫理關係，並承認對於緩和當今世界貧窮現象與保護地球生態一事，至今尚未克盡己力。除此之外，全球化須在暴力經濟的「重複」與「差異」中負起責任——察覺反全球化形成政治幽靈性背後所隱藏的倫理意義，進而不斷面對弱勢他者的訴求，並以立即的行動改善全球化的霸權問題。

【問題與思辨】

一、早期解構與晚期解構之間的變與不變為何？你認為哪一個時期較有說服力？為什麼？
二、德希達宣稱當前資本主義「新世界秩序」的十大瘟疫中，你認為哪三個問題最嚴重？為什麼？
三、「人」的幽靈（personal specter）與「論述」的幽靈（discursive specter）有何差別？晚期的德希達為何要「繼承」馬克思幽靈？又如何能「繼承」此幽靈？
四、解構幽靈纏繞邏輯何以詮釋當今的反全球化現象？解構幽靈纏繞邏輯對抵抗霸權真的有用嗎？為什麼？
五、何謂「自動反免疫化邏輯」？請舉歷史、電影、文學或現實中的例子說明。

【書目建議】

雅克・德希達（Jacques Derrida）。〈訪談代序〉。《書寫與差異》。張寧（譯）。臺北：城邦，二〇〇四年。
——。《馬克思的幽靈：債務國家、哀悼活動和新國際》。北京：中國人民大學出版社，二〇〇六年。

Ahmad, Aijaz. "Reconciling Derrida: Specters of Marx and Deconstructive Politics." *Ghostly Demarcations: A Symposium of Jacques Derrida's Specters of Marx*. Ed. Michael Sprinker. London: Verso, 1999. 88-109.

Borradori, Givovanna, ed. *Philosophy in a Time of Terror: Dialogues with Jürgen Habermas and Jacques Derrida*. Chicago: U of Chicago P, 2003.

Derrida, Jacques. "Autoimmunity: Real and Symbolic Suicides." *Philosophy in a Time of Terror: Dialogues with Jürgen Habermas and Jacques Derrida*. Ed. Givovanna Borradori. Chicago: U of Chicago P, 2003. 85-136.

———. "Marx & Sons." *Ghostly Demarcations: A Symposium of Jacques Derrida's Specters of Marx*. Ed. Michael Sprinker. London: Verso, 1999. 213-69.

———. *Politics of Friendship*. Trans. George Collins. London: Verso, 1997.

———. *Specters of Marx: The State of the Debt, the Work of Mourning, and the New International*. Translated by Peggy Kamuf, Routledge, 1994.

Eagleton, Terry. "Marxism without Marxism." *Ghostly Demarcations: A Symposium on Jacques Derrida's Specter of Marx*. Ed. Michael Sprinker. London: Verso, 1990. 87-87.

Marx, Karl, and Frederick Engels. "The Communist Manifesto." *The Collected Works of Karl Marx and Frederick Engels*. London: Lawrence and Wishart, 1975. 221-47.

Spivak, Gayatri Chakrovorty. "Ghostwriting." *Diacritic* 25.2 (summer 1995): 65-84.

肆、友誼的政治

在《馬克思的幽靈》所掀起的掌聲與噓聲仍交錯不絕於耳之刻，德希達於九四年（英文譯版一九九七年）再以《友誼的政治》展現後解構在政治論壇上不容輕視的魅力。書中，德希達以亞里斯多德的一句矛盾怪異的呼告：「啊！吾友，世間並無朋友」（O my friends, there is no friend）作為主音，巧妙且深雋地貫穿全書的宗旨：回首（考掘探勘自古來，友誼對政治被忽視的關聯與影響）以及展望（提出他新新友誼藍圖以臻更美好的民主政治）。我們雖已從不同角度，試圖使德希達的「幽靈」現形（縱使它永遠不可能「完全」現形），但不是以江湖道士之姿，身穿道袍，左搖降魔鈴，右揮桃木劍，口唸咒文，驅邪除魔；相反地，我們是以敞開的「友誼」雙手，以滿心歡喜的微笑，真誠地歡迎「幽靈」，猶如歡迎我們的「朋友」，只因德希達的「朋友」即是「幽靈」的「播散」。唯有先了解德希達幽靈的纏繞邏輯及本質特性，方能得知他喜歡交什麼樣的朋友，他與朋友之間又保持何種特殊的「友誼」。

從詮釋解析層面來看，《友誼的政治》一書可以視為一本反尼采權力系譜學的友誼政治系譜學，一本自相矛盾的解構系譜學，一本既是系譜學，亦是反系譜學的系譜學。德希達一方面援用尼采權力系譜學的歷史批判，從連續性及整體性歷史內部的斷層處診斷「友誼」，並揭示隱埋在西方哲學的權力話語與社會實踐中「友誼」與政治的密切關聯及影響。另一方面，他卻打著反尼采系譜學的旗幟，批評尼采系譜學中的父系權力結構、權威以及未被質疑的父系孝道美德。他解釋道：

> 解構至少有一部分是系譜學的回想（genealogical anamnesis），或者是傳統層次中一系列的解構建制（deconstitution），一個尼采式解構系譜學（deconstructive genealogy）。由此而言，解構與尼采理念中的系譜學曾經有緊密的關聯。然而，在此次情境論述中，由於我剛才提及的因素（即民主、政治、兄弟之情（brotherhood）及兄弟之愛（fraternity）的古典概念是基礎於孝道、家庭及地域的系譜學），我想因為上述的原因，我必須質疑系譜學的權威。亦即，從系譜學計畫中解構不需要的兄弟之愛除去，或者重新思考一種新的系譜學。（"*Politics and Friendship*", 10）

首先，德希達指出男人們的「兄弟之情」及「兄弟之愛」是人類千百年歷史中政治得以運作的論述基礎。再者，我們可以察覺到德希達仍運用其右手積極「挪用」，左手再「打上叉號」（under erasure）的雙重策略。繼《馬克思的幽靈》之後，德希達在《友誼的政治》中再施其雙重解構策略。一方面極力挪借並套招被傅柯發揚光大而蔚藍成風的尼采權力系譜學，另一方面批評尼采系譜學中的大男人主義，用以彰顯解構的「正義性」、「性別去中心性」與「無門派性」。藉此，德希達可以再次宣稱，解構縱使一直維持部分尼采的系譜學精神／幽靈，但卻未曾是尼采系譜學的奉行者，也並非全然反尼采系譜學。雖然《友誼的政治》是以尼采系譜學作為外在架構，將柏拉圖、亞里斯多德、西塞羅、蒙田、康德、史密特及尼采等哲學家的典範友誼話語砌成磚，鋪成泥，建構其另類的政治論述，但解讀此書的最佳途徑，卻是依循其遯隱式三階段解構呼告所組成的內在骨架：「啊！吾友，世間並無朋友」（O my friends, there is no friend），「敵人！世間並無敵人」（Foes, there is no foes!）及「啊！吾解構民主政治之友……」（O my democratic friends…）。本單元將評介德希達有關友誼政治的重要理論如下：一、亞里斯多德的美德式友誼政治；二、尼采的敵人式友誼政治；三、德希達的解構式友誼政治。

一、亞里斯多德的美德式友誼政治

德希達以亞里斯多德的一句矛盾又怪異的呼告「啊！吾友，世間並無朋友」掀開《友誼的政治》的序幕。他的第一階段呼告的策略旨在揭示兄弟之愛與友誼的關聯，以及亞里斯多德式的典範友誼對政治實踐的影響。首先我們要問：為什麼德希達不以時下流行的政治主題如權力、公共場域、政黨政治、治理術及公民權等切入當代的政治論述，卻用一個似乎與政治無關痛癢的「友誼」為其理論引介，來重探民主政治？德希達以何種策略利用「朋友」鞏固解構在政治論壇的地位？德希達又如何巧妙地運用三階段對「朋友」的呼告建構後現代的政治理論？他的「來臨」式（to-come）民主政治對當代民主政治的評論與展望是否有可議之處？

德希達解釋，友誼並非僅是我們傳統觀念中人與人之間的一種美德，因為誠如亞里斯多德曾指出，友誼有三種不同的種類。一、美德式友誼（the friendship of virtue）：此種友誼僅存於聖賢人士或我國古時遊俠豪士之間的完美人際關係，它與政治無直接關係，卻是維持性最久且最為上乘的一種友誼。二、實用性友誼（the friendship of usefulness）：此種友誼根基於朋友相互的需求與利益，通常盛行於較年長者之間，隨年紀增長，人在社會中將變得較實際與功利。此種友誼即是政治式的友誼。三、歡悅性的友誼（the friendship of pleasure）：此種友誼關係一般可以在孩童與年輕人之間找到，因為此時我們年紀輕，心性尚未社會化，較在乎自己的感覺及主張。歡悅性的友誼僅追求無目的性的歡笑，它與美德及政治亦無直接關係，屬於最下乘的友誼。德希達即是援用亞里斯多德在

《尼克馬可倫理學》（*Nicomachean Ethics*）所探討的第二種實用性的政治友誼，明正言順地取得正當的論述地位，以友誼解構當代父權政治的計畫。

不管是亞里斯多德的美德性、實用性、歡悅性的友誼，或是柏拉圖的兄弟式形而上的友誼，人性對友誼的渴望是與生俱來。只有不具人性的野獸或上帝可以離群而居。友誼不但是人類終生追求高尚人性的果實，更是快樂生命及肯定認同的重要泉源。然而，德希達中肯地指出，友誼誠可貴，摯友不能多。真摯的友誼（或亞里斯多德所謂的「首要友誼」）必須是穩定的、道德的、鞏固的及長久的。它必須在無常短暫的生命中經得起時間的考驗，必須經得起所謂的「牛軛效應」（the yoke effect）：「去配合它、去奴役它，將它置於牛軛下，使一個男人或女人的靈魂像一頭肩負重軛的水牛」（頁一七）。因此，電光石火，匆匆既逝的生命中，我們不可能將需要長時間試驗的友誼牛軛，套在每一個我們生命旅途中無數有緣相遇的人身上。並且，德希達指出，在希臘、羅馬、回教、基督教及猶太教的文化中，此種首要友誼僅存於有德性的君子之間。換言之，沒有德性的男人之間，男人與女人之間及女人與女人之間不可能有真摯的友誼，因為在男尊女卑的父權社會下，兄弟之情（brotherhood）及兄弟之愛（fraternity）可以說是典範友誼的代名詞，女人是完全被排除在友誼的可能性中。此種沙文現象，可說中外皆然。

在了解友誼如何以陽性中心的兄弟之愛介入政治後，我們要再回到亞里斯多德矛盾的呼告：「啊！吾友，世間並無朋友！」藉此句自相衝突的呼告，德希達除了披露被深埋在倫理政治哲學的歷史廢墟、被世人遺忘的兄弟式友誼與政治的陽性中心形態外，同時技巧地再度施展「哀悼」的雙重策略。德希達指出亞里斯多德此一呼句是履行式的矛盾句（performative contradictory）。因為，前半句的呼告是對朋友的直接呼告（speak “to” friends），後半句的呼告則是屬於呼告的有關內容

（speak “of” friends）。但既然朋友是呼告的對象，為何又否定朋友的存在？

事實上，此種相互對立的矛盾句中，意義的詮釋是開放性的。它可以解釋為一句喟嘆：「啊！吾友，人無需朋友」（O my friends, there is “no need of” friend），也可解釋為一句讚美：「啊！吾友，世間已沒有像你這樣的朋友」（O my friends, there is no friend “like you”）。但德希達引用此句呼告的主要目的是引導出他的解構式友誼。對他而言，這句呼告應被解釋為一句「哀悼」：「啊！吾友，世間並無完美的朋友」（O my friends, there is no “perfect” friend）。所以，這句怪異的呼告是一個抱怨與委屈的頓呼句。德希達表面上傷心地感嘆天下沒有一個「夠」朋友的朋友，實際上，藉著「感傷」與「抱怨」提出他心目中「完美理想的朋友」。顯而易見地，他以此一哀悼呼告句本身的矛盾解構傳統父權的友誼：前半句的朋友即是傳統亞里斯多德兄弟式陽性中心友誼中的朋友，後者則是解構式民主政治友誼中「尚未」來臨的完美朋友。什麼又是解構式的完美朋友呢？這個答案目前「脫離連接」，「尚未」成熟，要等到最後一個階段的呼告中才能「來臨」揭曉。

二、尼采的敵人式友誼政治

德希達第二階段的呼告引用尼采《人性太人性》（*Human, All Too Human*）中活傻子的頓呼句：「或許對我們雙方而言，更快樂的時光將會來臨，當我們大聲叫喊：『啊！吾友，世間並無朋友』將死去的聖者說道。『敵人，世間並無敵人』我，活傻了，話道」。「敵人，世間並無敵人」，表面上此呼告是依循第一階段呼告中衝突、矛盾及哀悼的模式發展，暗地裡，德希達卻是在建立與第一句呼告的二元對立架構以逆向倒置此朋友／敵人的傳統階層與優劣性。

傳統中，朋友／敵人明顯的二元對立就如同善／惡在傳統道德中的涇渭分明（例如，一句著名的政治格言：「不是朋友，即是敵人」）。因此，我們可以說傳統朋友／敵人的對立價值觀念之於政治，猶如是／非之於倫理規範。但在傳統的是非善惡標準不斷脫軌「交媾」，不斷「播散」繁殖，不斷「混血」標準的後現代情境中，敵友之間的楚河漢界又該如何界定？政壇上的敵人可否為私下的朋友？或者，私下的敵人可否為政壇上的朋友。「不是朋友，即是敵人」的政治口號似乎早已被當代「政治中沒有永遠的朋友或敵人」所替補、取代。德希達引用尼采的呼告：「敵人！世間並無敵人」即在疑詢亞里斯多德式的美德式朋友的優越性並披露朋友／敵人之間的無法決定性。

但，為什麼尼采的敵人可以優於亞里斯多德的朋友呢？德希達如何嫁接尼采的敵人以倒置二元的朋友／敵人上下階層？又為什麼尼采相信，我們對朋友的渴望是我們自我對自己的背叛？我們知道尼采一生思想致力以生命權力意志，粉碎上帝中心的既定善惡規範，並建立他經由不斷超越自我以臻至介於人類與上帝之間的超人哲學。因此，對他而言，古典美德式友誼是一個人邁向超人聖途中的障礙。我們喜歡朋友而厭惡敵人，是因為渴望他人的虛浮讚美與同情，並藉著反擊敵人來掩蓋我們不願承認的缺失。

在《查拉圖斯特拉如是說》（*Thus Spoken Zarathustra*）中，尼采超人哲學中的先知查拉圖斯特拉（*Zarathustra*）告知他的信徒：「倘若你渴求一個朋友，你必須願意向他宣戰：向他宣戰，你必須具有當他敵人的能力。」（頁八三）所以，尼采認為我們需要的不是使我們安逸滿足成為凡夫俗子的朋友，而是能刺激我們實踐超人理想的敵人。唯有坦蕩蕩地歡迎敵人的指責，我們才能不斷地超越不完美的自我。換言之，朋友式的友誼僅是自我一面粗糙又蒙塵的鏡子，唯有敵人式的友誼才能照出自我潛在超人的完美臉龐。「敵人！世間並無敵人」，同樣地，此刻戰勝「朋友」的「敵人」，卻也永遠「不夠敵人」，永遠無法達到德希達哀悼中所期待的完美解構式敵人。

德希達成功地逆轉友誼政治中朋友／敵人的上下二元對立層次後，依照他的解構邏輯，最後一個呼告階段是所謂的解構階段。此一階段的工程即在徹底剷除介於敵友對立之間的疆界藩籬，以問題化朋友／敵人二元黑白的定義。何謂敵？何謂友？敵友難分是本應如此？還是我們認識不清？「啊！吾民主政治之友……」（O my democratic friends…）不但是《友誼的政治》全書閉幕式的呼告，更是德希達以救世主的、來臨的、承諾的及解構的呼告，來顛覆敵友的疆界。同時，此句呼告也呼應著尼采《查拉圖斯特拉如是說》[11]中的「啊！吾友，世間既無朋友，亦無敵人」（頁二八四），因為，解構式民主政治的友誼不屬於現在的世界，「友誼是屬於遠方的東西，一個屬於未來的東西」（頁二八五）。直接了當地說，德希達在晚期極力宣揚的「幽靈」及「遠方的東西」，事實上即是查拉圖斯特拉所謂「背後追逐你的魅影（phantom）」。查拉圖斯特拉如是說：

> 我告誡你去愛你的鄰居嗎？相反地，我勸告你逃離你的鄰居，去愛在最遠的人。去愛遠方的人，未來的人勝過愛你的鄰居，甚至勝過我稱為魅影之愛（love of phantoms）。我的兄弟啊！這個在背後追逐你的魅影比你更美好；為何你不願給予它你的血肉與骨呢？你反而害怕它而奔向你的鄰居。（頁八七）

易言之，查拉圖斯特拉以「鄰居」來形容亞里斯多德式的朋友，以「魅影」來比喻敵人式的朋友，「最遠方的人」即是他所謂的超人。於是，德希達巧妙地抓住尼采「魅影」這個隱喻，作為他嫁接《馬克思的幽靈》中的幽靈到《友誼的政治》中脫離連接卻不斷來臨的解構式民主政治的友誼。因此他說所有友誼的現象及所有被喜愛的事物均屬於幽靈性。然而，尼采的「魅影」並不等同於德希達的「幽靈」，因為它與德希達的「幽靈」及「民主政治的朋友」仍然「脫離連接」；為何尼采的「魅影」仍然「脫離連接」，且僅是德希達「尚未」成形的「幽靈」？德希達總結提出同時包含亞里斯多德式及尼采式友誼，所形成的兩個主要問題，以證明他的政治幽靈「尚未」成形：文本霸權（textual hegemony）及陽具邏各斯中心主義（phallogocentrism）。第一個問題是解構式系譜學的質疑與批判。德希達認為柏拉圖以降至尼采，西方千年來的友誼哲學形成之文本霸權，以話語無形的雙手，暗地操控著社會實踐倫理與政治所依循的真理。此一問題衍生第二個解構挑戰系譜學的質疑與批判——陽具邏各斯中心主義。

三、德希達的解構式友誼政治

尼采的超人式友誼雖然顛覆亞里斯多德的美德式友誼，但卻重複踏著兄弟式陽具邏各斯中心主義的霸權腳步。由此可知，德希達的解構式友誼的宗旨，即在超越文本霸權及父權系譜學中的男性中心主義。在《友誼的政治》的結論中他提出他理想中「來臨式的民主政治」（democracy to-come）：

因為民主政治保持來臨，這是它目前保持的本質：它不僅保持未確定的完美性，所以永遠是不足性及未來性，它並且屬於承諾的時間，因此它將在每一次的未來時間中保持來臨的姿態。

12 請參閱《查拉圖斯特拉如是說》。臺北：大家出版，二〇一四年。

即使當我們已擁有民主政治時，它卻仍然不存在，因為它永遠保持一個無法呈現概念般的宗旨。（頁三〇六）

因此，德希達所謂超越男性文本霸權的解構式與「來臨式民主政治」，並不意謂著一個更平等、更進步或更民主的具體民主制度或政體，就如同正義是無法可被更平等、更進步的制度或政體所完全實踐；因此，來臨式的民主政治強調的是「來臨性」而非「民主政治」。來臨式民主政治並非單純意謂著修正或改善當今民主政治情境，而是朝向一個仍在未來的民主政治，彰顯著我們夢想中的民主政治理念總是緊扣著一個承諾，而此承諾的觀念便深深地烙寫在民主政治的理念之中。亦即民主政治即是承諾，承諾即是來臨，承諾即是幽靈，承諾即是朋友。

簡言之，德希達在《友誼的政治》中以「啊！吾友，世間並無朋友」、「敵人！世間並無敵人」及「啊！吾民主政治之友……」三階段的矛盾式及哀悼式呼告，回顧檢討過去友誼政治的文本霸權及陽具邏各斯中心主義，並展望「新國際世界」中的來臨式民主政治。「朋友」與「幽靈」實質上是解構政治性中不可分割的一體兩面。解構是一個「幽靈式」的朋友，像敵人般不斷纏繞著我們的政治缺失；同時也是「朋友式」的幽靈，為我們帶來一片更正義及晴朗的政治天空。

【問題與思辨】

一、為何「兄弟之情」及「兄弟之愛」是人類千百年歷史中政治得以運作的論述基礎？請舉例說明。

二、亞里斯多德的三種友誼（美德式友誼、實用性友誼、歡悅性的友誼）中，你認哪一種友誼最重要？為什麼？請舉例說明。

三、德希達在《友誼的政治》中的雙重解構策略為何？此策略有效嗎？生活中有何情況或論述也可以運用此策略？請舉例說明。

四、你同意尼采說「倘若你渴求一個朋友，你必須願意向他宣戰；向他宣戰，你必須具有當他敵人的能力」嗎？為什麼？

五、亞里斯多德的美德式友誼、尼采的敵人式友誼以及德希達的解構式友誼中，哪一種論述對你最具有說服力？為什麼？

六、你對亞里斯多德的呼告：「啊！吾友，世間並無朋友」有何詮釋？為什麼？請舉例說明。

【書目建議】

弗里德里希．尼采（Friedrich Nietzsche）。《查拉圖斯特拉如是說》。錢春綺（譯）。臺北：大家出版，二〇一四年。

Aristotle. *Ethics*. Trans. J. A. K. Thomson. London: Penguin, 1976.

Bacon, Francis. *Bacon's Essays*. London: John W. Parker and Son, 1857.

Bennington, Geoffrey. *Interrupting Derrida*. Routledge, 2000.

Blanchot, Maurice. *Friendship*. Trans. Elizabeth Rottenberg. California: Stanford UP, 1997.

Derrida, Jacques. "Letter to a Japanese Friend." *A Derrida Reader: Between the Blinds*. Trans. David Wood and Andrew Benjamin. London: Harvester, 1991. 270-76.

———. "Politics and Friendship: An Interview with Jacques Derrida." *The Althusserian Legacy*. Ed. E. Ann Kaplan and Michael Sprinker. London: Verso, 1993.

———. *Politics of Friendship*. Trans. George Collins. London: Verso, 1997.

Nietzsche, Friedrich. *Human, All too Human*: *A Book for Free Spirits*. Ed. R. J. Hollingdale. Cambridge: Cambridge UP, 1996.

■ 第五講：「德希達的解構」部分內容修訂自《晚期解構主義》。賴俊雄著。臺北：揚智，二〇〇五年。

回顧人類文明史，宛若翹首仰望梵谷畫布上的「星夜」——偉大的思想家、藝術家、文學家、科學家、宗教家或政治家們，彷彿是一群群旋轉、神祕、燦亮的星子，不斷向當代人們展示那數千年歷史夜空中千奇百樣的光芒。在二十世紀後半葉的思想穹蒼裡，德希達與列維納斯應是西方康德式「先驗性哲學」（philosophy of transcendence）星座中最閃亮的兩顆後現代星子；傅柯與德勒茲則是尼采式「內在性哲學」（philosophy of immanence）星座中最耀眼的兩顆後現代星子（參閱第十二講第一單元）。

米歇爾・傅柯（Michel Foucault, 1926-1984）是歷史學家、評論家、社會學家、性史大師以及「思想系統歷史的專家」，堪稱是當代最具重量與影響力的法國思想家之一。傅柯出生在法國普瓦捷的醫生家庭，自幼成績優異，日後進入法國高等師範大學就讀。求學期間，傅柯對德國哲學極感興趣，並開始接觸海德格、胡賽爾、黑格爾、尼采等哲學家。然而，傅柯二十二歲罹患嚴重的憂鬱症，甚至企圖割腕自殺。即使傅柯在一九五〇年通過資格考試，並且獲得母校任教的機會，他仍然決意離開法國。往後十年，傅柯分別於波蘭、德國等國家從事教職。一九七〇年，傅柯返回法國，並於克萊蒙費朗第一大學教授哲學。隨後，傅柯又前往美國紐約大學、柏克萊大學等擔任教職。居住於美國期間，傅柯在同性戀社群裡染上愛滋病（當時愛滋病尚不為人知），最後在一九八四年病逝於巴黎。

傅柯
Michel Foucault

傅柯一生的思想發展可分成三個階段。第一階段是一九六〇年代的「知識考掘學」。此時期的重心在於考掘西方的知識體系，代表作有《瘋癲與文明》（*Madness and Civilization*, 1961）、《臨床醫學的誕生》（*The Birth of the Clinic*, 1963）、《物秩序》（*The Order of Things*, 1966）、與《知識考掘學》（*The Archaeology of Knowledge*, 1969）。第二階段是一九七〇年代的「權力系譜學」。此時期主要探究權力系統之變革圖譜，代表作有《規訓與懲罰》（*Discipline and Punish*, 1975）與《性意識史第一卷：導論》（*The History of Sexuality Vol. I: An Introduction*, 1976）。第三階段是一九八〇年代的「自我技術」。此時期的研究轉向思索主體自我技術、倫理與美學間的動態交涉，代表作有《性意識史第二卷：快感的享用》（*The History of Sexuality Vol. II: The Use of Pleasure*, 1984）、《性意識史第三卷：自我的呵護》（*The History of Sexuality Vol. III: The Care of the Self*, 1984）與《主體詮釋學》（*The Hermeneutics of the Subject: Lectures at the Collège de France*, 1981-1982）。整體而言，傅柯最為人所知悉與稱許的權力論述，便是他對各種不同的社會機制所提出的犀利剖析與批判，特別是針對西方思想史、精神病學、醫療論述、監獄制度、治理術、性意識史與主體詮釋學等主題，所提出他個人獨到的洞見。這些深具批判性的權力論述在當代已成喧譁一時的研究顯學，並廣泛普遍地運用至各學門的分析與實踐上。

壹、權力論述與文學詮釋

早期傅柯所提出「人的消解」（the death of man）的論述，精彩地挑戰人類歷史不同階段以「人」之名建構的各種主體性權力論述，但也意味著那些被剝削、侮辱、壓迫的人們無法以「人」之名為自身平反。中期傅柯認為權力是被「行使」（exercised）的，而非被「擁有」（possessed）的。不同於過去的權力概念，權力在傅柯看來並非專屬於特定個人或階層所有（例如統治階層、軍隊、經濟利益等），而是內嵌於各種作用之內，亦即強調「微觀」的權力策略與技術。傅柯以思想巨人之姿，打破過去人類認為理所當然之思想宮牆，重塑論述與權力之關係，並且視歷史的建構實際上是由不連續、斷裂的論述所形成。因此，早中期傅柯宣稱無論是在文學、藝術、政治、科學或歷史範疇內，各時代的權力總是透過其真理論述來壯大自身：「真理」並不存在，存在的是真理背後的權力交織樣態。然而，權力既有「壓迫性」（repressive）的一面，卻也具有生產性（productive）的一面。因此，傅柯晚期研究的重心由宰制的技術轉移至自我技術，思索主體在絕望又絕對的權力網絡中抵抗的可能性。

批判思考

培根說：「知識即是權力。」但傅柯卻認為：「權力即是知識。」這兩種說法，有何差別？

在各行各業分工越來越精細的當代資本主義社會裡，培根「知識即是權力」的這句話更顯正確。每個人在各自的領域裡，只要擁有專業的知識，便有了發言的正當性，也就得到運作權力的能力。舉例來說，當我們走進醫生的診間後，便必須服從醫生的指示與診斷。這並非因為醫生本身擁有權力，而是因為醫生擁有對人體與疾病的知識，因此才能夠運用權力對病患進行診療。相反地，正因為病患缺乏人體與疾病的相關知識，所以需要遵從醫生的指令，以便完成其疾病的治療。傅柯的說法，則是以權力為出發點來思考知識的形構。「權力即是知識」並非「官大學問大」的意思。換言之，權力／知識的關係並非位高權重者就可以決定「知識」（或真理）的內容。傅柯所謂的「知識」，比較偏向「論述」（discourse）。例如，在《知識考掘學》中，他討論的「知識」即是「論述」的議題。因此，「權力即是知識」意味著各時代的權力生產著各時代的真理知識，並作為一種時代性的論述。傅柯強調權力無所不在，不是因為權力包納所有事物，而是因為它不來自一個中心，而是來自四面八方。值得注意的是，流動的權力有其具體的邊界。倘若「權力即是知識」，那麼知識的邊界即是權力邊界。換言之，沒有人類文明知識的地方，就沒有權力被「行使」。

無論「知識即是權力」或「權力即是知識」的面向都隱藏著權力經濟學的運作邏輯。亦即，真理、權力、知識（論述）間的三角關係是共生結構：沒有權力，就無法產生知識；沒有知識，就無法建構真理；沒有真理，就無法正當化地行使（exercise）權力。為了分析這樣的結構，我們可以將真理分為三個層次：一、真理的內容（what）；二、真理的運作方式（how）；三、真理的成因（why）。第一個層次屬於真理的表象，也就是平常可見的所有準則。無論是法律、道德、宗教等規範皆屬於此。但是，對傅柯而言，這些規範自身的內容並非重點，更值得我們探討的是真理的第二與第三層次。在「知識／權力」或「權力／知識」的天平上，傅柯偏愛「權力」導引的論述。知識是由權力所生產的，而且權力必須透過知識來「行使」。易言之，這些規範是怎麼運作的？其中的權力機制是什麼？當中隱含的意識型態又是什麼？過程中生產出的知識如何成為我們日常深信不疑的真理？最後則是為什麼真理會從前一個典範轉移到下一個典範？將以上三個層面綜合討論，才是傅柯權力分析的精神所在。

針對文學的層面而言，德勒茲與瓜達希對所謂「少數文學」做系統性與全面性的探討（如普魯斯特（Marcel Proust）與卡夫卡（Franz Kafka）），而傅柯一生的論述中也分析不少文學作品，例如塞萬堤斯（Miguel de Cervantes）的《唐吉訶德》（*Don Quixote*）、福婁拜（Gustave Flaubert）的《聖安東尼的誘惑》（*The Temptation of Saint Anthony*）、薩德侯爵（Marquis de Sade）的情色文學、馬拉美（Stephane Mallarme）的詩選、卡夫卡以及布朗肖（Maurice Blanchot）等人的作品。然而，這些作品僅是他研究的「背景」（background）而非「前景」（foreground）；亦即，傅柯一生並未針對文學作品提出獨創的分析理論或方法。對傅柯來說，文學是觀察的東西，不是分析的對象或是藉助用來分析的工具。文學只是一種休息，行路時的隨想，一枚徽章，一面旗幟。易言之，文學的重要性並非故事精彩的內容或作者個人的生命經驗、觀察與創意，而是作者與作品在其情境中扮演何種社會性的「功能」。作者擁有的是社會「話語權力」的位置，而非個人獨特的才華或創意，這也是他在一九六九年二月二十二日法蘭西學院所發表〈何謂作者？〉演講中主要的論點。

高宣揚在其《傅柯的生存美學》[1]中，即指出文學家們從事創作終極的目的，乃在重新開創生存美學新異的樣態：

> 傅柯和他所讚賞的文學家們和作家們，其從事創作的目的，不是為了建構某種永恆完美的體系，也不是只為以撰寫出由優美的語詞所構成的文本，而是、也僅僅是為了建構和豐富自己具有獨特風格的個人經驗：一種隨時不斷更新的個人經驗，一種能夠引導自己跳出舊的自我、開創新的領域的個人經驗，一種不斷把自己推向生命的極限，以便透過這種奇特的個人經驗，使個人「主體性」不斷得到改造，時時蛻變成預測不到的新生命型態。（頁三三）

傅柯除了在一次訪問中提及「文學體驗」對他的影響越來越大之外，他甚至反諷地宣稱：「除了虛構（fiction）我什麼都未曾書寫。」亦即，對傅柯來說，哲學與文學追根究底均是一種「虛構」。他在《權力的眼睛——福柯訪談錄》[2]中指出：「虛構的問題，我認為對我來說是非常重要的；我很清楚，我所寫的一切都是虛構的。但是我並不是在說我的書中就沒有真理了。我認為，虛

1 請參閱《傅柯的生存美學：西方思想的起點與終結》。臺北：五南，二〇〇四年。
2 請參閱《權力的眼睛─福柯訪談錄》。上海：上海人民，一九九七年。

構有可能在真理中起作用，虛構的話語可以產生真理的效果，真實的話語也可以產生或『製造』尚未存在的東西，並對它進行『虛構』。」（頁一八〇）因此，透過揭露知識與真理底層關係的虛構性，透過批判性歷史研究和虛構書寫，我們得以在特定時空的社會實踐上，開展虛構的積極意義與功能：開啟一種系譜書寫的自我風格，一種獨特的思考姿態，一種多元與異質的域外經驗。傅柯式哲學也方得以實踐一種「虛構思考」（德勒茲稱為「造假的威力」），展露其無人稱事件中特異的批判性與問題性。從此角度而言，哲學的工作如同文學，均在「本源」缺席的「真理虛構」與「虛構真理」之間運作——建構特定時空下特異的、流變的、強度的及實效的語言事件。

我們可以說，傅柯對各類歷史文獻研究的執著，遠超過對文學想像或觀察內容的熱愛。因此，傅柯式的文學閱讀，必然是一種情境式的歷史功能詮釋。事實上，文學意義的建構永遠無法脫離三種權力系譜「情境」的交涉結構：故事的情境、作者的情境、以及讀者的情境。舉例來說，我們對霍桑（Nathaniel Hawthorne）的《紅字》（*The Scarlet Letter*）的閱讀，即是以當代的「權力—知識」視野去觀看，作者霍桑如何用十九世紀的「權力—知識」來書寫在十七世紀「權力—知識」下獵殺女巫的事件，探討當時主流社會規範，如何對「非我族類」的異教徒做正當性與合理性的迫害，並質問其背後社會大框架下被植入的真理意涵。

因此，傅柯情境式的歷史批判提供文學詮釋與理論一種更深層與動態的系譜視野，讓我們有機會進入各時代的文學作品背後，隱藏的內部權力運作機制，看見每一個齒輪與仔細觀察齒輪間如何銜接與互動，如何共同生產各時代偉大震撼、感人肺腑或教化人心的故事。透過對文學作品進行如考掘學與系譜學的深入分析，我們得以突顯出文學故事中權力機制與知識體系（如時代性的瘋癲與性論述）之間複雜糾葛的牽連關係與運作模式，也揭露權力網絡無所不在之威力。為此，在傅柯與文學之間，我們企圖探究的兩種系譜「真理」是：「主權權力」與「生存權力」（或稱「生存美學」）。亦即，特定時代中統治機構藉由何種治理技術，將主權權力不斷論述化、正常化與生活化，成為一種具有宰制性與全面性的微觀權力網絡。然而，在規訓與治理組織的系譜背後，隱藏的是傅柯最終極的主體倫理關懷——在流動的內在性權力域內中，依舊閃現著「某種程度」自由與快樂的可能，使主體藉由建立自我技術，得以開展一種「安身立命」的生存美學。

【問題與思辨】

一、權力、真理、知識的架構跟當前的教育制度有何關係？請舉例說明。

二、你較支持培根的「知識即是權力」還是傅柯的「權力即是知識」說法？為什麼？

三、國內舉辦各式文學獎的風氣蔚為流行，導致近十年來數量快速增長。若以傅柯的權力觀來檢視，此現象是好還是不好？為什麼？

四、虛構與真理有何關聯？請舉例說明。

五、請用真理的三個層次（一、真理的內容；二、真理的運作方式；三、真理的成因）討論一個現實問題、歷史事件、文學故事或電影情節。

六、你同意傅柯認為權力是被「行使」的，而非被「擁有」的嗎？為什麼？請舉例說明。

【書目建議】

米歇爾．傅柯（Michel Foucault）。《權力的眼睛——福柯訪談錄》。嚴鋒（譯）。上海：上海人民，一九九七年。

吉爾．德勒茲（Gilles Deleuze）。《德勒茲論傅柯》。楊凱麟（譯）。臺北：麥田，二〇〇〇年。

高宣揚。《傅柯的生存美學：西方思想的起點與終結》。臺北：五南，二〇〇四年。

梅奎爾（J.G. Merquior）。《傅柯》。陳瑞麟（譯）。臺北：桂冠，一九九八年。

黃瑞祺。《傅柯三論：傅柯晚期思想研究》。臺北：唐山，二〇一八年。

楊大春。《傅柯》。臺北：生智，一九九五年。

Foucault, Michel. *Power*. Trans. Robert Hurley et al. Ed. James D. Faubion. New York: New Press, 2000.

貳、知識考掘學

知識考掘學是傅柯第一階段作品的核心概念，此時期的作品仍有結構主義的色彩。研究的重點在於人類如何「理解」事物，也就是我們對於某事物的「知識型」（episteme）是如何形成的。傅柯認為，不同時代的人們，都會被特有的時代性影響其思考方式；也因此，知識系統的生產方式就不盡相同。此時期的著作包括《瘋癲與文明》、《臨床醫學的誕生》、《物秩序》和《知識考掘學》。第一階段（六〇年代）的傅柯拒絕歷史被同一性的角度所理解，強調其本身的斷裂性，以考掘特定斷代歷史中的共時性研究，質疑人們根深蒂固的理性主義。例如，在《物秩序》中，傅柯將西方人類科學的歷史分為三個階段：文藝復興時期的人們仰賴經驗的「相似性」（resemblance）認知；古典時期則主要以「再現」（representation）的方式進行知識的生產；現代時期的人們已用「論述」（discourse）跳脫過往經驗與形式的知識生產方式。透過分析三者之間如何演變與交互影響，傅柯揭露了西方知識體系的分層結構，並指出此體系並非由永恆不變的「真實」論述所架構，而是由各時代演化出的「真理」論述所堆疊。本單元將評介傅柯知識考掘學的重要理論如下：一、知識考掘學；二、瘋癲與文明；三、物秩序。

一、知識考掘學

傅柯試圖以「知識考掘學」來描述與建立他前三本書中所使用的歷史研究方法，其中包括《瘋癲與文明》的心理疾病歷史、《臨床醫學的誕生》的精神病學歷史和《物秩序》的自然科學歷史。傅柯將一九六〇年代研究的前述三種歷史視為此知識考掘學的「實踐」（practice），因此三本書中的論點和方法都不屬於正規理論的建立，反而是某種認知歷史的特定手段，彰顯了傅柯處理歷史的獨特態度與方法，特別是他如何去組配和詮釋歷史紀錄所保存的「檔案」文件（archive）。《知識考掘學》即是以某種認知歷史的特定手段進行書寫的研究方法學著作，標示著傅柯第一階段作品的核心概念。此書中，傅柯結合及援引諸多學科領域來處理歷史，如哲學、社會學、現象學和各種思想等。為了闡釋歷史該如何從當代視角來檢視，並揭示各種知識領域背後的論述規則，他發展出一套自己的術語，如「論述」（discourse）、「知識型」（episteme）、「聲明」（statement）和「檔案」（document or archive）。此四種術語在知識考掘學中的定義和被運用的邏輯分述如下。

第一，「論述」意指權力透過語言而生產的知識。由於社會上所有知識領域的實踐都牽連了意義，意義又形塑和影響著我們的行為，因此實際上所有的實踐都有其論述的（discursive）面向。易言之，論述是這一系列的實踐與意義透過語言所建構的知識，而考掘學的任務就在於研究這些論述所蘊藏的資訊和當中的規則。

傅柯指出考掘學主要有三個層面：首先，考掘學並不在於尋找論述中具備的連貫性或不被人察覺的轉變之處，而是去展示論述的背後是如何多方連結與交互作用。因此考掘學不是一種對論述的

「讚頌」（doxology），是對論述樣態更細微的分析。其次，考掘學始於對「論述形構」（discursive formation）的理解。換言之，我們需要去思辨「誰是發言者？」，並藉此反思那些既定且習以為常的論述和機構。一旦確立「發言者」，則須透過「檔案」檢視他們究竟「為誰發言」。最後，考掘學對論述形構的研究與「概念的構成」（formation of concepts）緊密相關，以此深入研究概念生產的過程、構成的規則以及概念所聲明的基礎和其流傳的組織。如傅柯所言，此種組織涵蓋了「接替的形式」（form of succession）、「共存的形式」（forms of coexistence）與「介入的程序」（procedures of intervention）。

第二，「知識型」的概念則是在特定時期匯聚各種論述實踐及其整體關聯的組合。不管是知識論之形成、科學和潛在體系等都來自論述的各種實踐。知識型不是一種跨域知識的形式或類別，也非針對主體或精神，而是特定時期所呈現的關聯整體，並以論述規則進行研究之科學。換言之，知識型是科學化、形式化和知識化的定位及運作，這些分類也會彼此產生從屬關係或隨時間推移有所區分。例如，知識與科學雖有橫向關聯，但實踐層次卻又截然不同。

第三，「聲明」是考掘學主要運用的分析要件。在《知識考掘學》中，傅柯談及論述和聲明間的細微關係。傅柯式的「聲明」不是語素單位或句子，也不是對「已被言說」的簡單描述，對他而言，一個聲明就是一種「功能」（function）。再者，他的分析對象並非所有的聲明，而是要研究具有重要性並且是實際公開宣稱的聲明。藉由考掘學的方法，他試圖將實際的聲明定義為一種實踐，探究其生產規則所從屬的歷史和文化。傅柯認為，聲明並沒有創造任何意義，反而由創造規則之網路決定該聲明的意義。此外，聲明的條件也連結至真理的宣稱是如何被建構。因此，透過聲明的定義及分析，我們可見傅柯感興趣的並非本質上的「真理內容」，而是「真理產物」（truth production）。

第四，「檔案」是保有歷史聲明的史料，不限於保存歷史記憶之主要物件而已。一般人認為，歷史記錄了過往的重要里程，並轉換為檔案。然而，傳統的史學家致力於挖掘零散的史料檔案，並將之組裝成一套具有重大里程意義的整體歷史連續體。不同於上述之觀點，傅柯的主要目的則是致力探究歷史是如何及為何以該種方式呈現，而非它記載了什麼。他相信考掘學的分析目的有三：一、展示歷史思維的不連貫性；二、將這些不連貫性視為正常的現象而非癥結點；三、藉此重組文明的知識整體。換言之，看似客觀的知識背後，不是連續而不受干擾的整體，實為不連貫且散布的動態流動。因此，我們應當積極檢視檔案中的概念、議題和典範，因為這些多元的論述才是真正認識歷史的要件。

簡言之，考掘學旨在探究論述、知識型、聲明和檔案的歷史研究。此研究既不試著還原所謂的歷史事件真相，也不依循進步史觀的目的論。相反地，論述的分析屏棄歷史整體和連續性的想法，轉以分裂、界限、差異和複雜的角度作為審視與分析之原則。因此，我們可得知作為傅柯早期重要理論書寫之一的《知識考掘學》傳遞歷史研究的方法，並以知識的形構規則揭示各種論述的聲明及其過程，讓歷史學家和批判理論家得以參透那些未被言說的知識是如何建構人類的物秩序與文明歷史。

二、瘋癲與文明

《瘋癲與文明》為傅柯的博士論文，同時也是他早年為人所知之成名作，傅柯本人稱此書為「沉默的考掘學」。該書主要目的在於檢視並探討西方歷史中沉默的「瘋癲者」是如何被定義，又

「精神疾病」是如何被建構與治療。於此書中，傅柯試圖藉由不斷提問與來回辯證，釐清在歷史洪流中，「瘋癲」形象被認知與建構之歷程。例如揭示由古至今，非理性（瘋癲）與理性（文明）二者如何從和平相處逐漸演變至一段段規訓與懲罰的沉默歷史？西方各時期歷史中，瘋癲是如何被重新定義、診斷、禁閉與控制？現代瘋人院又是如何在一系列的文明規訓之下建構與運作？藉由以上諸問，不僅帶領讀者追溯歷史，更對於人類文明有著更深沉的關切與扣問。

例如，十九世紀的精神醫學通常自認為秉著人道精神治療精神病患，並幫助患者從瘋癲之中恢復正常，使之回歸「正常」的社會之中。據此，傅柯試圖反推在此之前的精神病患處境——受盡殘忍、不人道、不科學的治療與對待。為證實此論點，傅柯首先從中古世紀痲瘋病（leprosy）的絕跡談起。傅柯說道，中古世紀時，人們對待瘋癲者與對待痲瘋病患的態度相當類似，因兩者皆對一般民眾造成焦慮與恐慌，深怕自身遭受感染。因此，一般而言，痲瘋病患會被隔絕在村中的特別區域，杜絕其他村民與病患的接觸來往。直至中古世紀後期，痲瘋病雖消聲匿跡，但人們對於「疾病」的恐懼卻依然長存。與此同時，一種名為「愚人船」（the Ship of Fools）的機構隨之出現，以神聖之名帶領瘋癲者航向理性，實則載運瘋癲者四處流浪並將其徹底放逐，致使他們沒有機會再次回到陸地上生活。令人詫異的是，雖然瘋癲者被趕出社會，人們卻逐漸對此產生濃厚興趣，因而促使十五世紀下半葉開始之文壇風潮——大量文學不停地書寫、想像、描繪瘋癲者的樣態：有些人因愛而癲狂，有些人因絕望而發瘋；有趣的是，「瘋癲」的概念在此波文學創作的過程裡不斷地被關切、召喚與置換。

到了十七世紀，理性思維崛起，愚人船不再盛行，取而代之的是「醫院」與「監獄」林立的「大監禁」（the Great Confinement）時期。社會逐漸杜絕與瘋癲者之間的接觸，此現象實際上是掌權者企圖藉由合理與合法的制度控管「非理性的潛在危險」。傅柯指出，實施「大禁閉」的機構不只收容瘋癲者，也接受無業遊民、乞丐以及獄囚。待在監禁所中的人們，必須依照機構的規定提供勞動，而監禁所也提供相對應的生活照護及食宿。傅柯認為，比起中古時期，十七世紀的瘋癲者更受到政治經濟以及宗教的影響——為了度過經濟危機，社會裡的無勞動力人口必須保持在最低限度，所以監禁所中的人們也必須提供勞力，才能有效地提高市場的生產力；此工作倫理實際上來自於資產階級的宗教信仰與價值判斷。傅柯特別指出，十七世紀的人們並不將瘋癲視為病症，而是看作「理性的捨去」（the renunciation of reason）。簡言之，瘋癲者是失去了理性、被獸性所控制之人，而「矯正」瘋癲者唯一的方法即為馴化他們的獸性。

十九世紀開始，「瘋人院」（asylum）成為收容瘋癲者的最佳機構。傅柯以圖克（William Tuke）的休養院以及皮內爾（Philippe Pinel）的瘋人院為例，兩者皆使用特定方法使瘋癲者認識自身的瘋癲狀態，藉以達到治療之用。圖克建立休養院的主要目的是將瘋癲者從貴格會（the Quakers）的社群隔離而出，避免瘋癲者干擾其他居民；其核心理念旨在讓瘋癲者知道回歸社會是他們最大的責任。因此，圖克將家庭的形式與結構引進休養院中，讓瘋癲者即便處於一般社會之外，也能重新學習家庭的生活模式。皮內爾的瘋人院裡則沒有家庭生活模式，但瘋癲者仍需學習許多社會規範，為回歸社會做初步的準備。特別的是，皮內爾也讓瘋癲者們相互交流，並要求他們彼此評論，藉此情境，讓瘋癲者能練習辨別他人行為不符合理性之處，並反身地體認到自身的瘋癲狀態。

此外，傅柯進一步研究圖克與皮內爾如何懲罰瘋癲病人。圖克是用恐嚇的方式強迫病人模仿學習正常人之作為；皮內爾則使用冷水浴與緊身服懲罰不聽話的瘋癲病人。傅柯指出，此時期瘋人「休養院」療法是藉由重複使用有形或無形的殘酷暴行，促使病人將審判和懲罰的恐懼完全「內化」，再強制他們回歸成為「正常人」。傅柯特別說道，事實上，瘋人院的目的並非以科學與醫學的方式治療瘋癲者，因此醫生在瘋人院裡本不該擁有太大的權力。但因為實證主義（positivism）的介入，加上醫生能夠在瘋人院裡觀察、研究瘋癲者，醫生在心理治療的地位上才有顯著的提升，並在瘋人院占有一特殊地位。最後，到了二十世紀初，隨著佛洛伊德的精神分析盛行，瘋癲在此新形式的科學知識認知下成為一種精神疾病。

總之，人類的文明史必然同時是一部野蠻史，班雅明（Walter Benjamin）如是說。誠然，當前人類科技文明已發展到一個全球「平面」化的極致新境界。然而，文明巨輪的開創與進步也伴隨著身後不斷加劇的野蠻與暴力。事實上，沒有一座人類文明的巨大豐碑不同時摻雜「理性」與「非理性」（瘋癲）的相互交織。傅柯藉由知識考掘學的研究方式，帶領我們探究瘋癲被訴諸精神病之前，各時期的人們如何「理解」它，或者說瘋癲的「知識型」是如何被形塑的。傅柯發現，瘋狂並非一種與生俱來的生理或心理現象，而是一種人為附加在此現象上的知識標籤，一種文明知識的變動產物。因此，倘若沒有對此種「沉默」的歷史現象加以爬梳、整理與分析，我們便無法得知歷史上理性的獨白如何成為定義瘋癲的唯一語言，以及人類文明背後又藏匿何種野蠻的歷史。

三、物秩序

《物秩序》（或譯為《詞與物》）的副標題是：「人類科學的考掘學」。傅柯力圖藉知識考掘學探討人類科學的起源，並深切扣問以下的問題意識：人類是如何為世間各種現象與事物規畫秩序？「人」的探索從何時開始？作為知識對象的「人」何時出現？傅柯透過對文藝復興以來知識型的典範轉移的考察，探討各個時期知識型之間存在的深層斷裂。因此，此書主要論點在於每個歷史階段都有其不同於前期知識形構的「知識型」。此外，現代的知識型特徵則是以「人」作為研究分析的主要對象（如解剖學、病理學、心理學與基因學），然而「人」的概念並非本質性的先驗存在，而是藉由近代的知識型形塑而成。因此，此書以「人的消解」作為人文科學歷史研究的結論，卻也引來不少爭論。

此書依據人類知識的生產模式，將知識史區隔為三大時期。第一時期為十六世紀的「文藝復興時期」（Renaissance）。此時期人們仰賴經驗的「相似性」（resemblance）作為知識生產的主要模式。傅柯進一步在相似性模式中歸納出四種原則：方便性（物體的距離）、仿效性（具有相似特質）、類比性（關係的相似度）、共感性（物以類聚）。舉例來說，當時的人們普遍相信烏頭（aconite）的花瓣能夠治療眼疾。但是其原因並非來自任何科學研究，而是單純因為烏頭的花瓣狀似眼皮，而其種子就像是眼珠。花瓣覆蓋於種子上，就像是眼皮闔在眼珠上一樣。藉此關聯性，文藝復興時期的人們便相信烏頭對眼睛有益無害（但實際上，烏頭是具有毒性的）。除了缺乏科學根據之外，相似性的知識生產模式還有另一項問題：世上的所有事物都可能是相似的。亦即，透過一環又一環的相似或類比，人們很可能會將原本毫不相干甚或對立的兩件物品互做連結。如此一來，便與原先經驗相牴觸。

第二時期為十七世紀的「古典時期」。該時期人類主要以「再現」（representation）的方式進行知識的生產。最重要的轉折就如同《唐吉訶德》所示：相似性已不再是產生知識的形式，反而是引發錯誤的因子。緣此，該時期的人們恰似唐吉訶德，最終透過體認事物之間的差異性來認識世界。事實上，再現的實際進行方式為「比較」（comparison）。具體而言，人們開始對各種事物進行一連串檢查，並將所有特質以表格全數記錄，最後以此表格內容再現該事物。換言之，當人們比較兩種事物之時，他們實際上是在比較兩個載有事物特質的表格。然而，這種知識的產生方式並非毫無問題。傅柯指出，再現最大的失敗之處就在於它永遠無法再現「再現的過程」。以維拉斯奎茲（Diego Velázquez）的《侍女》（*Las Meninas*）這幅畫為例，傅柯說明，雖然畫家將自身作畫的姿態繪在紙上，但紙上所留下的依然是一個被再現的畫家，而不是畫家繪畫的過程。再現的運作過程也是如「再現」所呈現的另一個再現，而非再現的過程自身。因此，古典時期最大的問題就在於人們無法表達自身生產知識的方式。

到了第三時期，十九世紀的「現代時期」，人類開始以「論述」作為知識生產的模式。此一時期的人們已從經驗（文藝復興時期）與形式（古典時期）之範疇邁向哲學的領域。亦即，人類開始思考自身知識形成的模式與原因，也讓人們能夠以其他方法了解「再現」的運作方式。傅柯在書中將康德（Immanuel Kant）視為第一個跳脫「再現」思維的哲學家，並且將其哲學分為三大面向：實證主義、形上學、批評學，三種面向依序對應到「人類經驗的探討」、「先驗客體的探討」、「先驗主體的探討」。易言之，在當代哲學中，人類不僅僅能夠對外在事物進行感知和認識，也能夠對自身進行研究與探討。因此，傅柯在《物秩序》的結尾提出「人的消解」（the death of man）的概念，表明人類已不再只是思考主體，也同時可以是被知識、學科進行論述的客體。

【問題與思辨】

一、對傅柯而言，權力既有壓迫性卻也具有生產性。除此之外，權力還有哪些特色？哪一項特色最有道理？為什麼？

二、在《物秩序》中，傅柯將西方人類科學的歷史分為三個階段：文藝復興時期、古典時期以及現代時期。此三個時期的知識生產方式為何？請各別舉例說明。

三、傅柯提出「人的消解」之概念為何？你同意嗎？為什麼？

四、網路及社群媒體是個人挑戰權力的場域還是主流權力運作的延伸？

五、為何傅柯會認為「真理與權力共生共存」？兩者如何共生共存？請舉例說明。

【書目建議】

米歇爾・傅柯（Michel Foucault）。《古典時代瘋狂史》。林志明（譯）。臺北：時報文化，二〇一六年。

——。《知識的考掘》。王德威（譯）。臺北：麥田，一九九三年。

——。《瘋癲與文明：理性時代的瘋癲史》。劉北成、楊遠嬰（譯）。臺北：桂冠，一九九二年。

——。《臨床醫學的誕生》。劉絮愷（譯）。臺北：時報文化，一九九四年。

Foucault, Michel. *The Order of Things: An Archaeology of the Human Sciences*. London: Routledge, 2005.

參、權力系譜學

權力系譜學是傅柯第二階段作品的核心概念，此時期的作品已全然進入後結構主義的批判論述。傅柯因受到尼采道德系譜學的影響，開始反思考掘學研究方法之不足——難以充分展現他欲呈現的歷史斷裂感與權力運作。於是，傅柯進一步提出權力系譜學的歷史研究方法：他拒絕線性史觀以及進步論的概念，認為歷史是權力網絡內一連串的偶然事件之組成。再者，由於事件發生後旋即消逝，人們對於現實的理解都只是詮釋的「再現」而非全然歷史的「真實」；論述作為權力的延伸方是建構真實的詮釋工具。簡言之，歷史特定時空中的偶然性和差異性「產生」了事件；然而，「決定」歷史事件意義的是權力論述的詮釋。

系譜學作為一種歷史研究，其研究的對象並非具體的制度或政權，而是歷史事件被給予的文化意義與其背後抽象交織的權力。透過系譜學方法，傅柯不只分析各時代對於真理的表述方式，更進一步地探索當代論述如何構成真理的論述網絡，又如何影響人們的思考方式。例如，在《規訓與懲罰》中，傅柯分析「微觀權力」（micro-power）模式的演變及應用。此書檢視了西方文明對於罪犯的處置方式，並透過對斷頭臺、監獄等設施與「機構」的一連串分析，探討原先用來管理犯人的權力模式如何被「現代化」與「普及化」，並銘刻及規範我們二十一世紀的日常生活。本單元將評介傅柯權力系譜學的重要理論如下：一、系譜學、真理與反真理；二、《規訓與懲罰》概論；三、全景敞視與微觀權力。

一、系譜學、真理與反真理

在《道德系譜學》[3]中，尼采號召一種新的批判要求與方法，一種對道德價值本身的批判性檢視：「它們實質的價值必須置於質詢之中，為了達到此目的，我們需要知道這些價值由其中湧現的情況，以及它們如何發展和變化。」（頁七）鑑於此，尼采提出系譜學的方法學：使用歷史的哲學作為「一種道德價值的批判」。對尼采而言，系譜學並非追溯過往的起源，或線性及進程的發展；相反地，它尋求能展現多元甚至有時矛盾的過去，並揭示權力所影響的痕跡和其所論述的真理或規範。以此，系譜學的方法可被視為一種對多重交錯力量的歷史調查，以及所生產既定規範或實踐的意義。傅柯在〈尼采，系譜學和歷史〉（Nietzsche, Genealogy, History）中描述，尼采式的系譜學是一種對要素（如性意識、瘋癲和羞恥等）的特定探詢，因人們傾向對歷史視而不察，猶如那些皆為人類直接接受的存有本質。透過尼采的《道德系譜學》，傅柯引介了權力知識的系譜學。對他而言，權力系譜學希冀重新建立「權力服從」背後的多種體系：並非意義的預想權力，而是支配的危險遊戲。權力系譜學作為一種探究支配歷史真理運作的危險遊戲，須深入檢視特定時空下真理與反真理間拉扯的時代性張力與風險樣態。

例如，在尼采宣稱「上帝已死」之後，傅柯也成功地揭示「人的消解」，因此真理看似在後現代已「壽終正寢」，理性哲學也走到盡頭。實則不然，真理反而以更細微、深層與迂迴的方式在新的情境中，鞏固自身的合法性與正當性。簡言之，真理能成為真理的核心要素即是「相信」。因此，當我們「相信」真理已不復存之時，事實上我們已接受「反真理」的真理。這種「矛盾」與

「弔詭」似乎已成為後現代哲學的「另類」真理，或如貝斯特（Steven Best）與凱那（Douglas Kellner）所稱的「後現代邏輯困境」（postmodern aporia）。事實上，真理作為一種時代性的權力論述產物，從未停止對自身的質疑、挑戰與否定，或許這也正是真理得以成為人類文明中，一種永遠不敗的「變形金剛」。若要探究真理的權力系譜，我們必須承認現實世界的「真理」並非一種單純的知識論述或形而上系統。真理在人類任何社會的存在，均可以被分割為三種不同層面。一、表層：真理的內容（what）；二、中層：真理的運作（how）；三、底層：真理的成因（why）。三個不同層面的真理並非涇渭分明地各自為政，而是在一特定時空中維持動態的立體互涉關係。

簡單地說，傅柯第二階段的論述策略是藉由揭櫫各時代中的真理「運作」（亦即，權力與知識的關係，尤其是瘋癲、疾病、犯罪、性異常等論述的建立，如何「正常化」社會系譜權力的運作）。藉此來批判其真理「內容」的合理性、正當性或理所當然之處，並進一步宣稱其底層「成因」所依賴的先驗性與本質性，僅是美麗的權力面具。因此，所謂真理之死，從表面上而言，只是真理內容在不同社會典範中的一種更迭與取代。從更深一層的面向而言，則是對普遍性與單一性的真理成因提出質疑與否定。

其實，傅柯不但相信真理，並認為我們不應完全拋棄真理建構的主體（否則我們無法運用個人一定程度的自主性，開展晚期傅柯所謂的「生存美學」）。然而，這並不意味著傅柯仍然懷念柏拉圖、笛卡爾或康德式的理性思考主體，其實是主張我們應探究與了解它的系譜功能，以及它在特定時空中，眾多話語運作下所呈現的功能與模式。在《權力的眼睛——福柯訪談錄》一書中，傅柯回

---

3 請參閱。《道德系譜學》。臺北：水牛，二〇〇三年。

答此一問題：「我堅信真理的存在，以至不得不假設有多種多樣的真理，和對真理不同的表述形式。當然，我們別指望政府會告訴我們真理，而且只談論真理。」（頁二〇）真理不死，只是以更多樣的不同姿態與表達形式，來成就其在後現代一種基進「反」真理的真理。畢竟，探究真理可以說是我們身為人、成為人的一項核心特質。換言之，作為社會性的理智動物，人類不可能完全拋棄或脫離對「真」的追尋與依賴。整體而言，傅柯對當代哲學最大的貢獻，並非像黑格爾或海德格那般，提出系統性與整體性的思想建構，而是提供極為細膩、豐富、批判與獨特的歷史案例分析與批判洞見。

二、《規訓與懲罰》概論

當代檢視並揭露西方歷史中「暴力」、「法律」、「真理」及「正義」之間的權力關係，最著名的作品應是傅柯的《規訓與懲罰》[4]。此書一開始以一七五七年三月二日，達米安（Damiens）謀刺國王事件，被判處在巴黎教堂大門前公開認罪的各種殘暴酷刑為例，來說明君主如何以法律暴力來鞏固其君權：「他（達米安）將『乘坐囚車，身穿襯衫，手持兩磅重的蠟炬』，『被送到格列夫廣場（the Place de Grève）。那裏架起行刑臺，用燒紅的鐵鉗撕開他的胸膛和四肢的肉，用硫磺燒他持著弒君凶器的右手，將熔化的鉛、沸滾的松香、蠟和硫磺澆入撕裂的傷口，然後用四馬分肢，再焚屍揚灰』。」（頁三）

傅柯也引用《阿姆斯特丹報》對此酷刑的描述：「最後，他被肢解為四部分。這道刑花了很長時間，因為役馬不習慣硬拽，於是改用六匹馬代替四匹馬。但是仍然不行，於是鞭打役馬，以便拉斷他的大腿、撕裂筋肉、扯斷關節……。」（頁三）血淋淋的暴力歷史描述，驚世駭俗，令習慣於人權思想與民主法制的現代人難以想像。但是這些殘暴酷刑的暴力均是被法律所允許的，並且擁有當時民眾所相信及接受的「真理」（例如君權神授）加以背書。因此，傅柯進一步指出，「真理及權力關係始終是一切懲罰機制的核心」（頁五五）。「暴力」變成在歷史上任何主政者展示其「真理」的神聖儀式與維繫其「權力」的必要手段。

傅柯在此書中描繪出三種懲罰圖型。一、古典時期（classical age）：君主制憲，以追求君權神授的封建制度正義之名，將暴力施加在囚犯身上的各式野蠻酷刑（砍頭、焚刑、絞刑、鞭刑、斷手、割舌、拷打、苦役等）及聚眾展示酷刑的方式，作為維護君權神授的治理技術。二、法國大革命後（late 18th century）：早期人道主義改革者以追求社會及經濟的正義之名，推行監獄的監禁技術，取代古代對身體酷刑技術的暴力，並開始將治理暴力論述化（法律條文化）。三、現代時期（modern age）：人權當道，執政當局以追求人道正義之名，精緻化、普遍化、科技化、規範化、論述化規訓權力技術的體現及監獄的監督（參見圖6-2）。

傅柯鮮活地揭露出一部西方「治理術」（governmentality）的權力系譜史，亦是一部司法正義下的暴力史。傅柯認為懲罰和規訓不僅是一組論述化暴力的壓抑機制，更具有相當複雜的社會功能。監獄的誕生及其發展的文化與暴力，揭示一種特殊權力的技術發展過程，其各時代規範的懲罰既是司法正義的，也是權力政治的。我們可以看出，雖然近代刑罰已盡力減少對身體的暴力，使囚犯的苦痛降低，可是「不管是否有苦痛，司法正義仍對身體緊追不捨」（Justice pursues the body beyond all possible pain）（頁三四）。

4 請參閱 *Discipline and Punish: The Birth of the Prison.* Trans. Alan Sheridan. New York: Vintage Books, 1995.

《規訓與懲罰》可被視為一部複雜隱密的西方「主體化的經濟學」（the economy of the subjectivization），揭櫫西方政治治理術歷史中暴力、法律、正義及真理的權力關係。在此複雜隱密的治理術機制中，執政者得以巧妙地運用此種「客體化主體」的「祕笈」，理所當然地建造一般民眾習以為常的「日常生活」框架。傅柯表示，過去二十年來，他的目的不在於分析權力現象，也不在於闡述這種分析的基礎為何。事實上，他的目標一直都是在創造一種歷史——研究在此歷史情境下，人類在文化中如何透過不同模式進而成為「主體」。傅柯將此歷史研究的「客體化主體」分為三類。第一類：「分隔的方法」（dividing practices），例如結合科學論證與醫學隔離手段的論述。第二類：「科學式的分類」（scientific classification），例如生命論述、勞動論述、與語言論述。第三類：「主體化」（subjectification），例如性意識論述。在二十一世紀全球化的時代，各種權力技術中對身體的規訓、人口的控制與真理的生產，仍然是合理化與正常化「主權權力」的法則，但其最終的目的則是一種較高層次的「生命治理」而非「生命壓迫」。換言之，此時「客體化主體」治理的運作，已不再使用早期各式野蠻的酷刑技術與無人性的暴力手段，而是邁向更隱密、合理與精緻的論述技術，以「權力配置」管理學的概念來治理人類生命能量的整體生產與增長。

三、全景敞視與微觀權力

傅柯指出，英國哲學家傑里米・邊沁（Jeremy Bentham）於一七九一年所設計的「全景敞視」（the panopticon）監獄是一種新的監視形式，一種高效率的環形建築物——用最小的管理人力達到最大的管理效果。此監獄制度與規訓機制結合而成的一套「微觀權力」（micro-power）技術，構成現代權力機制的基礎。對「全景敞視」監獄所做的規訓權力技術分析，應最能幫助我們了解近代執政者，如何藉由無所不在的「凝視」所產生的支配性語言，來運作其新型態的「微觀權力」。

有別於傳統的「地牢」（將罪犯置放在黑暗、不可見之處），邊沁的環形監獄大樓則是將罪犯安置在光線充足的明亮分隔囚室。此外，處於中心塔的看守者因為逆光效果及其百葉窗，能確保不被罪犯看見。每個犯人因而無時無刻都被中心塔內的警衛監視著。如是，每當有罪犯大聲喧譁、試圖逃離或做出其他違規行為，中央塔的看守者會立刻派人對違規者進行身體上的即時嚴懲。此時，其他觀看的罪犯也會因此變得更守規矩。因為罪犯並無從得知看守者是否正在觀察他們，因此會疑心自己時刻受到監視，惶惶不可終日，選擇乖乖地遵守規則。久而久之，所有罪犯都會因為內心害怕受罰而不敢鬧事。如此一來，即使是兇惡狠毒的犯人也逐漸學會自我紀律。因此，在這高效率規訓過程中，環形監獄中的外在凝視日益轉化成犯人內在的日常自我監視（參見圖6-1）。

此種微觀權力的演變過程也可見傅柯在他處的討論。傅柯在《臨床醫學的誕生》認為醫生對病人的注視是權力施展的呈現，因此「觀看者的凝視也是主宰者的凝視」（頁

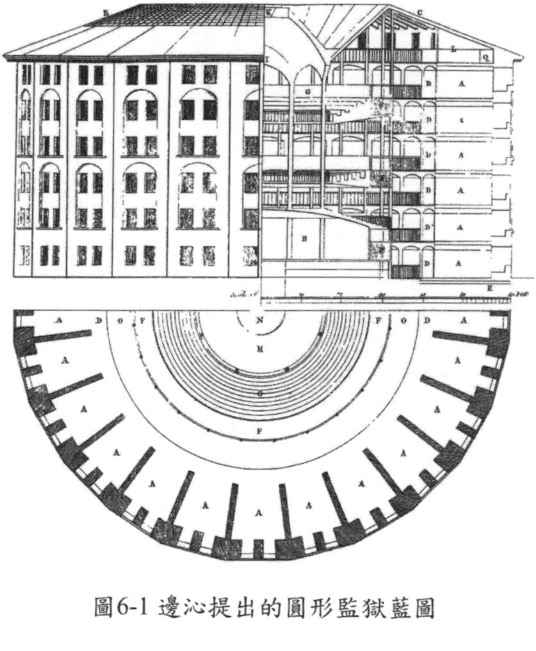

圖6-1 邊沁提出的圓形監獄藍圖

三九）。他的老師阿圖塞（Louis Althusser）也指出國家機器生產的「意識型態」是一種內在化的凝視，藉由對身體的控制（body-snatching）和召喚（interpellation），迎合執政階級的利益，進而「召喚個體成為特定的主體」。傅柯進一步宣稱，「全景敞視」凝視的權力宰制模式已運用到各行各業，甚至已擴展到工廠、學校、兵營、醫院、圖書館和貧民區等。在《權力／知識》中，傅柯指出：「全景敞視是權力秩序中一種科技上的發明，猶如蒸汽之於蒸汽機一般。此發明已運用在許多地方性區域，例如學校、兵營、和醫院。」（頁七一）傅柯指出此種自我紀律式的精緻化權力是近代的創舉，且皆基於前述嶄新監獄建築的發明，藉由犯人內在化的監督來訓練及生產宛若羔羊般「溫馴的身體」（docile body），以便於政府合法的霸權式管理。如同歐威爾（George Orwell）所提醒我們的「大哥正在監視你」（Big brother is watching you）及伯吉斯（Anthony Burgess）所比喻的「發條橘子」（Clockwork Orange），此內化監視現象使得權力的效果能深入每個人最精微和潛藏的部分。這就是傅柯所謂的「微觀權力」的展現。

全景敞視的「微觀權力內化」或「主體化」過程大致上可分為三個階段：一、外在的凝視；二、部分內化的凝視；三、完全內化的凝視。在第一階段中，因罪犯尚未內化凝視，因此需要一個外在的觀察者，在罪犯違規時給予身體毒打的處罰，糾正罪犯的行為，此時的管理者與罪犯是相互可見對方的存在。到了第二階段，罪犯已經逐漸內化部分的凝視，即使看不到觀察者，罪犯依然會感覺自己被凝視著。由於恐懼管理者對其身體的暴力與處罰，所以只能開始規訓自己。最後階段是當罪犯久而久之完全內化此凝視時，成為自己「本性」的一部分，此時即便他已經知道沒有人在監視著他，也無法停止規訓自己，甚至還可能成為其他人的監視者，產生規訓他人的行為。傅柯指出，全景敞視建築所展現的微觀權力機制原本運用在學校、工廠、醫院與軍營。然而，此權力模式於十九世紀初逐漸散布到社會各層面，成為被廣泛地應用在當代的統治方式。簡言之，在當代科技無所不在的監視環境中，人們就像監獄裡的罪犯一樣，已經將權力的「凝視」內化於心中。然而，當代權力的全景敞視規訓有別於傳統規訓，其目的是將資本主義社會上的人力資源進行更有效的運用，因此微觀權力的主要功能是「生產」，而非「壓迫」或「脅迫」（參見圖6-2）。

事實上，微觀權力的盛行是一種現代性「進步」的運作，統治者不斷挪用主流意識、理性知識（如當代經濟學、心理學、醫學及資訊新知等）與科技技術，甚至藉由各式各樣體制化的各種學科「真理」來「進化」其治理術。當代全球的政府（無論任何政黨執政）經常以司法、經濟、教育、政治或社會改革者自詡，但在落實改革的過程中，卻總以極其隱微又看似合理的政治權力技術（如各式資源分配、稅法修訂、獎勵、處罰、考核、管理科技化、防止罪犯與便民措施等），無聲地侵入人民的私密領域，並剝奪人民的隱私與各種權力。因而，令人憂心的是以「政黨」與「商業」利益為運作的

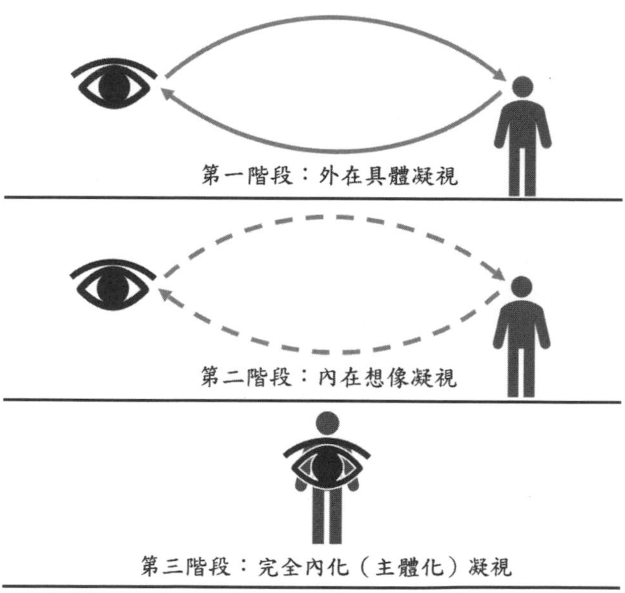

圖6-2　微觀權力內化（主體化）三階段

微觀權力內化模式，不斷「進化」，反觀大眾應與時並進的批判力與反制力卻不斷「退化」。[5]

形式／時間	權力的形式與技術	政治型態	經濟型態	權力形式	真理型態	時間性的形式	問題形式
古典時期	1. 嚴刑拷打與逼供（身體暴力） 2. 大眾的凝視（殺雞儆猴）	君主統治	封建經濟	宏觀權力	以上帝為導向的真理（君權神授的統治正義）	過去（強調維持君主統治權力）	公開展示的懲罰容易造成混亂與反抗
18^{th}世紀	1. 監禁（監獄的誕生） 2. 言論（對於靈魂與身體上政治的符咒）	早期民主	早期資本經濟	社會經濟權力	早期人文導向真理（早期社會正義）	未來（強調預防犯罪）	部分君主統治的神權式宏觀力量仍然以隱性的方式運作
現代	1. 規訓（產生馴服的身體） 2. 全景敞視凝視	晚期民主	晚期資本經濟	微觀權力	後期人文導向真理（後期社會正義）	現在（強調內化主流論述權力）	1. 過度使用「正常化」的機制 2. 監獄反而變成學習犯罪的場所

圖6-3 傅柯《規訓與懲罰》中三階段的權力形式

5 此書的「傅柯環形監獄」動畫影片參見QR Code：

批判思考

如果權力形塑我們的知識，那麼人性呢？在功利導向的資本社會中，大人與小孩「行善」均可被計算與獎勵。如是，向善的人性是否也僅是權力的產物？

無庸置疑，傅柯的權力論述與批判具高度的啟發性，但也造成傳統人文正當性的困境：文學裡美好的品德與人性，在現實中似乎沒那麼簡單。藉此問題，我們可以進一步探討向善人性與權力網絡間如何認定與分別。首先，如果將傅柯的論點置放在柏拉圖、康德及孟子所謂善的框架下，傅柯的道理是行不通的。換言之，對柏拉圖、康德及孟子而言，善絕非權力的產物。然而，此提問的思辨重點是詮釋的立場與論述問題（如在第一講所討論）。簡言之，當代西方歐陸思想可分為兩大並行的詮釋陣營：內在性哲學（immanent philosophy）與先驗性哲學（transcendent philosophy）。前者相信任何形上本質的概念其實均是形下的生命產物（如大部分的後現代哲學家），因此接受善是權力的產物；而後者則相信人性有其超越理性及先於經驗的本質，因此善先於任何權力的運作或知識（如柏拉圖、康德及列維納斯）（當代哲學發展詳見第十二講）。想是，部分人們已開始接受善是權力的產物，因為我們都身處在二十一世紀重視科技、強調高度競爭與利益計算的年代。倘若，你真的相信人性本善，那麼你除了應該堅定自己的論點或立場，更重要的是強化自己思想體系背後一套完整詳實的論述能力。在資本社會中能堅信向善的人性，又有能力說服他人（如列維納斯或聖嚴法師），將是相當值得敬佩的。

【問題與思辨】

一、你認為自己是否已經成為一個「馴化的主體」？為什麼？

二、傅柯認為「權力無所不在」。如果這是真的，人們是否將永遠無法逃離權力的網絡，並只能接受其宰制？為什麼？

三、如果權力形塑了我們的知識，那麼人性亦同嗎？向善的人性是否也僅是權力的產物？例如，高中生或大學生為提高推甄或「服務學習」的成績，到醫院擔任義工。或者，許多企業為其公司的「企業社會責任」績效，積極投入公益。你支持嗎？為什麼？

四、權力與利益常糾纏不清，因此「利益迴避」成為當代政治與道德的必要。同理，權力與立場（性別、種族、階級、職位與各種身分）也常彼此交織。那麼，我們是否需要「立場迴避」？若不需要，該如何面對權力的問題？若需要，又該如何迴避？請舉例說明。

五、設置監視攝影機有利有弊。目前臺灣是全世界監視攝影機設置密度最高的國家之一。我們應該減少、增加或不改變臺灣目前公共場域的攝影機總數量？為什麼？

【書目建議】

弗里德里希・尼采（Friedrich Nietzsche）。《道德系譜學》。陳芳郁（譯）。臺北：水牛，二〇〇三年。

米歇爾・傅柯（Michel Foucault）。《規訓與懲罰：監獄的誕生》。劉北成、楊遠嬰（譯）。臺北：桂冠，一九九三年。

——。《權力的眼睛——福柯訪談錄》。嚴鋒（譯）。上海：上海人民，一九九七年。

黃瑞祺主編。《再見傅柯：傅柯晚期思想新論》。臺北：松慧，二〇〇五年。

賴俊雄主編。《傅柯與文學》。臺北：書林，二〇〇八年。

Althusser, Louis. *Lenin and Philosophy and Other Essays*. Trans. Ben Brewster. New York: Monthly Review P, 2001.

Best, Steven, and Douglas Kellner. "Foucault and the Critique of Modernity." *Postmodern Theory: Critical Interrogations*. Houndmills: Macmillan, 1991. 34-75.

Foucault, Michel. *The Birth of the Clinic: An Archaeology of Medical Perception*. Trans. A.M. Sheridan Smith. New York: Vintage Books, 1994.

———. *Discipline and Punish: The Birth of the Prison*. Trans. Alan Sheridan. New York: Vintage Books, 1995.

———. "Nietzsche, Genealogy, History." *Language, Counter-Memory, Practice: Selected Essay and Interviews*. New York: Cornell UP, 1997. 139-64.

———. *Power/Knowledge: Selected Interviews and Other Writings*. Trans. Colin Gordon et al. Ed. Colin Gordon. New York: Pantheon, 1980.

肆、自我技術

自我技術是傅柯第三個階段作品的核心概念，此時期的作品開始背離後現代「去中心」的權力批判論述，轉向趨近儒家的「修身」論述。於此，傅柯認為他對權力的系譜批判已經足夠，遂將寫作重心從權力網絡如何宰制個人，轉移到個人在既有之權力網絡中，如何像藝術家般創造自身生命意義的可能。然而，我們要問：藝術靈魂像一隻自由的鳥，而權力網絡如一張限制的巨網，兩者如何共存？對傅柯而言，倘若主體自我技術的「生存美學」（aesthetics of existence）是一幅創作的油畫，那麼權力網絡則應是實踐此創作美學的必備條件或必要「場域」：一張由內在性動態權力交織而成的畫布。在這張畫布上，每個人仍然有屬於自己獨特性與自主性的創造風格得以被積極開展。

具體而言，晚期傅柯的主體是先將「我」嵌於現今的權力／知識網絡中，而非投射至形上的無盡謎樣世界。在此動態現實中，主體並非僅是溫良恭儉讓或奉公守法地過一輩子，而是努力實踐「美學化」的倫理主體性，一種能在現實世界中越界的主體。此種主體自我「風格化」（self-stylization）的功能須歷經兩個步驟：首先，讓主體得以在權力／知識網絡中具體挪移出一個「我」的位置與空間，使外部的權力場域空出一個自我立足的內部權力位置；然後，再運用自身的創造力與他人的協助，於現實網絡中形塑具有獨特風格的主體性。傅柯認為主體永遠僅是論述權力網絡的產物，所以主體必須存有美學技術，方能在此動態網絡位置中（如儒家的「安身」）開展出生命自身「一定程度」的自主性、快樂、智慧、完美與不朽（如儒家的「立命」）。本單元將評介傅柯第三個階段中的自我技術主要理論如下：一、自我技術與倫理主體；二、性意識史與自我技術。

一、自我技術與倫理主體

晚期傅柯認為權力網絡內也有其抵制與創新的面向，因為抵抗與宰制的動態關係方是權力的核心本質。強調個人抵抗可能性的倫理主體來自其晚期建構的「自我技術」概念。傅柯於〈自我技術〉[6]（Technologies of the Self）一文中強調，個人在人類社會無所不在的權力網絡中，還是可以藉由特定情境下的「自我技術」，運用自己獨特的方法以及與他人的互助合作，讓某些「生存美學」的積極作用「彰顯於身體、靈魂、思想、行為、或存有模式上，以便改造個人，使其獲得某種程度上的快樂、潔淨、智慧、完善、或不朽」（頁一八）。因此，我們如何透過一連串的行為或技術（例如儒家的修身技術）來將自身存有轉化為一有特色的倫理主體，便是晚期傅柯所試圖探討與扣問之課題。

二十一世紀初，傅柯晚期的課程講義陸續由法蘭西學院正式出版發表，「傅柯熱」有「回溫」的現象。在後現代「反真理」、「解中心」及「去主體」的哲學思潮中，往往是由差異的「美學」取代集體需求的「倫理」。有些人認為這標誌著某種主體的「終極解放」，但有些人則主張美學使「自由」與「創新」須肩負起新的倫理責任重擔，晚期傅柯的「生存美學」即是後者最著名的例子。傅柯認為當代「道德缺席」的結果將帶來另類「匹夫有責」的社會現象。我們須在身處的權力

6 請參閱 "Technologies of the Self." *Technologies of the Self: A Seminar with Michel Foucault.* Eds. Luther H. Martin, Huck Gutman, and Patrick H. Hutton. Amherst: The U of Massachusetts P, 1988. 16-49.

網絡中認真思考，如何選擇自身與他人間的倫理關係，以及在此關係下自我形塑的樣貌。晚期傅柯所提出主體自我技術的「倫理轉向」，可視為一種對自身關係的重新評估。在此必須強調的是，此時傅柯關心與追問的並非傳統哲學中的「認知主體」或「思考主體」，而是「身體主體」或「欲望主體」——身體與欲望作為主體，如何在生存的現實條件下，運用自我技術或修養工夫，使自我成為一種具有一定「生命權力意志」的倫理主體。因此，我們可以說，傅柯想要了解的倫理主體，是一種身體與欲望被「問題化」的歷史主體。

誠如負責將晚期傅柯在法蘭西學院課程編輯成書的費德希克・格霍（Frédéric Gros），在其《傅柯考》[7]中指出，傅柯在六〇年代宣布「主體已死」或「人的消解」後，晚期著作（如〈何謂啟蒙？〉）及課程中（如《主體性與真理》與《主體詮釋學》），卻似乎有重新召喚主體亡魂回歸的傾向。他指出，傅柯重新檢驗的主體是一種「歷史化」的主體，而非笛卡爾的「理性化」主體；此外，此一權力網絡中被自我關係所決定的倫理主體樣態，乃被思考為構成系譜經驗的三向度之一。亦即，「主體性的歷史形式乃與真理的遊戲（『知識』）及現有規範性的類型（『權力』）產生組合關係。因此，傅柯的晚期研究並非一種主體哲學，反而是要將主體化的範圍構想為第三向度，以使考掘學和系譜學的研究更為完善，且給予它們一種收束的原則」（頁一四六）。

簡言之，對傅柯而言，「歷史化」的倫理主體並非一種對他人憐憫與幫助原則的探索，而是一種與無所不在的權力／知識網絡的抗衡力量。傅柯式倫理處理的是自我與自我的關係，而這也將決定自我如何「形塑」與「呈現」自己，進而衍生自我該如何對待他人的問題。因此，經由每一個主體位於社會的權力位置，「關懷自己」終將成為倫理實踐的途徑。

在〈自我技術〉一文中，他指出人類主要用四種技術來「認識自我」：生產技術、符號系統技術、權力技術與自我的技術。傅柯承認自己早期太著重權力「支配技術」的探討，而忽略以「關懷自己」為導向的「自我技術」。因此「自我技術」成為晚期傅柯探究倫理學問題與生存美學的核心——我們如何在權力場域中，透過一連串的行為或技藝來將自身轉化為倫理的主體，生存美學的追求。換言之，傅柯提倡的自我倫理學是一種「美學化」或「風格化」的倫理學，而此種生存美學的核心，就是嘗試不斷追尋各式不同逾越界限的生命經驗。但我們要注意的是，作為尼采內在性哲學的追隨者，傅柯式的自我形塑主體仍嵌陷於「絕對」的權力／知識網絡中，而非存在於其外。

傅柯的倫理學共分為四個面向：倫理實體（substance éthique）、屈從模式（mode d'assujettissement）、倫理工作（travail éthique）與目的論（téléogie）。這四個面向的組成樣態全然取決於歷史脈絡與社會風氣。例如，在古希臘時期的主體是由社會中相關的「性活動」所形構，目的在於追尋智慧與真理，因而在此平面上衍生出一連串倫理功夫就端看個人的身分（或在社會網絡的位置）為何。但在古希臘時期，這些「義務」並非強制性的普世規範，反而是偏向個人自由選擇存有的形態，將生命「風格化」，待之彷若一幅藝術作品。然而，到了初期基督教時期，此時期目的已轉變為追尋永恆不朽，強調自身的純潔等等，神的話語因此也成了人人必須屈從的規範。在此脈絡下的主體轉為一個有待詮釋的欲望主體。

傅柯在《快感的享用》中將道德與倫理做出區分。對傅柯而言，道德分為兩種，一種是「法規化行為」（codes of behavior），著重遵守明定的法條律令，此為基督教式的道德；另一種屬於「屈從形式」（forms of subjectivation），偏向將規範實際作用、展現在主體身上的狀態。這種道德強調

7 請參閱《傅柯考》。臺北：麥田，二〇〇六年。

自己與自己的關係，透過各種方法、技術或工夫（*askēsis*），將關係展現出來，達到轉化自我存有狀態的目標。後者正是古希臘羅馬式的道德，亦即傅柯所謂的「倫理學」。傅柯想說的是，自我技術或生命技術（*techne tou biou*）對古希臘人而言都不是問題，他們真正的憂慮是：為了使我的生命成為它應有的樣貌，我該採用哪種技術？而古希臘文化最重要的演變之一，即是生命技術轉化成為一種自我技術。

二、性意識史與自我技術

對西方歷史中「性意識」（sexuality）的哲學追問，乃傅柯從第二階段的權力系譜學的研究，轉向第三階段主體自我技術的主要連接議題。傅柯藉由歷史分析來研究為什麼「性」被壓抑，及「性」所衍生出的權力如何被實踐。傅柯探討的「性」並非是身體的、欲望的、或情色上的，而是藉由「性」說明特定時空下多樣權力力量的交互作用，分析性壓抑如何在權力體制下運作。傅柯毫不諱言地說：「我必須承認，比起『性』我更關注的是自我技術的問題……性，乏味。」傅柯計畫以六卷篇幅來書寫其「性意識史」，然而，在他意外往生前，僅完成前三冊。《性意識史第一卷》是後續其他五卷的導論。此書除了對未來五卷性意識史的議題先做介紹（中古、希臘與羅馬時代的性論述；此外，還有孌兒行為、性反常、人口、種族等待探討的問題）外，主要是研究維多利亞時代（女王維多利亞統治時期一八三七年至一九〇一年）的性壓抑問題。第二卷《快感的享用》以及第三卷《自我的呵護》則聚焦在希臘與羅馬時代的性論述的歷史探討。

整體而言，傅柯認為我們若未與主體實踐於日常生活的自我技術做實際連結，便無法透徹了解古希臘人的性活動倫理。使之驚訝的是，古希臘倫理注重的並非宗教問題，而是個人的道德行為——個人與自己關係，以及自己與他人的關係。舉例而言，我們死後會何去何從？是否真有來生？有哪些神祇？這些神祇會不會介入干預？古希臘社會機制或法律幾乎不處理上述宗教色彩問題，更沒有任何禁止不當「性」活動的明文律法。簡言之，古希臘人念茲在茲的，不外乎是主體如何藉由性論述的建立，形構一種帶有生存美學的倫理學。換句話說，「性」成為知識的客體，成為探討性壓抑在權力、知識、性三者之間問題化的力量匯集處。

傅柯在《性意識史第一卷》[8]中指出，「真正重要的是了解權力究竟採取什麼方式、通過什麼渠道、藉助哪些話語滲透人們最細微、最個體的行為，捕捉那些罕見的或幾乎難以察覺的性欲表現形式，它又怎樣闖入並控制人們日常的肉體享樂。」（頁一一）傅柯指出當代民眾經常將「性」視為壓抑之下的產物。特別是一九八〇年代在英美興起一波又一波的「性解放運動」，更證實「性」看似長期以來處於被壓抑的狀態。然而，傅柯並不認同此觀點，他指出，在維多利亞時期，雖然性好似禁忌話題，但是關於性的論述卻是於此時期開始以不同的管道出現。例如，心理學家、性學家、生理學家、文學家與牧師等，皆以各種觀點談論著「性」。事實上，性並非如同我們所想像的，是一個長期被壓抑、消音，或是只能在夫妻間打趣交流的話題。相反地，「性」的概念早已在各方領域被廣泛地討論。

然而，這些關於性的論述涉及的通常並非性或是性行為本身，而是性作為一種知識與真理，也就是傅柯所稱之「性意識」（sexuality）。例如，在西方基督教傳統中，「告解」是相當常見的儀

8 請參閱 *The History of Sexuality Vol. II: The Use of Pleasure*. Trans. Robert Hurley. New York: Vintage Books, 2002.

式。在告解過程中，牧師可以得知信眾們如何理解性、以及他們對於性的態度，甚至是他們怎麼進行性行為；而牧師在聽取信眾的告解後，便利用自身身分與對聖經的理解，評論信眾們的性生活，決定哪些是「正確」的性，哪些是「錯誤」的性。於是，性論述在宗教上作為一種真理的治理術因而被奠定。簡言之，晚期傅柯為了了解古希臘人的性活動倫理與自我技術對當代人「性意識」的啟發，他先檢視「性意識史」的「性」是如何從十七世紀被監禁的角色，轉化成十八世紀在權力網絡下被管理的角色，最後演變到十九世紀反常激增的性論述現象，藉此說明「性」在系譜學的框架下與知識及權力的關係，以及性意識成為知識的客體如何在不同時代做典範的轉移。傅柯並分別探討此三個世紀的性論述的具體差異與轉變。

首先，傅柯指出在數百年間，與性有關的言行享受著充分的自由。一直到十七世紀，性壓抑的觀點與資本主義同步發展起來，它似乎與資產階級的秩序融為一體。十七世紀隨著中產階級的興起，人們開始嚴厲規範、約束自身的形象。到了維多利亞時代，紳士及淑女的概念儼然成為當時的社會風氣，每個人都必須屈從於此概念的規訓下。此時的「性」也被層層的權力包裹，將性活動的範圍嚴格限制在「繁衍」的框架下。維多利亞時代則被定位為虛偽的年代，因為「性」只允許在閨房、妓院或療養院內被談及，除這些場所之外，它必須被視為禁忌，彷若看不見的空氣存在於社會文化中；正因它「不可見」，自然也就無法進入「正常化」的話語系統——「性」反倒成為一種話語無法名狀的現象。然而，「性」並不因此就消失，人們試圖尋找多種管道抒發對「性」的渴望。例如，情色小說隨壓抑文化而興起，也產生「維多利亞」這個名詞。

到了十八世紀，性進入「治安」的範圍，有條理地加強社群與個人治理的力量。亦即，性的治安並不存在嚴謹規範的禁律，而須透過有效與公開的話語治理術來維繫。「性」成為國家與個人之間的新論述，逐漸進入「生命政治」（bio-politics）之範疇內。例如政府認知到性對於人口控制的成效，因此必須藉由治理國家的出生率來控制人口。性不再是宗教上的禁忌，開始成為可以公開談論的話題，從個人到經濟、教育、醫學、法律諸領域內，各式各樣與「性」相關的研究或言論，逐漸不斷地被探討、鼓勵、摘要與整理。因此與性有關的話語系統相繼而生，並制度化於形形色色的權力機構中。因此，在十八世紀，性不再被規範於宗教論述中，或被視為不潔或邪惡；反而由理性主導的世俗性所掌握。在經濟、政治與社會秩序的管理上，「性」成為政府的生產與治理手段，政府將人們的「性」轉化為對國家的貢獻。此段時期「性」為知識的客體，而知識成為權力的隱密客體，性也成為一門須不斷被問題化的「真理—權力」區塊。

最後，傅柯的研究中認為十九世紀是性意識大量冒現的時期。因為，在十九世紀的「現代時期」，人類開始以「論述」作為知識生產的模式。此時期的人們已從經驗（文藝復興時期）與形式（古典時期）的範疇邁向哲學的論述領域。亦即，人類開始思考自身知識形成的模式與原因，並讓人們能夠以其他方法了解「再現」的運作方式。性論述一反過去一定程度的保守性與隱匿性，成為顯著現象與眾聲喧譁的話題。諷刺的是，當性越被壓抑，人們就越反抗，性的話題就越被私下廣為談論。十八、十九世紀性話語的激增，使合法婚姻為中心的體制發生兩大變化。相對與異性性關係的離心現象首先出現；另一方面，人們開始關注兒童、瘋癲者及犯人的性問題，關注同性戀者之肉體享樂，關注涉及性遐想、妄想、輕微的怪癖和嚴重的心理變態問題。

在十八世紀，性仍有一定程度是被權力壓抑的客體。然而，到了十九世紀，解放性欲成為追求心理健康狀態的方式與生活實踐。從西方這三個世紀中，可以發現性成為特定時空中，治理權力網絡內壓抑及解放的真理論述。簡言之，在十九世紀新的權力系譜學下，性意識逐漸脫離壓抑解放的二元對立思維，開始在醫學、教育、經濟、法律、心理等架構下衍生出新的論述客體，此「真理－權力」客體不再由宗教論述所主宰，而成為多元話語權力交織的新論述場域。

傅柯在《性意識史第一卷》仍然以系譜權力觀來探究欲望主體的形塑，然而在第二卷《快感的享用》以及第三卷《自我的呵護》則擺脫性主體在各時期系譜的探究，轉而專注於論述視野更寬廣的議題——古希臘人「性」的自我技術如何作為一種生存的美學。在訪談中，傅柯強調，若未將自我技術納入討論，則我們不可能清楚明白到底希臘時期的性倫理為何物。真理遊戲和生存美學的戰略問題比權力和性的戰術問題更重要。亦即，我們必須將所有關乎權力及性的問題（如性特質的問題），置放於真理遊戲和生存美學的框架進行觀察與探討。因此，晚期傅柯所關注與探討的是性快感經驗的「形式化」或「主體化」。如是，性經驗主體的自我技術便界定了倫理分析的層面。

亦即，在《性意識史》的二、三卷之中，個體身體的「主體化」被視為一種歷史條件下的自我技術。由於傅柯系譜學強調的是主體在現實存有條件下，對形塑自身的過程中有自主決定的能力，因此，相較於傳統的主體性，此種主體性是歷史性的，較不具自主性與形構功能。對生存美學而言，重要的並非「主體性」的內容，而是在特定情境中人們如何藉由現實生活中各式各樣的經驗形式（如自我修練），得以認識自己為主體，並進一步形構自身成為一個更好的主體。從此角度來說，傅柯探討古希臘的歡愉運用以及基督教的自我詮釋，均是這個身體主體的主體化實踐下的個別模式。身體主體在不同社會條件下創造不同的主體化實踐模式，以使自我成為傅柯所謂的「歷史化」倫理主體。

傅柯歸納古希臘時期的倫理有三項特色：第一，此倫理完全關乎個人的選擇；第二，只有少數人才能實踐，並非所有人皆適用的行為模式；第三，古希臘人關切的是如何形構一種生存美學式的倫理。晚期傅柯試圖在當今社會中，發揚古希臘人生活實踐智慧中的第三種倫理——生存美學。事實上，傅柯一生即「身體力行」此一核心想法，戮力在權力內在性的異質與危險場域中，不斷開展生命可能的美學皺褶。在人跡杳然的思想與經驗荒蕪之處，搜尋越界轉彎時迎面而來的驚異，懸崖峭壁上綻放的奇花異卉，風暴眼中絕美的獨寂與寧靜。

傅柯強調內在性存有哲學的展現必須被思考，卻又無法完全被思考的現象。因此，「生存美學」的越界思考之難，在於倫理主體在先驗性意義的源頭缺席，以及在充滿異質且多元交錯力量的生命權力網絡中，必須不斷嘗試去抓握令人暈眩的特異性。為此，晚期傅柯的哲學企圖將「存有」的種種經驗，置於真理權力遊戲中的「主體化」與「美學化」過程，在千高臺般的皺褶中不輟地開啟與嘗試生命經驗的多種樣態與極限。

總結，人活著，永遠有四件困難但深具意義的大事：一、認清獨特的自己；二、認清動態的現實；三、認清自己跟現實之間的最佳意義與可行模式；四、積極建立能實踐此生命模式與意義的自我技術。在二十一世紀全球化權力網絡下，建構一套具有自己特色的「自我技術」，已為現代人必備務實版的生存美學。想是，在跨國資本主義引領的流變時代，目前國際任何專業場域，可被視為一系列權力性位置空間的動態集合。因此，面對全球化情境下「恆常」快速變動「大風吹式」的國際權力生態，掌握最新資訊，知悉遊戲規則，參與各種社群，有效地投入生命的能量（興趣、理想、熱忱、意志、專業知識等），獲取具獨特性的文化資本，進而在動態權力場域中取得一塊「合適」自己「安身立命」的位置，已成為當代知識分子的必要「傅柯」功課。我們可以說，面對當前ＡＩ的大數據時代，傅柯式的生存美學是一套可以帶領我們走出被給予的現狀困境，進而創造自身與他人間更美好生活的實踐哲學。

批判思考

後結構主義的論點有何問題或侷限？

作為結構主義思想的延續，後結構主義一方面繼承其語言轉向的符號系統化精神，另一方面推翻結構主義封閉性結構，並基進地將符號理論推至極限，符徵與符旨間也不再有固定的連接關係，進而合理質疑任何理所當然的意義都不是真實穩固。然而，後結構主義也有其侷限與問題。首先，後結構主義具有些許符號虛無主義的傾向。後結構主義強調以結構為基底的無盡延伸，不等同於無基底的虛無主義，但必須承認它的符號遊戲性格的確帶有些許虛無主義的傾向，如解構的「延異」遊戲概念。其次，後結構主義過度「文本化」現實。後結構主義支持結構主義「語言建構意識」的論點，並將詮釋與批判目標大幅向外擴張。因此，後結構主義學者認為文化、歷史、社會、科學等知識均是由語言建構，且語言之外無他物。例如，當歷史的大屠殺或殖民事件被「文本化」後，文本取代了現實，進而約化了現實背後巨大的具體傷害與無形影響。此外，巴特的「作者之死」與早期傅柯「人的消解」也都過度賦予後結構主義「文本化」現實意義的合理性。換言之，在後結構主義的國度裡符徵的功能遠高過符旨，造成其評論常顯基進而空洞，欠缺嚴謹知識背後對現實的實證精神。

【問題與思辨】

一、傅柯一生的思想發展可分成哪三個階段？各階段又關注哪些理論面向？哪一階段的理論對你最具說服力？為什麼？

二、何謂自我技術？古希臘人對「性」的自我技術如何作為一種生存美學？又有何觀點值得現代人學習？

三、傅柯的自我技術與儒家的修身技術有何異同？你認為哪一種較具說服力？為什麼？

四、「性」行為與「性」自我技術的差別為何？國內目前有何種「性」自我技術？又有何種問題？

五、現實世界中，哪一個人的自我技術最令你敬佩？哪一個人的自我技術又最適合你見賢思齊？為什麼？

六、在二十一世紀全球化權力網絡下，你如何建構與發展一套屬於自己的「自我技術」？

【書目建議】

米歇爾・傅柯（Michel Foucault）。《性史》。沈力、謝石（譯）。臺北：結構群出版，一九九〇年。

——。《福柯文選（III）：自我技術》。汪民安編。北京：北京大學出版社，二〇一六年。

費德希克・格霍（Frederic Gros）。《傅柯考》。何乏筆、龔卓軍、楊凱麟（譯）。臺北：麥田，二〇〇六年。

Foucault, Michel. *The History of Sexuality Vol. I: An Introduction*. Trans. Robert Hurley. New York:

Vintage Books, 1998.

———. *The History of Sexuality Vol. III: The Care of the Self*. Trans. Robert Hurley. New York: Vintage Books, 2002.

———. *The History of Sexuality Vol. II: The Use of Pleasure*. Trans. Robert Hurley. New York: Vintage Books, 2002.

———. "Technologies of the Self." *Technologies of the Self: A Seminar with Michel Foucault*. Eds. Luther H. Martin, Huck Gutman, and Patrick H. Hutton. Amherst: The U of Massachusetts P, 1988. 16-49.

■ 第六講：「傅柯的權力論述」部分內容修訂自〈全球化下的生存美學：傅柯的權力網絡與自我技術〉。《傅柯與文學》。賴俊雄編。臺北：書林，二〇〇八年。一—三四。

第七講　後現代主義

壹、後現代主義概論

後現代主義（postmodernism）是二十世紀中期興起於建築、藝文與哲學領域的批判性思潮，目前仍以眾聲喧譁之姿持續推進。初起時，後現代主義的定義難以定論。如今，後現代主義普遍來說被視為是現代主義（modernism）的反思與批判，但同時也繼承部分現代主義的精神。現代主義是十九世紀晚期至二十世紀初期，因為西方國家高度工業化的社會情境，再加上第一次世界大戰的衝擊，進而引發在哲學思想與藝文創作領域的改革運動。作為藝術革新運動，現代主義的前身可以追溯至十七及十八世紀「啟蒙運動」（enlightenment）所引領的「現代性」（modernity）思潮。當時許多的知識分子紛紛鼓吹「新」的觀念，共同追求全體人類的「啟蒙」，去除所有不合邏輯與理性思維的迷信，以期朝向一個嶄新光明的社會邁進。

具體而言，現代性是一種肯定「人定勝天」的正向信念。在科學與經驗實證的輔助下，人類擁有了重塑世界的能力，致力排除所有妨礙進步的阻礙。現代性與啟蒙主義的擁護者相信，普世性的理性可以有效「除魅」，解決人類實存的基本問題；人們若能全然訴諸於理性的判斷，不受情感與傳統迷信左右，世界將會以大躍進的步伐進步，邁向更美好的明天。此一強調理性的西方「現代性」啟蒙意識，也刺激了中國百年多前反封建、廢科舉的「五四學潮」。

及至二十世紀初，新一波西方的藝文創作者洞悉此一現代性觀念，堅信各種「傳統」早已不再適合「當代」的人們，因而推動了「現代主義」。現代主義以理性與科學為基礎，實驗探索具有永恆性及內在性的進步與美好（例如真、善、美），並延伸民族主義與國際主義的內涵價值。藉由各種文藝改革運動，現代主義批判舊有的規矩、制度和問題。例如，艾略特的《荒原》（*The Waste Land*）凸顯工業化一味追求進步，卻換來人們心靈愈加疏遠與凋零的後果。此外，許多現代主義的文學家們也極力探究相較科學實證更深層的「真實」。例如，「意識流」（stream of consciousness）的書寫技巧即是現代主義作家的創新實驗，不僅問題化寫實主義的不足，更期望貼近人們意識流動的真實樣貌，並透過文學技巧來具象呈現。對此，諸如喬伊斯的《尤里西斯》（*Ulysess*）、吳爾芙的《燈塔行》（*To the Lighthouse*）、普魯斯特的《追憶似水年華》（*Remembrance of Things Past*）以及福克納的《喧譁與憤怒》（*The Sound and the Fury*）皆是現代主義文學的重要里程碑。

經歷二次大戰之後，歐洲各國的經濟、政治、社會、思想等方面皆產生劇變；現代主義論述看似隨著時代發展築起和平美好的「整體」（totality），實際上卻是逐漸變得不合時宜。理性化的集體功利主義與分工體制，除了使得世界成為冰冷的工具理性「鐵籠」外，更導致強權國族主義競逐之下的世界大戰與全球生態的破壞。挑戰現代主義理性與科學霸權的「後現代主義」因此誕生。強調「去中心」與「差異」的後現代主義矛頭直指現代主義延續著尊崇理性之霸權，並認為這是一種施加於少數與差異的巨大暴力。換言之，後現代主義者揭示世人，現代主義假藉「理性」與「進步」之名，進行消除異己之實。相對於現代主義，後現代主義對真理、理性、進步、本質等概念抱持高度質疑，並認為知識與真理皆是特定社會、歷史及政治脈絡下的產物。再加上自二十世紀中期開始，後結構主義與解構論述日漸壯大，過往獨尊理性的觀點日益式微，取而代之的是對於多元現象與生成差異的重視和鼓勵。要言之，後現代主義捨棄對統一性、整體性的執著，轉而鼓勵多元與差異的生成，並且相信唯有整體與霸權被瓦解，世界才能夠從絕對真理的幻夢之中被解放出來。

本單元將評介後現代主義的三項重要論述事件與特色如下：一、哈伯瑪斯與李歐塔的後現代之爭；二、拼貼、諧仿與後設小說；三、後現代的主體與認同政治。

批判思考

在閱讀當代批評理論時，後結構主義與後現代主義似乎常被相提並論。這兩者之間有什麼異同呢？

整體而言，前者較文本符號導向，而後者則較現實情境導向。後結構主義處理的是結構主義所延伸出來的理論，一種挑戰結構霸權的意義外擴流變論述；後現代主義則是將此理論「改裝」後運用與實踐到各個現實領域的去中心論述。若就兩者的具體差異而言，後結構主義的討論重點偏向於符號及文本導向，企圖顛覆結構基礎並向外「延異」；而後現代主義則傾向於情境導向，探討邊緣性他者提出各種「去中心」的論述。常見的後現代主義研究有後現代的文化研究、女性主義研究、酷兒理論以及後殖民主義研究等。簡言之，後現代主義經常結合後結構主義的符號延異或流變理論，並且將此理論實際運用在性別、種族或是階級等「去中心」現象之探討。

一、哈伯瑪斯與李歐塔的後現代之爭

何謂「後現代主義」？「後現代」的「後」字，究竟意味延續現代主義，抑或是與現代主義的斷裂？著名的哈伯瑪斯與李歐塔的後現代之爭是以回答此問題。有學者認為，後現代主義其實根本不存在，僅只是「現代主義」理性精神的延伸。然而，也有學者認為，「後現代主義」與「現代主義」之間有著根本性斷裂，兩者絕不能混為一談。其中，延續派最經典的代表人物為法蘭克福學派的哈伯瑪斯（Jürgen Habermas）；而斷裂派的代表則是李歐塔（Jean-François Lyotard）。兩人對後現代情境提出相差甚遠的看法，也進一步激化了現代主義與後現代主義之間的爭辯。

身為「法蘭克福學派」第四代掌門人的哈伯瑪斯深受馬克思理論的影響，堅信後現代主義儘管高舉反對理性的旗幟，其反理性的訴求卻依舊是一種出自「理性」的產物。換言之，無論後現代主義如何批判現代性的理性，自身仍無法擺脫「理性」的需求。對於堅信現代性啟蒙理性的哈伯瑪斯而言，現代性之所以式微，問題不在於理性啟蒙此訴求有誤，而是其發展方向出現偏差，導致人們被工具理性以及科技理性制約。為了修正此問題，哈伯瑪斯提出「溝通理性」（communicative reason）與「公共場域」（public sphere）的概念。哈伯瑪斯以康德倫理概念的「無上命令」（Categorical Imperative）（康德哲學中最廣為人知且備受爭議的論點之一）為立論依據，提出溝通行為和公共場域中，必須奠基在不受扭曲的一種先驗式理智之上。簡言之，哈伯瑪斯嘗試以康德「無上命令」為理智權威之基石，作為我們日常行為自主性的道德依歸，使得「道德的形上學」能成為實際理性的務實批判，而非後現代虛無性的基進批判。

哈伯瑪斯依此普世的「理智能力」，相信公共場域中溝通行為的目的即是他所強調的「未完成的當代性志業」（the incomplete project of modernity）。其目標藉由整合啟蒙運動中康德傳統所啟發之種種理性模式，不僅讓此概念在社會學中得以闡明，且讓我們社會能更有系統地了解它。除此之外，哈伯瑪斯公共場域的概念裡，冀望能透過社會內合理的制度促成論述互動的理性過程，而在過程中，主體必須懂得以他人的眼光來認識自己，雙方運用現有的語言確立真相之建構，或為雙方認可的一種「確保的主張性」（warranted assertability）。對哈伯瑪斯來說，真相論述的有效性必須建立在理性共識上，而不受任何市民的強權干擾。唯有公共場域中的溝通不受到任何意識型態的扭曲，才能達成有建設性的共識。所以，「現代性」的延續性後階段（而非與理性斷裂的「後現代」）應該理性地建立一套有系統的意識型態批評作為溝通的基礎，方能在公共場域中以理性方式進行理念交換，且能幫助溝通者有效地找到合適方法解決公共問題。他堅稱，在當代的情境裡，雖然社會上有著各種不同的聲音，甚至各執一方的說詞，但若是人們能夠以理性在公共場域中不斷進行溝通，最後必能消弭對立與紛爭，進而達到共識，社會也能因此達到整體的進展。全球化便可以成為「現代性」中更進步社會的理想樣態。

相反地，李歐塔完全譴責此種擁護現代性的說法。他認為，後現代情境已經進入全面抵抗現代性的「宏偉大敘事」（grand narratives）（簡稱「大敘事」）的時代，甚至是一個知識全面斷裂的時代。對現代主義進行切割斷裂方能讓人們開展出生命更多樣「微型小敘事」（little narratives）（簡稱「小敘事」）的創意與連結。雖然在多元生命樣態的並存之下，爭論的發生是無可避免的；但在不以達成共識為前提的氛圍中，各種意見的眾聲喧譁能夠同時存有並且自主地開展，進而保存論述的多樣性（如在地化的多樣模式打破全球化的整體化）。後現代主義中的「遊戲」（language game）概念便是反整體化論述常用的策略。

迄今後現代理論的發展，雙方對後現代定義的爭論沒有絕對的輸贏，但李歐塔顯然占了上風。實際上任何思潮或文學運動的發展，都像是季節的漸漸遞嬗，而非到特定的日子便全面驟變。因此，所有的文學運動與思想運動的潮流，都有交織並進的階段——在斷裂中有延續，在延續中也有斷裂。例如，寫實主義與自然主義之間就有一段交疊的時期，令人難以釐清兩者之間的分野。於是，現今的理論多採取折衷方式，將「後現代主義」視為是「現代主義」的部分延伸，卻也同時對「現代主義」進行基進的反思與批評。由此，「後現代主義」的「後」字，並不僅有「反」的意涵，而是在「反」的同時，也繼承「現代主義」的部分精神，並且重新定義它們。

二、拼貼、諧仿與後設小說

當後現代主義藝術與文學創作方式放棄絕對的真、善與美之後，出現兩種迥然不同的風格：其一，完全屏棄現代文學的艱深實驗，回歸通俗文學、科幻小說、以及其他亞文學的體裁，試圖填平菁英文學和大眾文學之間的鴻溝；其二，則是繼續推進現代主義的創作實驗，並另闢蹊徑超越它。整體而言，後現代主義的藝文運動相當重視「差異」，因此在各種藝術與文學形式裡，常運用能夠破壞藝文傳統「光暈」的創作技巧。藉由更基進的實驗技巧顛覆過往高雅藝術的「崇高性」，致使大眾通俗文化也能邁入藝文的殿堂。後現代主義常使用的創作技巧有三項：「拼貼」（pastiche）、「諧仿」（parody）與「後設小說」（metafiction）。

首先，在後現代主義裡，統一性及整體性逐漸喪失其主導之權威，轉由眾多紛雜的小敘事取而代之，而體現於後現代藝文裡的技巧之一便是「拼貼」。後現代學者哈珊（Ihab Habib Hassan）指出，後現代主義的創作實驗，具有開放、不連續、即興、不確定，或偶然的結構。拼貼的技巧充分發揮此一特色：藉由將原先具有統一結構的作品打碎成許多的片段，再以不連貫的方式重新拼湊，使得原有整體結構的情節變得模糊、混亂與零散。此外，拼貼的功能也進一步支持詹明信所強調後現代文學的四項特色：主體性的消失、深度的消失、歷史感的消失與距離感的消失。例如，朱天文的《荒人手記》中，敘事者以到醫院探病作為小說的開頭與結尾，其間則插入一段又一段的回憶，片段之間彼此看似相關，實則不連貫，使原本該是順時性的敘事喪失其連續性——故事原為一日的敘事時間，藉由省略、重複、倒退等手法跳躍於時空之間，夾雜敘事者的許多過往經驗，也讓讀者以非客觀線性時間軸去理解故事概況，進而更貼近敘事者的心境歷程。

其次，諧仿（又稱諧擬）是對於各類藝術領域作品的刻意模仿，但模仿中卻又加入幽默或荒謬元素，或將模仿的人物、事件、風格、其他對象從原本的脈絡中抽離而出，用創意的技巧達到「解構」或是「顛覆」原作的目的，表達其諷刺之意涵。諧仿「加工」的對象通常是大眾耳熟能詳的經典作品，目前此創作手法已在各領域蔚為風潮。例如，米勒（Jean-François Millet）的經典畫作〈拾穗〉（*The Gleaners*），以細膩的筆法描繪農人在金黃色陽光照映的田野上彎腰工作。畫中沒有戲劇性的事件或對人物的刻意讚揚，而是以簡練的線條和穩靜的構圖賦予農人的辛勞一種莊嚴感。然而，到了後現代運用諧仿技巧的創作中，田野上的綠意覆滿了垃圾，手中的稻穗變成撿垃圾的長夾，藉以諷刺現代人過度消費和製造大量垃圾的惡習。此外，當今蓬勃發展的影視產業（如電影、影集、卡通或YouTube）與網路酸民文化常見的KUSO（一詞源起於日文「可惡」之意），也運用諧仿技法使作品延伸不同的目的性，其品味通常憤世嫉俗又無文化深刻意涵，但卻可以「紓解壓力」、「開創歡笑」、「新意無限」等，如周星馳的《大話西遊》、《月光寶盒》與《少林足球》。當前KUSO文化已成為一種深具日常性、破壞性與批判性創建的「惡搞」文化。

最後，後設小說是後現代小說裡經常使用的技巧，即是在小說的創作裡加入「反身性」（reflexivity），讓作品中的作者或敘事者在情節推進的同時，透露小說「被主觀創作」的客觀事實，並使讀者在閱讀過程中不斷被作者提醒該文本被創作的虛構性和被書寫的現實。例如，史蒂芬．金（Stephen King）在其恐怖小說《戰慄遊戲》（*Misery*）裡，就書寫了身為暢銷小說作家的主角保羅．薛頓（Paul Sheldon），如何在故事進行的過程中創作了一本名為《苦兒還魂記》的小說。或者，符傲斯（John Fowles）在《法國中尉的女人》（*The French Lieutenant's Woman*）就不斷在時空交錯的複雜敘事中，以作者的身分「現身說法」，直接談論自己創作小說的過程，並否認和質疑敘事的真實性和作者的權威性。上述作品均運用後設書寫手法，刻意破壞以往認為藝術是真實地「再現」現實的想法，並將小說（甚至是其他種類的文本）的虛擬性及建構性完全暴露出來，進而使讀者思考小說的文學性與藝術性。

三、後現代的主體與認同政治

有別於現代主義對「主體」光暈的重視，後現代主義以「人」為中心的視域已經被抹滅，「我」的概念隸屬於語言、權力或認同的變動結構，也因此喪失了主體固定不變的意涵。後現代的情境下，質疑或鄙棄傳統的「主體」已非新奇。然而，依據海德格的論點，後現代主義質疑「主體」之舉正好是主體的基本存在模式。因此，與其不分青紅皂白地將主體概念徹底摧毀，倒不如檢視主體的後現代特性。綜觀西方哲學史，主體可歸納分為兩種：一是將主體視為「意識」（the conscious）、「自我」（the ego），或者是獨立存在的「實體」（entity）。亦即，「我」是認知、思考、言說或者是意志的主體，例如，後現代各類身分認同的主體。第二是將主體視為一種形上本體論上的主體，一種本質的「場域」（site），而非中心或是行為者。換言之，主體是一個先驗存在的

「地基」，而在此一地基上，認知、思考、言說以及意志才得以運行。所以，拉丁文中的「subjectum」（主體）可理解為「被扔到下面的東西」，例如，傳統人文論述中的個人靈魂。

簡言之，主體可以被分為兩個領域：「實體—本體論上的」（ontic-ontological）行為主體以及「先存的」（pre-existing）的先驗主體。兩者雖然互異，但卻免不了彼此交錯。第二個層次的主體，作為形上學的主體性，是非人的、普世的、先驗的。換言之，既然作為主體原初的基底，這樣的主體存在便不能夠被化約或轉換成任何東西：它只能以自身的樣貌存在。然而，第一層次的主體，作為實體—本體論上的活動以及「我」的經驗論知識，不只能夠被形構成為主體，也能夠被「存有」（Being）的存在力量反覆形塑。以海德格的語言來說，此種主體是在動態的時空中被「扔」（thrown）進當下，並且透過它的身分以及意識型態與話語展現出「自我」的樣態。因此，此種動態多樣主體會不斷地被時代性話語的權力所影響。基本上，後現代的主體觀即是第一種強調自我意識與獨立實體的主體，其主體性（subjectivity）因而交織著時代性的多樣動態認同身分。

後現代的主體「認同政治」（identity politics）是後現代情境下以「差異」為原則，除了對「我是誰？」、「我屬於哪類的身分？」、「我與其他人存在的關係為何？」的追問外，更是對自身存在之價值意義（如性別、種族、階級乃至文化）認同的解構與重新建構。此波身分認同的批判思考乃起因於全球化推波助瀾下的資本主義。由於資本主義政經的霸權，使得處於政治與經濟邊緣的族群常失去其應有的發聲能力，進而以「去中心」之名在各地揭竿抗議運動，追求自己在身分認同的獨特性與合法性。此外，後現代的差異特性也解放個別的差異主體，鼓勵經驗自身充滿異質性的文化與連結，並得以在其主體性生成流變的過程中追尋新的身分認同。因此，不論是先前所談德勒茲的生成流變、傅柯的權力論述或是德希達的解構，都成為後現代認同政治的「反霸權」與「去中心」

的理論基底，所帶來的多元性及其蘊藏的建構能力即是後現代主體在特定事件和脈絡下追求其認同的論述工具。

【問題與思辨】

一、對於後現代的「後」字定義，你較支持延續派的哈伯瑪斯還是斷裂派的李歐塔？為什麼？
二、了解我們當前身處的後現代情境與藝文特色後，你喜歡或不喜歡哪些特色？為什麼？請舉例。
三、你是否能接受後現代文學、藝術對經典文學、藝術的諧擬？
四、後現代主義反對「絕對真理」的存在，你是否認同？為什麼？
五、後現代流行文化創作經常使用拼貼和諧擬的技巧，有什麼例子？
六、「網紅」是不是一個後現代的文化現象？若是，它有哪幾種類型，各自又有何具體的後現代特色？

【書目建議】

黃瑞祺。《現代與後現代：當代社會文化理論的轉折》，第三版。臺北：巨流，二〇一八年。
Brooker, Peter, ed. *Modernism/Postmodernism.* London: Longman, 1992.
Connor, Steven, ed. *The Cambridge Companion to Postmodernism*. Cambridge: Cambridge UP, 2004.
Docherty, Thomas, ed. *Postmodernism: A Reader*. New York: Columbia UP, 1993.

Hassan, Ihab Habib. *The Dismemberment of Orpheus: Toward a Postmodern Literature.* Madison: U of Wisconsin P, 1982.

Hutcheon, Linda. *The Politics of Postmodernism*. London: Routledge, 2002.

Sim, Stuart, ed. *The Routledge Companion to Postmodernism*. London: Routledge, 2005.

Woods, Tim. *Beginning Postmodernism*. Manchester: Manchester UP, 1999.

貳、李歐塔的後現代情境

李歐塔
Jean François Lyotard

尚—佛朗索瓦・李歐塔（Jean-François Lyotard, 1924-1998）是一名法國的後現代主義哲學家。生於法國的萬塞訥，李歐塔自小便對未來有多種憧憬，他曾希望自己能夠成為作家、僧侶或是藝術家，卻也很快就體認到他的興趣並不在這些領域。一九四〇年，李歐塔進入了法國巴黎大學就讀，投入於哲學這塊令他雀躍的領域。畢業之後，李歐塔在一九五〇年到君士坦丁擔任教職，一九七一年，他以《話語，形象》（*Discourse, Figure*）論文一書，獲得了博士學位。李歐塔曾經參加過法國的「社會主義或野蠻」（Socialisme ou Barbarie）組織，並進行一連串對傳統馬克思主義的批評，也因此讓他的作品沾了不少左派的色彩。一九九八年，當他在為一場後現代主義的研討會做準備時突然病倒，並被檢查出罹患白血病，同年病逝於巴黎。

他一生的主要著作包括《後現代情境》（*The Postmodern Condition*）、《力必多經濟》（*Libidinal Economy*）、《衍異：論爭中的言辭》（*The Differend: Phrase in Dispute*）及《非人》（*The Inhuman*）。作為一個基進的思想家，李歐塔的理論有強烈的知識層斷裂特性，是後現代情境中的論述先鋒者。本單元將評介李歐塔的重要理論如下：一、語言遊戲與正義遊戲；二、大敘事與小敘事；三、異教與傳統。

一、語言遊戲與正義遊戲

「語言遊戲」最初是由哲學家維根斯坦（Ludwig Wittgenstein）所提出，他認為語言並非獨立於現實之存在，而是與人們的生活結合在一起。換言之，語言一直都是與時並進的「活」語言。因此，語言所涉及的概念並不需要被清楚定義，反倒是被使用、被「說」的同時，語言與其概念才能夠彰顯它的功能。李歐塔解釋道，基本上「語言」言說的生成如同「遊戲」一般，所有動作都必須依據該遊戲的「規則」來進行，否則就會被判定「違規」，最終失去它的「正當性」（legitimacy）。李歐塔進一步說明，語言就和遊戲一樣，有「類別」之分，不同類別的「遊戲」便有著不同的規則。比如說，在玩象棋時，每種棋子都有自己的位階以及移動方式，玩家必須遵守，遊戲才能夠順利進行。倘若有玩家將西洋棋的規則套用在象棋棋局時，便會犯規、導致遊戲無法進行。因此，想要跨越類別，用一套「普世的」（universal）規則（如現代主義大敘事）來玩世上的所有遊戲，在後現代的情境裡是絕不可行的。

針對這種「普世規則」的批評，李歐塔提出後現代的「正義遊戲」（just gaming）概念。簡單地說，他將所有關於正義的論述都視為「敘事」（narrative），而敘事又可分為兩種：「描述性敘事」（descriptive narrative）以及「指令式敘事」（prescriptive narrative）。「描述性敘事」的正義指的是人們依據一種先驗的價值觀點，客觀地判斷某件事物是否合乎「正義」的標準；「指令式敘事」則是個人對這種先驗「正義」概念進行詮釋與理解，並藉由敘事過程中正當化自身的行為。李歐塔表示，在後現代的情境下，「描述性敘事」的正義雖然依舊存在，不過卻已喪失其「普世性」的特質。因此，後現代情境的「正義」應當是以「指令式敘事」的樣態存在，個體再根據自己的「指令式敘事」進行所謂合乎「正義」的行為。因此，後現代情境下的正義是屬於個別層次，並且是普世的。例如，九一一事件對美國而言是一場恐怖分子的不正義攻擊，然而，此事件對伊斯蘭基本教義派而言，則是一場令人歡欣的正義聖戰。

二、大敘事與小敘事

「語言遊戲」與「正義遊戲」的概念透露出李歐塔的後現代理論是反對「整體論」（totality）。在其著名的《後現代情境》（*The Postmodern Condition*）一書中，李歐塔從反整體論的角度出發，提出「大敘事」與「小敘事」兩個概念，來描述他所認為後現代知識的特色。和語言遊戲的概念相同，李歐塔以「敘事」，也就是「說故事」（story telling）的模式區別現代主義與後現代主義的觀點。李歐塔抨擊要求集體信任的「大敘事」造成集體的自欺跟自戀的極權現象，此種敘事會弱化聆聽者的自覺意識使之無法對敘事公正性提出質疑與批判。

李歐塔進一步說明，「大敘事」也就是「後設敘事」（metanarrative），是一種具有普世化、整體化傾向的敘事模式。大敘事有四項基本的元素——線性的、進步的、知識啟蒙的以及整體的。好比人類文明進程中熟知的「啟蒙」、「歷史」、「進步」、「理性」等，都是屬於這一類的敘事。李歐塔堅稱，這種「大敘事」是一種虛假的「真相」，因為它只是被當權者或是擁有權力之人所定義，並不代表它就等同於「真理」或是「現實」。在後現代主義興起之前，「大敘事」具有一定的權威，它可以將發話者、聆聽者以及指涉的內容安置在特定的位置上，以便賦予每一方單一且固定的意義。

然而，在後現代情境下，「大敘事」已經失去其可信度，並且被「小敘事」給取代。相對於大敘事的四個特色，小敘事也有四個特色——多元共存、重視差異、普遍的發言權以及去中心的敘事。換言之，小敘事指的是一種沒有「中心」（center）與「整體」（totality）的敘事模式，是一種積極呈現多元性與差異性的發言樣態。此種敘事模式讓參與者在「發話者」與「聆聽者」的角色之間不停調換，發話者不再一定是有權之人，聆聽者也不必在敘事過程中保持沉默，而是可以積極加入敘事的交流活動，製造出改寫以及傳遞敘事的可能。更重要的是，小敘事是一種兼容並蓄的敘事模式，沒有任何一個小敘事能夠永久占有擁有權與主導地位。不同於大敘事想要對「真理」提供客觀描述的企圖，小敘事期望達成的是當下對事件的多方見證及參與描述，而不是留下能夠被當作現實的單一「紀錄」。簡言之，後現代主義時期就是一個個小敘事、眾聲喧譁的時代。甚至，當前區塊鏈科技的要求也呼應了後現代小敘事的特色：多元、去中心、分散式帳本與透明性。

三、異教與傳統

李歐塔的「異教」（paganism）概念即是「小敘事在政治上的體現」。對他而言，比起基督教的一神信仰（大敘事），異教的多神信仰（小敘事）更富有創造性，且具有多元並存的樣貌。李歐塔的異教概念並不是討論宗教本身，而是要展現兩種截然不同的思維與敘事模式。簡單來說，大敘事就如同一神信仰般，代表一種整體論的霸權，舉凡神所不悅之人事物，都必須被排除在外；異教則因為沒有單一的神祇能夠獨占領導權，所以不同的信仰才能夠多元自主地共存。以李歐塔之理論而言，「異教」就是一系列的「小敘事」同時並存，且同時為真，其中並沒有任何一個敘事能占有主導地位。在政治領域，「異教」的概念便是要求人們不要只藉由單一的價值觀點，來評斷世上所有事物是否符合正義的訴求，因為目前所認識的世界是由一連串的敘事所組成，甚至作為判斷標準的「正義」概念自身也是一種敘事，不是絕對的真理。如李歐塔指出，當人們討論「正義」時，所談的其實並非探討形上學的「真理」，僅止於陳述自身的「意見」。

李歐塔最後援引南美洲卡西納華族（Cashinahua）的說故事「傳統」解釋他的「異教」小敘事。李歐塔說道，卡西納華族的口述傳統便是最理想的異教小敘事。每當卡西納華族裡有人要說故事時，說故事的人在開頭總會先說：「我要告訴你一個有關X的故事（X表示故事中英雄的名字）。這樣的一個故事，就像我總是聽到的一樣」[1]，接著，他才會開始述說。換言之，每個說故事的人都曾經是聽故事的人，而現在聽故事的人將來也都有機會成為說故事的人，因而在傳承故事時，即便故事內容相同，每個敘事者的講述方式皆會有所差異。說書人可能在某個部分新增自己想像的情節，或是忘卻原本故事的某個段落。在此口說傳統中，同樣的敘事歷經反覆傳遞後，漸漸呈現出每個敘事者的個人色彩。如此一來，該種敘事的傳承就不再像大敘事一樣是單一線性的，而是一種不斷開枝散葉的網狀敘事模式。一個人聽，一個人講；二十個人聽，就有二十個人講。依此不斷地往下傳承，原先的故事傳到最後，便產生多元的版本。另一特點則是，此傳統中的敘事者講故事時，並不會將自己的名字加進開場白之中，於是，在不斷地反覆傳承後，故事最初的作者便被遺忘。直到最後，故事最初樣貌也變得不重要，因為每個人所說的，都是一個既新且舊的故事。總而

1 請參閱 *Just Gaming*. Trans. Wlad Godzich. Minneapolis: U of Minnesota P, 1985.

言之，此種說故事的方法一方面是傳統的敘事，但也同時是充滿個人色彩的敘事。

【問題與思辨】

一、李歐塔指出後現代是小敘事多元齊放的景況。然而，你同意宏偉大敘事已經消聲匿跡或失去其權威性了嗎？小敘事能夠完全取代宏偉大敘事嗎？為什麼？

二、你是否認同李歐塔主張的，後現代情境底下的正義是屬於個人層次的「指令式敘事」？為什麼？

三、李歐塔對宏偉大敘事的批判本身是否也是一種宏偉大敘事呢？如果是，那麼它的正當性為何？如果不是，原因又為何？

四、電影《復仇者聯盟》算不算是去單一英雄中心的小敘事？為什麼？

五、請舉二十一世紀的一個例子（如小說、電影、文化現象或藝術作品），並解說其小敘事的特色。

六、你較贊成大敘事還是小敘事的敘事模式呢？為什麼？兩者有何優缺點？

【書目建議】

黃瑞祺。《現代與後現代：當代社會文化理論的轉折》，第三版。臺北：巨流，二〇一八年。

鄭祥福。《李歐塔》。臺北：生智，一九九五年。

讓—佛朗索瓦・李歐塔（Jean-Francois Lyotard）。《後現代狀態：關於知識的報告》。車槿山

（譯）。臺北：五南，二〇一五年。

Lyotard, Jean-François, and Jean-Loup Thébaud. *Just Gaming*. Trans. Wlad Godzich. Minneapolis: U of Minnesota P, 1985.

Lyotard, Jean-François. *Discourse, Figure*. Trans. Antony Hudek and Mary Lydon. Minneapolis: U of Minnesota P, 2011.

———. *Libidinal Economy*. Trans. Iain Hamilton Grant. London: Athlone P, 1993.

———. *Phenomenology*. Trans. Brian Beakley. Albany: State U of New York P, 1991.

———. *The Postmodern Condition: A Report on Knowledge*. Trans. Geoff Bennington and Brian Massumi. Minneapolis: U of Minnesota P, 1984.

參、布希亞的擬像理論

尚・布希亞（Jean Baudrillard, 1929-2007）出生於法國農村家庭，中學畢業後，布希亞決定務農。然而，數年後他選擇繼續就學，進入巴黎索邦大學，主修德國文學。畢業後，布希亞於數所中學教授德文，並與友人合作，著手翻譯布萊希特（Bertolt Brecht）與馬克思的著作。布希亞後來至巴黎第十大學攻讀博士學位。期間，他選修羅蘭・巴特的課程，並深受社會學家列斐伏爾（Henri Lefebvre）之啟發，開啟對社會學的熱忱。一九六六年，在列斐伏爾的指導下，布希亞完成博士論文《物體系》。同年起，開始為期長達二十年的巴黎第十大學教職，隨後轉往巴黎第九大學任教。一九九〇年，布希亞辭去教職。最後在二〇〇七年逝世於法國巴黎。

布希亞
Jean Baudrillard

在媒體產業蓬勃發展的時代下，資訊爆炸與資訊真實性無疑是當代人亟需面對之問題。因此，布希亞的理論便顯得格外重要。主要的原因有二：首先，身處於晚期資本主義的情境下，布希亞認為傳統的馬克思主義已經不足以全然闡述當代社會的「消費文化」。布希亞一反馬克思主義所主張的「使用價值」與「交換價值」理論，轉而提倡商品的「符號價值」。亦即，人們購買特定的商品，已不再是因為其使用功能或市場流通性，而是因為該商品所散發出的社會價值

（例如所謂的「炫富」價值即是以品牌與奢華為考量，並非使用或交換上的價值）。

再者，隨著媒體產業與視訊科技發展，影像內容的真實度也逐漸降低，掌握影像操作技術者得以支配影像的真實性。因此，人們在網路或電視上所見的影像未必與原初發生的事實相符。人們遂無法分辨資訊來源的準確性、釐清事件的真實經過，更無法順利地辨別真假。全球各國媒體與網路上的「假新聞」即此影像問題的延伸。簡言之，以布希亞的理論詮釋現今資訊與虛擬科技日益茁壯的景況，可說是再貼切不過。本單元將評介布希亞最重要的後現代社會的金三角理論為：擬像、內爆與超現實。

一、擬像

「擬像」（simulation）為布希亞後現代社會金三角理論最重要的一環。布希亞認為，在後現代主義的情境中，真實與模仿之間已不再壁壘分明。隨著科技的進步，人類可以製造出幾可亂真的贗品，甚至可能比真品還更像真品。布希亞依據複製技術的演變，將擬像的發展區分為三階段（參見圖7-1）。第一階段為前現代時期（premodern era）的「複製仿冒品」（counterfeit）。此時期的複製技術，是按照存有物的樣態創造類似原物的複製模仿品；但因技術限制，品質遠不及真實的原物。再加上前現代時期的製作技術多以手工為主，仿冒品尚未能被大量生產，因此僅止於製造少量的次級贗品（例如木製的人偶，無論多麼擬真，終究無法取代人類）。

第二階段則為工業革命時期的「機械產品」（production）。工業革命以降，人類的機械工具使用技術獲得大幅度的提升。因此，該時期的複製技術相比前現代時期更為純熟，甚至能製作出品質接近原物的模仿品。更重要的是，有了機械複製技術後，機械複製品得以大量生產並藉由市場機制銷售至社會各個角落。此外，機械產品的生產力也遠大於真人，如此一來，真人的存在價值便可能受到威脅。例如，機器人的出現即縮減大量的人力成本，致使原來勞動者的價值下降。在此發展情境下，具有更高生產力的機器人能取代產業鏈中所有人工技術，甚至不需要關注其權益與健康等問題。

最後階段的複製品為後現代時期的「模擬」（simulation）。「模擬」的出現造成後現代社會中，現實與符號間的從屬關係斷裂——真假難分，假的（複製品）甚至比真的還更像真的。布希亞指出，隨著人類科技高度發展，真實與影像之間的界線漸趨模糊。現今科技能遵照人類意志進行高度擬真的物品製作，而此時被製造出來的模仿品，品質甚至超越原物。例如，基因複製動物（包含人類），已然模糊原來動物與基因複製動物的真實界線。真真假假已不再壁壘分明，甚至假的模擬品還具更高的生產力。易言之，後現代時期的模擬產品不再是單純模仿，其存在的優點

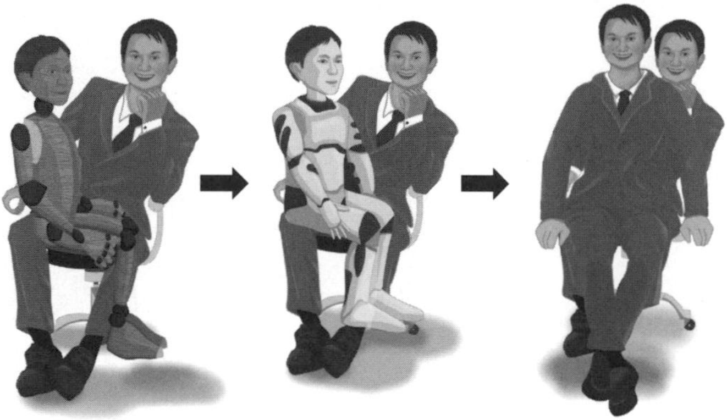

圖7-1　創造「擬像」的三個階段

已經能夠取代原物的缺點（例如透過基因工程而誕生的複製人；雖然複製人的基因基礎還是人類，但透過基因的選擇與編輯，人類已經可以製作出比基因提供者更完美的人），而這也是當今熱議的「後人類」話題。關於後人類的相關理論將在本書最後一講介紹。

此外，當前日新月異的電玩、動漫、網紅、比特幣與虛擬實境等也應證了布希亞擬像現象的快速發展與擴張，且可預見在未來的真實世界也不會只是「最擬像」，而只會是「更擬像」。例如，未來只會「更擬像」的日本虛擬女性歌手「初音未來」（Hatsune Miku）即是一個活例子。她有真人般完整的個人身分、喜好與個性等檔案資訊，不只開辦演唱會紅遍日本，甚至跨國巡迴到臺北、上海和洛杉磯各地。初音未來本身是許多科技與美術團隊的集體創作成果，透過音樂、影像、遊戲和與粉絲交流的真實活動賺進無限商機。初音未來體現了真實與虛擬間的置換，甚至模糊其界線，比真人歌手更具特色、也更受歡迎。對布希亞而言，此種擬像產業在未來，不論是服務業人員、各式教師、專業人員，甚至是情人都可能透過虛擬設計量身訂做。然而，倘若我們活在一個越來越虛擬的世界，我們的感官經驗、認知意識甚至是人與人之間的意義，也會隨之被巨大系統化符號建構的擬像取代，這是值得警惕與深思的議題。

二、內爆

布希亞後現代社會理論金三角的第二環為「內爆」（implosion）。布希亞援引加拿大哲學家麥克魯漢（Marshall McLuhan）的內爆論述，將資訊的「外爆」（explosion）與「內爆」加以區隔，並分別與現代主義與後現代主義相連結。首先，現代主義時期的知識外爆，導因於書籍等知識傳播物不斷地被快速生產、印刷、流傳與積累。布希亞將「外爆」定義為意義急速向外擴張的現象，如資訊爆炸就是最常見的例子。對應先前提過的模擬物三階段，布希亞認為資訊外爆發生於工業革命之後的現代主義時期。此時，物品的生產量不斷提升，而人類知識積累的速度也位處高峰期，此種知識快速產生的現象被布希亞稱為知識的「外爆」。

另一方面，後現代「內爆」產生的並非現代主義時期的知識，而是大量的符號片段（包含各種文字、影像、視訊等）。然而，大量新符號的快速出產並沒有相對地加速「意義」的流通，反而造成「意義」在流動上窒礙難行。隨著符號的數量不斷地攀高，符號系統中符徵與符旨間的鏈結便快速地斷裂（內爆），致使符徵成為一系列失根的「流動符號」（floating signifier）。亦即，「沒有符旨的符徵」（signifier without signified）。當前網路或社群媒體上的「火星語」及各式表情符號均加速後現代知識架構的內爆現象。例如，過去流行語中的「恐龍」。原先，「恐龍」這個符徵所連結的是幾千萬年前生活在地球上的巨大爬蟲類動物；但在後現代主義時期，「恐龍」二字已脫離原先指涉的史前生物，反倒被用來形容外表不佳的女性。因此，「恐龍」作為一個符徵與其原初符旨間的鏈結便已斷裂，流動的符徵可以在意義的網絡中任意地與其他符旨產生連結，生產出全然不同的意義。

三、超現實

布希亞後現代社會理論金三角的最後一環為「超現實」（hyperreality）。他指出，隨著「擬仿」與「內爆」效應逐漸擴大，後現代社會所感知的「真實」已經不一定是現實中的事物或事件。相反地，由於當前社會能夠將真實存在的人事物分解為無數個要素與模組，再透過要素的重新排列與組合，構成原本並不存在、但卻比真實世界更加「真實」的擬仿物。因此，布希亞宣稱，擬仿物總是「比真實更加真實」（more real than real）。易言之，擬像不僅模糊現實與虛幻間的界線，更「超越」了社會現實。緣此，後現代中的擬仿不必再以現實的人事物作為基底；現實中的人事物卻可能需要以擬仿為標準。

以迪士尼樂園作為超現實之例子。在迪士尼樂園當中的所有街景、器械都是模仿美國各地街道所製作，其目的是讓遊客能身歷其境，彷彿迪士尼樂園是一個真正的國家。然而，布希亞觀察到，人們之所以聲稱迪士尼樂園是虛假的，是由於他們無法接受自己的真實人生其實就如同迪士尼樂園一般地幼稚。事實上，迪士尼樂園的擬仿並不僅僅停留在美國的物質層面，更是充分體現美國人民集體的「美國夢」，並將所有美國夢的生活元素集結呈現予遊客觀看、分享。因此，迪士尼樂園比真實的美國社會更具有「美國夢」（American Dream）的特質——在樂園中，不論你的種族、階級、性別及年紀，你都可以實現內心的夢想。如此一來，迪士尼樂園並不只是童話與動畫人物具像化的空間，還是一個比美國更加美國的夢土樂園。

批判思考

布希亞曾說「波斯灣戰爭不曾發生。」此說法顯然與事實不符，他的論點是什麼？

為什麼明明是真實發生過的事件，布希亞會說沒有發生？事實上，布希亞的論點凸顯兩個重要的問題。首先，如果我們彈一下手指，這彈指聲瞬間出現就消失了。相似地，以宏觀的角度來看，任何的歷史事件在其當下確實是發生、存在的。可是當發生的剎那成為過去，歷史事件只會剩下「詮釋」。這就是尼采的系譜學觀點：真實事件的確發生過，可是事件現在已經消失了，留下來的只有人們對於該事件的理解與評價。因而，誰擁有話語權，就擁有書寫「真實」的權力。相同的邏輯置換到後現代的擬像世界裡，變成誰掌握媒體、誰擁有新聞臺的股份，誰就有能力控制「真實」。再者，絕大多數的民眾事實上從未切身親臨波斯灣戰爭，只是藉由西方主流媒體（如CNN與BBC）的資訊傳播來認識波斯灣戰爭的事件始末。易言之，全球民眾們看到的並不是真實的波斯灣戰爭本身，而是經由西方主流媒體擷取、摘要、編輯之後才產出的報導。所以，布希亞其實並非否定波斯灣戰爭的真實性，而是藉此「批判性」說法提醒人們對於該事件的認知是被政治力介入，而扭曲的事實並非真真切切的波斯灣戰爭。因此，人們在主流媒體上感知的「再現」真實從未是那原初「發生」的真實事件。簡言之，在當代虛擬世界（如網路世界）中，符徵已比符旨更具備「真實性」。

【問題與思辨】

一、你是否認同布希亞主張擬仿所形塑出之真實「比真實更真實」？請舉例說明。

二、按照布希亞的理論脈絡，虛擬實境是不是一種「超現實」？為什麼？

三、在假新聞、假資訊充斥的網路時代，我們應該如何面對？

四、我們身處的後現代如布希亞所言，將會越來越「虛擬」。現在我們已有數位教師、虛擬歌手（如「初音未來」）以及ＡＩ祕書、司機、廚師等。然而，你可以接受虛擬（或「ＡＩ」）愛人

（伴侶）嗎？為什麼？

五、嘗試以拉岡（第三講第三單元）主體形構的Z圖式，分析擬像對「自我形構」的影響為何？請舉例說明。

六、除了當前網路及社群媒體中常見的火星文及表情符號外，還有什麼是內爆的例子？請說明。

【書目建議】

尚・布希亞（Jean Baudrillard）。《波灣戰爭不曾發生》。邱德亮、黃建宏（譯）。臺北：麥田，二〇〇三年。

———。《物體系》。林志明（譯）。臺北：麥田，二〇一八年。

———。《恐怖主義的精靈》。邱德量、黃宏昭（譯）。臺北：麥田，二〇〇六年。

———。《擬仿物與擬像》。洪凌（譯）。臺北：時報文化，一九九八年。

Baudrillard, Jean. *Symbolic Exchange and Death*. Trans. Iain Hamilton Grant. London: Sage Publications, 1993.

———. *The Consumer Society: Myths and Structures*. London: Sage, 1998.

———. *The Mirror of Production*. Trans. Mark Poster. St. Louis: Telos Press, 1975.

肆、當代文化研究

文化研究主要藉由結合馬克思主義、社會學、媒體研究與藝文理論，探討資本主義的後現代社會中，文化現象的形塑是如何與階級、種族、性別、科技與社會規範產生關聯。文化研究風潮最早期源於五〇年代之英國，由霍爾（Stuart Hall）及其學生威利斯（Paul Willis）、何柏第（Dick Hebdige）、戴爾（Richard Dyer）等人賦予其定義及內涵。當時多數文化研究學者皆以馬克思主義為研究方法，探討文化結構與政治經濟之關係。因此，初期的文化研究學者多致力於探討政治經濟如何形塑並衝擊文化結構。一九五六年，英國著名新左派馬克思主義學者雷蒙．威廉斯（Raymond Williams, 1921-1988）及霍加特（Richard Hoggart）開始察覺到文化研究轉向的必要性。當時傳統的文化與藝術研究旨在欣賞由權貴與菁英掌握的精緻藝術，對大眾文化多所忽略。再者，就藝術鑑賞力而言，唯有受過高等教育的菁英方能欣賞文學、繪畫、音樂等精緻藝術，對於沒有機會接受教育的中低階層們，他們根本無法領略精緻藝術之美，更不可能成為其研究者。於是，威廉斯與霍加特開始倡導「通俗文化」的概念，進而使文化研究的重心轉向於大眾、流行及通俗的文化。為宣揚他們的理念，霍加特與霍爾等學者於一九六四年在英國伯明罕大學創立全球第一間「當代文化研究中心」（Centre for Contemporary Cultural Studies，簡稱 CCCS），之後並成立「伯明罕學派」。此研究中心主張以跨領域的方式重新探討大眾文化、次文化（subculture）、媒體研究等。直到一九七〇年後，隨著英國製造業漸趨沒落，英國文化研究的風向開始轉變，伯明罕學派此時的研究方向則轉往與性別及種族相關的文化議題。同時，英國文化研究的興盛也開始獲得全球各地注目，並於八〇與九〇年代風靡全球。期間，文化研究多與當時流行的理論潮流相互結盟（如後結構主義、後現代主義、後殖民主義等）。此後，文化研究蔚為一股全球時尚，於澳洲、加拿大、美國、亞洲等地迅速蓬勃發展。儘管當代文化研究中心在二〇〇二年因科研評估（Research Assessment Exercise）分數過低而被迫關閉，文化研究熱潮卻未因此退燒，反而成為二十一世紀最受重視的研究領域之一。

如上所述，為了將概念擴張到一般民眾的生活圈，文化研究試圖跳脫菁英型的「文學研究」。為此，文化研究不再將其視野侷限於傳統的「小說」、「詩歌」或是「戲劇」方面的研究，學者們更進一步從漫畫、卡通、動畫、電影、音樂錄影帶、時尚潮流、居家飲食等議題進行諸多探討。此外，文化研究與後結構主義、後現代主義等理論連結，將文化「去中心」成為當代文化研究的目標之一。簡言之，文化研究將長久備受忽視的一般民眾日常生活視為研究重心。本單元將評介兩個重要文化研究的理論如下：一、威廉斯的文化論；二、葛蘭西的文化霸權論。

一、威廉斯的文化論

在《文化與社會》（*Culture and Society*）一書中，威廉斯檢視從十八世紀末期至十九世紀中葉經歷了重大意義改變的單字：「工業」（industry）、「民主」（democracy）、「階級」（class）、「藝術」（art）以及「文化」（culture）。威廉斯認為，這些單字在意義與使用上的改變，充分地體現十九世紀人們對於當代生活理解方式的轉折。首先，威廉斯指出，英文industry一字原先指涉的是一種人類的特質。比如說，industrious便保留了該種意涵，為「勤奮」之意；工業革命之後，industry

威廉斯
Raymond Williams

演化為描述人類製作與生產機制的集合名詞。此單字的意義轉變除了見證人類製作技術上的重大變遷外，更證實人類社會在工業發展之後產生的劇烈變化。如同一七八九年的法國大革命（French Revolution），英國的工業技術進步也為人民的生活方式帶來了革命性變化，因此十八世紀的英國工業發展也足以被稱為「工業革命」（Industrial Revolution）。

對應工業革命的發生，英文democracy、class與art的用法與意義也產生了變化。首先，威廉斯引用韋克利（Ernest Weekley）的觀點，說明democracy一字從原先「人民所組成的體制」的文學用字，在法國大革命之後演變為政治詞彙。然而，十八世紀的democracy所指涉的並非是今日眾人習以為常的民主政治體系，反而經常與「雅各賓主義」（Jacobinism）或是「暴民統治」（mob-rule）等負面字眼同時使用；直至十九世紀上葉，民主主義與其擁護者仍舊被認為是導致社會動盪的亂源、喜好煽動民眾上街暴動。其次，Class一字作為「階級」的用法最早出現於一七七二年。在此之前，class只不過是指班級或是學院當中的分組；來到十八世紀末，英國的社會階級制度漸趨明顯，「底層階級」（lower class）一詞便開始出現。緊接著，「上層階級」（higher class）與「中產階級」（middle class）也相繼而出。再者，隨著經濟發展，「art」也產生意義上的轉變——原先指涉的是人類的「技術」；但在十八世紀，art已從單純描述任何種類的技術演變為描述特定系列的肢體動作技術。更精確地說，art在工業革命後，指的是人類運用想像力以及創造力的技術。例如，artist與artisan本意為「擁有特定技術的人」，但現在artist取得「藝術家」的意涵，唯有artisan仍保留「工匠」之原意。

最後，則是culture的意義變遷。威廉斯指出，culture起初意指對自然的照料，延伸出具有「訓練」或「培養」的意涵。然而，culture需要客體作為意義的對象。例如，對某事物的培養。後來，culture逐漸成為獨立的概念，不再需要依附他人而存在，代表著「心智的普遍狀態或習慣」。到了現在，culture則是人類「所有的生活方式，無論在物質、理智或精神上」。接著，威廉斯說明，culture一字的意義轉變實際上隱含人們對industry、democracy、class的認知改變，而art的意義更迭則是對此變化的適切回應。易言之，人們對於culture的理解並未如傳統馬克思主義理論所料，被動地接受生產模式改變之影響；反倒積極地記錄當時社會、經濟與政治對此連續變化所做出的反饋。

在《漫長的革命》（*The Long Revolution*）裡，威廉斯進一步將文化的定義分為三個層面：文化作為一種理想、文化作為一種紀錄以及文化作為一種社會。首先，威廉斯認為文化存在的目的之一是促進人類臻於完美。因此，文化的樣貌便體現人類相信之「絕對甚或是普世的價值」（absolute or universal values）。此外，「文化」也具有記錄之功能。所謂的「文化」除物質之外，同時包含人類的理智發展與經驗。舉例來說，各時期的經典文學著作皆反映當時人們所思所慮，如此一來，此類著作即以文字的形式（物質）記錄該時期最為普遍的思維模式（理智）。最終，文化的最後一個層面——「社會」——則用來描述特定時期人們的生活方式。亦即，文化的記錄功能並不僅存於文學、繪畫等藝術之中，也能在一般民眾最日常的生活找尋其蹤跡。值得注意的是，威廉斯在描述「文化」時，反覆強調「大眾」、「通俗」、「日常」等相關詞彙，因此，威廉斯關注的「文化」不同於菁英專屬的「高雅文化」（high culture），而是向一般民眾貼近的大眾文化，更能被視為對傳統高雅文化之抵抗，具有高度去中心的特質。

二、葛蘭西的文化霸權論

安東尼奧·葛蘭西（Antonio Gramsci, 1891-1937）是義大利的文化研究學者與社會改革家。在《獄中手札》（*The Prison Notebooks*）裡，葛蘭西提出了極具影響力的「文化霸權」（cultural hegemony）論。根據馬克思主義的辯證史觀論述，無產階級與資產階級間的衝突，終將使資本主義被推翻（詳見第八講），而無產階級將會建立起一個不再以資本劃分階級的共產社會。然而，馬克思預言的共產社會最後並沒有實現。相反地，資本主義直到今日依舊蓬勃發展。葛蘭西認為，馬克思預言的失誤在於他並未考慮到資產階級的「文化霸權」。換言之，資產階級不僅透過政治、經濟、軍事等外在手段（即傳統的「霸權」觀念）來掌控無產階級，另外還將資產階級的意識型態加諸在無產階級之上，使其認同資產階級的價值觀點與統治的正當性。葛蘭西指出，統治階級（資產階級）藉由教育、媒體、宗教，或者是藝文活動等各種緩慢且非武力的方式，將有利於自身的意識型態移植與灌輸到被統治階級的心中，使他們心甘情願地接受支配與統治。

葛蘭西
Antonio Gramsci

對古典馬克思主義而言，無產階級僅僅是接收文化和意識型態的被動角色，他們不具有撼動上層建築的實質能力，而由資產階級所攏絡和控制，因此社會階級的結構是靜止不動的。但葛蘭西則批判下層建築與上層建築間的界線，認為真正文化霸權的形成是一種動態互動的結果。亦即，不同的時代有其特定歷史脈絡、政治背景、經濟運作和歷史集團（historic bloc），並在無產階級的參與貢獻下才能促成整體社會的流動。因此，對葛蘭西而言，文化霸權的形塑是一種動態演變逐步達成的集體共識。然而，文化霸權雖會隨著社會進展有所演變，而該種集體意識其實是由一些洞燭時代性需求和責任的有機知識分子（organic intellectuals）引領，希冀說服認知保守又僵化的傳統知識分子（traditional intellectuals）和更多大眾，取得政治上的主導權，最後占有和拓展自身權力以推動舊有文化霸權之再造。例如，全球環保的共識下，人們願意遵守政府政策與規範的要求，犧牲個人便利或利益，推動整體性大自然生態保護的全民規訓。

總結來說，葛蘭西的文化霸權論述大致上有三項特色：集體共識、由下而上、長期的潛移默化的塑造。此三項非武力的文化霸權特色也常見於中外古今的歷史中。以英國殖民為例，在殖民時期，所有的殖民者都會強調其自身文化的優越性，使被殖民者產生一種崇敬的心理。透過長期的耳濡目染，被殖民的心理必然產生一股集體共識，認為被殖民文化確實不如殖民母國。此種「虛假意識」（false consciousness）從人民到政府、由下而上地被建立以後，殖民者即可藉由文化的傳播而鞏固統治階層的霸權。另一例則為傳統儒家文化實際上由男性菁英所領導。若以葛蘭西的文化霸權論來檢視，封建時代的儒家男性菁英的確藉由「三綱五常」等倫理規範的長期潛移默化，來建構其父權文化意識型態，以此鞏固自身的利益與形象。

【問題與思辨】

一、你認為當前的臺灣社會是否有葛蘭西所謂「文化霸權」的現象？

二、大眾文化如何受到全球化與網際網路的影響？

三、如何定義大眾文化？是中產階級的文化，還是無產階級的文化？請舉例說明。

四、何謂流行文化？大眾文化一定是與消費文化結合的嗎？文化研究的對象除了大眾流行文化外，還有什麼？

【書目建議】

王逢振。《文化研究》。臺北：揚智，二〇〇〇年。

雷蒙・威廉斯（Raymond Williams）。《關鍵詞：文化與社會的詞匯》，第二版。劉建基（譯）。北京：生活・讀書・新知三聯書店，二〇一六年。

Gramsci, Antonio. *The Prison Notebooks*. Trans. Joseph A. Buttigieg and Antonio Callari. Ed. Joseph A. Buttigieg. New York: Columbia UP, 1992.

Hall, Stuart, ed. *Representation: Cultural Representations and Signifying Practices*. London: Sage, 1997.

Hall, Stuart, and Paul du Gay, eds. *Questions of Cultural Identity*. London: Sage, 1996.

Hebdige, Dick. *Subculture: The Meaning of Style*. London: Routledge, 1991.

Williams, Raymond. *Culture and Society: Coleridge to Orwell*. London: Hogarth P, 1990.

———. *Marxism and Literature*. Oxford: Oxford UP, 1977.

———. *The Country and the City*. London: Hogarth P, 1993.

———. *The Long Revolution*. London: Hogarth P, 1992.

壹、馬克思主義概論

馬克思
Karl Marx

人類史上有三個猶太人改變了世界。第一個是耶穌基督，第二個是愛因斯坦，第三個即是馬克思。卡爾．馬克思（Karl Marx, 1818-1883）是德國的猶太裔哲學家、經濟學家、政治學家與歷史學家。他出生於普魯士，隨後就讀波昂大學與柏林洪堡大學。在學時期，馬克思參與「青年黑格爾派」，接納同時也批評黑格爾（Georg Wilhelm Friedrich Hegel）的辯證法（dialectic）。大學畢業後，馬克思進入《萊茵報》擔任主編工作，由於馬克思經常在報上刊登極力抨擊歐洲右翼政府的文章，間接導致《萊茵報》被普魯士政府查禁。隨後，馬克思結識摯友恩格斯（Friedrich Engels, 1820-1895），兩人成為一生共同奮戰的革命夥伴。

一八四五年，德國普魯士國王要求法國政府將馬克思與懷孕的妻子珍妮（Jenny von Westphalen）驅逐出境，兩人因此流亡至布魯塞爾，最後定居於英國倫敦，並在此度過餘生。馬克思一家在倫敦的生活貧困潦倒，主要的微薄收入來自他為幾家報社撰寫文章的收入，有時還需依賴好友恩格斯的資助。一八五二年馬克思甚至因缺錢為小孩醫病，被迫與妻子目睹一歲的可愛女兒病逝。一直到一八六七年《資本論》（*Capital: Critique of Political Economy*）系列正式出版後，家庭財務狀況才有所改善。一八八一年馬克思的妻子因肝癌病逝，他亦罹患黏膜炎，健康每況愈下，最終於一八八三年辭世。

馬克思的思想融合德國哲學、法國政治學以及英國經濟學，淬鍊出一套獨特系統性的社會批判理論。他也因此被稱為「社會科學方法批評第一人」。馬克思一生出版大量理論著作，其中最著名的兩部作品分別是一八四八年發表的《共產黨宣言》（*The Communist Manifesto*）和一八六七年至一八九四年間出版的《資本論》。馬克思堅信：「哲學家們只是用不同的方式解釋世界，問題在於要改變世界。」馬克思主義（Marxism）即是由馬克思與恩格斯所建立，以哲學實踐來改變世界。馬克思與恩格斯兩人一反黑格爾的唯心論哲學思想，改以唯物論觀點詮釋人類社會的進程。他們主張，人類社會及文化的發展與生產模式的進步有高度密切的關係。因此，兩人提倡以歷史唯物論修正黑格爾的辯證法，並以此詮釋各時代的階級衝突，最後提出階級衝突與革命即是推動社會進步的力量來源。

馬克思強調，歷史上各個時期的社會，都是統治階級與勞動階級之間的階級鬥爭發展而成的。資本主義的興起促使資產階級對勞工階級進行無情的剝削，導致更嚴重的階級對立。為了消除資本主義所帶來的勞工剝削，並為勞工創造一個無階級、無私有財產、並且更進步的共產社會，革命行動絕不可免。即便在馬克思逝世後，資本主義愈加主宰的二十一世紀，馬克思主義經歷多次改革與演化，其精神仍存在於世，並依舊對資本主義帶來的各種不公不義現象進行嚴厲的批判。本單元將評介馬克思主義的重要理論如下：一、辯證的唯物史觀；二、下層建築與上層建築；三、價值導向理論；四、異化理論。

一、辯證的唯物史觀

辯證法（dialectic）為黑格爾哲學之中最重要的概念之一，最早源自蘇格拉底和柏拉圖。先哲們相信立論（argument）與反論（counter-argument）的對話交集可以提升論點的真實度。黑格爾修正柏拉圖的對話形式並提出他的辯證法，其中包含三個循環步驟：正（thesis）、反（anti-thesis）、合（synthesis）。亦即，一個概念的存在為「正」，與此概念有所衝突的概念則為「反」。然而，在黑格爾哲學中，「反」的出現並不會徹底地否定「正」的存在，而「正」則必須積極地面對「反」，並做出適當的修正，以產生更接近絕對真理的概念——此即為「合」。歷史在人類思想正、反、合的辯證過程中演進，以動態的統合整體最後達到黑格爾所謂的絕對精神（absolute spirit）境界。

馬克思抨擊黑格爾歷史觀中唯心論的整體主張，並以強調否定動能的歷史唯物論（historical materialism）修正其論點。馬克思認為，人類物質生活（如社會、經濟）演變並非如黑格爾所稱是人類思想精神的產物，反倒是物質層面決定思想層面，並成為社會前進的主要動能。馬克思指出歷史的變遷乃源自於各時代的「階級鬥爭」。在馬克思與恩格斯合著的《共產黨宣言》中，人類歷史被定義為「階級鬥爭」的歷史。每個時代都有其獨特的階級為了各自的利益不斷地鬥爭。馬克思聲稱，隨著衝突發生，不同時期的人類為求於自然界中生存，必然得要開展不同以往的生產模式與工具。馬克思將人類發展史區分為五大時期：原始部落時期、奴隸社會時期、封建制度時期、資本主義時期以及共產主義社會時期。

馬克思指出在原始部落時期，私有財產的概念尚未出現，生產工具也只有人類自身的勞力、動物提供的獸力及相關的簡單工具，例如弓、矛、石頭等，此時人類的經濟模式為「以物易物」制的部落經濟。進入奴隸時期後，隨著私有財產制出現，階級劃分日益明顯。擁有土地的領主、無土地的平民以及被俘虜的奴隸等不同的階級制度逐漸成形。奴隸的勞力提供成為該時期生產方式的一大來源，奴隸的買賣因此成為經濟的一環。主奴文化也於焉形成。進入中世紀的封建時期後，人們的生產方式開始以領主的封地為核心發展。由於人民無法遠離領主封地，定居式的農業經濟便相應而生。農業化社會的需求緊接著引發商業活動的興盛，商人職業的崛起更是促成士農工商的階級劃分。

工業革命催生的資本主義時期是馬克思與恩格斯立論抨擊的焦點。工業革命之後，機械逐步取代人力與獸力，成為主要的生產方式。和以往依靠自然力量生產的方式不同，仰賴機械的生產方式使得物品產量大幅提升，充足的物品開始被商業行會帶進市場之中買賣。獲得大量資金的商人於是再將資本投入商品的大量生產，以便獲取更高額的資金。社會就此進入馬克思及恩格斯當時所處的早期資本主義時期。在此一時期，社會整體被一分為二：「資產階級」（the Bourgeoisie）與「無產階級」（the Proletariat）。他們指出，在資本主義盛行的當代，生產工具逐漸由少數人掌握，即所謂的資產階級；而另一部分失去生產工具的人，就被稱為無產階級。

對馬克思與恩格斯而言，資本主義終將自階級鬥爭中敗下陣來，而由理想的共產主義社會取代。根據唯物辯證的論點，雖然資產階級推翻前一時期的封建社會體制，成為掌控當前社會的主要階級，但是資產階級終究會被推翻。一方面，資產階級以「自由貿易」（free trade）之名，行「剝削」（exploitation）之實，最後導致商品的生產過剩以及階級差距的快速擴大。另一方面，資產階級追逐利潤的意識型態之下，無產階級逐漸被視為一種「商品」（commodity）。除了勞動力之外，他們不再具有任何的人性，而是像機械中的某種零件一樣，是隨時可以被取代甚至捨棄的。馬克思與恩格斯宣稱，飽受迫害的無產階級終會成為人類歷史上第一個真正具有「革命性」的階級，因為他們一無所有。因此這群人發起的革命便能純然地在物質利益之外為人的自身價值而戰，建立起一個沒有階級的社會。為了加速當時的社會進入下一個階段，馬克思透過《共產黨宣言》對所有無產階級宣揚其革命理念，期盼人類彼此間不再有所隔閡、無須憂心物質生活上之匱乏，能在經濟及物質利益之外重新思考身為「人」的價值。

二、下層建築與上層建築

上述的歷史唯物觀其實奠基於馬克思下層與上層建築的社會結構論。馬克思相信，人類社會的一切文化行為皆與生產模式與經濟結構有關。在《政治經濟學批判》（*A Contribution to the Critique of Political Economy*）中，馬克思解釋道，人們在社會上的存在樣態無可避免地受到其社會生產模式（mode of production）影響，而且此影響是超越人類意志的存在。馬克思將一時代下之生產模式所建立的經濟結構視為一整體，並將其稱為「下層建築」（base）；而人類文化當中所有非經濟的層面則稱為「上層建築」（superstructure）（參見圖8-1）。由此命名可知，在馬克思的邏輯思辨裡，人類的文化有階級層次之分，並且彼此之間有一先後次序。亦即，一時代的物質生產模式決定經濟結構與其運行模式，經濟結構則會進一步決定該社會的政治、文化、教育、藝術形式等所有非經濟的面向。但若當前的物質生產模式跟不上物質與技術發展之時，便會造成社會變遷。簡言之，一旦現有的生產方式不再能反映物質的生產能力，便會引發社會的變革（甚至是革命）。此時，文化與物質關係模式將被摧毀，接著再重新建構起一套符合新物質生產力的社會階級關係與架構。

例如，封建主義時期的經濟模式是以「家族」為發展核心，因此該時期的經濟結構仰賴家族利益為優先的「婚姻」（「婚姻」被視為兩個家庭結盟與合作的象徵，彼此共享相同的經濟利益）。然而，到了資本主義時期，新式的經濟模式已經超脫舊有的封建主義思想，改以「個人」為經濟發展的基礎，強調個體的利益，因此便產生重視個人自由的資本主義式「婚姻」（「婚姻」是兩人共同生活的保障，同時也是個體自由意志的彰顯）。透過觀察與分析下層建築的物質關係變動以及上層建築的生活樣態變遷，馬克思推論人類的歷史進程，並引進黑格爾的辯證觀點加以闡述他所渴求的人類社會模式。

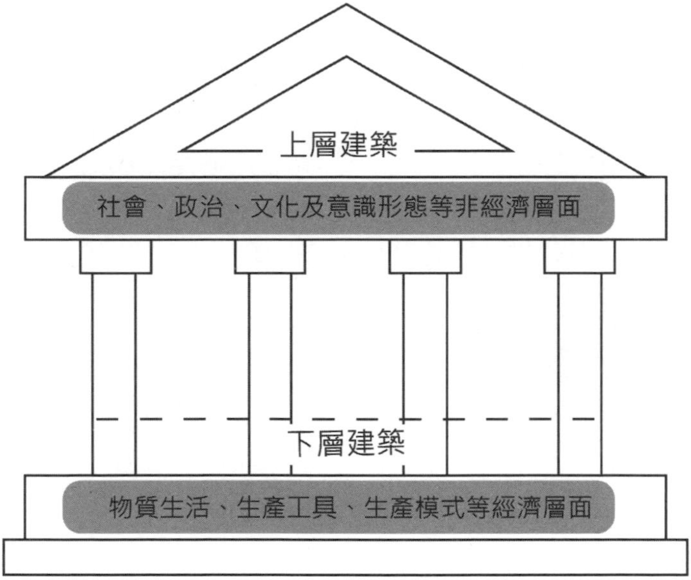

圖8-1 下層建築與上層建築

三、價值導向理論

資本主義最為馬克思詬病的便是資本主義的價值機制所引致的剝削問題與異化（alienation）現象（詳見下一理論要點）。根據馬克思的《資本論》，在最基本的分類上，物品的價值可分為兩種：「使用價值」（use value）以及「交換價值」（exchange value）。使用價值指的是一件物品能夠被人類用來當作工具使用的價值；而交換價值則是人類額外附加在一件物品上的價值，並沒有實際的使用功能。例如，黃金與鐵所製的碗都具有盛裝物品的功能，所以兩者具有相同的使用價值。然而，在交換價值上，黃金製器皿卻遠比鐵製器皿珍貴。一部分的原因是因為黃金比鐵礦稀少，另一部分則是因為人類在黃金這項物品上附加了額外的價值，使黃金成為大眾願意拿出其他東西來交換的物品，此即黃金的準貨幣功能。然而，這個價值或功能卻與黃金自身能否被當作工具來使用沒有直接的關聯。在原始社會的以物易物制度中，人們會將自己生產的物品拿到市場上，與其他人交換自己所需的用品，透過此市場機制的運作，物品交換價值的原初樣態便逐漸成形。

到了十九世紀後，資本主義大力推崇交換價值的觀念，於是世上的所有事物都被標上「價格」，就連人的勞動力也不例外。馬克思指出，市場上的所有商品價格都依成本而定，而成本又由生產方法以及勞動力來決定。當科技進步，生產技術變得更加發達，成本自然也會下降，商品的價格也會變低。勞動力的成本指的是資方付給勞工的薪資。當雇主付出的薪水越少，成本就越低，商品價格也就跟著降低——因此導致資本家盡量削減勞工的工資以維持和增加其獲利。商品在市場上的價格扣除生產成本以及最低勞力成本之後，額外多出來的部分就稱為「剩餘價值」（surplus value），因為此利潤是從剝削工人的剩餘價值而來，且被資本家所獨吞。從經濟大結構面來檢視，資本主義的實際生產即是剩餘價值的生產，剩餘價值的生產規律也成為資本主義運作獲利的基本經濟規律。此外，資本家為了賺進更多的資本，通常會把盈餘再一次投入生產過程，以便讓盈餘不斷地擴增。

舉例來說，當我們購買一杯五十元的咖啡時，這五十元等於基本原物料、生產與運輸等成本（假設三十元）與整體勞動力成本（假設十元），再加上資本家最後獲得的淨利潤（假設十元）的總合。然而，在馬克思的理論中，這五十元當中資本家的十元利潤，有一部分應屬於勞工們的薪資，也就是資方不該拿取的利潤。由於商品定價與薪資金額都是由資方決定，因此對於勞工們而言，商品的販賣總額並不會反映在其薪資所得之上；換言之，無論商品價格高低，勞工們通常只會領到最基本的工資。馬克思將此「剩餘價值」的獲利稱為資方對勞方的「剝削」。在此種剝削的過程中，馬克思認為人類的勞動力也變成一種產品，一種可以被標價的物品，龐大的勞工同時也被「去人化」，因而進入「異化」的存有狀態。

四、異化理論

馬克思認為當一個個人或組織與其所生產之物品不再具高度身心連結性時，便會落入「異化」（又譯為「疏離」）的狀態。「異化」是勞工在資本主義下被剝削的可怕後果。他在《經濟與哲學手稿》（*Economic and Philosophical Manuscripts*）中指出，在早期資本工業大量低價的壟斷生產模式下，農業時代各行各業的工作與商品均失去市場的競爭力。大部分的人因而被迫進了工廠工作，變成制式生產線上的一顆螺絲。此時，工廠勞動者的工作除了不能再從事實現自我的工作外，其創造力在工廠機械性動作的長時間耗損後也消失殆盡，最後變成機器的一部分。此現象即是馬克思譴責資本主義所造成的人類「異化」狀態。

在工業化資本主義社會下，人類所面臨的「異化」（疏離）現象共有三種不同層面：第一種是個人生產行為與生產物間的異化；第二種是個人與自然環境間的異化；第三種則是個人與人群間的異化。以木工工匠為例。十九世紀前，木工工匠是以自身的手藝來製作物品，甚至製作過程所需要的木頭原料也是由工匠自行上山伐木取得。正因為工匠必須透過自身的技術性勞力進行生產，每一件商品都可說是工匠高度身心連結性的作品。工業革命後，機械取代人力。原先需要工匠耗費時日製作的物品，轉眼間就由工廠大量生產完成。再加上機械製作的產品價格相對低廉，工匠製作的物品自然就面臨滯銷的危機，無法依靠手藝維生的工匠也就失業。此時，工匠就必須進到工廠工作。即便工廠所製作的物品種類與工匠原先製作的物品種類是相同的，工匠也不再是物品的製作者。更詳細地說，資本主義工廠的運作多採取分工模式。原先能夠獨立完成一件物品的工匠，如今只會分配到物品的一小部分零件，並從原先活用獨特工藝技術的匠人變為重複相同製造程序的工人。如此一來，工匠的生產行為就此與生產物產生異化。

此外，工匠進入工廠之後，材料則統一由工廠準備，不再需要自行上山蒐集材料，因此工匠又與自然環境產生異化。最後，當物品進入市場成為商品後，工匠也無權進行販賣，間接地減少了工匠與他人進行互動的機會。再者，為了賺取工資，勞工需在工廠耗上十幾小時進行同樣的工作。在此期間，勞工通常沒有機會與其他工人交流互動。換言之，當工匠進入工廠工作之後，也將與人群間產生異化的現象。馬克思認為，「異化」即是資本主義帶來的人性扭曲。當勞工在資本主義吃人機器中所耗費的勞力越多，疏離或異化的分化力量就越大，他的內部世界也就越貧乏；生產越多，所能發揮的就越少；創造的價值越多，所擁有的價值卻不增反減。這不僅是對勞工剩餘價值的剝削，更是一種人性的抹滅，是一種將人化約成機器的殘忍行為。馬克思相信人本的共產主義可以解決與克服異化的巨大問題。

馬克思的「異化」論述主要是針對勞動者而提出的時代性批判。然而，異化的負面狀態不只發生在勞動者身上，即使在二十一世紀的全球資本消費體制之下，所有資本家與廣大消費者也均無法擺脫被異化的可能。

批判思考

如果資本主義是剝削勞工的經濟模式，而勞工也知道自己正在被剝削，為什麼資本主義依舊越來越興盛？

關於為何資本主義未如馬克思的預言，反而在當代持續興盛的問題，我們大致可以歸納出三個主要原因：第一，馬克思忽略了人性的自私。即使擺脫了現有階級，只要人是自私的，便會企圖從他人身上奪取資源，使自身成為剝削者。誠如麥克·哥德堡（Michael Goldberg）所言，烏托邦式屏棄個人利益的主張假設是馬克思主義失敗的主因。第二，馬克思忽略了所有共產主義領導者也都有自己的權力欲望。因此，獲取了權力之後，領導者們可能不會再以創立共產主義社會為首要目標，反而是為了穩固自己的統治權力而創立新的階級制度。第三，資本主義的生存機制。資本主義的最大特色就是能夠順應各個時代的需求，產生最符合當時的資本主義樣態。因此，從十九世紀過渡到二十一世紀，資本主義的運作越來越細膩，越來越複雜，同時也越來越多元。簡言之，當代的資本主義已經與馬克思時代的資本主義大相逕庭，已經不再是單純的有產階級與無產階級對立。這也導致馬克思主義的革命理論對當前的時代樣態失去其批判力度。再者，資本主義不斷發展之後，社會上也出現了一群快速成長的「中產階級」。因為他們的出現，資產階級與無產階級的衝突被緩和了下來，社會也因此被穩定。只不過，左派學者們普遍相信，馬克思主義的精神也早已根植在資本主義之中。只要資本主義還運作著，馬克思主義就會像幽靈一般，不斷對其進行批判與干擾。

【問題與思辨】

一、馬克思主義的唯物史觀中哪些論點有道理？哪些沒道理？為什麼？

二、為什麼資本主義仍未如馬克思所預測的崩潰？你有不同的觀察與見解嗎？

三、是否所有的勞動都有對價關係？如何以馬克思的理論檢視家事的勞動？

四、馬克思認為：「並不是人們的意識決定了他們自身的存在；相反地，是人們在社會上的存在決定了他們所謂的意識。」你是否認同這樣的說法？為什麼？

五、有一句話說：二十歲時你若不是左派（社會主義者），你是沒有靈魂的人；四十歲時若你還是左派，你是沒有腦袋的人。你同意嗎？為什麼？

【書目建議】

卡爾・馬克思（Karl Marx）。《一八四四年經濟學哲學手稿》。李中文（譯）。新北：暖暖書屋，二〇一六年。

——。《資本論》。中共中央馬克思恩格斯列寧斯大林著作編譯局（譯）。臺灣：聯經，二〇一七年。

卡爾・馬克思（Karl Marx）、費德里希・恩格斯（Friedrich Engels）。《共產黨宣言》。管中琪、黃俊龍（譯）。臺北：左岸文化，二〇〇四年。

西門・托米（Simon Tormey）、朱爾斯・湯森（Jules Townshend）。《從批判理論到後馬克思主義》。陳以新、謝明珊、楊濟鶴（譯）。臺北：韋伯，二〇一一年。

萊謝克・科拉科夫斯基（Leszek Ko akowski）。《馬克思主義：興起、發展與崩解》。馬元德、孫均島、劉本鑿、劉旭文、張金言、高銛、吳永福（譯）。臺北：聯經，二〇一八年。

Chitty, Andrew, and Martin McIvor, eds. *Karl Marx and Contemporary Philosophy*. Basingstroke: Palgrave Macmillan, 2009.

Marx, Karl. *A Contribution to the Critique of Political Economy*. Trans. S.W. Ryazanskaya. New York: International Publishers, 1970.

———. *Capital*. Ed. Frederick Engels. Chicago: Britannica, 1990.

Marx, Karl, and Frederick Engels. *The Communist Manifesto*. London: Pluto P, 2008.

貳、馬克思主義文學理論

馬克思最為人所知的，莫過於其對資本主義之政治與經濟型態的批評。相較之下，與「文學」相關的主題在馬克思的寫作當中則只以片段的形式零零散散地出現。然而，這絕不表示馬克思認為文學無足輕重；相反地，馬克思對「文學」有著相當深刻的見解，而這些見解也在盧卡奇、列寧與威廉斯等馬克思主義後輩的思想中獲得更加系統化的論述與擴展。因此，誠如伊格頓（Terry Eagleton）所強調：一切文學批評都是政治的批評。他堅信文學詮釋與政治運作應掛鉤來看，因為馬克思主義的文學理論不能被簡化為「文學的社會學」（sociology of literature），僅僅關注在文學的生產過程上。例如分析文學書籍的出版方式、作者與讀者的社會階層，甚至是所屬階級與品味間的決定性關係。馬克思主義文學理論必須超越「文學的社會學」，並試圖以經濟決定論的觀點解釋特定時期的文學形式、風格與意義是如何產生。

上一單元談到上層建築（文化）受到下層建築（經濟）的決定性影響，而此單元所要探討的文學顯然屬於上層建築。只不過，所謂「決定性影響」並非「完全支配」的同義詞。事實上，馬克思主義認為經濟生產模式只為文學生產提供一個「前提」——人藉由勞動從自然界獲取資源，也在勞動的同時發現自身的潛力。無論是繪畫、雕刻、音樂、文學等藝術創作，皆是在人類勞動的過程中才獲得發展的機會。簡言之，美是在勞動經濟生產過程中所產生。然而，屬於上層建築的文學並非機械式地受下層建築影響，而是在生產的過程中與上層建築裡的其他各種面向（如政治、法律、哲學、宗教等）交互作用構成該時期的文學樣貌。這也就解釋為何一個經濟高度發展的國家並不一定會擁有相對應的美學文化；而美學文化的興盛又未必來自經濟高度發展的國家。例如，馬克思就以古希臘為例，論證未開發時期的國家因尚未經歷過「異化」，因此與自然更為接近，也更有可能發展出繁盛的心靈與美學文化。

就功能上來看，馬克思主義者認為既然文學與上層建築的其他層面有著不可切割的關係，那麼藉由分析特定時空下一文學作品的形式、風格與意義，讀者應當能夠揭露其所蘊含的「意識型態」（ideology），這也是判別一部文學作品優劣的核心標準。換言之，對馬克思主義而言，一個優秀的文學家必須要能夠藉由文字創作向讀者傳遞諸多的社會現實，使讀者對自身所處的社會有更為完整的認識。正如阿圖塞（Louis Althusser）所言，文學提供讀者一個虛構的情境，使他們能夠經驗並認知該情境背後的意識型態，最後便能夠發現意識型態所欲掩藏的社會現實。總而言之，馬克思主義相信文學必須反映人民所生活的社會現實，而這也造就馬克思主義對寫實主義藝術的推崇。本單元將評介重要的馬克思主義文學理論與討論如下：一、意識型態；二、社會主義式寫實主義；三、馬克思主義文學理論的應用。

一、意識型態

馬克思主義社會學者根據上、下層建築的理論，提出「意識型態」作為「虛假意識」（false consciousness）的論點。馬克思於《德國意識型態》（*The German Ideology*）一書曾使用「意識型態」來描述階級衝突內想像式關係的存在，但是他從未在其著作之中使用「虛假意識」一詞來進一步闡釋意識型態，直到盧卡奇（György Lukács）引用恩格斯「虛假意識」概念才將這概念發展成一套完整的理論系統。恩格斯在一封書信中寫道，人們總誤以為自身行為來自個人獨立思考的能力，未曾思索過個人思想產物的實質內容從何而來，然而個人思想實際上卻早已受到虛假意識的控制。再者，驅使人們思考的動力並非全然來自個體的知識積累或自前人智慧的繼承，個體的思想根本上絕大部分受到經濟結構的影響。換言之，「思想」並非如同唯心論者所認為的那麼獨立，而是在與物質世界辯證、互動的過程中不斷地發展與演變。

藉由意識型態與虛假意識的連結，盧卡奇凸顯出意識型態借用知識結構的樣貌，成為統治階級宰制的媒介進而鞏固既有的優勢位階。誠如上述，意識型態與上、下層建築的理論息息相關。上一單元討論了生產模式如何決定下層建築，而下層建築又怎麼建構上層建築。若依據該理論檢視政治與權力的結構，則可以歸納出「掌握生產工具者即掌握統治經濟與文化之權力」的結論，此統治的範圍甚至也涵蓋人們的「意識型態」，亦即個人或群體的認知系統。比方說，封建時期的人們普遍相信「君權神授」等具有高度宗教性的意識型態，而資本主義時期的人們則擁護自由主義與民主制度的意識型態。

然而，對馬克思主義者而言，看似中立的「意識型態」其實來自階級意識的混淆，是一種因無法認清自身所屬位階而產生的虛假意識（無論是君權神授或是自由主義，兩者皆是對統治者有利的思想體系）。正如前一單元所言，階級對立來自於階級間的利益衝突，而意識型態的建立則是統治階級用來維護自身利益的方式。盧卡奇甚至明白地解釋，虛假意識就是統治階級的意識投射，用來強迫被統治者認同統治階級之利益的工具。簡言之，藉由意識型態的建立，統治階級得以隱藏自身的排他性利益，並消弭被統治者的階級意識，更以全體社會的利益為名，正當化自身的剝削行為迫使被統治者為了統治階級的利益而奮鬥，從而產生了集體的「異化」現象。

二、社會主義式寫實主義

大部分馬克思主義的文學觀並非直接師承馬克思與恩格斯的哲學著作，而是來自於列寧（Vladimir Lenin）的政治訴求。在一九一七年的兩次俄國革命後，列寧於蘇維埃政府（the Soviet）推動新的藝術風潮，聲明藝術為服務人民而存在，全體人民團結之餘應該要熱愛及理解藝術。這段時期，該政府對現代主義的文學創作尚保持開放甚或鼓勵的態度。然而，在列寧死後的一九三〇年代，尤其在史達林（Joseph Stalin）對馬克思與列寧的重新詮釋下，馬克思主義者提出「黨綱文學」的理念，亦即「文學應為黨而服務」的教條。在此情境下，「現代主義」藝術被視為是資產階級展現自身頹廢的一種方式：「現代主義」是為了資產階級而誕生的藝術潮流，對蘇維埃共產黨的政治理念有百害而無一利。

部分「庸俗馬克思主義」（vulgar Marxism）的擁護者甚至認為，世上沒有作家能夠脫離自身的階級意識，所以歐洲的現代主義藝術就是資本主義意識型態的體現。因此，在一九三四年的第一次「全蘇作家代表大會」（Soviet Writers' Congress）後，一切現代主義的實驗性寫作被明訂禁止，而由「社會主義式寫實主義」（socialist realism）的藝術形式取代。此種效仿「社會寫實主義」（social realism）的藝術以宣揚黨綱為主要任務，並試圖將大眾文化塑造成蘇維埃政府所認可的理想樣貌。其特色不外乎在於歌頌共產主義的豐功偉業，以及共產主義將如何席捲全世界，為全球的勞動者提供解放的契機。

此外，社會主義寫實主義藝術也呈現了濃厚的「革命浪漫主義」（revolutionary romanticism）色彩。其作品當中不乏資本主義下生活困苦的工人，以及共產主義下富足快樂的勞動者。透過該種呈現，社會主義式寫實主義藝術家們特意向觀賞者強調資本主義的各種腐敗，並且一點一滴地灌輸他們蘇維埃政府認可的價值觀點，告訴觀賞者該如何成為一個優秀的蘇維埃公民。相較於歐洲各國當時流行的現代主義，社會主義式寫實主義藝術並不在乎作者的新意與才能，或者是人類心智活動的複雜度。比起流行於十九世紀歐洲的社會寫實主義，社會主義式寫實主義藝術則缺乏客觀性，只是極力吹捧共產主義的各種優點，卻完全忽略共產主義可能產生的負面影響。簡言之，社會主義式寫實主義的藝術作品中，通常只有一種被列寧稱為「全然新式的人類」：健康、快樂、單純的蘇維埃公民。

三、馬克思主義文學理論的運用

十九世紀維多利亞時期的英國作家狄更斯（Charles Dickens）無疑是馬克思給予最高評價的作家之一。馬克思甚至認為，狄更斯「向世界揭示的政治和社會真理，比一切職業政客、政論家和道德家加在一起所揭示的還要多」。狄更斯擅長以深刻的筆觸描繪各式各樣的社會現實，並以其人道主義的精神進行犀利的批評。其所著之《艱難時世》[1]（*Hard Times*）即是這樣的一部長篇社會寫實小說。《艱難時世》主要講述一名國會議員兼學校負責人葛萊恩（Thomas Gradgrind）如何以「實用至上」的信念教育他的子女，最後卻導致一連串悲劇的故事。小說中，葛萊恩與銀行家龐得貝（Josiah Bounderby）兩人對效益主義（utilitarianism，鼓吹所有行為都應該以公眾的利益為優先）的教條深信不移，並認為自身能獲得事業上的成就與生活上的幸福，皆是因為他們對事實與實用性的追求。在小說的開場，葛萊恩即明白地說道：

> 告訴你吧，我要求的是：事實。除了事實，其他什麼都不要教給這些男孩子和女孩子。只有事實才是生活中最需要的。除此之外，什麼都不要培植，一切都該連根拔掉。要訓練有理性的動物的頭腦，就得用事實：任何別的東西對他們都全無用處。這就是我教養我自己的孩子們所根據的原則，這也就是我用來教養這些孩子的原則。（頁三）

因此，葛萊恩否定人性當中所有非理性的面向，對自己的子女聲稱，唯有「數據」與「事實」才可靠。於是，葛萊恩的女兒露意莎（Louisa）壓抑自身的情感，順從父親的意志，嫁給了龐得貝。然而，這樁婚姻僅是以雙方家庭的利益為考量，葛萊恩並未理解作為一個活生生的人類，露意莎也擁有自我意識；而所謂能夠帶給眾人最大利益的選擇，其實根本上就忽略了同樣的事物不一定可以給予每個人相等的幸福與快樂。簡言之，為了多數人（葛萊恩與龐得貝）的快樂，少數人（露意莎）必須選擇自我犧牲。此種殘忍又略顯自私的信念也被馬克思強烈抨擊。

以馬克思主義文學理論的觀點來看，葛萊恩即是所謂的「典型人物」。雖然現實生活當中，不太可能出現葛萊恩這一類效益主義的狂熱信徒，但事實上，在十九世紀以工商業為主的英國，葛萊恩體現的正是當時最強烈的社會氛圍——對公眾利益的追求。仔細閱讀小說對各個角色的描繪，我

1　請參閱《艱難時世》。上海：上海譯文，一九九八年。

們可以大致上將他們分為兩種階層：一種是葛萊恩與龐德貝這類的上流階層；另一種則是馬戲團成員與工人等底層人物。前者雖然在社會上取得令人稱羨的成就，然而因對人性情感面的「異化」，最後使得自身精神瀕臨崩潰（如同露意莎最後逃離夫家，並憤慨地指責葛萊恩的教育方針）。相較之下，底層階級的角色們儘管生活並不寬裕，卻懂得人性的關懷。因此，在葛萊恩所代表的上層階級意識型態（效益主義）崩解後，便由底層角色所代表的人文主義所取代。一方面，這樣的情節可以看作是狄更斯對效益主義的批評；另一方面，小說也以隱晦的方式，預示了上層階級意識型態的衰亡。

【問題與思辨】

一、請運用馬克思主義的理論詮釋卓別林的經典電影《摩登時代》（*Modern Times*）。

二、當代社會許多勞工階級亦持有股票，成為廣義上的資產階級。如此一來，現代社會是否還存在勞工被剝削的問題？

三、在當代何種產業或工作最容易有「異化」的現象？請舉例並說明為什麼。

四、在二十一世紀推廣馬克思主義對資本主義的批判思想，會不會加深現今的仇富文化？若會，該如何因應？

【書目建議】

卡爾・馬克思（Karl Marx）。《馬克思對黑格爾的批判》。臺北：谷風，一九八八年。

查爾斯・狄更斯（Charles Dickens）。《艱難時世》。上海：上海譯文，一九九八年。

Althusser, Louis. *Lenin and Philosophy and other Essay.* Trans. Ben Brewster. New York: Monthly Review P, 2001.

Lukács, Gyorgy. *History and Class Cosciousness: Studies in Marxist Dialectics.* Trans. Rodney Livingstone. Cambridge: MIT P, 1971.

Marx, Karl. *Capital*. Ed. Friedrich Engels. Chicago: Encyclopaedia Britannica, 1990.

———. *Critique of Hegel's "Philosophy of Right."* Trans. Annette Jolin and Joseph O'Malley. Ed. Joseph O'Malley. Cambridge: Cambridge UP, 1977.

Marx, Karl, and Friedrich Engels. *The German Ideology*. Ed. C. J. Authur. New York: International Publisher, 1970.

McLellan, David. *Karl Marx: A Biography*. Houndmills: Palgrave Macmillan, 2006.

Wood, Allen W. *Karl Marx*. New York: Routledge, 2004.

參、後馬克思主義與盧卡奇

馬克思主義在馬克思逝世後，發展為眾多的分支和流派，逐漸不再以建立共產社會為唯一的政治目標。因此，眾多從馬克思主義衍生的政治哲學對於古典馬克思主義的論點往往有不同解讀與延伸。除了一致對資本主義經濟的批判態度外，新的多元流派在追求社會主義所採取的策略則不盡相同。學術上，馬克思主義的發展又可分為「西方馬克思主義」（如盧卡奇）、「結構馬克思主義」（如阿圖塞）、「新馬克思主義」（如葛蘭西）、「分析性馬克思主義」（如柯亨）、「新左派」（如威廉斯）、「法蘭克福學派」（如班雅明與哈伯瑪斯）以及「後馬克思主義」（如墨菲與拉克勞）等。

一般而言，「後馬克思主義」有兩種定義：其一，馬克思和恩格斯逝世後的馬克思主義發展均可稱作後馬克思主義。其二，蘇聯東歐社會主義衰變之後，在傳統馬克思主義的批判論述基礎上建構的西方政治理論。尚塔爾．墨菲（Chantal Mouffe）與厄尼斯特．拉克勞（Ernesto Laclau）則是此思潮的代表人物，而《文化霸權和社會主義的戰略》（*Hegemony and Socialist Strategy*）是他們的代表作。目前，後者的定義相對較被廣泛使用。雖然「後馬克思主義」這個名稱於一九六〇年代才正式採用，並在一九八五年後迅速揚名。然而，廣義地說，早在第一次世界大戰之後，後馬克思主義的概念早已存在。第一次世界大戰期間，俄羅斯經歷了二月革命與十月革命。許多知識分子留意到馬克思主義對社會的批判切中要害，因此紛紛投入對馬克思主義的研究，希望能夠在當時動盪不安的社會中，找到改革與創立新秩序的希望。然而，第二次世界大戰之後，共產主義的缺點逐漸浮現，促使許多馬克思主義者開始認為蘇聯的共產主義並不能為人民帶來更美好的社會型態，因此對傳統馬克思主義提出改革的要求。

整體而言，後馬克思主義者大致上以馬克思的思想作為理論基礎，但並不完全奉行馬克思主義的思想教條。他們認為，傳統的馬克思主義對資本主義的社會批判過於單一與草率，因此忽略資本主義運作的複雜性。在科技日漸發達的社會中，原先的「意識型態批評」顯然已經不足。隨著七〇年代後現代主義與後結構主義的興起，以及八〇年代性別研究及後殖民研究的竄起，古典馬克思主義的歷史唯物論與階級鬥爭的觀念重新被思索與討論。後馬克思主義者將理論重點擴張到更多元的文化現象批評，期望能從資本主義的複雜性中，找出與其對抗的契機。墨菲與拉克勞定義的「後馬克思主義」是一個奠基於傳統馬克思主義的社會批判流派，試圖結合馬克思主義的社會主義與現代主義思想的思潮。

在所有後期馬克思主義思潮的先驅學者中，卓有成效者，且與文學理論最直接相關的莫過於格奧爾格·盧卡奇（György Lukács, 1885-1971）。馬克思主義各流派的多元發展及論述難以在此仔細探討，因此本單元在介紹「後馬克思主義」的發展後，將著重盧卡奇的藝文理論。本單元將評介盧卡奇重要的藝文論述如下：一、自然主義與寫實主義的爭論；二、現代主義與寫實主義的爭論；三、盧卡奇與布萊希特的爭論。

一、自然主義與寫實主義的爭論

盧卡奇出生在布達佩斯一個富裕的猶太家庭中。他的父親是一位被封爵的銀行家，因此盧卡奇長大後也繼承了男爵的爵位。在布達佩斯就讀大學的期間，盧卡奇與許多社會主義知識分子往來。後來，他到了柏林，結識不少當時著名的哲學家。第一次世界大戰一九一八年結束時，盧卡奇眼見俄國革命的成功，遂將馬克思主義納入他的思想。其後，他加入匈牙利共產黨，甚至在匈牙利蘇維埃共和國統治期間短暫地成為領導人之一。然而，匈牙利蘇維埃共和國的建立引發了協約國的恐慌，協約國因此對匈牙利蘇維埃共和國發兵。在匈牙利的蘇維埃政府被推翻後，盧卡奇逃亡至維也納，並與許多左派共產黨人士（如葛蘭西）結識。在接下來的日子裡，盧卡奇不斷發展其批判思想，希望藉此補足馬克思主義的缺漏。一直到一九七一年過世之前，盧卡奇依然在為馬克思主義的發展而努力，但晚年的他一改早期的政治立場，轉而批評蘇維埃聯盟以及共產黨的教條與黨綱。

盧卡奇擁有公眾知識分子的形象，擅長將馬克思主義連結到當前文化的敏銳元素以及對現代生活形式的強力批判。例如，在《歷史與階級意識》（*History and Class Consciousness*）中，他將資本主義中的「物化」（reification）與「階級意識」現象引入馬克思主義的理論中，並提出了全面的批評。如同多數的馬克思主義者，盧卡奇也認為「寫實主義」是馬克思主義中最有價值的藝術形式。在當時的寫實主義浪潮下，後續出現一派被稱為「自然主義」的藝術家。這些「自然主義」者們將寫實主義的特色發揮到了極致，試圖以中性的口吻呈現大自然或社會中下階層的生活樣態。

盧卡奇
György Lukács

然而，盧卡奇並不贊成自然主義的創作觀。他認為，自然主義的文學創作只以角色的「精神失常」為主軸，以現實的描述來取代角色的心智活動，並將病因指向資本主義下人與人之間的異化。此拒絕參與社會生活的書寫雖然對社會有一些批判性，但並無法展現出人們在資本主義下所面臨的各種對立與衝突，更不可能對資本主義提出任何有效的批評。再者，因為自然主義對「孤立個體」的強調，反而使其更向現代主義靠攏，而不是寫實主義。簡言之，盧卡奇反對自然主義文學相片式的再現。

根據盧卡奇的論點，寫實主義的特點之一在於它不同於自然主義，並不企圖用膚淺的描述來呈現社會現實。相反地，寫實主義提供讀者更多層次的描述，呈現更為豐富與動態的現實，並將人們心中的對立完整呈現。盧卡奇指出，寫實主義能夠反映出具複雜度的「心靈結構」（mental structure），因為寫實主義文學是現實的聚合，而現實就是寫實主義文學的延伸，兩者之間存在著一種「秩序」。換言之，一部偉大的文學作品必須要擁有能夠呈現角色內心對立與衝突的「內涵整體性」（intensive totality），以便反映出現實世界的「外延整體性」（extensive totality）。亦即，人們須勇敢面對社會的對立與衝突。文學家的責任就是盡力將人們在資本主義下所體會的生命經驗，以寫實主義的形式將其轉化為文字，促使讀者們在閱讀過程中感受到自身原先尚未意識到的衝突。最後，盧卡奇聲稱，「內涵整體性」與「外延整體性」間的相互對應是所有藝術作品的基本要件，即「藝術必要性」（artistic necessity）。

二、現代主義與寫實主義的爭論

現代主義如同自然主義的興起，均是對寫實主義的挑戰與反動。盧卡奇指出，現代主義與寫實主義之間的差別，並不只是形式與內容的不同而已，兩者其實呈現兩種截然不同的意識型態。「意識流」寫作技巧是現代主義的一大發明，此種寫作風格深刻地刻畫出人物內心的變化。現代主義常以這種「思緒的流動」作為敘事模式。除意識流書寫之外，現代主義文學也經常使用蒙太奇、獨白、報導敘事等方法進行寫作。盧卡奇批評現代主義的這些寫作風格無疑是將文本中的現實性稀釋，因為它們所關注的皆是人們面對外在世界時所產生的主觀印象，是一種晚期資本主義下個人主義的產物。

此外，現代主義文學將敘事焦點從外在世界轉向角色個人的內心，以至於現代主義文學只能呈現一個穩定的社會，彷彿除了敘事者的心智活動外，世界的一切都是靜止的。在這樣的呈現下，敘事者面對的是一個毫無希望的社會，因為在資本主義的統治下，個人只能是孤獨的存在，絕不會有反抗的機會。讀者所見的，只是一個單一敘事者內心的紊亂。即便意識流的寫作呈現敘事者真實的內心和思維，卻無法呈現敘事者所身處的社會其種種面向的真實。因此，讀者無法從現代主義的寫作中理解馬克思主義意圖囊括的現實複雜度。

相較之下，盧卡奇認為寫實主義對於人心與環境的描寫最恰如其分。在描述歷史、社會與事件等外在因素的同時，寫實主義也將「人」放入考量，使書中的角色與他們所處的環境成為一個統合的整體。人心可以與外在交流，而環境也會影響人的內心世界。這樣的文學創作方式，才有可能提供人民改革的希望，才能夠對現實生活提出道德與政治上的批評，同時也賦予馬克思主義進行社會與政治批判的正當性。

三、盧卡奇與布萊希特的爭論

針對馬克思主義藝術的正當形式，盧卡奇與布萊希特（Bertolt Brecht, 1898-1956）曾經有過一番論戰。布萊希特是一位知名的德國劇作家，於二十多歲的時候曾讀到了馬克思的作品，從此開始與馬克思主義者有諸多交流。然而，雖然布萊希特常與馬克思主義者接觸，實際上他卻從來都不是正式的共產黨黨員。在思想上，他總是一個異議分子，經常與共產黨政權唱反調。在藝術方面，儘管現代主義派的布萊希特有時也採用寫實主義的創作手法，他的藝術信念卻與盧卡奇大相逕庭。相對於盧卡奇的藝術整體性理論，布萊希特相信藝術的價值並不在於直接反應生命經驗中的不正義，而是應該將不正義之處藉由藝術的手法點出；至於要如何理解社會不正義，則需要依靠讀者與觀眾的理性判斷。為達到此目標，布萊希特在其知名的「史詩劇場」（epic theater）劇作中使用大量的「異化（疏離）效果」（alienation effect）手法。

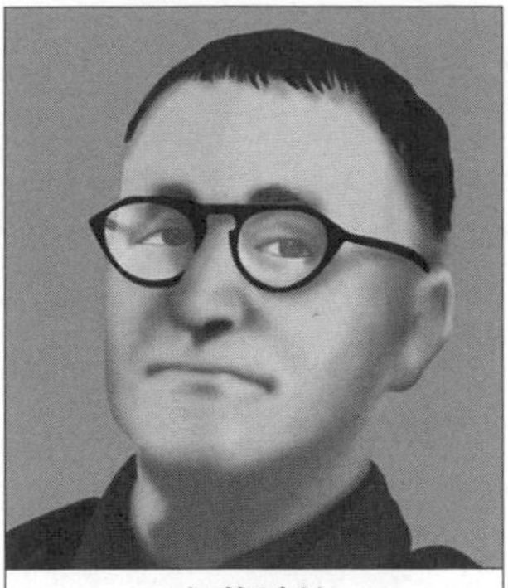

布萊希特
Bertolt Brecht

「異化效果」秉持的理念呼應俄國形式主義「陌生化」，此手法有兩個層次上的分別。第一種異化藉由演員隨興跳脫劇本演出，造成觀眾與演員角色的疏離。因此，布萊希特的演員並不全然投入劇情與角色的扮演，反倒常常臨時即興中斷演出，像是在觀眾面前討論或評斷劇中的角色，使得觀眾情緒上無法認同劇本角色，進而達到異化的第二層次，觀眾與戲劇之間的疏離。布萊希特的劇場期望將觀眾過去觀看古典戲劇的經驗陌生化，促使觀看行為能從戲劇的整體之中跳脫而成為一場思辨的過程，進而思考劇本所傳遞的價值觀以及達到社會改造的可能。整體而言，布萊希特運用異化手法將其劇場與古典戲劇拉開一段距離。他批判亞里斯多德在《詩學》（*Poetics*）所提出的悲劇理論。當觀賞悲劇的觀眾眼見英雄因自身「悲劇性缺陷」（tragic flaw）而遭受苦果，他們常會在認同劇中的英雄外，同時因為自身與英雄的身分差距而心中慶幸不會面臨相同苦境，進而產生「洗滌」（catharsis）效果的移情作用。

然而，布萊希特反對這種論調，他認為觀眾在看戲的時候，必須要從劇中抽離，才能夠做出真正有意義的理智評斷。因此，布萊希特的劇作風格與盧卡奇堅持的「統合整體」概念背道而馳，反倒常是破碎且不連貫的。此外，布萊希特認為世上沒有任何藝術形式是對社會絕對有效的批評。既然資本主義會隨著時間不斷地變動其樣貌，那麼馬克思主義的批評方法也必須要隨之變換。若是一味地堅守寫實主義的藝術，馬克思主義終將會落入危險的形式主義，反而失去其批判的力道。因此，如果馬克思主義想要真實「反映」社會上的不公平，那麼不論是什麼樣的手法

	盧卡奇	布萊希特
思想傾向	寫實主義	現代主義
藝術的功能	藝術應該體現內部與外部的整體對應（反映）	藝術應該「掌握」現實，讓觀眾進行客觀理性的判斷（疏離）
對藝術的態度	認為藝術有其永恆的形式與價值（藝術的必要性）	反對藝術有其永恆的形式與價值
藝術對人類意識的影響	人類的意識總是以「可變動」的樣態存在著（因此藝術家必須再現變動的可能性）	在馬克思主義之後，人類的意識才成為「可變動」的樣態(因此藝術家需要新的創作手法)

圖8-2 盧卡奇與布萊希特之比較

與藝術流派，都值得一試（參見圖8-2）。

【問題與思辨】

一、寫實主義與馬克思主義有哪些相關性？請條列說明。
二、盧卡奇主張藝術創作須體現「內部整體」與「外部整體」的對話與交流。你同意嗎？為什麼？
三、你是否認同盧卡奇對現代主義的批判，並主張唯有寫實主義才能帶來改革的希望？
四、你認為藝術是否有其永恆的形式與價值？為什麼？
五、如果你要自己寫一本小說，你會傾向運用寫實主義、自然主義或現代主義的意圖與技巧？為什麼？
六、你較同意盧卡奇堅信藝術應體現內涵整體性與外延整體性的相互對應，抑或布萊希特的異化效果呈現的不連貫現象？為什麼？

【書目建議】

厄尼斯特．拉克勞（Ernesto Laclau）、尚塔爾．墨菲（Chantal Mouffe）。《文化霸權和社會主義的戰略》。陳璋津（譯）。臺北：遠流，一九九四年。
格奧爾格．盧卡奇（Geörg Lukács）。《小說理論》。楊恆達（譯）。臺北：唐山，一九九七年。
——。《現實主義論》。陳文昌（譯）。臺北：雅典，一九八八年。

———。《歷史與階級意識：馬克思主義辯證法研究》。黃丘隆（譯）。臺北：結構群，一九八九年。

———。《盧卡奇自傳》。杜章智（譯）。臺北：遠流，一九九〇年。

Lukács, György. *History and Class Consciousness: Studies in Marxist Dialectics*. Trans. Rodney Livingstone. Cambridge: MIT Press, 1971.

———. *Studies in European Realism*. Trans. Edith Bone. New York: Grosset and Dunlap, 1964.

———. *The Historical Novel*. Trans. Hannah Mitchell and Stanley Mitchell. London: Merlin, 1962.

———. *The Meaning of Contemporary Realism*. Trans. John Mander and Necke Mander. London: Merlin, 1963.

———. *The Theory of the Novel: A Historico-Philosophical Essay on the Forms of Great Epic Literature*. Trans. Anna Bostock. Cambridge: MIT Press, 1971.

肆、詹明信與晚期資本主義

對於華文世界而言，弗里德里克．詹明信（Fredric Jameson, 1934-）具有很高的知名度。在共產主義全面退潮的「後冷戰」時代，詹明信卻力挽狂瀾，為馬克思主義老舊的理論身軀注入全新的活血。

詹明信出生於美國俄亥俄州。一九五四年於哈佛福德學院畢業後，他在傅布萊特獎資助下短暫地在德國慕尼黑大學及柏林大學學習，並因此進一步認識當代歐陸哲學。回到美國後，詹明信前往美國耶魯大學，並在奧爾巴赫（Erich Auerbach）的指導下攻讀博士學位。畢業後，他在哈佛大學擔任教職，隨後亦至美國加州大學、耶魯大學、杜克大學任教。詹明信是現今西方馬克思主義文化批評領域的著名理論家，一生獲獎無數——於一九八四年獲選為美國藝術及科學院院士。其知名著作《後現代主義或晚期資本主義的文化邏輯》（*Postmodernism, or, the Cultural Logic of Late Capitalism*）榮獲詹姆斯．洛威爾獎，更於二〇一二年榮獲美國現代語言學學會所頒發的終生成就獎。詹明信專注於後現代主義之文化發展，強調自己並非純粹只是一名文學批評家，更是一名文化評論家。

詹明信
Fredric Jameson

詹明信因對於後現代思想以及全球化做出精闢的批判而

聞名於世，相關著作十分豐碩。《馬克思主義與形式》（*Marxism and Form*）、《語言的牢籠》（*The Prison-House of Language*）以及《政治潛意識》（*The Political Unconscious*）被稱為「馬克思主義的三部曲」。他對後資本主義社會問題關注的敏銳性和批判性，常使他的思想成為引人注目的焦點。因襲馬克思主義對於資本主義的關注，詹明信首先指出，隨著時代更迭，資本主義也發生若干變化，文化產業結構亦將隨之產生變革。他認為，身處於後現代的晚期資本主義社會，人們應當回顧資本主義之發展，以思考跨國化資本主義是否真為人們帶來利益，亦或只是帶來另一形式的資本主義衝擊與壓迫。

然而，詹明信最大的貢獻還是在於將馬克思主義與後現代主義兩種核心概念近乎對立的思想融洽地整合。第七講曾討論過後現代主義的特點在於「去中心」、「反整體」與「重差異」的主張；然而，馬克思主義卻承襲了黑格爾的辯證史觀，深信人類歷史是一宏偉的辯證整體，因此被貼上「宏偉大敘事」的標籤，並送進黑暗冰冷的論述地牢。為了解決此論述困境，詹明信提出了「辯證式批評」（dialectical criticism）與後現代「認知製圖」（cognitive mapping）的理論，成功化解「整體」（馬克思主義）與「反整體」（後現代主義）間的對立與論述矛盾。本單元將評介重要的詹明信論述如下：一、資本主義變遷下的文化生產；二、現代主義至後現代主義的過渡；三、後現代主義藝術的缺陷。

一、資本主義變遷下的文化生產

詹明信《後現代主義或晚期資本主義的文化邏輯》一書中強調，後現代性已形成的全球資本與勞力流動的世界空間，標誌著以「歷史的衰落感」和「空間的新興感」為經緯度的新時代來臨。他引用社會學的分析角度指出，工業革命產生的資本主義有三個階段：早期資本主義（市場導向）、中期資本主義（國家壟斷）以及晚期資本主義（跨國全球化）。在歷史洪流中，人類的生產方式演進（下層建築），導致資本主義的變化（上層建築），連帶影響各時期的文學及藝術創作風格。因此，他進一步援引傳統馬克思主義的上下層建築理論，將三階段的資本主義發展分別連結與之相對應的不同文化邏輯的產生：寫實主義、現代主義與後現代主義。

首先，回溯至十九世紀，資本主義隨著工業革命萌芽而蓬勃發展。當時的資本主義以機械為其生產工具，少數的資本家則掌控整個社會的資源與市場。因應此時期出現的中產階級以及其品味需求，藝術作品的風格多以寫實主義為主，清楚描繪當時各階層人們（然而主要還是中產階級）生活樣態的各種細節。此時的代表作家有狄更斯（Charles Dickens）、哈代（Thomas Hardy）、蓋斯開爾（Elizabeth Gaskell）等。其次，邁入二十世紀後，各國資本主義面臨一大瓶頸——以機械取代人力後，商品生產速度過快，導致部分商品在國內滯銷。企業為了將這些在國內無法順利販售的商品轉換成資金，開始將目光轉移至國外市場。與此同時，企業也希望能夠從海外找到更豐富的資源以降低製作成本，於是市場的擴張與航海技術的進步，導致現代主義時期的殖民文化興起。隨著東印度公司成立、非洲大獵等殖民活動發生，資本主義亦隨著歐洲帝國主義將其版圖拓展至海外，引起的衝突也從資產階級與無產階級的對立，提升為已開發國家與未開發國家的對立。因此，中期國家壟斷資本主義發達的二十世紀，便為現代主義文學與殖民主義文學興起的年代。此時的代表作家有艾略特、康拉德（Joseph Conrad）、福斯特（E. M. Forster）等。

最後，二次大戰後，殖民主義與帝國主義式微，第三世界國家陸續獨立。取代國家壟斷資本主義的是跨國全球化的資本主義。隨著網路蓬勃發展，資本的流動亦更加便捷。全球化的晚期資本主義造成國與國之間的邊界逐漸模糊。易言之，全球各國已然演化為一龐大的經濟體。此時的文學創作也進入後現代主義「去中心」盛興的時期，不同文體甚至不同類別的藝術作品開始跨領域結合，衍生全新的藝術形式。詹明信批判後現代主義無視差異的領域結合，即為晚期資本主義的產物。換言之，後現代主義實際上並未達成其所聲稱的去中心與去整體化。因為，後現代主義承襲的即是「晚期資本主義的文化邏輯」。整個後現代主義的發展作為一種新的文化邏輯，其實是建構在晚期資本主義經濟為基礎的上層建築，終究還是屬於此建築唯物辯證整體建築中的一部分。藉此，詹明信成功地藉由馬克思的上下層建築的整體模式，將後現代主義的上層文化邏輯與晚期資本主義的下層經濟進行整合。

總之，詹明信的論點是去中心、反霸權與重差異的後現代主義，事實上即是網路科技經濟模式的下層建築與其「晚期資本主義文化邏輯」的開展成果——下層的經濟結構依舊主導著上層的文化邏輯。當代資本主義三大時期經濟與文化的發展與架構關係為：早期資本主義發展出寫實主義，中期資本主義發展出現代主義，而晚期資本主義則發展出後現代主義。此外，每次上下層建築典範的轉移，均是由下層唯物的生產工具（科技）帶動上層文化面向的社會進步。我們要深刻反思的是每次轉移所造成的時代性全新問題。

二、現代主義至後現代主義的過渡

相似於李歐塔定義後現代的企圖，詹明信亦透過觀察現代主義與後現代主義藝術間的斷層後，對後現代主義思想做出相當明確且詳盡的描述。現代主義藝術（無論是文學創作或視覺藝術）服膺菁英主義——現代主義藝術並不認為藝術應當為社會大眾普遍接受，而是應當由受過專業藝術評析者所欣賞。因此，大眾多半對現代主義藝術存在恐懼感。相較之下，後現代主義藝術主張藝術應該貼近大眾的生活，因此後現代藝術大多與資本主義及消費主義有高度的相關性。對此藝術理念與風格的轉變，詹明信列舉五項現代主義藝術過渡後現代主義藝術的特點。

第一，由「深度時空模式」轉變為「平面空間模式」。現代主義高度重視藝術的歷史厚度以及藝術品在傳統上所處的位置。例如，喬伊斯（James Joyce）在小說《尤里西斯》（*Ulysses*）中就將二十世紀初一名推銷員的一日生活與希臘英雄奧德賽的十年漂泊旅行做對照，並在書中探討許多歷史相關議題；然而後現代主義則否定歷史的重要性，並試圖將藝術從歷史的潮流之中抽離，純粹置放在當代的平面空間之中。

第二，「中心化的自我焦慮」轉變為「去中心的零散化」。現代主義文學最常使用的手法之一即為意識流書寫。透過意識流手法，讀者能夠看見特定角色內心因處於碎裂異化世界，擔心自我也隨之消散而產生的焦慮感。相反地，後現代主義思想將去中心視為首要目標。因此，面對支離破碎的外在世界，後現代主義文學積極擁抱著世界（包含經驗、知識、認知等）的碎片。微型小敘事取代宏偉大敘事，成為後現代主體書寫的常態。

第三，由「個性風格的表達」轉為「襲仿的機械複製」。簡單地說，現代主義依然將各種藝術創作視為作者靈魂與天分的展演，因此每件創作都是獨一無二的。但到了後現代主義時期，機械複製技術盛行，人們可以輕易地將難得一見的藝術作品大量再製。藝術的「光暈」（aura）也因受到複製品的挑戰而逐漸消散。

第四，由「自律的審美觀念」轉為「消費文化的商品拜物」。如上所言，現代主義提倡的菁英主義對藝術鑑賞者的要求門檻相當高，若未受過專業訓練，培養出一定的美學概念，是無法理解現代主義藝術的。然而，後現代主義藝術則與資本主義下的消費文化掛鉤在一起。藝術品的價值已經不再取決於美學上的因素，而是因為它被「商品化」成為一種能在市場上流通的有價物品。

最後，由「權威天才」轉變為「大眾化庸才」。亦即，兩次世界大戰期間，人類對人性的信念以及長久建立的文明價值體系幾乎完全瓦解。因此現代主義認為，藝術在此艱困時期具有「救贖」的類宗教功用，藝術創作者必須是有相當天賦之人才能夠擔任此重任。然而，後現代主義已放棄追尋真、善、美的幻想，接受藝術是大眾化的個人創作，因此每個人都可以是藝術創作者。

詹明信以梵谷（Vincent van Gogh）的〈一雙靴子〉（A Pair of Boots）與安迪．沃荷（Andy Warhol）的〈鑽石灰塵鞋〉（Diamond Dust Shoes）為例，來解說現代主義與後現代主義藝術間的差異。詹明信解釋，梵谷的畫作遵循一種康德的美學概念（「美」的普世性原則），其繪畫對象雖然是無生命的物品，但畫中的靴子卻顯現出農夫的辛勤生活。透過這種形式，梵谷的畫作突顯人類對於土地的生命的關懷與深厚情感，以及農夫辛勤地在土地上以勞力換得自己的獨特生存。這雙鞋子因而代表著自然與人類融合的象徵性行動，一種艱難生命的具體實踐和生產、一種飽受折磨世界中美好的烏托邦色彩。

詹明信進一步在《後現代主義或晚期資本主義的文化邏輯》引用海德格〈藝術作品的起源〉中論及梵谷此畫的描述：「鞋子凹陷之深暗內部，標記著繁重勞動的步履之疲乏……皮革殘留著土地之黏稠和潮濕。鞋底下，田野的孤獨小徑，消逝於黑夜裡。……靴子屬於土地，屬於農民世界。」（頁八）梵谷的農夫靴直接向我們說話，慢慢告訴我們此雙農鞋是如何重造整個已不在場的客體世界——初春翻耕中的農地、鄉村茅舍的聚落、農婦們沉重的踏步、夜裡荒寂的田野小路等。此藝術作品帶引我們一步步揭示創作背後整個巨大不在場的人們和土地的時代性客體樣態。

相對之下，安迪・沃荷的〈鑽石灰塵鞋〉則是將商品消費美學引進至資本主義文化邏輯，呈現資本主義下的拜物文化。首先，櫥窗內展示的商品鞋子的再現圖像不再以梵谷藝術語言直接向我們說話。後現代商品的「快速瀏覽」取代生命的「真實經驗」。我們看不見鞋子主人跟土地的豐富關係，更難以想像此商品背後從設計、製模、生產線、包裝、物流、行銷與展示等的複雜流程。因此，觀賞者失去詮釋藝術作品的想像可能，僅留給觀賞者的是無需詮釋的資本主義商品標準生產模式。

再者，櫥窗內展示的商品鞋子不再以藝術物件召喚我們的豐沛情感。有別於彩色農夫鞋，鑽石灰塵鞋在後現代消費文化中呈現的是情感的消退。藝術客體外表的生命情感色彩被剝除，顯露出的是攝影底片理性的黑白色調。最後，櫥窗內展示的商品鞋子不再是獨一無二的藝術客體。同樣都是鞋子，梵谷農夫鞋開展的是班雅明所謂藝術獨特與神聖的「光暈」（aura）效果，而安迪・沃荷的鑽石鞋則是機械大量複製時代一排排無生命亦無光暈的單隻展示鞋。深度時空模式中的個性風格的表達轉為平面空間模式中的襲仿的機械複製。

三、後現代主義藝術的缺陷

儘管詹明信承認後現代主義提供了大眾一種與藝術親近的方式，他同時卻也指出後現代主義面臨的三大問題：「膚淺」（depthlessness）、「缺乏情感」（waning of affect）、「拼貼」（pastiche）。詹明信認為，由於商業意識滲透進入美學創作，藝術家不得不屈就於較為大眾所青睞的創作方式，使用較為膚淺、易懂的方式進行創作。倘若藝術家仍過分執著於上流菁英式的藝術，其作品可能因不受群眾歡迎而無法進入市場。如此一來，後現代作品中缺乏作者的個人特色，作者無法得以創造過去和未來間的藝術延續，導致作品情感傳遞上的空洞。最後，由於庸俗文化的興起，藝術家的專業眼光及專業知識背景隨之受到質疑。詹明信更比較兩大模仿模式：諧仿（參見第七講）與拼貼。前者以「互文性」方式達到反諷及批評，甚至解構的功能，後者則以圖文「碎片化」或「零散化」並置方式，達到去主體、去歷史與去深度的功能。他堅稱後現代主義的藝術作品多為拼貼型作品，尚缺乏深刻諷刺的色彩。因為拼貼對作品所帶來的諷刺意義會隨喜感而消失。詹明信遂認為部分後現代作品只是「空洞的諧仿」（empty parody），沒有任何深度意涵可傳遞。

舉例來說，後現代藝術家常將卡通人物與經典作品相互揉雜。網路上常見藝術家將《海綿寶寶》中的「章魚哥」、《神奇寶貝》中的「火箭隊」等拼湊到德國現代主義畫家孟克（Edvard Munch）的代表作品〈吶喊〉（Skrik）之中。雖然民眾所熟知的卡通人物成為此經典畫作中的主角，然而此種創作並未具備任何文學、文化或者藝術意涵，純粹只是將兩種層次的文化揉合，無法傳達任何深度意涵。

批判思考

為何許多歐陸後現代主義思想家（如德希達、阿岡本、紀傑克與巴迪烏）都宣稱自己是馬克思思想的繼承者或是忠誠左派者？對馬克思思想而言，這些基進的思想家的努力似乎也沒帶來所預期的「解放」效果？為什麼？

馬克思思想的核心是藉由系統性的政經論述，批判統治階級的意識型態，進行其推動社會進步的階級鬥爭。整體而言，後現代主義哲學均認同宏偉意識型態是統治階級對其社會及人民的控制手段，於是「去中心」以及「差異性」成為歐陸後現代主義思想家共同的主張，企圖從上層建築的意識型態、政治、文化與藝術批判中解放被壓迫者。然而，對馬克思而言，解決階級問題的主要場域不在上層建築的意識型態或文化，而是在底層建築的生產模式。易言之，歐陸後現代主義思想家的基進新思想只能處理階級問題的「病徵」，唯有新的生產技術與經濟模式（下層建築）所建立對被壓迫者友善的階級架構才能真正直接處理當代「病因」，也方能真正解放被壓迫者。

【問題與思辨】

一、你同意詹明信所謂「後現代主義」即是建基於當前「後資本主義」的文化邏輯（依據馬克思主義的經濟決定論，下層建築決定了上層建築）嗎？為什麼？

二、近年來許多好萊塢電影經常將過去的電影重新拍攝，我們如何以詹明信對後現代藝術的批評態度來檢視？

三、臺灣的文創文化是否符合詹明信所指出後現代藝術的三大問題（膚淺、情感空洞、純粹模仿）？為什麼？

四、詹明信認為後現代藝術作品多為「空洞的諧擬」，你是否認同這樣的論述？為什麼？

五、你認為馬克思思想的魅力究竟有何獨特的元素？請舉例說明。

六、若你今天是一位藝術家，你會選擇現代主義藝術的創作手法，還是後現代主義藝術較貼近大眾的風格呢？為什麼？

【書目建議】

弗里德里克．詹明信（Fredric Jameson）。《後現代主義或晚期資本主義的文化邏輯》。吳美真（譯）。臺北：時報文化，一九八八年。

———。《後現代主義與文化理論》。唐小兵（譯）。臺北：合志，一九八九年。

朱剛。《詹明信》。臺北：生智，一九九五年。

馬丁．海德格（Martin Heidegger）。《林中路》。孫周興（譯）。臺北：時報文化，一九九四年。

Homer, Sean, and Douglas Kellner, eds. *Fredric Jameson: A Critical Reader*. Houndmills: Palgrave Macmillan, 2004.

Jameson, Fredric. *Marxism and Form: Twentieth Century Dialectical Theories of Literature*. Princeton: Princeton UP, 1972.

———. *Postmodernism, or, the Cultural Logic of Late Capitalism*. Durham: Duke UP, 1991.

———. *The Political Unconscious: Narrative as a Socially Symbolic Act*. London: Routledge, 2002.

壹、女性主義概論

綜觀人類歷史，女性不論在任何國家、宗教、種族與階級中，幾乎都是從屬的身分與位階。女性主義即是人類千百年父權牽制下，「女性意識」的覺醒與推廣運動。然而，何謂女性？如何界定女性主義？為何要推動女性主義？女性主義又該有哪些時代性的新訴求與努力？這些問題總不斷地縈繞著女性主義的推動者和支持者。

女性主義的起源眾說紛紜，可追溯至中古世紀的宗教活動，但學者們普遍認為女性主義源起於十七世紀的女權意識抬頭。此一時期，少部分的貴族女性已有機會開始進行文學創作與出版，但得到的反應常貶大於褒。評論社群內不乏同樣是身分地位相當的貴族女性。這些批評者大肆撻伐女性作家的狂妄，更一再強調女性堅守「端莊」（modesty）的重要性，迫使女性作家們必須在作品裡不斷聲明寫作動機並非意圖展現女性過人的才智。所幸，如此缺乏善意的環境並未阻擋女性持續書寫與創作。十七世紀末開始，西方啟蒙運動提倡「天賦人權」，許多女性藉由書寫與出版活動鼓勵其他女性活出自我，別再受困於男性的評價之中。更有女性作家認為，女性與男性擁有相同的才能：女性之所以無法像男人一般獲得高成就，是因為女人沒有發展機會與有利物質條件培養這些才能。到了十八世紀，中產階級逐漸成形，有更多的女性開始接受教育，女性書寫與出版更為盛行。然而，這些接受教育的女性並未因此鼓勵女性思考自身的權益，反而是出版大量的女性「行為指南」（conduct book），大力鼓吹所謂的「女性美德」（womanly virtue），並教導女性如何成為合格的母親、妻子或女兒。

與此同時，部分女性已開始思考男女之間的不對等關係，並試圖鼓勵女性接受教育或自學，以獲得獨立於男性自主思考的能力。其中最著名的是英國女作家瑪莉・沃史東克蕾芙特（Mary Wollstonecraft）於一七九二年出版的《為女權辯護：關於政治和道德問題的批判》（*A Vindication of the Rights of Woman: With Strictures on Political and Moral Subjects*），此書普遍被認為是當代女性主義的先聲。她在書中精準指出，女性並非生而愚昧，而是她們受制於父權制度、缺乏足夠教育。

隨時代發展，女性主義的關注焦點有所變動，前後出現三波女性主義思潮。各波女性主義的崛起，一方面指出上一波之不足，同時亦極力補足其缺陷。當代女性主義論述須與其他理論結合，方能拓展並深化女性主義之論述。二十一世紀的「生態女性主義」、「跨國女性主義」以及「新唯物女性主義」等論述，便隨時代浪潮接續而生，為女性主義思潮注入源源活水。無疑地，女性主義對當代社會帶來巨大影響，不僅為女性爭取教育權、投票權、財產權，女性主義亦促使受壓迫的女性藉著掌控和解放其身體的自主權利，思考女性在新時代下的多重身分、位置及其主體性。本單元將評介女性主義的重要發展與理論如下：一、沃史東克蕾芙特的《為女權辯護》；二、女性主義對「父權」的批判；三、女性主義的三波發展背景；四、第三波女性主義的困境與臺灣女性主義的發展。

一、沃史東克蕾芙特的《為女權辯護》

沃史東克蕾芙特的《為女權辯護》向來被視為女性主義思想最重要的起源之一。此書中，沃史東克蕾芙特開門見山地問道，男性與女性之間的不平等，究竟是天生的或是人為的？她指出，過去社會不斷地教導女性只需關注自我外貌，以便未來能尋得好夫君，接著為人妻、做人母，盡其職責。但是，此理念卻使得女性喪失自主能力，一輩子以柔弱、幼稚又不負責任的樣貌生活著。倘若人們希望整體社會能更加進步，就應該停止以男性與女性區分教育方式，更應當將所有人視為具有理智的「人類」來培養。如同多數的十八世紀女性作家，沃史東克蕾芙特在書中也為自己的論點進行澄清。她聲明，讓女性接受與男性相同的教育，並不是為了讓女人和男人在社會上平起平坐。相反地，以生理來看，女性體力大多不如男性，這是不爭的事實，因此，即便女性接受教育，也不可能剝奪男性的社會優勢。簡言之，讓女性獲得受教的權利，只是為了減少她們所造成的社會負擔。

接著，沃史東克蕾芙特對「陽剛」（masculine）的概念進行論證。她指出，「陽剛」一詞不僅形容男性的行為與外貌，它同時也指涉高尚、尊貴的人格特質，例如理性、獨立、負責任等。由此看來，既然女性在體能上無法從事男人的工作，那麼女性唯一能夠「陽剛」之處，就在於心智與人格。易言之，一個陽剛的女人並不是指那些「模仿男人行為」的女人，而是指「不會造成社會負擔」的女人。值得注意的是，沃史東克蕾芙特強調，她的訴求對象並不是普遍的女性讀者，而是相當有條件地限制在中產階級的女性。沃史東克蕾芙特認為，中產階級的人們是最接近人類自然狀態的一群；相較之下，上流階層的人們則顯得矯飾、墮落且虛榮。上流人士受到的教育使他們過分懦弱與矯揉造作，富裕無憂的生活方式也使其缺乏常人該有的美德。因此，他們的存在反而敗壞社會應有的善良風氣。換言之，沃史東克蕾芙特所提倡的女性美德是一種更貼近中產階級的女權意識。

最後，沃史東克蕾芙特再次向當代的女性同胞呼籲，女性應該嘗試在心靈與肉體上皆獲得獨立自主的能力，並捨棄那些非理性的特質（例如多愁善感、喜怒無常、追求品味等）。儘管男女之間存在性別差異，所有人類都應該追求理智上的進步與品德上的完善：一旦女性變得理性，便能夠減少社會上的道德問題，男性也會因此受惠。總而言之，沃史東克蕾芙特藉由將女性的權利問題提升為人類社會問題之層級，其論述已大致顯現了第一波女性主義「異中求同」的訴求雛型。

二、女性主義對「父權」的批判

「父權」指的是一種由男性掌握主要權力與資源分配的社會家長制度。在父權的社會裡，一般只有男性可以成為政治上的領導人物，因此社會規範與律法也常服膺於男性的價值與利益，成為控制社會的統治工具。女性主義者認為，父權是極為不公平的制度。因為父權不只壓迫女性，也壓迫那些不符合社會期待的男性。為此，女性主義初期的首要目標即是瓦解父權中心，進而思考到底女人作為女人、身為女人能產生什麼樣的主體性。

以儒家「三綱五常」作為父權規範的例子來解釋。事實上，儒家的三綱五常建構千年來中華文化下的政治與倫理架構，我們的日常生活也受到此框架諸多制約。首先，所謂的「三綱」包含「君為臣綱」，「父為子綱」，「夫為妻綱」。其中值得注意的是，「君」、「父」以及「夫」都是男性。因此，「綱」作為一種「秩序」或「法紀」顯然是由男性所主導。換言之，男性壟斷所有規範的制定權以及社會資源的分配。當代的儒學，在面對新時代的思想時，開始調整過去三個最為人詬病的面向：不夠民主、不夠科學，以及對女性的歧視。此時代性之修正與反思，也是女性主義對當代全球社會的重要貢獻之一。

女性主義學者們對於性別差異所做出的批判是文學理論發展中非常重要的論述。女性主義隨著時代的演進，從為爭取女性權利的第一波女性主義，發展至重視語言表述及創作方式的第二波女性主義，再至強調種族議題之第三波女性主義。女性主義無疑替各種女性發聲，並爭取社會大眾之關注。女性主義一方面與社會現實相結合，另一方面更帶動文學、藝術之創作。無疑地，隨著女性主義與其他思潮領域相互連結與生成，女性主義仍將持續演化。

批判思考

為什麼在人類數千年的歷史中，幾乎都是「父權」的社會與文化？而不是「母權」的社會與文化？

此問題或許可以倒過來探討。事實上，地球上的動物與人類都有獨特的社會結構。以動物界而言，象群就是母系社會，通常走在象群最前面的帶領者都是母象；在人類社會中，其實也有母系社會的存在。比方說，印度阿薩姆省的某部落，規定結婚後新郎必須搬進新娘家裡侍奉新娘的父母。換言之，無論是動物或人類社會，所謂的「母權」、「母系」社會的案例皆真實存在。然而，不得不承認的是，從古時部落、奴隸、封建時代乃至現今資本年代，人類的整體文明仍舊是由「父權」主導。即使有少數母系社會的個案存在，特例並無法推翻整體。簡單來說，雖然舉得出幾個母系社會存在的例子，可是這些僅為特例，並不是整體人類的常態與通則。

當然，「父權」或一個社會規範的形成，來自不同面向的因素。若從人類演化的文明來看，父權歸根究底與先天生理特質、後天環境形成的性別論述緊緊相扣。換言之，男性因為身強體壯，所以到戶外狩獵、工作，而女性相對心思細膩，並且有子宮生育小孩的能力，所以在家裡負責照育。人類千年來存在著如同動物般的社會階級分工，乍看屬於必然現象，事實上不盡然，相反地，女性主義之興起便是開啟人類社會新紀元。人類的社會在十八世紀進入十九世紀期間，歷經一個重要的思想改革——啟蒙運動，倡導人類的思考能力並賦予人的主體性。因此，女性不再受先天身體弱勢所限，其個人角色也不以生育為唯一職志。此外，資本主義的興起進一步創造女性較毋須依靠強者、能盡力追求自我卓越的生存情境，人類因而逐漸進入以個人特質、想法、才華、能力為主導，不再是以男女性別為主作為區分的分工社會。在哲學或者藝文領域裡，不乏許多卓越女性，展現她們優於男性的才華。甚至在二十一世紀，女性部長、女性國家領導者亦不乏現例。

三、女性主義的三波發展背景

第一波女性主義盛行於一八八〇至一九二〇年代。在英美國家的發展最早可以追溯到一八四八年，於紐約舉行的「塞內卡福爾斯會議」（Seneca Falls Convention），以及會中由伊莉莎白・卡迪・斯坦頓（Elizabeth Cady Stanton）草擬的《感傷宣言》（*Declaration of Sentiments*）。《感傷宣言》表示，倘若該政府企圖因利益壓迫女性，女性則有權利及義務推翻此政權。進入一八六〇年代後，英美女性開始組織團體，要求政府給予女性參與政治的權利，但直至一八八〇年代，女權運動才逐漸興盛。一九二〇年代，英美女性終於正式被賦予投票權。無疑地，這項成就歸因於《感傷宣言》為女性爭取平權之思維揭開序幕。諸多女性主義思想家亦陸續提出不同論述。例如，吳爾芙（Virginia Woolf）、西蒙・波娃（Simone de Beauvoir）等。第一波女性主義便是在此女權運動潮流中成形，並逐漸茁壯，為女性爭取與男性平等之地位，並企圖推翻社會對女性之既定印象。簡言之，第一波女性主義極力在「異中求同」，希望藉著凸顯女性的自主權讓長期受壓抑的女性們能得到與男性相同的權利。

一九六〇年代，第二波女性主義興起。此時期的女性主義者不再只是單純為女性爭取與男性相同權利，而是在後結構主義影響下，強調女性與男性間的「差異」（difference）。簡言之，隨著女性在政治參與上逐漸獲得與男性相同的權利，第二波女性主義提出「同中求異」的概念，找尋屬於女性的獨特主體性。第二波女性主義主要又分為兩大派別：「英美女性主義」（Anglo-American Feminism）以及「法國女性主義」（French Feminism）。英美派女性主義代表思想家有米雷特（Kate Millett）、蕭華特（Elaine Showalter）等。另一方面，法國女性主義代表思想家則有克莉斯蒂娃（Julia Kristeva）、伊瑞葛萊（Luce Irigaray）、西蘇（Hélène Cixous）。此三位理論家並稱為「法國女性主義三巨頭」。此一波的女性主義不只重申女性在權利上需與男性平等，並藉著凸顯女性「陰柔」（feminine）的一面，進一步強調女性在社會中扮演的獨特地位。如此一來，女性主義不再處於父權長期建構的各種「規範」（norms）下，被動地「求同」；而是開始主動尋求其性別的獨特性與不可取代性。

一九八〇年代末，第三波女性主義興起。第三波女性主義認為第二波女性主義過分強調「菁英／高等教育」、「白人」與「中產階級」等身分標籤，反而邊緣化「女孩」、「有色」與「第三世界」等女性。一九九二年，沃克（Rebecca Walker）正式提出「第三波女性主義」一詞，希冀眾人能夠重視「酷兒女性」與「非白人女性」等族群的重要性。著名第三波女性主義代表思想家有理查茲（Amy Richards）、沃克等。簡言之，女性主義由第一波之「異中求同」演變至第二波之「同中求異」，第三波的當代女性主義則進一步提倡「異中求異」的觀念，雖然並未帶領起如同前兩波理論的聲勢與動能，但仍持續為世上所有女性發聲（參見圖9-1）。

四、第三波女性主義的困境與臺灣女性主義的發展

本講聚焦在第一波與第二波女性主義理論的探討，因此在概論單元先分述第三波女性主義的困境與臺灣女性主義的發展。當前的第三波女性主義（一九九〇—）受到後結構主義與後現代主義的影響，更進一步地批判第二波女性主義追求的性別差異，其實也只是「西方白人中產階級」女性所建構的「差異」。「女人」的主體性並不能代表其他各種族群的女人差異。有些基進的第三波女性主義者甚至主張，所謂「性別」其實也不過是社會建構下的權力產物。因此，第三波女性主義的訴求為「異中求異」，強調不只男性與女性之間有所差異，即使是相同生理性別的女人之間，也存在多樣的「差異」，因此，不應該被

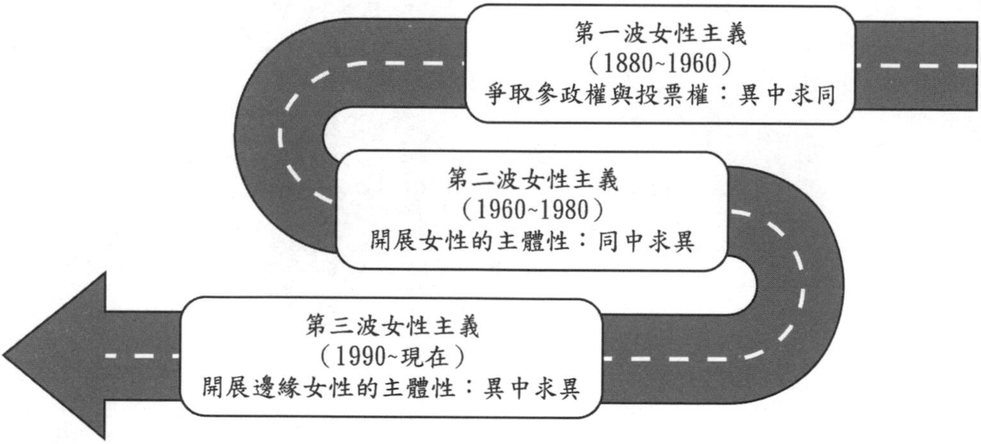

圖9-1 三波女性主義的發展歷程

菁英白人女性的「差異」所約化。然而，有別於前兩波女性主義（從「異中求同」到「同中求異」）強大推波助瀾的「爆發力」與「持續力」，此波強調「異中求異」的女性主義似乎顯得後繼無力，方興「已艾」。

整體而言，第三波女性主義發展的困境有三項主要成因：一、第三波的女性主義推動者相對弱勢，難以進入體制內發聲。二、第三波的女性主義推動者相對多元，難以建立共同的論述平臺。三、第三波的女性主義理論相對薄弱，難以形成一個有力的學派論述。若細細觀察與分析，不難發現二十一世紀初女性主義最新的整體發展，已然失去傳統上「波」的集體方向性與發展性，取而代之的是女性主義與當前「物質轉向」後各種新論述輻射線狀的連結與生成（參見第十二講）。例如，情動理論（Affect Theory）與女性主義、新唯物論與女性主義、跨國流動與女性主義、後人類與女性主義、生態批評與女性主義等。

至於，女性主義在臺灣的發展，已見根扎與花開。回顧臺灣近半世紀歷史，從早期婦女運動發展到晚期盛行的學院派的性別研究，女性主義在臺灣的發展已歷經多個重要的里程碑。目前，確實已積累一定的基礎與成果。學界公認，一九七二年呂秀蓮提出的「新女性主義」，為戰後的臺灣婦女運動揭開序幕。繼之，一九八二年婦運元老李元貞等學者創立婦女新知雜誌社，掀起臺灣婦女運動風潮，喚醒臺灣婦女對自身女性意識與政經權益的追求。一九八七年臺灣解嚴後，學者們開始以不同角度切入，爬梳不同時期臺灣婦運的發展；也自西方引薦女性主義理論，研究自戰後到世紀末的女性文學演變。一九九〇年受到後現代思潮與本土化的推展影響下，各大學紛紛成立第二波婦女研究室、性別研究室及兩性與社會研究室等。女性主義批評與論述在學術界蔚為一時風潮，眾聲喧譁，成果豐碩。

具體而言，人文與社科領域的女性學者們如何春蕤、張小虹、劉亮雅、邱貴芬、顧燕翎、簡瑛瑛、劉開玲、范銘如、林芳玫、劉毓秀、游素玲與劉乃慈等不斷引介、探討與吸納西方女性主義思潮與婦女運動經驗的養分，積極建立屬於臺灣女性性自主與多樣的主體性論述。在此期間，也不乏男性學者如傅大偉、王德威、陳芳明等參與女性主義批評論述的建構。至今，臺灣婦女運動研究與西方女性主義理論的探討已具有一定可觀的成果（二〇〇〇年在臺灣興起的第三波女性主義對學界研究與婦女運動影響相對較弱）。總之，臺灣的女性主義理論與批評研究已然成為一門跨學科的領域，呈現豐富而多元的前進樣態。然而，針對當前正在形塑中的女性主義「物質轉向」研究，仍待進一步的努力。

【問題與思辨】

一、當前「女權」仍需改善的面向有哪些？為什麼？

二、聯合國近年來依據生殖健康（如孕產婦死亡率、未成年生育率）、賦權（如國會議員女性比率、二十五歲以上受過中等教育以上之人口比率）及勞動市場參與（如十五歲以上之勞動力參與率）等三面向製作「性別不平等」指數，你認為採用這些數據是否足夠？或是應該涵蓋哪些面向？

三、男性是否也會受到父權結構的壓迫？請舉例。

四、女性主義是否等於「性別研究」？兩者有什麼關聯與差異？

五、你支持世界各地年輕女性推動的「解放乳頭運動」嗎？為什麼？

六、第三波女性主義發展的困境之一為其推動者較弱勢，難以為自身發聲。對於此種現象，我們可以如何，或透過何種管道解決呢？

【書目建議】

托麗．莫（Toril Moi）。《性／文本政治：女性主義文學理論》。王奕婷（譯）。臺北：巨流，二〇〇五年。

施舜翔。《性、高跟鞋與吳爾芙：一部女性主義論戰史》。新北：商務，二〇一八年。

唐荷。《女性主義文學理論》。臺北：揚智，二〇〇三年。

瑪莉．沃史東克蕾芙特（Mary Wollstonecraft）。《為女權辯護：關於政治及道德問題的批判》。常瑩、典典、劉荻（譯）。臺北：五南，二〇一八年。

Beasley, Chris. *Gender and Sexuality: Critical Theories, Critical Thinkers*. London: Sage, 2005.

Humm, Maggie. *The Dictionary of Feminist Theory*. Columbus: Ohio State UP, 1995.

Stanton, Elizabeth. *Declaration of Sentiments and Resolutions*. Carlisle Applewood Books, 2015.

Walters, Margaret. *Feminism: A Very Short Introduction*. Oxford: Oxford UP, 2005.

貳、第一波女性主義

第一波女性主義意指一八八〇至一九六〇期間的女權運動。當然，這並不意味著一八八〇年代之前沒有任何「女性主義」的思想存在。但是，不容爭辯的是，第一波女性主義之後，「女性主義」（feminism）一詞才逐漸被歐洲的女權運動提倡者採用來指涉自身的群體。因此，此一時期在女性主義的發展史上具有里程碑般的歷史意義。第一波女性主義的起源最早可以追溯到法國大革命時期。當時，法國大革命的支持者們為了正當化自身推翻政府的行為，援引哲學家盧梭（Jean-Jacques Rousseau）的「社會契約」（social contract）理論，並且喊出了「自由、平等、博愛」（liberty, equality, fraternity）的口號，吸引群眾加入革命的行列。然而，盧梭的政治理論以現代的角度來看，完全漠視女性的權益。盧梭認為，女性在教育上應歸順於男性，因為男性的心智比女性更完整，所以「思考」應該是男性的工作，而女性只要在家當個「賢妻良母」即可，簡言之，自法國大革命以降，女人的「自然權」（natural right）長久受到漠視：女人並不是「人」，而是男人的「資產」。十九世紀初，部分女性逐漸發現所謂「自由、平等、博愛」的口號其實僅限於男人，根本不適用於女人。十九世紀後期，更多女性開始參與女權運動，希望獲得獨立自主的權利，於是第一波女性主義逐漸成形。

第一波女性主義之訴求深受啟蒙運動的人文主義影響，但同時也對其「人性理論」提出質疑。第七講後現代主義單元曾提及，現代性啟蒙運動倡導理智的使用，並認為人類歷史是線性且不斷進步。此外，現代性也相信「理性」是人類的普世特質：凡人類皆應具有使用理智的能力，因此理性就是人性，亦即是人類的本質。第一波女性主義繼承現代性的部分思想，也相信理性是全人類共享的特質之一，能使人類脫離無知的深淵，進而促進整體社會的進步。但她們追問，既然理性是人類的普世特質，女性為何在政治參與的場域被排除在外？為何女性不被視為有能力使用自身理智為社會進步做出貢獻？為何社會認為女性不需要將自己從當下的「愚昧」之中解放出來？第一波女性主義認為，女性之所以沒有參政權、受教權等，是因為現代性啟蒙運動聲稱的「人類普世特質」其對象僅限於白人男性。換言之，女性還是被排除在「人」的概念之外。因此，第一波女性主義以「異中求同」的平等權作為政治訴求，強調女人與男人都應該享有「人權」，也就是作為一個完整的「人」的權益。於是，第一波女性主義將運動的重心放在與女性相關的法律議題上，其中最重要的目標就在於爭取女人的「公民權」（civil rights），包含受教權、財產權，以及最主要的「投票權」（suffrage）。

由於第一波女性主義作家不勝枚數，相關的作品更是不可計量。因此，本單元僅挑選了吳爾芙與西蒙·波娃，兩位最為知名的經典作家作為代表。以下，將先介紹兩人的成長背景，再分述各別的重要女性主義著作。吳爾芙是英國現代主義的代表作家之一，與喬伊斯（James Joyce）、艾略特（T. S. Eliot）等男性著名作家齊名。

維吉尼亞·吳爾芙（Virginia Woolf, 1882-1941）出生在倫敦，她的父親萊斯利·史蒂芬（Leslie Stephen）是個著名的歷史學家以及文學評論家。雖然吳爾芙被認為是現代文學中最偉大的女性作家之一，但事實上，她並沒有受過太多的正規教育。吳爾芙早年的學習皆由她的父母自行教導，也因為父親職業的緣故，吳爾芙自小便與許多知識名流接觸，展現過人的文學才華。一八九五年，吳爾芙的母親突然過世，吳爾芙因此受到人生最嚴重的一次創傷。母親逝世後，吳爾芙同母異父的姐姐史黛拉成為了家中的女主人，擔任起母親的角色。然而，就在婚後的三個月，史黛拉就因為懷孕引發的併發症與腹膜炎而過世。吳爾芙的父親從此意志消沉，而當時才十五歲的吳爾芙也精神崩潰。一九〇四年，吳爾芙的父親離世，吳爾芙於是與其他幾個兄弟姊妹搬離海德公園的住處。離家後，吳爾芙與李奧納多・吳爾芙（Leonard Woolf）等文人結識，並體驗到前所未有的自由，以往限制她寫作的所有束縛也似乎都跟著煙消雲散。於此時期，吳爾芙確立其作家之職志，同時也奠定她日後的女性主義傾向。一九一二年，吳爾芙和李奧納多・吳爾芙結婚，而李奧納多也提供她更多的寫作機會。只不過，吳爾芙始終沒有辦法擺脫精神上的不穩定。第二次世界大戰爆發後，吳爾芙的精神狀況日漸惡化，甚至經常說自己腦中有許多的聲音在對她說話。一九四一年三月二十八日，吳爾芙在衣服口袋裡裝滿了石頭，走進烏茲河投河自盡。

西蒙・德・波娃（Simone de Beauvoir, 1908-1986）則是法國知名的存在主義哲學家，出生在巴黎的一個中產階級家庭。她的父親是名律師，母親是銀行家。波娃從小受到母親嚴格的宗教教育，甚至一度想將其一生奉獻給上帝，成為一名修女。然而，在波娃十四歲的時候，拒絕了母親強加在她身上的宗教背景，決心一輩子都當一名無神論者。一九二五年，波娃開始在法國巴黎天主教大學學習數學，隔年，她到了索邦神學院開始學習哲學，並在一九二八年拿到哲學學士學位。她在巴黎大學期間，認識法國存在主義學者沙特（Jean-Paul Sartre）。兩人就此展開一段沒有婚姻約束的情愛關係。其後，波娃開始她的教職生涯，但是並不甚順利，她的教師執照甚至被吊銷。一九四九年，她出版了她最著名的作品《第二性》（*The Second Sex*），對當時的父權社會造成不小衝擊，並推動社會對女性主義的平等訴求做進一步探討與思辨。一九八六年，波娃於巴黎去世，最後被下葬在沙特的墓旁。本單元將評介第一波女性主義二位理論家的代表作如下：一、吳爾芙的《自己的房間》（*A Room of One's Own*）；二、波娃的《第二性》。

一、吳爾芙的《自己的房間》

吳爾芙的《自己的房間》以女性的經濟弱勢為論述視野，描述作為一名女性作家所遭遇到的各種困難與挑戰，不僅被視為西方「女性獨立」的自主宣言，更成為當代女性主義思潮中的扛鼎之作。吳爾芙說道，當走在大英博物館的圖書館時，她反覆思索著，過去的英國女人們都過著什麼樣的生活？她翻開了特立威廉（George Macaulay Trevelyan）所著的《英格蘭史》（*History of England*），卻只找到兩筆與女性地位有關的條目：其一是丈夫有權毆打妻子；另一筆則是女性沒有自己選擇丈夫的權利。吳爾芙質問，在文學創作中，女性總是比男性優越，但為什麼女性在歷史的實際記載地位卻如此低落？如此錯誤地呈現女人的生活情境，難道不會導致世人對女性產生錯誤的認知嗎？她為此感嘆，眾人習以為常的女人其實只是文學創作中的一種幻想，實際上女性在文學創作歷史中是長久缺席的。吳爾芙接著寫道，她對於過去女性生活的種種都感到好奇，但是否真的有任何人能夠將這些資訊收集成冊、出版呢？也正因為這些資訊的缺乏，吳爾芙認為自身作為一個女性作家，她始終無法找到一個可以依循的傳統。這是否表示過去的女性在文學上

吳爾芙
Virginia Woolf

的表現比男性拙劣呢？又或者，一個如莎士比亞般才華洋溢的女人，是否能成為舉世皆知的文人？

對此，吳爾芙虛構了一個名為茱蒂絲．莎士比亞（Judith Shakespeare）的女性角色，設定她為莎士比亞的妹妹。吳爾芙要求讀者們想像，倘若茱蒂絲與莎士比亞兩人的才華不分軒輊，茱蒂絲會有什麼樣的人生。吳爾芙說明，莎士比亞從小便接受拉丁文與希臘文的教育，還有機會閱讀各家古典名著。長大後，莎士比亞發現自己對戲劇別有一番興趣，於是前往倫敦發展，最後成為享譽盛名的劇作家。然而，當莎士比亞的作品受到眾人讚賞之時，茱蒂絲可能根本沒有機會受教育。當她試著閱讀莎士比亞留下的書稿時，她會立刻被父親斥責，要求她協助家務。接著，茱蒂絲就如同她優秀的兄弟一般，對戲劇產生極大的興趣。但每當她試圖進行文學創作時，便立刻受到家人的指責，因為他們深切地了解「作家」對女人來說並不是一份適切的工作。也許茱蒂絲年紀輕輕就已經被迫和某個陌生男子訂婚，而當她乞求父親希望能取消婚約時，父親說不定會狠狠地打她一頓，原因是：擁有自己的意志，是一個女人對父親最大的忤逆。於是，茱蒂絲趁夜離家出走，逃往倫敦追求自己的夢想。

只不過，茱蒂絲並沒有像莎士比亞一樣發展順利。她可能在劇院的門口苦苦哀求守衛讓她進門與經理談談。但守衛會恥笑她，告訴她女性不可能在劇院中獲得一席之地，並且暗示她，若想進入劇院，便要付出一點「代價」；有著女作家高傲靈魂的茱蒂絲當然不可能接受此要脅，於是她只能餐風露宿。看著茱蒂絲神似莎士比亞的神情，劇院的經理忍不住對她動心。但最後，茱蒂絲並沒有成為作家，反倒是未婚懷上經理的孩子。茱蒂絲絕望地結束了自己的生命，而她的遺體就這樣被隨意地埋在英國的某個十字路口。吳爾芙認為，茱蒂絲的悲慘下場是由於女性的物質困頓所造成，因為女性的物質生活受到控制，當然也就無法擁有自己的思想。她提出著名的論點：「女人想寫作，必須要有一間屬於自己的房間，以及每年五百英鎊的收入。」在茱蒂絲的故事之後，吳爾芙對讀者感性地說道，那個懷才不遇的茱蒂絲依舊活在每個女性的身體裡，她只是沒有機會為她自己寫下任何著作。吳爾芙要求她的讀者，為了茱蒂絲的來臨、重生，女性一定得為自己的權力奮鬥，將社會建造成一個能隨自己心意選擇丈夫、職業、人生方向的世界。如此一來，人世間難以計數的茱蒂絲才能真正打破時代悲劇枷鎖，活出全新的命運。

在書寫風格上，吳爾芙則認為女性的書寫應該回歸女性自身的經驗上，而非將女性自己作為男性的對照。她指出，過去數百年間，男性漠視女性的內心世界，並且視女性為次等人類，因而在面對女性時，男性才能感受到優越感。也就是說，女性一直以「男性的鏡子」之角色存在著，透過女性這面鏡子，男性獲得驕傲以及自滿。她在《自己的房間》[1]中寫道：「多少世紀以來，女人只做了一面鏡子，有一種幻異而美妙的作用，將男子的影像加倍放大。」（頁六七）。所以，吳爾芙最重要的訴求之一，就是要求女性粉碎這面鏡子，將自身從男性的倒影之中解放出來。為了達到其目的，吳爾芙認為，我們應該停止與男性對抗，因為將女性與男性對立，依然讓女性成為男性的對照，只會讓女性繼續受困鏡子之中。於是，吳爾芙在其著名小說《奧蘭多》（*Orlando*）中提出「雌雄同體」（androgyny）的概念，希望能在男性的壓迫與女性的經驗之間找到解構男女框架的多樣觀點。

二、波娃的《第二性》

「一個人不是生為女人，而是成為女人」是波娃在《第二性》裡的經典名句。《第二性》被譯成全球多國語言，銷量超過幾百萬冊，具體推動第一波女性主義邁向更成熟的女權運動。細讀內容，

西蒙・波娃
Simone de Beauvoir

不難發現《第二性》廣博精深，從歷史、神話、社會學、文學、生物學和醫學多方面討論女性的具體特質與當前處境。一改理論著作的晦澀枯燥，書中援引與分析世界各國大量的具體實例，藉此縱論不同國家的女性在歷史演變中的實際情況，堪稱一部兼具廣度與深度的世界級女性研究經典。時至今日，《第二性》仍被視為女權論述的「聖經」。在此書裡，波娃回顧「女人」這個概念在哲學史中的演變，發現數千年的歷史論述中，女人一直未能「成為」（become）真正的自己。她首先指出，當代探討女性議題的論述繁盛，可是其中真正能夠觸及問題核心的卻很少。為何第一性是男人，而非女人？為何女人須「成為」男人眼中的女人？此外，有人認為，女人的「陰性特質」（femininity）正在喪失，所以大力要求女性們繼續「成為」女人；但是，究竟什麼是「女人」（woman）？

根據社會要求女性「成為女人」的論點看來，「女性」並不等同於「女人」，而是擁有陰性特質的女性才能算是女人。波娃追問，那麼陰性特質又是什麼？傳統形上哲學說，那是一種柏拉圖式的本質論。但到了當代，生物學與社會科學取代傳統形上哲學的詮釋位置，認為世間並不存在任何不變的本質，生物一切特質都僅是根據所處環境所做出的演化。由此推論，女性與生俱來的陰性特質或許根本就不存在。既然如此，那麼「女人」這個詞彙是否還具有任何特殊的意涵？很顯然地，

1 請參閱《自己的房間》。臺北：天培，二〇一八年。

女人有別於男人。然而，波娃表示這樣的說法並不完整，因為女人就和男人一樣，兩者都是人類，但究竟是什麼將女人與男人給區隔開來？

至此，按波娃看法，女性不等同於女人，但究竟什麼是女人？波娃認為，由「她」提出此問，實際上便隱含相當重要的意義：因為一個男人絕不可能需要大費周章地寫出一本探討「什麼是男人」的書籍，更毋需證明自己是個男人。對此，波娃指出「陽性特質」（masculinity）與「陰性特質」間的關係從來都不對等。「Man」可以是個陽性詞彙（解作「男人」），同時也可以是個中性詞彙（解作「人」），但「woman」卻從來都只能是陰性（解作「女人」）。易言之，「男人」的概念自身就是判斷男人與女人的標準。比方說，一旦將某一條直線定義為垂直線後，其他線則被看作是歪斜的。相同地，一旦有了「男人」的概念，「女人」概念應運而生。波娃接著回顧了哲學家湯瑪斯．阿奎那（Thomas Aquinas）與亞里斯多德（Aristotle）對女人的定義來證實她的論點。對阿奎那與亞里斯多德而言，女人就是「不完美的男人」（the female is an imperfect male），是有所「缺乏」（lack）的男人。換言之，男人可以沒有女人；但女人不能夠沒有男人，因為男人是擁有人的本質，女人則缺乏人的本質，只是一種依附男性的存在。

接著，波娃指出西方哲學發展總脫離不了「二元性」（duality）的對立：亦即自我與他者的對立。但此種對立並非穩固不變，當自我從熟悉的環境進入陌生領域後，便可能會感受到自身被「他者化」。波娃將此種由自我轉變為他者的過程感受稱為「互受性」（reciprocity）。然而，兩性間的對立卻缺少互受性，因為男人與女人不可能交換身分，女人只能是臣服於男人的他者。波娃再次質問，女人對男人的臣服又是從何而起？一般而言，強勢與弱勢是以數量作為分野。但女人既然占據世上一半的人口數量，顯然數量並非女人成為弱勢之因。波娃於是將女人與美國黑人、德國猶太人以及無產階級相對照，發現女人之所以是永遠的他者，是因為女人的他者性並非建立於任何的歷史事件。再者，無論是美國黑人、德國猶太人或無產階級，他們皆有著強大的族群認同感。相較之下，女人甚至無法認同女人，只能以男人的觀點理解自身。

波娃認為，男人為了鞏固自身獲得的優勢，將女人困於劣勢，一再使用各種手段貶低女性的地位。舉例來說，十九世紀工業革命後，女人有機會進入勞動市場，許多女性主義者也將女人的經濟自主權視為女性解放之契機。然而，隨著資本主義盛行，女人並未真正得到解脫。資產階級對私有財產及家庭觀念的重視驅使女人回到家中，要求她們負起身為「女人」的責任。實際上，這些責任只不過是男人早已建立好的體制，為使女人再次失去解放的機會，將女人束縛於永遠的次等地位後，男人便可利用女人建立自身的優越形象。此外，不少女人對於自身次等地位甘之如飴，有意無意地自願扮演男人心目中的理想女人，從未思考過要從中脫離。因此，控訴男人對於女人歧視與壓迫的同時，波娃也強調女人也不能推卸自己弱勢地位的歷史責任。女人必須反省與改善自身長久以來的被動、屈服、軟弱與缺乏雄心的習氣。最後，波娃向讀者表明，她的批判並不是要讓女人獲得生活上的快樂，而是希冀所有女人都能夠獲得自由。此女性的覺醒與行動不僅是為了女性個人利益，同時也是以公眾的利益為考量。縱然通往自由的道路充滿艱辛，女人依然必須先擺脫被父權結構所指定的女性位置，女人才能真正「成為」自己。

【問題與思辨】

一、「女人」不可或缺的條件是什麼？你認為女人或是男人是否具備各自不同的「本質」？

二、為什麼「同工不同酬」的問題始終存在？這到底是出於生理上的因素，還是社會上的因素？

三、吳爾芙認為女性就像是男性的鏡子，處於被動的地位，缺乏自己的主體性。你有哪些具體建議可以打破這面鏡子，將女性從中解放出來？

四、波娃為何主張「一個人不是生為女人，而是變成女人」？有人反問，在當代「成為女人」也有不少優點或好處。你同意嗎？為什麼？

五、有些學者認為吳爾芙《奧蘭多》（*Orlando*）中的「雌雄同體」概念會掩蓋或模糊女性被壓迫的事實。但也有其他學者相信，唯有解構男女的對立框架才能真正解決女性的被壓迫問題。你認為呢？

【書目建議】

西蒙・德・波娃（Simone de Beauvoir）。《第二性》。邱瑞鑾（譯）。臺北：貓頭鷹，二〇一三年。

維吉尼亞・吳爾芙（Virginia Woolf）。《自己的房間》。張秀亞（譯）。臺北：天培，二〇一八年。

Kahle, Antje. *First Wave of Feminism in Politics and Literature*. New York: GRIN Verlag, 2010.

Magarey, Susan. *Passions of the First Wave Feminists*. Sydney: UNSW Press, 2001.

Woolf, Virginia. *A Room of One's Own and Three Guineas*. Oxford: Oxford UP, 2015.

參、第二波英美女性主義

由於第一波女性主義運動的成功，女性終於獲得部分的政經權利，社會地位也有所改善。然而，第二次世界大戰時女性所投入與奉獻的社會依然由男性主導，女性在各層面上仍是處於被壓迫的角色。到了一九六〇年代，美國的經濟因為第二次世界大戰的勝利快速成長，女性也因為對國家的奉獻受到肯定而地位提升。然而，此時躍上媒體版面的主流「女性」形象卻停留在「白人」、「中產階級」、「賢妻良母」的層次，並未提供女性真正投入社會的可能，也無法讓社會正視女性的需求。正如貝蒂．傅瑞丹（Betty Friedan）在《女性的奧祕》（*The Feminine Mystique*）中所言，美國家庭主婦間仍存在著一個「無名的問題」（the problem that has no name）。意即，女性即便生活在一個物質充裕、充滿溫暖的家庭中，依然時時感受到一股無以名狀的孤寂感、失落感，始終找不到「自我」。再者，即使一九六〇年代的女權運動促成美國《平等權利修正案》（Equal Rights Amendment）的發生，但保守黨與部分工人階級的女性卻反對這項草案的通過。

第二波女性主義便在這樣的脈絡誕生。有別於第一波女性主義，第二波女性主義者主要訴求「同中求異」的概念。相對於第一波女性主義者如吳爾芙與波娃對女性「陰性特質」的排斥，大多數的第二波女性主義者並不認為陰性特質會使女性永久受困於被壓迫的狀態。相反地，她們更積極地想找出專屬於女性的特質，並鼓勵女性開展並建立自己的主體性。具體而言，第二波女性主義除了重視性別差異外，也欲求透過「意識喚起」（consciousness raising）讓女性分享彼此個人的受壓迫經驗，從而將個人面臨的壓迫轉化為對社會結構的批評，以便建立起女性共享的社群。

第二波女性主義可分為兩大陣營：一個是英美派，一個是法國派。英美派第二波女性主義在思想上支持的是「小寫女人」（woman），而法國派支持的則是「大寫女人」（Woman）。英美派的第二波女性主義受到英美「分析哲學」（Analytical Philosophy）與「經驗主義」（Empiricism）傳統的影響，強調性別壓迫的結構以及女性特有的身體經驗。比起法國派的第二波女性主義，英美派更重視「生理上的女性」，而非「概念上的女性」。因此，英美派第二波女性主義除了專注分析女性在生理經驗上如何被男性壓迫外（如米雷特），也相當重視女性作家的經驗傳承（如蕭華特）。凱特・米雷特（Kate Millett, 1934-2017）的代表作《性別政治》以及伊萊恩・蕭華特（Elaine Showalter, 1941-）的女性書寫三階段分述如下。

一、米雷特的《性別政治》

米雷特是美國作家、教育家、藝術家和女性主義者。她曾就讀牛津大學，以其知名著作《性別政治》（*Sexual Politics*）一書而聞名。米雷特於一九六九年出版《性別政治》，高喊「性即政治」的口號外，也對此概念詳加闡釋。但首先必須先釐清的是，米雷特對於「政治」的定義並不限於傳統社會科學所言的「對於人類生活的安排」，而是更加指涉著兩個個體或族群間的「權力階級關係」。受到波娃《第二性》的影響，米雷特認同波娃的反本質性別論述，並進一步指出「陰性特質」（femininity）是父權體制下男性掌控女性的工具。如同美國黑人受到白人支配的處境一般，女性在社會上也處處受制於男性的主導，無法擁有自己的意志。更重要的是，黑人與女性在社會中的次等地位都是「天

米雷特
Kate Millett

生的」（by birth）。意即，黑人與女性一出生就受困於被宰制的地位，根本無法透過現有的政治體制為自己發聲，更遑論社會改革的機會。米雷特聲稱，此種不對等的性別權力結構即是一種由男性掌握所有政治權力的「父權體系」。

米雷特進一步分析，政治上的主導權有兩種來源：其一為雙方的「合意」（consent），另一個為主導方的「暴力」。既然性別政治並未展現出明顯的暴力面向，性別政治的正當性來自於女性與男性間的合意。然而，對米雷特而言，兩性間的合意並非自然而然的存在，實為一連串權力運作與兩性社會化的結果。她指出，兩性的社會化在三個層面上運作著：「性格」（temperament）、「角色」（role）、「地位」（status）——三者相互影響、交織，以至最後導致女性被男性所掌控的現象。從「地位」的觀點看來，男尊女卑已是事實，但性格與角色呢？米雷特解釋，當前的教育並未對兩性提供相同的內容，而是以性別為標準，對女性與男性進行不同的教育。舉例來說，男性常被要求須積極、主動地追尋理想，並應於社會中取得地位與成就。相反地，女性則常被要求被動地等待，抑或是歸順於父母親的安排，而非鼓勵女性尋求自我實現。如此概念廣為大眾接受並加以流傳，最後形成一種刻板印象。

依此種印象，社會便對兩性安排差異懸殊的性別角色，女性於是被受困於女兒、妻子、母親等身分角色，無法如男性一般朝家庭之外的社會尋求自我認同。由此，不難看出女性的社會身分深受其生理特質的限制。儘管當代思想總是聲稱，比起人類的生理本質，文化與外在環境對個人的行為影響更深。然而，以性別的觀點看來，男女打從一開始就被安置於不同的位置上，並接受不同的社會化過程，進而形塑了男女截然不同的性格表現。因此，所謂的「文化」其實根本沒有擺脫「生理」的限制。甚至可以說，人類的生理特質決定男女在文化上的差異。

接著，米雷特對父權的發展進行分析，並否定父權的自然起源論。她認為，當前社會總是將父權視為自然而然的存在，彷彿人類文明始終都是父權社會。其中最常見的，便是以男性的體力優勢解釋男性社會上的優勢地位的原由。米雷特並不贊同此種說法。她說明，如果男性的體力優勢是決定男女社會地位差異的首要因素，那麼人類文明就不應該存在著「前父權」（pre-patriarchal）階段。正如同歷史學家與人類學家所證實，並非所有人類文明的起源皆是父權社會。相反地，有為數不少的文明原先是「母權社會」（matriarchy），只是在歷史上的某一時期突然轉向了父權社會。簡言之，米雷特反對此種以男女的生理特質決定其社會與文化地位的論述。她所要強調的，是「性」（sex，著重於生理層面）與「性別」（gender，著重於文化與社會層面）之間的不連貫性。

舉例來說，嬰兒在初離母體之時，只有性的區別，而沒有性別上的差異：無論是男嬰或女嬰，其行為表現的模式大致上都是相同的。因此，「性別」的概念應當是透過後天的學習而形成，並非天生存在於個體之中。米雷特援引許多科學論述，指出孩童的性格與行為深受社會期望的影響。亦即，社會依照孩童的「性」而對其有著不同的期待，孩童則為了回應這些外在驅力才發展出相應的「陽剛」（masculine）或「陰柔」（feminine）性格，並不是因為孩童的「性」直接決定其性格。

最後，米雷特從神話故事分析父權結構下的「厭女」（misogyny）情結，以探討女性被「他者化」的過程。米雷特將厭女情結的演變劃分為三階段：原始時期、歷史時期、現代時期。她更指出當代的厭女現象，儘管經過科學論述的潤飾，依然繼承原始時代神話中的神祕信仰：女性是人類墮落的罪魁禍首。在希臘神話當中，潘朵拉（Pandora）原先是象徵生育的女神。但在西方父權崛起後，潘朵拉卻被後世改寫成了給人類帶來災禍與不幸的罪人。而在聖經《創世紀》（*Genesis*）的篇章裡，夏娃（Eve）引誘亞當（Adam）違反上帝命令，是人類遠祖被逐出伊甸園的罪魁禍首。正因為這些神話故事對女性的負面呈現，女性在社會上的次等地位便有了依據。如《創世紀》中，上帝對夏娃下達的懲罰：除了承擔生育的痛苦外，她還必須接受其丈夫的支配。作為西方信仰中的人類之母，夏娃的罪人與從屬身分毫無疑問地被傳承，後世的女性們便世世代代為了夏娃的罪過而受苦。易言之，透過將女人、性與罪三者相連，人類建立一套將女人困於次要地位的制度。不過，米雷特也認為，父權體系並非不可改變。相反地，任何權力結構一旦浮出檯面，必然受人們反思、質疑。因此，透過分析父權社會的成因，米雷特深信女人可以進行一場「性別革命」（sexual revolution），並從社會的弱勢地位逃離。

二、蕭華特的女性書寫三階段

蕭華特是美國作家、文學評論家與女性主義者。她指出，英國女性主義批評基本上是馬克思主義式，著重壓迫。法國女性主義批評則是精神分析式，著重壓抑。美國女性主義批評則基本是文本分析式，著重再現。因此，她在〈荒野中的女性主義批評〉（Feminist Criticism in the Wilderness）一文中，提出四個核心的問題意識，來探討女性作品再現的獨特性：一、女作家對女性作品與女性身體的反思。二、女作家對女性作品與女性語言的反思。三、女作家對女性作品與女性心理的反思。四、女作家對女性作品與女性文化的反思。

蕭華特最著名的《她們自己的文學》（*A Literature of Their Own*）應是此四個核心問題意識的具

蕭華特
Elaine Showalter

體探討，更被視為英美女性主義理論的經典之作。尤其書名可見，蕭華特巧妙地轉用了吳爾芙的《自己的房間》。第一波女性主義單元提及，吳爾芙曾感嘆，身為一名女性作家，她面臨的最大困難之一即是找不到能夠參考的先例。但對於二十世紀的女性來說，女性作家已經不再是少數，作品也從來不缺乏公眾的討論與注意。但蕭華特希望能夠進一步思考，眾多的女性作家與女性文學之間，當代的女性到底繼承了什麼？是什麼共通的特點將她們連結起來，被歸類為「女性的」作家或文學？自十九世紀以來，大量出現由女性書寫的「小說」究竟算是一種新興文類，亦或純粹是對於男性文學體裁的挪用？藉由回應這些問題，《她們自己的文學》企圖建立一套屬於女性的文學歷史與傳統。

蕭華特首先援引李維斯（George Henry Lewes）的說法，認為女性文學並不是指「由女性書寫」的文學，而是「女性藉以表達自身經驗」的文學（例如，月經、懷孕、生產等）。換言之，唯有那些女性用來表達身體經驗的文學作品才能夠被稱為女性文學。但是對十九世紀的女性小說家們而言，她們並無法確知這些身體經驗是否能夠超越個人層次，甚至是揭露女性的共同歷史。

學者普遍認為，女性文學與其他文學類別的最大差異就在於女性文學的「陰性特質」。然而，學界對於陰性特質的討論卻始終不甚完備，甚至多有失真，該現象的產生大致上可歸因於兩大因素：其一是「殘存的偉大傳統主義」（residual great traditionalism），另一項則是女性生理與美學價值的不一致。蕭華特解釋道，在思考女性作家之時，人們很難不先想到那些「偉大」且著名的女性作家，像是珍．奧斯汀（Jane Austen）、勃朗特姊妹（the Brontës）、喬治．艾略特（George Eliot）等主流作家；與此同時，較為次要的女性作家則容易被遺忘與忽略。如此一來，我們對於女性傳統的理解可能會與事實有所落差。再者，「陰性特質」本身便是難以捉摸的概念。當學者試圖定義陰性特質時，常發現他們無可避免地將自身文化對「陰性」的理解投射到女性文學的討論上，因而導致女性作家文學的美學價值與其女性的生理性發生衝突。例如，維多利亞時期的女性作家被鼓勵在其作品當中呈現出社會期待女性應有的價值觀點（如溫順、貞潔、慈愛等）。然而，女性作家的身分本身即已違背社會的期待，甚至逾越社會常規。緣此，過去的學者經常將女性作家進行「去性化」（desexualized）的探討，只著重在其作品內容，而不討論作家自身。

到了一九六〇年代，女性主義學者開始試圖發掘過去被埋沒的女性作家。易言之，女性其實一直以來都擁有自己的文學，只是女性作家們長期被視為文學正典的附屬品，因此從未能夠發展出集體的身分意識，更不可能注意到女性文學的傳統。蕭華特說明，《她們自己的文學》正是為了呈現女性文學的發展過程與傳統繼承。她將所有的非正典文學歷史定義成三個階段：模仿（imitation）、抗爭（protest）、自我發現（self-discovery），而女性文學當然也不例外。對應上述三種精神，蕭華特將女性文學的三階段發展分別命名為：陰性階段（feminine）、女性主義階段（feminist）、女性階段（female）。一八四〇至一八八〇年代的「陰性階段」女性作家，其共通點為她們將自身的職業與性別角色視為對立。她們期望證明自己就如男性一般，能夠寫出受歡迎的文學著作。因此，此時許多女性作家選擇使用男性的假名來出版（如喬治．艾略特），並模仿男性作家的寫作風格。然而，這些女性作家也經常將自身的內心掙扎投射到作品之中。比方說，小說中的女主角最後必定會放棄自己的雄心壯志，以成為一名符合期待的好妻子、好母親。

一八八〇至一九二〇年代的女性作家被歸類在「女性主義階段」。一般而言，她們否定女性自我犧牲的信念，並且對父權進行一系列的分析與批評。此外，她們也開始著手建構女性主義批評的理論框架。但最重要的是，女性主義階段的女性作家極度看重「女人」之間強烈的羈絆，因此反覆地將自己從「作家」的族群中抽離，以便將自身的文學風格與男性風格區隔開來。值得注意的是，此時的女性作家仍相當強調女性的貞潔與母愛，但她們同時也認為這些價值觀不應該只強加在女性身上。換言之，男性也應該學習女性的純潔品德。對應此種信念，女性主義階段的文學作品常以「半陰陽」（semi-androgynous）的男性作為主角，以顯示女性作家在社會中同時承擔男性與女性面向的掙扎。

一九二〇年代開始，女性作家則進入了「女性階段」。女性階段的女性作家同時繼承了陰性時期的自我否定與女性主義時期的抽離。她們將寫作重心轉移到女性的內心世界，甚至是討論女性感受力的毀滅性面向（例如，女主角的敏銳感知反而導致自我意識的崩毀），以便逃避殘酷的父權社會現實。此時期的女性作家最常用的手法為「陰陽同體」。亦即，透過一個能夠隨意跨越性別藩籬的角色，女性作家的夢想終於在作品中得以實現。藉由檢視各時期女性作家寫作的風格與特色，蕭華特認為我們能夠了解女性寫作的原因，並且找出一段被歷史消弭的文學傳統。此後，女性作家便不再面臨沒有先例可依循的困境。

【問題與思辨】

一、你是否認同「小寫女人」的概念？為什麼？

二、女人的「主體性」應該如何建構？你有何具體建議或想法？

三、米雷特主張，男性藉由對性的概念化來弱化、扭曲，甚至限制女性。當代臺灣社會是否也存有此現象？請舉例說明。

四、女性主義只能存在於學術圈嗎？如何實踐「女性主義」於日常生活中？請舉例說明。

【書目建議】

貝蒂・傅瑞丹（Betty Friedan）。《覺醒與挑戰：女性迷思》。李令儀（譯）。臺北：新自然主義，二〇〇〇年。

雪維安・愛嘉辛斯基（Sylviane Agacinski）。《性別政治》。吳靜宜（譯）。臺北：桂冠，二〇〇五年。

顧燕翎、劉毓秀、王瑞香、林津如、范情。《女性主義理論與流變》。臺北：貓頭鷹，二〇一九年。

Friedan, Betty. *The Feminine Mystique*. New York: Dell, 1963.

Millett, Kate. *Flying*. Urbana: U of Illinois P, 2000.

———. *Sexual Politics*. New York: Columbia UP, 2016.

Showalter, Elaine, ed. *Speaking of Gender*. New York: Routledge, 1989.

Showalter, Elaine. *A Literature of Their Own: British Women Novelists from Bronte to Lessing*. Princeton: Peinceton UP, 1997.

———. "Feminist Criticism in the Wilderness." *Critical Inquiry* 8.2 (1981): 179-205.

———. *The Female Malady: Women, Madness, and English Culture, 1830-1980*. New York: Penguin Books, 1985.

肆、第二波法國女性主義

法國派的第二波女性主義受到歐陸哲學的深遠影響，特別是法國的後結構主義傳統，因此強調以精神分析、語言哲學以及解構論述來研究女性自身的多樣主體性。有別於英美派的「小寫女人」，法國派企圖擺脫以生理性別作為「女人」的框架，代之以「大寫女人」的包容性來重新定義「女人」。「女人」因而從「生理女人」提升至「概念女人」。例如，具備陰性書寫的作家對法國女性主義者而言就不再限囿於生理性別的女人。就其批判層面而言，法國派的第二波女性主義旨在批判社會和語言所建立的女性形象，以及探討此種壓抑的形象內化如何形成對女性自身的枷鎖。除此之外，法國派的第二波女性主義更期許女性能在一個被父權宰制的社會框架下得到喘息的空間，找到解構的開展性，進一步顛覆父權霸權。本單元將評介三位重要法國女性主義理論家及其核心的理論觀點與陰性書寫詩作分析如下：一、克莉斯蒂娃的「母體空間」與「詩性語言」；二、西蘇的「陰性書寫」；三、伊瑞葛萊的「女性特質」；四、臺灣陰性書寫詩作分析。

一、克莉斯蒂娃的「母體空間」與「詩性語言」

茱莉亞・克莉斯蒂娃（Julia Kristeva, 1941-）是法籍保加利亞裔哲學家、文學評論家、精神分析學家、文學家及女性主義者。在《詩性語言的革命》（*Revolution in Poetic Language*）一書中，她

克莉斯蒂娃
Julia Kristeva

針對結構主義的語言學觀點進行審視與反思。她指出，人類為了溝通發展出一套人際間與社會間的共同結構性符號系統，而個體必須投入此系統的規則運作中，言說主體方得以建立，但是主體性卻也同時在言說表意過程（significance）中受到壓抑。此共享的符號系統因受到當今資本主義的剝削進一步做更細的結構性分層，資本主義得以介入語言，使其分裂出一種孤立的個人語言（idiolects）。為了分析與應對此現象，克莉斯蒂娃強調，我們必須在語言中保有對「外部」（outside）的辯證能力；亦即，人們必須將共同符號系統中有限的封閉符號組合去中心化，以活化語言之中異質多元的領域。因此，她引述了精神分析的理論，以支撐語言辯證邏輯中的物質基礎（其中包含主體的歷史、身體、語言、社會等面向），並且透過彰顯辯證關係的語言實踐模式，讓語言從科學的桎梏中逃脫，同時展示形式主義與精神分析的侷限。

根據馬克思主義，每當主導經濟的生產模式出現變化時，社會的意識型態就會發生「危機」。但是當前的資本主義危機卻帶來另一前所未見的現象：「話語的碎裂化」（shatterings of discourse）。克莉斯蒂娃分析道，當前資本主義社會的最大特色是其反覆製造與邊緣化的過程，並透過「剝削」勞工進一步確保該過程能夠運行無礙。如此一來，資本主義下的意識型態便會隨著生產模式不停變動，掌控人類意識的語言（或稱「話語」）也會因此失去穩固的意義，只能在無盡的生產與消費的循環之下，以碎裂的樣貌不斷流變。簡言之，透過分析資本主義的物質生產模式，克莉斯蒂娃點出當代主體與其意識型態的侷限，並且列舉三項語言碎裂化所帶來的影響：第一，語言的轉變建構了主體狀態的轉變，也同時顯現正統化的語言絕非唯一一種人類進行表意的方式；第二，資本主義的生產模式已經不再需要仰賴語言與意識型態的「規範」，反而能夠統合兩者的產生過程（亦即，主體與意識型態的表意過程）；最後，在表意系統的發展歷史上，有些直指原始表意過程的現象（例如，魔法、祕傳、狂歡等）被壓抑在意義生產的背景底下。這些不以規範及理性「溝通」為目的，且無法被理解的詩性語言現象，成為跨越主體與社會結構的表意過程的顛覆動能，也正是形塑「革命語言」的契機。

克莉斯蒂娃堅信，在這世上只有一種話語或語言實踐，能夠將潛意識、主體與社會關係的整體表現出來。此種實踐便是「文學」，又或者廣義地稱為「文本」。「文本」的表意過程甚至能夠被比喻為一場政治革命，因為兩者皆能夠在主體中將外部「他者」引入，進而引發主體的重大轉變。克莉斯蒂娃將文本的異質性語言實踐稱為「表意過程」，並聲稱此種過程雖然一方面體現了主體所受的生理與社會控制，但同時也在實踐過程產生外部指涉與異質連接的現象。簡言之，此種語言實踐是一種未受限制的生成性過程，同時進行著建構與瓦解，並築起一條通往主體與社會整體「外部」的道路。

緊接著，克莉斯蒂娃對當代的結構主義語言學進行一系列檢視，以便探討該種異質性的語言實踐如何成為可能。她首先提出，結構主義語言學理論經常將語言視為一種與「句法」（syntax）或數學相關的「形式客體」（formal object）。雖然自瓊斯基（Noam Chomsky）的生成性文法理論崛起後，學者開始認為人類能夠突破有限的舊有形式，發展出更多元的語言結構，然而，此信念卻導致語意學（semantics）甚至是語用學（pragmatics）上的困難。換言之，瓊斯基的理論促使語言學家開始面臨「語言外的」（extra-linguistic）問題。再者，無論是傳統的結構主義語言學或者是瓊斯基的生成性文法觀點，兩者都缺乏主體的涉入。又或者，以胡賽爾的語言來說，兩者都只接受一種主體：「先驗自我」（transcendental ego）。按此，克莉斯蒂娃問道，若符徵與符旨之間存在一種武斷的辯證關係，那麼不斷進行語言實踐的主體卻為何被認定是一個沒有「外部」的先驗自我？

對此，克莉斯蒂娃在當代語言學論述當中找到了兩種思想潮流，分別回應語言間的符號關係與主體的問題。第一種語言學思想引述佛洛伊德的精神分析理論來探討符號系統。和傳統語言學不同的是，此種語言觀並不將符徵與符旨間的關係視為是武斷的，而是「受驅動的」（motivated）。更精確地說，此種語言理論認為，空洞的符徵可以與主體的「身心」功能相互連結，並藉此賦予語言其外部性。然而，儘管這種論點能夠解釋「前伊底帕斯」（Pre-Oedipus）時期的主體語言實踐，卻無法說明為何主體進入伊底帕斯時期之後需要遵守語意層次上的語言秩序（如文法）。另一種流派的語言理論立基於「言說主體」（subject of enunciation）的概念，在形式主義當中納入符號學的面向。此派別的思想認為對話者之間存有一種邏輯的關係，並將語意學的範疇涉入表意過程之中。不過，為了使個體間的對話順利發生，語言的表意過程就不只需要涉及語義、邏輯與對話行為，同時也必須考慮到語言的歷史變遷。這樣一來，結構主義語言學所主張的共時性研究便沾染上了語言的跨時性特徵。倘若如此，語言學勢必會再一次進入哲學的範疇，而無法以客觀科學的樣貌存在。

儘管上述兩種語言觀皆有其侷限與缺漏，克莉斯蒂娃卻反倒認為，正由於這兩種語言面向彼此交錯與互補，才促使了語言辯證關係的進展。在針對兩種語言面向進行了一系列探討後，克莉斯蒂娃運用了拉岡的語言觀及主體三層論——象徵層、想像層及真實層（參見第三講第三單元），將第一種語言觀稱為「符號層」（the semiotic），第二種語言觀稱為「象徵層」（the symbolic）。象徵層語言遵守語言作為符號系統的規範、分類與意識型態（一個巨大的社會秩序），按照它的文法與規則進行流動。符號層語言則是依循主體內在深層的欲望與驅力，因此以多樣神祕流動的說話方式釋放而出。前者出於意識，後者出於無意識。因此象徵層的語素能量常是關於高度壓縮與理性的規範，成為建構任何語言律法或寫實書寫的基本要件；符號層的語素驅動則常是關於深層情感的動能，成為音樂、舞蹈與詩的語言要素。人類必須依賴其社會中的語言生存，也因而成為承載其社會意義和語言結構的「說話主體」。此言說主體的日常語言形塑則在兩者之間不斷來回擺盪。

克莉斯蒂娃分別對語言象徵層與符號層做出定義後，進一步探討符號層的異質特性。她解釋道，符號一詞的字源學即暗示了語言符號之間的獨特性。因此，以精神分析的角度看來，符號的動能就像是自我形塑的「原初過程」（primitive process）。在此過程中，各式不同的欲望與能量在主體之中不停流竄。唯有在日後主體接受社會化（象徵層文法的規範）後，符號的表意過程才會逐漸受到家庭與社會結構規則的制約，但卻又同時保有其一定潛在的動能性。易言之，「符號層」展示的是一種充滿可能性的「母體空間」（chora）（如子宮），是一種受到控管卻同時仍保有行動性的「非表述性整體」（non-expressive totality）。但是，相對於「象徵層」所依賴的「父系語言」（拉岡的「象徵層」即是一種以父之名掌控主體語言實踐的「秩序」），母體空間並不屬於任何符號，更不可能是一個符徵。

更精確地說，母體空間是主體為了進行表意而獲取之物，它只存有「韻律」（rhyme），而沒有語言固定指涉的意義。易言之，母體空間與母親的身體意象連結，是主體進入伊底帕斯階段的狀態。在此一沒有父親意識的「前伊底帕斯」階段中，主體的意識認知是母子一體的關係，因此語言的多樣驅力是朝向母體的。它有如精神分析理論中的無意識，雖然尚未被象徵層的文法規則管控，卻又時時刻刻受到這些外在規範的影響。一方面，母體空間是個整體；但另一方面，母體空間卻又是由許多不連貫的元素所組成。克莉斯蒂娃指出，母體空間是一個富有滋養功能的母性空間。不可否認的，母親的身體意象依然受到外部象徵層的影響。然而，將母親的身體意象作為主體與外界相連的媒介，主體即得以在象徵層的掌控中獲取新的動能性，一種詩性語言的革命動能，而不會被象徵層的秩序徹底同化，進而能夠達到顛覆象徵層與其父系語言的可能。

二、西蘇的「陰性書寫」

愛蓮・西蘇（Hélène Cixous, 1937-）是一位詩人、劇作家、哲學家與文學理論家。她是三位法國派女性主義理論家中，最受德希達解構論述影響的女性主義者。德希達指出，傳統的「邏各斯中心主義」（logocentrism）經常將語言視為一種澄澈、透明的媒介，足以用來準確真實地傳遞人類的思想。但實際上，語言是一種暴力行為，因為每當一個語段意指某一件事物的同時，便同時排除了此語段的其他可能意義，意即，語言暴力地排除言說以外其他意義存有的可能性。然而，這些可能性並不會完全消失，反倒是在「延異」的過程中一再出現，它們之所以不為人所認識，只是因為它們被扭曲或隱藏罷了（參見第五講）。西蘇挪用德希達對邏各斯中心主義的批評，並提出對「陽具邏各斯中心主義」（phallogocentrism）的批判，認為話語的意義是由主流的男性意識所操弄，而依循此種語言進行書寫的人們（無論男女），注定陷入陽具邏各斯中心主義的泥沼。

西蘇
Hélène Cioux

〈梅杜莎的微笑〉（The Laugh of the Medusa）是西蘇的重要代表作。此文指出，男人創造出神話中的梅杜莎怪物，以投射內心對女性欲望的恐懼。因此，西蘇在文中反覆倡導女性應當發展出一套獨立於男性話語的書寫方式，並且藉由該種書寫將女性們團結起來。文章的一開始，西蘇開門見山地說道，「女人必須書寫自身：必須書寫女人們，然後帶領眾女人進行書寫。」然而，當前的女性書寫必須與過往女性所使用的書寫方式有所區隔，才能夠不再重蹈覆轍，避免將女性的生理性別與社會性別混為一談。就其功能來說，此新式的女性書寫有兩種面向，分別通往兩種女性主義目標：以「決裂」預視未來以及堅持與「男人」的對立。西蘇認為當她以「女人」的概念進行書寫時，她便採用女人是男人的相對概念。

柏拉圖的洞穴寓言曾提到，西方的哲學思想立基於一套視覺主義，為了保持事物的可見性，「光」便成為理性發展的不可或缺要件。西蘇以此為論點，提出了男性書寫即是光的論點，並指出女性早已被放逐到黑暗的角落，不得與理性為伍。然而，人們在長久發展下，卻逐漸將黑暗視為女性本質的一部分：對於男性來說，女性是不可見，更不可知的。換言之，在理性至上的社會中，沒有人真正知道女性是什麼。西蘇藉此說道，依據她的觀察，正因為女性尚未「被知」，所以女人們才能保有無限豐富的創造力。這種專屬於女性的創造力經常來自於女性對於自身身體以及欲望的探索，而女性又將其過程中所獲得的愉悅以美學的形式記錄下來，於是她們在音樂、繪畫與寫作的領域裡都有讓人驚豔的成就。

西蘇感嘆地寫道，過去她也曾擁有此種充滿創造力的時刻，感覺自己身體裡有著數不盡的欲望要爆發，她多麼希望自己可以將這些欲望化為美妙的作品。但到頭來，她卻什麼也沒說、什麼也沒寫，只因為她在感受愉悅的當下也同時感到懼怕與羞恥。心中的聲音不停對她說著：「妳一定瘋了。」因為創作是偉人們的工作，又或者說，是只有偉大的男性才能夠勝任的工作。但顯然地，事實並非如此。西蘇解釋，女性的創作充滿著自身欲望以及豐富的生命能量，男性卻因為無法理解它們而感到害怕，進而壓抑女性表達欲望的權利。這種壓抑在寫作方面尤為顯著，因為寫作必須獲得欲望與文化兩者的支撐才可能被實踐。但文化卻始終脫離不了政治，而政治又必然與男性主流意識掛鉤。此種現象導致女性只能偶爾藉由「小說」的神祕性與想像性偷偷地宣洩一點欲望，而免於社會的苛責。然而，西蘇則認為，正因為女性在寫作的領域從來沒有為自己發聲的機會，若是能夠藉由寫作展現性別的壓迫，便是女性進行社會改革的開始。只不過，她並不認為所有的文學創作都能實現她的政治理想，特別是在語言已被陽具邏各斯中心主義掌控後，女性必須更謹慎地選擇創作時使用的「語言」。更精確地來說，她鼓勵女性模仿「詩人」的語言，而不是「小說家」的語言，因為唯有詩人能夠從潛意識獲得能量，而潛意識，依據精神分析的觀點，正是被壓抑的欲望所在處。

對於西蘇而言，女性若想要擺脫陽具邏各斯中心主義，就只能夠採用「陰性書寫」（feminine writing）來創作。西蘇進一步解釋，陰性書寫並非要徹底地與陽性書寫模式脫鉤，而是得在陽性與陰性的兩端之間不斷穿梭，並將同者（理性可理解的男性）轉化為他者（理性不可解的女性），以便瓦解陽具邏各斯中心已然僵化的領域。此陰性書寫的風格須依賴「雙性」（bisexuality）概念的應用。然而，所謂的「雙性」並非想要藉由「雌雄同體」來消滅性別差異，將男性與女性統合為一，而是強調具有開放、流動與複數形式特色的「陰性樂趣」（feminine jouissance）實踐，從而取代父權「非此即彼」之統合性的壓制性書寫。「陰性書寫」因而專注在個人與他人身體及欲望的探索與展現。易言之，陰性書寫使得原本被陽具邏各斯中心壓抑的聲音宣洩出來，復甦被理性掩蓋的陰性生命力：陰性書寫從不抑制，它只追求可能性。文末，西蘇感性言道，儘管陽具邏各斯中心主義已將「女人」徹底妖魔化，但讀者們若願意好好端詳這位「梅杜莎」，便會發現她並非如神話中所說的致命，她只不過是一名對著人們微笑的美麗女子而已。

三、伊瑞葛萊的「女性特質」

路思．伊瑞葛萊（Luce Irigaray, 1930-）被視為在波娃之後，法國最具代表性的女性主義哲學家。伊瑞葛萊除了其哲學的背景外，並持續參與拉岡在巴黎第八大學開設的精神分析講座，在其門下成為精神分析師。伊瑞葛萊於七〇年代成為拉岡主持的巴黎佛洛伊德學派正式成員，任教於巴黎第八大學。然而，她於一九七四年出版其第二本博士論文《另一個女人的內視鏡》（*Speculum of the Other Woman*）時，因為書中對佛洛伊德與拉岡學派提出批評，遭到巴黎第八大學的解僱以及巴黎佛洛伊德學派的除籍。

伊瑞葛萊
Luce Irigaray

在《另一個女人的內視鏡》中，伊瑞葛萊針對西方哲學中的父權思想體系，整理出一系列毫不留情的批判。她指出，西方哲學傳統傾向將女性視作男性的鏡中倒影，進而深化西方文化對性別差異的漠視，兩性因而落入對立的僵局。當前首要之務須先揭示與確認女性自身的主體性，才能實踐性別差異的倫理，以開展更多元樣態的性別關係。此書中的第一篇論文〈一個對稱舊夢的盲點〉（The Blind Spot of an Old Dream of Symmetry）裡，首先引用了佛洛伊德〈女性特質〉（Femininity）的論文，並且與佛洛伊德進行一場想像的對話。伊瑞葛萊控訴佛洛伊德，認為他從一開始就不打算了解女性及其特質。否則，他就不應該宣告女性是個「謎題」（riddle），而且還是無人可解的謎題：男人無法透過精神分析理解女人，而女人則是處於只能被討論卻不容反駁的被動客體狀態。

伊瑞葛萊質問，為什麼世人總認為自己能夠只憑「第一眼」就辨識他人是男性或是女性？根據佛洛伊德的說法，這種十足的把握出自於解剖科學的證據：依照個體的性器官及其生產物（精子、卵子），將個體分為男性或女性。顯然地，此論述是將「繁衍」（reproduction）與「生產」（production）看作兩性的共同特質。但是，此種論點必須依賴科學方法來檢視生殖器官及其產物才能做出判斷，根本無法解釋為什麼人們可以在一瞬間就辨別出他人的生理性別。伊瑞葛萊接著指出，佛洛伊德自己也承認，在性別的議題上，科學通常只會模糊眾人熟知的性別分界。例如，科學證實有些生理女性也會擁有男性的性器官，或者生理男性擁有女性的性器官，儘管附屬的性器官常以萎縮的樣態出現。佛洛伊德聲稱，此種雙性器官共存的現象顯示人體的「雙性特質」（bisexuality）。因此，所謂的性別差異根本是某種解剖科學無法回答的問題。

伊瑞葛萊緊接著問，既然佛洛伊德認為解剖學無法確定男女間的性別差異，那麼心理學能否做到呢？她指出，在佛洛伊德的論述裡，他經常有意無意地將解剖學上說的「雙性特質」不加思索地移轉到精神分析的模組上。比方說，佛洛伊德總是使用「陽剛」與「陰柔」分別指涉人格的「主動」（active）與「被動」（passive）。伊瑞葛萊控訴，此種二元對立的類別僅是對生殖細胞的解剖學特點，以精神分析的觀點加以詮釋罷了（精子「主動」地尋找「被動」等待的卵子），根本算不上是什麼性別差異。簡言之，佛洛伊德精神分析所說的性別差異與解剖學的生殖細胞差異處於一種柏拉圖式的二元「擬仿次序」（mimetic order）。再者，佛洛伊德說明男性精子如何「追求」女性卵子的過程，明顯地將精子擬人化並且賦予一定程度的「欲望」（desire）。對比之下，卵子卻似乎連欲望都沒有，只是單純地被精子「進入」（penetrate）。換言之，佛洛伊德進行的性別差異分析已然將「陽剛特質」化約為「具侵略性」（aggressive）。

此外，伊瑞葛萊指出，分析何謂「陽剛特質」後，佛洛伊德開始使用「母親」意象進行「陰性特質」的探討。他認為，在母性特徵中，女性也可能變得具有侵略性與主動性。例如，當母親餵食嬰孩母乳時，母親便成了行為的主動者，嬰孩則處於被動接收的客體。緣此，佛洛伊德大膽地斷言，「母親對於嬰孩無論如何都是主動的。」然而，伊瑞葛萊則否定了佛洛伊德的論調，認為「餵母乳」並不能被簡化為母親單方面的主動行為。相反地，嬰孩也可以被視為主動地吸食母乳，母親只是被吸食。如此看來，佛洛伊德的「主動」論，其實並不是行為的主動與否，而是行為者是否有「具備生產力」（productive）的主動性。亦即，行為者是否取得了「陽具權力」（phallic power）。在母親餵食母乳的例子中，母乳是由母親單方面所製作，因此母親是餵食行為的「主動」者。然而，在眾多的釋例與解說後，佛洛伊德始終未對女性特質做出詳盡的描述。

伊瑞葛萊指出，此種結果必然是由於佛洛伊德的論點依舊仰賴著二元對立的思想基礎，相信只要求得二分法中的其中一方，便能依據相對的邏輯推演求得另一方。毫無疑問地，佛洛伊德選擇針對男性特質做出詳盡的定義與說明，並且深信男性特質的反面便是女性特質。伊瑞葛萊嚴厲地評論道，佛洛伊德在論述女性特質時，只不過是自戀地看著鏡子當中的倒影，針對自己想像出來的男性特質進行描述。實際上，他根本未曾真正地看到女性，便已經完成了女性特質的構思，而在此過程當中，佛洛伊德也從來不曾醒覺，原來他所謂的女性特質也只不過是一場訴諸於虛假的「性別對稱性」囈語。

在伊瑞葛萊的另一本名著《此性非一》（*This Sex Which Is Not One*）中，進一步延伸了《另一個女人的內視鏡》的觀察與詮釋，檢視女性的性欲生產方式與男性在根本上的差異。伊瑞葛萊的理論方法指出男性在父權體制下，得以不需顧忌地談論自己的性欲及性器官，並不會遭受到社會大眾的指責；然而，女性在男性父權宰制的語言結構中，卻相反地沒有發言的機會與正當性，不得公開談論自己的身體和欲望，否則只會招致攻擊與更深的羞恥。無須諱言，女性的性欲主體性及各種身體論述因為限囿於父權的語言結構，而受到長期壓抑，無法開展。因此，伊瑞葛萊藉由探討男性與女性的性欲差異與優劣，創建了以女人性欲為主的女性主體性。

《此性非一》有三項主要的創新論點：第一，多元優於單一：男性不論手淫或是性交，獲得性高潮的途徑都得透過陰莖此單一性器官才能達成。然而，女性在性事上得到的歡愉則主要來自於遍布身體的「觸覺」，甚至是乳房成雙的構造也能是快感的重要來源，因此女性的性高潮相較男性的單一性，反而呈現出多層次及更多元的體驗。第二，主動優於被動：男性為達成性高潮的手段通常是被動的，其性器官必須倚靠各種外力輔助才能夠達到刺激。伊瑞葛萊則指出，女性的陰唇實際上是如嘴唇般由兩唇所構成，兩片陰唇的觸碰即能成為女性享受自己身體的主動性能力。第三，動態優於僵固：藉由前面兩者的比較與分析，男性的欲望高潮部位為固定，而女性身體的多層次與多元的性欲感知器官讓女性享受到性欲的綿延流動。藉由男性與女性身體構造及性欲的享受方式之分析，伊瑞葛萊希冀女性能從父權語言結構中解放，肯定並建構自己的主體性與性別差異倫理。

四、臺灣陰性書寫詩作分析

一九九〇年代的臺灣文壇，在政治解嚴、社會走向民主自由以及全球性前衛思潮湧入的推波助瀾下，許多詩人和小說家紛紛嘗試高度實驗性的文學創作。在其中，我們不難發現與法國女性主義主張的「陰性書寫」或者「女性話語」概念遙相應和的臺灣文本。例如，向來備受讀者樂道、風格迴異多變的夏宇，就是一個很好的例子。發表在《備忘錄》、《腹語術》的詩作，諸如〈姜嫄〉、〈某些雙人舞〉、〈伊爾米第索語系〉、〈逆風混聲合唱給ㄈ〉等等，常常受到評論家們的推薦。事實上，早在一九七七年夏宇寫下的〈上邪〉（收錄於《備忘錄》，1984:9-10），就以晦澀複雜的隱喻工程向盤根錯節的陽具理體語言系統，還有傳頌不朽的文學經典，進行鬆動、衍異甚至重寫的挑戰：

祂乾涸了，他們是兩隻狼狽的槳。

他描述鐘，鐘塔的形狀，繪畫的，有一層
華麗的幻象的窗。垂首的女子細緻像一篇臨刑
的禱文。

類似愛情的，他們是彼此的病症和痛。
他描述鐘，鐘聲暴斃在路上。

遠處是光，類似光的。類似髮的。光肯定
為一千呎厚的黑暗；他描述鐘聲，鐘聲肯定鐘
，鐘是扶持的長釘。肯定的鏞，以及剝落。

剝落是肌膚。石器時代的粗糙，他們將以
粗糙互相信賴。仍然，祂不作聲，他描述戰事
，佔據的鐘塔，他朝苦修的僧袍放槍。鐘聲暴
斃在路上。

祂仍然不作聲。謠傳祂乾涸了。他們主動
修築新的鐘塔，抄錄禱文，戰後，路上鋪滿晴
朗的鴿糞。

類似笑的，他們把嘴角划開，去積蓄淚。

在這首詩發表之前，以「上邪」命題的詩作可以列出一長串的「文學家族」。最早可溯及兩千年前的漢代樂府詩：「上邪。我欲與君相知，長命無絕衰。山無陵，江水為竭。冬雷震震，夏雨雪。天地合，乃敢與君絕。」全詩採用女子第一人稱「我」向男子「君」表達愛情的永恆與專一，這種蕩氣迴腸的海誓山盟及其內蘊的愛情意識型態，已數不清讓多少代的後人尊奉為情詩經典。及

至當代，仍有不少詩人以樂府〈上邪〉為雛型，再鑄新詞。例如羅智成、曾淑美、林燿德、陳義芝等人，皆做過如此嘗試；這些互文詩作大抵上是增添當代詩人對這首經典情詩的趣味詮釋，有的進一步敷以情欲想像。整體而言，截至目前為止，我們尚未見到其他詩作有如夏宇的〈上邪〉這般，字字句句著意在鑿裂陽具理體語言系統的企圖。

夏宇的〈上邪〉全詩採用全知敘述觀點，以及上下詩意不斷矛盾牴觸的設計，動搖「傳統永恆」和「堅定愛情」的信念。首先，我們先注意這首詩裡兩個非常重要的隱喻「祂」和「鐘」，貫穿前後文。「祂」可以視作神或者創世主的象徵；至於「鐘」則是時間以及歷史的隱喻。「祂」在詩裡以「祂乾涸了」、「祂不作聲」、「祂仍然不作聲」、「謠傳祂乾涸了」出現，一再指向「上帝已死」的暗示。假若上帝已死，那麼原本持續前進的時間必然也會遭受到破壞。因此，作為時間象徵的「鐘」（以及鐘聲）「暴斃在路上」，面臨鏽蝕與剝落的命運。時間一旦被破壞，「他們」（男人們）也會像「兩隻狼狽的槳」，喪失功能、價值和意義。是以全詩中的「他」和「他們」試圖取代「祂」。「他」描述鐘塔、占據鐘塔，甚至「朝苦修的僧袍放槍」。此處的「僧袍」是創世主的換喻及象徵。要言之，男性取代了創世主，僭越時間與歷史的掌控權。因此，鐘聲再一次暴斃在路上（時間再次被破壞），上帝持續緘默無聲。「他們」繼續修築新的鐘塔，構建新的時間、新的歷史，甚至抄錄禱文，種種行徑都是「華麗的幻象的窗」。在虛假幻象的時間、歷史甚至語言中，人們誤以為戰事已過，見到路上鋪滿「晴朗的鴿糞」更錯覺是和平的到來。

如果男子是發動戰爭、詩化戰事，並且將那樣的世界視為是「光」的所在，那麼女子呢？垂首的女人「像一篇臨刑的禱文」。禱文本來作為祝福、祈求之用，而垂首無語的女子與禱文之間的關係卻像是臨刑式的。此句與漢樂府〈上邪〉的「我欲與君相知，長命無絕衰」形成鮮明強烈的對比，明顯用來嘲諷女性在傳統愛情詩裡長期被囚禁、甚至作為獻祭品的父權文化。

夏宇的〈上邪〉不僅重寫既有文本，從「陰性書寫」抵抗「陽具理體中心」的語言觀來看，此詩更致力與父權語言的象徵體系作戰。一如西蘇的批判，在陽具理體中心主義裡，父權話語無所不在，不論是男人或女人都被捲入一個複雜的千年文化網絡中，被它所決定。因此，陰性書寫必須自覺地在父權象徵語言的細縫中，以反諷、戲擬、互文、解構等等姿態展現。在不斷擁抱字詞的同時又隨時丟棄它們，讓意義在話語陳述的過程中迂迴翻轉，總之避免被固定、僵化。夏宇的〈上邪〉從頭到尾不斷地製造上下矛盾、前後消解的語意效果；諸如「愛情／病症和痛」、「光／髮／黑暗」、「扶持／長釘／剝落」、「粗糙／信賴」、「笑／淚」等等，這些概念或是詞彙在詩脈裡都是矛盾並置的關係。常常是前者暗示美好、穩定的正面意涵，然而接續出現的語詞往往造成偏斜、滑溜、扭曲甚至瓦解前一個語詞的效果。又例如「晴朗的鴿糞」這個意象暗喻和平美好的日子，然而作為全詩收結的最後一句「他們把嘴角划開，去積蓄淚」不但和「晴朗的鴿糞」語意相觸，更具備綿裡針的刺點。尤有甚者，漢樂府的「天地合」乃是時間的永恆，愛情得以地老天荒；夏宇卻以「鐘聲暴斃」直指時間遭受破壞，愛情無以為繼。以上種種都是陰性書寫解構、衍異父權話語的精妙之處。

下文再舉另一位臺灣當代女詩人——斯人的〈有人要我寫——戲答瘂弦先生〉（收錄於《薔薇花事》，1995:103-104）為例，以此詩再探「陰性書寫」自由、自信與自在的精神：

有人要我寫清水白石供養出的詩
我很抱歉，深深有感於蓮花出青泥

哪個少年家沒有多情過害過病相思
愛情這東西縱然好滋味老來無法矣
有些不朽的詩人天生的多才又美麗
要我東施效顰做伊的眼耳鼻舌身意
恕我無禮，套艾略特的一行詩自惕
No, I am not Emily Dickinson,
nor was means to be

斯人的〈有人要我寫〉這首詩題，互文呼應葉慈（William Butler Yeats）的〈有人要我寫戰爭的詩〉（One Being Asked for a War Poem）。一九一九年，一次世界大戰剛結束，有人邀請葉慈寫一首關於戰爭的詩。葉慈以一種調侃的方式寫下：

我想在這樣的年頭
詩人最好閉嘴，事實上
我們無力叫政治家改正；
他要操心的事已很夠，
既要逗年輕慵懶的女人歡暢
又要讓冬夜裡的老人高興

出於對愛爾蘭政治現實的失望，葉慈這首詩的犬儒風格是相當鮮明的。他寧願討好女人、安慰老人，也不願意取悅政客。因此，詩人拒絕寫政治詩，也希望其他詩人不要寫（所以詩中用「我們」自稱）。一九九〇年代的臺灣，雖然沒有戰爭的威脅卻有身分認同以及主體意識的焦慮，對當時的創作者來說亦不在話下。斯人這首〈有人要我寫〉不論是形式或語言都屬清新柔美，可是第一人稱敘述觀點的自我意識卻是相當堅定，不容忽視。「我」作為書寫者，面向文學裡的「經典」以及「偉大」傳統說不：「我」不願效仿風雅之作，不願再造愛情之頌，即使古今中外許多男女詩人天才洋溢，「我」也無意扮演他們的追隨者。〈有人要我寫〉充分展現「為自己寫詩」的堅持。最巧妙的是，此詩收尾處套用艾略特的兩行詩句，在形式上產生中英文共同押韻的樂趣（惕／be），可以說是善用典故卻無掉書袋之累，更彰顯詩人的幽默、慧黠以及自信。因此，斯人的〈有人要我寫——戲答瘂弦先生〉除了具有西蘇「陰性書寫」的自由、自信與自在精神外，也充分呼應克莉斯蒂娃所謂「符號層」中的語言潛在動能性與沒有語言固定指涉意義的「韻律」。

【問題與思辨】

一、不論英美派或法國派的女性主義都是以西方歷史文化為討論對象，這樣的論述是否適用於臺灣社會？為什麼？

二、除了歐美世界，第三世界是否有可能發展出自己的女性主義？

三、英美派及法國派的女性主義之爭中，你認為「女人」應該以「生理性別」作為定義女人的底線（小寫女人），還是該去除此種本質論，而改以女人作為一種「概念」（大寫女人），以容許更多流變女性意涵開展的可能？為什麼？

四、若以女性主義的觀點來檢視臺灣，你認為臺灣當前的性別意識及格嗎？請舉例。

五、請以「陰性書寫」理論分析一首詩或一篇散文。

六、伊瑞葛萊對男女身體構造及性欲的享受方式提出三項論點：多元優於單一、主動優於被動、動態優於僵固。你認為哪一論點最合理？為什麼？哪一論點最不合理？為什麼？

【書目建議】

朱崇儀。《伊瑞葛萊：堅持性別差異的哲學》。臺北：臺大出版中心，二〇一四年。

斯人。《薔薇花事》。臺北：書林，一九九五年。

路思・伊瑞葛萊（Luce Irigaray）。《此性非一》。李金梅（譯）。臺北：桂冠，二〇〇五年。

Cixous, Hélène. “The Laugh of the Medusa.” Trans. Keith Cohen and Paula Cohen. *Signs* 1.4 (1976): 875-93.

Irigaray, Luce. *Speculum of the Other Woman*. Trans. Gillian C. Gill. Ithaca: Cornell UP, 1985.

———. *This Sex Which is Not One*. Trans. Catherine Porter and Carolyn Burke. Ithaca: Cornell UP, 1985.

Kristeva, Julia. *Desire in Language: A Semiotic Approach to Literature and Art*. Trans. Thomas Gora, Alice Jardine and Leon S. Roudiez. Ed. Roudiez Leon S. New York: Columbia UP, 1980.

———. *Revolution in Poetic Language*. Trans. Margaret Waller. New York: Columbia UP, 1984.

第十講　後殖民理論

後殖民主義興起於一九七〇年代西方學術界，隨後發展成具有強烈政治和文化批判色彩的思潮，企圖回應帝國主義與殖民主義遺留下來的語言、文化與認同等複雜問題。事實上，後殖民現象普遍存在於二戰後脫離殖民統治的國家，尤其是亞洲、非洲及拉丁美洲的殖民地（如印度、印尼、緬甸、埃及、南非、肯亞和加勒比海國家）。為此，後殖民主義積極運用當代的批判理論，探討宗主國和前殖民地之間盤根錯節的權力關係與問題。因此，後殖民理論家經常援引後現代與後結構主義中具備顛覆和反抗性的思考論點，試圖分析宗主國的政治壓迫、宗教歧視、文化控制及經濟剝削等勢力，如何繼續滲透前殖民地，並對當地居民造成何種影響。其中涵蓋的議題包含奴隸、移民、種族、性別、語言、物質、文化等許多面向，因此「後殖民」的論述從未呈現單一不變的本質，而是複雜面向形塑的動態思潮。簡言之，後殖民理論旨在探討殖民者與被殖民者二元對立間的歷史、文化、主體性和身分認同等盤根錯節的關係。

回顧歷史，殖民地在獨立後並未能全然切斷與宗主國的連結，獲得完全的自由，反而接續承受「新殖民主義」（Neo-Colonialism）在文化和經濟面向的深刻影響。另一方面，全球化的推波助瀾亦不斷混雜原有後殖民現象的結構，使之成為帝國主義和全球資本化的變形。換言之，當政治上的殖民離去後，全球化究竟是提供多元正義的發聲管道，抑或是原有西方勢力的變形延伸？因此，後殖民文學書寫各式各樣歷經殖民歷史的經驗，如身分認同、家園（home）、離散（diaspora）等議題。經典的作品例如阿切貝（Chinua Achebe）的《分崩離析》（*Things Fall Apart*）、庫切（J. M. Coetzee）的《恥》（*Disgrace*）、金凱德（Jamaica Kincaid）的《一處小地方》（*A Small Place*）。有關後殖民、全球化以及文學間的關係，本講會在第三單元再行說明。

後殖民主義因為全球化和資本主義的覆蓋下，不斷導引出不同知識、倫理和政治上的爭辯，成為文學理論和文化研究方興未艾的熱題。若要揭開其中的層層角力，勢必得閱讀和理解四位後殖民理論大師的重要論述。緣此，本講將介紹四位舉足輕重的後殖民理論家：法農、薩伊德、史畢娃克以及巴巴。概要地說，在法農與薩伊德的著作裡，兩人火力全開，強烈抨擊西方殖民暴力與霸權論述；至於史畢娃克和巴巴則運用解構策略，試圖瓦解殖民與被殖民者之間僵化的二元關係，尋找後殖民自身獨特的主體性與認同。

壹、法農與黑皮膚／白面具

法農
Frantz Fanon

與其說弗朗茲・法農（Frantz Fanon, 1925-1961）是一位後殖民理論家，不如說他是一位後殖民英雄，一位後殖民界人人敬佩的革命英雄。法農是阿爾及利亞裔法國精神醫師、散文家及獨立解放運動的革命家，同時也是當代最具影響力的黑人反帝國主義批評家。出生於法屬馬提尼克島上的中產家庭。繼承非洲奴隸血統的法農自幼便對殖民主義、種族主義與帝國主義的問題相當感興趣。第二次世界大戰爆發後，法農自願前往歐洲協助抗戰，之後更成為人們眼中的戰地英豪。二戰結束後，法農留在法國學習精神醫學。居住法國期間，法農漸漸理解到，自身的高學歷、流利的法語溝通能力與相對崇高的社會地位依舊無法使他倖免於法國白人的種族歧視。即使他已盡力獲得社會的認可，法國白人終究將他視為「他者」（other）、「外來者」（foreigner）與「陌生人」（stranger），並對他加以排斥。一九五三年，法農正式完成在法國的精神醫學訓練，並分發就任法屬阿爾及利亞「布里達・喬恩維爾精神病院」的領導人。隔年，阿爾及利亞人民為求獨立，在「民族解放陣線」（National Liberation Front, FLN）的帶領下引起多場暴動，革命一觸即發。

一九五六年，法農決意辭去精神病院的職務，轉而擔任

「民族解放陣線」的報紙編輯。此後，法農將全部時間投入在阿爾及利亞的獨立運動。一九六一年，法農因白血病逝世於美國，僅享年三十六歲。而在法農過世次年，阿爾及利亞終於宣布獨立。法農的思想為後殖民主義思潮揭開了序幕，其著作論述格外關注殖民主義的精神病理學與「去殖民」（decolonization）浪潮對於被殖民地區的社會、文化與人民所造成的衝擊。法農往生前，在阿爾及利亞完成了另一本經典著作《大地上的受苦者》（*The Wretched of the Earth*），具體探討阿爾及利亞人被法國殖民的具體經歷與深切痛苦，並呼籲積極爭取獨立與自由。受過正統精神分析專業訓練的法農剖析殖民文化下殖民者與被殖民者的心理「情結」（complex）格外精闢入理，並且將殖民者與被殖民者間的不對等關係徹底揭露。本單元將評介法農的兩個重要理論如下：一、黑人的自卑情結；二、被殖民者的依賴情結。

一、黑人的自卑情結

《黑皮膚，白面具》[1]（*Black Skin, White Masks*）被視為後殖民論述的不朽經典。此書正視殖民主義的殘酷現實，用專業心理學的角度剖析黑人如何「內化」白人所建立的宗主國文化與認同，並對殖民主義、種族主義和黑人後殖民困境提出深刻的分析與批評。如是，此書在當代點燃了抵抗殖民暴力的第一把革命火炬，也擊發後帝國論述的第一道哲思槍聲。它帶領後殖民思潮反思當時既有的「白優」與「黑劣」刻板觀點，並為殖民時代宰制關係做了深層的文化省思與倫理觀照。書中，

1 請參閱 *Black Skin, White Masks*. Trans. Charles Lam Markmann. London: Pluto P, 1986.

法農試圖以精神分析的角度爬梳殖民者（白人）與被殖民者（黑人）間的關係，並希望藉此發掘被殖民者的主體性。然而，在這關係之中，白人總自視甚高，認為自己比黑人更加優越，所以毫不猶豫地將黑人下放到「他者」的位置。因此，黑人總希冀自己能夠成為白人；而白人則透過奴役他人的方式證明自己的優越性。

殖民勢力和白人的優越性迫使黑人對自身的皮膚產生負面貶低的想法。甚至當黑人將白人殖民者當作自己的身分認同對象時，便隨之產生了自我認同的痛苦分裂：一者是「白面具」，操著殖民者的語言，佯裝自己具備此身分；一者是「黑皮膚」，體認到語言操演只是假借一種劇場般的展現方式，藉此對抗意識中的法西斯主義，實現自己的欲望機器。在書中第五章，法農就以一則他與白人小男孩的相遇事件，揭露了白人實際上如何看待他貌似「白化」的黑人身分。

> 「看，是個黑鬼！」當時路過的我，突感一陣輕抽的刺激竄上身。我回以一個緊繃的微笑。「看，是個黑鬼！」這是真的。當下他逗樂我了。「看，是個黑鬼！」（小男孩）驚愕循環更緊湊了。我不再掩飾我的興味。媽媽，看那黑鬼！我好害怕！害怕！害怕！現在他們（周遭的人們）開始也害怕我了。我下定決心要讓自己笑到流淚，但笑聲已成為了不可能！（頁一一一——一一二）

白人小男孩的驚愕舉動原地粉碎了法農長久以來努力追求的白面具。白面具碎裂後，法農看到的不僅是赤裸的黑色皮膚，更是那長期試圖隱藏黑色皮膚的自卑情結。因此，法農深切扣問，被殖民者如何長期受到白人殖民主義的壓迫與思想灌輸，逐漸將自身的膚色與負面形象畫上等號，並且為了證實自身於殖民文化中的存在價值，轉而對殖民者的身分產生認同。法農表示這樣的殖民者意識將黑人當成恐怖的物品或怪物看待。長久的殖民主義同時也已摧毀了黑人去理解自身存在為「人」的意義與能力。而這都導因於殖民主義壓迫黑人在白人殖民者底下生活的緣故。例如，被殖民者可能會決定放棄學習本國的母語，而學習殖民母國使用的語言（英語、法語、西班牙語等）。甚至，有些被殖民者會對自身的文化與行為模式產生厭惡的心態，並崇尚宗主國的文化。簡言之，在殖民情境下，被殖民者只能選擇被統治的「類人類」，或者戴上「白面具」，成為一個「類白人」。

法農接著將被殖民者的自卑情結歸納出兩個面向：經濟因素與自卑的內化。殖民者強勢的經濟實力造成被殖民者的自卑情結不難理解。相較之下，自卑內化的心理現象複雜得多，但是佛洛伊德心理分析著重分析個體心理發展，並不足以解釋被殖民者普遍存在的自卑情結現象。若將此心理現象以個體因素做解釋，無疑是蓄意忽視被殖民者的社會處境。但很顯然地，被殖民者的自卑情結並非只是個體上的問題，而是整體族群的集體狀態。緣此，法農聲稱，儘管大量利用了精神分析論述，但他的分析是一個結合個體與結構因素的「社會診斷性」（sociodiagnostic）研究，因為被殖民者唯有在個人與社會的層面都進行抵抗，才有可能找到自己的失落主體性。

二、被殖民者的依賴情結

除了對被殖民者的心理狀態提出分析外，法農亦對其他心理學家分析殖民文化的見解提出批評。在〈所謂的被殖民者之依賴情結〉（The So-Called Dependency Complex of Colonized People）一章裡，法農詳盡地檢視馬諾尼（Octave Mannoni）的《普洛斯彼羅與卡利班》（*Prospero and*

Caliban: Psychology of Colonization），並提出其盲點。馬諾尼的著作以殖民者與被殖民者的心理現象為著眼點，企圖理解兩者間的相應關係。但對法農來說，馬諾尼之著作最大的缺陷就在於馬諾尼的研究太過於謹守客觀性，以至於他無法真正地理解被殖民者的處境。例如，馬諾尼認為，成年的馬達加斯加人（Malagasy）即便被孤立到一個與家鄉截然不同的地點，依舊會呈現典型的自卑情結，因此他推論該情結的根源從童年時期便潛伏在其心中。

法農則直搗《普洛斯彼羅與卡利班》的主旨，並質疑如果馬諾尼把殖民情境看成是「文明人」（the civilized）與「原始人」（the primitive）相遇時所產生的獨特情境，為何他又堅持「原始人」的自卑情結必然發生在殖民行動之前？因此，法農認為馬諾尼看似客觀的論述其實根本是想倒果為因，企圖將社會結構對個體的負面影響完全歸咎到個人心理的發展，顯然有替法國種族歧視者卸責之嫌。法農直截了當地說道，世上只有兩種社會，一種是有種族歧視的社會，另一種則是沒有種族歧視的社會。易言之，比較哪個國家的種族歧視較嚴重根本無濟於事，而「法國是世上種族主義最輕微的國家」的說法也不能否定法國白人種族歧視的事實。法農提醒所有殖民主義研究的學者，沒有必要將毫無人性的歧視行為進行分類，因為在被殖民者的眼中，他們都同樣造成了傷害。

法農也承認，相較於馬諾尼看似客觀的研究，《黑皮膚，白面具》更著重在個人的主觀經驗，而非客觀事實的描述。再者，殖民主義並非是法農個人的問題，法農的黑人身分也並未提供他獨占話語權的正當性。但是，客觀性卻使馬諾尼無法體會黑人面對白人與殖民文化時的絕望，因為當馬諾尼訴諸於「客觀性」的同時，其實已忽略自己是個擁有種族優勢的白人。法農說道，在談論黑人的痛苦時，他從來不想堅守任何的「客觀性」：保持客觀即是在欺騙自己，背叛自身的黑人身分與經驗。作為殖民文化的直接客體，法農認為自己根本不可能保持客觀。在他的經驗中，種族歧視就是種族歧視，沒有類別之分。隨後，法農點出，馬諾尼認為貧窮白人輕視黑人，並未涵括任何經濟因素的成分在內；但事實上，貧窮白人依然歧視黑人，正是因為社會的種族主義結構與經濟結構相互掛鉤，透過將黑人排除在階級排序之外，使貧窮白人不需要與黑人進行經濟競爭，便能獲得比他們更高的社會位階。

此外，法農也反對馬諾尼將殖民主義解釋為白人自卑情結與黑人依賴情結的結果。法農指出，馬諾尼毫不猶豫地將白人與「少數」的概念相連結，並錯誤地認為白人在數量上的自卑直接反映了他們潛意識中的自卑情結。然而，即便被龐大數量的黑人圍繞著，殖民地的白人從來不曾感到自己的地位低落。反之，即使殖民地的黑人占有數量上的優勢，他們卻也不曾感受到任何優越感。法農堅持，在現實情況下，優越情結與自卑情結總是成對出現。易言之，優越情結與自卑情結是在與他者比較之下才產生，一旦失去了比較的客體對象，便不會有所謂的優越或自卑。不可否認的是，特定種族的「自卑」源自於社會的種族歧視，並不只是單純的個體心智結構問題。藉由剖析馬諾尼對優越與自卑情結的錯誤推斷，法農成功地否定白人的「自卑情結」，並指出黑人才是「自卑情結」真正的受害者。

至於黑人的「依賴情結」，在馬諾尼看來，是深藏在黑人心中一種被統治的欲望。這種渴求被統治的欲望使黑人在遭遇白人時毫不猶豫地捨棄自身，轉而認同白人主宰者的文化與思想。換言之，馬諾尼認為黑人此種「奴性」的集體潛意識，造就黑人想要「依賴」白人的心理狀態，此依賴性則剛好能夠滿足白人克服自身在殖民地的自卑情結。但對法農而言，馬諾尼提出的黑人依賴情結和自卑情結皆出自一種錯誤的本質主義，將殖民文化的「影響」錯認為其「原因」。若非白人的殖民活動，黑人根本不可能對白人產生依賴。馬諾尼口中的馬達加斯加人之所以想依賴白人甚至是想成為白人，是因為白人剝奪他們身為「人類」的價值，導致他們無法以「馬達加斯加人」的身分獲得認同。

然而，一旦馬達加斯加人發現自己永遠無法成為白人時，便會因為認清種族間不可消弭的差異而感到焦慮，進而鄙視自身的特質，終將落入自卑情結之中。簡言之，馬諾尼的本質主義論點一開始便將黑人推入「漂白」（依賴情結）或「矮化」（自卑情結）的兩難，且永無翻身的機會。緣此，法農再次總結，種族歧視的社會結構才是導致「依賴情結」與「自卑情結」的真正因素。如此一來，改變社會結構成為解放黑人的首要任務。

歸結言之，法農是一位全心投入二戰後去殖民獨立戰爭的傑出思想英雄。他用一生短暫三十六年的生命，成功揭示當時「白人至上」優越情結背後的殖民暴力。在殖民時代，他點燃希望的第一把革命火炬，也擊發抵抗的第一道哲思槍聲。深具時代性反省與批判的著作啟發無數的追隨者，而他為內心信念拋頭顱、灑熱血的革命實踐力，更贏得世人的由衷敬重。

【問題與思辨】

一、法農的理論有哪些合適，又有哪些不合適來檢驗臺灣的日本殖民經驗？

二、你認為臺灣是否仍存在種族歧視？請舉例說明。並能如何改善？

三、何謂「依賴情結」及「自卑情結」？當代社會中是否也有這兩種情結的具體例子？其成因為何？

四、若當代世界以西方價值為主流，那麼就某種程度而言，我們是否也都戴著「白面具」？

五、人們對「白」的迷戀似乎有一定的普遍性，不只發生在殖民歷史中。俗話說：「一白遮三醜。」此風俗信念是形容女人如果膚色白皙，即能遮掩其面貌或身材等多處的不足（想想，全球龐大的「美白」產業）。你同意嗎？其成因為何？

【書目建議】

巴特・摩爾—吉爾伯特（Bart Moore-Gilbert）。《後殖民理論》。彭淮棟（譯）。臺北：聯經，二〇〇四年。

弗朗茲・法農（Frantz Fanon）。《大地上的受苦者》。楊碧川（譯）。臺北：心靈工坊，二〇〇九年。

——。《黑皮膚，白面具》。陳瑞樺（譯）。臺北：心靈工坊，二〇〇七年。

陶東風。《後殖民主義》。臺北：揚智，二〇〇〇年。

羅伯特・揚（Robert J. C. Young）。《後殖民主義》。容新芳（譯）。香港：牛津大學出版社，二〇一六年。

——。《後殖民主義—歷史的導引》。周素鳳、陳巨擘（譯）。臺北：巨流，二〇〇六年。

Fanon, Frantz. *A Dying Colonialism*. Trans. Haakon Chevalier. New York: Grove P, 1967.

——. *Black Skin, White Masks*. Trans. Charles Lam Markmann. London: Pluto P, 1986.

——. *The Wretched of the Earth*. Trans. Constance Farrington. New York: Grove P, 1963.

——. *Toward the African Revolution: Political Essays*. Trans. Haakon Chevalier. New York: Grove P, 1988.

貳、薩伊德與東方主義

繼法農之後，愛德華·薩伊德（Edward Said, 1935-2003）是另一位後殖民理論界「火力全開」的實踐家。他是後殖民理論的創始人、文學與文化批評家以及鋼琴家，同時也是參與巴勒斯坦建國運動的重要人物。薩伊德生於耶路撒冷的阿拉伯基督教家庭，其童年經常往返於開羅與耶路撒冷兩地。此兩地在當時仍屬於大英帝國的殖民地。因其父親具有美國公民身分，薩伊德自小便在開羅的美國子弟學校接受教育。一九五一年起，薩伊德赴美國求學，並於兩年後獲取普林斯頓大學學士學位。隨後，薩伊德進入哈佛大學攻讀碩士與博士。畢業後，薩伊德於一九六三年起開始於哥倫比亞大學教授英美文學與比較文學，更先後於約翰·霍普金斯大學、哈佛大學與耶魯大學擔任過教職。

薩伊德
Edward Said

一九六七年中東戰爭爆發後，薩伊德將其學術研究及對現實政治的熱誠加以融合。一九七七年起，薩伊德更參與「巴勒斯坦流亡國會」（Palestine National Council），並協助校訂巴勒斯坦建國宣言。此外，他也時常於國際媒體前宣揚巴勒斯坦的國家主權，對美國不願承認巴勒斯坦為獨立國家之態度，做出強力批判。同時，薩伊德亦抨擊「巴勒斯坦解放組織」（Palestinian Liberation Organization）領導者與其政策方針。最後，薩伊德被診斷出慢性淋巴白血病，經治療後，仍於二〇〇三年宣告不治，辭世於美國紐約。自述具有三重身分認同（巴勒斯坦、阿拉伯與美國）的薩伊德自小雙文化的養成背景造就他論述的雙重視角，以批判文化再現的《東方主義》揚名於學術界。著述言論中帶有濃厚知識分子的自覺，刻意與「現狀」（status quo）保持一種批判性的距離，進行「世俗批評」（secular criticism）以對抗一切形式的暴政與宰制。此單元將聚焦薩伊德的核心理論：東方主義。

東方主義

薩伊德於一九七八年出版其成名著作《東方主義》（*Orientalism*），旋即獲得熱烈的掌聲，但同時也引起不少批評與爭議。這些回應促使薩伊德於後來《文化與帝國主義》（*Culture and Imperialism*）、《巴勒斯坦問題》（*Question of Palestine*）、《知識分子論》（*Representations of the Intellectual*）與《世界，文本，批評者》（*The World, the Text, and the Critic*）等著作做進一步的反思與理論的深化。在《東方主義》一書中，薩伊德借用葛蘭西的「文化霸權」論與傅柯的「知識／權力」論，對西方世界兩百年學術傳統錯誤想像與呈現的「東方」（中東、阿拉伯和伊斯蘭世界）（the Orient）提出一系列精彩的分析與批評，並將東方主義在全球網絡中建構的權力關係一一展演，像是西方勢力對東方的不平等霸權支配以及知識生產之暴力等。

薩伊德開宗明義地寫道，學術傳統中的「東方」概念幾乎可以說是歐洲文化（特別是英國與法國）的想像與發明。此概念的發明源自於歐洲文化與東方相遇時所產生的獨特經驗。易言之，所謂「東方」實際上是歐洲文化對於該獨特經驗的再現。薩伊德採取建構主義的觀點，並且如同絕大多數的後結構與後現代理論家，將當前西方文化所認知的東方當作是一種「論述」（discourse）的權力話語：由社會諸多的制度、詞彙、學術研究、意象、信條等等面向支撐而成。此些論述依憑西方的想像，將東方塑造成對立於西方的「他者」，甚至以此加強與穩固「西方」的概念（關於「論述」的概念，詳見第六講「傅柯的權力論述」）。

薩伊德緊接聲明，他所探討的東方主義並不限於單一面向，並藉此提出三項東方主義之定義。第一個東方主義的定義屬於學術層面。任何人教授、研究與書寫東方相關的事物皆屬於東方主義者，其產出的論點就是東方主義。有些學者質疑，「東方主義」一詞的定義不清，又隱含了十九與二十世紀時的歐洲殖民主義傲慢態度，造成部分學者偏向使用「東方研究」（oriental studies）一詞，而非「東方主義」；但薩伊德反駁，改稱「東方研究」只是換湯不換藥，完全無法消除東方主義者的權威身分。

第二個東方主義的定義仍與學術研究相關，但屬於較為廣義的東方主義。此種東方主義定義為一種思想風格，奠基於西方與東方間本體論或認識論上的差異。如此一來，東方主義涉及的不僅止於學術上的知識生產，也包含個別作家對於東方的認知與書寫創作。換言之，舉凡以西方與東方之差異作為基準的所有論述（無論是理論、小說、詩歌、政治、經濟等），都必然牽涉作者個人對東方的想像。

接著，薩伊德結合上述兩種定義，提出第三個定義：東方主義是西方世界用以掌控「東方」的工具或手段，尤其是西方世界自十八世紀以後獲得對東方進行描述、研究、建構、講授、處置等的「權力」。這些論述的建構在政治上、武力上及意識型態上主導人們對於東方的理解，導致個體在思考東方之時，無可避免地繼承前人所留下的東方主義觀點。

薩伊德對東方主義做出定義後，進一步申論東方主義的三個謬論。第一個謬論是認定「東方」本質上是一個概念（idea）或是一個沒有事實對應的人造產物。他進一步澄清，即使東方主義假設西方與東方兩個概念皆是人為的產物，但這不意味著東方主義漠視東方作為一個地點，一個實際的場所，有著眾多的居民、多樣的文化、深厚的歷史蘊涵。薩伊德重申，他所關注與扣問的並不是東方主義與東方如何相互對應，而是東方主義的「內在一致性」（internal consistency）從何而來。

薩伊德接著提出東方主義的第二個謬論，便是認為東方與西方之間的關係只是一種想像，並非權力控制的事實。他大肆反駁此東方主義的看法，並按照傅柯權力論的觀點提出《東方主義》一書中最知名的論點：東方之所以被「東方化」，並不是因為它具有「東方」的特質，而正是因為它能夠被「他者化」。亦即，在東西方的權力位階中，東方被迫屈從於西方強權，讓他人為自己發聲——東方主義自身即是西方霸權的展現。如同福樓拜（Gustave Flaubert）描寫的那段與埃及妓女的相遇一樣：她無法發言、無法表露情感、無法顯示自身的在場，也無法述說自己的過往。只有「他」才能為她發言，將她再現。這名埃及女子的處境，正是「典型的東方」（typically Oriental）。

最後，薩伊德提出東方主義的第三個謬論：東方主義充斥著謊言與迷思，終將會被揭露並還原事實真相。薩伊德拒絕此種東方主義的看法，並且聲明東方主義的珍貴處不在於呈現真實的「東方」，而是作為歐洲征服「東方」的一種正當性論述。事實上，任何想反轉或瓦解東方主義與西方世界既有對立的話語體系，單憑辨認出其話語權運作邏輯是不夠的。畢竟，東方主義作為一種涉及權力的論述，其背後肯定有無數的社會、經濟、政治等體制支撐。易言之，東方主義不是西方世界的純然想像，而是一系列歐洲文化世代傳承的理論與實踐，當然也不乏暴力（權力）的支持。

此外，薩伊德提醒我們不應將東方主義理解為全然「武力控制」下的歷史產物，因為西方與東方間的掌控關係，更偏向於葛蘭西所謂文化霸權中的「合意」（consent）。亦即，東方主義呈現的「西方優於東方」意象，實際上就是一種文化「霸權」（hegemony）的知識暴力，試圖讓東方信服與內化。西方世界可藉此建立「我們歐洲人」優於「他們非歐洲人」的集體印象與認同。簡言之，薩伊德的東方主義即是將西方文化內所有關於東方的描述（無論看似多麼客觀）視為再現，而不是真理。「東方主義」的任何論述永遠都只是填補一個不在場的客體，從來不曾涉及任何真正稱得上「東方」的事物。

例如，迪士尼的動畫電影《花木蘭》即是一個「當代版」東方主義的呈現。首先，電影中的歷史與文化背景設定混亂。無論是角色、服裝、打扮、習慣、社會制度等皆缺乏寫實的歷史考究，充斥著西方文化對於傳統中國文化的普遍想像。在外表上，電影中的角色清一色都輪廓不明顯、鳳眼、厚脣；相對於其他迪士尼電影裡呈現的西方人多樣長相，花木蘭裡的角色外貌在設定上顯然有刻板印象之嫌。再者，《花木蘭》展現不少對於東方文化的扭曲與醜化。除了突顯東方人的迷信（像是相信蟋蟀能夠帶來好運、蘋果能讓人平靜、墜飾代表平衡等）外，對於東方人的性格更有諸多負面的描述。

比方說，電影裡花家的列祖列宗本應該以後代守護者的身分出現。然而，當祂們得知木蘭代父從軍、離家出走後，並非立即號召眾守護神思考如何解除花家當前的困境，保護木蘭的安全。相反地，花家的祖宗們極力與木蘭撇清關係、推卸責任，聲稱「她（木蘭）可是你們家族那邊的人」。這一場景，與電影開場時所演唱的〈我們會以你為榮〉（Bring Honor to Us All）對照之下，顯得格外諷刺：此時的木蘭已然不符合中國傳統女性被賦予的性別角色，甚至還違背國法，犯下欺君之罪，成為家族的恥辱，是一個祂們亟欲抹除的汙點。甚至當列祖列宗派出守護者支援木蘭時，祂們的指示依然是「別讓家族蒙羞」，而非守護木蘭的安危。直到電影結尾，木蘭在戰場立下大功，衣錦還鄉，祖宗才又改口搶著說：「她（木蘭）可是我們家族那邊的人。」透過這樣的呈現，「東方人」在西方觀眾的眼中成為十分勢利眼，為求自身名譽而將後代視為手段與工具的族群。「東方」的祖先意象無疑已遭扭曲及醜化。

批判思考

有些學者指出，《東方主義》提供後殖民主義一個強力的批判論點，但是薩伊德訴諸傳統人文主義與普世價值的論點，卻與他採用的「解構」的去中心批判立場相互違背。

事實上，薩伊德的批判已經遠超過單純文本的「解構」立場。薩伊德在《世界、文本、批評家》中檢視了西方的批判話語如何受到德希達、傅柯、精神分析、結構主義、馬克思主義等理論影響，以至於批評家被迫在眾多的哲學系統與派別裡選邊站。薩伊德認為，當前的批判哲學專注於世界的「文本性」（見第五講的德希達與第六講的傅柯）與詮釋的「無限性」（不同流派有不同的詮釋），卻因此將文本與世界一刀兩斷，使文本不再與「真實」（actuality）相連結。要言之，文本的「世俗性」（worldliness）因此失落。對薩伊德而言，批評家應保持批判意識的敏銳度，擔任世界與文本的中介者：生活於「現在」的知識分子，須將文本與現實世界的歷史、政治、社會、經濟等串聯在一起，以「世俗批評」回應人類豐富的異質性經驗。所以，與其說薩伊德的人文主義色彩違背解構閱讀的精神，造成他的東方主義批評無效，倒不如說，他特意對早期以文本遊戲為主的「解構」保持一定的距離，以便提出更貼近「現實」的批判論點。

【問題與思辨】

一、全球化下的資訊流通是否進一步加深了東方主義式的東方想像？為什麼？

二、東方人對西方文化的想像是否也可稱為「西方主義」？請舉例說明。

三、當前的西方世界的「漢學研究」是否也是東方主義下的產物？請舉例說明。

四、薩伊德是留美的巴勒斯坦人，對「東方」的整體理解也相當有限。他對西方「東方主義」的批判本身也是建基在自己對東方的想像。因此，有學者指出他的批判無效。你個人贊成還是不贊成此論點？為什麼？

五、嘗試以一部電影，分析當中有哪些元素是西方人對東方的刻板印象。請舉例說明。

【書目建議】

單德興。《薩依德在台灣》。臺北：允晨文化，二〇一一年。

愛德華・薩伊德（Edward W. Said）。《世界，文本，批評者》。薛絢（譯）。臺北：立緒，二〇〇九年。

——。《東方主義》。王志弘、王淑燕、莊雅仲（譯）。臺北：立緒，一九九九年。

Said, Edward W. *Orientalism*. New York: Vintage, 2003.

———. *Reflections on Exile and Other Essays*. Cambridge: Harvard UP, 2000.

———. *The World, the Text, and the Critic*. Cambridge: Harvard UP, 1983.

參、史畢娃克與從屬階級言說

佳亞特里．查克拉沃爾蒂．史畢娃克（Gayatri Chakravorty Spivak, 1942-）是後殖民主義、解構主義、女性主義、馬克思主義的理論家，同時也是推動第三世界偏鄉教育的教育家。她因翻譯德希達法文版的《論文字學》，並為此英譯版撰寫百頁多的〈譯者序文〉而聞名學界。她以第三世界女學者的「異質」身分，駕馭多種批評的視野與話語，為被迫噤聲的種族、階級和婦女等邊緣族群發聲，這些具體貢獻使她成為當代後殖民理論的大師之一。

史畢娃克
Gayatri Spivak

史畢娃克出生於印度加爾各答。獲取加爾各答大學學士後，史畢娃克前往美國康乃爾大學繼續她的研究生涯。期間，史畢娃克選擇攻讀比較文學博士，並由德曼（Paul de Man）擔任其指導教授。當時德曼可說是德希達初期「解構」哲學的全球行銷負責人。畢業後，史畢娃克著手翻譯德希達的《論文字學》，並先後於美國愛荷華大學、德州大學、匹茲堡大學、哥倫比亞大學等知名院校擔任教職。一九七五年至一九八二年間，史畢娃克致力將法國及歐陸哲學思想，藉由翻譯引入英美文學等相關系所。以一名女性主義者的觀點看來，法國解構思想（特別是法國派第二波女性主義）的理論性正是英美實證主義（positivism）哲學所欠缺的。

史畢娃克認為，解構主義能夠顛覆西方傳統的二元對立「暴力」，例如男性與女性間的暴力、西方與東方間的暴力、中心與邊陲間的暴力、主體與他者間的暴力等。因此，史畢娃克深信解構論述得以使文學理論與社會政治相結合，並為當前的政治困境找到解決方法。再者，身為一名來自第三世界的女性知識分子，史畢娃克更積極探討後殖民情境下的女性議題，並將馬克思主義思想融入其女性主義之相關論述。簡言之，史畢娃克指稱，第三世界女性之噤聲，與白人對非白人民族在政治上、文化上與經濟上之壓迫有著密切的關係。

因此，史畢娃克於八〇年代及九〇年代積極針對女性及第三世界族群進行反思與討論。一九八五年發表知名的論文〈三個女性文本與帝國主義批判〉（Three Womens’ Texts and a Critique of Imperialism）。一九九七年，史畢娃克成立「珊德拉與察柯菈芙蒂讀寫能力計畫」（Pares Chandra and Sivani Chakravorty Memorial Literacy Project），並於二〇一二年將其於京都藝術與哲學獎之獎金捐出。她期盼此計畫能夠為印度栽培更多優良教師，並協助印度偏鄉學校順利營運。二〇一三年，史畢娃克獲印度政府頒發蓮花裝動章，以表揚她於文學與文化評論領域中為印度所做之貢獻。本單元將評介史畢娃克三個重要的理論如下：一、從屬階級的發言問題；二、第三世界的從屬階級女性；三、二十一世紀的美學教育。

一、從屬階級的發言問題

〈從屬階級能否發言？〉（Can the Subaltern Speak?）一文是史畢娃克最具反思及批判力道的代表作。她強調，從屬階級能「發聲」（talk）並不意味他們能「發言」（speak）。首先，即使出聲說話，也不代表會被聽聞與重視。此外，若是聽者均來自強權國家時，發言權是否徒具形式？最後，聽者又是帶著何種意識型態進入從屬階級的話語脈絡？事實上，即使聽者出身於第三世界，若他以西方理論作為發言的工具，其思想能否跨出西方為中心的霸權思考邏輯？他們又該以何種語言作為傾聽與發言的媒介？例如，在國際型研討會議，第三世界知識分子對於從屬階級的論述會因為缺乏強權國家的支持，難以被認真傾聽，因此浮現此後殖民弔詭的兩難習題：從屬階級能否發言？又該如何發言？

史畢娃克引用辜哈（Ranajit Guha）的階級性位階，談到「從屬階級」被劃分為社會底層，與平民歸為一類。她抨擊此類基進印度歷史學家利用平民政治口號，對抗本土菁英所編之印度殖民史的書寫暴力。此番舉動與後結構主義知識分子看待「從屬階級」的方式如出一轍，兩者皆傾向將從屬階級本質化與同質化，並忽略知識分子言論的優勢位階。史畢娃克質疑後結構主義聲稱的主體消散論，並認為即便許多後結構主義巨擘（例如傅柯及德勒茲）企圖瓦解主體的絕對話語權，卻在討論「從屬階級」（subaltern）時重建一個整體性的「大寫主體」（Subject）。史畢娃克藉由傅柯與德勒茲的一篇對話文章，抽絲剝繭地剖析兩位知識分子的意識型態。在對話之間，傅柯與德勒茲皆指出，法國後結構主義的目標是針對異質的權力、欲望與利益進行批判，並且不斷探索社會上「他者」的話語。然而，史畢娃克則認為，兩人的對話徹底忽略自身知識分子的身分，因此將社會上受到壓迫的他者化約成一個失去異質性的「大寫他者」（the Other）。

此外，在對跨國資本主義進行批判的同時，學者們可能將所有受到壓迫與剝削的勞工約化為單一的「勞動階級」，卻忽略「勞動階級」中的每個個體皆出自不同的社會結構，應具有高度的獨特性。然而，知識分子將這些截然不同的個體化約成「勞動階級」並企圖為其發言，無疑是犯了後結構主義最欲批評的「暴力」。以傅柯的語言來表示，即是知識分子透過話語生產將從屬階級納入了「可知」或「被知」的版圖，進而對從屬階級施加了「知識暴力」（episteme violence）。相同地，德勒茲與瓜達希提出的「欲望機器」原先是為了瓦解整體性的主體，強調個體之中多元並存的異質欲望。但是，德勒茲顯然未將欲望機器的概念應用於從屬階級的主體性，而是未經深思熟慮就將從屬階級看作一個整體性主體。

對史畢娃克而言，無論是德勒茲或是傅柯對從屬階級的看法，都違背後結構主義去中心的主要精神。藉由論述從屬階級，知識分子再一次加強自身的優勢地位，同時也將從屬階級推回受壓迫的位階。再者，兩人的觀點皆忽視個體欲望與「利益」間的關聯性。亦即，他們並未解釋個體的欲望是否受到意識型態所影響；抑或者，他們利用潛意識的概念，毫不猶豫地將欲望與利益相連，否決欲望「被矇騙」的可能。藉此，後結構主義再次將一個具備整體性的主體，導入權力網絡的分析之中。此種不加思索的主體化行徑，毫無意外地將「從屬階級」從客體抬升至主體的地位。因此，傅柯與德勒茲也因為從屬階級而成為了主體，他們相信只要知識分子能夠打造適當環境，所有的從屬階級便可以為自己發言。只不過，此番論述對史畢娃克來說只能算是過度浪漫化的理想：因為不管是孩童、女性、被殖民者、性少數等族群，其受壓迫的經驗皆須透過知識分子的話語建構被揭露。換言之，知識分子是從屬階層發言的最重要媒介，但在當前跨國資本主義的影響下，知識分子並非只會為從屬階級發聲，也可能選擇鞏固社會上現有的壓迫結構（例如，操弄大眾或是僭越身分等）。更重要的是，倘若從屬階級真能發言，那麼人們聽見的會是誰的聲音？誰又能真正「代表」具備高度異質性的從屬階級？

史畢娃克聲明，上述的疑惑源自representation一詞的兩種定義被理論家與哲學家們混用。她援引馬克思的經典著作《路易．波拿巴的霧月十八日》(*The Eighteenth Brumaire of Louis Bonaparte*)，分別指出representation的兩種意涵：第一種為「代言」(vertretung或speaking for)；第二種則為「再現」(darstellung或re-presentation)。知識分子無法直接「代言」從屬階級，因為從屬階級永遠都是多元的。史畢娃克認為，既然如此，那麼後結構主義學者就不必為了賦予從屬階級發言的能力，而急著定義出一個新的「主體」概念，並將其強加在從屬階級之上。相反地，理論家應該透過相似於藝術上的間接「描繪」(或「敘述」)，賦予被壓迫的從屬階級多元異質性的主體身分。

緣此，史畢娃克轉向馬克思的階級分類方法。她解釋道，馬克思在劃分階級之時，並不是先針對各種階級做出定義，而是以一種微分的方式描述階級差異。具體而言，馬克思認為階級區分的原則為：當一定數量的家庭因經濟條件的不同，促成與其他階級在生活型態、利益考量、成員組成等方面產生差異時，該些家庭即形成一特定階級。如此一來，馬克思便能夠在不抹除個別家庭之殊異性的情況下做出階級區分。換言之，相對於傅柯與德勒茲的整體性主體，馬克思的階級主體是一個分散且錯位的主體概念。當然，即便是馬克思也無法避免將「代言」與「再現」混為一談的窘境。特別是在《霧月十八》當中，馬克思經常將「代言」(vertretung)與「再現」(darstellung)兩種意義混用，甚至出現了用「代言」取代「再現」的情形。

只不過，正因為揭露代言與再現難分難解的交錯關係，馬克思的論點已充分展現從屬階級為自身發言的困難性，以及知識分子「再現」甚至「代言」從屬階級的必要之惡。對比於法國後結構主義一廂情願地認為從屬階級能夠發言，卻無法正視自身對其施加的暴力，史畢娃克顯然認為馬克思的思想更符合她的解構論述。總而言之，對於史畢娃克而言，知識分子當前的狀態與殖民帝國相似：儘管兩者都宣稱自己是出於「善意」，但卻無可避免地對從屬階級造成傷害。

二、第三世界的從屬階級女性

在「從屬階級能否發言？」的最後一節，史畢娃克以「沙堤」（sati或suttee）為例，將女性主義的觀點帶入代言與再現的討論之中。「沙堤」本是印度地區的一種殉葬制度：妻子在丈夫逝世後，便引火自焚，以證實自身的貞節與對丈夫的絕對忠誠。到了英國殖民時期，殖民政府為阻止更多女性死於印度的傳統儀式文化，便以人道主義之名禁止「沙堤」儀式。然而，女性在後殖民議題上處於相當獨特的位置：一方面代表第三世界人民受到第一世界的壓迫；另一方面，第三世界女性也受到第三世界男性的壓迫。由此，史畢娃克依據佛洛伊德對「有個孩子正在被打」（A child is being beaten）的理論分析，仿造出「白人男性正在從棕色男性的手中拯救棕色女性」（White men are saving brown women from brown men）的句子。這兩個看似不相干的句子，事實上卻暗示被壓迫者的相同狀態——壓迫絕非有單一來源。相反地，所有受壓抑者皆經歷複雜、難解的壓迫經驗。以「沙堤」的例子來說，自一八二九年，英國殖民政府將「沙堤」定為違法行為後，印度女性似乎真的得到白人政府的保護；然而，藉由將印度的傳統文化貶低為「落後」、「野蠻」、「迷信」，英國殖民政府也成功為西方文化標誌為「進步」、「文明」、「科學」等正向的標籤。如此一來，即使印度女性能從傳統的印度父權文化中得到解救，卻又不可避免地落入殖民帝國主義知識霸權的掌控。

當然，印度的政治運動者也清楚了解英國政府的殖民行為是一種暴力，據此提出「殖民政府頒布的法律從未經過任何印度人的同意」的論點，以否定此殖民政府禁令的合法性。此外，他們認為英國殖民政府根本不了解印度當地的傳統與文化。最後，這些印度的政治運動者甚至聲稱印度女性應該擁有成為「沙提」的權利，因為「沙提是真的想為夫殉命」或者「她們是以自由意志選擇了死亡」。此種聲援印度女性「自由意志」的論述實際上是支持印度父權文化的復辟。史畢娃克解釋道，在傳統印度教法（Hindu law）中，自殺行為是被禁止的，但在引入了獻祭的話語後，特定種類的自殺卻成為可接受的行為——人類因為對真理的體認而選擇放棄肉身，將自己獻給神靈。然而，史畢娃克指出，「沙提」的進行並不屬於上述此種自殺。相反地，選擇成為「沙提」的印度女性並不會因此被認為擁有高貴的靈魂，她們頂多只能被看作死者的「好妻子」（換句話說，貞潔與忠誠是印度女性必備的美德，拒絕成為「沙提」就等於是拒絕這般美德）。

藉由策略性地並置殖民者與本土菁英的歷史觀點，史畢娃克揭露兩方男性試圖掌控女性歷史的衝突與相互矛盾。此外，史畢娃克進一步指出，在英國殖民文化與印度父權文化持續角力之間，印度女性從來都不能為自己發言，只能不停地被兩方強權論述左右。值得注意的是，雖然史畢娃克認為知識分子為從屬階級的代言是種暴力，但這並不表示知識分子可以對弱勢群體保持緘默。由史畢娃克對德希達與馬克思的推崇看來，史畢娃克並不否認知識分子所做出的貢獻。只不過，知識分子絕不能遺忘自身的優勢地位，所以史畢娃克一生除了不斷地進行反思與批判外，更積極投入鄉村教育工作，避免自身的理論觀點僵化。

三、二十一世紀的美學教育

晚期史畢娃克對於政治批判和倫理關懷努力不懈，其研究所關注的面向也隨著世界整體發展與時俱進。長期筆耕於比較文學研究的史畢娃克於二〇〇三年出版的《學科之死》（*Death of a*

Discipline）是她反思學術研究領域的著作。書中，她秉持對他者（the Other）的關懷立場，思辨大學高等教育的內涵與責任。她指謫當時大部分的比較文學學科歐洲中心（Eurocentric）色彩濃厚，未能開展整體宏觀的世界視角。此外，在全球化中處於邊陲的文化，其語言經常在無形中被西方國家所挪用。因此，她督促比較文學要跨出這樣的架構，結合原有關注亞洲、拉丁美洲和非洲的區域研究，以促成跨界互動，並且觸及更多元的聲音，史畢娃克致力於探討文學能夠帶來的影響力，期望超越單純語言的層次，在去政治化的場域與各種身分和符號對話；也因此這本書並非是對學科之死的宣告，而是再次以人文關懷作為開啟當代正義的一把鑰匙。

史畢娃克在二〇一二年所著的專書《全球化時代的一種美學教育》（*An Aesthetic Education in the Era of Globalization*）集合多篇文章，並透過她多年耕耘人文教育的經驗，試圖回應全球化下的資本與資訊環境。例如，書中反覆討論宗教信仰的基礎教義和國家主義的認同等議題。因此，她重建理論的意義，提出「美學教育」在此時代扮演帶動新社會風氣的重要角色，以對抗一言堂式的宗教或國家論述。史畢娃克認為，美學教育的核心是一種玩的驅力（play drive），在感性和理性、情感和邏輯等傳統二元觀中穿梭遨遊，或能透過文學閱讀的領悟，訓練學生和教師重拾想像的能力，進而找到理解當今倫理、政治或知識體系的契機。簡言之，史畢娃克主張的美學教育，是回應全球化下複雜議題的策略之一，冀望能超越全球資本邏輯的運作及其束縛。綜觀史畢娃克近年來的著作、演講和她參與的活動，不難發現這位後殖民理論大師在瞬息萬變的當代生活中，不停投入人文關懷的行動，實踐並深化全球化時代中的多元教育與差異倫理。

【問題與思辨】

一、史畢娃克認為庶民無法發聲，你是否認同這樣的論述？庶民階級在什麼情況下才能夠為自己發聲？

二、史畢娃克認為，當知識分子在替庶民階級發聲時，可能產生「代言」的問題。若是如此，你認為知識分子應如何具體實踐對庶民或弱勢階層的倫理關懷？

三、針對「沙堤」的殉葬制度，你較支持英國殖民政府的做法還是繼續依循傳統印度的文化？為什麼？若你身為當時的印度婦人，又會如何選擇？

四、以臺灣原住民為例，誰有資格為他們發聲？是長期關注原住民議題的專家學者，還是具備原住民血統的人士？

五、運用史畢娃克的理論，分析臺灣「慰安婦」歷史及當代的政治問題。

【書目建議】

曹莉。《史碧娃克》。臺北：生智，二〇〇三年。

Spivak, Gayatri Chakravorty. *A Critique of Postcolonial Reason: Toward a History of the Vanishing Present*. Cambridge: Harvard UP, 1999.

———. *An Aesthetic Education in the Era of Globalization*. Cambridge: Harvard UP, 2012.

———. "Can the Subaltern Speak?" *Marxism and the Interpretation of Culture*. London: Macmillan, 1988.

271-313.

———. *Death of a Discipline*. New York: Columbia UP, 2003.

———. *In Other Worlds: Essays in Cultural Politics*. New York: Routledge, 1988.

———. *Other Asias*. Malden: Blackwell, 2008.

肆、巴巴與全球後殖民性認同

霍米・巴巴
Homi Bhabha

霍米・巴巴（Homi K・Bhabha, 1949-）是印度裔英國學者、後殖民批判理論家以及哈佛大學馬欣卓人文中心（the Mahindra Humanities Center）主任。他擅長從解構、精神分析與馬克思主義的角度，批判外在強權如何透過壓迫的心理元素扭曲人性，並探討被殖民者該如何面對此壓迫與扭曲，積極擺脫二元思維的對立框架。為此，他開創不少全新的後殖民詞彙與概念，如「揉雜」（hybridity）、模仿（mimicry）與「居間性」（in-betweenness），企圖開闢出具積極性的後殖民認同論述，但其文字的模稜滑溜與概念的晦澀不明也受到不少批評。整體而言，巴巴在當代人文學術研究有不可取代的地位。特別是其揉雜新穎的後殖民論述，讓他與薩伊德、史畢娃克獲得後殖民論述「三劍客」（trinity）的美名。

他出生於印度孟買。取得孟買大學學士後，巴巴便前往英國牛津大學攻讀英國文學碩士及博士。之後，巴巴於英國薩塞克斯大學從事教職長達十幾年。期間，巴巴時常前往美國進行演講，並在一九九四年與二〇〇一年分別轉往美國芝加哥大學與哈佛大學任教。除了文學研究之外，巴巴在藝術評論領域亦獲得高度的評價。

巴巴的後殖民理論吸收了大量理論家的觀點，並將其內化於自身論述之中。例如，巴巴採用安德森（Benedict Anderson）的「國家」（nation）概念，以強調「國族」（nationality）是伴隨國家敘事所形成，而非國家既有的本質。再者，巴巴亦採用巴赫丁（M. M. Bakhtin）的「對話」（dialogue）概念，強調後殖民主義應涵蓋殖民者與被殖民者之新互動模式與多元交流，而非活在過去的主奴歷史模式中。最後，巴巴更採用法農的被殖民者心理與拉岡的「模仿」概念，探討模仿論述在「模稜兩可」（ambivalence）的空間內生成，以它的流動、過量與差異提高其顛覆壓迫結構的可能性。儘管巴巴的複雜理論時常因與被殖民者的現實生活脫節而遭受批評，但不可否認地，巴巴的思想已深刻影響人們理解國家及種族的方式。本單元將評介巴巴的重要理論觀點如下：一、超越與揉雜；二、後殖民模仿；三、全球化下的後殖民認同。

一、超越與揉雜

相似史畢娃克的後殖民論述策略，巴巴的《文化的定位》（*The Location of Culture*）延續了德希達的解構思維，企圖瓦解殖民思維中的二元對立結構，例如東方與西方、中心與邊陲、帝國與殖民地、壓迫者與被壓迫者、自我與他者等。不同於一般後殖民學者常關注被殖民者的受壓迫經驗，巴巴更重視整個殖民結構的「開放性」（openness）與「模稜兩可」。因為結構的「模稜兩可」是一尚未經過論述（或無法清楚論述）的灰色地帶，在這其中人們無法分辨誰是主體誰是客體——此即殖民者與被殖民者間的「揉雜」性質。巴巴指出，此種灰色空間的誕生源自於當代批判哲學的「超越」（beyond）理念。援引黑格爾的「邊界」（border）論述，巴巴將二十世紀末批判哲學大量使用的「後」（post-）解釋為一種概念的「居間性」。正如第七講後現代主義所提及，後現代主義並非全然否定現代主義之思想，而是對其運作邏輯提出修正與更新。因此，後現代主義既是現代主義的延續同時也是斷裂。巴巴認為，這些「後」在概念上帶來的曖昧，恰好提供身分政治及其理論上「超越」邊界的可能。

巴巴相信，相較於過去僅強調性別與階級的身分理論，當代的「後」思潮已將身分的多重面向顯露出來。身分之間的分際不再只由性別與階級決定，而是充滿多元的「文化差異」（cultural differences）。更重要的是，這些「居間」的文化差異能夠被策略性地用來建構全新的身分（無論是個人或集體的），以便在政治上創造一個合作的場域。但如此一來，如果文化差異的異質性（heterogeneity）同時也暗示了身分的異質性，那麼所謂的「新身分」如何化解個體間原本對立或無法共存的差異？巴巴解釋，文化差異應被理解為一種「操演」（performative，詳見第十一講第四單元酷兒理論的「巴特勒」）。亦即，文化差異不該被視為傳統中「預先給定」（pre-given）的特質。相反地，文化差異應看作是由無數個傳統的邊界相互碰撞、相互「否定」而形成。如此的「否定」在多元傳統之間形成一種辯證關係，並抹除過去與現在、私人與公眾、高級與低級等對立間的界線，使「新文化」的建立成為可能。援引格林（Renée Green）的「樓梯井」（stairwell）意象，巴巴認為文化與社會的差異其實暗示了一條連接文化身分兩端點的「通道」（passage）：差異就如同樓梯一樣，並不屬於特定的樓層，而是樓與樓之間交疊的區域。因此，傳統間的相互否定也暗示著新群體的成形，而此種新群體的出現能夠創造出文化上的揉雜，並且在政治的場域中，進行政治的改寫與重建，以達到「超越」的目的。

巴巴接著說明，「超越」理念的運作邏輯無論在時間與空間上，都代表著一個「未竟之域」；然而，「超越」的行為自身卻預示了一不可知、不可再現，且不再返回到現在的「未來」。此種

「超越」或「前往另一時空」的企圖干擾著人們共構的「同時性」，也暴露所謂的「現在」已經無法再將所有文化差異「共時化」（synchronize）。因此，「現在」在超越的反覆進行下，已不再只是過去與未來之間的連結（或斷裂）。取而代之的是，「現在」成為了「錯位」（dislocate）與「分離」（disjunct）現象產生的空間：在這空間，當前社會的不公平、不連續與弱勢團體皆浮上檯面，要求著當局的關注與回應。若將此概念運用在後殖民主義上，「超越」挑戰種族中心主義論述的侷限。換言之，種族中心主義的邊界即為「不合」（dissonant）與「異議」（dissident）產生之處。緣此，巴巴強調，任何嘗試將國族文化做同質化的企圖皆必須被重新思考與定義，因為所謂的「純種」國族身分從未存在過。進一步地說，所有的國族身分都來自特定的想像群體，而群體的建立就必然得包容所有個體的文化差異（個體與個體間的「邊界」）。簡言之，在巴巴眼中，群體即是個體的揉雜。

巴巴進一步指示，當代文化的「超越」不再以經驗的整體化為目標。雖然在資本主義與社會階級的論述中，「社會再製」（social reproduction）依舊不停運作，但它們卻無法掌控人們的文化認同模式以及與社會弱勢相關的情感。延續上段的國族論述，巴巴指出，當前的國家不該繼續執著於國族富強以及公民道德，而應以社會弱勢的角度檢視權力與權利（power and right）的問題。後殖民學者們的責任則在於為那些尚未被西方現代性同化的國家（即全球化跨國政治下的弱勢國家）提供抵抗的論述與行動。但對這些國家而言，更重要的是它們能利用超越與邊界的概念，製造容納文化揉雜的想像空間。巴巴總結性地解釋，此種情境下的「超越」已然成為一種對社會政治「此時此地的介入」（an intervention of the here and now）：邊界（無論是現在與過去間的，或者是主體與客體間的邊界）即是「新」（newness）的誕生之地，為「現在」提供更多流變與生成的可能。

二、後殖民模仿

巴巴提出後殖民的「模仿」（mimicry）有別於美學的「擬仿」（mimesis）：擬仿的目的是在相同系統內的複製或「再現」（representation），而模仿的目的則在製造某種居於原始體系與不同體系之間的混合體，作為被殖民者對抗宗主國的工具及反動的可能。此外，前者是靜態的描述或呈現，而後者是動態的展演（performance）。在探討文化的揉雜特性後，巴巴指出揉雜的概念能夠提供被殖民者顛覆壓迫結構的可能性。殖民時期，殖民者為求於殖民歷史中全面掌控權力並伸張其權威，便在殖民地宣揚殖民母國的語言、宗教、與文化；而被殖民者為獲得殖民者的認同，便開始模仿甚或內化殖民母國的文化。

然而，巴巴認為無論被殖民者的模仿如何逼真，終將無法完全擺脫自身「被殖民」的身分，更不可能真正地成為殖民者。因此，他提出「幾乎相同，卻又不甚相同」（almost the same but not quite）的概念，精確地點出被殖民者對殖民文化的再製與學習，終究只能是一種「模仿」。巴巴更以吉普林（Rudyard Kipling）、歐威爾（George Orwell）、奈波爾（V. S. Naipaul）等第三世界作家為例並指出，即使這些作家已經能夠以高度「英語化」（Anglicized）的語言進行寫作，他們仍無法成為真正的「英國人」（English）。

然而，這並不意味著被殖民者「模仿」殖民文化的一切努力皆為徒勞。巴巴解釋，在後殖民的情境下，模仿其實具有三項積極功能。第一項功能為「偽裝」（camouflage），也可說是保護色。換言之，被殖民者對殖民文化的模仿最初的功用在於保護自身不受殖民者的侵犯。然而，一旦被殖民者開始學習殖民者，殖民母國的文化便已受到「汙染」（contamination），此即為模仿的第二項功能。被殖民者的模仿有時呈現上段所述的高還原度模仿（作家們高度英語化的語言書寫），但大多數仍是對殖民母文化不到位的半吊子重現。比如說，被殖民者在學習殖民母國的語言時，經常會在其中融入自身母語的特色，製造發音、文法、拼字等錯誤，進而導致殖民母國語言被「汙染」。模仿的最後一項積極功能則在於「威脅」（menace）（參見圖10-1）。以英文為例，常言道「英文征服了世界」（English conquers the world）。然而，全球各地所使用的英文卻並非相同的「英文」。比方說，「中文式英文」（Chinglish）、「新加坡式英文」（Singlish）等皆是對英文的模仿，這些非標準的英文在各地之流行與通用已然對正規英文的「本真性」（authenticity）與純然性造成威脅。換言之，非英語系國家人民對英文的挪用與模仿，已使正規英文失去主宰的地位。多樣與簡易的「全球英語」正在取代純正與八股的「正統英語」。

三、全球化下的後殖民認同

晚期巴巴從反思後殖民的身分認同轉向對全球化現象的批判。在全球化時代下，後殖民論述應當如何看待經濟多元但卻更霸權；文化混雜但卻更同質化；以及殖民暴力離去但卻更細微普及的狀況？在近期的訪談中，

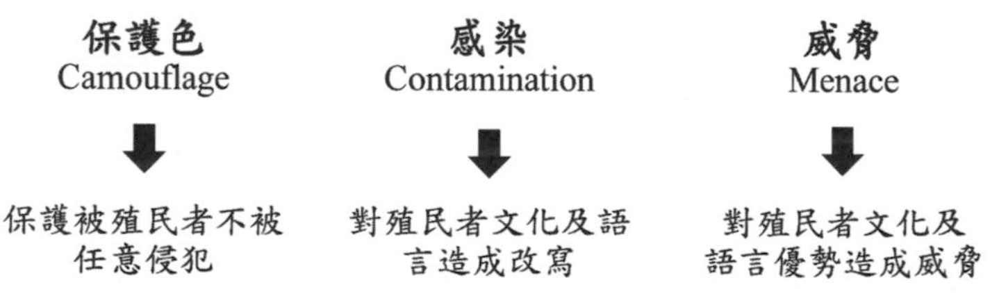

圖10-1「模仿」（mimicry）的積極功能

他表示後殖民主義不該因為學科領域化的使用，而過分地畫地自限；對於殖民主義和後殖民主義的思考，必須持續保有開放的活化能力，倘若只針對特定歷史背景或事件的分析和詮釋，便可能遺失後殖民研究的核心批判精神。他指出，後殖民研究其實都是圍繞在現代化及啟蒙思想所隱含的矛盾；然而，現代化和啟蒙思想的輸入並非完全等於被西化，因為他們雖作為一種象徵進步的概念，其實是在殖民者與被殖民者間的互動及辯證過程中產生的。

全球化時代下，西方資本強權一方面挑戰現代性的宏偉大敘事，另一方面卻延續啟蒙思想與文明的教條式進步觀。此矛盾現象和問題並沒有隨著帝國主義的瓦解而煙消雲散，反倒順著全球化的興起，加大整體的非正義及不公平；此種不對稱現象並不因為民主口號的高漲而獲得改善及保障，反而是又一層地強化霸權所生產的論述。如歐美強權國家所標籤化的敵對勢力，不斷被論述成潛在的危險，這些強權國家進而正當化自己介入和干預這些國家的行動，變相地擴張自己的權力。

此外，即便現在已不復存在被實際殖民的國家，但種種壓迫仍然展現在性別、移民、難民、主權等少數（弱勢）族群上，或成為種族民族主義和部族民族主義（tribal nationalism）等型態。巴巴指出，部族民族主義的形成有兩個主要面向，其一是具有專制式魅力（tyrannical charisma）的領導者，取得代表主流聲音和大眾權利的主控權；其二則是少數（弱勢）族群被領導者的意識煽動下採取威脅多數（優勢）族群的暴力行為。這些現象在巴巴的論述視角內都是全球化下霸權國家仍不斷搬演的政治戲碼。

晚期巴巴對於後殖民的論述逐漸轉往對於全球化下少數（弱勢）族群的檢視及研究。例如，他在〈黑人學者與深色皮膚公主〉（“Black Savant and Dark Princess”）（2004）一文中，就指出少數族群受新型態國族主義迫害的困境，仍持續在全球化情境下發生。此著作的名稱來自杜波依斯（W. E.

B. Du Bois）的《黑公主》（*Dark Princess*），並發展杜波依斯在當中從少數（弱勢）族群出發的立場。藉由這本小說，巴巴強調即使在少數（弱勢）族群當中，都還是會有差異產生，而社會上的衝突並非源於這些差異，而是來自於文化間相遇時的矛盾。換言之，我們必須正視「形成少數族群的鄰近和偶然特質」，但若要成為一股力量，「其團結整合得仰賴跨越自主性或主權，並支持差異的跨文化接合」（頁一五〇）。亦即，透過動態辯證的過程，才有機會透過少數（弱勢）社群的差異凝聚，將其境況與訴求傳達至國際的談論場域。

即將由哈佛大學出版的近作《一個全球的制衡措施》（*A Global Measure*）中，巴巴進一步深化其主張與論述：面對全球後殖民性的時代（the age of global postcoloniality），傳統西方民主所承諾的藥方已然出現全球性的潰敗。西方民主強權國家真正在意的是「排他性」——誰在性別、種族、階級、世代、宗教、經濟利益與意識型態等「屬我族類」？誰又是「非我族類」？因此，全球正進行一種組合各種「差異」而逐漸生成的「社會少數族群化」（social minoritization）現象，此現象開啟另一種形式的全球化。他以「市民」（citizenship）的概念為例，在全球人口快速移動的時代，各國合法與不合法的「市民」已不是「全球」、「國家」或「種族」等框架能涵蓋。巴巴指出，他支持葛蘭西對文化霸權政治與倫理的運作方式——凝聚龐大差異的少數（弱勢）族群作為對抗全球霸權形塑的一項制衡措施。若要全球「社會少數化」能夠團結一致，則要靠龐大差異的少數族群贊同一種跨文化的差異的表達，超越自身的主權執著，形塑富有生氣與辯證的轉化過程以及友善契合的平臺。

綜上，早期巴巴理論偏於晦澀艱難，晚期巴巴的理論雖然複雜度與活力依舊，但理念與批判論述風格均較明確與堅定。目前，他對於殖民主義的批判及反思更強調全球多元差異的動態辯證。而這樣的過程，在全球化後殖民性的時代，我們仍能挹注抵抗霸權的論述活力，也能夠更細微地關注少數（弱勢）族群被區分的脈絡以及思考如何團結一致的可能。

【問題與思辨】

一、雖然臺灣現今已脫離被殖民的歷史，但西方文化在意識型態與文化上的滲透，是否也是一種新的殖民方式？為什麼？

二、你認為臺灣與日本的殖民關係是否也存有巴巴所談的「汙染」現象？請舉例。

三、臺灣漫長的被殖民歷史，對臺灣人的國族認同產生了什麼樣的影響？

四、臺灣和韓國同樣曾被日本殖民；然而，為何整體而言，後殖民的臺灣較「親日」，而韓國比較「仇日」？請舉例說明。在全球化的框架下，你認為臺灣該開展何種對日的後殖民認同較合適？

【書目建議】

生安鋒。《霍米巴巴》。臺北：生智文化，二〇〇五年。

Bhabha, Homi K. "The Black Savant and the Dark Princess." *ESQ: A Journal of the American Renaissance.* 50. 1-3 (2004): 137-55.

———. *The Location of Culture*. London: Routledge, 1994.

Bhabha, Homi K., ed. *Nation and Narration*. London: Routledge, 1990.

Chambers, Iain, and Lidia Curti, eds. *The Post-colonial Question: Common Skies, Divided Horizons*. London: Routledge, 1996.

Huddart, David. *Homi K. Bhabha*. London: Routledge, 2006.

壹、性別理論概論

何謂「性別理論」（gender theories）？顧名思義，性別理論指的是針對社會性別（gender）、性別認同與性別再現所進行的研究。整體而言，性別理論屬於跨學科研究範疇，領域橫跨了文學、心理學、政治學、醫學、人類學、文化研究、媒體研究等，所以性別研究可以說並沒有一套固定的研究方法。例如，近期「性別身分」（sexual identity）的探討，便企圖揭露情欲與性別身分認同如何受當代資本主義以及醫學論述所影響。

基本上，性別理論的起源可追溯至一九六〇年代的女權運動。當時，許多女權主義者紛紛起身對抗父系霸權的壓迫、批判社會上種種性別不平等現象，並要求實質的政治改革，以訴求女性同等的權利與權力（參見第九講女性主義）。到了一九七〇年代，同志族群開始仿效女權運動，積極地倡籲同志族群找出自己獨特的「自我意識」（self-awareness），並且大力鼓吹同志們分享「出櫃」（coming-out）經驗，以便在長期受壓迫的社會邊緣人生活中，獲得同志的身分認同並建立起同志共享的社群，藉以抵抗社會主流價值對「性少數」（sexual minority）族群的漠視、排擠，甚或迫害。男同志與女同志理論便在此時期因應而生。至一九九〇年代，男同志與女同志理論家發現，原先的理論已經不足以處理日漸複雜的性別議題，而性別認同政治也面臨了危機，因此許多學者紛紛轉往新興的「酷兒理論」（queer theory），以尋求更符合當代社會的性別論述。性別理論的代表思想家有多利摩爾（Jonathan Dollimore）、辛費爾德（Alan Sinfield）、賽菊維克（Eve Kosofsky Sedgwick）等人。本單元將評介性別理論的重要理論如下：一、強制異性戀；二、性別建構論與本質論；三、性倒錯。

批判思考

男女同志理論相較於女性主義的論點、訴求以及目標，有何異同？

男女同志理論與女性主義最大的相同處，在於兩者皆以父權的壓迫為批判對象。女性主義以「性別」為批判的出發點，認為女性是男性的「他者」，唯有男性能夠主導社會的發語權，而女性只能忍受男性的壓迫，淪為被論述的第二性。因此，女性主義視父權為性別不平等的來源，將批判著重在父權如何使女性失去自主權，並進一步成為男性的附屬品。藉由批判父權，女性主義者希望能夠達成真正的性別平等。

男女同志理論則是將批判的重心置放在父權的衍生物——異性戀霸權，因此，男女同志理論家們在女性主義的性別批判中，加入「性意識」（性欲的意識）的論述面向。他們認為，在父權的思維框架下，所有「異性戀」以外的性取向都是不可想像且不自然的。所以，唯有透過對自身性別意識的論述，讓世人了解「同志」是什麼，同志們才能找尋到屬於自己獨特的性別身分。

一、強制異性戀（compulsory heterosexuality）

在男女同志的批評理論中，不少論述著重在「性」（sex）與「性意識」（sexuality）間的不一致。一般而言，「性」指的是生理性別，而「性意識」則是人們自己所理解的性別（亦即性別認同）。比如說，依照性器官的不同，人類可分為生理男性或是生理女性。然而，在主流的父權異性戀社會論述下，「性意識」經常與「性」呈現出一致的狀態。例如，常人會不加思索地假設一位生理男性會意識到自身是男性，理所當然應該喜歡生理女性。相同地，一位生理女性也會因為意識到自身是女性，理應喜歡生理男性。對男女同志理論家而言，性與性意識的一致性源自於父權社會下的強制異性戀機制，合理化異性戀並壓迫其他同性戀與非異性戀的存在。事實上，此種性意識並不是自然狀態下的產物（參考本講里奇的「女同志連續體」）。換句話說，性別認同的產生過程是錯綜複雜的，很可能受到各種不同因素所影響，並非全然由生理性別決定。

然而，為何異性戀主義被視為是父權結構下的產物呢？從女性主義的觀點來看，父權對女性最大的壓迫就在於它對性別角色的「指派」（designation），也就是所謂的「社會性別」（一般簡稱為「性別」，即英文中的gender，以便與生理性別sex區分）。依據生理特徵，擁有陰莖者被稱為男性，而擁有子宮者被稱為女性，再依此分別指派次要的性徵。接著，依照擁有的性器官不同，男性與女性被分派不同的性別角色，擔負起不同的責任（如「男主外，女主內」）。不過，父權始終視女性為男性的附屬品，只為繁衍後代而存在。間接點出父權社會下，男女被指派的最重要責任是——「繁衍」（reproduction）。因此，生理男性必須喜歡生理女性，而生理女性必須喜歡生理男性。否則，當人類後代的數量持續下降，人類的存亡就可能會受到威脅。然而，當「繁衍後代」假定為所有人類的共同目標，同時便也假定所有人都是異性戀；而其他無法對繁衍做出貢獻的族群，則被視為種族延續的敵人。換言之，在此種以繁衍為主軸的思考模式下，同性戀的存在（以及存在的理由）勢必被徹底地否定。

二、性別建構論與本質論

在性別理論中，「性意識」始終是最受高度討論與關注的話題。究竟「性意識」是天生的還是社會建構的？這個問題早在男女同志理論裡被廣泛討論。關於「性意識」（又稱為「性取向」〔sexual orientation〕）的論述，大致可以分為兩類：其一是「先天派」（inherentist），另一個是「建構派」（constructionist）。先天派性意識的支持者認為，人類的基因裡有部分的染色體可以影響人們的性向，而有「同性戀染色體」的人就有較高的機率愛上同性並成為同性戀；相反地，如果一個人沒有「同性戀染色體」，那麼他就不可能對同性產生性欲，也就不可能成為同性戀。建構派性意識的支持者則認為，比起基因，後天的社會環境對一個人的性向發展具有更大的影響力。也就是說，只要生活在特定的環境中，或者經歷特定的生活經驗，任何人都可能成為同性戀。當然，這兩種論述都有其盲點，反被反同志族群所挪用，作為壓迫同性戀者的立論基礎。舉例來說，如果性向是由基因而定，那麼父母親能否透過科學方法檢查胎兒的性向，將不符合社會期待（或者父母意願）的胎兒「淘汰」？又或者，如果性向是後天建構的，那麼同性戀者是否應該被「矯正」成為異性戀呢？（參考本講男同志理論的「性別異議」部分）。

三、性倒錯

「性倒錯」（sexual inversion）是十九世紀晚期一套解釋同性欲望的理論。「同性戀」的概念於當時並不普及，因此醫學或心理學解讀同性戀欲望大都借鏡異性戀的角度來理解同性欲望。簡單地說，性倒錯論述的提出者，如艾利斯（Henry Havelock Ellis）及克拉夫特—埃賓（Richard von Krafft-Ebing），皆相信同性戀是「靈魂被裝在錯誤的身體」。換言之，男同性戀者是女性的靈魂被束縛在男性的身體，而女同性戀者則是男性的靈魂被困在女性的身體。這樣的論述，基本上認為男性與女性都有一套固定的行為準則，也就是性的「本質」（essence）。因此，如果男同性戀是「男身女心」，那麼男同性戀者都應該表現得很女性化，且對其他男性產生性欲望；相對地，「女身男心」的女同性戀者，行為舉止就會像個男人，會對女性產生性欲。

然而，男同志與女同志理論者則指出，性倒錯論述因為無法跳脫異性戀的男女二元框架，所以無法對同性情欲提出更適切的分析與論點。例如，性倒錯論述認為男同性戀是女性靈魂受制在男性的身體，但是在男同志文化裡，還有「攻」（top）、「受」（bottom）和「不分」（versatile）的性別角色。如果兩個相戀的男同志都是女性靈魂，那麼「攻」與「受」的角色分別又該怎麼解釋？再者，如果同性戀者是因為「靈魂被裝在錯的身體」，那麼當他們相戀時，他們到底該被歸類為同性戀（生理男性愛上生理男性）還是異性戀（女性靈魂愛上生理男性或是生理男性愛上女性靈魂）？

以臺灣最近的婚姻平權議題為例。同性婚姻是否合法化的議題在臺灣掀起激烈的討論，其中專法派跟修法派更是吵得不可開交。對於專法派的意見，法務部提出《同性伴侶法草案》和《同性婚姻法草案》，其中部分曝光條文規定同性伴侶必須符合傳統婚姻的「夫妻」概念（參見本講「強制異性戀」部分）。草案中寫道：「同性雙方必須以書面約定一人為夫、一人為妻，才算合法同性的伴侶或同性的婚姻。」然而，以男同志來說，除了「攻」、「受」以外，也有「不分」的角色。在這種情況下，該是誰當夫、誰為妻呢？更何況，性行為中所扮演的角色，是否真能夠反應傳統上的

「夫妻」概念？這些強制的一致性，起因於人類異性戀霸權千百年來無法接受同性戀的存在所導致。

【問題與思辨】

一、你認為性意識是與生俱來還是後天建構？為什麼？
二、為什麼當前許多性別理論仍是以西方的思想為主？什麼原因使東方世界較缺乏這樣的論述？
三、性別友善廁所的設置會有什麼樣的困難與限制？
四、性別理論的相關議題日漸受到大眾重視，臺灣有什麼例子？請舉例說明。

【書目建議】

Abelove, Henry, et al., eds. *The Lesbian and Gay Studies Reader*. New York: Routledge, 1993.

Bristow, Joseph, and Angelia R. Wilson, eds. *Activating Theory: Lesbian, Gay, Bisexual Politics*. London: Lawrence and Wishart, 1993.

Bristow, Joseph, ed. *Sexual Sameness: Textual Differences in Lesbian and Gay Writing*. London: Routledge, 1992.

Corber, Robert J., and Stephen Valocchi, eds. *Queer Studies: An Interdisciplinary Reader*. Malden: Blackwell, 2003.

Goldberg, Abbie E., ed. *The Sage Encyclopedia of LGBTQ Studies*. Los Angeles: Sage, 2016.

Kopelson, Kevin. *Love's Litany: The Writing of Modern Homoerotics*. Stanford: Stanford UP, 1994.

貳、男同志理論

一九六〇年代開始，同志解放運動在各地如雨後春筍冒現（儘管此時期的解放運動幾乎都是以男同志為主）。此期間的同志運動參與者們更是積極鼓勵同志找出自己獨特的「自我意識」，並且大力鼓吹同志們分享「出櫃」經驗，以便在長期受壓迫的社會邊緣人生活中，獲得同志的身分認同，藉以抵抗社會主流價值對性少數族群的漠視與排擠。到了一九七〇年代，有許多學者們紛紛加入這股風潮，在學術界開展各種關於同志的研究，男同志研究於焉而生。近代的同志運動中，同志們更不吝於擁抱汙名，藉以找出同志在社會中存在的正當性，對抗無所不在的「異性戀主義」（heterosexualism）與「恐同症」（homophobia），並且為各式各樣的性少數人口要求平等的社會權利，例如婚姻平權、領養權等。

談到男同志理論，便不得不提及近代的同志運動歷史。近代的同志運動最早可以追溯到二十世紀中期。在第二次世界大戰後，世界各國不懈地試圖讓國內外局勢回歸戰前的秩序。隨著「反共」意識高漲，美國為了維護其資本主義在各地的盛行，無處不風聲鶴唳，將各種可能對社會秩序造成危害的人口進行調查與控管，而在美國國務院所點名的「危險人口」之中，同性戀者也被包含在內。一九五二年，美國精神醫學學會甚至將「同性戀」定義為一種精神疾病，需要接受治療與矯正。直到一九六〇年代，美國的聯邦調查局（FBI）以及警方仍持有同性戀者的身分資料，以便在各同志酒吧拘捕他們。一九六九年，石牆暴動（Stonewall riots）在紐約的格林威治村爆發，此事件對美國的同志運動產生劇烈的震盪，使各地的同性戀者紛紛組織社群以維護自身的權利，在世界各地甚至還有「同性戀解放陣線」的成立。一九七〇年代的同志運動援引黑人以及女性運動的經驗，鼓勵同志們接受並且承認自己的同志身分，質疑異性戀社會對性少數族群的偏見。男同志理論即在這股潮流中逐漸嶄露頭角。

到了近代，依然有諸多學者耕耘男同志理論，其中最具代表性的有多利摩爾與賽菊維克。此二人立論前提皆奠基於傅柯的性意識（sexuality）論述。誠如傅柯所言，有宰制的權力，必有抵抗的權力。十九世紀性意識真理論述的建構規訓性欲（sexual desire）鞏固權力宰制關係的同時，該論述卻也注定因為性欲流動特質不斷受到其他論述的挑戰與衝擊。本單元將評介男同志理論的重要理論如下：一、傅柯對「壓抑假說」的批判；二、多利摩爾的《性別異議》；三、賽菊維克的《衣櫃認識論》。

一、傅柯對「壓抑假說」的批判

在《性意識史》第一冊（*The History of Sexuality Vol. I: An Introduction*）中，傅柯指出當代的人們經常將「性」視為一種壓抑下的產物。一九六〇至一九八〇年期間在英美興起一波波的「性解放運動」（sexual liberation movement），似乎證實長期以來性被壓抑的狀態。然而，傅柯並不全然認同「壓抑假說」（repressive hypothesis）。他聲稱，自維多利亞時期，即使性看似是個禁忌的話題，關於性的論述反倒是從此時期開始大量出現。例如，心理學家、性學家、生理學家、牧師等，皆以各種觀點在公眾場合談論著「性」。因此，事實上性並非如同人們所想像的被壓抑、消音，或是只能在夫妻之間打趣地交流，而是在各方領域被廣泛地討論。此種性論述關注焦點並非在於性或是性行為本身，而是性作為一種「知識」與「真理」，也就是傅柯所稱的「性意識」。例如，在西方基督教傳統中，告解是相當常見的儀式。在告解過程中，牧師可以得知信眾們是如何理解性，以及他們對於性的態度，甚至是他們怎麼進行性行為。在聽取信眾的告解後，牧師便按照自己的身分與對聖經的理解，評論信眾們的性生活，劃清「正確」的性與「錯誤」的性界線。此種評論便建立了性在宗教上的「真理」位置。

傅柯認為，性被視為遭受到壓抑，是因為「性意識」的產生。他指出，「性意識」其實是資本主義中的資產階級為了鞏固自身利益而創造出來的概念。這些資產階級取代了貴族，卻發現自己並沒有任何統治國家的正當理由。因此，資產階級便希望創造出自身與貴族不同的形象與意識型態，再藉由貶低貴族的生活形式，以正當化自身奪權的行為（如貴族的生活是糜爛、腐敗、墮落的；資產階級是勤奮、努力、聖潔的）。最先著手的，便是「性欲」的控管。對貴族而言，性可作為消遣、娛樂；但是對資產階級來說，耗費太多時間在性行為之上，並不利資產的累積與流動。性對資產累積的唯一好處，就是繁衍後代，以確保生產力的延續。自此之後，性的唯一真理就是「生育」，而所有不利生育的性都應該被禁止或譴責。然而，此種論述並未構成對資產階級的性壓抑，反而是助長資產階級的意識宰制。傅柯根據馬克思主義提出看法，認為統治階級的意識型態並不會對自身產生壓抑，而是直到這種思想被運用到無產階級之時，資產階級對性的理解才開始出現壓抑的徵狀。因此，傅柯認為，壓抑假說其實無法成立。

二、多利摩爾的《性別異議》

一般而言，學界認為「同性戀」（homosexuality）此概念最初出現於十九世紀末「性取向」（sexual orientation）的類別，從而演變成為一種「身分認同」（identity）。在「同性戀」一詞出現之前，同性之間的愛戀頂多只能被描述為「同性性欲」（homoeroticism）。相較於「同性戀」普遍被認為是特定族群中的穩固身分，「同性性欲」則可能發生於任何人身上，卻也因此被看成是一種暫時性的錯亂現象，終將被異性間的情愛所克服，所以較不受過去的人們重視。喬納森・多利摩爾（Jonathan Dollimore, 1948-）在《性別異議》（*Sexual Dissidence*）一書中，致力於找出歷史中被遺漏的「同性性欲」書寫，以建立起一套屬於當代同性戀者們的歷史，並探討同性戀在當代社會中的弔詭地位如何形成。多利摩爾爬梳多樣的西方文學文本及史料，並在王爾德（Oscar Wilde）與紀德（André Gide）的散文及其他著作中，找到了兩種截然不同看待同性性欲的態度。

多利摩爾
Jonathan Dollimore

多利摩爾認為，王爾德看待同性性欲的觀點是出於一種「反本質主義」（anti-essentialism）。例如在《社會主義下的人類靈魂》（*The Soul of Man under Socialism*）中，王爾德提到，統治階級的意識型態經年累月侵入個人的經驗以及身分，最後導致被壓迫的個人將意識型態內化、自發性地壓迫自己。為了對抗無所不在的意識型態，王爾德大力地提倡

「個人主義」（individualism），並且聲稱「不服從」（disobedience）以及「反抗」（rebellion）才是社會進步的動力來源。易言之，王爾德所讚賞的個人主義並非要求世人從社會的群體中徹底脫離，而是希冀人們重視個人欲望裡同時並存的兩個面向：個人對自由的追求，以及個人對於完善社會的期待。這兩股看似對立卻又密不可分的向度，致使社會不斷地變遷。

因此，王爾德在探討「人性」時，採用了一種反本質主義的觀點。他認為，關於「人性」，唯一能夠確定的就是它會永不停歇地「改變」；而「欲望」既然是人性的一部分，必然具有相同的流動性，並依時空環境的不同而開展出相異的樣貌。再者，即便是在相同環境下生活的兩個人也會有獨特的差異性。簡言之，所有人的欲望都是獨特的。但更重要的是，為了保護個人獨特的欲望，「社會」是不可或缺的要件。就王爾德的觀點來看，社會必須能夠守護個人的欲望，既然每個人的欲望都不同，那麼所有的差異都必須被尊重、平等地對待，能夠接納各種不同欲望的社會才算是進步而且完善的。

相對於王爾德，紀德看待同性性欲的方式則向「本質主義」（essentialism）靠攏。王爾德將他領進「同性之愛」的世界後，紀德曾在多篇散文中，反覆聲稱自身對同性的喜愛是出於「真正的我」或是「解放後的我」。因此，同性性欲對紀德而言是一件自然而然且相當符合「人性」的事。事實上，紀德策略性地挪用了當時主流社會的論述正當化自身同性性欲。當代人們為了將同性戀者排除在社會之外最常使用的理由便是：「同性戀不符合自然」或是「同性戀違反人性」。然而，在紀德的論述下，同性性欲一點也不牴觸自然與人性；相反地，對他而言，同性性欲從一開始就內於自然與人性，只是世人沒有發現而已。因此，相對於王爾德的「反本質論」，紀德相信同性性欲只是人們與生俱來的本質。由王爾德與紀德對同性性欲的論述，多利摩爾發掘了同性戀的曖昧歷史。

一方面，同性戀被視為社會的威脅；另一方面，同性戀卻也早就存在於社會之中，同時支撐著許多現有的論述。

三、賽菊維克的《衣櫃認識論》

《衣櫃認識論》（*Epistemology of the Closet*）承接賽菊維克（Eve Kosofsky Sedgwick, 1950-2009）《男人之間》（*Between Men*）的精神，對男同志的情欲與當代人們對於「出櫃」的認知做了詳盡的論述。首先，賽菊維克指出，人們經常認為「出櫃」是一種語言上的展演行為。換言之，同志們必須透過特定的「聲明」（statement）表示自身的同志身分（例如「我是同性戀」，或者「我喜歡同性」等）。賽菊維克則認為，「出櫃」的行動事實上有多樣化的方式，不全然是語言上的行為。舉例來說，「化妝」常視為是女性化的行為。如果有男性化了妝，人們可能就會假設他是同性戀。這樣看來，「化妝」也可以算是「出櫃」的一種方式。此外，賽菊維克也指出，「出櫃」絕不是一次性的行為，因為在各種不同的情境下，同志們時時刻刻都面臨著出櫃與否的抉擇。例如，一個已經對父母出櫃的男同志可能需要考慮是否在職場上對同事們出櫃、要不要在過年圍爐的時候對親戚們出櫃、在購物時是否要向店員出櫃等等。甚至在特定情況下，同志們也可能對同一個人反覆出櫃（如健忘或不敢置信等原因）。因此，賽菊維克認為一般人對於「衣櫃」的理解

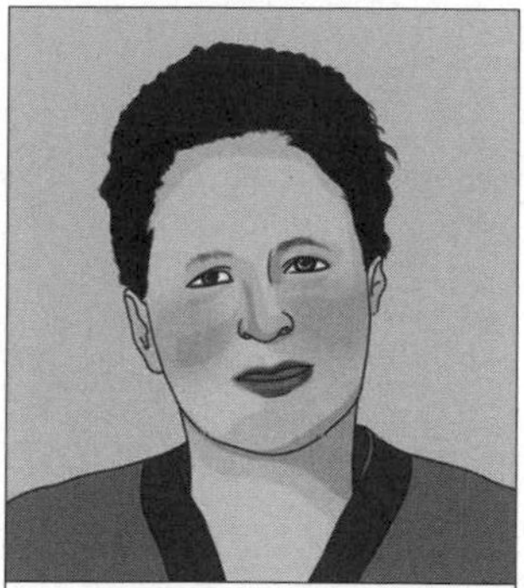

賽菊維克
Eve Kosofsky Sedgwick

其實建立在同性戀與異性戀的二元對立關係之上。

她進一步說明，「同性戀」與「異性戀」其實並非是絕對的對立觀念，因為一個「受女性吸引」的男人與一個「受男性吸引」的男人，兩者之間並沒有任何對立的關係可言。十九世紀末，「同性戀」的概念開始盛行，「異性戀」概念才相應而生。「同性戀」作為一種「身分」類別，指涉所有「受男性吸引的」男人（或「受女性吸引的」女人）。其他非「同性戀」且受異性吸引的人們則被歸納為「異性戀」（「異性戀」的概念是在「同性戀」之後才出現的）。此後，「同性戀」與「異性戀」成了對立的詞彙，「出櫃」的行為在此框架下也被放大檢視。然而，正如同賽菊維克所提出，此種二元對立不足以解釋所有性取向間的關係（例如，雙性戀應該屬於同性戀還是異性戀？）。再者，同性戀與異性戀皆為人類文明下的產物，並非生來「自然」存在且沒有所謂的本質，因此同性戀與異性戀之間的關係只是一種人為假定的對立。按此，同性戀者是否宣告出櫃便無需承受過度關注，因為一旦瓦解異性戀與同性戀之間的隔閡，「衣櫃」自然也就消失了。

【問題與思辨】

一、當代社會的「性意識」是如何被建構的？請舉幾個重要的論述分析與說明。

二、傅柯反對性「壓抑假說」的原因為何？你同意嗎？

三、多利摩爾爬梳了西方文學史上的同志文學與論述，在中國的經典文學或臺灣的當代文學中，是否也有與男同志相關的文學或論述？

四、你同意賽菊維克的「出櫃」論嗎？你是否會鼓勵身邊的同性戀者們「出櫃」？為什麼？

五、同志教育是否應該被納入課綱？為什麼？

【書目建議】

奧斯卡・王爾德（Oscar Wilde）。《深淵書簡：王爾德獄中情書》。林步昇（譯）。臺北：麥田，二〇一七年。

Dollimore, Jonathan. *Sex, Literature and Censorship*. Cambridge: Polity P, 2001.

———. *Sexual Dissidence: Augustine to Wilde, Freud to Foucault*. Oxford: Clarendon P, 1991.

Edelman, Lee. *Homographesis: Essays in Gay Literary and Cultural Theory*. New York: Routledge, 1994.

Foucault, Michel. *The History of Sexuality: Vol. I. An Introduction*. Trans. Robert Hurley. New York: Vintage Books, 1988.

Sedgwick, Eve Kosofsky. *Between Men: English Literature and Male Homosocial Desire*. New York: Columbia UP, 1985.

———. *Epistemology of the Closet*. Berkeley: U of California P, 1990.

Sinfield, Alan. *Literature, Politics, and Culture in Postwar Britain*. Berkeley: U of California P, 1989.

Wilde, Oscar. *The Soul of Man under Socialism*. London: Journeyman, 1988.

參、女同志理論

女同志理論與男同志理論有相似的發展背景，皆源自於一九七〇年代開始的政治改革運動。廣義地說，女同志理論可視為是女性主義的延伸，順應第二波女性主義「同中求異」的思維，發展一套不受父權與異性戀主義所掌控的女性情誼來強調男女間性別差異，並進一步強調女異性戀者與女同性戀者的差異。當時第二波女性主義的論述重點在於理論化男女性之間的性別差異。然而，為了理論化「女性」一詞，第二波女性主義勢必得將「女性」的定義與經驗約化、普世化，藉以創造出「女性」的概念。如此一來，許多處於第二波女性主義論述之外的女性，便失去發聲的機會。例如，第二波女性主義被批評是異性戀白人中產階級女性的論述，因為其他女性的地位並未因第二波女性主義而有明顯的改善。女同志理論便是在如此的脈絡下出現，一方面繼承著女性主義的批判精神，另一方面也反省女性主義論述中的缺陷。女同志理論的代表作家有莫妮卡・維蒂希（Monique Wittig, 1935-2003）、特瑞莎・德・勞拉提斯（Teresa de Lauretis, 1938-）與艾德麗安・里奇（Adrienne Rich, 1929-2012）。本單元將評介三位重要的女同志理論家及其核心理論如下：一、維蒂希的「異性戀思維」；二、勞拉提斯的「女同性戀再現」與「變態欲望」；三、里奇的「女同志連續體」。

一、維蒂希的「異性戀思維」

維蒂希
Monique Wittig

維蒂希在《異性戀思維》（*The Straight Mind and Other Essays*）一書中，將後結構主義的觀點引入女性主義，分析當代女性受到壓迫的原因，並提出其基進的論點——中立的性並不存在，只有壓迫的性以及被壓迫的性。根據維蒂希的說法，女性主義的批判之所以失效，是因為女性主義無法完全脫離異性戀的思維。再加上，女性主義長期以來試圖從精神分析的論述中找到解放的出口，但是這些論述長期忽視女性於物質生活上所受到的實際壓迫。維蒂希指出，自從結構主義興起後，人類開始以結構作為知識生產的準則，而結構的存在並不妨礙人們進行多方面的詮釋。然而，父權異性戀社會卻將自身的象徵性語言強加在結構之上，使得其他詮釋被禁止或失效，其中一項教條就是將性別分為（而且只能夠分為）「男性」與「女性」。她舉例說明，精神分析聲稱能夠透過客觀的方式檢視被分析者的「無意識結構」，但無意識的結構是否早已存在於人們內心之中？抑或是精神分析理論家（像是佛洛伊德、拉岡等）利用父系語言強硬地將無意識塑造成他們想要的結構呢？

易言之，維蒂希反對當代的精神分析論述，並指稱心理學家只能聽見一種語言，也就是父權異性戀的語言，其他無法以異性戀語言來言說的事物，則被略而不談。此種以父權異性戀掌控所有言說能力的現象，即是維蒂希所說的「異性戀思維」。維蒂希接著解釋，異性戀思維是造成女性壓迫的最大原因。因為在異性戀主義下，女人無法為自己發聲，只能成為男性之間交流、溝通的籌碼與工具。這種交流涉及到她所謂的「婚姻經濟」（marriage economy）。在該社會化建制下，女性被賦予延續人類後代的重大使命。因此，每個認同自己是「女性」的女人們勢必會被異性戀思維所掌控而無法逃脫。尤有甚之，部分年長及保守的女性甚至為了保有在父權結構相對優勢建立的位置，比男性更奉行與捍衛父權異性戀的傳統。維蒂希認為，抵抗異性戀思維的唯一方式，就是採用女同志身分來論述自己。她寫道，「女同志不是女人，女同志也不是人。」當女同志拒絕成為婚姻經濟的一環，便無法被異性戀思維歸納到「人」這一概念下的任何一個類別：女同志不是男人，因為她們沒有男性的身體；女同志也不是女人，因為她們並不以男性為欲望的對象。最後，維蒂希提醒世人：男同志、女同志或是異性戀者都必須試著打破性別的框架，避免落入異性戀的思維之中，才能將人類從異性戀思維之中解放出來。

二、勞拉提斯的「女同性戀再現」與「變態欲望」

勞拉提斯在〈性別無差異與女同志再現〉（Sexual Indifference and Lesbian Representation）裡，指出女同志在當代的電影、文學，及其他藝術創作中的再現困難。勞拉提斯援引伊瑞葛萊對佛洛伊德精神分析的批評，以及homosexuality與hommo-sexuality的概念，分析了女同志難以被再現的原因。勞拉提斯認為，相較於男同志，女同志處於一種尷尬又曖昧的地位。

根據伊瑞葛萊的論述，佛洛伊德在對他唯一的女同志患者朵拉（Dora）進行治療的同時，投射了自身的異性戀性欲與心理結構——朵拉是女性，但她的同性戀傾向使她對其他女性產生欲望，正

勞拉提斯
Teresa de Lauretis

如同佛洛伊德對女性有性欲一般。因此，朵拉被看作和佛洛伊德一樣，擁有一個男性的自我。然而，伊瑞葛萊批評，如果佛洛伊德無法察覺男女性之間的差異，只是借鏡自身的性欲模式來分析朵拉，那麼佛洛伊德頂多只是在分析自己的同性戀傾向，而不是朵拉。勞拉提斯補充道，當代的女同志也遭遇了相同的問題：一方面，女同志和異性戀男性不論在生理上或是心理上皆有所差異；另一方面，女同志和異性戀男性卻也是相似的，因為兩者都以女性作為欲望的對象。然而，延續伊瑞葛萊的論點，勞拉提斯認為當代由父權與異性戀所掌控的社會並無心發掘女同志的差異處，只是單方面利用自身的性別模板來理解女同志的性欲，因此才會認為女同志在精神上就等同於異性戀男性（勞拉提斯刻意在文章標題中藏了一個雙關語：indifference原指「漠不關心」；但在原文中，indifference也可指「無差異」）。

在《愛的實踐》（*The Practice of Love*）中，勞拉提斯則大量地「創意性誤讀」佛洛伊德的重要著作，並提出「性欲就是變態」看法。她提及，在《性學三論》（*Three Essays on the Theory of Sexuality*）裡，佛洛伊德認為當幼童從幼兒期轉換至青春期時，若性欲調適不順利，那麼幼童長大後就可能有部分變態行為。依照佛洛伊德的說法，若是變態行為能成功藉由精神分析追溯，那麼所有的變態都有各自的原因。易言之，變態是正常的性心理發展結果，並不是道德上的缺失。勞拉提斯解說道，若佛洛伊德的理論為真，那麼即便是所謂的「正常人」也或多或少有變態的行為，只是程度上有所差距。既然如此，所謂的「正常」也只不過是某些特定行為的排列組合，根本不是天生或是自然的產物。接著，勞拉提斯針對一系列涉及女同志情欲的當代藝術創作進行分析，發現多數的女同志情欲都是以幻想或是夢境的模式來呈現。因此，勞拉提斯認為，女同志的再現並不一定要由異性戀男性提供的公共場域來決定；相反地，女同志的個人想像也能夠形塑女同志的主體性。當女同志閱讀到其他關於女同志情欲的書寫或呈現時，也能夠將自身的生命經驗運用於詮釋之中，並再一次進行情欲的連結與想像。因此，勞拉提斯的女同志性情欲是「變態」的，卻也是「動態」且充滿活力的。

三、里奇的「女同志連續體」

在〈強制異性戀與女同志存在〉（Compulsory Heterosexuality and Lesbian Existence）裡，里奇試圖將「女同志欲望」引進女性主義理論之中，以探討女性情誼如何能夠在男性主宰的社會下，提供女性抵抗與生存的能力。里奇首先質問，為何父權社會完全不允許女性選擇彼此作為欲望的客體？為何女同志的存在需要被掩飾或抹除？更重要的是，為何許多以對抗父權為目標的女性主義論述也選擇忽視「女同志存在」？里奇列舉許多女性主義學者及其著作，發現許多女性主義論述始終存在著「大多數女性是異性戀」的假設。

里奇
Adrienne Rich

然而，這些女性主義學者們卻忽略了，「異性戀」並非僅是一種性向「偏好」（preference），同時也是男性用來建立自身統治權的工具。例如，為確保男性統治權的延續，由男性主導的醫學、心理學等論述，便不停地告訴世人，女性的性欲必須被導向男性的身上，而不是導向其他女性（意即，女同志存在是被禁止的）。里奇援引科多洛（Nancy Chodorow）的觀點，指出女性有了小孩之後便會嘗試重現自身與母親間的關係（一種「女性認同女性」的情感關係），因為異性戀的情感關係對她們來說是單調又痛苦的。緣此，里奇認為，此種「強制異性戀」是一種影響女性行為與生活模式的「政治體系」（political institution），而不是單純的個人「偏好」。

接著，為了抵抗「強制異性戀」，里奇提出「女同志存在」（lesbian existence）與「女同志連續體」（lesbian continuum）的概念。里奇解釋，「女同志存在」的概念涉及女性被壓抑的歷史，是女性獨有的經驗，因此不應該輕易地將女性間的同性情欲與男性間的同性情欲歸屬同一項類別之中，更不應該將女同志理解成「女性版本的男同性戀」（female version of male homosexuality）。唯有如此，世人才會停止使用男性掌控的詞語描述女同志存在。里奇堅稱，與男性的性欲不同，女性的性欲不會被限縮在身體的任何單一部位：女性的性欲不只「瀰散」（diffuse），甚至還「無所不在」（omnipresent）。對里奇而言，女同志關係並不單指女性情欲與性欲上的交流。相反地，女同志關係與個人性傾向的關聯性甚小。簡言之，里奇相信每個女性都

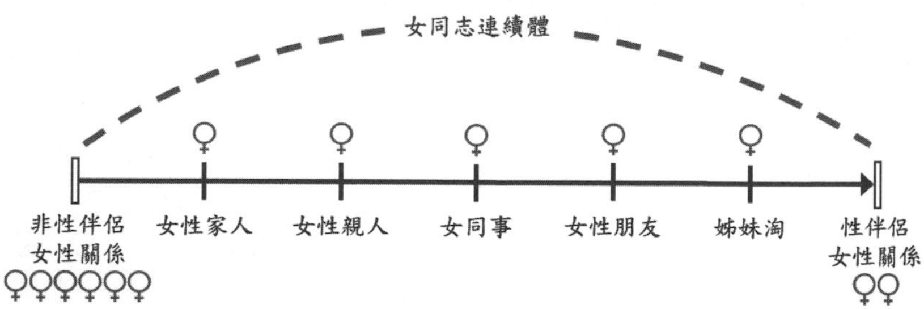

圖11-1 女同志連續體

處在「女同志連續體」的光譜範圍之內（從女性家人、親人、同事、朋友、姊妹淘，直到性伴侶），因此所有「女性認同女性」的關係皆是「女同志」關係。藉由女同志連續體的概念，里奇將所有抵抗或拒絕父權的女性們連結起來，建立一個想像的「女同志」社群。

批判思考

女同志理論和女性主義的「他者」論述之間有何潛在的問題？

基本上，女同志理論繼承了女性主義對父權批判的精神。然而，女同志理論也需要區隔自身跟女性主義不同的面向。這樣的衝突與拉扯是女同志理論發展過程中必須面對認同權力的內在矛盾。例如，《愛你鍾情2》（*If These Walls Could Talk 2*）這部電影呈現不同時空背景下，女同志們承受的社會壓力與困難。電影中包含三個故事，它們分別以一九六一年、一九七二年，以及二〇〇〇年作為背景設定。其中一九七二年的故事探討當時性別運動盛行的年代中女同志與女性主義間的衝突。故事的開場描述一群女同志參與大學的女性主義社團。但是，校方聲明無法正式承認女性主義社團，除非接受下列條件：社員禁止討論任何關於女同志的議題，更不得參加同志解放運動。

社團的召集人向這群女同志們解釋，這只是短暫的過程，為了與父權抗爭，解放更多的女性，女性主義必須權宜地暫時與女同志們切割，等到社團壯大之後，就會想辦法讓女同志們重新回到社團裡。儘管無奈，但對社團而言卻是必要的犧牲。簡言之，故事中的女性主義社團為了在父權體制的夾縫中求生存，選擇將女同志「他者化」。但這個一九七二年的故事並沒有在此結束，而是轉向女同志族群裡的衝突。故事中的女主角琳達（Linda）在同志酒吧裡認識外表陽剛、看似男人的女同志艾咪（Amy）。兩人初次見面便墜入了愛河。然而，琳達的女同志姊妹淘卻對艾咪充滿敵意。她們認為，男性化打扮的女同志都是父權結構的幫兇，女同志們必須擁抱自身陰柔的特質，才能夠與父權抵抗。因此，她們認為艾咪根本不配稱為女同志，沒有資格加入她們的族群。

此段故事中出現的兩個內在矛盾與衝突，彰顯了女性主義發展過程中微妙的權力關係，以及所有政治活動所涉及的不正義與不公平。正如後殖民的章節所提到——「他者」也是多元的社群。當女性主義對抗父權時，整個女同志族群就變成了女性主義的他者，而在女同志女性主義者當中，偏好男性打扮的女同志就又變成女同志的他者。所以，每一次的認同切割與他者化，都在突顯一個社群或身分認同所需面對內在矛盾的權力拉扯。

【問題與思辨】

一、維蒂希主張「女同志不是女人，女同志也不是人」。你同意此主張嗎？為什麼？

二、針對勞拉提斯所提「女同志藝術創作再現的困境」，你有何應對的建議？請舉例說明。

三、你同意里奇所言「每個女性都處在『女同志連續體』的範圍之內」的論點嗎？男性是否也都處在「男同志連續體」的範圍內呢？

四、當臺灣同志婚姻合法後，同志開始享有異性戀的一切法律保障。然而，同志的特質會不會因此被「異性戀化」？

五、「正義」在認同政治中是一個複雜的議題。請以女同志為例思辨此問題：弱勢他者的正義實踐是不是一定會涉及其對更弱勢他者的不正義？該如何改善？

【書目建議】

de Lauretis, Teresa. "Sexual Indifference and Lesbian Representation." *The Lesbian and Gay Studies Reader*. Eds. Henry Abelove, et al. New York: Routledge, 1993. 141-58.

———. *The Practice of Love: Lesbian Sexuality and Perverse Desire*. Bloomington: Indiana UP, 1994.

Grosz, Elizabeth. *Space, Time, Perversion*. London: Routledge, 1996.

Irigaray, Luce. *This Sex Which Is Not One*. Translated by Catherine Porter, and Carolyn Burke, Cornell University Press, 1985.

Rich, Adrienne. "Compulsory Heterosexuality and Lesbian Existence." *Signs* 5.4 (1980): 631-60.

Wittig, Monique. *The Straight Mind and Other Essays*. New York: Harvester Wheatsheaf, 1992.

肆、酷兒理論

自一九九〇年代開始，全球各地積極參與政治改革的同志們號召一系列的社會運動，並藉此提倡同性戀者的權益。同志在這十年間達成的政治成果相當豐碩，因此該年代也被稱為同志運動的黃金時期。作為思想上的基進動力，酷兒理論也在此時期興起，為這些運動提供寶貴的哲學思想。正如男女同志理論，酷兒理論也受到自十九世紀以來的女權運動影響，尤其是前面兩波女性主義的部分論述，在酷兒理論裡也備受重視。例如，西蒙．波娃在《第二性》裡的經典名句：「一個人不是生為女人，而是成為女人。」這樣的觀點為酷兒理論的反本質理論提供重要的哲學背景。

然而，「酷兒」究竟從何而來？從中文字面上看來，「酷兒」一詞既順耳，又似乎充滿正向意涵。但事實上，英文酷兒（queer）一詞原先是異性戀者用來描述同性戀的輕蔑用語。直到一九五〇及六〇年代，才被男女同志轉用來形容自身的「特殊」身分。在演變的過程中，同志族群開始擁抱汙名，不再以「同性戀」的身分感到羞恥或自卑，在後來的同志運動裡，也轉而提倡「同志驕傲」（gay pride）等口號。在此脈絡下，酷兒原先帶有歧視意味的字眼，成為同志族群的一種正向詞彙。酷兒理論學者普遍認為，「酷兒」的概念本身是拒絕被定義的。因為酷兒理論強調性欲的流動性與身分的不穩定性，所以研究對象並不只限於同性戀。相反地，所有的性意識與性行為都可以是酷兒理論的研究主題。換言之，酷兒理論具備高度的解構屬性。因此，「酷兒」的概念會隨時代與情境而變動，無法被完全收編於文化知識體系。本單元將評介酷兒理論重要背景與理論如下：

一、《性別麻煩》的緣起與概論；二、性／性別／性意識；三、性別的「操演」與「扮裝」；四、「強制異性戀」與「同性戀禁忌」。

一、《性別麻煩》的緣起與概論

人世間，有宰制的權力，必有抵抗的權力，傅柯如是說。二十一世紀的今日，世界各階層的統治者不斷挪用新的論述、主流概念及理性知識，甚至藉由社會全新的「真理」需求或虛構來「進化」其治理技術，將每一個主體在其生活細節與行為模式中，做「正常化」的劃分、區隔、歸類、規範與規訓。然而，權力也有其抵制、積極與創新的面向。抵抗與宰制的動態關係方是權力的核心本質。綜觀當代眾多西方理論論述（如後現代主義、後殖民主義、女性主義、多元文化主義、心理分析、生命政治、文化研究、性別研究、新歷史主義等），積極「去中心」的抵制、連結與創新已然成為新顯學，為新世代開闢現實權力動態網絡中，主體認同的新視野與樣態。誠如晚期傅柯的觀點，人類社會無所不在的權力網絡中，個人仍可藉由特定情境下的「自我技術」，運用自己獨特的方法以及與他人的互助合作，讓某些「生存美學」的積極作用「彰顯於身體、靈魂、思想、行為、或存有模式上，以便改造個人，使其獲得某種程度上的快樂、潔淨、智慧、完善、或不朽」。

易言之，即使在當前跨國晚期資本主義的社會裡，傅柯式的生存美學仍是引導個人自身走出現狀的困境、創造自身的幸福美好生活的實踐原則。茱迪斯．巴特勒（Judith Butler, 1956-）的《性別麻煩：女性主義與身份的顛覆》（*Gender Trouble: Feminism and the Subversion of Identity*）一書便是思考在此當代性別「抵抗／宰制」權力的經緯架構中，個體該如何「走出現狀的困境、創造自身的幸福美好生活的實踐原則」。

巴特勒是美國加州大學柏克萊分校的教授，並為該校批判理論計畫的創立學者。她一生勇於面對「性別麻煩」，也勤於筆耕，著有不少性別議題專書，對當代性別認同理論有獨到的建樹。除了學術研究成果豐碩外，巴特勒也相當活躍於性別政治、人權運動、反戰政治等領域。無庸置疑，巴特勒三十年來的學術生產與當代性別理論發展有緊密的連結。由於她對「性別霸權」（gender hegemony）的不懈批評與「性別友善」（gender-friendly）的堅持，使得當代性別意識有時代性的開展與改善。在當代性別論述中，巴特勒的《性別麻煩》被視為必讀的經典。此書除了將傳統「性」（sex）、「性別」（gender）與「性意識」（sexuality，性欲的意識）做出哲學「內在性差異」（immanent difference）的革命性想法外，更進一步深入探討「精神分析與異性戀母體的製造」、「身體行為的顛覆性」、「性別幻想的力量」及「酷兒的性別操演」等重要性別議題，廣受讚揚與推廣。自從一九九〇年出版後，《性別麻煩》已成為當代女性主義論述的重要著作，同時也是任何對性別論述、酷兒研究及性別政治有興趣者不可錯過的作品。

巴特勒
Judith Butler

巴特勒對某些「性別化行為」（gendered behavior）被誤為「自然的」（natural）信念提出全面質疑，並系統性地闡釋人們習得性別化行為的「操演」（performative）——所謂的女性氣質或者男性氣質的性別行為出自於傳統父權異性戀體制強加在個體身上的一種行為與展演。

此外，巴特勒《性別麻煩》的創見在於她一針見血地指出「性別」為何如此害怕（甚至深深地恐懼）「麻煩」。事實上，在人類的歷史中，性別認同之所以被視為「麻煩」，主要是因為異性戀與同性戀總處於「誓不兩立」的敵意氛圍中。其實，同性戀與異性戀不應是（也無法是）二元對立的僵硬對抗關係。表面上異性戀傳統霸權（法律、習俗、宗教等）主張排除同性戀，但卻暗地裡必須將同性戀的存在作為「收編性他者」來強化自己性別的認同意識（反之亦然）。性別「他者」成為一種主體認同形塑的必要元素。在當代盛行的認同政治中，我「是」我，因為我「不是」他人。於是，性別他者成為一股自我認同形塑的「內部必要性」（inward necessity）。意即，個人往往藉由「否定」來界定與認識己身的「主體性」。例如，我「不是」逃犯、「不是」異教徒、「不是」搶匪、「不是」奴隸等。如此，那些「非我族類」的政治邊緣性主體，皆難逃被妖魔化與物化成為收編性「他者」的命運。

相似地，阿岡本（Giorgio Agamben）在重新思考亞里斯多德、鄂蘭與傅柯的生命政治意涵後，繼而提出「神聖／受詛之人」（homo sacer）的概念。此類型的人成為一種政治生命的「必要他者」，遊盪於自然生命（zoe）的生存與政治場域的生命（bios）間，處於「包含性之排除」（inclusive exclusion）的狀態。換言之，「神聖／受詛之人」作為一種他者，不但被強勢「自我」刻意排除或壓迫，同時也被法律與政治場域收編。因此，回到人類異性戀的本體政治傳統中，同性戀也不斷被作為收編「性別他者」，進而被建構成一種令人厭惡與害怕的「麻煩」，一種性別主體認同形塑時必要的政治性「非我」元素，以鞏固父權異性戀己身不可撼動之正當性。

二、性／性別／性意識

在《性別麻煩》的第一章〈性／性別／欲望的主體〉（Subjects of Sex/Gender/Desire），巴特勒即藉由檢視近代女性主義中，爭辯「是什麼建構了女人此種類別」的概念，來重新探討「女人」如何作為一種有開創性的性別主體。巴特勒深化傅柯的主張，認為性與性別的「生成」（becoming）都是人類文化底蘊的權力產物。因此，她將兩者間的關係視為一種不可切割的「操演」，並試圖將主體的性／性別／欲望並置檢視與批判。根據巴特勒所述，當前的社會將「性」的三個面向視為是同一件事。然而，這三種面向間的關聯性卻並非自然，而是由社會所建構。簡言之，對於巴特勒而言，性、性別與性意識三者間的一致性是異性戀社會為了鞏固自身文化而「發明」的產物，並非自然的結果。

例如，一談到生理男性時，人們便自然而然地認為「他」應該展現出符合大眾期待的男性氣質：像是低沉的聲音、穩重的舉止、穿著褲子而不是裙子等。最重要的是，人們也直覺地假設生理男性必然是喜歡女性的。這種假設即是阿圖塞（Louis Althusser）所謂的「招喚」（interpellation），即是將個體招喚到社會結構所安排的位置上），從嬰兒一出生的時候就已經開始。當接生的醫生在產房裡宣告「這是個健康的小女孩」時，醫生事實上便以生殖器來斷定嬰兒的「性」。在小女孩成長的過程，父母可能會教導她「坐著的時候雙腳要併攏」、或生日時送她粉紅色衣服的芭比娃娃，而不是小汽車。年紀更長之後，女性則可能開始受到身邊的人詢問是否已有男性戀人或者是何時嫁人之類的問題。

這些例子都顯示了當代社會如何依照個體的生理性別，決定其社會性別以及性意識。一旦三者間出現不一致，個體便可能遭受來自社會的壓力。然而，性、性別與性意識三者之間的關聯性是否為必然？巴特勒認為，性別在不同時代下都有各自獨特的意涵。曾經被認為是男性化的行為，可能在現代被認為是女性化的。再者，在東方文化裡屬於陽剛屬性的性別特質，在西方文明可能是陰柔的。因此，性、性別與性意識之間的一致性絕對不是必然的，而是需要經歷一連串父權異性戀的「話語」建構而形成。簡言之，巴特勒在《性別麻煩》要解構的並不是我們對於性、性別與性意識的概念，而是三者間被權力強加的連貫性與一致性。唯有此連貫性與一致性的「必然」性被不斷地「問題化」（problematized），性別友善的社會才有可能成為事實（參見圖11-2）。

三、性別的「操演」與「扮裝」

為了解構性、性別與性意識間的一致性，巴特勒提出了性別「操演」的概念。她認為性別並非天生，而是操演性的，是在反覆的行為之中被建構而成。巴特勒先是將表演與操演做出區隔。「表演」（performance）指的是個體依照事先寫好的劇本做出指定的行為。這也暗示個體的存在是先於劇本的，因為劇本的存在代表著一位可被追溯的作者存在。一般劇場中的戲劇表演都算是此種類別。「操演」的概念則拒絕劇本與表演者的先後順序。巴特勒解釋，在操演的概念裡，主體是在行為的過程中誕生，並非先於行為而存在。接著，操演的行為必須依照行為者所處的環境而決定，因此也沒有事先寫好的劇本。進一步推論，操演的脈絡起源是無從追溯的。根據巴特勒的理

類別	定義	例子
性（sex）	生物特質，依生殖器官來區分。	生理男性、生理女性、雌雄同體等。
性別（gender）	由社會所建構的性別特質。	陽剛、陰柔；男人味、女人味。
性意識（sexuality）	因產生「性欲」的對象而定。	異性戀、同性戀、雙性戀等。

圖11-2 性、性別與性意識

論，性別就屬於操演。因為所謂「性別」並沒有什麼預先安排好的劇本（本質論），生理性別無法決定個體行為，而是讓個體依照自己的心性決定自己的行為。巴特勒最後提出，若是人們能夠藉由自身的行為來揭露性、性別與性意識間的不連貫性，則人們已達成「扮裝」（drag）的顛覆性目的。

在文學作品裡，「扮裝」是一種常見的情節。例如，在莎士比亞的《威尼斯商人》中，波西亞（Portia）是一個才貌雙全的富家千金。她為了拯救未婚夫的朋友安東尼奧（Antonio），便女扮男裝進入法庭，替安東尼奧辯護，更以她的聰明才智反將了原告夏洛克（Shylock）一軍，最後順利地與巴薩尼奧（Bassanio）結婚。這個故事裡，波西亞的「扮裝」超脫了男女特質的界線。她不像童話故事裡的公主，只能等著白馬王子來拯救她。相反地，在一個認為女性理智不及男性的社會氛圍裡，她卻利用了自己的智慧拯救了她身邊的男性角色們。換言之，波西亞的「扮裝」並非只侷限在外貌上，同時也是「氣質上」的一種扮裝。

四、「強制異性戀」與「同性戀禁忌」

佛洛伊德認為，異性戀是因為亂倫禁忌與伊底帕斯情結中的交互影響所產生。在伊底帕斯情結裡，小男孩必須經歷弒父娶母的內心掙扎，但因為亂倫禁忌的關係，小男孩無法將欲望投射在母親身上，繼而將欲望轉移到其他與母親類似的客體。然而，巴特勒則認為，在亂倫禁忌前還需要有「同性戀禁忌」，佛洛伊德的論述才算完整。佛洛伊德相信，憂鬱的主體會因為無法承認失去愛的客體，而將一部分愛的客體保存在自我當中；最後，主體甚至會認同客體。巴特勒引用了佛洛伊德的「憂鬱」理論，指出在小孩經歷伊底帕斯情結之前，必須先經歷過一段「憂鬱」。在憂鬱的過程裡，因為「同性戀禁忌」，小男孩必須否定自己對爸爸的欲望並認同父親，轉而將欲望投注在母親身上；而小女孩則是剛好相反。

巴特勒在《性別麻煩》深究被傳統性別定義的「麻煩」，得出性別具有人為的、規訓的以及操演的特色，進而挑戰現況，為同性戀與酷兒身分爭取人權，此書以〈從諧擬到政治〉（From Parody to Politics）作結尾。文中巴特勒整合前三章的思緒，並聚焦在性別作為表演的概念上。她主張，行為（deed）的背後並不需要行為者（doer），行為人身分（agency）的建立需透過行為與表演。按此看法，行為人身分究竟是如何在社會權力論述中被符號化與再符號化？巴特勒深信性別真理的「重複」教化形塑個體身分，而性別主體是特定掌控身分的法制話語生成的結果。據此，將性別作為一種「自然產物」的想法實在是一種妄想（illusion）。《性別麻煩》的論點提供了當代性別論述得以解構此妄想的一種積極性的抵抗、干預與建構。此外，酷兒理論的存在提高同性戀論述的能見度，並對抗書寫中性別特質的權力銘刻。

最後，《性別麻煩》除了探討與引介女性主義的理論外，同時對一些主流女性主義觀點也提出反省式的質疑與批判。巴特勒認為，許多女性主義者試圖處理性別主體，卻反而更加深化性別被「疆域化」（territorialized）的二元關係。例如，巴特勒指出維蒂希處理性別主體的方式皆奠基於一個假設：每一個行為人身分的背後都有個「行為者」。換言之，女性主義的「性別主體」論述底層有一個「行為者」的假設存在（例如，「男人」與「女人」），此一假設已先預設了對性別操演性的漠視。對巴特勒而言，最為重要且最值得關注的，不是對性別本質論的強化或對抗，而是期許在真實社會中，性別行為在不同生命情境下呈現的真誠多樣性別的「表達」（expression），能受到包容與理解（例如，行為者傷心時就應真誠落淚，不會因為女人可以軟弱而被允許流淚；反之，男人必須堅強而要壓抑傷心的情感，不能落淚）。害怕造成傳統性別規範下的「麻煩」，因而禁閉壓抑了世人身為人、成為人真誠「人性」的抒發，才是本末倒置。

在當今的社會風氣裡，「尊重多元」的理念逐漸受到重視。不論是種族、性別、或是性意識的不同，都應該被平等地接受。在這樣的時空背景下，酷兒理論提供同志族群正當化自身存在的論述依據。酷兒理論讓世人得以理解性欲並非一成不變，而是不停流動的。巴特勒透過她的理論昭告世人：任何讓人習以為常的性別分化並非是自然的結果，而是由特定的脈絡形塑產生。然而，性別平等的觀念永遠都有進步的空間，希望藉由學習酷兒理論，推廣「性別友善」的精神，並促使政府制定與時並進的性別政策與法律。細讀巴特勒的《性別麻煩》，可以理解唯有秉持勇氣與理性去探討性別意識中根深蒂固的「麻煩」，人們方能具體解構「麻煩」背後的父權與異性戀霸權，也方有可能積極展演、分裂、逃逸和衍生出不怕「麻煩」的性別意識，進而積極開展出新世紀性別更友善的未來。

批判思考

巴特勒《性別麻煩》中的論點有何問題或侷限？

巴特勒的《性別麻煩》一書在根本上體現了傅柯在當代性別研究的開展。然而，巴特勒本身對於傅柯晚期在「自我技術」中重提「身體」一事顯然有所不滿。她認為，傅柯既然已將知識看作是一種話語的形構，那麼在此又重新讓物質身體回到理論核心，無疑是一種本質主義的復辟。如此一來，自我技術便與傅柯早期的話語理論背道而馳。巴特勒主張，為了瓦解話語在身體上布下的枷鎖，我們必須將物質身體也看作是話語形構的產物，否則顛覆性別的千百年話語規範便不可能發生。然而，巴特勒的論點本身也受到了不少批評。比方說，為了顛覆性別，是否真有必要否定物質身體的存在？物質身體又是否能夠如此容易地被忽視，只將其視為話語的形構產物？在第四講德勒茲「內在性平原」的四象限曾討論過，即使是現實真實，也可能帶動潛在真實的改變。更何況，新唯物論女性主義也使用了相同的概念基礎，提出「身體本身即具備顛覆性」的觀念。總而言之，巴特勒成功顛覆同性、性別以及性向之間有其「自然」的關係，當然有其貢獻，但是否需要走向極端的語言展演轉向，這點卻有待進一步思考了。

【問題與思辨】

一、巴特勒認為，「性別」應是「操演性」，而非「本質性」的。你是否認同她的說法？為什麼？可否舉些生活中的例子來支持你的論點？

二、性別操演能否作為平權運動實踐的一環？為什麼？

三、臺灣社會是否有可能達到完全的性別平權？為什麼？

四、你認為臺灣該如何改善與落實性平教育？請舉例說明。

五、近來對於「積極同意」的概念促進是否有助於達成性別平權？

六、「變性」手術的風行，是依循或挑戰既有的性別分界？試著以性別議題進行相關理論的討論。

【書目建議】

茱迪斯・巴特勒（Judith Butler）。《身體之重：論性別的話語界限》。李鈞鵬（譯）。上海：上海三聯，二〇一一年。

———。《性別麻煩：女性主義與身份的顛覆》。宋素鳳（譯）。上海：上海三聯，二〇〇九年。

劉開鈴、游素玲主編。《Judith Butler 的性別操演理論導論》。臺北：五南，二〇一二年。

Agamben, Giorgio. *Homo Sacer: Sovereign Power and Bare Life.* Trans. Daniel Heller-Roazen. Stanford: Standford UP, 1998.

Butler, Judith. *Bodies That Matter: On the Discursive Limit of "Sex."* New York: Routledge, 1993.

———. *Gender Trouble: Feminism and the Subversion of Identity*. New York: Routledge, 1990.

———. *Precarious Life: The Powers of Mourning and Violence*. London: Verso, 2006.

———. *The Psychic Life of Power: Theories in Subjection*. Stanford: Standford UP, 1997.

———. *Undoing Gender*. New York: Routledge, 2004.

壹、新世紀的文學理論

英國學者伊格頓在《理論之後》（*After Theory*）指出，後現代眾聲喧譁的理論盛世已過，普遍性理論的時代將近。無可諱言，後現代主義對差異的不懈追求，已導致自身論述的兩難困境。要言之，當所有的差異都重要，那麼所有的差異也都不重要。當所有差異都基進，那麼基進即成為對立面的日常。當所有差異都要發聲，那麼世界即成為無法溝通的喧譁與冷漠。充滿顛覆性與創造力的後現代「眾聲喧譁」（heteroglossia），是否已成為哲思市場內的空洞喧鬧？這種質問實際上將後現代主義的發展與目標過度簡化，更是忽略了整個西方歐陸哲學批判理論的演進歷史以及可能的未來。

在整個西方哲學定義裡，歐陸哲學起始於十八世紀德國唯心論（German Idealism），以康德哲學作為歐陸哲學基底的思想磐石，主宰當代西方哲學思潮的脈動與發展。除了十八世紀末的思想巨擘康德，接下來的十九

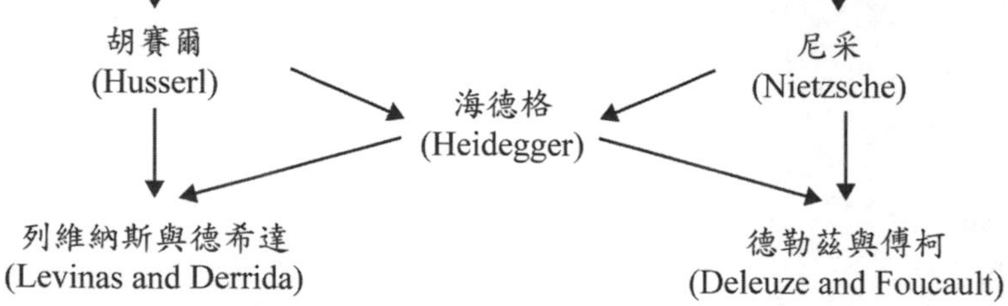

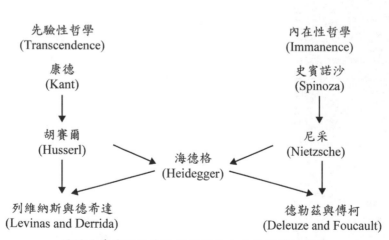

圖12-1 當代歐陸先驗性哲學與內在性哲學的發展

世紀與二十世紀，都出現過一位時代性的哲學巨人，他們高舉著其思想的巨斧，為人類闢出嶄新世紀的哲學天空與地景：十九世紀初是黑格爾，二十世紀初則是海德格。黑格爾延續康德的唯心論，建立一個龐大完整的思想體系，使人們得以重新理解哲學、歷史、宗教、美學以及世界本身。他帶領著德國唯心主義哲學運動登上新世紀的頂峰，對後世哲學流派產生深遠的影響。海德格畢生致力於對西方整體哲學的翻轉與建構。在《存有與時間》中，他藉由批判西方哲學史對存有本體的闡釋，重新提出「存在的意義問題」，發展出一整套對存在與世界的全新視野。時間飛逝，歐陸哲學又邁入另一個新世紀。然而，佇立在二十一世紀的大門前，我們看到的是思想巨人的缺席。

當代的義大利思想家阿岡本（Giorgio Agamben）曾分析當代西方哲學的脈絡，並追溯先驗性與內在性哲學的發展路徑。在先驗性哲學的系譜中，最早有康德、柏拉圖、黑格爾與胡賽爾；近代的代表則有德希達、列維納斯等。至於內在性哲學，最早可以追溯到史賓諾沙（Baruch Spinoza）、柏格森（Henri Bergson）、尼采以及萊布尼茲（Gottfried Wilhelm Leibniz）。近代代表則有傅柯、德勒茲（參見圖12-1）。

批判思考

何謂「先驗性」與「內在性」哲學？兩者又與「歐陸哲學」有何關聯？

當我們檢視西方哲學發展史，不難發現從康德以降，西方哲學思想便進入了批判哲學的時期。批判哲學在歐陸各國流行後，形成一種獨特的思想流派，稱為「歐陸哲學」。歐陸哲學經過不斷地演化後，又分出「分析哲學」（analytical philosophy）的流派，並在英美廣為盛行。但是，歐陸哲學裡也並非全是同質性的思想。大致上，歐陸哲學中有兩套並行的思維，分別稱為「先驗」（transcendence）以及「內在」（immanence）。「先驗」與「內在」之間的差別，可以用「上帝」的概念來做解釋。在「先驗性」思想家的理解中，「上帝」是外於人類生命經驗的存在，是一個比人類位階更高的存有樣態，必須透過理性才能夠窺見其貌。相反地，「內在性」思想家則認為，所謂「上帝」也只是人類創造的概念，所以必然內於人類的生命經驗，因為世上根本就不存在外於內在性的事物。簡言之，在內在性哲學當中，所有的「先驗性」概念，無論是靈魂、上帝、精神等，事實上都是我們的生命所創造出來的。因此，神學必然主張先驗性的論述，而科學則支持內在性的論述。

二十世紀的中後葉可說是文學理論的盛世。短短半世紀中，批判理論就像一場璀璨輝煌、絢爛奪目的哲思煙火。比方說，從本書第二講的結構主義到第十一講的性別理論，如此精彩豐富的內容幾乎都是在這二十世紀後半段與二十一世紀初生成。這樣的理論盛世到了二十一世紀「思想巨人缺席」的現在，確實有進入沉澱與消退的現象。與其說這是理論的終結，不如說整個西方文學理論將再次進入新時代的蛻變階段。那麼二十一世紀的文學理論又會有什麼新趨勢？除了蛻變創新之外，二十一世紀的理論也承接後現代理論重視差異與強調去中心的精神，並演化為最符合我們當前生活情境的樣貌。不難發現，新世紀的歐陸哲學仍不懈地對生命、主體、潛在、物質等提出批判，甚至進一步與科學及自然相結合。雖然二十一世紀文學理論目前尚在成形中，當下已有三大趨勢正在醞釀與生成：一、回應他者；二、連結多樣；三、轉向物質。

一、回應他者

英文裡respond（回應）一字與另一英文responsibility（責任）息息相關。換言之，「責任」即是我「回應他者召喚的能力」（the ability to respond to the call of the other）。「回應他者」的概念在二十一世紀的文學理論思潮裡，已興起思考「他者性」的趨勢。在整個全球化情境中，「他者」的討論是非常普遍的現象。「他者」一方面藉由正義之名起義，要求眾人正視他者所受到的壓迫（比如說後殖民主義中的被殖民者、酷兒理論中的性少數族群）；另一方面則以去中心與強調差異的理念，支持其瓦解霸權的合法性與正當性。事實上，當「他者」的概念被各個文學理論流派不斷運用時，我們必須了解「他者」的論述也有其「系譜」與使用情境。易言之，「他者」絕不能被約化成同質性的統一概念，以免錯把馮京當馬涼。

筆者在《回應他者：列維納斯再探》一書中，將當代文學理論裡常誤解與混用的「他者」，依其論述的性質區分為五類。此五類的「他者」各自有其獨特的系譜語境，不宜任意交互使用。僅針對此五種「他者」分類簡述如下。

第一種他者（也是最常被使用的）是收編性他者：此種他者如各種身分認同下被排除在「我」之外的所有非我族類。阿岡本的「神聖／受詛之人」即屬於這種他者。第二種是邊緣性他者：此種他者如後殖民主義、女性主義或者酷兒理論當中所談論的弱勢者即屬此類。第三種為精神分析的他者：此種他者是一種律法、一種語言或一種以父之名組成的象徵層他者。換言之，精神分析的他者不停規範著我們，影響著我們的言行舉止。第四種他者為德勒茲的內在性的他者：此種他者是

「我」藉由與不同的他者連結，瓦解我與他者間的界線，所以我便能在生命之中不斷「生成他者」。此類的他者既不會被邊緣化，也不會被收編，而是在生命內在性平原內潛在連結、開展與生成。最後一種他者是列維納斯的先驗性他者：此種他者是先驗神祕的大寫他者，指涉一個永遠在我之外，無法被觸及也無法被徹底理解的基進性他者。在生命之中，我與他者的接觸無可避免（例如，死亡是生命的第一他者）。

總之，此五項分類皆有其論述的脈絡，但無論是上述何種他者，都在二十一世紀的無盡連結下，時時刻刻要求我們的「回應」。五種「他者」在新世紀生活中都牽動著更多複雜生成的來臨思潮。

二、連結多樣

當代理論的另一項新趨勢就是「連結多樣」。瞬息萬變的二十一世紀的AIoT時代中，各學科的新事物、概念與知識就像泡泡一樣，在各自領域的衝撞激發中快速浮現。理論所扮演的角色就是將正在發生的新概念、新科技、新生存模式、新人際關係和新國際關係等進一步論述，同時思索我們該如何在這樣複雜的網絡中回應並連結多樣的現實。簡單來說，二十一世紀的文學理論已經從所謂的門派型「主義」（ism）轉變為林立型的「研究」（study）。當前的研究順應「小領域」的生態系興起，出現新媒體研究、情感研究、倫理研究、生態研究、電玩敘事研究等許多新興研究領域。各種的小領域研究彼此交疊、互動、結盟，此即為二十一世紀文學理論的「連結多樣」特點。

此連結多樣的理論趨勢正呼應著萊契（Vincent B. Leitch）的《二十一世紀文學理論：理論文藝復興》（*Literary Criticism in the* 21st *Century: Theory Renaissance*）所觀察到的二十一世紀文學理論的

多樣化趨勢。此書一開始便把整個文學理論分為十二大類，其中包含了：全球化、政治經濟、生命政治、流行文化、文類、情感研究、比較文學、身分認同、生態批評、修辭學、媒體研究、制度研究。接著萊契又在每一大類下再細分約七至十二個小研究，十二大類加總起來大概有九十四種研究。換言之，二十一世紀文學理論不再是以集體的各門各派「主義」等大類別為發展方向，而是對應不斷興起的新興知識與論述，產生多樣化的連結。

如此的發展當然有其優缺點。多樣化連結的優點讓多元發展賦予理論新生命，為理論注入脈動的血液；缺點則是各研究「孤島化」的現象。如此一來，各學門的封閉性將淡化學術社群的凝聚力。相較之下，任何領域的研究在二十世紀都會閱讀德勒茲、傅柯或是德希達，因而領域間的連結性也較強。簡言之，當代研究的連結變得多樣化，知識卻也越來越孤島化。所以，如何跨域連接各學門間的研究也成為二十一世紀理論學習者需要思考的議題。

三、轉向物質

二十一世紀的理論急欲擺脫後結構主義「文本化」（textualization）的色彩與困境。事實上，自二十世紀初的結構主義開始，西方哲學邁入所謂「語言轉向」（linguistic turn）時代，思想家們紛紛以語言作為人類理解世界的唯一途徑，並著手對語言系統進行一系列的分析與哲學批判。在早期的結構主義裡，語言是透明澄清的媒介，可以清楚地傳遞人類的思想而不會失真。後結構主義時期，人們對語言的了解產生大幅度的轉變，「符徵」與「符旨」間曖昧不明的關係逐漸浮上檯面。到了後現代主義時，這種不穩定的關係隨即成為差異產生的最好契機。德希達宣稱：「文本之外無他物」（there is nothing outside the text），因為他認為所有的事物，包含我們的童年記憶、做夢的內容、社會的整體結構等，都如同莎士比亞的戲劇一樣，可以被「文本化」和「符號化」，供作理解、閱讀與分析。

然而，這樣的思潮卻導致西方哲學將世界的「物質」面給拋到腦後，彷彿在語言或話語之前，物質的實存根本不足掛齒。到了二十一世紀，一些哲學家們眼見物質世界在當代生活中的重要性只增不減，於是致力於將世界的「物質性」（materiality）帶回哲學的討論中，並且思考客體能夠以自身最真實的樣貌被理解與討論。倘若哲學的終極追尋是德勒茲所謂「思其未思之境」（to think the unthinkable），那麼任何具批判性與深奧的哲思，絕非源於一種主體安樂舒適的尋常思考，而是如野獸般「震懾」哲學傳統後的暴力產物。誠如德勒茲所強調，歷代西方哲學的發展並非建基於浪漫性之風雅對談，而是暴戾之果——「從作者背後發動奇襲，塞給他一個如獸般駭人，但卻是其親骨肉之幼兒」[1]。所有的基進哲思必將像野獸般從「攻擊」與「背叛」前輩大哲的思想中繼承、扭轉、逃逸、滑溜、轉移、揭底、重組等等。新世紀的歐陸內在性哲學也徹底地實踐此番哲學的信念。

至此，西方哲學迎來一個新的發展路線：「物質轉向」（Material Turn）。此一波物質轉向思潮之中最受矚目的即是「新唯物論」（New Materialism），其概念將繼後人類主義及生態批評後，在本講最後一單元中介紹。

【問題與思辨】

一、強調「差異」與「去中心」的後現代理論有何困境？為什麼？請舉例說明。

二、二十一世紀「物質轉向」的背後動能為何？你最看好哪些理論或研究？為什麼？

三、法國哲學家巴迪烏批評當代「人權」主張已過度濫用「他者」的概念，造成為了「他者」人權的論述與抗爭即是「善」與「正義」的絕對標準。你同意他的論點嗎？為什麼？

四、是否能運用新世紀文學理論來分析過去的電影或文本，如《星際大戰》與《紅樓夢》等經典作品？

五、你認為你自己較偏向先驗性哲學還是內在性哲學？為什麼？

【書目建議】

泰瑞・伊格頓（Terry Eagleton）。《理論之後》。臺北：商周，二〇〇五年。

賴俊雄。《回應他者：列維納斯再探》。臺灣：書林，二〇一四年。

Deleuze, Gilles. *Negotiations, 1972-1990*. Trans. Martin Joughin. New York: Columbia UP, 1995.

Dolphijn, Rick, and Iris van der Tuin, eds. *New Materialism: Interviews and Cartographies*. Ann Arboor: Open Humanities P, 2012.

Eagleton, Terry. *After Theory*. New York: Basic Books, 2003.

Leitch, Vincent B. *Literary Criticism in the 21st Century: Theory Renaissance*. London: Bloomsbury, 2014.

---

1 請參閱 *Negotiations, 1972-1990*. Trans. Martin Joughin. New York: Columbia UP, 1995.

貳、後人類主義

二十世紀末葉，後人類主義隨著日新月異的科技進展相應而生，並逐步衝擊以傳統人文思維為基礎的文學理論。埃及裔的美籍學者哈桑（Ihab Habib Hassan）曾大膽地宣言：當人文主義將自身轉變為後人類主義時，人文主義叱吒風雲的年代便宣告終結。依據哈桑的觀點，後人類主義終將脫離人文主義，成為獨立的思想潮流，並對「人類」於社會中所扮演的角色與其流變進行論述。支持後人類主義之學者指出，後人類主義的思想軌跡可追溯到十八世紀的歐洲啟蒙運動。法國哲學家笛卡爾在當時便認為，科學永無止息之發展終將取代傳統概念中的「人類」——此觀念與後人類主義的基礎論點不謀而合。

六〇年代以前，哲學論述中的人類理性皆未受到挑戰。繼法國哲學家傅柯出版《物秩序》後，傳統思想潛藏的人類中心思維昭然若揭，而啟蒙運動在某一程度上可說是一種早期人文主義的反動。傅柯試圖釐清「人文主義」與「啟蒙思維」間的差距，並認為這兩個概念無法和平共存，因為「人文主義」積極地以人為標準設定一切事物的基準點，但「啟蒙思維」雖然也重視「人文」，卻更主張破除一切思想上的疆界。易言之，「啟蒙思維」企圖瓦解的正是「人文主義」努力定義的思想邊界。傅柯所言與後人類思潮有諸多雷同，後人類主義亦試圖透過理性的運用，崩解人文中心主義的思維。為達此目的，後人類主義主張消弭人類在論述生產過程的中心位置，並藉由檢驗人文主義論述，揭開「人類中心主義」（anthropocentrism）烙印於人類意識中的各種既定印象。

但正如後現代主義的「後」（post-），後人類主義的「後」一詞不僅表示後人類主義時序上發生於人文主義之後，更意指後人類主義與人文主義之箇中差異與曖昧的糾纏關係。簡言之，後人類主義的論述基礎仍須依賴現有的人文主義思維，並以「人類」為理論主體；但同時卻也必須積極地掙脫人文主義的「人類中心」框架。一方面，後人類主義傾向將當前的人文論述以「科技」為主，「人類」為輔。易言之，後人類主義旨在探討人文中心思維崩解後，人類將如何與「機械」或「工具」結合。另一方面，後人類主義尚有另一種「超人類」論述，著重於開發人類內在潛藏的無限力量，其中包含基因科技、生化工程等方法。

後人類主義的另一支線則是致力於探討人類與動物間的密切關聯。此種被稱為「動物研究」的學派源自「動物解放運動」（Animal Liberation Movement），主張人類與非人類物種和平共存的重要性。動物研究旨在探討食用動物、動物實驗等行為是否符合道德紀律，以及「動物性」、「野性」（brutality）、「人性」等議題及彼此的關聯。當代的動物研究學者多援引澳洲哲學家辛格（Peter Singer）的《動物解放》（*Animal Liberation*），並以此藍圖擴張動物研究之範疇。本單元將評介後人類主義重要概念如下：一、布萊多蒂的批判式後人類主義；二、增能與賽博格；三、人類與動物之間。

一、布萊多蒂的批判式後人類主義

羅西・布萊多蒂（Rosi Braidotti, 1954-）在《後人類》（*The Posthuman*）一書中探索「反人類主義」（anti-humanism）思想的系譜，首先指出自古希臘哲學家普羅達哥拉斯（Protagoras）將人類

布萊多蒂
Rosi Braidotti

作為所有事物的準則，以及達文西（Leonardo da Vinci）的維特魯威人畫像（Vitruvian Man）等，皆強化歐洲十八世紀以來的「人類中心主義」。後續的殖民風潮與帝國主義更是由於歐洲白人將自身視為世上最有知識和道德的存有，與其他非歐洲國家有著本質上的不同，自然而然地將其他文化和人種化約為「他者」。一九六〇、七〇年代，隨著法西斯主義與共產主義的興起，人類中心主義開始衰退。法西斯主義與共產主義象徵著歐洲人類中心主義的斷裂，前者主張屏棄自啟蒙時代以來對人類理性的崇拜，後者則熱衷於團結一致的社群主義。布萊多蒂指出，共產主義在戰後歐洲受到歡迎主要是因為——共產主義於二戰擊敗法西斯主義過程中扮演重要的角色，甚至在美國知識圈中，反人類主義亦成為反越戰的主要力量。布萊多蒂引用薩伊德的看法，表示美國人民對於越戰的厭惡，就代表著對於種族主義、帝國主義、傳統學院人文主義的反動。她進一步指出，六〇、七〇年代美國左派反人類的主義的興起，象徵著對多數自由派和傳統左派馬克思人文主義的反動。

在爬梳反人類主義的系譜學之後，布萊多蒂將後人類主義分為三類：第一、回應式後人類主義（reactionary posthumanism）。此種後人類主義本質上全然拒絕思考人文主義式微的情境，一味認定在目前全球化經濟與科技瞬息萬變的年代當中，儘管面臨挑戰與斷裂，人文主義的理念（尊嚴及對自由的追求）仍是唯一能提供適應此世代的思想模式；然而，布萊多蒂認為，此種後人類主義漠視反人類主義的風潮，以疆域化的視角化約了個體的特殊性。

第二、分析式後人類主義（analytic posthumanism），此類主義源自於科學與科技研究。近來跨領域的科學研究迅速興起，如基因科技與人工智慧，許多學者藉由科研成果反思當代人類的倫理與存有樣態。布萊多蒂認為，分析式後人類主義雖從科學與科技的角度提供許多實用性的見解，卻忽略主體性的相關議題，逕自將科技與人類主體性一刀兩斷，而使科技與人性置於對立面。因此，布萊多蒂建議需發展出一套融合科技研究與人類主體性哲學思考的後人類主義。

第三、批判式後人類主義（critical posthumanism），布萊多蒂將自身歸類在此類後人類主義，她主張批判式後人類主義旨在超越分析式後人類主義並且發展出肯定性（affirmative）的後人類主體。布萊多蒂表示，批判式後人類主義與後結構主義、反約化（anti-universalist）女性主義及殖民主義皆站在同一立場，旨在思考人類作為整體結構中的個別主體。布萊多蒂自稱是「反人類主義」的信徒，但她並非完全背棄人類主義，而是痛心人類主義被歐洲中心主義所汙染，忽略人類的多樣性與可能性。她進一步指出，當代環境論述有益於重新定位後人類主體論述，因為環境論述將人類重新置放於環境中，與所有的生命樣態納入論述體系，不再全然以人類為中心進行思考。

總之，布萊多蒂繼承自傅柯以來「人的消解」的思想，但她並不悲觀，她主張從物質和生命主義的角度，肯定地思考在當代資本主義及全球化時代產生的後人類主體。

二、增能與賽博格

「增能」（prosthesis）作為後人類主義的基礎概念可以回溯到希臘神話中普羅米修斯盜取神火的故事。史蒂格勒（Bernard Stiegler）在《技術與時間》（*Technics and Time*）第一部《愛比米修斯之過失》（*The Fault of Epimetheus*）中以「普羅米修斯」（Prometheus，為「先知先覺」之意）與「愛比米修斯」（Epimetheus，為「後知後覺」之意）兄弟的神話為例，指出「增能」對人類存活的重要性。神話中，普羅米修斯受天神宙斯（Zeus）之旨意，在空曠的世界上製造出一些動物，並賦予牠們各式各樣的謀生特質。愛比米修斯為排遣時間便向其兄長提議，由他來代替普羅米修斯完成此任務。過程中，愛比米修斯賦予獅子利爪與獠牙、給了烏龜硬殼、幫魚兒加上鱗片與鰭、為鳥兒添上羽翼等。然而，正當一切看似進展順利時，糊里糊塗的愛比米修斯猛然發現自己忘了賦予人類任何的生存特質，致使人類成為沒有溫暖皮毛或尖利爪牙的「裸蟲」。普羅米修斯見狀，便決意至奧林帕斯山為人類盜取天神的火焰，使人類獲得存活的能力，同時也能夠彌補弟弟愛比米修斯的過錯。故事的最後，普羅米修斯因盜取神火而受到眾神的嚴厲懲處，但人類卻也因此得到了使用「火」（作為一種工具）的能力，甚至發展出其他動物所無法擁有的「科技（工具）文明」。透過這個神話故事，史蒂格勒充分展示後人類主義中一大重要概念——「增能」。

後人類主義的增能模式主要有三種，分別為：神性的增能、動物性的增能，以及機械性的增能。簡言之，神性的增能是賦予人類「神」所擁有的能力，亦即「神格化」的人類。例如，電影中的雷神索爾擁有人類的軀體、有生理需求、甚至也想要愛人與被愛；但另一方面，索爾也具有許多超越凡人的力量（如操控雷電），而這些能力則來自他的神性。第二種增能是動物性的增能：強化人類的動物性，或賦予人類特定動物的特點。例如，蜘蛛人自從被蜘蛛啃咬之後，便擁有蜘蛛彈跳與吐絲等「超能力」。最後，機械性的增能則包含所有人類與科技的結合，也是最普遍的增能。此種增能提供人類物質上的優勢，無論是利用科技直接增強人體（例如基因科技、藥物等），或是將科技當作工具使用（例如手機、跑車、電腦、電鋸等）皆屬於此類增能。

「賽博格」（cyborg）可說是後現代增能的具體發展之一。此一詞來自克萊恩斯（Manfred Clynes）以及克林因（Nathan S. Kline）在一九六〇年代將「機械體」（cybernetics）與「有機體」（organics）兩字的字首組合而成。換言之，賽博格的原意即表示「機械」與「人類」的結合體。相似的概念則有希臘神話中名為「奇美拉」（chimera）的獅頭、羊身、蛇尾，還會噴火的怪物。當代的著名學者哈洛薇（Donna Haraway）則指出，儘管「賽博格」的概念容易使人們感到荒誕及恐懼，「賽博格」卻能夠同時瓦解三大二元對立的界線：人類與動物、有機體（包含人類與動物）與機械體，以及具體與非具體。再者，「賽博格」的運用得以輔助有機體達到後人類主義所強調的「增能」。後人類主義學者嘉里．沃爾夫（Cary Wolfe, 1959-）也認為，透過機械體的輔助，人類的智能、體能及情緒控制皆可獲得大幅提升。此外，機械體也能夠治療或消除長期困擾人類的缺陷或疾病，甚至能延長人類的壽命。舉例來說，藉由配戴眼鏡，人類獲得清晰的視線、靠著假牙得以咀嚼食物、拿著枴杖幫助行走等日常例子，或是像罹患漸凍症的知名科學家霍金（Stephen Hawking），依賴語音合成器作為與外界溝通的管道等，全都是賽博格概念的運用。

三、人類與動物之間

縱使後人類主義期許超越人類中心之思維，沃爾夫卻指出人類中心的思維依然有其存在的必要。後人類主義學者對於賽博格之著重，其實就等同人類中心論之展現。舉例而言，黑爾斯（N. Katherine Hayles）以莫拉維奇（Hans Moravec）的小說《思維兒童》（*Mind Children*）為例，提出人類得以將其意識上傳至電腦以達永生。易言之，「去形體」（disembodied）之意志已能夠取代人

沃爾夫
Cary Wolfe

類之肉體，獨立存活於機械體之中。然而，黑爾斯卻不全然認同此概念；相反地，她強調「體現」（embodiment）的重要性。黑爾斯指出後人類主義學者應當致力區分「言語之展演」（verbal performance）與「體現之真實」（embodied reality）。沃爾夫亦指出對「體現」、人體「物質性」之重視意味著後人類主義不全然屏棄人類中心思維。意即，後人類主義學者仍以「人類物種」之觀點出發，並以此觀察、認知後人類。換言之，即使後人類主義學者同意人類須搭配機械而共存，人類卻仍是其思維之核心要點。

沃爾夫於《動物儀式：美國文化、物種論述與後人類理論》（*Animal Rites: American Culture, the Discourse of Species, and the Posthumanist Theory*）中，將人類與動物區分為四大象限：「動物化之動物」（animalized animal）、「人類化之動物」（humanized animal）、「動物化之人類」（animalized human）以及「人類化之人類」（humanized human）。首先，「動物化之動物」意指無法為人類馴服，或人類沒有馴服意願的動物，如下水道的老鼠、森林中的野獸等。沃爾夫進一步指出「動物化之動物」也時常淪為人類的食物、服飾布料或實驗品。例如，白老鼠常被用於疾病或藥物實驗、豬隻常遭宰殺製作為食品，狐狸、鱷魚的皮毛則用來製成大衣或皮包。易言之，「動物化之動物」之所以能夠被犧牲，是因為此些動物被認為「不具人類情感」，所以人們能夠忽視牠們面對死亡時的恐懼，並以機械式的行為進行殺戮。第二，「人類化之動物」指涉一般人們家中飼養的「寵物」或「同伴動物」（companion species）。此類的動物已被認為具備相當程度的人類情感。例如，有些飼主聲稱其豢養的貓狗會在主人傷心落淚時，為主人將眼淚舔去，彷彿安慰著主人一般。第三，「動物化之人類」意指具有獸性，或者不具文明素養的人類，例如殺人犯、精神病患、流浪漢等。因此，人們常將此類人物視為「動物」，甚至以「畜生」、「禽獸」等詞彙稱呼。最後，「人類化之人類」則指接受社會化、並具有高度文明及文化素養的人類。然而，沃爾夫卻也指出，無論人類如何演化，終究還是動物的一種，不可能徹底擺脫「獸性」。因此，「人類化之人類」概念的建立，事實上只是為了正當化人類對自然界及「動物化之人類」的統御權。

批判思考

「雲端情人」是後人類議題中較有趣，但也極具爭議的議題。當AI情人成為人類情愛的對象時，是否表示人們千古讚嘆的愛情也終將被AI取代呢？

「我認為每一個墜入情網的人都是怪人。談戀愛是件很瘋狂的事，那就像是一種被社會認可的精神錯亂」（I think anybody who falls in love is a freak. It's a crazy thing to do. It's kind of like a form of socially acceptable insanity），電影《雲端情人》裡的艾美如是說。事實上，「愛情」與「瘋狂」就像是一對無法離開彼此的情侶。莎士比亞在《皆大歡喜》中也寫下：「愛情不過是一種瘋狂」，需要靠鞭刑才能導正。而戀人們之所以未被強制治療，是因為這種「病」實在太常見了，所以就連執鞭者也是個「愛情瘋子」。但如果，戀人的其中一方是人工智慧呢？每一個墜入「情網」的人都是怪人？此種有別於傳統愛情的另類瘋狂愛情，是否還能夠被社會（甚至法律）認可？

無庸置疑，有人反對，也有人贊成「雲端情人」。反對虛擬情人的論點會指出「虛擬情人」有著許多問題。例如，虛擬情人似乎沒有辦法被賦予某些愛情的本質元素（如瘋狂的心流感受）。或者，如果過度地依賴虛擬世界，愛情很可能被資本主義霸權「宰制」或「物化」等。然而，贊成者則肯定虛擬愛人的時代性創新價值。譬如，虛擬情人能二十四小時不分晝夜的無私陪伴。再者，我們可以量身定作另一半的性格、喜好與才華，滿足個人對伴侶具體的需求等。

事實上，無論支持或反對意虛擬情人，兩種意見沒有是非對錯的問題。從後人類的角度來看，「虛擬情人」的最大功能並不只是提供人類新模式的陪伴需求，更重要的是瓦解我們對於傳統「情人」的概念。這樣的瓦解，並不是企圖顛覆或是取代我們習以為常的「情人」，而是在與時並進的全新生命情境中開展、增補與修訂現存「愛」的定義與內涵。易言之，當前後人類時代下虛擬情人的生成與進化（目前還尚無法達到「強AI」的虛擬情人），並非要取代真實情人，而是要讓我們看見更多不同樣貌的「情人」。我們可以從自己對虛擬情人的選擇、表達與交流中，進一步認識後人類情境下的陌生自己，進而瞭解與思辨不同層次、面向與姿態的後人類「愛情」。一輪古月，千般樣態，千江有水千江月。尊重多元的差異正是後現代主義推崇的價值。只要不違法，保持適當的批判距離，接受與不接受虛擬情人已是一項個人的「當代」選擇。

此議題值得我們追問的是：愛究竟為何物？有沒有愛的本質能跨越時空與對象？後現代去「人類」中心的AI情愛是否真能跨越「人與人」的愛情模式？想是，愛的雙眼是盲目，愛的內心是無我，愛的身體是瘋狂。愛，作為人世間的一段「因緣」，一種「關係」，一個「事件」，自有其時代的在場性（與不在場性）繁複與偶然的時空結構。徐志摩曾灑脱地道：「我將於茫茫人海中訪我唯一靈魂之伴侶；得之，我幸；不得，我命，如此而已。」張愛玲則感慨地説：「時間無涯的荒野裡，沒有早一步，也沒有晚一步，剛巧趕上了！」。倘若，此生能在時間無涯的荒野（縱向無盡時間）與茫茫的人海（橫向無盡人群）的交叉點上，找到唯一的靈魂伴侶，的確是得之，我幸；不得，我命，如此而已。

或許，這就是為何，刻骨銘心、纏綿悱惻、情真意切、直教生死相許的愛，只有在「對的時空」遇見「對的對象」，在「剛巧趕上」的因緣裡，才可能自由、才可能完整，甚至才可能獲得神的祝福。事實上，人世間的「愛」，不僅是個人一種內在心理慾望的能量，或是一段「剛巧趕上」的特定時空因緣（如後現代的酷兒愛情或虛擬愛情），更是一種存有「共在」的倫理關係，一種社會「交換經濟」中複雜又微妙的慾望流動關係。

嚴謹來說，愛作為一種知識或見解永遠無法等於愛的自身。「我們愛生命，但並非因為我們習慣生命，而是因為我們習慣愛」，尼采如是說。對尼采而言，知識必須回歸生命，而生命則必須回歸愛。誠然，愛的知識與分析通往冷靜理性的腦，愛的暈眩與瘋狂則通往狂熱跳動的心。真正纏繞千古人間、感人肺腑的愛，或許僅能在愛的行動與信任中，用心感受與學習。不管是傳統實體的愛情或科技虛擬的愛情，愛永遠都將是人類跨越時空，深邃又複雜的慾望生成流動關係。

【問題與思辨】

一、後人類其中一個面向是透過科技增能，然而尖端科技在尚未普及前通常都被資本家所占有，你認為後人類的未來是否會惡化階級分化？

二、各國對人類基因編輯的研究多有限制。你認為，人類的基因編輯技術是否真的會帶來災難？為什麼？

三、除了透過科技增能的後人類或是超人類，不斷進化的人工智慧是否能被當作另一種形式的「人」？

四、你覺得自己在二十一世紀已經是「後人類」了嗎？為什麼？

五、你同意沃爾夫將人類與動物區分為四大類嗎？分類上是否有潛在的問題？

【書目建議】

林建光、李育霖主編。《賽伯格與後人類主義》。臺北：中興大學，二〇一三年。

唐娜・哈洛薇（Donna J. Haraway）。《猿猴、賽伯格和女人》。張君玫（譯）。臺北：群學，二〇一〇年。

張君玫。《後殖民的賽伯格：哈洛威和史碧華克的批判書寫》。新北：群學，二〇一六年。

凱瑟琳・黑爾斯（N. Katherine Hayles）。《後人類時代：虛擬身體的多重想像和建構》。賴淑芳、李偉柏（譯）。臺灣：時報，二〇一八年。

Braidotti, Rosi. *The Posthuman*. Cambridge: Polity P, 2013.

Haraway, Donna J. *The Companion Species Manifesto: Dogs, People, and Significant Otherness*. Chicago: Prickly Paradigm P, 2003.

———. *When Species Meet*. Minneapolis: U of Minnesota P, 2008.

Hayles, N. Katherine. *Electronic Literature: New Horizons for the Literary*. South Bend: U of Notre Dame P, 2008.

———. *My Mother Was a Computer: Digital Subjects and Literary Texts*. Chicago: U of Chicago P, 2005.

Stiegler, Bernard. *Technics and Time Vol.1: The Fault of Epimetheus.* 1994. Trans. Richard Beardsworth and George Collins. Standford: Stanford UP, 1998.

Wolfe, Cary. A*nimal Rites: American Culture, the Discourse of Species, and Posthumanist Theory*. Chicago: U of Chicago P, 2003.

———. *Before the Law: Humans and Other Animals in a Biopolitical Frame*. Chicago: U of Chicago, 2012.

———. *What is Posthumanism?* Minneapolis: U of Minnesota P, 2010.

參、生態批評

「生態批評」（ecocriticism）旨在跳脫人類中心主義的研究方法，探討人類與自然環境間的關係，並進而以「生態中心」（ecocentric）的思維對文本進行閱讀與分析。「生態批評」作為一種學術研究領域，起自八〇年代中葉，美國「西洋文學學會」（Western Literature Association）鼓勵學者關注此議題，九〇年代則由一九九二年成立的ASLE（Association for the Study of Literature and Environment）引領生態研究的風潮，後續更以跨國組織的架構在各地推廣生態意識，並與生態批評的學術研究交織並行，在美國、日本、印度、臺灣等許多國家都能見其蹤跡。整體而言，生態批評雖更傾向為生態哲學的論調，如「荒野論述」、「深層生態學」、「綠色研究」、「環境正義」等，但經歷多年的發展與流變，生態批評除了持續關注文學和文化批評外，也跨領域結合科學、倫理學、政治和美學等學科，進一步發展成生態女性主義、酷兒生態學、後殖民生態學、解構生態學等，從各種路徑探討全球尺度下的生態浩劫與文明的碰撞。

「生態批評」這一詞最早出現於魯柯特（William Rueckert）〈文學與生態學：生態批評的實驗〉（Literature and Ecology: An Experiment in Ecocriticism），但生態批評作為思潮公認啟蒙於一九六二年卡森（Rachel Carson）的作品《寂靜的春天》（*Silent Spring*）。六〇年代末，隨著「環境論」（environmentalism）的風行，深憂環境問題的學者們極力提倡環境維護的議題並出版相關書籍，因此推動了第一波生態批評的盛行。誠如一九九六年美國生態學者格羅費爾蒂（Cheryll Glotfelty）與佛倫（Harold Fromm）共同編輯的《生態批評讀本：文學生態學之指標》（*The Ecocriticism Reader: Landmarks in Literary Ecology*）書中所下的定義：「簡單來說，生態批評主要探討文學與『自然環境』（physical environment）之間的關係。」（xviii）西方生態批評的當代發展主要分為兩大學派：美國「生態批評」以及英國「綠色研究」（green studies）。美國生態批評的作品研究以十九世紀美國「超驗主義」（transcendentalist）作家為研究核心；英國「綠色研究」的作品研究則以浪漫主義時期的詩歌為研究主題。簡單來說，美國生態批評大力主張人類應當「擁抱自然環境」，但是此主張遭部分左派批評家謔稱為「抱樹」（tree-hugging）研究。英國的「綠色研究」則主張以更具「挑戰性」（minatory）的態度面對環境迫害，並致力探討工業、政治、商業等對於環境的威脅。誠然，生態論述與環境意識的抬頭從未屬於特定國家，而是全球各地共同合作與貢獻的知識生產。本單元將評介生態批評的重要概念如下：一、第一波與第二波生態批評；二、後結構主義生態批評；三、深層生態學；四、生態中心式閱讀。

一、第一波與第二波生態批評

根據勞倫斯・伯爾（Lawrence Buxell, 1939-）於《環境批評的未來》（*The Future of Environmental Criticism*）一書中的定義，生態批評的發展可約略區分為第一波與第二波。第一波生態批評介於一九八〇與九〇年代，著重於探討文學作品中的「田園主義」（pastoralism）、「地域性」（regionalism）、「自然書寫」（nature writing）等概念，並著手挖掘美國文學經典中與自然環境息息相關的作品。例如十九世紀的超驗主義者（transcendentalist）愛默森（Ralph Waldo Emerson）的〈自然〉（Nature）、福勒（Margaret Fuller）的《炎夏之湖》（*Summer on the Lakes*）與梭羅（Henry David Thoreau）的《湖濱散記》（*Walden*）。此種「自然書寫」正是長久以來不受主流文學研究方法所正視，然而隨著生態批評學者的理論化，為傳統的文學研究注入新血。第一波生態批評主要關注美學層次，田園風光等浪漫情愫都有所著墨。以區域地景為重心，第一波生態書寫以「自然」作為母親的神話角度歌頌著，試著喚起人們對自然的珍視。

具體而言，「自然書寫」的概念源自於十八世紀描繪「鄉野地景」的「地誌書寫」（topographical writing）。自然書寫不僅著重現實與自然世界所提供的科學資訊與事實，更極力地褒揚各地之景色。然而，隨著時代演變，各時期的自然書寫以不同區域與景觀為其描繪重點。舉例來說，英國浪漫主義時期的自然書寫以「壯麗之景」（sublime）為描述主軸；然而，美國浪漫主義時期的自然書寫則以「荒野」（wildness）為描繪重點。此外，生態批評學者亦指出，在體例上，「史詩」（epic）與「冒險故事」（saga）較常以「荒野」與「壯麗之景」兩種自然向度為場景，因這兩類敘事體裁致力於探討人類與「宇宙力量」（cosmic forces，在泛神論中被用來指稱所有不可知的神祕力量）間的關係，而「荒野」與「壯麗之景」則正好提供了一處較未受人類文化干預的場景。梅爾維爾（Herman Melville）的《白鯨記》便是第一波生態書寫的最佳寫照。

不同於第一波生態批評，第二波生態批評不再過分浪漫化或神話化自然環境，而是意識到過度將人類／非人類或文化／自然區隔對立可能會導致更嚴重的環境危害。因此，第二波生態批評試圖解構以人類為中心的結構，並且致力於檢視整體環境危機的成因與提出可能的解決觀念與辦法。一方面第二波生態批評與「城市」（urban）概念相結合，指出「生態」與政治、經濟、文化等皆有密切的關聯。另一方面，第二波生態批評帶入更多倫理正義的理念，也涵蓋政治經濟的影響，甚至是國際脈絡下的「環境」議題。因此，從第一波到第二波的生態批評典範轉移後，自然不再僅是被歌詠的對象，而是作為物質環境的一環時常受到人類的影響而改變（參見圖12-2）。第二波的生態書寫，藉由以環境為中心的閱讀手法，呈現文本中各角色的種族、階級與性別意識如何與環境交織關聯。

以庫柏（James Fenimore Cooper）的《探荒者》（*The Pioneers*）為例，庫柏在小說中以拓荒者的角度描述美國人剛踏上美洲大陸時的場景。書中說到，拓荒者在開發土地的同時也不斷地破壞森林及殘害動物，甚至只是為了殺隻小動物就要動用槍或大砲。庫柏批評道，「如果想吃一隻鴿子，那就把那隻鴿子射下來，我絕對不會傷到樹上其他那一百隻鴿子。」如此概念不僅展示對自然取之有節的尊重，也使人類退回整體生態系統中的一員。人類不再是大自然主宰者，取而代之地，人跟大自然間是一種共生的關係。

上述兩波生態發展僅是整體概念上的分類，實際上並沒有體制化的論述或明確的區分判準。同時，亦有學者相繼提出第三波生態的發展，旨在超越國籍與種族，關注跨越國際邊界的人類經驗。還有第四波的生態批評，旨在回應當前的「物質轉向」思潮。例如，物質生態批評（Material

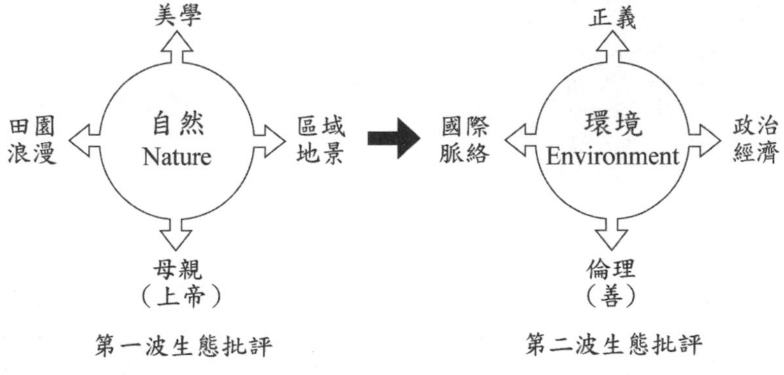

圖12-2 兩波生態批評的發展

Ecocriticism）結合了新唯物論的論述，探究語言及敘事的物質性，強調物本身具有的力（forces）及能動性（agency）及其是如何交互影響人類及非人類世界。第四波生態批評從物質層面切入，因而不論是原子、身體、空氣汙染或海洋垃圾都能夠作為具體的探討案例。綜觀整體的生態批評發展，從人類對自然的稱頌與愛戀，到對環境災害的責任、全球經驗的集體關注以及物質角度的基進論述，我們可以預期生態批評將持續發展，時時刻刻警醒人們與地球萬物共存的重要關係。

二、後結構主義生態批評

在第二講時，我們提到西方哲學於語言轉向之後，進入了以符號為主軸的研究方式。結構主義學者們普遍相信人類的意識與世間萬物的意義皆由語言所建構與再現。此「建構論」對於生態批評學者而言必然是論述自然與環境時無法迴避的問題。換言之，若所有的意義皆是後天建構而來，那麼又何來「自然」之說？誠然，即使是後結構主義學者也認定沒有任何意義是「自然」的，生態批評學者若是想重提「自然」一詞，勢必得面對與回應建構論的觀點。對此，部分生態批評學者主張即使語言建構論認為「自然」一詞的意義是由人類文化所建構而成，各地的人們也可能對「自然」持有不同的理解方式，但這並不表示世上就不存在「自然」的實體。舉例來說，「水」、「大地」、「空氣」等詞彙都必須在人類的語言中符號化之後才能產生意義，而各種文明也對「水」、「大地」、「空氣」等概念抱有不同的態度（如對特定的「自然」現象產生崇拜或是排斥）。儘管如此，我們並不能否定「水」、「大地」與「空氣」的實質存在。

值得注意的是，生態批評並非主張以環境的實質存在取代環境的文本意義。相反地，生態批評認為自然與文化兩者其實早已密不可分，根本不可能找到純粹的「自然」或是「文化」。比方說，我們能夠以自然與文化兩個端點將環境進行分類。例如，從曠野到森林，再從市郊到花園。如此分別雖大致體現自然到文化間的過渡，卻也無法否認人類在地球上的活動，已對人跡罕至的曠野造成影響（如全球暖化）；而相對地，如果沒有陽光、空氣、水等自然物質，住家門前裝飾用的人造花園也不可能存在。因此，與其強調自然與文化的二分法，生態批評更相信自然與文化是息息相關且不可分割的。

簡言之，對生態批評而言，後結構主義的文本化現實是透過人類的語言和論述所建構與呈現的，因此自然的存在相對於人類只是「他者」。但如此將自然視為單純符號的觀念不免備受質疑。近年興起的後人類主義就強調去人類中心主義（anti-anthropocentrism），將研究視野投向世界的整體狀態，將物質、科技和文化都視為人類與非人類的共構過程，消弭物質與文化、人類與非人類的界線，藉此拓展後結構主義式閱讀策略和生態批評的動態互動關係。

三、深層生態學

由挪威哲學家內斯（Arne Næss）在一九七三年提出的深層生態學（deep ecology），於當時掀起一股對環境正義的意識，並持續影響至今。他關注不同國家的社會及政治作為，提出深層生態學批判。主張人們不能一味地工業化及擴張經濟，並只是在表面上應付自然給予的條件，而是應深入追究其背後的目的和隱藏的內在價值觀。因此，人類要以更全面的角度理解及保護環境，反思人為行動對環境造成的種種傷害。深層生態學的擁護者們相信，結合倫理學從正義的角度出發，能將對自然之愛體現於社會運動及人類活動的實際作為上。

為了具體實踐此以生態為中心的理論信念，內斯提出了八條深層生態學的原則綱領，簡述如下：一、肯定人類與非人類生命本身的價值，這些價值和非人類世界是否可供人類使用並無重要關聯；二、生命型態的多樣性有助於我們領悟這些價值；三、人類除非有滿足基本需求的迫切需要，否則基本上沒有權利去破壞這種豐富多樣性；四、目前而言，人類對非人類世界有過多不必要的干預，情況亦在持續惡化；五、人類文明的興盛伴隨總人口數衰退，非人類生命的興旺仰賴著人類人口數減少；六、人們應當改變政策，從基本經濟的、科技的和意識型態的結構著手，期盼能逐步修正，達成深層的轉變；七、意識型態上希冀人們能珍視生命品質（安住於內在價值中），而非堅持追求更高外在的生活水準。繼而能夠覺察到形式上的大和偉大（big and great）之間的差異；八、擁護這些信念的人，有義務直接或間接地實踐必要的改變。簡言之，深層生態學的理念影響後人看待人類生活與非人類世界的許多層面，要求從實際情況探究深層的結構問題並實地參與促成轉變。深層生態學的論述亦結合不同領域的研究，發展如生態社會主義和生態女性主義。

四、生態中心式閱讀

誠如上述，生態批評的目標並非在於以實存的自然取代人類文化建構的意義。相反地，生態批評的分析旨在以當代思潮的觀點對文本進行閱讀，將過去從未注意過的文本元素納入考量，才能為現有的分析論述提供更多元的色彩。緣此，傳統文本分析中較不受重視的「背景設定」（background setting）在生態批評的論述中，取代了角色的內心糾葛，成為最主要的分析主題。易言之，「生態中心式閱讀」（the ecocentred reading）著重於敘事的「外在」（outside）場景（即房屋、建築或者其周遭環境等），而非個別角色之「內在」（inside）心理。舉例來說，如果在文本當中看見一個傷心的男子在雨中行走，傳統的文本分析可能會認為，「雨」是對於男子內心狀態的摹寫，反映男子的低落情緒；但在生態批評裡，「雨」除了對應男子的心情外，同時也是一種真實的自然現象，反應角色受到外在環境的諸多影響。

此外，生態中心式閱讀經常融合科學概念與名詞，如「能源」（energy）、「熵」（entropy）及「共生」（symbiosis）等。以美國短篇小說家愛倫坡（Edgar Allan Poe）的〈厄舍府的沒落〉（The Fall of the House of Usher）為例，生態中心式閱讀將不再著重探討故事中各角色的病態心理及其成因；相反地，生態中心式閱讀致力探討「厄舍府」這幢屋舍與其外在環境之關聯。此種閱讀模式可能會將該屋舍比喻為一孤立的「熵」系統，借指屋舍中各種情境的混亂狀態，暗示厄舍府與其周遭的生態環境毫無共生的可能性，而厄舍府前充滿死水的湖泊，更反射出此屋舍無限頹靡之樣態。再者，此種閱讀模式亦採取與一般文本分析截然不同之觀點來闡述主角厄舍的心理狀態。例如，生態批評學者可能會認為，厄舍的心理扭曲乃起因於自身無法敞開心胸、擁抱自然之故。易言之，厄舍為純然「文化」的體現，而他對自然的排斥最終導致了他的覆滅。

【問題與思辨】

一、當代理論永遠緊扣著當代生活。假設政府願意效法德國，提供「一般電費」和「綠色電費」的選項：前者每個月是2000元，而後者則是每月3500元。如果你每月薪水是35000元，你會選擇付哪一種電費？為什麼？

二、現今消費模式逐漸以e化（如電子發票存載具、app）取代紙本，你認為類似的企業立意是否有助於民眾形成環保意識？會不會帶來其他的問題？

三、當前仍有許多開發中國家需要採用大量自然資源以取得經濟的成長。在已開發國家不斷倡議節約資源的同時，是否也可能牽連開發中國家的經濟發展？

四、經濟發展與生態保護之間要如何取得平衡？你有何具體的建議？

五、請運用生態批評的理論分析電影《阿凡達》中的生態概念。

【書目建議】

世界文學編輯委員會。《生態與文學》。臺北：聯經，二〇一三年。

吳明益。《自然之心——從自然書寫到生態批評：以書寫解放自然》。新北：夏日出版，二〇一二年。

林耀福主編。《生態人文主義：邁向一個人與自然共生共榮的社會》。臺北：書林，二〇〇二年。

黃心雅等主編。《生態文學：環境、主體與科技》。高雄：中山大學出版社，二〇一五年。

蔡振興。《生態危機與文學研究》。臺北：書林，二〇一九年。

Buell, Lawrence. *The Future of Environmental Criticism: Environmental Crisis and Literary Imagination.* Malden: Blackwell, 2005.

——. *Writing for an Endangered World: Literature, Culture, and Environment in the U.S. and Beyond.*

Cambridge: Belknap P of Harvard UP, 2001.

Glotfelty, Cheryll, and Harold Fromm, eds. *The Ecocriticism Reader: Landmarks in Literary Ecology*. Athens: U of Georgia P, 1996.

Hiltner, Ken, ed. *Ecocriticism: The Essential Reader*. London: Routledge, 2015.

Iovino, Serenella, and Serpil Oppermann, eds. *Material Ecocriticism*. Bloomington: Indiana UP, 2014.

Tsai, Robin Chen-Hsing, Shiuhhuah Serena Chou and Guy Redmer. *Key Reading in Ecocriticism.* Taipei: Bookman, 2015.

肆、新唯物論

二十世紀中期見證了當代思潮「語言轉向」（linguistic turn）後，大師輩出，各派「主義」與「研究」共襄盛舉，而建立起思路繽紛競豔的理論盛世。然而，此盛世已成往昔。當前，歐陸哲學繼而形塑的「物質轉向」（material turn）已蓄勢待發，準備引領世紀新風潮。二十一世紀的現在，各式各樣的新「物質」隨著全球化時代的巨輪應運而生，傳統科學與哲學對於物質的理解也已不合時宜。試想，二十一世紀物質科技的急速發展（如AI、互聯網、手機、3D列印與基因科技等）與隨之而來的嶄新經濟、政治、性別、種族與階級等多樣生成。甚至，當前物質環境的汙染與巨變所帶來的各式各樣毒害與災難，皆促使我們反思究竟何謂「物質」，其時代性生成的新意涵又為何。因此，在科技創新、經濟危機、社群生成與生態災難不斷對固有「物質」思考框架的挑戰下，我們需要更多原創的哲學，來積極思考與連接當前主體嶄新的物質樣態與意義。或許，正是此時代的急迫需求孕育了此跨領域新思潮。

我們可以說，新唯物論是藉由重新活化「唯物論」的物質觀點，積極開展「內在性思想」的新動能與面向。事實上，唯物論一直是人文與社會科學學門長久以來的研究主題，而新唯物論則進一步解釋並發展此唯物批判的重要性。哲學唯物論相信物質的形式、集聚與生成過程成為我們認識世界的主要途徑與觀點。因此，有別於唯心主義和先驗主義，唯物論學者強調所有的實體和概念都是物質的構成與表達。此外，唯物論相信世界上所有的現象都是物質相互作用的生成結果——在意識與物質之間，物質決定了意識。一如馬克思主義者曾提出一套思辨唯物論，認為歷史其實是一段又一段的階級鬥爭，而且會因為生產模式的改變而出現新的衝突。換言之，馬克思主義的思辨唯物論相信世上的一切皆是由物質所決定，其中當然也包含人類的「意識」。

無庸置疑，為與傳統唯物論區隔，新唯物論學者勢必須要回應一系列有關此「新」理論如何「生成」的問題：新唯物論如何「新」？對於「物質」有何新的發現？有什麼研究方法與理論適用於此新物質？我們又該如何從數位科技或基因工程的角度理解新時代的物質性？新唯物論又有何自身的問題或侷限？

雖然新唯物論目前還不算是一個成熟嚴謹的哲學運動，但它不斷凝聚新的哲思與文化能量，已然生成一門內在性哲學新思潮的重要流派、一把此思潮中共同接受的包容性大傘以及一份堅信世界的「物質性」是不斷進行「生成他者」（becoming-other）與「多樣流變」的積極力量。這一群來自各領域的學者們，企圖在哲學縱向階級性分類的二元論（物質與心靈、身體與靈魂、主體與客體、自然與文化等）身上，劃出一道道「橫切的」（traversal）切口。讓「生成物質」得以橫向穿越傳統縱向分類的各式概念，以揭示傳統二元論內在的隱藏悖論，開啟多樣「物質性」的嶄新意涵，進而將二元論推向新的面向與極限。本單元將評介當前新唯物論大傘下的重要理論如下：一、新唯物論；二、思辨現實論；三、客體導向本體論；四、女性主義新唯物論。

一、新唯物論

「新唯物論」一詞最早是由迪藍達（Manuel DeLanda, 1952）及布萊多蒂於一九九六年提出。兩

迪蘭達
Manuel DeLanda

人反對先驗與人文的二元論傳統，並試圖進一步解構當代哲學底蘊「心」（the mind）與「物」（the matter）之間的對立思維。他們堅信人類的心靈（甚至語言）其實如同身體般，早就具有高度的物質屬性，而自然與文化之間也早已在物質世界中建立一種自然與文化交融的多樣性。在理論建構上，新唯物論跟隨後結構主義，拋棄唯心的先驗哲學與結構主義的約化方法論，相信我們周遭世界的物質與我們對物質的認識之間，是一種不斷交互指涉與形塑的過程。不同的是，後結構主義強調這世界是無止境「符號性」的流動與變形，新唯物論則進一步指出這世界的「物質性」（materiality）也是不斷進行生成他者與多樣流變。

因此，顧兒（Diana Coole）與佛斯特（Samantha Frost）在《新唯物論：本體、代理與政治》（*New Materialisms: Ontology, Agency, and Politics*）中宣稱：「物質性是某種永遠多於純然的物質：一種過剩、力量、生命、關係、或一種促使物質變得積極、自我創造、生產與無法預測的特性。」（頁九）雖然新唯物論目前還未是一個成熟嚴謹的哲學運動，但它不斷凝聚新的哲思與文化能量，已然生成一條內在性哲學新思潮的重要流派。時至今日，新唯物論先鋒大將們前仆後繼不斷地開疆闢土，陣營成員間對核心論點的形塑與共識已有逐漸顯著的豐碩成果。例如，芭菈德（Karen Barad）的《半路上遇見宇宙》（*Meeting the Universe Halfway*）、班妮特（Jane Bennett）的《振動的物質：物體的政治生態學》（*Vibrant Matter: A Political Ecology of Things*）、都弗英（Rick Dolphijn）與汪德徒鶯（Iris van der Tuin）合著的《新唯物論：訪談與製圖學》（*New Materialism: Interviews* and Cartographies）以及菲佛（Geoff Pfeifer）的《新唯物論：阿圖塞、巴迪烏與紀傑克》（*The New Materialism: Althusser, Badiou, and Žižek*）等重要理論著述。

以汪德徒鶯及都弗英於二〇一二年出版的《新唯物論：訪談與製圖學》[2]為例。兩位理論家指出：新唯物論的「新」來自於此論述試圖在當下未充分準備時即跳入未來，藉由生成更多（becoming-more）與生成他者（becoming-other）的運動，來參與創造新意的動能方向，一個未知的未來，一個當下無法確定的未來。在藝術上，此種分析可成為我們研究的物質與意義。換言之，用德勒茲的語言來說，這個世界的物質性是一種純然的內在性，永遠處在自身含蘊未完成的狀態中，而這世界與活在此世界的生命（無論從潛在或未知層面來看）便是依存於此一物質性導向的純粹內在性平原上。此外，作為當代內在性哲學的繼承者，新唯物論學者認為，我們生命本質其實是非關個人（impersonal）但又充滿特異性（singularity）的。在此種多樣又特異的內在性生命平原中，我們需要一種較寬廣、狂放或基進「物質性」導向的新思維。

事實上，《新唯物論：訪談與製圖學》即試圖強調此唯物哲學思潮的生成基調，因此也成功展示此書在新唯物論興起的重要性。汪德徒鶯及都弗英相信，「新」字的未知性對新唯物論系譜學的意涵是值得追問與探索的，而且也證明這是一個獲得相當多關注的當代思潮「新」定位。此書共分為面談及專文兩大部分。在面談方面，兩位作者共訪問了當前四位著名的新唯物論學者：芭菈德、布萊多蒂、迪蘭達與梅亞蘇（Quentin Meillassoux）。作者指出，「儘管芭菈德與布萊多蒂試著發展出一種既是本體論、認識論，也是倫理上的新唯物論，迪蘭達與梅亞蘇似乎對本體論上的新唯物論

2 請參閱 *New Materialism: Interviews and Cartographies*. Ann Arbor: Open Humanities P, 2012.

較有興趣，而這也因此犧牲了其對倫理與認識論的關注（迪蘭達），或者導致了分類的認識論問題（梅亞蘇）。」（頁一六）

在專文部分，此書作者展現其處理哲學與文化理論糾纏不清的人文主義二元論的傳統企圖。兩位作者秉持著複雜時間關係的內在性信念，抗拒直線性與先驗性的歷史觀點，並且謹慎地避免再次將辯證主義重建為一種懷舊的回歸。反之，他們「試圖生產一個新唯物論的開放性製圖方法學」（頁一六），強調這是一套「非二元論」式的製圖方法學，希望能對過去的物質哲學傳統提出新的解讀，這牽涉了對二元論的修正與突破（並非拋棄），或可說是將二元論推往新的極限。因此，對於汪德徒鶯、都弗英與被訪問的新唯物論學者來說，新唯物論並非對於過去傳統的簡單駁斥，也不僅僅是回應唯物論思想歷史的直接結果，而是藉由創造來穿越物質與心靈、身體與靈魂、自然與文化等二元概念，開啟內在於傳統中多樣潛隱悖論意涵的時代性任務。

由於新唯物論身上脈動著深具挑釁性的創新血液，當然也引來不少質疑與批評。例如，柯萊兒（Stephanie Claire）在其〈挑釁性物質〉[3]一文批判：「新唯物論的『新』僅用於諷刺後結構主義的反物質屬性以及其忽略了龐大（如女性主義）文學的物質性。」（頁一〇）此外，如果新唯物論所信仰的「物質性」永遠是一種物質生成的潛在能量、一種心物過剩的必然產物與無法預測的全新屬性。那麼，我們也須警覺地質問：新唯物論強調「物質性」的無盡創造觀點會不會導致當前已高度資本科技化的冷漠心靈更加「競爭」、「個人化」與「物化」？會不會強化物質對生命的「創新」與「生成」，卻造成關懷他者的人性能量與集體價值更加式微？

必須承認，二十一世紀的世界不但是「平」的，更是「物質性」的。新唯物論為了突顯其作為一個「新」的思考模式，並在「物質」議題上有所突破與開展，主張唯有藉由積極思考與參與「生成更多」與「生成他者」的物質運動，方能創造一個當下無法確定的未知未來。因此，新唯物論的大將們除了須挑戰自身內在性思想的舊框架外，也須從人類與物質最新動態共生的多樣生活面向，重新思考物質與意義之間、主體與科技之間、性別與物質之間以及文化與自然之間的全新關係。面對新物質時代，「主體」的未來充滿多樣挑戰。有趣的是，此一深具潛力的歐陸思想理論算是當前最具「內在性」血統的領頭羊（陣營中有不少德勒茲學者，如迪藍達、布萊多蒂、班妮特、都弗英與汪德徒鶯等等），帶動或連結不少多樣生成的其他新「唯物」理論，如思辨現實論（speculative realism）、客體導向本體論（object-oriented ontology）、超驗物質論（transcendental materialism）、物質生態主義（material ecocriticism）、女性主義新唯物論（feminist new materialism）、後人類主義（post-humanism）、非辯證唯物論（non-dialectical materialism）以及生命唯物論（vital materialism）等。憑藉不斷與時並進的研究動能，新唯物論將有機會成為引領全球化新思潮的哲學，深值注意與期待。

二、思辨現實論

思辨現實論在當代哲學地景中，為我們開闢出一方挑戰後康德哲學的基進思辨視野。眾所周知，現實論（或寫實主義）一直都未曾是歐陸哲學的「菜」，反倒是英美哲學與文學理論的偏好。面對後現代基進華麗的文化狂歡，思辨現實論堅信當代哲學必須回歸「現實」（the Real），所謂現

3 請參閱“Provoking Matter.” *Reviews in Cultural Theory* 2.2 (2011): 10-2.

梅亞蘇
Quentin Meillassoux

實並非指涉世間如其所示的日常萬物，其實是揭示著萬物存在而生成為其他豐富樣態的可能性。思辨現實論堅信唯有通過基進的「思辨」，我們方能有機會觸及與探究這些潛在的「可能性」。

換言之，現在現實的真相「是什麼」並不重要，重要的是「我思辨」現實應是什麼樣態？此外，更重要的問題是：對現實的「思辨」能生成什麼？此派新哲學思路的支持者宣稱，在思想及語言外，還有一獨立現實存在的哲學立場正等待我們去思辨。儘管此種思辨觀點乍聽下來有點熟悉（例如巴迪烏與德勒茲探討過類似論點），但這些哲學家業已認真地提出更基進的「現實」新視野。目前四名主要的戰將為梅亞蘇、布拉希耶（Ray Brassier）、格蘭特（Iain Hamilton Grant）與哈曼（Graham Harman）。

以法國哲學家巴迪烏（Alain Badiou）的學生梅亞蘇的論點為例。二〇〇六年梅亞蘇出版《有限之後：論偶然的必要性》[4]，為思辨現實論的思辨革命戰爭，正式鳴發了革命的第一聲槍響。書中核心的論點為：西方後康德的哲學發展均被一種「關聯論」（correlationism）所支配與誤導（頁五一—一一）。關聯論乃一種以「人類中心論」為主軸的知識論——主體以自身思考為主控的表意系統，將現實中客體或物質視為被動的知識論客體。哲學因而被約化為「思考」與「存有」之間必然關聯的產物。具體而言，梅亞蘇仔細爬梳了作為康德哲學論點的兩個核心原則：「關聯性」（correlation）原則與「事實性」（factiality）原則。

關聯性原則的論點相信人類僅能透過思考與存在間的關聯性來認知宇宙事物的原則。亦即，人類不可能具備思考「事物自身」的條件，而只能在自我理性意識前提下對事物做思考。相對地，事實性原則論點則相信事物能夠以自身以外的方式存在。易言之，康德認為我們的理性能夠想像一個完全不同的現實，即使我們從來未曾認識它（這個原則支持了其形上知識論中「不可知」但「可想像」的論點）。梅亞蘇認為，這兩種原則導致了一種「弱」的關聯論（如康德與胡賽爾）（頁三〇）及一種「強」的關聯論者（如海德格及維根斯坦）（頁四一）。有別於「弱」的關聯論，「強」的關聯論假設外於關聯之物的存在是不合理的，而事實性原則也因此被關聯性原則所取代。

梅亞蘇藉由深化柏格森與德勒茲的「潛在」（the virtual）概念，追尋一種物質不斷轉變的偶然特性或「無盡潛能的開放多樣屬性」。緣此，對於梅亞蘇來說，思辨現實論是介於康德與休謨（David Hume）之間的新思辨觀點：雖然康德的先驗主義與休謨的懷疑主義皆有其自身的問題，但如同康德，梅亞蘇保留哲思中「邏輯的必要性」（logical necessity），也如同休謨，認為現實中並無可被接受的自然律法的必要性。是以，梅亞蘇堅信哲學不應是思考「我能知道什麼？」（what can I know?）的學問，反倒該是深度思考「我必須做什麼？」（what must I do?）以及「我可以希望什麼？」（what can I hope?）的學問。在此，梅亞蘇試圖將康德的理性批判帶向休謨的經驗懷疑，再進一步超越休謨（因為休謨的偶然性理論仍建基在「機會」（chance）與「機率」（probability）上，而非梅亞蘇所主張的基進與絕對偶然性（contingency）的概念）。

易言之，梅亞蘇採取否定「關聯性」原則的策略，以支持「事實性」的偶然原則。他對事實性原則的支持意味著他不只拒絕所有自然物理定律的必要性與正當性，甚至於拒絕了「因果原則」的

4 請參閱 *After Finitude: An Essay on the Necessity of Contingency*. Trans. Ray Brassier. London: Continuum, 2008.

邏輯定律。亦即是，當宇宙以某種秩序建立之時，沒有道理它不能以其他方式存在，畢竟世界的運行律法有「偶然的必要性」。梅亞蘇留下康德的「邏輯必要性」，屏除其先驗性及任何關聯主義的論述。在德勒茲之後，他接受休謨傾向的超驗性經驗主義（transcendental empiricism），因為休謨「因果關係的主體」容許：「相同的一個原因，事實上可以導致『一百種不同的情況』（甚至可能更多）」（*After Finitude* 90）。梅亞蘇認為此種唯物的超驗思維模式，方能提供當代哲學家超越「有限」思考的新生成視野。

目前，思辨現實論的發展已拉開兩個不同「成長」階段性。第一階段，異中求同的起步：思辨現實論剛崛起時，許多思辨現實論者都急於走出歐陸哲學前輩的思想框架，加上大家對「關聯論」有一定共同的反感，因此即使他們擁有不同的哲學理念或派別，仍在兩次研討會中興高采烈地撐開這把理論大傘。第二階段，同中變異的分歧：後來思辨現實論的大將們開始發現，即便大家願意共同支持「思辨現實論」這把大雨傘，每一成員對思辨現實論的定義與思辨逐漸有差異到難以相容的地步。事實上，四位主將就各自擁護自己的論述信念：梅亞蘇提倡科學數理化的柏拉圖思想、格蘭特主張延續謝林的過程本體論、哈曼則支持物質形上本質論、而布拉希耶則強調科學寫實論。近幾年來，梅亞蘇、布拉希耶與哈曼之間開始出現明顯不相讓的理念爭辯。由於梅亞蘇的反「關聯論」仍是目前此物質思潮的最大公約骨架，堅持走物質形上論的哈曼即在最近的文章中直接坦承說：「思辨現實論」這一名稱已無法再成為大家的共同最愛，且在不久的將來會不再如此頻繁地使用。哈曼不滿梅亞蘇的主導，想出走自立門戶的意圖，不言而喻。

此外，思辨現實論目前也有其論述的侷限與缺失。有別於廣義新唯物論的「親民性」，思辨現實論對於當前從事美學、倫理與政治相關研究的哲學學者而言，仍欠缺某種吸引人的元素。在一次專訪[5]中，巴迪烏雖然讚賞思辨現實論是一項有企圖性的哲學新視野，但也指出它目前的政治弱點：因梅亞蘇所主張基進的絕對偶然性，很難讓理論落地生根。他指出：「在思辨現實論中現在性的脫離是一種現在性的斯多葛主義。思辨現實論缺乏一種清晰的現在性或對現在的清楚觀點。這對我來說相當不同。思辨現實論自身尚缺（具體介入當前）事件的理論」（頁二〇）。再者，思辨現實論主張我們應重新認識「物」潛在可能的真實性，屏棄我們對「物」既定的成見與偏見。但我們對現實「物」謙卑開放的思辨，卻也可能導致我們對「人」與「權力」因素思辨的忽視。或許，正因為思辨現實論目前仍缺少以「現在」為主的「事件」理論以及「人」與「權力」的制約觀點，導致其所關注潛在多樣的「現實」常是未來與事物導向，而其哲思重點也有點「無感」於實際的政治、倫理及藝術。即使當前關注美學、倫理與政治的哲學學者們，能理解思辨現實論關於本體論的基進觀點與信念，但仍無法讓此新哲思擺脫目前「基進新穎」卻有些「無用」甚至「虛無」的傾向。

誠然，過去半世紀的歐陸哲學「關聯論」（包含後康德批判唯心主義、後現代主義、現象學、後結構主義、解構等）若不是致力於康德式無以名狀的「物自身」存有論，即是開展後現代主義的「差異」，以挑戰各種傳統長久建立的價值系統，強調一切都應是「去中心」的相對性。我們可以說，後現代這波思潮意外地促成當前「處決真理」的「天真」現實論。因此，思辨現實論一針見血地點出過去半世紀歐陸哲學的致命要害——「關聯論」——使人們不再相信這世間有「真理」，因而失去任何對現實世界「意義」實證與追問的熱忱。此外，此基進的質疑進一步導致人們開始懷疑世

5 請參閱"Interview." *The Speculative Turn: Continental Materialism and Realism*. Melbourne: re.press, 2011.

間任何事物均無「真實」穩定的基礎與價值，只有無盡流動交織的複雜性與未定性。佇立在新世紀的內在性哲學門口，回首來時路：已走出了「迷信」，卻走進了「迷茫」。如今，思辨現實論逐漸領悟出一套新的哲學思考，允許我們意識、語言或主體對「現實」做全新的開展，令人興奮與期盼。然而，此基進的新物質理論若無法獲得當前多元論述能量的支援，將難以成大器。哲學界對現實論目前的「思辨」轉向，算是一種「摸著石頭過河」的嘗試。目前，新唯物論已成為當代內在性哲學往前推進的主要動力之一，但思辨現實論是否能生成為領頭羊？顯然，此一新「現實」還有待進一步的思辨檢驗。

三、客體導向本體論

客體導向本體論是一種挑戰西方千年客體哲學的新論述，思考客體如何可以成為當代哲思的新論述。客體導向本體論學者認為，思辨現實論對後康德哲學的批評太過聚焦於思想和存有之間的哲學關係，使得在這關係之外的任何客體真實都無法被討論與知悉。他們相信，物體是獨立於人類感知之外的存在，本質上並不受人類或其他物體的關係影響。然而，目前所有人類與物體的關係以及非人類之間的客體互動關係，皆經過人類意識的扭曲、決定與呈現。因此，客體導向本體論學者，將長期下來被冷落的「物體真實存有」視為形而上學探究的富饒場域，雀躍地開採此思想的原始礦區。另外，他們強調世間任何事物雖有其相似性但並非相同，且沒有特定實體（如人類）可以擁有宰制的特權地位。唯有藉由翻轉傳統客體（或物件）的從屬地位，方能使當代哲學回歸真正「現實」的研究。客體導向本體論陣營中，目前也聚集不少擁護者：在哲學論證上有哈曼及布雷恩特

（Levi Bryant），而在文學和生態論證上有摩頓（Timothy Morton）、在電玩遊戲創作面向論證上有伯構斯特（Ian Bogost）、在中世紀學面向上有證柯恩（Jeffrey Jerome Cohen）與蕎伊（Eileen Joy）。

以客體導向本體論的第一主將哈曼為例。哈曼於一九九九年發表《工具性存在：海德格與形而上的物體》[6]一書，為客體導向本體論奠定論述的重要基石。書中提出一種探討客體形上本質的新本體論述。哈曼指出在《存有與時間》（*Being and Time*）中，海德格已提出兩種相對的客體本質論概念：「上手物」（readiness-to-hand）與「手前物」（present-at-hand）。簡單來說，上手物是我們日常「使用中」的任何物件或用具（汽車、手機、電燈、椅子或馬桶），而手前物則意指這些物件或用具未被使用者意圖主宰前的自身本質。上手物被開展的是人類「用具」意圖的性格，它必須和其他人類用具的整體連接方能開顯其性格（如手機必須能充電、下載軟體或跟其他手機通話聯繫）。

然而，當此上手物突然「壞掉」或「失去功能」時，其物件自身的客體本質就會從使用者習以為常的遮蔽中，跳脫出來。在此刻，物件開始從上手物性格回歸至手前物性格，直到它又被修好，成為正常「用具」為止。哈曼發現海德格此種物件客體導向的工具性分析思考，可作為解釋物體自主獨立存在的形而上哲學根源。對哈曼來說，海德格式的「手前物」意味著揚棄以往透過人類感知來理解物體本質的途徑。然而，哈曼認為當物體能被這樣理解時，它們不但能與其他物體或人類保持距離，不受其宰制與影響，同時還能開展出客體自身獨特的本質（頁一五—三五）。由此觀之，「工具的世界即是一個看不見的場域，而世界的可見結構則是從此場域中不斷顯現」（頁二四）。

---

6 請參閱 *Tool-Being: Heidegger and the Metaphysics of Objects*. Chicago: Open Court, 2002.

哈曼在〈客體的反擊：訪談哈曼〉[7]訪談裡，進一步解釋道：「在多數情形下，我們無意識地使用著客體，默默地將它們視為理所當然。然而，客體會損壞，為我們創造驚喜。如同你的比喻，客體會『回擊』，抵抗我們對於它們的認知與使用。然而我最不認同海德格的一點，便是他不認為客體間能相互發生剛剛所提的這些情形。」（頁一〇八—一〇九）哈曼堅信任何物體的真實性皆是無法被我們的知識所窮盡與理解的，也無法被轉譯到任何認知上或其他方式的互動關係之中。物體的本質只能被間接地理解，而這並不只是人類認知有所侷限的命運，這是任何物體的通用法則。

要進一步理解客體導向本體論到底「要什麼」及「是什麼」，就必須了解它到底不要什麼，它又與其他相似的哲學有何異同。哈曼於二〇一四年在倫敦當代藝術學院的「客體與藝術」演講中，解釋他為何堅決拒絕接受任何矮化客體的論述，以及藝術為何總是被逼迫認清這事實。哈曼開宗明義地指出自己堅決反對當代哲學中的五種論述：首先，反對將關係建構視為康德「物自身」（thing-in-itself）的對立。第二，反對「生成」（becoming）作為生命的首要樣態。第三，反對任何事物都必須被「政治化」或「再政治化」的想法。第四，他反對當代哲學中的任何理性主義。最後，反對巴迪烏、紀傑克以及梅亞蘇將主體視為某種區隔我們與世界的本體現象。

哈曼指出，西方哲學整體而言，對客體理解的論述有兩大錯誤：「底層元素」（undermining）論述與「整體關係」（overmining）論述[8]（頁八—一九）。「底層元素」的客體論述（例如前蘇格拉底學派或科學哲學）認為我們所看到的客體都僅是一種外在的表象，以至於它們不可能是「現實」。對於這一派學者來說，真實的客體是微小的元素（原子、水、火、風、細胞等）在個別物體內被統合的一種聚合物。這一類客體學說是過度簡化主義者的論述系統，它的問題在於未考慮到較大量體所擁有的湧現（emergence）性質，因此「破壞」（undermine）客體的豐富意涵，而未能體悟到客體在極端值之外（極大或極小），不同規模下所享有的自主特性與力量。

反之，「整體關係」客體哲學（如經驗主義、結構主義、馬克思主義、資本主義或現象學）認為客體擁有太複雜的多元屬性，須從結構面的關係來檢視。因此，我們口中所謂的「客體」其實也只不過是如休謨所謂具有「一串串性質」（bundles of qualities）所組成物件關係的外在體。唯一的真實是我們經驗的感受、意識的內容、社會的建構、語言的運作、主體的關聯。對哈曼而言，這種「整體關係」的客體理論其實是一種外部結構決定論，問題在於它們無法真正開展客體自身的本質，因此也無法具體解釋世上的任何事物為什麼（及如何）會無常地改變。

哈曼試圖批評西方哲學的客體的論述皆陷入「底層元素」與「整體關係」的本體學範疇。如果以主體詮釋為主的現實是一種錯誤，那以客體詮釋為主的現實將成為此錯誤的另外一端。主體與客體之間的中間空間成為相對合理的哲思位置。他強調，世間客體的存在乃遵照反約化（anti-reductive）的原則——不僅介於最小組成元素間，也介於可被感知的外在效應間，並且拒絕被任何概念約化。無論是「截斷下部」（undercut）或者「截斷上部」（overcut）的約化方式，物體在任何情況其實都占據著「中介」部分，包含其隱匿的內在性質和向外表現的作用。物體真實的存在姿態，不該被化約成最小分子或最大的架構。然而，人們對於物體的理解總是徘徊於理解最細微的部分（如科學導向的觀點）和最大的部分（以人文導向的觀點），若要避免落入此種觀念上的窠臼，「中介」的思考或可提供一個重要的方法。在此中間地帶中，我們較能看清世界中異質性能動者之

7 請參閱“The Object Strikes Back: An Interview with Graham Harman.” *Design and Culture* 5.1 (2013): 103-17.

8 請參閱 *The Quadruple Object*. Winchester: Zero Books, 2011.

間的相互作用與本質開展。哈曼堅信能為客體本質平反的唯一方式，即是考慮客體能脫離世間各種關係與互動約束的現實。因而，他提出一種具有深度真實的新客體模式：「四重客體」（quadruple object）。

根據哈曼的定義，所有事物都是不同樣態的客體，不論是「物理」（現實中掉到牛頓頭上的蘋果）的或是「想像」的（童話故事中，巫婆給白雪公主吃的蘋果）。客體可以是一個手機、一場夢、一段時空、一個國家、一道電磁波或者是一個想法。哈曼強調一個形而上的客體哲學須具有四個交互開展的面向：真實客體、真實屬性、感知客體與感知屬性（頁七八）（參見圖12-3）。簡言之，「四重客體」企圖開展客體四重結構內的十種可能連結，以超越海德格「在世存有」的本體論，開展由四個面向交織的更高層次客體本體論，強調主客體之間與客客體之間在世界中相互生成的四重結構。亦即，「四重客體」作為一種基進的哲思模式試圖「思考不可思之物」（用

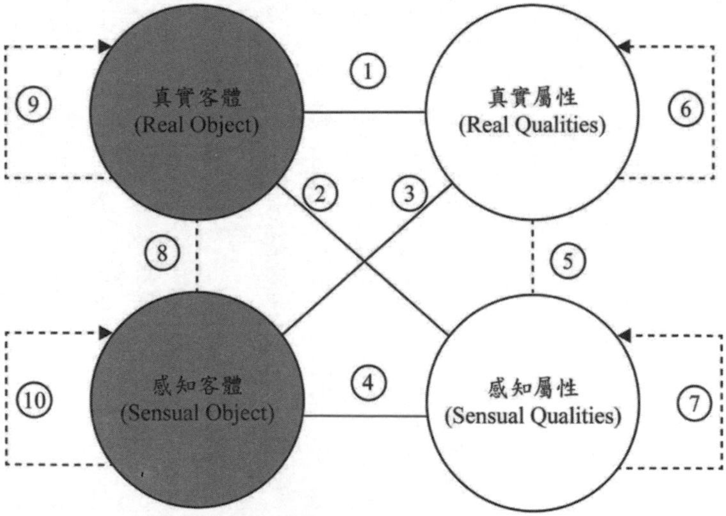

圖12-3 客體四重結構的十種可能連結

德勒茲的語言來形容），將主體生命「生成的」內在性哲學，推向客體生命「本質的」內在性哲學。此外，客體導向本體論與思辨現實論這兩者基進理論間，有著複雜的哲思血緣關係，彼此既結盟攻敵，同時又近身纏鬥。就如同思辨現實論，客體導向本體論也支持將當代哲學思想置回「現實」的場域來重新思考。然而，思辨現實論者堅持著「思辨」的重要性。這些學者深信世界超越我們所能理解的範圍，而這個超越的陌生感，便是我們應該探討或關注的。

在思辨現實論裡，人類依然處在哲學的中心，雖然他們的知識已經不再是有限的。人類可以處理「絕對」（the absolute）的事物，而且不留一點黑暗的角落（梅亞蘇的論點）；然而，客體導向本體論者強調客體本質論的重要性。他們將自身從各個客體間之本體關係（或非關係）的聚焦中抽離，相信客體是獨立於思想而存在的，並非是思想的產物。主客體皆有其真實性，並且具有同等的價值。換言之，客體不再是由一堆無利害關係的東西或物件所聚合而成，客體自身便是相互關聯的現實場域。由於任何客體的本質具有真實性、分離性與獨立性，它們自身應具有自主的存有本質，方能在世界中與其他客體的存有區隔開來。

簡言之，我們可以問一個簡單的核心問題來區分兩個理論的具體差異：客體的「物自身」是否能直接被人類意識所接觸？思辨現實論的答案是肯定的；然而，客體導向本體論的答案則是否定。對於客體導向哲學而言，物自身永遠超出我們的理解，但這問題並非因為人類某種可以修正的錯誤造成，而是因為人類中心的「關聯」無法理解其自身的「關聯性」。事實上，客體導向本體論比思辨現實論更早被提出，而它對於客體「本質論」和「平等論」的聲明並未被所有以「人類思辨」為主的現實論者接受。此哲思是否能以基進之姿，為新世紀歐陸哲學開闢出一片全新的客體空間，並帶領生態、藝術、文化、文學、建築與設計等論述向前大步躍進，也須再觀察。

批判思考

客體導向本體論的論點有何問題或侷限？

客體導向本體論基進的觀點當然引來不少批評。它最常被詬病的問題是：不但沒有拯救客體的意義，反而使意義變得更沒意義，因為它試圖將「人類」和「物體」的關係擺放在一個權力「對等」的錯誤假設基礎上。此外，批評家們認為客體導向本體論的支持者們需要進一步具體發展他們對於文化、倫理、政治和人類學的觀點，以免落入一種客體導向的虛無主義。目前火力最強的應是沙維羅（Steven Shaviro）。他在〈真實火山：懷海德、哈曼與關係的問題〉（The Actual Volcano: Whitehead, Harman, and Problem of Relations）中，批評哈曼缺乏對客體物質性生成「過程」的時間哲學：「哈曼傾向低估客體在時間旅程中的改變，就如同他低估實體間關係的延展與活潑性。他雖然批判懷海德將存有約化成一種關係性的無盡回歸，哈曼自己卻給我們一種客體本質性的無盡回歸。」（285）沙維羅認為就兩種思考的基礎而言，懷海德的「有機哲學」（philosophy of organism）還優於哈曼的「客體導向哲學」。雖然各方質疑未曾間斷，客體導向本體論算是戰鬥力堅強的哲思，勇於回應各種批評與質疑，並持續開展新的觀點。

四、女性主義新唯物論

新唯物論是當今二十一世紀不斷成長凝聚的跨領域思潮，不意外地也推動性別研究與女性主義的新思考。女性主義新唯物論可說是對於後現代女性主義語言轉向的反動。許多女性主義者認為，為了要捨棄傳統的「再現」主義，後現代時期的女性主義企圖瓦解語言與物質間的二元對立（如「社會上」的女性與「生理上」的女性），卻反而倒轉此二元對立間的位階——把重視真實與物質的觀點，轉換成只關注語言及社會建構的分析。語言導向的女性主義將性別當作是語言延伸的策略，卻完全忽略人類身體的物質性，只能重複批評男性父權中心的命運。因此，促成新一波女性主義的「物質轉向」，紛紛轉往女性物質性身體的研究。但正如前述，此理論的結盟並非一帆風順；相反地，許多女性主義者質疑新唯物論與德勒茲的思想可能阻礙女性主義的政治訴求，其中最大的原因，便是德勒茲對「性別差異」的漠視。德勒茲「流變女人」的主體生成概念，並不接受所謂完整穩定的身分與經驗，這對長期關注女性獨有壓迫經驗的女性主義者而言，有根本上的扞格。

新唯物論女性主義者布萊多蒂是這場論戰中的主要角色。在早期的理論發展中，她一方面將德勒茲的觀點大幅引介及挪用到自身的女性主義論述；但另一方面，卻也固守伊瑞葛萊「性別差異」的信念。她最早的作品，《不合諧的樣式：女性主義與當代哲學的研究》（*Patterns of Dissonance: A Study of Women and Contemporary Philosophy*），便探討歐洲哲學與女性研究之間的相容性問題。在此書的第一部分，她提出歐洲的「男性」哲學家，例如傅柯、德希達、德勒茲、拉岡等人的哲學思想，都仰賴著一個想像的「女性特質」概念。然而，對布萊多蒂而言，「女性特質」其實與女性的實際經驗毫不相干，只是一種被哲學家們歸類在「女性」類別下的「特質」而已。在該書的後半部分，布萊多蒂則聚焦於歐洲的女性思想家們對性別的論述，例如伊瑞葛萊「性別差異」的概念，並期望這些女性哲學家的思想能夠在當代哲學發展中，衍生出創新的政治與哲學立場，以達到一種新的「遊牧論」（nomadology）。

此外，布萊多蒂在〈流變女人：或性別差異再探〉（Becoming Woman: Or Sexual Difference Revisited）一文中，除了重申性別差異的必要性之外，同時也試著解釋她近期的思想：伊瑞葛萊與德勒茲的共存。在這篇文章中，布萊多蒂以「肉身主體」（embodied subject）來推演女性政治倫理主體的理論基礎與實踐。她嫁接德勒茲與伊瑞葛萊的觀念來賦予此主體「物質／母體的」（material/maternal）根源，使得此「潛在女性」（virtual feminine）主體論述有了依據與血肉。內文中，布萊多蒂以「一個小女孩被偷的身體」來闡釋德勒茲與伊瑞葛萊理論中共通的「概念性母體」（conceptual matrix）。一方面，她按伊瑞葛萊的論述口吻，鋪陳這位女孩因「陽具邏各斯中心」（phallogocentric）的壓迫，身體上與象徵上被剝奪言說的立場，讓女孩經歷一種原始的女性主體及性歡愉的分離；另一方面，布萊多蒂推想德勒茲會認為當這小女孩的所有性欲被強制裝入陽具邏各斯中心「體制」（regime）時，她的身體被竊走了，就像此體制的伊底帕斯吸血鬼奪走她的身體，把她從象徵式再現中推開。

她進一步想像，這兩位理論家強調陽具邏各斯中心體制將具體的物質性從女性肉體抹除，並且此一原始性的抹除致使日後男性主導的象徵性秩序繼續劫持這女孩的身體。她認同伊瑞葛萊的想法，相信母性的身體蘊含潛在的女性特質種子，是集體重新協商關係締結時所參照的潛在現實。布萊多蒂更強調，女性必定要言說女性特質，必定要以她們自己的字眼來思索與再現女性特質，並和德勒茲一起閱讀，參與流變的主動過程。「位置政治」（politics of location）得以運作便是因為物質／母體的位置是主體原始的建構基底，也因此能作為抵抗的位置，控訴所有的不公與不義。

布萊多蒂認為，我們在棄絕主體本質之前必須先擁有它。事實上，德勒茲的「流變少數」需要的不只是一個少數者（少數者的生命樣態只是一個主體流變生成的起始點）。重要的是，主體必須不斷經歷不對稱的多元流變過程，方能逃離疆域化的身分認同。亦即，「多數者」（the major）與「同者」（the same）唯一的流變方向，便是成為「流變少數者」（becoming minor）或「流變他者」（becoming other）；與此同時，少數者與他者則有較多元輻射向度的流變可能性。但相同的是，新的主體生成皆帶來一個不同的未來可能性。布萊多蒂指出，在德勒茲的論述裡，欲望是不停向外流變生成及向未來逃逸連接的。因此，欲望作為一種物質性能量的流動必將與其物質性的「能量」產生不斷交互的連結與生成。

總之，女性主義新唯物論學者業已形成多元領域的研究，涵蓋哲學、文化理論、科學、科技和藝術。她們致力結合新唯物論以強化與開創其論述，如重新思考物質的特性和能動性，及其能量是如何地影響行為者和其他因素。然而，此方面的作品目前仍耕耘於理論層次。具體結合經驗的應用實踐至今則多半出現於社會科學領域。女性主義新唯物論未來的實踐與發展仍值得持續努力與期待。

【問題與思辨】

一、縱使在新唯物論中，人類還是此知識生產的來源。如何透過新唯物論重思人的主體性？

二、在新唯物論中，人的思想、情感是否也能被當作一種物質？

三、科學的突破及新發現是否有可能令新唯物論的相關論述失去其效用？為什麼？

四、新唯物論的思想家經常借用科學解釋其哲學，此種詮釋方法是否合適？為什麼？

【書目建議】

Badiou, Alain. *Adventure of French Philosophy*. Ed. and Trans. Bruno Bosteels. London: Verso, 2012.

———. “Interview.” *The Speculative Turn: Continental Materialism and Realism*. Melbourne: re.press, 2011.

Barad, Karen. *Meeting the Universe Halfway: Quantum Physics and the Entanglement of Matter and Meaning*. Durham: Duke UP, 2007.

Bennett, Jane. *Vibrant Matter: A Political Ecology of Things*. Durham: Duke UP, 2010.

Braidotti, Rosi. “Becoming Woman: Or Sexual Difference Revisited.” *Theory, Culture & Society* 20.3 (2003): 43-64.

Braidotti, Rosi, ed. *Patterns of Dissonance: A Study of Women and Contemporary Philosophy*. London: Polity P, 2013.

Claire, Stephanie. “Provoking Matter.” *Reviews in Cultural Theory* 2.2 (2011): 10-2.

Coole, Diana, and Samantha Frost, eds. *New Materialisms: Ontology, Agency, and Politics*. Durham: Duke UP, 2010.

Dolphijn, Rick, and Iris van der Tuin. *New Materialism: Interviews and Cartographies*. Ann Arbor: Open Humanities P, 2012.

Gratton, Peter. *Speculative Realism: Problems and Prospects*. London: Bloomsbury, 2014.

Hallward, Peter. “The One or the Other: French Philosophy Today.” *Angelaki* 8.2 (2003): 1-32.

Harman, Graham, and Lucy Kimbell. “The Object Strikes Back: An Interview with Graham Harman.”

Design and Culture 5.1 (2013): 103-17.

Harman, Graham. *The Quadruple Object*. Winchester: Zero Books, 2011.

———. *Tool-Being: Heidegger and the Metaphysics of Objects*. Chicago: Open Court, 2002.

Meillassoux, Quentin. *After Finitude: An Essay on the Necessity of Contingency*. Trans. Ray Brassier. London: Continuum, 2008.

Shaviro, Steven. "The Actual Volcano: Whitehead, Harman, and the Problem of Relation." *The Spectulative Turn: Continental Materialism and Realism*. Eds. Levi Bryant, Nick Srnicek, and Graham Harman. Melbourne: re. press, 2011. 279-90.

Pfeifer, Geoff. *The New Materialism: Althusser, Badiou, and Žižek*. London: Routledge, 2015.

開講後

研磨自己的鏡片看世界（《中外文學》訪談）[1]

一、何謂「理論」？

蕭立君（以下簡稱「蕭」）：學者杭特（Ian Hunter）指出，歐美人文學界最近一波關於「理論是否已死」的論戰最令人覺得意外且弔詭的是，「理論」仍持續被用來指稱某些不盡相同的論述發展或知識現象，甚至於理論／反理論的兩造似乎「共謀」沿用此一曖昧不明的名詞。另一方面，在國內少數整理外文學門理論知識發展的論述當中（王智明、蘇子中及我本人的論文），理論一詞的指涉其實也有曖昧、游移的空間或可塑性。儘管此次《中外文學》的「理論系列訪談」並無意、也不可能寫一部理論知識在臺灣的歷史，我們對於「審視、爬梳與反思理論知識所形塑的人文研究新

1　本篇內容為《中外文學》前主編蕭立君教授與本書作者的訪談原文：〈研磨自己的鏡片看世界：與賴俊雄談理論〉。刊登於《中外文學》第46期，第二卷。為符合本書需求，做些微修訂，獲《中外文學》授權。

地景」的嘗試，也不可能僅僅是將出現過的理論學說做客觀、實證性的整理，因為它必然涉及「何謂理論」這個最棘手的大問題。此外，我還準備要請教你的問題是有關理論知識的「建制化」相關議題，特別是理論與哲學之分野的問題，而它在某種程度上也需先面對「何謂理論」或類似的問題。

賴俊雄（以下簡稱「賴」）：杭特說的沒錯，「理論」已成為當代一個曖昧不明的名詞，使用者用它來指涉許多不同意涵。今天比較有效的談法，還是要先釐清「理論」的意涵。用一個比喻來說：目前學界共用多樣意涵的理論彷彿是一團糨糊的狀態，大家就只好「沾」著用，也「黏」著懂。因此我們應先爬梳整理「何謂理論」的不同層次意涵與功能，才能以此明確的分類與定義進一步討論「何謂理論」所延伸的各種相關議題。

蕭：很多思想深刻的哲學家跟作理論的學者常常在提到「理論」這個詞時，其實都沒做深刻的思考與定義。

賴：的確。回答「何謂理論」的大哉問，我有兩種觀點：一、理論作為四大象限組成的有機體（後設觀點）；二、理論作為有三層架構的功能（內涵觀點）。讓我嘗試先以你剛才所提「理論是否已死」的論戰來談「何謂理論」的第一個觀點，這是一個「後設理論」（meta-theory）的看法。從「後設理論」的角度來看，有別於明確框架的具體學科知識，理論事實上是一個論述有機體，一個有機生成無數論點或想法的的巨大生命體。

理論是否已死？我認為只要人類還在演化，文明仍在生成發展，理論就不可能死。我們可能無法證明什麼是人類文明中的第一個理論，但我們不難理解隨著時代的不斷改變，理論作為人類在特定環境下的思想產物，只會不斷被開展與書寫。人到哪裡，理論就到哪裡。理論到哪裡，文明就到哪裡。物聯網、大數據、初音未來、巴黎協定、智慧城市、電商平臺、數位人文、行動藝術等，都是當代各種理論組合生成的產物。理論自身能成為一個有機生成的理論，就是因為它具有無法被完全知曉的屬性，這神祕屬性就是促使理論成為一種論述有機體的生命動能，它也才能充滿不在場的神祕潛在力量。如老莊所言：道不當名，名而非道。因此，倘若人類能把理論的本質完全精準地講明白，理論就正式壽終正寢。讓我們嘗試一個不一樣的後設論述框架：將理論想像成一個不斷「生成」（becoming）的生命有機體，並置放在德勒茲「內在性平原」的概念來解釋與思考。我們可以將德勒茲的「內在性平原」以縱軸（真實／可能）與橫軸（現實／潛在）劃分為四個象限：第一項象限是「現實的可能」（The Actual Possible），第二項象限是「潛在的可能」（The Virtual Possible），第三項象限是「潛在的真實」（The Virtual Real），第四項象限是「現實的真實」（The Actual Real），如我在第四講繪製的德勒茲「內在性平原」拓撲學圖。想像，人類理論不斷「生成」的四象限有機圖如下：

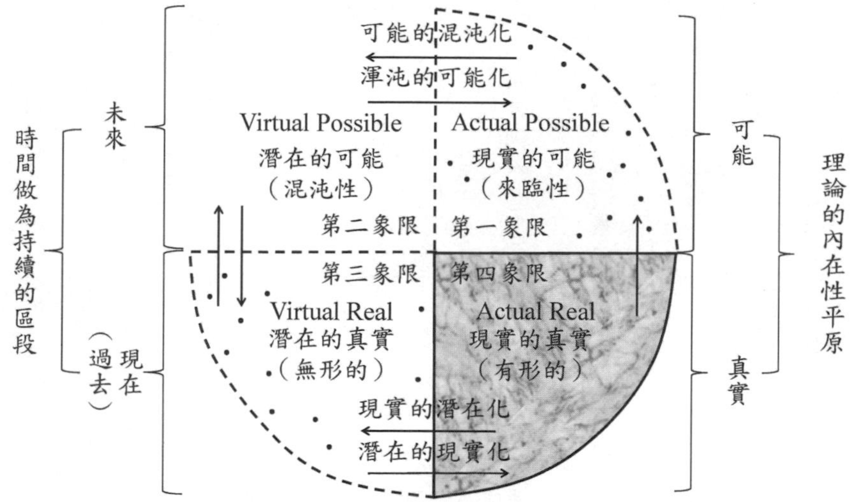

理論的四象限有機體圖

簡言之，從過去到現在已被書寫與定義的具體理論屬於第四項象限的「現實的真實」；從過去到現在未被書寫與定義的潛在理論屬於第三項象限的「潛在的真實」；永遠無法被完全書寫與定義的潛在神祕理論是第二項象限的「潛在的可能」；最後，在來臨的未來中（the coming future），有可能被書寫出來的具體理論則是第一項象限的「現實的可能」。用德勒茲的語言來說，所謂的「潛在的可能」是住著神祕未知的「混沌」（chaos）區域。科學、藝術、哲學就是能夠不斷「創造理論概念」的「混沌三女兒」（the three daughters of chaos），因為理論要處理的是在時間不斷開展中那個混沌未明的東西。例如，我很喜愛的康德經典名句：在人類漫長歷史中，「有兩樣東西，人們越是經常持久地對之凝神思索，它們就越是使內心充滿常新且與日俱增的驚豔和敬畏：頭頂的閃爍星光以及內心的道德規範」。其中，「與日俱增的驚豔和敬畏」屬於「現實的可能」不斷開展的現象，「頭頂的閃爍星光」屬於「潛在的可能」的神祕區域，而「內心的道德規範」則屬於「潛在的真實」的潛在動能。

當我將理論置放在這樣的框架思考的時候，我反而覺得最該強調的不是「現實的真實」的外顯區域，而是「潛在的可能」，那個混沌未明的無盡動能區域。因為它是「潛在的真實」與「現實的可能」的生成動能底蘊。宛若梵谷畫筆下的〈星空〉，那不斷神祕旋轉與召喚的星子，靜靜地，在知識的夜空中，向世世代代人們的雙眼，投射它獨特神祕的熠熠光芒。因此，星空般的動態混沌才是整個當前現實世界理論能夠不斷生成為新理論的動力源。沒有這個象限的神祕混沌，理論就會馬上被「現實的真實」疆域化，框禁在固定的思想模式裡。此外，第三象限與第四象限的動態交融也至關重要：即「潛在的現實化」（The Actualization of the Virtual）及「現實的潛在化」（The Virtualization of the Actual）。前者像科學家、藝文家以及哲學家在自己的知識場域中不斷創造新概念（理論），而後者則是這些新概念（理論）又開展生成新的現實。這樣思想「虛實交融」的場域活動是理論不斷生成繁衍的巨大發電機，因為沒有這個動態交融，理論家就無法將不在場的這些「潛在的真實」能量灌入至「現實的真實」的具體理論場域中。同時也將無法將「現實的真實」的生成擴展至「潛在的真實」與「現實的可能」的樣態中。不過，具體而言，「潛在的可能」象限才是人間所有理論的神祕跳動心臟，一旦心跳停止，理論的生命即僵化而死去。幸好，這個宇宙總是「天行健，君子以自強不息」。從這個角度而言，我們對「理論是否已死」論戰的焦慮，是來自於我們太在意在「現實的真實」區域中理論的意涵以及一時的興衰，甚至是權力網絡中「詮釋權」與「話語權」的爭奪。因此這些論戰忽略了「潛在的真實」的龐大潛在能量及「現實的真實」的來臨可能。此外，「混沌」作為一種「潛在的可能」外顯現象永遠是「理論不死」的神祕區域。

二、理論作為說理、批判與實踐之學

賴：剛才「何謂理論」的第一個看法是試圖跳離理論個別與具體的內容，提出一個後設理論的視野。因此，我借用德勒茲「內在性平原」的觀點談理論為何是一個生生不息，充滿生命力的有機體。「何謂理論」的第二個看法，則是進入理論的內部，爬梳釐清常被學界「沾黏」在一起的理論內部混雜意涵。我將當前「理論」整理出三個不同卻又部分交織的層次。第一層次是**說理之學**、第二層次是**批判之學**、第三層次則是**實踐之學**。首先，說理之學的層級最抽象。說理之學一定是抽象的理以及抽象的邏輯。沒有抽象的理或邏輯就不可能生成理論。在此抽象的層次上，理論必須是一條思考邏輯的途徑，即所謂的「理路」。說理之學的場域是人類整體中的多元知識體系。所以，理論不只是人文或社會學科的知識產物，它還是整個人類知識生成的不同思考途徑。想是，如果一所大學裡有五十個學科科系的話就至少有五十種不同知識場域內的各種「理論」。每一個學科一旦成為一個建制化的知識場域，都將有自身體制知識內的理論，以解釋學科內的專業見識。

例如，$E=MC^2$（能量=質量乘以光速之平方）。愛因斯坦的相對論理論指出，能量包含於物質本身，因此物質質量能夠使時空扭曲。在探索宇宙奧祕的旅程中，愛因斯坦的理論等於宣判了牛頓萬有引力定律，甚至整個人類天文傳統理論時代的終結。$E=MC^2$在人類廣大天文知識中不但闢了一個全新思考的途徑，也開啟了原子能的新時代。我最愛的是愛因斯坦宣告$E=MC^2$的下一句經典話語：「其他僅是不重要的細節。」（the rest are details）換言之，理論就是一種「去蕪存菁」的洞見，能在複雜糾結的巨型思想線團中把被埋藏的線頭找出來，把龐大繁複的道理簡單地說出來。所以老子、愛因斯坦、達爾文或是柏拉圖都是跳離當時被疆域化的知識框架，從神祕混亂的樣態底下找到一條清晰思路的洞見，讓我們得以「開門見山」。總之，理論作為說理之學為我們開展了一個多樣的知識「理路」，擴而言之即是人類文明開展的途徑。

蕭：容我稍微打岔一下，希望這不會中斷你的思緒。順著你的理路，我突然想到，所有Ph.D.的頭銜都是標示某個領域的Ph.（Philosophy）。

賴：的確，這是一個很好的例子。Ph.D.是Doctor of Philosophy的縮寫。我們可以說，所有學科的Ph.D.博士都是其領域中理論的博學之士。易言之，博士必須對其學科知識範疇的理論與內容都具有相當的研究，並具備獨特洞見與建樹，對該學科的研究已經達到其哲學層面，才能成為各領域有能力論述抽象思路的「哲學」博士。此外，Ph.D.也是學科知識生產的一個金字塔型樣態——往上爬，就越爬越抽象。

理論往下的第二個層次是**批判之學**。理論作為批判之學就是我們人文學界比較熟知的「批判理論」（critical theory）。在歐美大學內有不少批判理論中心（Centers for Critical Theory），基本上都是在這個知識框架與場域底下運作。理論作為一個批判之學，其內容是從康德開始往後推至後現代。批判性思考的「批判性」並沒一種張牙舞爪的謾罵或批評。批判性（critical）的字源意義來自希臘文（kritikos），意謂著「有辨別力，能達到評斷的目的」。根據Collins COBUILD英文字典，批判性（critical）的意涵除了有「關鍵性」（crucial）、「極度重要的」（extremely important）、「偵錯」（fault finding）、「在危險之中」（at a crisis）之外，一個批判性方法意指「對某一事物進行縝密的檢視與評斷」。**簡言之，批判性思考即是一種中文語境中所謂的「慎思明辨」**。

慎思明辨的批判性思考並不只是「努力思考」，也並不是只為了解決任何一個特定外在的問題，而是向內「自我指向」的改善，要具體提升一個人的思考能力與模式，以便面對與解決不斷發生的任何問題。因此，有別於強調資訊吸收力與學習力的先天智力（IQ），批判性思考注重後天訓練，幫助我們面對新時代的眾多資訊，做論證分析與決策判斷。因此，批判性思考不只是為了思辨或解決任何一個特定「外在」問題，更是自我「思考內涵」的改善。具體而言，批判思考乃是藉由掌握思考本身的理性結構與功能，提升思考品質與能力的一種思考模式。如是，批判性思考摸式具有下列三種優質特性。一、批判思考是「創新的」：思考者須保持強烈的好奇心，勇敢地質疑既定的觀念、意識型態或價值觀。因此，批判思考可被視為一種具「創新」潛能的思考模式。二、批判思考是「成熟的」：思考者必須具有接納不同意見的心胸，盡力了解不同面向的立場、想法及論述。因此，批判思考可被視為一種具有「成熟」性格的思考模式。三、批判思考是「高階的」，思考者須做系統性、本質性與後設性思考，方能超越初階的「本能性思考」及中階的「預設性思考」。總之，慎思明辨的批判思考可被視為一種具「高階」優化的思考模式。生活在資訊排山倒海而來的數位網路時代，不具備批判思考能力的人較會有三項人格特質：一、人云亦云，拿香就拜；二、思緒碎裂，情感用事；三、主觀偏激，自以為是。

記得我在英國批判理論的碩博士的學術訓練是從康德開始。為什麼從康德開始？因為他可以說是西方批判哲學之父。他綜合了當時的英國經驗主義和歐陸理性主義，不但發展出先驗理性，而且是直指知識形塑的底蘊。也就是說，在整個西方哲學裡面，批判哲學或理論從康德開始奠定了批判思維，聚焦於知識形塑的底蘊的條件，而不只是知識的內容。在十八世紀康德的批判哲思之後，每個世紀初始都有一個大師：十九世紀是黑格爾（G. W. F. Hegel），二十世紀是海德格（Martin Heidegger），二十一世紀則還看不到巨人。二十一世紀的批判理論處於巨人缺席的時代，因此眾聲喧譁。批判哲思的精神即是從康德傳承下來到後現代理論家，即使是現在正流行的「新唯物論」（New Materialism）批判了康德，它的基進精神仍然延續著康德的批判精神。整個理論在臺灣人文學界，特別是外文學門繼承的是這樣的批判精神。批判理論的跳動心臟是「問題化」（problematization）。所有的後現代的思想家都須嘗試「問題化」特定思想論點或某個情境底下的文化「規則」（norms）。從德希達、傅柯、德勒茲到紀傑克、巴迪烏、阿岡本基本上都可被視為康德批判理論精神的當代繼承者。

理論在第三個層次上就屬於最貼近社會與文化脈動的**實踐之學**。作為實踐之學的理論是當代最被熟知，最熱門，也最多產的知識產物。它具有兩項特色：「包羅萬象」與「與時並進」。我們常聽文學的學者埋怨：「到底什麼是理論？」、「為什麼要學這麼多艱深難解的理論！」或者「我們現在理論越做越多，文學卻越做越少！」。理論在藝文界似乎有點喧賓奪主的原因，除了是當代西方主導資本主義商品邏輯的平臺與話語權外，理論在實踐之學的層次幾乎是批判之學與各種學科的融合，有如一個沒有嚴謹學科邊界的「準學科」。換句話說，文學、哲學、歷史、語言學、心理學、政治學、社會學、法律、倫理學、建築、美術、音樂、攝影，甚至科技、網路與醫學等，都是當代理論的實踐對象與場域。四個字來形容：包羅萬象。在此特色面向上，理論在各個領域的運用性、工具性或本土化等議題也就浮上檯面。優點是，以往形而上天空中冰涼冷漠的理論真理變成超大型夜市內燈火通明、人聲鼎沸、熱鬧萬分的「接地氣」實踐樣態。缺點是，學習當紅的各種理論成為學術研究中一種「永遠學不完」的負擔，多樣的政治角力也不會少，且閃爍的「鎂光燈」很快地成為普遍的「路燈」。好比你只有一個胃，卻想要吃遍超大型歐式自助餐不斷推陳出新的每一樣美食。所以專研理論也算是一門「欲望」的專業，他必須具備一個容量大、消化快、性能強的專業胃囊。

此外，當代理論作為「實踐之學」另一特色是「與時並進」。當理論涉及了介入特定學科以及生命的情境時，就有所謂「時代性」、「基進性」或「創新性」等議題需要思考。後現代主義、女性主義、後殖民主義、文化研究、酷兒理論、生態理論與後人類理論等，這些研究課題相繼成為理論的重要的「時尚」實踐場域。它們都有屬於自己具體的「情境性」和「介入性」。以女性主義為例，雖然女性主義是一個理論，可是它牽扯到三個不同但交織的獨特實踐面向：哲學思想、藝術理論、社會運動。全球多數人文學者跟學生是在第三層次上作理論。此時，理論具有強烈的選擇性、投入性與時效性。譬如，我們人文學門就很多老師先會選定一、兩個理論，或三、四個理論，然後這輩子就投入在這些學說中，把理論帶到自己的領域裡（如中古世紀英國文學、當代藝術、文化研究、歷史研究、政治倫理等）去開展。我們臺灣人文學界很重視「實踐之學」這個層次的理論，因為此理論賦予臺灣人文研究一個全新跳動的心臟，開展出當代的臺灣文化、臺灣文學、臺灣歷史、臺灣認同等豐碩的實踐成果。這都是因為八〇、九〇年代理論的黃金時期賦予了我們很多論述的交織跟發展所形塑而成的實踐之學。外文學門或《中外文學》可說扮演了一個時代性的理論推手，引進「包羅萬象」與「與時並進」的理論論述。

容我將前述理論三個層次所做的說明嘗試做個小結。爬梳整理當前「沾黏」在一起的混雜理論意涵，用簡單的比喻來講：第一個層次「說理之學」是一條「路徑」，給人類思考的方向，闢出一條具邏輯與洞見的「思路」。第二個層次「批判之學」是一條「鞭子」。理論家要不斷思考如何藉由「問題化」現實知識，來開展批判性、改革性與創新性。也唯有如此，人文社會的學者才能承擔社會「防腐劑」的使命。第三層次的「實踐之學」則是一根「鋤頭」。當我們將理論的種子播撒在「包羅萬象」與「與時並進」的現實知識土壤中時，我們就須捲起袖子，拿起鋤頭。在各自知識領域的土壤上，藉由實踐性的耕種，讓思想的種子生成為一片知識的森林。

三、理論與／或哲學之間

蕭：賴老師其實已經觸及有關於理論知識的建制化的議題，而這也是我有關理論與哲學之分野的問題所指向的大脈絡。在此讓我再簡述一下這樣的問題脈絡。一方面由於賴老師你是臺灣外文學界裡極少數從英國理論相關研究重鎮（The Center for Critical Theory of the University of Nottingham）取得碩博士學位的學者，我特別想聽聽你對於理論年代的建制化過程，以及理論的現況與未來可能有的獨到觀察與見解。另一方面，理論知識建制化的結果當然就能在機構的層次上讓理論與哲學有所區別，給了理論一個獨立的建制位置，也凸顯其前所未有的重要性。哲學家或專門研究哲學的學者（或者說建制派的哲學研究者）也可能會想保有甚至強調彼此的區分（往往基於他們像巴迪烏那樣對某種critical theory的睥睨或不滿）。**但建制上的分野是否就真的帶來理論知識本身、或說它在內緣層次上與哲學的不同？**我之所以舉哲學、而非其他與批判理論也有牽連及高度重疊的學科來談，有幾個原因。第一，我們似乎很難說「理論化」（theorizing）的知識活動不是一種「哲學化」（philosophizing）的活動。第二，援引哲學學說作為其他學科的思想資源並促成其新發展的現象也不是從我們現在所說的「批判理論」（critical theory）勃興之後才開始的。第三，賴老師本身著作與思考從來就不是僅只於理論的援引和應用，而是從哲學建制的知識及哲學傳統裡去探究理論相關的、比較根本的問題。所以，請賴老師從哲學與理論的分野這個角度來切入來談理論知識建制化的議題。

賴：要探討理論知識的建制化議題，我們就必須面對一個結構性的基本問題：我們該如何處理哲學跟理論的異同？所以，你剛才提出一個很有說服性的質疑：我們似乎很難說「理論化」的知識活動不是一種「哲學化」的活動？事實上，這個質疑反之亦然。如果我們沒有先爬梳整理「何謂理論」的問題，我們現在應該就很難「簡單」處理此問題。簡言之，由於當前理論多樣意涵的沾黏問題，造成人們對理論建制的兩項誤解：一、當代理論僅是一種「被稀釋」的哲學。二、當代理論將哲學降等為像心靈雞湯式的流行學問。**因此，延續剛才理論的三個層次來談，我們就可以清楚回答這個不斷沾黏的問題**。

首先，當理論作為說理之學，理論大於哲學。哲學是一個具有長久歷史的建制化人文學科，此學科內有一套自己的嚴謹範疇與遊戲規則。西方最簡單的哲學定義為：哲學是一種「愛智之學」。

胡適則定義哲學為：「凡研究人生切要的問題，從根本上著想，要尋一個根本的解決：這種學問叫作哲學。」不管是東方或西方哲學，整體而言，哲學不同於其他學科，它是以理性的論證為基礎，開展出具有一套套系統化的批判方式或詮釋觀點。因此哲學常觸及有關真理、知識、存有、價值、理性、政治、主體、靈魂、經驗與語言等生命重要的議題，以回答人作為人、成為人，活在此世間常遭遇到的許多核心困惑。然而，理論作為說理之學時，它的範疇更廣大、樣態更多元。以學術建制來講，哲學跟物理、化學或社會科學等，同樣都只是一個學科，而理論則是說理之學的總稱。此層次而言，理論遠大於哲學；或者說，哲學僅是眾多學科中的一類說理之學。

其次，當理論作為批判之學，哲學大於理論。以西方哲學為例，哲學是從前蘇格拉底哲學以降談到當代，它已歷經三個重要時期：古典哲學、中世紀哲學和近代哲學。然而，當理論作為批判之學時，理論是從康德批判哲學才開始。此外，西方哲學除了涵蓋康德以降的批判哲學外，還涵蓋其他不同的哲學學派。然而，當代哲學與當代理論也有高度重疊之處。例如，德希達、德勒茲、傅柯、巴特勒、洪席耶、阿岡本等，他們既是哲學家，同時也是理論家。事實上，我在英國讀批判理論碩士的時候，我們那一屆班上有四十幾個來自英國和世界各地的同學，大概可以分為四類的背景：第一類的是哲學背景；第二類是政治學或社會學背景；第三類就是文學背景；第四類是藝術背景。這四大類學生學的同樣是批判理論，都是從康德哲學開始學，一直到各種後現代哲學。當我們後三類的同學各自把所學的批判理論運用在自己專業的場域時，我們就進入理論的第三層次：理論作為實踐之學。

最後，當理論作為實踐之學，哲學跟理論的特色不是「重疊」而是「拉開」。關鍵在於理論必須實踐、必須介入、必須不斷「接地氣」。哲學則剛好相反，它的邏輯屬性必須抽象、必須廣泛、必須不斷「去地氣」。例如，巴迪烏比較像哲學家，而紀傑克就比較像理論家。因為前者運用數學化的抽象概念來建構真理、主體、事件與倫理等的抽象意涵；而後者的論述則大多是介入電影、藝術、文化或宗教等，來實踐或「肉身化」理論的概念。因此，理論在第三層次時，它跟哲學的屬性就拉開了。然而，當理論作為實踐之學時就經常被認為只是稀釋版的哲學，或者只是便宜地套用哲學的概念而已。我想，與其說理論是哲學的稀釋或套用，不如說實踐之學的理論是跟哲學論述創造出一個共加乘的新融合。德勒茲說，真正的哲學是「暈眩」（vertigo），因為哲學必須創造概念，必須嘗試「思不可思之物」（to think the unthinkable），所以大腦就會處於被撞擊、刺激的「域外」思考狀態。有趣的是，濃烈的咖啡會讓你暈眩，一般人不太能喝不太濃的咖啡，只好增加水的比例以淡化哲思的暈眩感。稀釋代表一種從屬的地位，就如被稀釋的咖啡只是淡咖啡。我認為應該倒過來思考：理論作為實踐之學，賦予了哲學咖啡一種新樣態的開展可能性。我喜歡用這樣的隱喻來思考第三層次的理論。

如果，將哲學比喻成咖啡，文學形容為牛奶，那麼文學理論就像一杯Latte。因為文學恰似牛奶，充滿了香濃甜美、充滿想像力的柔性藝文味；咖啡則充滿了強烈興奮、讓你強力思索的抽象邏輯感。如是，一個好的文學理論或文學批評就應像一杯有特殊拉花的香濃Latte，奶中有咖啡，咖啡中有奶。但Latte不等於黑咖啡，也不等於純牛奶，就如同文學批評不等於哲學，也不等於文學，而應像一杯牛奶與咖啡相互交融後的新飲品。我們最怕指導學生寫論文的時候，看到每一章節都是先談理論，然後談文本，然後做結論。奶是奶，咖啡是咖啡，層層分明，這應是最糟的文批。相對地，一杯優質專業的Latte論文，理論裡應融入文本的例證，文本裡也融入理論的哲思，兩者共加乘才是一篇令人讚賞的文批論文。此外，杯面（導論）還可以拉出有特色的設計圖案，而杯底的最後幾口（結論）會讓你感到這杯Latte論文餘韻猶存。

誠然，在六〇年代以前，弱勢的文學批評不但被視為哲學學科的從屬，同時也被視為文學學科的附屬。但在六〇年代以後，因為批判理論進入如煙火般絢麗的後現代時期，理論的Latte成為全球熱銷的商品；想像一下，整個人文學術界大街小巷的星巴克、7-11、全家、85度C都熱賣。理論作為實踐之學的熱銷讓我們享受了理論近半世紀的黃金時期。從積極面來看，第三個層次的理論事實上有積極的生產性，那個生產性已經不是哲學或文學所能生產的，而是兩者催化出一種新的產品。因為六〇年代到二十一世紀初，太多的理論大師與社群眾聲喧譁，思想浪頭一潮一潮推湧，讓理論永遠鑽研不完，同時也吸引各路好漢投入熱切的生命能量在各種議題的實踐與開展，成果豐碩，形成這個時代鮮明特色的理論。甚至，我認為理論已逐漸形塑成為一個「準學科」的樣態。回顧過去數十年間，人文學門的眾多學者與學生積極介入學科領域生產的各式理論實踐，就是開創性Latte的成果。例如，文學理論賦予文學新時代新的視野，所以莎士比亞就不再是莎士比亞時代的莎士比亞，而是這個時代開展出來的莎士比亞：後殖民的莎士比亞、女性主義的莎士比亞、生態的莎士比亞，酷兒的莎士比亞……都是莎士比亞本人或者莎士比亞時代學者所不懂的莎士比亞。後現代絢麗的理論的確賦予莎士比亞文學一個屬於後現代生命情境的詮釋樣態，是一杯時代性的創新Latte。

四、理論「臨近性」的潛在思想資源

蕭：感謝賴老師非常精彩地回答了我的前兩個問題，也回應了我文章中討論到的理論的模糊角色，以及它如何有形、無形地塑造出我們現在外文學門這種建制化的樣態。

賴：而且大家把明明模糊不清的理論意涵當作清楚的共識來運用。

蕭：對，當然不是只有我們，歐美學界那邊也都是這樣在用。……那麼我接著想問一個follow-up的問題，藉此回應你方才提到的部分內容。我相當贊成你所說的，理論在實踐層次上的積極生產性——這個大方向上的新開展是值得肯定的。然而，這中間仍有一些（也許相對小）的問題需分疏及再思。用可實證的例子來檢驗的話，你先前提到的，咖啡跟奶無法調配成好喝的文批Latte的例子應該已汗牛充棟。以後殖民理論或女性主義的角度來讀莎士比亞名劇的文批實踐也已太多了，不少人覺得它們大多千篇一律。雖然這樣的負評也有可能來自於本身就對這些理論相當反感、或有簡化這些理論觀點傾向的學者，且後殖民或女性主義也不是定於一尊、沒有多元樣態的學說，但不可否認地，許多援引或「套用」理論觀點的論文也往往流於可以預期之論述發展與結論。

就我看來，重點在於這層次的理論實踐對「理論」的預設經常是作為指導原則的理論，也就是在「理論」一詞開始有我們這個時代的新意涵，我們開始要為如何定義「理論」傷腦筋之前的那種理論（這並不意謂著「理論」在今天不能代表指導原則，只是說不能只有此面向）。理論與文學交會所開拓的新視野、所激發出的新意義，似乎僅止於one-way traffic。我們鮮少見證到文學可以反過來作為哲學或理論思考的範式、藍圖或發動機的事例。經常仰賴理論提供思想養分的文學可以是理論的思想資源的話，那麼同理，activism作為一種實踐，是否也可能是理論的思想資源？不管是理論作為批判之學，還是只是純粹地你要在理論的架構裡面去多思考你之前沒思考過的東西。

在實踐的層次上，理論不見得能夠先行，事實上理論常常被證明是無用的，也許一開始有用，後來世局一變化，好像，糟糕，接下來我們要怎麼講呢？許多理論專家就被打臉了，眼鏡碎滿地。若理論不能先行，實踐的時候怎麼辨呢？所以在這個層次上，我覺得也許理論要留一個空間，我們不但跟現實保有一定的距離才有批判的可能，另一方面要留一點空間說讓實踐有回來去豐富理論內涵的機會。我想提出的一個更大的問題其實是，你如何看待一些不常被理論當成思想資源的潛在場域——前述的文學、activism、甚至包括所謂的生命經驗或「身體」——成為理論取經對象的潛能？

賴：你這個問題已經是蠻細膩的，也蠻務實的。思考這個問題，我們須扣問的是：學術理論在社會情境的變遷中，扮演了何種角色？又產生了什麼樣的現實功能？理論如何開展自身潛在疆域中的思想資源？我們可以藉由檢驗特定理論，看它有沒有想像得這麼有用或合理？這樣的問題觸及的不只是理論三個層次之間的內在關係，更是理論與現實的動態關係。此外，無庸置疑，在當前的學術環境之中，充斥重複套用理論的研究論文，就是你所謂的「千篇一律」。這些論文大部分應該都是為學術「生存」而學術。但這應該是整個亞洲（或臺灣）高等教育學術環境的問題，例如，因中產階級快速成長造成的亞洲各大學排行高燒（ranking fever）的現象。我相信只要改變資本主義高度競爭的學術環境，就可減少一半以上為「生產」而研究的學術論文。我個人認為，理論成為理論，要回到尼采的概念：理論應跟歷史一樣，必須「服務當前的生命」。優質的理論是一個「活的論述」（living discourse），而不是一個「死的知識」（dead knowledge）。換言之，理論可被開展的潛在具體思想資源場域是蘊藏在「潛在的真實」及「現實的真實」的象限場域中。事實上，只要地球還在轉，人類還活著，「潛在的真實」以及「現實的可能」永遠潛藏著龐大又豐富的思想資源。因此，你認為「理論要留一個空間」，一方面能跟現實保持一定的批判距離，另一方面能讓實踐後的理論有再去豐富自身理論內涵的可能性。我同意你這個觀點，這樣的「理論空間」或「批判距離」當然是必要的。

事實上，**列維納斯的「臨近性」（proximity）是相當適合用來說明理論在「潛在的真實」以及**

「現實的可能」的豐富潛在思想資源。首先，「臨近性」並非僅一種空間的概念（那是「鄰」近性），也不是一種單純的經驗意識（那是臨近「感」），而是一種「人性」。前兩者代表著理論以知識或權力化約潛在的多樣樣態，成為一種整體與理解（如各種意識型態的規範或理論論述）；後者則表達著對一種理論「就在身邊」（The Virtual Real）及「就在眼前」（The Actual Possible）的潛在異質欲望（如潛在身體性情感、死、愛、正義或語言潛意）。其次，理論的異質臨近性並非一種相同化後的靜止樣態，而是一種不斷接近卻又永遠不夠靠近的「運動」與「事件」。換言之，臨近性凸顯了理論的「現實的真實」與「現實的可能」之間不可逆反的運動關係，一種永遠是「迫在眉睫」的潛在臨近，但又不會被理論的權威整合或收編的無盡來臨性。所以，理論不在場的「潛在的真實」以及「現實的可能」得以採取一種恆常的介入與抵制力量，維持理論潛在性與現在性之間無限小（但卻也無法被跨越）的距離。在此「理論空間」中不斷纏繞與干擾著理論的整體性，不斷要求理論的權威性必須放棄對「自以為是」的控制與執著，進而加強「潛在的現實化」（The Actualization of the Virtual）及「現實的潛在化」（The Virtualization of the Actual）的活動，活化理論的思想疆域。最後，臨近性作為一種「臨近再臨近」（closer and closer）的動能不間斷地開展理論在現實皺褶內（既The Virtual Real與The Actual Possible）所蘊藏豐富他異性的開展。

因此，理論成為活論述的跳動心臟就是人性中一種渴望「臨近再臨近」的潛在動能。此動能一方面迫使理論不斷「啟程」進入（與挑戰）任何理論自身整體的封閉性；另一方面還可以進入新的現實實踐場域，開展嶄新的批判與詮釋視野。作為一個實踐型的理論，的確必須不斷嘗試去貼近現實（現實永遠是個動態的「臨近性」事件），開展具有「臨近性」的介入與詮釋，然後可以回頭豐富或修改在「現實的真實」的理論。莎士比亞說：「天地間的巨大複雜，不是你的哲學所能想像。」

因此，文學、藝術、生命經驗、身體、新的現實情境或任何形式文本中未被言說的異質他異性都可提供實踐理論「臨近性」動能的材料。理論作為說理之學、批判之學、實踐之學，用三個簡單的比喻即是：路徑、鞭子與鋤頭。人文學者作理論時，事實上就是捲起袖子，扛起鋤頭，動手開墾當下人文現實中的「理論空間」，開展出「臨近再臨近」的「潛在的真實」與「現實的可能」皺褶內所蘊藏豐富他異性。

五、理論的胡桃與胡桃鉗

蕭：我剛才問這個問題，除了想探討理論「生成」空間的可能與其潛在資源的場域外，還想知道所謂「實踐」有無回來去修正理論、豐富理論內涵的「反向」空間？

賴：理論上，實踐前的理論與實踐後的理論之間，相互雙向豐富性是可行的；實際上，兩者的確不是對等關係，那是因為實踐之學的理論其上一層是「批判之學」，再上一層是「說理之學」。這三層用一個相似的中國哲學概念就是第三層是看山是山、第二層是看山不是山、第一層又是看山是山。第一層的「說理之學」相對有較高的普遍性，而第三層的實踐之學則有較高的現實性。具體來說，第三層「實踐之學」的理論當然可以回頭修正理論甚或豐富理論的內涵，但相對而言是困難的，那需要醞釀足夠的實踐經驗，以及像班雅明這樣高度反思性理論家的淬鍊。逆向思考，或許正是因為它很困難，所以才更值得我們努力。一般而言，理論作為「實踐之學」是被視為扛起鋤頭，動手開墾人文現實土壤中所蘊藏的豐富他異性。例如，莎士比亞成為一個文學巨人，因為莎士比亞永遠是不斷貼近嶄新現實的莎士比亞。他必須能跟各時代與各國家的多元意義臨近與連結，因此才會有各時代的學者介入他的文本，挖掘屬於他們這時代的莎士比亞意涵，也才有我們目前二十一世紀的多元莎士比亞意義被連結與開展。理論應該有這樣不斷「臨近」全新現實性的生命動能，這樣就沒有所謂的對錯或是非。

蕭：你最後那句話，如果理論沒有指向是非對錯，可能有蠻多人會覺得那麼理論就沒有什麼大不了的。

賴：理論當然有其是非對錯，但倘若理論可以不斷「臨近」全新現實性，這樣的是非對錯就沒有永恆不變的預設框架。尼采在《論道德系譜學》（*On The Genealogy of Morality*）裡就清楚地指出，善惡對錯是一個特定情境的產物，這產物有它的時空性。例如，殺人是「錯」的，但殺死侵略的敵人卻被視為「對」的。從理論來看，後現代的內在性哲學就是一種積極的，甚至是基進的批判式理論，同時鼓勵不斷連結生成異質的生命樣態與認同。然而，內在性哲學的理論只能有「特定時空下」的是非對錯，不能有「絕對的」是非對錯。絕對的是非對錯建構的是絕對意義。絕對意義屬於「混沌」區域（The Virtual Possible）的產物，它可能是先驗性，但也可能是內在性。我們不知道，也應該永遠不會知道，因為它屬於絕對不在場的場域。但我可以在自己的特定生存情境與認知框架內，設定具有一定普遍性的是非對錯標準。例如，老子的「道」或愛因斯坦的「宇宙黑洞」量子理論，都算是對「混沌」區域較具有普遍性的時代性想像與說理。基本上，第一個層次（說理之學）跟第三個層次（實踐之學）的理論都有其建構或判別意義是非或對錯的框架：前者偏向形而上，後者偏向形而下。必須承認，理論的信度與效度需要現實中是非對錯的實踐與檢驗，但那個是非對錯不能被視為必然的框架，而是能在第二層次（批判層次）中淬鍊與改善，這個批判動能絕對不能斷掉。理論畢竟是一個時代性的思考產物，需要有中間第二層次的動能，讓上下兩個框架不會被疆域化，並有交流的可能。

不過，理論的養分還是從現實世界的臨近性經驗中獲取，如果將現實世界的經驗從理論身上抽掉，理論就成為空蕩無趣的概念。因此，還是要第三層次，實踐之學的介入，賦予理論新的開展。「現實真實」必須去「現實化潛在」之後又「潛在化現實」，理論的是非意涵就較不容易掉入特定預設的二元思維框架。重要的不是問：「什麼是理論的是非對錯？」而是要問：「理論如何在形而上的是非或現實的對錯中，找到臨近性的批判空間，讓兩種是非對錯有時代性的開展？」若從這個角度來思考，就沒有所謂柏拉圖一定是對或錯，而是柏拉圖如何服務這個時代的思潮與生命。比起盲目堅守絕對的是非對錯，這樣更符合具反省能力的理論性格。換句話說，理論不但要能幫我們「理解」這個時代的是非對錯，更要能幫我們「改變」這個時代不合時宜的是非對錯。

蕭：連馬克思這樣的偉大理論家，都說重點不是解釋世界，而是要改變這個世界。我現在想到一個「轉換」的問題。你剛才提到見山是山、見山不是山、見山又是山，這三層次讓我回想到一開始你也講到應該可以說是理論跟常識的糾葛關係，請問你在教學上怎麼教理論。

賴：很高興你提到這個問題。事實上，比起「作理論」，我更享受「教理論」。作理論與教理論是兩種不同的行為，或者說是兩種不同生命樣態的開展。兩者最大的差別在於作理論的主要對象是大腦裡的潛在概念，而教理論的主要對象則是眼前一群活生生的學生。我一直認為，理論就像核桃或堅果，由兩個部分組成：一個是堅硬的外殼，一個是柔軟營養的果仁。殼是客觀的邏輯，是系統性語言建構的知識；果仁是則主觀的感受，是安身立命的處世智慧。大腦學不會理論概念就像喉嚨吞不下帶硬殼的果仁。然而，再怎麼硬的艱深理論，底層都有一個跳動的、有機的、有營養且美味可口的主觀果仁。因為再怎麼偉大的哲學思考或再怎麼深邃的艱澀理論，都是來自一個時代性思想家在那個時空下對自己生命際遇的感受、觀察、領悟，並從中萃取出一個系統性的思考。換言之，沒有一個哲學或理論硬殼內部不包裹著看不見的有感故事。理解這些有感故事可以幫助學習者連結理論內共通的生命經驗、感受或人性。理論成為令人卻步的「天書」，是因為我們花太多時間與精力嘗試咬開堅硬的語言邏輯外殼，而未能充分享受到裡面的美味果仁。

教理論的人，除了最好要能先點燃學生內心的那把學習的火焰外，還要扮演一把「胡桃鉗」（nutcracker）的角色，協助學生擠壓開語言硬梆梆的果殼，讓他們吃到蘊藏在自己內心的鮮美果仁。所以在第一堂課時，我會跟學生講：蘇格拉底有句非常深刻的格言，「未經檢驗的生命是不值得活的」，而這堂課有句格言要永遠記住：「未經檢驗的理論是不值得相信的」。所以當我在教德希達、德勒茲、傅柯、列維納斯與新唯物論的研究所專題理論課程時，我會提醒學生，你不是來向老師學德希達、德勒茲、列維納斯或傅柯的。這學期，我們集體要做的是用彼此的生命經驗來共同檢驗德希達、德勒茲、列維納斯或傅柯，相互協助，彼此開展出蘊藏在各自內心皺褶中的德希達、德勒茲、列維納斯或傅柯。因此，在教學上重要的不是傅柯的「傅柯」，而是潛藏在學生內心皺褶的「傅柯」。唯有帶領學生以自己的生命經驗來融會貫通理論，理論才不會變成吊書袋的生硬知識。所以每年面對一群全新的學生，「如何教」永遠比「教什麼」來得重要多了。對我而言，這就是理論教學的挑戰與樂趣。

六、理論底層神祕又脆弱的信念

蕭：就我個人的經驗講，我有一段時間根本沒有辦法進入德勒茲。可以很合理地解釋是因為自己當時很沉迷拉岡的精神分析，這兩個假設完全不同。但回過頭來想，當時如果一開始從「內在性平原」進去的話，或許結果會不大一樣。那邊好像是有個捷徑，但是真的有可能透過有經驗的教學者，把理論融會貫通，讓學生可以比較趨近果核的味道嗎？就我自己經驗，難免有些懷疑，覺得就算有人當初叫我從「內在性平原」進去，我就找得到捷徑進去嗎？這也是理論教學的難題，總會有學生問老師有沒有捷徑，因為只剩一、兩周可以寫研究論文。而且現在是Internet的時代，Google這麼方便，學生可以Google德勒茲講什麼，而把理論知識扁平化，變成指尖距離就可以搜尋到的資訊。我難免有保留的態度，覺得讓學生想像果仁的味道，真的是個理論學習的「捷徑」嗎？

賴：有兩個面向可以回答你的存疑。第一，先見林後樹，然後才能見其捷徑。第二，找出每個理論背後脆弱的信念，才能游刃有餘地解剖理論。**以拉岡為例，拉岡心理分析理論這棵茂密的大樹是兩個樹林的交織，一個是佛洛伊德，另一個是西方哲學。如果你想以拉岡學拉岡，那麼拉岡就是你的地獄。如果你已對拉岡背後這兩個樹林瞭若指掌，那麼拉岡就是你的天堂。**事實上，西方哲學從康德批判哲學演進到當代岔開兩大派：「分析哲學」（analytic philosophy）與「歐陸哲學」（continental philosophy）。分析哲學走的是英美實踐哲學，而歐陸哲學又岔開兩派：「內在性哲學」（immanent philosophy）跟「先驗性哲學」（transcendental philosophy）。後現代內在性哲學裡面又分為各種對主體性形塑的不同論述，拉岡心理分析理論就是在這個脈絡底下的一種內在性心理學的開展，探討的是心理的三層結構與主體的形塑方式。如果你內心能先建構了一張好的當代理論森林系譜，就可以清楚知道拉岡的心理分析在西方心理分析與西方哲學中的具體位置，當然就可以知道拉岡與德勒茲基本上都不談本質或上帝等先驗性的概念，也就較容易找出拉岡從內在性連接德勒茲的捷徑，而且這些捷徑是眾多生成的概念。

第二，找出每個理論背後神祕又脆弱的信念。我自己有一天突然領悟，讀哲學與理論，讀到一個層次，你會發現每個理論大師都像一棵大樹，若用文字讀理論，恐怕花畢生之力都讀不完，也讀不懂。以德希達為例，如果你把他寫的四十幾本書排一排，然後想像書裡一個單字就像一片樹葉，每個概念就像一群枝葉上的胡桃果，那麼你就可以看到一棵巨大的胡桃樹，長滿著果實，是德希達的大樹。倘若你企圖以勤能補拙的態度，一片一片細讀這個大樹的樹葉來理解德希達的解構理論，可能窮極一生也讀不完這四十幾本書。我記得碩士班時，我一時發憤圖強，自己一字一字苦讀《論文字學》（*On Grammatology*），我點燈到天亮才翻過前三頁，也還沒完全讀懂。很多人畏懼理論，因為每個乾澀的理論文字試圖陳述的艱深概念就像樹葉一樣多，像胡桃殼一樣硬。因此，若你是看枝枝葉葉來理解這棵榕樹，你會陣亡在一個接一個專業術語的葉子與果殼上。好的理論教育不應只教葉子與胡桃殼，而是先教理論的主幹，再到次主幹，再到主枝，再到細枝，然後告訴學生根在哪裡、吸取什麼養分、經過什麼樣的途徑，開展出眼前無數的枝葉與果實。**每棵理論大樹藏在土地下的樹根就是這個理論大師思想底層的信念。事實上，任何理論大師思想底層的信念總是說不清楚，也最神祕、最脆弱。**

蕭：我一直都覺得各個學說哲理一定有一個說不清的、被習以為常的東西，若沒有這核心的東西好像就沒有辦法開展整體的各種論點。

賴：的確，每個理論學說枝枝葉葉這麼繁複龐大。不管是任何學派、任何主義、任何理論、任何偉大哲學家，都有一個信念作為跳動的心臟，然後窮其一生努力開展出他的理論系統。黑格爾的絕對精神、康德的無上命令、尼采的永恆回歸、胡賽爾的超驗自我、拉岡的真實層、克莉斯蒂娃的陰性空間、德希達的幽靈、列維納斯的絕對他者、德勒茲的純粹內在性等，列舉幾個大家比較熟知的大師們理論底蘊的信念。這些抽象信念永遠說不清楚，因為都不屬於「現實的真實」，而屬於「潛在的真實」或「現實的可能」，甚至是「潛在的可能」的神祕場域，所以無法被經驗具體實證，必須經由系統性理性的不斷「反思」才能觸及與理解這些潛在深邃的概念。

以你剛才提的，也是大家較熟知的德勒茲為例。德勒茲一生開展了一系列的哲學概念，如差異重複、單子皺褶、晶體影像、千高臺、少數文學、根莖、無器官身體、遊牧主體、欲望機器、逃逸路線、來臨人民以及生成流變等。這一系列思想果實的樹根或核心信念即是所謂「純粹內在性平原」的概念。記得德勒茲在《純然內在性》（*Pure Immanence*）一書中，即試圖強調此一信念作為他一生哲學思想的基調。他堅信內在性之所以一定是「純粹」的，是因為內在性並不先於某一主體或客體，意識或物體，也並非天生的或後天生成的。此外，德勒茲去世前曾與瓜達希出過一本《何謂哲學》（*What is Philosophy?*），探討哲學最根本的問題。他將「內在性」定義為「內在性即是哲學的暈眩」（Immanence is the very vertigo of philosophy）。對德勒茲而言，內在性平原（面）布置著無盡異質的特異力量交錯縱橫，相互牽引、拉扯與撞擊——內在性的可能永遠是一種彷彿連鎖炸藥，可以隨時引爆平原潛藏內涵的多樣可能。目前全球各國各種不斷引爆的動盪情勢與連鎖事件就是現實界的例證。從個人生命角度而言，生命是一個充滿無盡生機與極速變化可能的動態體，它的經驗本質是積極的活動，而積極活動就是肯定性自由的創造。我們可以說，德勒茲的超驗哲學是一種尼采式結合「生成創造」與「生命意志」的「超人」實踐哲學。所以若要讀或教德勒茲的理論，最好要有一個融會貫通的能力，用力抖落整棵德勒茲大樹的樹葉，先看到冬天的這棵樹，看到德勒茲思想赤裸的樣子——從主根到主幹、從主幹到次主幹、從次主幹到主枝、從主枝到無數開展的小枝椏。此刻，我們將得以「領悟」德勒茲每本書與每個哲思概念之間是如何連結其一生的哲學信念：內在性平原。或許，這就是阿基米德的概念：給我一根槓桿，找到大師思想底蘊信念的那個點，我就可以在自己的腦中運作整個大師的理論世界。

七、研磨合適自己的鏡片看世界

蕭：我們已探討了「何謂理論？」及「如何教或學理論？」等議題，該是時候面對「為何理論？」這個大哉問。

賴：這個大哉問讓我想起一個人：史賓諾沙。先回應問題，再談史賓諾沙。為何理論？**我個人認為，理論符合兩種人性，一種是安全感的寄託，另一種是卓越的渴望**。人類自古以來都在共同面對生命像一個巨大陷阱般的普世困境：我們在未被徵詢的情況下來到一個被給予的世界，被困在一個無從選擇的被給予肉體中，而且注定要面對一個被給予的死亡。因此，生命內在與外在世界永遠充滿各種未知、驚異與恐懼。然而，這世界龐大豐富的多樣生成性又提供了生命逃離此巨大陷阱可能性的無限想像。如是，在多變生存環境中對「安全感」與「卓越感」的渴望成為三百萬年前原始人類（巧人）演化成今日文明人類（智人）根深蒂固的「人性」。理論作為理性的「說理之學」、基進的「批判之學」以及介入的「實踐之學」可以說是滿足此兩種「人性」的集體渴望。理論除了給我們具體理解生命內在與外在神祕世界的框架與路徑，讓我們在獲得安全感之餘，還滿足我們站在死亡面前，藉由一種基進的姿態，回應卓越與偉大的渴求。簡單來說，我覺得人類文明中的重要理論宛如一片片被理論家用心研磨的鏡片，它讓人類觀看到這個豐富多樣的內外在世界。所以理論的鏡片可以是望遠鏡片、顯微鏡片、相機鏡片、近視鏡片、老花鏡片、太陽眼鏡片等。事實上，越神祕、越混亂、越劇變的內心世界或外在世界越需要多樣的理論鏡片。**在當前「巨變」的世界中，我們需要的不是「知識」，是「見識」；缺少的不是「觀點」，是「論點」。理論的鏡片可以協助我們將普遍的「知識」化為有獨特洞見的「見識」，將個人的「觀點」化為有系統論述支持的「論點」**。例如，透過後現代理論這龐富多樣的鏡片，我們不僅得以看到去中心霸權後的多元世界，更能對生命做進一步的觀照——在目前「全球化」流轉無常的生存情境中，我們該如何搜索生命底層重巒疊嶂的「主體」？該如何認識它？丈量它？定義它？試煉它？又該如何超越它？思考當前種種現實多變的國際情境，何謂正義？何謂暴力？何謂真？何謂假？何謂是？又何謂非？緊綳於邏輯胡桃核內的主體困窘與疑惑，常期待時代思想家們為我們用心研磨「鏡片」所帶來的破解視野。

這就是為什麼這個大哉問讓我想起史賓諾沙。這位怪異的偉大哲學家一生以磨鏡片維生。他的龐大哲學系統可以說是一邊磨鏡片，一邊思考的產物。黑格爾說：「成為史賓諾沙的追隨者，是一切哲學最根本的起點。」事實上當代許多的哲學家，都經常有意識或無意識地透過史賓諾沙研磨的鏡片在觀看世界。據說，史賓諾沙一生磨的鏡片主要是望遠鏡片及顯微鏡片。想想，理論作為望遠鏡片讓我們得以用大人文的格局觀看這個世界，所謂「觀天文以察時變，觀人文以化成天下」。老子、諸葛亮、蘇東坡、亞里斯多德、史賓諾沙、達文西或牛頓，他們都是既懂天文也懂人文的通才，都是有能力以望遠鏡片觀看身處世界的「文藝復興人」（Renaissance men）。這樣大人文通才的博雅（Liberal Arts）教育是二十一世紀失落的高等教育。理論若磨成顯微鏡，就像李歐塔、傅柯、拉岡或阿岡本的鏡片，用以觀察宏偉現實表象底蘊運作的細部權力、生命或心理樣態。例如，我們使用傅柯的顯微鏡片來看社會與自己，我們就可以觀看到被你不斷內化的生命「微型權力」，如何藉由社會上各種主流的論述規則，來控制我們自以為是的價值、個性、想法與行為。**人活著，不可**

能不需要鏡片觀看世界，就好像世上沒有不具任何意識型態的雙眼。因此，我們應該思考的是該如何依據自己的心性、專業、牽掛與生存的情境，選擇（並加工研磨）合適自己需求的鏡片來看這個世界。

為何理論？簡言之，理論是人類不斷渴望安全感與卓越感的思考產物。人活著，就會在其生存環境中不斷「思考」與「演化」，因此渴望賦予安全感的「安身」洞見思路，以及不斷自我卓越的「立命」認知行動。

八、二十一世紀理論的三項新趨勢

蕭：理論的後現代盛世正逐漸消退，能不能談談你對二十一世紀理論的趨勢或未來有何看法？

賴：我同意大家的說法，八〇及九〇年代理論的黃金盛世已經消退。但我認為，與其說這代表理論盛世已經終結，不如說理論正在進行新世紀的「蛻變」。當前世界的臨近性改變有三個特色：速度快、強度高、廣度大。因此，二十一世紀的理論對後現代主義所強調「差異」與「去中心」的精神，正進行一連串的反思與開創。**目前看來，新世紀的理論具有三項主要的趨勢動能：一、回應他者**；二、**多樣「研究」興起**；三、**轉向物質**。容我分別做點說明：

首先，在全球化的情境中，「他者」全面性地從各方起義。「他者」一方面藉由不斷揭示各種懸宕的不公不義現象，控訴霸權的壓迫結構與事實；另一方面，藉由開展多元異質的他者性，連結正在興起的研究與論述。思考如何積極面對與回應他者，已然成為二十一世紀理論共同的趨勢與重要課題之一。然而，每一個「他者」皆有自身論述的系譜脈絡和語境意圖，不應任意置換或交相混淆，錯把馮京當馬涼，同質化了「他者」在當代西方理論叢林中的多樣性與他異性。經爬梳與整理，我將西方批判理論中的「他者」歸為五類：收編性他者（如各種身分認同）、邊緣性他者（如動物研究）、心理學他者（如拉岡的大小他者）、內在性他者（如德勒茲）、與先驗性他者（如列維納斯），以釐清目前各種對「他者」的討論。有關這五種他者的說明，可參考拙著《回應他者》的導論篇。

其次，是二十一世紀多樣「研究」（studies）理論的興起。有別於以往的哲學導向的各種「主義」發展，二十一世紀理論的趨勢是各種具有特色的多樣「研究」不斷崛起，例如後人類研究、情感研究、痛苦研究、動物研究、記憶研究、生態研究、媒體研究、電玩敘事研究等。萊契（Vicent Leitch）在《二十一世紀文學理論》（*Literary Criticism in the 21st Century*）中，甚至將當前的理論發展分為十二大領域，例如全球化研究、政治經濟、生命政治、流行文化、文類、情感研究、比較文學、身分認同、生態批評、修辭學、媒體研究、制度研究等。這十二大分類底下又有九十四種不同的「研究」，各家多樣並呈的論述不斷交織出新的理論面貌。優點是理論可以與時並進，連結當下熱門的議題，活化理論。缺點是多樣生成的「研究」將弱化理論的普遍性，造成研究與學習的「孤島化」。

最後，「物質轉向」已然是二十一世紀理論的火車頭。自一九六〇年代理論「語言轉向」以來，後結構理論已然成為當代西方理論的主要動能。然而，二十一世紀的思想家們則開始反思，批判理論對語言的強調是否導致我們對「物質」長久以來的忽視？近十年來，正夯的新唯物論（New Materialism）宣告了二十一世紀理論「物質轉向」時代的來臨。此物質轉向下的新論述廣泛延伸到了哲學、文學理論、網路研究、生態批評、女性主義、後人類研究、媒體研究以及視覺藝術等領域。藉由創造能夠穿越物質／心靈、物品／生命、身體／靈魂、自然／文化的僵固二元概念，這些新唯物論者開展出了人文及先驗哲學傳統悖論中全新「橫切」（transversality）的樣態，產生舊框架內的新「動態生成」。例如，新唯物論者堅信人類的心智（甚至是語言）正如我們的身體，具有高度「物質性」（materiality）的內在性生成特質。因此，此一新興「物質轉向」的研究理論已為所謂的物質性、代理性、真實性、與事物關係性建立了極具新意的解釋視野。相當值得我們期待與觀察。

蕭：看樣子，賴老師對理論的未來還抱持樂觀的期待。時間飛逝，請你為我們今天有關「理論」的精彩訪談，做個總結。

賴：理論是思考的產物，一種會發光的產物。所以就讓我以海德格這句話來總結今天我們一起理論「理論」及思考「思考」的訪談：**「思考就是將自己聚焦在單一的思緒當中，而有一天此單一思緒將會靜止不動，彷彿是世界夜空中一顆不斷閃亮的星子。」**（"To think is to confine yourself to a single thought that one day stands still like a star in the world's sky"）因為各領域傑出大師的思考，人類文明黑暗的夜空，因而有了各式各樣永遠閃爍的美麗理論星子。謝謝蕭主編的用心，也祝福《中外文學》的讀者都可以擁有這樣的思考模式與內涵，有一天也能在各自學科領域的夜空中發光發亮。謝謝！

聯經評論

批判思考：當代文學理論十二講

2020年7月初版　　定價：新臺幣580元
2021年9月初版第三刷
Printed in Taiwan.

著　　者	賴 俊 雄
叢書編輯	黃 榮 慶
校　　對	蘇 暉 筠
封面設計	兒　　日

出　版　者	聯經出版事業股份有限公司
地　　　址	新北市汐止區大同路一段369號1樓
叢書編輯電話	(02)86925588轉5307
台北聯經書房	台北市新生南路三段94號
電　　　話	(02)23620308
台中分公司	台中市北區崇德路一段198號
暨門市電話	(04)22312023
台中電子信箱	e-mail：linking2@ms42.hinet.net
郵政劃撥帳戶	第0100559-3號
郵撥電話	(02)23620308
印　刷　者	世和印製企業有限公司
總　經　銷	聯合發行股份有限公司
發　行　所	新北市新店區寶橋路235巷6弄6號2樓
電　　　話	(02)29178022

副總編輯	陳 逸 華
總 編 輯	涂 豐 恩
總 經 理	陳 芝 宇
社　　長	羅 國 俊
發 行 人	林 載 爵

行政院新聞局出版事業登記證局版臺業字第0130號

ISBN　978-957-08-5567-8 (平裝)
電子信箱：linking@udngroup.com

國家圖書館出版品預行編目資料

批判思考：當代文學理論十二講/賴俊雄著．初版．
新北市．聯經．2020年7月．560面．14.8×21公分（聯經評論）
ISBN　978-957-08-5567-8（平裝）
[2021年9月初版第三刷]

1.文學理論

810.1　　109009235